Bergen auf Rügen, August 2005

Kare Fischer
Frill M
8750 St Peto

Volkssagen aus Pommern und Rügen

GOLLENBERG

Ulrich Jahn

# Volkssagen
## aus Pommern und Rügen

Neu ediert
und mit Erläuterungen versehen
von Siegfried Neumann und Karl-Ewald Tietz

EDITION TEMMEN

Die Deutsche Bibliothek – CIP Einheitsaufnahme
**Volkssagen aus Pommern und Rügen** / Ulrich Jahn.
Neu ed. und mit Erl. vers. von Siegfried Neumann und Karl-Ewald Tietz. –
Bremen ; Rostock : Ed. Temmen, 1999

ISBN 3-86108-733-2

© Edition Temmen

28209 Bremen          18059 Rostock
Hohenlohestr. 21      Platz der Freundschaft 1
Tel. 0421-34843-0     Tel. 0381-4019723
Fax 0421-348094       Fax 0381-4019729

Herstellung: Edition Temmen

ISBN 3-86108-733-2

# Inhalt

# INHALT

DAS WOLLINER THOR ZU GOLLNOW

# Vorbemerkung zu dieser Ausgabe

Der repräsentative Band »Volkssagen aus Pommern und Rügen«, den der junge Oberlehrer Dr. Ulrich Jahn (1861-1900) im Jahre 1886 im Verlag Dannenberg zu Stettin publizierte, gehört zu den bedeutendsten deutschen Sagensammlungen des 19. Jahrhunderts. Der erst 25jährige Herausgeber hatte nach glanzvoller Promotion (1884) eine Anstellung an einem Gymnasium seiner Vaterstadt Stettin erhalten. Dort widmete er sich neben dem Schuldienst einer intensiven volkskundlichen Sammelarbeit und konnte vor Ort sowie auf verschiedenen Reisen durch Pommern in kurzer Zeit u.a. Hunderte von Volkserzählungen aufschreiben, die er in rascher Folge herausgab.

Den Anfang machte der vorliegende Sagenband mit seinem reichen Material, der schon 1889 eine zweite Auflage erlebte. 1890 folgten die »Schwänke und Schnurren aus Bauern Mund« und ein Jahr später dann seine »Volksmärchen aus Pommern und Rügen«. Hier hatte Jahn nicht nur eine Auswahl eindrucksvoller Märchentexte zusammengestellt, sondern berichtete auch ausführlich und sehr anschaulich über seine Sammelerlebnisse und -erfahrungen, wobei er erstmals einen Eindruck von der Überlieferung des Erzählguts im pommerschen »Volksmund« vermittelte.

Diese Bücher trugen Jahn eine bis heute wachsende Anerkennung als begabter Erzählforscher und den Ruf ein, der »pommersche Grimm« zu sein. Und in der Tat war er beides: Wissenschaftler und Erzähler. Seine Sagen-, Schwank- und Märchentexte lassen erkennen, daß der junge Sammler in Pommern eine Reihe ausgezeichneter Volkserzähler kennenlernte, die ihm ihre Geschichten anvertrauten, daß er das Erzählte jedoch auch einfühlsam und mit großem Geschick inhaltlich und sprachlich für den Druck stilisierte, ohne dabei den Charakter der Volkserzählungen anzutasten. Es gibt wohl keine zweite pommersche Sagensammlung, die durchgängig so gut erzählte Texte bietet.

Zugleich sagen sie viel über die Region und die Erzähler aus. Das von Jahn mitgeteilte Sagengut aus ganz Pommern ist weniger von der Historie als von den Glaubensvorstellungen einer vorwissenschaftlichen Zeit geprägt. Man erfährt von Leuten mit übernatürlichen Fähigkeiten wie Hexen und Freimaurern, von Verwandelten wie Mahrt und Werwolf, von hilfreichen oder bösen Haus- und Wassergeistern oder von der furchterregenden Gestalt des Teufels, den man indes auch prellen kann. Eine ebenso große Rolle spielen der Tod und die Toten, die keine Ruhe finden, die Wilde Jagd und ihre Gefahren, aber auch das Streben nach Glück und Reichtum, das in zahlreichen Schatzsagen seinen Ausdruck fand. Nicht nur die vielgestaltige Landschaft und viele Orte Pommerns, sondern auch die Lebens-, Erlebnis- und Denkwelt der Bürger, Bauern und armen Leute, die diese Geschichten erzählten, werden wieder lebendig.

Seit langem steht eine Neuausgabe der Jahnschen Sagensammlung aus, die dieses Erzählgut wieder breiten Kreisen zugänglich macht und es auch für den wissenschaftlich interessierten Sagenfreund erschließt. Das ist das Ziel dieser ersten kommentierten Reedition des Bandes. Sie folgt buchstabengetreu dem Original, rückt die verschiedenen Themenkreise der pommerschen Sage ins Licht und würdigt Leben und Werk des Sammlers und Herausgebers Ulrich Jahn.

Oktober 1998
Die Herausgeber

# Vorrede.

Die hier erscheinende Sammlung von Volkssagen aus Pommern und Rügen soll eine Reihe von Publikationen eröffnen, welche die gründliche Erforschung des pommerschen Volkslebens zu ihrem Gegenstand haben. Die Gesichtspunkte, welche mich dabei leiten, sind einmal, meinen Landsleuten ihre Sagen, Märchen, Sitten und Gebräuche, mit einem Worte, ihr Volkstümliches, das dem Ansturm der modernen Kultur wohl nicht lange mehr standhalten dürfte, wenigstens litterarisch zu erhalten, dann aber, den Mythologen, Ethnologen, Dialektforschern und Kulturhistorikern eine wertvolle, zuverlässige Stoffsammlung für ihre Studien zu bieten.

Der Anfang ist mit einer Wiedergabe der pommerschen Volkssagen gemacht worden, weil hierfür das Material am vollständigsten vorhanden war und weil sich in weiten Kreisen das Bedürfnis geltend gemacht hat, für die veraltete und noch dazu im Buchhandel fast ganz vergriffene Temmesche Arbeit möglichst bald einen Ersatz zu schaffen. Ursprünglich beabsichtigte ich nun, in dieser neuen Sammlung nur das zum Ausdruck zu bringen, was, aus ganz Pommern, von mir selbst und, speziell aus dem Kreis Regenwalde, von dem Herrn Professor E. Kuhn, in München, unter thätiger Beihilfe der Frau Major Anna von Kleist, geb. Cochius, zu Cosel, direkt dem Volksmunde entnommen ist. Da jedoch die Verlegerin der Temmeschen Sagensammlung, die Nicolaische Buchhandlung in Berlin, nicht gewillt ist, eine neue Auflage derselben zu bringen, so hielt ich mich verpflichtet, eine größere Anzahl von Sagen aus diesem Buche zu entlehnen, soweit dieselben nämlich der Abrundung und Vervollständigung der neuen Sammlung dienen konnten. Berechtigt war ich zu einem solchen Schritte schon deshalb, weil Temme für den größten Teil der hierbei in Betracht kommenden Sagen lediglich aus den Akten der Gesellschaft für pommersche Geschichte und Altertumskunde geschöpft hat und diese Akten mir ebenfalls zur freien, unbeschränkten Benutzung von zuständiger Seite aus zur Verfügung gestellt wurden.

Nach dieser Bereicherung des selbstgesammelten Sagen-Materials schien es mir nötig, noch weiter auszugreifen. Ich erbat darum und erhielt auch bereitwilligst die Erlaubnis, alles Einschlägige aus den Norddeutschen Sagen von A. Kuhn und W. Schwartz, sowie aus den Westfälischen Sagen von A. Kuhn aufnehmen zu dürfen. Ferner sind Arndts Märchen und Jugenderinnerungen, wovon Temme nur den ersten Teil in erster Auflage benutzen konnte, soweit sie verwertbar waren, ausgezogen worden. Mehrere Sagen sind endlich den Baltischen Studien entnommen, einige wenige auch anderen Schriften und den schriftlichen Mitteilungen von Freunden des Werkes, doch mit großer Vorsicht, weil hier nur das geboten werden soll, was durchaus volkstümlich ist.[1]

Als die Vorbereitungen zum Druck getroffen wurden, erhielt ich die Nachricht, daß von dem Herrn Gymnasiallehrer O. Knoop in Posen eine Sammlung des Volkstümlichen aus dem östlichen Hinterpommern im Manuskript vorliege, gleichzeitig wurde ich zu einem gemeinsamen Vorgehen aufgefordert. Da aber die beiderseitigen Arbeiten von ganz verschiedenen Gesichtspunkten aus geschrieben waren, eine Umarbeitung mithin sehr mühsam und zeitraubend gewesen wäre, so zerschlug sich die Sache wieder. Inzwischen ist die Sammlung des Herrn O. Knoop bei Jolowicz in Posen erschienen, unter dem Titel: »Volkssagen, Erzählungen, Aberglauben, Gebräuche und Märchen aus dem östlichen Hinterpommern. Gesammelt von Otto Knoop. Posen 1885.« Ich verweise hiermit auf dieselbe und bemerke dazu, daß die beiden Sammlungen sich keineswegs konkurrieren, sondern vielmehr einander ergänzen, indem Herr Knoop hauptsächlich auf den kassubischen Teil Pommerns sein Augenmerk gerichtet hat, während ich aus der deutschen Bevölkerung der ganzen Provinz geschöpft habe.

Es erübrigt einige Mitteilungen über die vorliegende Arbeit selbst zu machen. Die Sagen sind von mir in der Weise gesammelt worden, daß ich mit einzelnen Männern und Frauen, die der sogenannten ungebildeten Masse angehörten und aus den verschiedensten Kreisen der Provinz stammten, Berührungspunkte suchte und Bekanntschaften schloß, und dann mit ihnen in einen, mehrere Wochen, teilweise sogar Monate andauernden, intimen Verkehr trat. Dadurch gelang es mir, das ganze Fühlen und Denken der Leute von Grund aus kennen zu lernen; und mehr vielleicht, wie mancher andere, darf ich deshalb von dem, was ich gesammelt habe, behaupten, daß es durchaus volkstümlich sei.

Nun fragte es sich, in welcher Anordnung das gewonnene Sagen-Material wiederzugeben sei. Ich schwankte zwischen der rein geographischen und der rein sachlichen und entschloß mich endlich, beide zu verbinden, indem ich das Ganze je nach den verschiedenen Sagengruppen in Kapitel teilte und in diesen sodann, wo es irgend angänglich war, die geographische Anordnung zu ihrem Rechte kommen ließ. Weil ferner die große Mehrzahl der Leser an den Sagen nur ein litterarisches Interesse haben dürfte, so hielt ich es für erforderlich, den ersten zwölf Abschnitten kurze Einleitungen vorauszuschicken, die jedoch zum Teil auch für den Gelehrten von Wert sein werden, da in ihnen auch Beobachtungen aus dem pommerschen Volksleben mehr allgemeiner Art ihre Stelle gefunden haben.

Einen andern Grund hat es, daß den einzelnen Sagen kein Nachweis beigefügt ist über die Verbreitung, die sie in den übrigen Teilen Deutschlands und anderen Ländern haben. Wäre das nämlich geschehen, so würde das ohnehin schon umfangreiche Buch fast um das Doppelte gewachsen sein, und außerdem möchte manchem bei dem Anblick der vielen Anmerkungen der Genuß am Lesen gründlich verleidet werden. Um zu zeigen, wie viel Raum die einzelnen Anmerkungen, selbst bei gedrängtester Kürze, einnehmen würden, und zugleich, um einem Wunsche meines verehrten Mitarbeiters nachzukommen, soll zu den beiden Lenorensagen in Nr. 515 dieser Sammlung die Litteratur abgedruckt werden, wie sie Herr Professor E. Kuhn zusammengestellt hat:

»Über die weite Verbreitung dieses Sagenstoffes vergleiche man die reichhaltigen Zusammenstellungen von Wackernagel (und Hoffmann) in den Altdeutschen Blättern I. S.174-204 (Wiederholt in Wackernagels kleineren Schriften II. S. 399 bis 427); Pröhle, Gottfried August Bürger. S. 77-115; Warrens, Schwedische Volkslieder der Vorzeit S. 302; Dänische Volkslieder der Vorzeit S. 282-283; Schottische Volkslieder der Vorzeit S. 189-195; Norwegische etc. Volkslieder der Vorzeit S. 405-406; Liebrecht, Zur Volkskunde S. 195-197; Vilmar Handbüchlein für Freunde des deutschen Volksliedes. Dritte Auflage. Marburg 1886. S. 152-167; Wollner im Archiv für slawische Philologie VI. S. 239-269 (vgl. dazu ebd. S. 493); Psichari in der Revue de l'histoire des religions. IX. S. 27 bis 64. - Germanische Versionen, welche die poetische Form aufgegeben haben, finden sich bei Müllenhoff, Sagen, Märchen und Lieder der Herzogtümer Schleswig-Holstein und Lauenburg. Nr. CCXXIV, S. 164; Vernaleken, Mythen und Bräuche des Volkes in Oesterreich. S. 76-80 (woran sich S. 80-81 eine Erzählung offenbar slawischen Ursprungs anschließt, die in dem spezifischen Zuge vom Kochen des Totenkopfes sich den von Wollner S. 257 besprochenen kroatisch-slovenischen und slowakischen Märchen anschließt); Maurer, Isländische Volkssagen der Gegenwart S. 73–74 und damit übereinstimmend Árnason, Íslenzkar Thjódhsögur og Æfintýri I. S. 280–283. In ihnen kehren wie in den meisten der von Wollner behandelten (slawischen und litauischen) Versionen die Worte »Der Mond der scheint so hell« u. s. w. mehr oder weniger ähnlich wieder, über deren anderweitiges Vorkommen im übrigen noch die Nachweisungen von Grimm, Kinder- und Hausmärchen III.³ S. 75; Deutsche Mythologie. Vierte Auflage. S. 704 und Bugge in Monrads und Winter-Hjelms Nordisk Tidsskrift for Videnskab og Litteratur. 1854–55. S. 105 verglichen werden können. Der zweite Tote unserer einen pommerschen, in Mesow aufgezeichneten Sage stimmt so charakteristisch zu den slawischen und litauischen Formen, daß an slawischen Einfluß zu denken nahe liegt. – Die neuste Publikation zur Lenorensage ist eine griechische: Τὸ δημοτικὸν ἄσμα περί τοῦ νεκδροῦ ἀδελφοῦ ὑπὸ Ν. Γ. Πολίτου. Ἀπόσπασμα ἐκ νοῦ δελτίου νῆς ἱσιορικῆς καί ἐδνολογικῆς ἑταιρίας νῆς Ἑλλάδος. Ἐν Ἀδήναις 1885. 69 S. gr. 8°

Eine kurze Auseinandersetzung ist endlich noch erforderlich über die Schreibart der im Dialekt wiedergegebenen Sagen. Bei dem, was von mir selbst gesammelt und aus den Norddeutschen Sagen von Kuhn und Schwartz übernommen ist, habe ich überall streng das phonetische Prinzip durchgeführt. Besondere Lettern finden sich nur bei den Vokalen, wo Längen und Kürzen zu scheiden und für die Zwischenlaute besondere Zeichen zu setzen waren. Die kurzen Vokale sind wiedergegeben mit den Lettern: a, ä, e, i, o, ö, u, ü, die entsprechenden Längen mit: â, ae, ê, î, ô, oe, û, ue. Die Zeichen für die Zwischenlaute von â und ô, von ae und oe, und für das verdumpfte au sind å, åe und åu. Nicht zur Anwendung gebracht ist die phonetische Schreibart bei den plattdeutschen Sagen aus Arndts Märchen und Jugenderinnerungen, die genau in der Schreibart des Originals abgedruckt sind.

Zum Schlusse drängt es mich, allen, welche thätigen Anteil an dem Zustandekommen des Werkes genommen haben, meinen herzlichsten Dank auszusprechen. Es sind das: Herr Gymnasialdirektor Dr. F.L.W. Schwartz in Berlin, Herr Geheimrat Dr. Wehrmann und Herr Gymnasialdirektor H. Lemcke in Stettin, und von Beitragspendenden: Frau Major A. von Kleist in Cosel, Herr Professor Dr. E. Kuhn in München, mein Bruder, stud. theol. Karl Jahn in Greifswald, Herr Gymnasiallehrer O. Knoop in Posen und Herr Dr. A. Haas in Stettin. Vor allem aber nenne ich an dieser Stelle meinen hochverehrten Lehrer, den Herrn Professor Dr. Karl Weinhold in Breslau, auf dessen Anregung überhaupt die ganze Sammlung begonnen ist. Möge dieses Buch ihm zeigen, daß seine Lehren bei dem Schüler nicht auf unfruchtbaren Boden gefallen sind.

Stettin, den 17. November 1885.
Dr. Ulrich Jahn.

## Vorwort zur zweiten Auflage.

Als im Anfang des Jahres ein Wechsel des Verlages meiner Sammlung der Volkssagen aus Pommern und Rügen wünschenswert wurde, übernahmen die Herren Mayer & Müller denselben nicht allein bereitwillig, sondern gingen auch freundlichst darauf ein, dem Buche einen Nachtrag zuzufügen, in welchem eine Nachlese volkskundlich wichtiger Sagen aus Pommern und Rügen seine Aufnahme findet. Es betrifft das einmal von mir selbst in dem Volke neu gesammeltes Material, dann aber die schon im Jahre 1855 erschienenen »Beiträge von der Insel Rügen« von Dr. Rudolf Baier (Zeitschrift für deutsche Mythologie. II, 1139-148). Dieselben waren mir bei Herausgabe der ersten Auflage entgangen. Jetzt darf ich mit gütiger Erlaubnis des Herrn Dr. Baier das Versäumte nachholen und thue das um so lieber, als ich im vergangenen Jahre bei einem zweimonatlichen Aufenthalte auf der Insel Rügen Gelegenheit hatte, sämtliche dort wiedergegebene Sagen an Ort und Stelle von den Leuten erzählen zu hören. Nicht wiedergefunden habe ich nur, was berichtet wird von den vier Arten der Zwerge, den schwarzen, grauen, grünen und weißen. Doch liegt es mir ferne, deshalb in irgend einer Weise die Zuverlässigkeit des fraglichen Berichts in Zweifel zu ziehen; und das um so weniger, als eine Einteilung der Zwerge in gute und böse auch sonst in Rügen und dem gegenüberliegenden Neuvorpommern sich findet. - Im übrigen glaube ich, daß die Sammlung in ihrer neuen Gestalt dem Ideal, welches mir vorschwebte, ein getreues und möglichst vollständiges Bild der pommerschen Volkssage zu liefern, näher gekommen ist.

Berlin, den 1. Juli 1889.

Dr. Ulrich Jahn.

# I. Die alten Götter.

## 1. Allgemeines.

Von den alten deutschen Göttern hat sich die Gestalt des Wuotan oder Wôden in der pommerschen Volkssage am schärfsten erhalten. Vorzüglich tritt er, wie überall im Reiche, als wilder Jäger auf, aber nicht in farbloser Tradition, sondern in frischen lebendigen Sagen. Hier hetzt er als Todesgott die Seelen der ihm verfallenen Menschen, dort zeigt er sich als den grimmsten Feind der Riesen (Hünen), Zwerge und Meerjungfern. Bald verfolgt er die weiße Frau, bald jagt er Zauberer, Diebe und andere Verbrecher. In jener Gegend zieht er auf einem Wagen durch die Lüfte, in dieser hoch zu Roß an der Spitze eines zahllosen Gefolges, wieder in einer andern als einsamer Reitersmann auf schneeweißem Schimmel oder auf feuerflammendem Rappen, begleitet von seinen schwarzen Hunden.

Ferner weiß der pommersche Volksmund zu berichten, wie der Gott zum wilden Jäger ward. Man kennt ihn als Wunderthäter und als mächtigen Beschützer seiner Freunde. Selbst als Erntegottheit ist er noch heutiges Tages bekannt, zwar nicht in der Sage, wohl aber im Brauch, was hier deshalb nur kurz in einer Anmerkung berührt werden kann.[2]

Was nun den Namen W ô d e n angeht, so hat sich derselbe in vielen Kreisen erhalten, natürlich nicht ohne gewisse dialektische Lautveränderungen. Das w der altsächsischen Urform ist hier und da in g übergegangen, aus ô ist au, aus d ein r und aus diesem r wiederum ein l geworden. Außerdem ist meistens das n fortgefallen, dafür aber häufig die Deminutiv-Endung ke (-chen) angefügt worden. Wir finden im ganzen folgende Formen: in Rügen und Nordvorpommern: W ô d e, W a u r, W a u l, G a u d e n, G a u r e n, (siehe oben die Anmerkung); auf Usedom-Wollin: W a u d;[3] im Kreise Demmin: W a u r k e, W ô d k e, G a u r; Naugard: W ô d; Fürstentum: W ô t k; Neustettin: W ú i d und W ô d.

Von gleichem Alter ist die Benennung H a c k e l b e r g (H å k e l b â r c h), welche in vielen Dörfern der Kreise Grimmen und Demmin für den wilden Jäger allein bekannt ist. Das Wort ist entstellt aus H a k e l b e r e n d und kennzeichnet W ô d e n als den Mantelträger, nach seinem großen, gewaltigen Mantel, dem Himmelszelt. Auch die Bezeichnung als G r a f v o n   E b e r n b u r g im Kreise Randow mag alt sein und auf mythologischer Grundlage beruhen. Dagegen zeigen Namen wie: D u e w e l, B o e s e r, B e e l z e b u b, D r å k, A l f, R ô d j ä c k t e r, welche sonst dem wilden Jäger beigelegt werden, die häufig beobachtete Erscheinung, daß die alten heidnischen Götter, sobald sie dem Volksgedächtnis zu entschwinden beginnen, teuflische Natur annehmen und schließlich zum Teufel selbst werden oder in die Klasse der niedern, elbischen Geister, der Kobolde, Drachen u. s. w., übergehen.

In geringerem Maße als die Erinnerung an W ô d e n hat die pommersche Überlieferung das Andenken an seine Gemahlin F r î a bewahrt. Die spärlichen Reste, welche sich von dem Namen der Göttin erhalten haben, sind in Nr. 39 zusammengestellt. Einen trefflichen Friamythus bietet die Sage von der M û m i l î s e l, welche trotz der scheinbar ganz süddeutschen Namensform echt pommerschen Charakters ist. In der W å t e r m ä u n k, W å t e r m ä u m, P ü t t m o e n und in der R o g g e n m a u e r, K o r n m o e n erscheint Fria als Brunnen- und Erntegottheit, freilich schon in arger Entstellung, ist sie doch zum Schreckgespenst und zur Kinderscheuche herabgesunken. Es ist eben bei ihr derselbe Zersetzungsprozeß vor sich gegangen, wie bei dem Wôden.

Von sonstigen Göttern lebt in der Sage[4] nur noch die Todesgottheit fort, teils als personifizierter Tod, teils als verkörperte Krankheit. Das Nähere darüber ist aus den unten aufgeführten Sagen ersichtlich, nur die sprichwörtliche Redensart: »Dem Tode ein paar Schlurrtüffeln geben« (Kr. Regenwalde); »Dem Dôd he pår Schauh schenke«[5] mag hier ihre Stelle finden. Sie kennzeichnet den Gott, wie er von dem aus schwerer Krankheit Wiedergenesenen Opfer fordert und erhält, und ist deshalb für uns von höchstem Interesse. Im übrigen sind die Vorstellungen von der Personifikation des Todes und der Krankheiten noch immer ungemein verbreitet, und es dürfte verhältnismäßig wenig Landleute geben, die nicht fest daran glaubten, daß z.B. die Cholera oder irgend eine andere verheerende Seuche ein bewußtes dämonisches Wesen sei, welches je nach seinem Gutdünken in diesem Orte alle Bewohner tötet, während sie jenen gnädig verschont.

Die letzte Sage in diesem Kapitel ist ein Niederschlag des germanischen Mythus vom Weltuntergang (Ragnarök). Sonst sind jedoch die Niederschläge von Götter-Mythen, wie sie sich in den Sagen von bergentrückten Helden, weißen Frauen, Schlüsseljungfern u. s. w. erhalten haben, hier nicht berücksichtigt worden, sondern werden in einem besonderen Abschnitt behandelt werden.

## 2. Der Wode in Rügen.

Vor langen Zeiten lebte im Sachsenlande ein großer Fürst, der viele Burgen und Schlösser, Dörfer und Forsten hatte. Er liebte am meisten von allen Dingen in der Welt die Jagd und lebte mehr in den wilden Wäldern als auf seinen Schlössern und war überhaupt eines jähen und wütigen Gemütes und ein rechter Zwingherr.

Einst hatte ein Hirtenknabe in seinem Walde einen jungen Baum abgeschält und sich aus der abgeschälten Rinde eine Schalmei gemacht. Diesem armen unschuldigen Buben hat der Unhold den Leib aufgeschnitten und das Ende des Gedärms um den Baum gebunden, und nun hat er den Knaben so lange um den Stamm treiben lassen, bis das Gedärm aus dem Leibe gewunden und der Knabe tot hingefallen war, und dazu hat er gerufen: »Das ist die Schalmei, worauf du blasen sollst; das hast du für dein Pfeifen.« –

Einen Bauern, der auf einen Hirsch schoß, welcher ihm das Korn abweidete, hat er ohne alle Barmherzigkeit lebendig auf den Hirsch festschmieden und das wilde Tier so mit ihm in den Wald laufen lassen. Da ist das geängstete Wild mit dem armen Manne so lange gelaufen und hat ihm Leib und Haupt und Schenkel an den Bäumen und Sträuchern so lange jämmerlich zerquetscht und zerrissen, bis zuerst der Bauer tot war, dann auch der Hirsch hinstürzte.

Für solche greuliche Thaten hat der ungeheure Mann endlich auch seinen verdienten Lohn bekommen. Er hat sich auf der Jagd mit seinem Pferde den Hals gebrochen, welches durchgegangen und so gewaltig gegen eine Buche gerannt ist, daß es den Augenblick tot hinfiel, dem Reiter aber an dem Baume das Gehirn in tausend Stücke zerstob. Und das ist nun seine Strafe nach dem Tode, daß er auch noch im Grabe keine Ruhe hat, sondern die ganze Nacht umherschweifen und wie ein wildes Ungeheuer jagen muß. Dies geschieht jede Nacht, Winter und Sommer, von Mitternacht bis eine Stunde vor Sonnenaufgang, und dann hören die Leute ihn oft: »Wod! Wod! Hoho! Hallo! Hallo!« schreien; sein gewöhnlicher Ruf ist aber: »Wod! Wod!« und davon wird er selbst an manchen Orten der Wode genannt.

Der Wode sieht fürchterlich aus und fürchterlich ist auch sein Aufzug und sein Gefolge. Sein Pferd ist ein schneeweißer Schimmel oder ein feuerflammiges Roß, aus dessen brausenden Nüstern Funken sprühen. Darauf sitzt er, ein langer hagerer Mann in eiserner Rüstung, Zorn und Grimm funkeln seine Augen, und Feuer fliegt aus seinem Angesicht; sein Leib ist vornüber gebeugt, weil es immer im hallenden, sausenden Galopp geht; seine Rechte schwingt eine lange Peitsche, mit welcher er knallt und sein Wild aufjagt oder auch das verfolgte schlägt. Wütende Hunde ohne Zahl umschwärmen ihn und machen ein fürchterliches Getose und Geheul; er aber ruft von Zeit zu Zeit drein:

>>Wod! Wod! Hallo! Hallo!

Halt den Mittelweg! Halt den Mittelweg!<<

Seine Fahrt geht meistens durch wilde Wälder und öde Heiden, in der Mitte der ordentlichen Straßen und Wege darf er nicht reiten. Trifft er zufällig auf einen Kreuzweg, so stürzt er mit Pferd und Mann und Maus fürchterlich Hals über Kopf und rafft sich weit jenseits erst wieder auf. Doch auch die, welche er jagt, dürfen diesem Kreuzwege nicht zu nahe kommen.

Und was für Wildbret jagt er? Unter den Tieren alles diebische und räuberische Gesindel, welches zur Nachtzeit auf Beute schleicht: Wölfe, Füchse, Lüchse, Katzen, Marder, Iltisse, Ratten, Mäuse und von den Menschen: Mörder, Diebe, Räuber, Hexen und Hexenmeister und alles, was von dunklen und nächtlichen Künsten lebt. So muß dieser Bösewicht, der im Leben soviel Unheil anrichtete, es gewissermaßen im Tode wieder gut machen. Er hält, wie die Leute sagen, die Straße rein; denn wehe dem, welchen er bei nächtlicher Weile auf verbotenen Schleichwegen oder im Felde und Walde trifft und der nicht ein gutes Gewissen hat! Wie mancher muß wohl zittern, wenn er sein

>>Hoho! Hallo!

Halt den Mittelweg! Halt den Mittelweg!<<

hört. Denn gewöhnlich jagt er, was er vor seine Peitsche bekommt, so lange, bis es die Zunge aus dem Halse streckt und tot hinfällt.

Am strengsten ist der wilde Jäger gegen die Hexen und Hexenmeister. Diesen ist der Tod das Gewisseste, wenn er sie einmal in seiner Jagd hat, es sei denn, daß sie etwa eine Alfranke oder eine Hexenschlinge finden, wo sie durchschlüpfen mögen. Dann sind sie für das Mal frei.

Alfranke ist ein kleiner Strauch, der im Walde steht und im ersten Frühjahr grünt und sich gerne um andere Bäume schlingt und rankt und dabei oft eine Schlinge mit einer Öffnung macht, wo jemand hindurch schlüpfen kann. Ebenso wachsen einzelne Zweige von Bäumen oft so wundersam zusammen, daß sie ein rundes Loch, einer Schlinge gleich, bilden, häufig weit genug, daß ein Ochs hindurchschlüpfen könnte, wie viel leichter ein Mensch. Das nennt man eine Hexenschlinge oder einen Hexenschlupf; denn wann sie in der Not ein solches treffen und hindurchwischen, darf niemand sie anrühren.

*Nach E. M. Arndt, Märchen und Jugend, erg. 2. Aufl. I. S. 336–339.*

# 3. Der wilde Jäger in Rügen.

In Rügen sagt man, der wilde Jäger sei der Teufel. Er reitet jede Nacht zwischen elf und zwölf auf seinem feuerschnaubenden Rosse aus und jagt durch das Land. Hoch oben aus der Luft schreit er sein wildes Tschû hâ! Tschû hâ! und wenn die Leute das hören, so eilen sie, um sich so schnell als möglich vor ihm in Sicherheit zu bringen.

Steht irgendwo in einem Hause Vorderthür und Hinterthür auf, so reitet er hindurch und nimmt alles, was er von menschlichen Wesen auf dem Flure ergreifen kann, mit sich in sein Reich. Vorzugsweise aber raubt er gerne Kinder. Ist das Haus verschlossen, so zieht er mit großem Gebrause um dasselbe herum.

Der Arbeiter Möller in Coldevitz hatte in einer Nacht aus Nachlässigkeit die beiden Thüren offen gelassen. Da fuhr der wilde Jäger hindurch, doch Menschen hat er auf diesem Flure keine getroffen. Das hat aber der Möller ganz genau gesehen, daß zur rechten und zur linken des wilden Rosses je ein lebendiger Knabe hing, die der Teufel, weiß Gott wo, vorher aufgegriffen hatte.

*Mündlich aus Coldevitz auf Rügen.*

## 4. Der wilde Jäger und die Seejungfrau.

Ein Fischer aus Binz stand eines Nachts an dem Schmachber-See und wollte fischen. Da tauchte plötzlich eine Seejungfrau empor, die war halb Fisch und halb Mensch und dabei ganz nackt. Noch ganz verwundert über die seltsame Erscheinung erblickte er mit einem Male den wilden Jäger durch die Luft daher ziehen. Derselbe legte auf die Seejungfrau an und erschoß sie, so daß sie sofort tot in die Tiefe zurücksank und seit der Zeit nie wieder gesehen worden ist.

*Mündlich aus Binz auf Rügen.*

## 5. Der Wode in Neuvorpommern.

Ein Schäfer lag nachts mit seiner Herde am Waldessaum. Da kam der Wode mit der wilden Jagd daher und befahl ihm, aus dem Wege zu gehen; aber der Schäfer erwiderte, er habe gleiches Recht auf den Wald, wie der Jäger. Da ergriff ihn der Wode und zerriß ihn in Stücke.

Ein Mann, der von Camitz nach Grugel ging, mußte einen bedeutenden Wald passieren. Auf einmal hörte er in der Luft ein gewaltiges Getöse, wie von einer fernen Jagd, und den Ruf:

»Midden innen Wech!

Süs bîten dî mîne Hunne!«

Er warf sich sogleich platt auf den Bauch und fühlte, wie die Hunde über seinen Rücken fortliefen.

Ein Müllerbursche stand vor der Mühle, als an ihm die wilde Jagd vorüber zog. »Nimm mî mit!« rief der Bursche. – »Halb Part!« sagte Wode und warf ihm, als er zurückkehrte, eine Menschenkeule vor die Mühle, indem er rief:

»Häst du wullt jågen,

Kannst ôk mit gnågen!«

Die Keule versuchte der Bursche auf alle mögliche Weise wegzuschaffen, es ging aber nicht. Endlich wurde sie gebannt.

*Kuhn, Westfäl. Sag. I. Nr. 401–403.*

## 6. Der Wode und der Eber.

In Neuvorpommern weiß man auch sonst so manches von dem Wode, dem wilden Jäger, zu erzählen. Einige sagen, er sei ein Bote Klapperbeins, des Todes, andere halten ihn für den Teufel, wieder andere behaupten, er sei mit seiner Seele dem Teufel verfallen, die er ihm um den Preis, ewig jagen zu dürfen, verpfändet habe, und endlich erzählen sie:

Der Wode war ein reicher Edelmann, dessen Wohnsitz man nicht anzugeben weiß. Einst jagte er einen Eber und verwundete ihn tötlich. Derselbe wurde auf einem Wagen nach Hause geführt, wo ihn Wode triumphierend seiner Frau zeigte, die ihn am Morgen gebeten hatte, nicht zur Jagd zu gehen, da sie seinen Tod ahnte. Jetzt aber, da der Eber tot war oder es wenigstens so schien, hob ihn der Wode in die Höhe; aber das totgeglaubte Tier schlitzte ihm den Leib auf, daß er bald nachher seinen Geist aufgab. Im Tode jedoch rief er noch, wenn er durch seinen toten Eber sterben solle, so wolle er ewig jagen.

*Kuhn, Westfäl. Sagen I. Nr. 400.*

## 7. Hackelbergs Hunde zerreißen eine Frau.

Ein Mann ging des Abends dem Walde zu, als plötzlich der Hackelberg (Håkelbârch) auf ihn los kam und ihm befahl, seine beiden großen, schwarzen Hunde zu halten. Der Bauer ging darauf ein, denn er wußte, daß er selbst getödtet würde, wenn er sich dem Hackelberg widersetzte. Nachdem er die Koppelkette in die Hand genommen, fragte ihn der wilde Jäger, ob er nicht einer Frau begegnet wäre. Der Bauer bejahte dies, gab auch die Richtung an, in der sie ihren Weg genommen, und der Hackelberg machte sich eilends an die Verfolgung.

Es dauerte nicht lange, so brachte er die Frau lebend zurück, und zwar hatte er sie fest auf das Pferd gebunden. Als er bei dem Manne ankam, forderte er ihn auf, sich zur Belohnung zwischen den Vorderfüßen des Pferdes etwas aufzunehmen. Der Mann meinte jedoch, er brauche für das Hundehalten keine Belohnung. Das war der Hackelberg schließlich auch zufrieden, bedankte sich schön, nahm seine Hunde wieder an sich und ritt in den Wald hinein.

Der Bauer folgte in der Ferne nach und, als er mitten in dem Forst war, sah er die Leiche der gefangenen Frau, von den Hunden des Hackelberg ganz in Stücke zerissen, auf dem Erdboden liegen.

*Mündlich aus Sievertshagen, Kreis Grimmen.*

## 8. Hackelberg und die Milchstraße.

Den Hackelberg hat man häufig hoch durch die Lüfte reiten sehen. So kam er auch einmal angeritten und wurde von den Leuten in Sievertshagen erblickt, wie er über das Dorf zog und am äußersten Ende desselben sich auf ein Haus herabließ und darin verschwand. In diesem Hause ist seit der Zeit immer Unglück gewesen, und während die Kühe dort sonst sehr gute und reichliche Milch gegeben hatten, hat man von dem Tage an immer nur Blut aus ihren Eutern heraus melken können.

Aber nicht nur auf der Erde hat der Hackelberg Unheil angerichtet! Einst ist er so hoch geritten, daß er den Himmel berührte, und hat dort einen ganzen Streifen so zugerichtet, daß er noch heutiges Tages wohl zu erkennen ist. Er sieht ganz weißgrau aus und wird daher die Melkstrât[6] genannt.

*Ebendaher.*

## 9. Der Waur oder Waul.

Im Greifswalder Kreise kennt man den wilden Jäger als Wåur, so um Neuenkirchen, oder als Wåul, wie zum Beispiel in Eldena. Auch hier erzählt man allgemein, er ziehe mit seinen Hunden unter gewaltigem Getöse durch die Lüfte und rufe dabei immerwährend: »Haltet den Mittelweg! Haltet den Mittelweg!«

Den Müller aus Steffenshagen verdroß der Lärm, und höhnend rief er von seiner Mühle aus dem wilden Jäger Scheltworte zu. Da warf ihm der Waur aus hoher Luft eine Menschenkeule herab und befahl ihm, dieselbe zu essen. Jetzt überkam den frechen Spötter Todesangst, er lief zum Pastor und fragte zitternd um Rat, wie er sich verhalten solle. Der Pfarrer betete zuerst mit ihm gemeinschaftlich, darauf sprach er: »Geh nach Hause und warte geduldig ab, bis die wilde Jagd wieder vorbei zieht. Dann tritt heraus und rufe dem wilden Jäger zu, du wollest die Keule essen, falls er dir auch das Salz dazu gäbe.« Der Müller that, wie ihm geheißen war, und kaum hatte er seine Rede beendet, so nahm der Waur die Keule wieder zu sich; denn noch niemals hat man gehört, daß der wilde Jäger Salz bei sich führen darf.

*Mündlich aus der Umgegend von Greifswald.*

## 10. Der Waurke.

Des Nachts trieb früher der Waurke oder, wie manche Leute ihn auch nennen, der Wôdke sein Wesen. Mit einer großen Meute wilder, feuerspeiender Hunde zog er über Wald und Feld dahin und nahm alle mit, die sich nicht auf dem Hauptwege befanden, sondern querfeldein liefen. Doch warnte er schon aus weiter Ferne die Wanderer durch seinen laut schallenden Ruf:

»Hau! Hau! Hau!
Hullt den Middelwech,
Donn daun mîn Hunn juch niks!«

Einem Schäfer, der inmitten der Hürde wach in seiner Schäferhütte lag, kam dies Schreien lächerlich vor, und tollkühn, wie er war, rief er, so laut er konnte, in spöttischem Tone dem Waurke nach:

»Hau! Hau! Hau!
Hullt den Middelwech!
Donn daun mîn Hunn juch niks!«

Kaum hatte er diese Worte beendet, so öffnete sich die verschlossene Thüre und ein Frauenbein kam auf ihn zugeflogen und hoch aus der Luft hallte die Stimme des Waurke herab:

»Kannst du mit jågen
Kannst uk mit någen!«

Der Schäfer hat sich darüber dermaßen entsetzt, daß man ihn drei Tage darauf auf den Kirchhof trug.

*Mündlich aus Bentzin, Kreis Demmin.*

## 11. Wie der Hackelberg zum wilden Jäger ward.

Der Hackelberg ist der wilde Jäger. Er reitet mit vielen Genossen und gefolgt von Hunden durch das Land »dörch Tûn un Håkelwark« (Heckengesträuch), weswegen er auch den Namen Håkelbârch führt.

Er war früher ein reicher Graf, der sinnlos der Jagdlust frönte. Was ihm vor die Augen kam, hetzte er zu Tode, und niemals schonte er das Besitztum der armen Leute. Einst jagte er am Sonntag-Vormittag mit seinen wilden Gesellen hinter einem Stück Wild her. Sie kamen an eine Herde, und da er das Wild erlangen wollte, ritt er mitten durch das weidende Vieh hindurch, so daß alles von den Hunden zerrissen und von den Rossen zerstampft wurde. Darauf ging es in einen großen Wald hinein, der Graf immer voran. Plötzlich schaute er sich um, und siehe - er hatte sich verirrt. Rings um ihn herrschte Todesstille. Es kam ihm vor, als wäre er in die Hölle hineingejagt und wirklich, der Teufel erschien und rief ihm zu: »Bis jetzt hast du Wild gejagt, von nun an sollst du in Ewigkeit Menschen jagen.« Und so zieht er denn auch noch heutiges Tages in den dunkeln Nächten über die Erde dahin.

*Mündlich aus Mesiger, Kreis Demmin.*

## 12. Mann hält einem Reiter aus Hackelsbergs wilder Jagd die Hunde.

Ein Knecht aus Mesiger wollte des Abends seine Mutter besuchen. Er trug ein Päckchen schmutziger Wäsche unter dem Arm, um sich dieselbe zu Hause waschen zu lassen. Als er nun in die Grammentiner Königliche Forst kam, hörte er von weitem den Hackelberg mit seinen Jägern daher brausen. Unverzagt blieb er stehen und wartete den Zug ab. Da ritt plötzlich einer von den Reitern auf ihn zu und bat ihn: »Halte mir doch auf einen Augenblick meine beiden Hunde. Wenn du mich aber aus dem Walde rufen hörst: »Halte die Hunde recht fest!« dann laß die Tiere laufen.«

Der Knecht ging darauf ein, ergriff die schwere Kette, mit der die Hunde zusammengekoppelt waren, und hielt sie so lange fest, bis der Reiter nach einer kleinen Weile aus der Ferne schrie: »Halte die Hunde recht fest.« Dem Abkommen gemäß ließ er jetzt die Kette fahren und im Nu waren die Tiere im Gehölz verschwunden.

Ärgerlich über den Zeitverlust ging er seines Weges weiter. Wie er nun an den Ausgang des Waldes gelangte, kam ihm der Reiter aus Hackelbergs Gefolge wieder entgegen auf schaumbedecktem Rosse und gefolgt von seinen Jagdhunden. Kaum hatte er den Mann erblickt, so sprengte er auf ihn zu, dankte ihm und bat ihn, seinem Pferde den Schaum mit einem Tuche abzuwischen. Ein Tuch habe er nicht, antwortete der Knecht, wenn er's aber zufrieden wäre, so wolle er sein schmutziges Hemde dazu benutzen! Der Reiter war damit einverstanden, bedankte sich nochmals und forderte dabei den Mann auf, doch ja das Hemde nicht fortzuwerfen, sondern es wieder in das Päckchen zu wickeln. Sodann verschwand er.

Der Knecht packte das Hemde ein und ging zu seiner Mutter. Den andern Morgen wollte er ihr seine schmutzige Wäsche zum Waschen übergeben, öffnete das Bündel und, wer beschreibt sein Erstaunen, das Hemde, mit welchem er den Schaum des Pferdes abgewischt hatte, war über und über mit Goldstücken gefüllt, so daß er sein' Lebtage nicht Not zu leiden brauchte.

*Ebendaher.*

## 13. Der Hackelberg auf der Jagd.

Ein Schäfer hütete auf fremdem Gebiet seine Herde. Da hörte er den Hackelberg einherziehen und weil er wußte, daß derselbe kein Unrecht ungestraft läßt, so warf er sich in seiner Angst mit plattem Leibe in einen Grenzgraben. Da rief ihm der wilde Jäger aus der Luft zu: »Is dîn Glück, dat du uns ût den Wech gân büst, süs harren wî dî dei Bedreijerî anstrêken!«

Ein anderer Schäfer lag des Nachts bei seinen Schafen im Schubkarren, als er den Hackelberg heranbrausen sah. Übermütig ahmte er das Kläffen der Jagdhunde nach. Da warf ihm einer aus Hackelbergs Gefolge eine Menschenkeule in seinen Karren hinein mit den Worten:

»Häst du mit bellt,

Donn kannst du uk mit frêten!«
Harmlosen Wanderern thut der Hackelberg jedoch nichts zu leide; im Gegenteil, er warnt
sie, ihm aus dem Wege zu gehen, mit dem Zuruf:
»Hullt den Middelwech! Hullt den Middelwech!«
Darum ist es auch wohl nicht richtig, wenn manche Leute behaupten, der wilde Jäger sei
nichts anderes als der Teufel, sonst könnte er gewiß nicht so mitleidig sein.

*Ebendaher.*

## 14. Die wilde Jagd nimmt einen Hund mit sich.

Auf dem Zielow, einem Stück Land in der Nähe der Kolonie Fernowsfelde, das jetzt nur
noch ein dürrer, mit einigen Kiefern bewachsener Sandboden ist, hat sich schon oft die
wilde Jagd hören lassen.

Einst weidete ein Schäfer dort seine Schafe; und wie er des Nachts in seinem Karren lag,
hörte er draußen Jagdruf und lautes Gebell. Zornig über die gestörte Nachtruhe begann der
Mann zu fluchen; in demselben Augenblicke ward aber auch ein Kinderbein durch die
Decke in den Wagen geschleudert und sein Hund in die Lüfte entführt.

Am andern Morgen fand der Schäfer den kopflosen Leichnam des treuen Tieres auf dem
Zielow liegen. Hätte er den Hund nicht bei sich gehabt, so hätte der wilde Jäger ihm selbst
den Hals umgedreht.

*Mündlich aus Fernowsfelde, Kreis Usedom-Wollin.*

## 15. Der Graf von Ebernburg.

Vor vielen Jahren lebte einst der Graf von Ebernburg. Das war ein so wilder und gottloser
Jäger, daß kein Tag in der Woche verging, an dem er nicht eine große Hetzjagd abgehalten
hätte. Ja, endlich wurde er frevelhaft genug, sogar der Sonntagsheiligung nicht mehr zu
gedenken und selbst am Tage des Herrn seine tolle Jagdlust zu befriedigen. Wie er nun mit
seiner wilden Gesellschaft, gefolgt von den schnellen, beutegierigen Hunden, über die Felder
und Wiesen dahinritt, erschallte um neun Uhr der Ruf der Kirchenglocke und neben ihm
standen zwei Männer, von denen der eine aussah wie ein Engel, der andere aber ganz
schwarz von Farbe war. Jener machte dem Grafen von Ebernburg Vorstellungen ob seines
gottlosen Treibens, dieser dagegen, welches der Teufel selber war, wußte ihm sogleich alle
Bedenken durch spöttische und ruchlose Reden wieder aus dem Sinne zu bringen.

Dreimal sprach so der Gute dem Ebernburger zu, und dreimal verstand der Böse, alle
Gewissensbisse in des Grafen Innern schweigen zu machen. Darauf verschwanden die beiden, und weiter jagte der wilde Mann mit seinen wüsten Genossen. Doch die Glocke hatte
noch nicht die zehnte Stunde verkündet, als schon alle zu ihrem Schrecken gewahr wurden,
daß sie nicht mehr auf ebener Erde waren, sondern hoch durch die Lüfte mit ihren Rossen
und Hunden brausten. Jetzt hätten sie gerne aufgehört, aber nun war es zu spät. Ohne Ruhe
und Rast muß der Graf von Ebernburg von der Stunde an bis in alle Ewigkeit hinein als
wilder Jäger an der Spitze der Seinen durch die Lüfte ziehen.

Doch ist er trotz seiner Wildheit nicht ganz eines mitleidigen Sinnes bar, denn Kindern,
die er beim Holzsammeln traf, rief er, um sie vor seinen bissigen Hunden zu bewahren,
schon aus weiter Ferne zu: »Tretet auf den Mittelweg, sonst zerreißen euch meine Hunde!«

*Mündlich aus Zabelsdorf, Kreis Randow.*

## 16. Der wilde Jäger verfolgt die weiße Frau.

Noch vor der Zeit, als die Franzosen in Pommern hausten, ging eines Abends der Schullehrer von Hohenholtz nach Stettin, um Einkäufe zum Kindelbier zu machen. Da hörte er mit einem Male die wilde Jagd mit Hundegebell und Jägergeschrei herannahen und, ehe er sich von seinem Schrecken erholen konnte, kam eine schneeweiße Taube auf ihn zu geflogen und bat ihn, mit seinem Kreuzdornstock einen Kreis um sich zu schlagen und denselben mit drei Kreuzen zu weihen.

Der Lehrer that, wie ihm befohlen war, und kaum war er fertig, so schlüpfte die Taube in den Ring hinein und verwandelte sich dort in eine weißgekleidete Jungfrau. Doch schon war auch der wilde Jäger auf seinem Rosse bei der Stelle angelangt und rief dem geängsteten Manne zu: »Öffne den Kreis und stoß die weiße Frau heraus!« Was half es, daß diese den furchtsamen Menschen bat, dem Befehl nicht zu gehorchen, daß sie ihm wieder und wieder versicherte, der mit dem Kreuzdorn gezogene Kreis schütze ihn vor jeder Gewaltthätigkeit der wilden Jagd. Umsonst, der erschrockene Lehrer leistete dem Gebot Folge, öffnete den Kreis, und im Nu war auch die Jungfrau daraus entschlüpft und jagte der wilde Jäger wieder hinter ihr drein. Aber lange kann die Jagd nicht mehr gedauert haben, denn schon nach kurzer Zeit kam der Jäger zurück und hatte vor sich auf dem Pferd die getötete Frau liegen, so daß ihre langen, schwarzen Haare den Erdboden schleiften.

*Mündlich aus Zabelsdorf, Kreis Randow.*

## 17. Der Lagerplatz der wilden Jagd.

Bei einem Dorfe unweit Cammin lagen einst Knechte auf der Pferdehutung. Es war schon spät in der Nacht, als es einem der Burschen einfiel, in den benachbarten Ellernbruch hinabzusteigen. Wie er so über die Baumstümpfe kletterte, sah er plötzlich ein prächtiges Jagdlager vor sich. Die Herren trieben allerhand Kurzweil und aßen und tranken, während Hunde und Pferde auf guter Streu ausruhten.

Der Knecht wußte noch gar nicht recht, wie ihm geschah, als mit einem Male das ganze Jagdlager sich in die Lüfte erhob und unter tollem Lärm und Geschrei dahin sauste. Das war so greulich anzuhören, daß der Bursche zeitlebens daran gedacht hat und nie wieder in den Ellernbruch hinab gestiegen ist.

Ähnlich erging es einem Bauern bei Kunow. Der wanderte in tiefer Nacht über Feld und ärgerte sich, daß ihm sein Pfeifchen ausgegangen war. Zu seiner Freude erblickte er da vor sich eine große Anzahl feiner Herren, von denen auch einige zu rauchen schienen. Artig trat er an sie heran und bat um Feuer, aber in demselben Augenblick war auch schon die ganze Gesellschaft hoch oben in den Lüften und begann als wilde Jagd über die Erde zu fahren. Was der Bauer für glühenden Tabak angesehen hatte, waren die feurigen, funkensprühenden Augen ihrer Hunde gewesen.

*Mündlich aus Kunow, Kreis Cammin.*

## 18. Der wilde Jäger und die Schlüsseljungfrau.

Zwei Leute aus Kunow, ein Förster und ein Arbeiter, kehrten nach Sonnenuntergang von ihrem Tagewerk im Walde heim. Auf der Landstraße zwischen Klein-Weckow und Kunow begegnete ihnen eine Jungfrau, die an ihrem ganzen Körper mit Schlüsseln behangen war.

CAMMIN

Auf ihre Frage, ob sie mitgehen könnten, antwortete die Jungfer, sie müßten sich zuvor dreimal an einem Freitag vor Sonnenaufgang gewaschen haben, und lief dann weiter.

Bald darauf trafen die beiden einen Reiter, der sich genau nach der Schlüsseljungfrau erkundigte. Sobald sie ihm Auskunft darüber gegeben hatten, jagte er davon. Und noch kurz vor Kunow hat er sie wieder eingeholt und ist an ihnen vorüber geritten mit der Schlüsseljungfrau, welche an seinem Sattel hing, den Kopf nach unten.

*Ebendaher.*

## 19. Die wilden Jäger und die beiden Frauen.

Ein Schäfer lag des Nachts in seiner Hütte auf der Schafhutung. Kamen zwei prächtig gekleidete Frauenzimmer vorbei, und die eine sagte zur andern: »Der uns kriegen soll, kann uns heut nicht kriegen; denn er hat sich noch nicht gewaschen.« Darnach eilten sie ihres Weges weiter.

Nach einen kleinen Weile erschienen zwei Jägersleute, gefolgt von ihren Feuer sprühenden, laut bellenden Hunden und riefen dem Manne zu: »Schäfer, hast du nicht ein paar Frauensleute gesehen?« – »Gewiß«, entgegnete dieser, »und sie sprachen zueinander: »Heut kann er uns nicht kriegen, denn er hat sich noch nicht gewaschen.«« –

Als die Jäger das vernahmen, gingen sie seitab zu einem kleinen Teich und wuschen sich, darauf jagten sie den Weibern nach. Es dauerte gar nicht lange, so hörte der Schäfer in seiner Hütte aus der Ferne Schüsse fallen und noch ein Weilchen, so kamen die Jäger wieder zurück und führten die erlegten Frauenzimmer als Jagdbeute mit sich. Bei dem Schäferkarren machten sie halt; der eine rief:

»Du häst uns hulfe jachte
Nu sallst d'uk mit uns têre«

warf ihm die Lende eines der Weiber in seinen Karren hinein und verschwunden waren sie. Der Schäfer hat sich viel Mühe gegeben, den Schenkel von sich zu schaffen, er ist aber immer wieder zu ihm zurückgekehrt.

*Ebendaher.*

## 20. Die wilde Jagd bei Wachholzhagen.

Bei Wachholzhagen im Kreise Greifenberg hat man oft die wilde Jagd ziehen gesehen. Der wilde Jäger, der sie anführt, ruft immer fort:

»Holl de Middelwech,
Sus terrîten dî mîne Hunn!«

und warnt damit die Wanderer.

*Mündlich aus Wachholzhagen, Kreis Greifenberg.*

## 21. Der Wod wirft ein Frauenbein zu.

In Kicker, Kreis Naugard, glaubt man, die wilde Jagd fahre in einer schwarzen Kutsche. Der Kutscher soll einen ganz weißen Kopf haben, wie eine weiße Taube. Vor dem Wagen befinden sich zwei Rappen, und davor laufen wieder zwei schwarze Hunde, denen fortwährend Feuer aus dem Maule schlägt. Der wilde Jäger selbst heißt der W o d. Andere nennen ihn auch d e i D r å k und erzählen, daß er zumeist im Spätherbst beim F l a s s b r å k e durch die Lüfte ziehe.

Einst waren Zimmerleute im Walde auf Arbeit, und unter ihnen befand sich ein arger Spötter. Als nun der Wod daher kam, um auf seine Opfer, die ungetauften Kinder, Jagd zu machen, so stimmte der Spötter mit in den Jagdruf ein und johlte, wie die Jäger zu thun pflegen. Es dauerte aber gar nicht lange, da wurde ihm der Lohn für seine Frechheit zu teil. Denn plötzlich ward ihm vom Wod ein Frauenbein, dem ein roter Strumpf angezogen war, aus der Luft zugeworfen und eine Stimme rief:

»Häst mit jacht,
Kâst uk mit frête.«

Der Zimmergesell wollte sich des Beines entledigen, aber trotz aller seiner Bemühungen und obgleich ihn seine Kameraden thätig unterstützten, gelang es nicht, dasselbe von der Seite des Mannes zu entfernen. Man vergrub es, aber kaum war es mit Erde bedeckt, so war es auch gleich wieder bei dem Spötter. Endlich legte man das Bein in einen Sarg und beerdigte es wie eine richtige Christenleiche auf dem Kirchhof. Das half, und seitdem ist der Mann von seiner abscheulichen Plage befreit gewesen.

*Mündlich aus Kicker, Kreis Naugard.*

## 22. Der Wod verfolgt ein Kind.[7]

Früher, als die Pferde noch draußen gehütet wurden und die Pferdehirten die Nacht durch zusammen am Feuer lagen, hörte man häufig den Wod durch die Lüfte ziehen. Einst geschah dies auch wieder und schleunig machten einige von den Knechten einen Kreis um sich herum und drei Kreuze hinein. Kaum waren sie damit fertig, so kam ein kleines Kind gelaufen, schlüpfte in den Kreis hinein und klammerte sich fest an die Beine des einen Mannes an.

Hinter ihm drein kam gleich darauf der Wod mit zwei schwarzen Hunden daher gestürmt und verlangte gebieterisch, die Knechte sollten das Kind aus dem Kreise herauslassen. Anfangs weigerten sich die Leute aus Mitleid mit dem Kinde, endlich aber gehorchten sie ihrer Furcht und stießen das arme Wesen aus dem Ringe heraus. Sobald sie das gethan hatten, lief das Kind eiligst in die Weite und der Jäger eilte hinterher. Ob er es eingeholt hat, weiß man nicht, aber Schüsse hat man gehört.

*Ebendaher.*

## 23. Die wilde Jagd im Hellbruch.

Gegen Ende des vorigen Jahrhunderts ging einmal der Förster von Faulenbenz bei Massow, der in Hohen-Schönau einen Besuch gemacht hatte, spät in der Nacht seiner Heimat zu. Als er im Walde zwischen Freiheide und Voigtshagen war, hörte er nicht weit von sich Hundegebell und dabei den Jagdruf: »Tzi hau! Tzi hau! Halt den Mittelweg!« Übermütig stimmte er mit ein; doch als das Geräusch gleich darauf näher kam, ahnte er, daß es wohl die wilde Jagd sein möchte. Eilig lief er darum zu einem Kreuzweg und warf sich daselbst auf die Erde hin, so daß er auf dem Bauche lag, die Hände über das Gesicht gefaltet.

Kaum hatte er dies gethan, als auch schon die wilde Jagd über ihn weg sauste und, da er ein klein wenig durch die Finger seitwärts zu sehen vermochte, so konnte er ganz genau erkennen, wie den Hunden das Feuer aus dem Rachen sprühte und eine ganze Gesellschaft dem wilden Jäger folgte. Doch nicht lange verweilte die wilde Jagd bei ihm, sondern wandte sich dem Dêfschtîj (Diebssteig) zu und zog von dort in den nahe gelegenen Bruch, die Hell genannt, wo sie auch verschwand.

*Mündlich aus Freiheide, Kreis Naugard.*

## 24. Die wilde Jagd im Schweriner Bruch und den Viehbergen bei Mesow.

Im Schweriner Bruch und in den Viehbergen bei Mesow hat sich die wilde Jagd sehr häufig bemerkbar gemacht. Wie anderwärts in Pommern hat sie auch dort den Wanderern zugerufen: »Halt den Mittelweg, daß dich meine Hunde nicht beißen«, und hat denen, welche spöttisch den Jagdruf nachäfften, ein Stück übelriechenden Aases oder eine Menschenlende zugeworfen mit den Worten: »Hast du mit helfen jagen, so mußt du auch mit helfen fressen.« Sonderbar ist jedoch, daß es hier zuweilen zwei Jäger waren, die mit den Hunden durch die Lüfte fuhren.

Das Merkwürdigste aber begegnete einem Bauern, welcher bei Nachtzeit die Heide in der Nähe der Viehberge passierte. Derselbe hörte nämlich lauten Jagdruf hinter seinem Rücken, und als er sich umschaute, sah er eine weiße Gestalt auf sich zukommen. Das war die Seele eines ungetauft verstorbenen Kindes, welche der wilde Jäger verfolgte. Ängstlich rief sie dem Manne zu: »Zieh einen Kreis um dich und schlage ein Kreuz hinein; darauf laß mich hineintreten und nimm mich zwischen deine Füße. Kommt dann der wilde Jäger und

39

befiehlt: »Gieb mir die Seele heraus«, so antworte bei Leibe nicht: »Da hast du sie«, sondern nur: »Nimm sie dir!««

Das that der Bauer auch alles getreulich und, so sehr der wilde Jäger tobte, er ist ihm nicht gewichen, bis die Mitternachtsstunde vorüber war. Da ist die Seele erlöst gewesen und fröhlich und guter Dinge mit hellem Gesang in die Lüfte geflogen. Doch auch für den Bauersmann blieb die Belohnung nicht aus. Er fand auf dem Heimweg einen großen Haufen Geld, daß er genug hatte sein lebelang.

*Aus Mesow, Kreis Regenwalde: mitgeteilt durch Herrn Professor E. Kuhn.*

## 25. Dat Ülleke[8]

Då was einmål ein rîke Gråf. Dê stund des Middachs Klock twêren up ûe dunn frueschtück hei eister. Ûe wenn hei frueschtück harr, dunn nåm hei sich sîne Hunn våer ûe tressîrte dê.

Des Åbends, wenn dat duesde wåd, dunn tôch hei up Jacht mit sîm Lîfjeger ûe den annern Jêger. Eis jing hei uk wedder up Jacht, då troef hei sone grôte Hirsch an. Disse hebbn sei jägt dê ganze Nacht ûe dê ganze Dach bät dê andre Nacht Klock twôlbe. Dunn kême sê an dê Mîlebârch, dê lijjt dår dicht anne Rêj bî Låbs (Rega bei Labes), ûe då was êr dê Hirsch mit einem Mål ût dê Ôgne verschwunne.

Dunn stund a kleie Ülleke våer êr ûe dê frôch ê, wat sê soekten. Sächt dê Gråf: »Wî soeke dê grôte Hirsch«, ûe dunn sächt dat Ülleke: »Dê is båwen inne Luft, ûe dê söjji nû bät anne jüngsde Dach jåge.«

*Mündlich aus Marienfließ, Kreis Saazig.*

## 26. Die wilde Jagd bei Nörenberg.

In der Nörenberger Gegend hört man nicht selten an schönen Sommerabenden in der Luft ein Rummeln, Sausen, Pfeifen und Gejuchze. Es dauert dann nicht lange, so erblickt man in weiter Entfernung hoch oben in der Luft einen Reiter und hinter ihm drein einen ganzen Schwarm von Gespenstern. Unter lautem Getöse senkt sich der Zug immer tiefer herab und verschwindet endlich mit gewaltigem Erdröhnen des Erdbodens in der Tiefe. Begegnet man der wilden Jagd, so kann man sich nur dadurch vor ihr retten, daß man sich platt auf die Erde wirft und den Zug an sich vorbeiziehen läßt. Die Leute sagen zu der ganzen Erscheinung: »Då tuet dê wîl Jacht.«

*Mitgeteilt durch Herrn Gymnasiallehrer O. Knoop.*

## 27. Der Traum vom Eber.[9]

Im Luchsjagdschloß bei Falkenburg, im Kreise Dramburg in Pommern, soll vor Zeiten ein gräflicher Förster, namens Klützke, gewesen sein. Dem hat einmal in der Nacht vor einer Eberjagd geträumt, daß er einen großen Eber erlegen, aber von ihm verwundet werden würde. Durch den Traum gewarnt, ist er zu Hause geblieben, aber nach der Jagd vom Schlosse herabgekommen, wo er unter dem erlegten Wilde gerade einen solchen Eber, wie den im Traume erblickten, fand. Als er nun denselben vom Wagen hob, um ihn zu besehen, glitt er ihm aus der Hand und der Hauer fuhr ihm ins Bein, so daß er lange Zeit darnieder liegen mußte, aber endlich doch wieder genas.

*Kuhn, Westfäl. Sag. I. Nr. 406.*

## 28. Der wilde Jäger als Dråk.

Eine Viertelstunde von Ritzig entfernt liegt der Hexberg, die höchste Bodenerhebung der ganzen Gegend, mit einer Rundsicht von zwei Meilen nach jeder Richtung hin. Von diesem Berge aus zieht die wilde Jagd, und man sagt dann: »Dei Dråk treckt.«

Einst hütete ein Schäfer des Nachts seine Herde auf dem Felde nicht weit von diesem Berge. Da hörte er mit einem Male lautes Hetzen und Hundegebell rings um die Herde herum. Weil er nun glaubte, der Böse wolle ihn verspotten, so hetzte er nach Kräften mit.

Als die Jagd zu Ende war, warf ihm der Drache eine Menschenlende zu und sagte dabei: »Sô! Häst ôk mit jåge hulpe, kåst ôk mit någe helpe. Då häst ôk wat voer dîn Unmoej.« Von der Zeit an hielt dem Schäfer den Tag über eine unsichtbare Gewalt das Menschenbein über die Schulter, des Nachts war dasselbe immer verschwunden. Niemand wußte ihm zu helfen. Da ging der Mann endlich zu einem Pastor, der die schwarze Kunst verstand; aber auch dem gelang es erst beim dritten Male, das Menschenfleisch fort zu bannen.

Überhaupt ist es auf dem Hexberg nicht recht geheuer. Besonders hat man in der Gegend nach der Neitwîsch (Neidwiese) zu große Züge von Rittern und Königen von ihm herabkommen gesehen.

*Mündlich aus Ritzig, Kr. Schievelbein.*

## 29. Der Wotk und die Hüne.

Zu früheren Zeiten zog oft unter lautem Hundegebell die wilde Jagd durch die Luft. Der Jäger, der sie anführte, hieß d e i  W ô t k. Derselbe nahm alles, was auf unrechten Wegen war, mit sich, besonders aber verwünschte Wesen: die Hünen und die Unterirdischen.

So pflügte einmal ein Bauer dicht am Walde bei Kratzig, und eine Hüne war bei ihm, als plötzlich die wilde Jagd angezogen kam. Der Bauer ahnte noch gar nichts davon, doch die Hüne erkannte den Wotk schon von weitem und rief voller Angst dem Manne zu: »Stülp üm dîn Mull, ik war dî då wull vôa betåle!«

Der Bauer dachte bei sich: »Was kann dir dir wohl geben«, kippte aber doch seine Mulde um, unter der sie sofort verschwand. Gleich darauf zog denn auch der Wotk mit großem Getöse vorüber. Nach einer kleinen Weile kam die Hüne wiederum zum Vorschein und befahl dem Bauern, sie zu begleiten. Jetzt solle er seine Belohnung empfangen. Er mußte seinen Sack mitnehmen, und als sie in den Wald gekommen waren, füllte ihm die Hüne denselben ganz voll Häcksel.

Kaum war der Bauer aus dem Walde heraus, so schalt er über die ärmliche Belohnung und schüttete unwillig den Häcksel auf den Acker. Wie er nun in sein Haus trat, klingelte es im Sack, und als er nachsah, hatten sich die wenigen scharfen Stacheln, die in der Leinewand haften geblieben waren, in blanke Thaler verwandelt. Schnell rannte der Mann zurück auf des Feld, um auch das übrige zu holen, doch da war alles verschwunden.

*Mündlich aus Kratzig, Kr. Fürstentum.*

## 30. Der Wotk und der Schäfer.

Als einst die Hirten mit ihren Schafen die Nacht über draußen in den Hürden geblieben waren, kam unter lautem Jagdruf und Hundegebell die wilde Jagd angezogen. Ein übermütiger Schäfer hetzte mit und rief: »Huisk, ksz, ksz!« Da warf ihm der Wotk eine Pferdekeule zu und sagte:

»Du häst mit jachte hulpe,
Kâst ôk mit ête helpe.«

*Ebendaher.*

## 31. Der Wotk begegnet einer Frau.

Einst ging eine alte Frau aus Kratzig allein auf der Straße, als plötzlich der Wotk mit seinen Hunden daher kam, denen das rote Feuer aus dem Rachen sprühte. Vor Schreck schrie sie auf, doch der Wotk rief ihr zu:

»Tritt up dea Mittelwech,
Denn lôpe all mîn Hunn bî dî wech!«

Das that sie denn auch, und die wilde Jagd zog, ohne sie zu schädigen, an ihr vorüber.

*Ebendaher.*

## 32. Der Wotk erfüllt den Wunsch einer Frau.

Eine Frau aus Kratzig ging einst im Walde spazieren, und als sie dort die Vögel so schön und lieblich singen hörte, rief sie aus: »Ach, könnte ich doch auch so herrlich singen!« Stand da mit einem Male der Wotk vor ihr und sagte: »Dazu ist nur ein Wort von mir nötig«, und von Stund an hatte die Frau ihre menschliche Sprache verloren und konnte nur noch wie die Vögel »piepen«.

*Ebendaher.*

## 33. Der Wuid.

Im Neustettiner Kreise glaubt man, die wilde Jagd zöge hoch in der Luft als eine Art Fuhrwerk. Die Rosse, welche den Wagen ziehen, sind feurig; davor laufen hohl bellende, schwarze Hunde. Der Jäger selbst, der mit Juchen und Klappern dahinfährt, hat einen Pferdefuß und wird dei Wûid oder dei Wôd (so in Groß-Dallentin) genannt. Daneben kennt man ihn auch unter den Namen Duewel und Beelzebub.

Eines Abends befand sich auf der Lienschen Heide, einige Meilen östlich von Tempelburg, ein Ackerbürger mit seinem Knechte, um die Pferde einzufangen. Sie hatten gerade diese Beschäftigung vollendet, als sie in der Luft hohles Hundegebell, lautes Klappern und Juchen vernahmen. Der Knecht, ein tollkühner, wilder Mensch, juchte mit, wurde aber sogleich von dem Herrn daran gehindert mit dem Bemerken, das sei der Wuid mit der wilden Jagd.

Und so war es auch wirklich. Während der Bauer noch seinen Knecht zur Rede stellte, schwebte die wilde Jagd schon über beiden, und der Wuid, eine große, schwarze Gestalt mit Pferdefuß, stand vor ihnen. Sie hüteten sich jedoch beide wohlweislich, jetzt noch ein Wörtchen zu sagen, sondern bekreuzten sich vielmehr andächtig. Da sie sich durch nichts in ihrem Stillschweigen stören ließen, so verschwand der Wuid nach einer Weile wieder. Hätte der Knecht noch ein Wort gesprochen, so hätte ihn der Wuid mitgenommen.

*Mündlich aus Tempelburg, Kr. Neustettin.*

## 34. Der Wuid und die Milchstraße.

Der Wuid fährt mit seinem Wagen hoch oben in der Luft. Einmal ist er dabei so unvorsichtig gewesen, daß der feurige Wagen das Himmelsgewölbe berührte und einen großen Streifen davon ansengte. Weil derselbe infolge dessen eine weißgraue Farbe bekommen hat, nennen ihn heutiges Tages die Leute die Milchstraße.

*Ebendaher.*

## 35. Der wilde Jäger trägt einen Schäferknecht nach Engelland.

Früher blieben die Schafe des Nachts draußen auf dem Felde, da der Weideplatz von Tag zu Tag gewechselt wurde und ein jedesmaliges Eintreiben in den Stall zu zeitraubend gewesen wäre. Man umgab die Herde am Abend mit Flocken (d. h. Hürden), und der Schäfer hielt in einem zweirädrigen Schlafkarren die Nachtwache.

So lag auch einmal ein Schäferknecht aus Klemzow, im Kreise Schiefelbein, in seinem Schlafhäuschen, als plötzlich der Hund laut anschlug. Er guckte aus dem Karren heraus und sah nun einen hochgewachsenen, starken Mann in roter Jacke mit großem Vollbart herankommen, begleitet von fünf schwarzen Hunden, denen die Funken aus dem Rachen sprühten. Der Rôdjäckte rauchte eine Pfeife, aber nicht wie andere Menschen, denn statt des Rauches blies er das helle Feuer aus dem Munde heraus.

Trotz seines abschreckenden Äußern trat er freundlich an den Wagen heran und bot dem Schäferknecht einen guten Abend. Dieser erwiderte den Gruß, bat aber zugleich den Rôdjäckten, seine Hunde zurückzurufen, da dieselben sich mit dem Hirtenhund zu schaffen machen wollten. Der wilde Jäger willfahrte der Bitte, und die fünf Hunde gehorchten ihm auf das Wort. Sodann fragte er den Schäfer, ob er ihm einen Gefallen thun wolle. Sein Schade würde es nicht sein; denn er solle dafür eine große Summe Geldes zur Belohnung erhalten. Der Knecht erklärte sich mit allem einverstanden, vorausgesetzt, daß er es ausführen könne. »Nun«, antwortete der in der roten Jacke, »dann mache dich bereit, du sollst nämlich mit mir auf eine Nacht zum König von Engelland und mir dort ein Schloß aufschließen.«

»Nach Engelland?« rief der Knecht, »und auf eine Nacht? Nein, das geht nicht an.« – »Um das Fortkommen brauchst du dich nicht zu sorgen«, versetzte der wilde Jäger. – »Ja, aber die Schafe. Wenn mein Herr das merkt, jagt er mich sofort aus dem Dienst.« – »O, hast du nicht deinen Hund, und habe ich nicht deren fünf? Von den Schafen soll dir auch nicht ein Stück entwendet werden.« –

Jetzt endlich willigte der Bursche ein. Der Rôdjäckte stellte seine Hunde an den Ecken der Hürden auf, des Schäfers Hund mußte den Eingang bewachen. Sodann hieß er den Knecht sich ein Taschentuch um Augen und Ohren binden und ihm auf den Rücken hocken. Er wolle ihn tragen, aber es ginge ein wenig rascher wie die Menschen zu reisen pflegten, und darum wäre es besser, wenn er weder sehen noch hören könne.

Der Schäferknecht that, wie ihm befohlen war, und nun ging es wie ein Sturm nach Engelland, so rasch, daß dem Burschen fast der Atem ausblieb. Nach Verlauf weniger Stunden hielt der Rôdjäckte vor einem großen Schlosse an. Der Knecht sprang zur Erde, band sich das Tuch ab und erhielt nun von dem wilden Jäger einen Schlüssel, mit dem er die Pforte öffnete. Darauf traten sie in verschiedene Stuben hinein.

In einer derselben stand ein Spind, dessen Schloß mit einem metallenen Kreuz versehen war. »Schiebe das Kreuz zurück«, sprach der wilde Jäger, »und schließ mir das Schloß auf, denn ich bin es nicht im stande.« Der Knecht that es und entfernte sich alsdann auf Wunsch des Rôdjäckten aus der Stube. Nach einer Weile wurde er wieder hineingerufen und aufgefordert, das Schloß zu schließen. Dann gingen sie zu der Pforte zurück, und auch hier schloß der Schäfer wieder ab. Sodann band er sich das Tuch von neuem um Augen und Ohren, hockte auf den Rücken seines Begleiters und in derselben Weise, wie er nach Engelland getragen war, kehrte er zu seiner Herde zurück.

Der Rôdjäckte war über den mutigen Mann sehr erfreut und bedankte sich vielmals, steckte ihm zur Belohnung Mütze und Taschen voll Gold und verschwand. Doch zuvor hatte er seine fünf Hunde wieder zu sich gerufen und dem Schäfer befohlen, nichts von alledem zu erzählen, sondern das strengste Stillschweigen zu beobachten. Von der Herde fehlte auch nicht ein einziges Stück. -

Nun begann ein Herrenleben für den Knecht. War er früher wegen seiner Armut als Knicker verschrien, so spielte er jetzt den reichen Mann. An Strümpfe- und Handschuh-Stricken war kein Gedanke mehr, die wurden gekauft. Auch rauchte er fortan nie mehr Tabak, sondern nur noch Cigarren. Außerdem wurden die feinsten und teuersten Kleider und eine neue Uhr gekauft, und wo ein Tanz war, da fehlte der früher so arme Schäferknecht nie.

Das erregte natürlich allenthalben Aufsehen und Neid, vorzüglich aber bei seinem Brotherren und dessen Frau. Letztere wartete einen günstigen Augenblick ab, wo der Knecht den Schlüssel zu seinem Kasten zu Hause vergessen hatte, öffnete denselben heimlich und fand nun in der Beilade das viele Gold, welches der Bursche von dem wilden Jäger zum Geschenk erhalten hatte. Schnell rief sie ihren Mann herbei, und der beschloß, seinem Knechte die Hälfte des Schatzes zu stehlen. »Angeben kann er uns ja doch nicht«, dachte er, »denn auf unrechte Weise ist es ganz gewiß gewonnen, und er wird sich doch nicht selbst durch die Anzeige vor die Gerichte bringen.«

Gethan, wie gedacht! Der habgierige Mann raubte einen großen Teil des Geldes und verfuhr dabei mit solcher Hast, daß ein Goldstück unter das Zeug in die Hauptlade fiel. Als der Knecht nach Hause kam und seine Truhe öffnete, merkte er deshalb sogleich, daß er bestohlen sei. Aber, was war zu machen? Wenn er auch an gelegentlichen Sticheleien der Wirtin merkte, auf wen er seinen Verdacht zu wenden habe, so hatte er doch keinen hinreichenden Beweisgrund dafür anzubringen.

Wie er nun eines Abends mißmutig in seinem Karren lag und über die Sache nachdachte, erschien der Rôdjäckte wie damals mit seinen fünf Hunden. »Weißt du auch, wer dich bestohlen hat?« rief er, nachdem er seinen Freund herzlich begrüßt hatte.

»Nein«, antwortete dieser. - »Nun, dein Brotherr ist es gewesen. Weißt du aber auch, warum derselbe sich gestern das Bein gebrochen hat? - Ich bin es gewesen, der ihn zur Strafe für seine Schandthat von dem Mittelbalken der Scheune auf die Diele herabgestürzt hat. Laß darum jetzt die ganze Sache auf sich beruhen, denn der Schelm ist bestraft genug. Damit du jedoch keinen Schaden erleidest, so will ich dir hier noch dreimal soviel Geld geben, als du das erste Mal von mir empfangen hast. Bleibe aber nicht mehr Schäferknecht, sondern kaufe dir ein hübsches Gut; denn Geld hast du jetzt soviel, daß du als dein eigener freier Herr lustig und guter Dinge leben kannst.«

Sobald er das gesagt hatte, gab der wilde Jäger dem Knecht das versprochene Geld, bedankte sich dann noch einmal für seine Beihilfe bei der Fahrt nach Engelland und verschwand.

*Mündlich aus Sydow, Kr. Schlawe.*

## 36. Der wilde Jäger erlegt drei Frauen.

Vor vielen Jahren hütete ein Kuhhirt aus dem Dorfe Damen, im Kreise Belgard, des Nachts seine Rinder. Da kamen drei Frauen querfeldein gelaufen und baten inständig, ihnen Unterkunft zu geben. Der Knecht glaubte, die Weiber seien auf bösen Wegen gewesen und hätten irgendwo gestohlen; deshalb versagte er ihnen unter allen Umständen seinen Beistand. Darauf liefen sie weiter.

Es dauerte gar nicht lange, so kam ein Reiter, gefolgt von schwarzen Hunden, daher gesprengt und fragte, ob er nicht drei Frauen gesehen habe. Weil er in dem Reiter denjenigen vermutete, welcher von den Weibern geschädigt wäre, gab der Hirt über alles genaue Auskunft und wies auch die Richtung an, in der die Flüchtlinge geflohen waren. Sofort verfolgte der fremde Mann diese Spur und war bald den Blicken des Kuhhirten entschwunden.

Nach Verlauf einiger Stunden kehrte er jedoch wieder zurück, ihm weit voraus liefen seine Hunde und sprangen freudig wedelnd und bellend an dem Knechte empor. Da bemerkte dieser zu seinem Schrecken, daß den Tieren das Feuer bei jedem Laute aus dem Halse fuhr und daß sie, wenn sie auch den Hirtenhund wie einen ihresgleichen mit der Schnauze beschnupperten, dennoch nicht gewöhnliche Hunde sein konnten.

Noch mehr aber entsetzte er sich, als der Reiter jetzt vor ihm anhielt und er die drei Frauen, an den Haaren zusammengekoppelt, tot über der Mähne des Pferdes hängen sah.

Der Reitersmann schien seine Furcht nicht zu bemerken, sondern bedankte sich freundlich für den guten Bescheid und forderte ihn auf, sich seinen Lohn dafür zu holen. Derselbe läge zwischen den Vorderfüßen seines Rosses. Der Knecht konnte sich aber in seiner Furcht nicht dazu entschließen, an das Pferd heranzutreten, so sehr auch der fremde Herr ihn dazu ermunterte. Als alles Zureden nichts half, sprach der Reiter, welches der wilde Jäger oder, wie man ihn auch sonst wohl nennt, der Duewel oder Alf war, im nochmals seinen herzlichen Dank aus, rief seine Hunde heran und ritt mit derselben Schnelligkeit, in der er gekommen, wieder davon.

*Ebendaher.*

## 37. Pferdekeule verwandelt sich in Gold.

Zwei Meilen von Bütow liegt, inmitten von Wald und Moor, auf einem Berge das Dorf Hütten. Dort zieht oft die wilde Jagd.

Einst hütete ein Knecht des Nachts die Pferde, als plötzlich die wilde Jagd ankam. Voller Jagdlust hetzte der Mann mit, und als die Jagd vorbei war, warf ihm der Böse eine Pferdekeule zu, mit den Worten: »Dâ häst uk wat vaer dîr Jaugent.« Am anderen Morgen aber war das Pferdefleisch zu lauterem Golde geworden.

*Mündlich aus Trzebiatkow, Kr. Bütow.*

## 38. Der wilde Jäger verfolgt eine Taube.

Der Anführer der wilden Jagd ist dei Duewel, der es bei seinem Jagen hauptsächlich auf die Seelen ungetauft verstorbener Kinder absieht. Einst starb in Katschow ein solches Kind und wurde nach drei Tagen unter den üblichen Festlichkeiten beerdigt. Nicht lange darauf stand der Knecht, welcher bei dem Vater des verstorbenen Kindes diente, vor dem Gehöft und sah, wie durch den Hohlweg eine weiße Taube, verfolgt von der wilden Jagd, flog, sich nach dem Hause zuwandte und durch die Hausthüre hinein in die Stube eilte, wo sie sich unter der Ofenbank niederließ.

Aber der wilde Jäger setzte ihr auch dahin nach und biß dem armen Tiere in Gestalt eines schrecklichen Ungeheuers den Hals ab; doch war von Blut nichts zu sehen. Als die Taube getötet war, öffneten sich Fenster und Thüren von selbst, und in einem Augenblicke waren Jäger und Taube verschwunden.

*Mündlich aus Katschow, Kr. Lauenburg.*

## 39. Frie, Fuik, Fu.

Der Name der deutschen Göttin Fria hat sich in Pommern in den Formen Frie, Fuik, Fu erhalten. Auf Hiddensee und Ummanz sagte man nämlich noch vor dreißig Jahren von zwei Verlobten: »Dår is dê oll Frîe in't Hûs tågen, dê warden sik trecken (heiraten).«

In Penkun und im Kreise Randow und in Bahn im Greifenhagener Kreise droht man den Mägden, welche zur Zeit der Zwölften noch Flachs auf dem Wocken haben: »Die Fuik wird kommen und ihn besudeln.« Knechte schmieren auch wohl Pferdemist und Grünkohl in den Flachs hinein und sagen hernach: »Das hat die Fuik gethan!«

Ähnliches wird im Kreise Regenwalde von dem Fu erzählt, welcher dort ebenfalls ein Schreckgespenst für die faulen Spinnerinnen bildet und dem die Besudelung des Flachses mit Asche und Wasser zugeschrieben wird. Doch ist man sich über das Geschlecht des Fu nicht ganz klar; man sagt dei Fû und dat Fû, auch weiß keiner recht, was Fû eigentlich für ein Wesen ist. Nur ein alter Mühlenknecht aus Mellen hatte davon Kunde. Und das war kein Wunder, denn sein Großvater hatte es ihm erzählt. Das war ein so gelehrter Mann, daß er fast für einen Studierten gelten konnte. Er wäre auch beinahe ein Pastor geworden; denn auf der Kanzel der Schloßkirche zu Stettin hatte er schon gestanden und auch eine wunderschöne Predigt gehalten. Leider vergaß er es Amen zu sagen, und da war's denn mit seinem Ansehen bei der Geistlichkeit aus. Dieser Großvater nun hat immer gesagt: »Dat Fû ist nichts anderes wie der leibhaftige Teufel« und dabei wird's denn auch wohl bleiben.

*Kuhn, Westfäl. Sag. II. Nr. 4-5; Mitteilung des Herrn Prof. E. Kuhn in München*
*und mündlich.*

## 40. Mûmilîsel.

In ullen Tôden dår ging mål eis dei Hultwårer von'n Rôdenbusch bî Sommersdörp des Nachts in'n Hult ümher, üm uptôpassen, dat dei Spitzbauwen kein Hult nêmen. As hei nu sô den Stîj entlang geit, sîn Hund geigen em up, kümmt en lütten Kîrl an mit na Kapp uppen Kopp unnen langen Bårt. Dei sächt tô em: »Gau hîr ût'n Waej! Denn dat dûrt nich lang, denn kümmt uns Herrin Mûmilîsel hîr lang tô fueren.«

Dunn sächt hei: »Wat is dat denn fåer eine? Kann ik mî dat Fûrwark woll eis mitansein?« – »Jâ!« sächt hei, »Gå hîr man 'n baeten anne Sîd stån, un verhull dî ganz rûhich. Süs kann dî dat slicht gån, denn sei hät all öfter einen dat Fell åewer dei Ûren tröckt«; un as hei dat ûtsächt harr, dunn wîr hei verswunnen.

Na, dei Hultwårer stellt sich dår jå in dat Gebüsch hen, üm sich den Kråm mit antausein. Dat dûrt noch'n Tîd lang, dår mit eimmål wart sîn Hund so wild kîken, nimmt den Swanz twischen dei Bein un ritt ût. Dår suet hei wat åewer den Bårch råewer kåm'n, dat was'n oll Frû, dei satt upp'n Wågen. Dårvåer wîren vîr witten Rotten spannt. Dei harren åewer sonne lange Bein, dat up jedes Dîert 'n lütten Kîrl satt un mit dei Pîtsch inne Hand lûr våerbî knallt.

Dem Hultwårer wîr dårbî, as wenn em von links un rechts einer 'n pår düchdije Mûlschellen gêw. Hei sêj åewer kein'n un ging dårup tô Hûs. As hei bî sîn Frû was, dunn sächt hei: »Hued Åbend is mî wat passîrt, sô wat heff'k in mîn'n ganzen Laebent nonnicht erlaeft.« - »Na, wat denn?« sächt sîn Frû. - »Nê«, sächt hei, »da kann ik nich îrer vertellen, ik moet îrst Fuer un Wåter seien; denn ik gloew, dårbî hät dei Duewel sîn Spill hat.«

Sîn Frû geit hen nå die Kåek, üm Fuer un Wåter tô hålen. Dunn steit dår dei lütte Kîrl mit'n langen Bård inne Kåek. Sei verfîrt sich dåråewer; dår sächt dei Kîrl tau êr: »Ik will dî blosz säggen, mîn Frû laet dî säggen, du sast dîn'n Mann säggen, hei sall sich nich taun tweiten Mål dår wedder henstellen, denn geit em dat slicht.«

*Mündlich aus Sommersdorf, Kr. Demmin.*

## 41. Wåtermäunk und Püttmoen.

Die Wåtermäunk (Kr. Grimmen) Wåtermäum (Demmin) oder Püttmoen (Pyritz) ist eine gespenstische Frau, welche den Kindern sehr gefährlich ist. Sie sitzt am Rande der Brunnen und winkt mit ihren Armen den Kleinen freundlich zu. Kommen dann die Kinder herbei, so ergreift sie dieselben und zieht sie über den Brunnenrand in das kalte Wasser hinein und ertränkt sie.

Wenn Kinder Wasser holen und eines derselben zu tief in den Brunnen guckt, ruft man deshalb: »Dû, buck dî nich sô wît åewer dei Bûerd, süs treckt dî dei Wåtermäum in'n Sôd.«

*Mündlich.*

## 42. Kornmön oder Roggenmutter und Roggenwolf.

In den wogenden Kornfeldern hält sich die R o g g e n m a u e r oder K o r n m o e n auf, welche alle Kinder, die sich zu weit in das Getreide wagen, fängt und tötet. (Kr. Pyritz.)

Fast noch schlimmer als die Roggenmutter ist der sechsfüßige Roggenwolf. Wenn der Wind durch das Korn geht, glaubt man ihn zu erkennen und spricht: »Dê Wulf is in't Kôrn« (Cammin). Laufen aber die Kinder zwischen Kornblüte und Mahd in die Felder und zertreten das Getreide, so ruft man ihnen zu: »Gåt nich in't Kûern, dår sitt dei Roggenwulf in mit söss Bên, dei frett juch up.« (Grimmen.)

Am deutlichsten zeigt sich die Schädlichkeit des Roggenwolfes in der Erntezeit; denn er ist es, welcher den Schnittern die schweren Zufälle bereitet. Fällt ein Erntearbeiter plötzlich kraftlos um, weil ihn die schwere Arbeit zu stark erhitzte und ihm der Schweiß in's Rückgrat fraß, so lassen ihn die anderen scheu liegen und sprechen: »Dem hat der Roggenwolf aufgehackt.« (Anklam.)

*Mündlich.*

## 43. Der Tod steht Gevatter.

Ein armer Besenbinder, der mit Kindern schon reichlich genug gesegnet war, wurde von neuem in die Lage gebracht, ein Kindelbier auszurichten. Er machte sich deshalb auf den Weg, um die nötigen Gevattern für die Feierlichkeit zu laden.

Da begegnete ihm der liebe Gott und sprach: »Ich will der Pate deines Kindes werden!« Der Mann besann sich einen Augenblick, dann sprach er: »Nein, nein, du kannst nicht Gevatter stehen, du bist zu ungerecht. Dem einen giebst du auf der Erde soviel, daß er nicht weiß, wo er mit seinem Reichtum bleiben soll, dem andern teilst du so wenig von irdischen Gütern mit, daß er des Hungers sterben muß!«

Kommt der Teufel daher und spricht: »Lieber Freund, ich werde die Patenstelle einnehmen.« – »Dich mag ich erst recht nicht«, versetzte der Besenbinder, »du bist noch viel ungerechter, als der liebe Gott. Dein ganzes Trachten geht darauf, mit Lug und Trug uns Menschen zu verderben und uns zu schaden. Geh' nur deines Weges weiter!«

Endlich erbot sich auch der Tod zur Gevatterschaft, und als der Besenbinder diesen sah und erkannte, rief er aus: »Du bist der Rechte, den ich suche. Du bist zwar ein strenger Richter, aber wenigstens gerecht und verschonst weder reich noch arm, weder vornehm noch gering.« So nahm der Tod bei des armen Mannes jüngstem Kinde die Patenstelle an.

*Mündlich aus Kratzig, Kreis Fürstentum.*

## 44. Der Tod beim Tanz in der Neujahrsnacht.

In Tempelburg hatte sich einst in der Neujahrsnacht eine lustige Gesellschaft zusammengefunden. Man jubelte und lärmte und tanzte, um recht vergnügt in das neue Jahr hineinzugelangen. Schon hatte die Turmuhr die Mitternachtsstunde angezeigt und noch immer hörten sie nicht auf mit ihrem gotteslästerlichen Treiben.

Da gesellte sich plötzlich zu aller Entsetzen ein fremder Mann zu den Tänzern, der nicht Fleisch und Blut hatte, sondern ein häßliches Knochengerippe war. Im Nu war der Tanzboden leer, und Hals über Kopf stürzte alles nach Hause; und sie hatten noch Glück, denn sie kamen diesmal mit dem bloßen Schrecken davon.

Man sieht aber daraus, wie gefährlich es ist, das alte Jahr mit Tanz und Gelage zu beschließen. Es kann sich gar zu leicht der Tod als Zechbruder mit einstellen und dem tollen Treiben ein schreckliches Ende bereiten.

*Mündlich aus Tempelburg, Kreis Neustettin.*

## 45. Der Tod holt ein Mädchen.

Ein Mann ging von Zemmen nach Trzebiatkow. Auf dem Grenzberg begegnete er dem Tod. Arglos begann er eine Unterhaltung mit ihm, denn er wußte nicht, mit wem er es zu thun habe. Da sagte der Unbekannte: »Ich bin der Tod und gehe nach Trzebiatkow, um dort einen Menschen zu holen. Willst du aber einen guten Rat hören, so verhalte dich, wenn du des Abends ausgehst, immer hübsch ruhig und laß das gottlose Pfeifen, Singen und mit den Hunden hetzen; es hilft ja doch zu nichts.«

Als sie nun an das Dorf herankamen, brachen die Leute gerade Flachs und sangen dabei. »Sieh einmal«, hub der Tod an, »jetzt sind sie so lustig, bald werden sie weinen.« Nachdem er das gesprochen, verließ er den Mann. Beim Flachsbrechen aber war ein großes, starkes

Mädchen beschäftigt, das schrie mit einem Male auf: »Ach, mein Kopf!« und war eine Leiche. So hatte der Tod Wort gehalten.

*Mündlich aus Trzebiatkow, Kreis Bütow.*

## 46. Lebenslicht vertauscht.

Ein Mann lag schwer krank darnieder, und der Arzt hatte ihn schon völlig aufgegeben. In seiner Todesangst ließ er eine alte Frau kommen und suchte bei ihr Rat und Hilfe. Dieselbe tröstete ihn auch mit der Kunde, daß er noch nicht alle Hoffnung aufzugeben brauche; gelänge es ihm nämlich, sein Lebenslicht umzutauschen, so würde er gesunder werden, wie je zuvor. Sonst wäre er freilich dem Tode verfallen.

Der Mann fragte verwundert, was es denn mit dem Lebenslicht für eine Bewandtnis habe, und hörte nun, daß jeder Mensch ein Licht besitze. Solange dieses brenne, lebe der Mensch, sobald es erlösche, sei er tot. Auch über den Ort, wo diese Lichter brennen, wußte das Weib Bescheid. Der kranke Mann solle, so schwer es ihm auch fiele, von seinem Lager aufstehen und in einer bestimmten Richtung immer geradeaus gehen, dann würde er endlich dahin gelangen. Sobald er dort angekommen sei, möge er sein Licht aufsuchen und es mit einem Kinderlicht vertauschen; so würde das Kind sterben, wenn das Lebenslicht des Kranken erloschen sei, er selbst aber so lange leben, als das Kind ursprünglich habe leben sollen.

Der Mann that, wie ihm geheißen war, erhob sich von seinem Lager und wanderte immer gerade aus. Anfangs ging es sehr schlecht, ja, einen Teil des Weges mußte er, auf allen Vieren kriechend, zurücklegen, aber endlich erreichte er dennoch den ersehnten Ort. Dort brannten viele, viele Lichter, und er hätte das seine wohl niemals herausgefunden, wenn nicht ein freundlicher, alter Mann dort gewesen wäre, der ihm sein Lebenslicht zeigte. Das brannte nur noch ganz schwach, aber dicht daneben stand ein großes, langes, hellbrennendes Kinderlicht. Schnell ergriff er dasselbe und setzte sodann die beiden Lichter um, und kaum hatte er das gethan, so war er auch wieder ganz gesund und konnte frisch und munter nach Hause gehen. Das Kind aber, dem er sein Lebenslicht genommen hatte, starb noch am andern Tage.

*Mündlich aus Reckow, Kreis Lauenburg.*

## 47. Pest eingepflockt.

Ein Mann sah einmal die Pest, »wie einen Knäuel blauen Dunst« hinein in ein Loch im Pfosten eines Thorweges fliegen. Sogleich nahm er einen Pflock und schlug ihn in die Höhlung. Als er nun nach Jahren wieder an den Pfosten herantrat, sagte er: »Ich sperrte dort einmal einen Vogel hinein, ich möchte doch wissen, ob er noch darinnen ist«, und zog den Pflock aus dem Loche. Da fuhr die Pest heraus, ihm gerade in den Mund, so daß er auf der Stelle tot zur Erde stürzte.

*Aus Rügen. Mitgeteilt durch Herrn Prof. E. Kuhn in München.*

## 48. Die Pest überfällt einen Arbeiter.

Ein Arbeiter ging auf dem Fußsteig am Ufer der Oder, als über die Wiese hin die Pest wie ein langer, schmaler Nebelstreif auf ihn zugeflogen kam und sich ihm auf die Schultern legte. In seiner Angst wußte er sich keinen besseren Rat, als in das Wasser zu springen. Und das half auch, die Pest scheute vor dem kalten Bade zurück und verließ den Mann, hat ihm aber in ihrer Wut ein großes Stück Erdreich nachgestürzt, so daß er mit genauer Not dem Tode entrann.

*Mündlich aus Züllchow, Kreis Randow.*

## 49. Die Cholera.

Es giebt in Pommern manche Leute, die fest glauben, die Cholera sei im Jahre 1831 absichtlich ins Land gebracht, und zwar soll der Franzose das gethan haben, damit das Land entvölkert werde und er es wieder gewinnen könne. Um sein Vorhaben auszurichten, soll der Franzose auf allerlei Wegen und unter allerlei Gestalten sich herbeigestohlen haben. So erzählt man sich namentlich von Stettin folgendes:

Eines Tages kam durch das Berliner Thor ein Mann in die Stadt hinein, der eine große Kiste auf dem Rücken trug. Der Mann sah sich ängstlich nach allen Seiten um und suchte unbemerkt an der Schildwache vorbeizukommen. Die Schildwache bemerkte ihn aber, und er wurde festgehalten und in die Wache gebracht. Dort wurde ihm befohlen, seine Kiste zu öffnen; er weigerte sich dessen zwar anfangs, mußte aber zuletzt doch Folge leisten.

Da fand man in der großen Kiste eine andere kleinere; in dieser fand man wieder eine, und das ging eine ganze Zeit lang so fort, so daß man immer auf eine kleinere Kiste kam. Als man aber endlich die kleinste öffnete, da fand man darin ein ganz kleines, kleines Männchen, das war der Franzose, der die Cholera in die Stadt bringen wollte.

*Temme, Volkssagen Nr. 261.*

## 50. Krankheit zieht durch die Luft.

### I.

In alten Zeiten herrschte einmal eine große Teurung. Da zog dann die Krankheit durch die Luft und nahm alle Leute, welche nichts mehr zu essen hatten, mit sich. So kam sie auch zu einem armen Manne, der Brothagen hieß, klopfte an sein Fenster und rief: »Brothagen hast du Brot?« Doch dieser ahnte, daß es die Krankheit sei und antwortete schnell: »Ja.« Da zog sie an seiner Hütte vorüber.

Ein andermal, als wiederum die »teure Zeit« im Lande war, rief die Krankheit hoch aus der Luft:

»Kauft euch Bibernell,
Dann kommt der Tod nicht so schnell!«
Davon schreibt sich, daß die Leute den Bibernell so hoch achten!

*Mündlich aus Kratzig, Kreis Fürstentum.*

### II.

In Tempelburg wird ganz Ähnliches von der Cholera erzählt. Dieselbe wütete dort so stark, daß die Ärzte nicht mehr helfen konnten und die Stadt dem Aussterben nahe war. Da rief es eines Tages am hellen Mittage in die Straßen hinein:

»Brûkt Bîbernell! Brûkt Bîbernell!
Dat jî nich stârft so schnell!«
Man glaubt, daß es die Krankheit gewesen sei, die da gerufen hat.

*Mündlich aus Tempelburg, Kreis Neustettin.*

## 51. Die Stimme von oben.

Im Jahre 1625, zu der Zeit, als die Pest in Stettin wütete, war daselbst Prediger an der Sanct Petri-Kirche Herr Philipp Cradelius, ein gar frommer und gottesfürchtiger Mann. Der ging eines Abends über den Heumarkt zu Stettin, um nach seinem Hause zurückzukehren. Da hörte er auf einmal bei ganz stillem Wetter oben aus der Luft eine hellklingende Stimme, die rief ihm zu: »Wann wir gerichtet werden, so werden wir vom Herrn gezüchtigt.« Der Prediger, als er dies hörte, blieb stehen und fragte sonder Furcht die Stimme: »Auf daß wir nicht mit der Welt verdammt werden, wo bleibt das?« – Er bekommt aber keine Antwort und merkt nun wohl, was die Stimme zu bedeuten habe.

Und so, wie er sich dies gedacht hatte, so geschah es auch. Er war damals noch frisch und gesund, allein so wie er heimkommt, legt er sich hin und stirbt. Sein Töchterchen Martha, von elf Jahren, als sie hört, daß ihr Vater tot sei, sagt sie: »Das sei Gott geklagt, ist mein Vater tot, so tröste Gott uns arme Kinder!« geht damit, da sie doch zuvor ganz gesund war, weinend liegen, wird krank und ist des Morgens tot. Das andere Töchterlein Sophia kommt sodann spielend zu Hause und legt sich gleichfalls und stirbt. Bald darauf folgt ihm auch sein Sohn Philippus. Also nimmt der Vater seine zwei Töchter und seinen Sohn mit sich in das Grab hinein.

*Temme, Volkssagen Nr. 91 nach: Micrälius, Altes Pommerland II. S. 117. 118;*
*Chr. Zickermann, Hist. Nachrichten von den alten Einwohnern in Pommern. S. 63.*

## 52. Die letzte Schlacht.

In uralten Zeiten war Deutschland nur ein ganz kleines Fürstentum. Damals hat der Schäfer Thomas prophezeit, Deutschland würde einst groß und mächtig werden, wie es das ja auch jetzt schon ist. Aber es muß noch herrlicher kommen, denn die Leute werden so großen Reichtum erlangen, daß sie die Kühe an goldene Ketten legen. Dann beginnt jedoch der Verfall, und das ganze deutsche Reich wird am Ende der Dinge keinen größeren Umfang haben, als ein Bauer mit vier Pferden an einem Tage umfahren kann.

Im Demminer Kreise wissen die alten, erfahrenen Leute sogar zu berichten, auf welche Weise das Unglück hereinbrechen wird. Der König von Mitternacht, so sagen sie, würde über die See gefahren kommen und in einer gewaltigen Schlacht mit den Deutschen streiten. Alle Deutschen gehen in diesem Kampfe zu Grunde, nur soviel bleiben über, als unter dem Laubdach einer Eiche Platz haben.

*Mündlich aus Zabelsdorf, Kreis Randow, und Meesiger, Kreis Demmin.*

# II. Wind, Luftschiffer und Gestirne.

## 53. Allgemeines.

Die Winde, welche über die Erde dahin brausen, die Wolken, welche der Sturm vor sich her treibt, die Gestirne, welche am Himmelszelt ohne Ruhe und Rast ihre Bahn durchmessen, sie alle galten dem kindlichen Glauben unserer heidnischen Vorfahren für belebte Wesen, und trotz des naturwissenschaftlichen Unterrichtes, der heutiges Tages jedem Kinde, auch des entlegensten Dörfchens, zu teil wird, giebt es in Pommern noch jetzt gar manche Leute, welche an diesem von den Vätern ererbten Glauben treu und fest hangen. Ihnen ist der Wind ein launenhafter, riesischer Geist, mit dem sich gut zu stellen man allen Grund hat.

Wenn die Schiffer der Oderkähne oder die Fischer Windstille bekommen, so legen sie sich mit gekreuzten Armen über den Bord des Schiffes, flöten aus Leibeskräften und rufen dann stark accentuiert: »Brîs kumm! Brîs kumm!« Kommt dann wirklich ein Windstoß, so wird das nur dem Flöten und Rufen zugeschrieben.

Einige gebrauchen dabei, wie Temme berichtet,[10] noch besondere Vorsicht. Weil niemand wissen kann, ob der Wind nicht gar zu stark werden wird, so sprechen sie ihm zwischen dem Pfeifen Schmeichelworte zu, z.B. »Kumm olt Broederken! Kumm olle Junge!«

Ältere Schiffer brauchen gar nicht einmal zu pfeifen, um den Wind zu locken. Sie sind mit ihm schon bekannter, stellen sich nur an's Steuer und rufen einige Male: »Kûl up, oll Vadder! Kûl up! Kûl up!« Binnen einer Viertelstunde erscheint dann gewiß der gewünschte Wind. Sie dürfen aber nur halblaut und in schmeichelndem, vertraulichem Tone rufen, denn sonst möchte er doch etwas zu gewaltig kommen.

Wer es unternehmen wollte, den Leuten diesen Glauben zu rauben, der wird im günstigsten Falle ein spöttisches Kopfschütteln als Antwort erhalten, wenn nicht gar die Männer ihrem Unwillen über diesen krassen Unglauben auf kräftigere Weise Luft machen. Selbst die Anwesenheit eines Zweiflers könnte ja vielleicht dem gestrengen Herrn Wind seine Laune verderben, tritt sein Zorn doch schon bei weit geringeren Anlässen ein. Redet man z.B. von ihm, wenn er gerade günstig weht, so ärgert er sich und schlägt sofort um. In gleicher Weise kann er nicht vertragen, wenn jemand die Besorgnis äußert, daß er bald umschlagen möchte. Wer aber im Vertrauen auf des Windes Beständigkeit sich ausrechnet, wie bald er am Ziele sein werde, der kann ganz gewiß sein, daß er sich verrechnet hat und die doppelte Zeit zusetzen muß.

Trotz seines wetterwendischen, launenhaften Gemütes gilt der Wind für verheiratet und obendrein für einen sehr gehorsamen Ehemann, der den Vorstellungen seines Weibes gewissenhaft nachkommt und auf ihren Rat hin manchen Schaden, den er dem Menschen zugefügt hat, wieder gut macht. In der Cösliner Gegend weiß man auch, woher diese Frau Windin stammt; denn auf die Rätselfrage: »Wo hat der Wêjer (d.i. der Wind) seine Frau hergeholt?« lautet die Antwort: »Aus Rußland.«

Streng unterschieden von dem Wind und seiner Gemahlin wird der Wirbelwind (Kuesel- oder Kaekwind). Daß das nur der Teufel selber sein kann, darüber ist man sich einig, und man nennt deshalb die Erscheinung kurz und bündig: »Dei Duevel danzt.« Von außen sieht ein solcher Staubwirbel freilich nur so aus, wie ein Schiff mit vollen Segeln, die sich im Sturme drehen, zieht man aber die Jacke aus und blickt durch den umgekehrten linken Ärmel, so kann man genau den Bösen erkennen, wie er mit einem Besen auf der Erde tanzt. Auch dann muß sich der Teufel zeigen, wenn man ein Messer mit einem Kreuz oder einen Holzpantoffel rücklings in den Wirbel hineinwirft. Tritt man aber zu nahe heran und gerät in den Wirbel hinein, so wird man von dem Bösen mit fortgenommen, und mit dem Leben ist's aus.

Während die heidnischen Vorstellungen vom Wind und Wirbelwind noch sehr verbreitet sind unter dem Landvolk und den Fischern, ist der Glaube an Geschöpfe, welche die Wolken bewohnen, mit ihren Wolkenschiffen durch die Lüfte segeln und dabei Regen und Gewitter auf die Erde herabsenden, dem Erlöschen nahe. Die Sagen Nr. 56 und 57 sind das Einzige, was ich über die Luftschiffer noch aufgefunden habe, und wenn die Leute auch nicht die Wahrheit der Geschichten anzuzweifeln wagten, so hielten sie doch dafür, daß jetzt alle Luftschiffer ausgestorben seien.

In ähnlicher Weise beginnen auch die Sagen über die Gestirne dem Volksgedächtnis zu entschwinden oder in das Gebiet der Ammenmärchen überzugehen. Nur vereinzelt finden sich noch Gläubige und auch denen fängt die Sache an zweifelhaft zu werden. Moderne Volksschulbildung und der alte Volksglaube kämpfen eben einen zu ungleichen Kampf.

## 54. Dê Wind un dê Bûr.

Då was mål ês ên Bûr, den sîn Hûs was sêr grôt un schoen. Dê Wind öwer rêt em alle Dachschtên run. Då måk hê sich up un jüng hen nå em un bünn sîn Esel an bi'n Bôm, wô dê Wind wônt. As dê Bûr rup kaem, då was dê Wind selwst nonnich dår, un hê vertellt dat sîn Frû. Un dûrt går nich lang, då kümmt hê, un sê verdeckt em rasch mit ne Tûnn. As hê öwer kaem, sae hê glik: »Dat ruekt hîr nå Menschenflêsch.« Dê Frû sächt öwer: »Då is noch kên Mensch bî mî west«, un hê lêt sich beräden un schwêch schtill.

Nich lang, då jüng dê Wind werrer wech, un sîn Frû lêt den Bûr rût un sae tô em, sê wull alles besorgen. As hê unnen is, då was sîn Esel all lôs von Wind, un hê moekt, dat hê nå Hûs kümmt.

As dê Wind werrer troech kaem, sächt em sîn Frû, wat hê all anricht harr. Dat dae em dunn uk lîd, un hê gaef den Bûr düchdich Jeld un lêt em unjeschôren. Dê Bûr was nû rîk un em kaem kên Schåden an.

*Mündlich aus Ückermünde, Kr. Ückermünde.*

## 55. Der Wind wird am Beine verwundet.

Der Wind hatte einem Bauern häufig übel mit gespielt. Einst trieb er es jedoch gar zu toll, denn er deckte dem geplagten Manne mit einem heftigen Stoße das ganze Strohdach ab. Aber der Bauer verstand keinen Spaß, sondern warf sein scharfes Taschenmesser mit solcher Wucht auf den Wind zu, daß dieser schleunigst entfloh.

Der erzürnte Bauer eilte hinter ihm drein und trat in die Stube des Windes, um ihm dort auch mündlich heftige Vorwürfe für sein ungebürliches Benehmen zu machen. Aber der Wind wollte von Reue nichts wissen. »Hab' ich ja schon mehr gelitten«, sagte er, »als der ganze Bettel wert ist. Sieh nur, wie tief mir die Klinge deines Messers in das Bein gefahren ist. Wenn du es mir aber herausziehst, will ich sofort allen Schaden wieder gut machen.«

Der Mann ging darauf ein und entfernte das Eisen. Darauf verabschiedete er sich von dem Winde, und ehe er noch sein Haus erreicht hatte, konnte er schon sehen, daß der Wind alles Stroh wieder so schön und sauber auf das Dach geweht hatte, wie es zuvor gewesen war.

*Mündlich aus Zabelsdorf, Kr. Randow.*

## 56. Der Luftschiffer über Rambin.

Vor vielen, vielen Jahren sahen die Leute auf Rügen einmal einen Luftschiffer auf seinem Schiffe durch die Wolken fahren. Gerade über Rambin warf er das Senkblei herab, und als dasselbe die Erde berührte, ergriffen es die Dorfbewohner und banden eine Korngarbe daran. Als der Luftmann wieder in die Höhe zog und das Geschenk erblickte, erwies er sich den Rambinern dadurch erkenntlich, daß er ihnen ein Schiff verehrte, welches in der dortigen Pfarrkirche aufgehängt wurde und noch heute zu sehen ist.

*Mündlich aus Rambin auf Rügen.*

## 57. Der Anker in der Kirche zu Angermünde.

In Meesiger, im Kreise Demmin, erzählen die Leute, daß einst vor vielen hundert Jahren über der Stadt, welche jetzt Angermünde heißt, ein schweres Gewitter tagelang stand und nicht weichen wollte. Endlich kam die Sache den Leuten doch zu sonderbar vor, und der Rat schickte den Türmer auf den Kirchturm hinauf, damit er nachsehe, ob das Gewitter vielleicht an der Kirchturmspitze sich festgehakt hätte und darum nicht weiter ziehen könne.

Wer beschreibt nun des Mannes Erstaunen, als er im Schallloch einen Anker sitzen sah, von dem aus eine schwere, eiserne Kette in die Wolken zu einem Schiffe hinaufging. Allerdings hat man dies Schiff nicht sehen können, aber was sollte es anders gewesen sein. Schnell wurde nun die Kette mit einem scharfen Beile gekappt, und von Stund an verzog sich das Gewitter in eine andere Gegend.

Der Anker ist zum ewigen Gedächtnis in der Kirche aufgehängt worden, und nach ihm hat die Stadt ihren jetzigen Namen Angermünde erhalten.

*Mündlich aus Meesiger, Kreis Demmin.*

## 58. Der Mond.

### I.

Im Monde sitzt ein Mann, welcher mit der Mistgabel Dung streut, und eine Frau mit ihrem Spinnrad.

Der Mann hat am Samstag Abend Dung gestreut. Obwohl nun der Mond geschienen, war es dem gottlosen Menschen doch nicht hell genug, denn er rief aus, so gut, wie der Mond, könne er auch scheinen und noch besser. Zur Strafe dafür ist er mit seiner Mistfurke in den Mond versetzt worden und muß dort Tag und Nacht Dung streuen.

Die Frau hat zur selben Zeit gesponnen, statt sich zum kommenden Sonntag vorzubereiten, und dieselben gottlosen Redensarten gebraucht, wie der Mann. Dafür sitzt nun auch sie im Mond und muß dort in Ewigkeit spinnen.

*Mündlich aus dem Fürstentum, Regenwalde, Cammin, Usedom-Wollin.*

### II.

Ein Bauer geht am Sonntag Morgen Holz holen. Da trifft ihn ein Mann mit einem Gesangbuch, der zur Kirche will, und fragt ihn, ob er denn nicht auch hingehen wolle. Antwortet er: »Nein, ich muß Holz holen!« –»Warum mußt du es denn heute holen«, fragt der Kirchgänger. – »Weil ich am Arbeitstage keine Zeit dazu habe«, erwidert der grobe Bauer. Der Kirchgänger war aber der liebe Gott, welcher jetzt, voll Zorn über die Hartherzigkeit des

Mannes, sprach: »Nun, wenn du am Arbeitstage keine Zeit hast, so sollst du von deinem Tode an zur Strafe, so lange die Gestirne auf die Erde herabscheinen, mit deiner Tracht Holz im Monde stehen, zum warnenden Beispiel für jedermann.«

*Mündlich aus den Kreisen Demmin und Grimmen.*

### 59. Michel und der Mond.

Einem Knechte ging es sehr schlecht, denn sein Herr war hart und grausam und gönnte ihm kaum eine ruhige Stunde. Als ihn nun einst der Pastor so traurig einhergehen sah, wollte er ihn trösten und sprach: »Nun Michel, wenn du erst tot sein wirst und im Himmel bist bei den lieben Engelein, dann wirst du dich auch nicht mehr so viel zu quälen brauchen, wie hier auf Erden!«

»Jâ, Herr Paster«, antwortete da Michel, »dat säggen sei sô. Wenn ik îrst dâr bin, denn heit dat uk: »Michel, gâ hîr hen, Michel, gâ dâr hen, Michel, putz dê Stîern un dê Mân!« un morgens möt ik dê Sünn anstecken.«

Wenn nun Halbmond ist, sagen die Leute: »Michel hät dê Mân nich ganz putzt krêjen, dârüm hängt hê'n man half rût.«

*Mündlich aus Japenzin, Kreis Anklam.*

### 60. Das Tanzen der Sonne am Ostermorgen.

Wenn am Ostermorgen die Sonne aufgeht, ist es, als ob ein schwarzer Flor auf ihr läge. Die Sonne aber tanzt und springt wie eine, die Trauer gehabt hat und nach langer Zeit wieder recht froh ist. Und dann fällt der schwarze Flor ab, und sie steigt ganz klar und herrlich in die Höhe. Manche Leute sagen zwar, den schwarzen Flor könne man alle Tage sehen; das ist aber nicht wahr.

*Aus Mesow, Kreis Regenwalde. Mitgeteilt durch Herrn Prof. E. Kuhn.*

### 61. Sonnen- und Mondfinsternis.

Wenn Sonnen- und Mondfinsternis eintritt, so sagen die alten Leute: Sonne und Mond müßten mit einander kämpfen. Bei der Mondfinsternis siegt der Mond, bei der Sonnenfinsternis die Sonne. Sollte einmal das Gegenteil eintreten, so ist der jüngste Tag da.

*Mündlich aus Kratzig, Kreis Fürstentum.*

### 62. Der Kuckuck und das Siebengestirn.

Ein Mann lebte mit seiner Frau in stetem Unfrieden, und im Ärger verwünschten sich beide gegenseitig. Als sie nun starben, ward der Mann zum Kuckuck, die Frau aber, als der weniger schuldige Teil, wurde mit ihren sechs Kindern an den Himmel versetzt, wo man sie noch heute als Siebengestirn (Sâwastêenk) sehen kann.

Die sechs Wochen, in denen im Sommer der Kuckuck sich hören läßt, ist dei Sâwastêenk nicht sichtbar. Die andern Vögel lassen diese Zeit hindurch den Kuckuck nicht zur Ruhe kommen; sie stehen ihm nach dem Leben, und er muß vor ihnen weichen. Aber nach Verlauf der sechs Wochen wird der Kuckuck zum Habicht, und dann herrscht er wiederum über die anderen Vögel.

*Mündlich aus Kratzig, Kreis Fürstentum; Meesiger, Kreis Demmin;*
*Abtshagen, Kreis Grimmen.*

## 63. Die sieben Predigerssöhne.

Früher war doch gar manches anders wie heute. Da beherrschte ein Abt in Rom die ganze Welt, und jeder Mensch mußte ihm gehorchen. Das wollten sich aber auf die Dauer die Preußen nicht gefallen lassen, und es kam zu einem gewaltigen Kampfe mit dem Abt, in dem schließlich die Preußen siegten. Das waren die Freiheitskriege, und die Folge davon ist, daß jetzt der römische Abt nur noch die Hälfte der Welt besitzt. Damals lebte auch der große Räuber Rinaldo, der aber nur reichen Leuten etwas gethan hat; die Armen schirmte und schützte er.

In diesen Zeiten wohnte in preußischen Landen ein frommer Priester. Der hatte sieben Söhne, welche wie ihr Vater auch Prediger werden wollten. Weil aber der preußische König Soldaten brauchte, so mußten sie mit in den Freiheitskrieg. Hier wurden sie alle sieben von den Feinden gefangen genommen und in einen festen Turm gesperrt.

Die Gefangenschaft kam ihnen hart an, und sie beschlossen deshalb zu fliehen. Mit großer Mühe wurde ein Loch durch die dicke Mauer geschlagen, dann befahlen sie sich Gott und wanderten ihrer Heimat zu. Doch die Feinde waren ihnen auf die Spur gekommen, und ehe sie es sich versahen, waren sie von allen Seiten von Soldaten umringt.

In ihrer Todesangst flüchteten die sieben Brüder in eine Wolfshöhle und flehten den lieben Gott an, er möge sie doch erretten. Sie hätten sich ja von ihrer ersten Jugend an allein seinem Dienste gewidmet und wären auch gewiß schon alle Prediger geworden, wäre nicht der lange Krieg dazwischen gekommen. Da sandte ihnen Gott in ihrer Not einen herrlichen Engel in blendend weißem Gewande. Der sprach zu ihnen: »Eure Zuversicht und eure Treue soll euch belohnt werden, aber anders, als ihr es wohl gedacht habt.« Damit ergriff er die sieben Brüder, trug sie zum Himmel und setzte sie an das Sternenzelt. Dort sind sie noch bis auf den heutigen Tag als sieben schöne, hellglänzende Sterne zu sehen, die man gewöhnlich das Siebengestirn oder die sieben Brüder nennt.

*Mündlich aus Zabelsdorf, Kreis Randow.*

## 64. Dei Duemk.

Das Sternbild des großen Bären nennt man dei Duemk. Das war ehemals ein böser Mann, welcher stets mit der größten Grausamkeit gegen seine Leute und sein Vieh verfuhr, und deshalb ward er zur Strafe nach seinem Tode an den Himmel gesetzt.

So wild, wie er immer auf Erden gefahren ist, fährt er auch dort noch. Drei Pferde hat er vor seinem Wagen, und auf dem mittelsten reitet er selbst. Das ganze Gestirn geht aber so schief, als ob der Wagen jeden Augenblick umwerfen wollte.

*Mündlich aus Kratzig, Kreis Fürstentum.*

# III. Die Zwerge.

## 65. Allgemeines.

Die Zwerge, jene kleinen, unverhältnismäßig gebauten, menschenähnlichen Wesen, die in der germanischen Mythologie von so großer Bedeutung sind, spielen auch in der pommerschen Sage eine hervorragende Rolle. Überall kennt man sie, weiß von ihnen die verschiedensten Geschichten zu erzählen, und es giebt nicht wenige, welche fest daran glauben, daß die kleinen Leute noch heutiges Tages unter der Erde wohnen und, je nach ihrer Sinnesart, den Menschen Gutes oder Böses wirken.

Freilich den Namen Zwerge wird man selten finden; gewöhnlich nennt man die kleinen Leute nach ihren Wohnungen, die sie unter dem Erdboden besitzen, die Unterirdischen (Unnerêrdschken, Unnerêrsken, Unteridschken etc.), und nur hier und da findet man daneben die Benennung Zwerchen, ein Name, welcher dem hochdeutschen »Zwerg« entspricht und dessen Bedeutung die Unterirdischen als die querköpfigen Geister[11] kennzeichnet. Eine Sonderstellung nehmen ein der Kreis Grimmen, einige Dörfer des Randower und Greifenhagener Kreises, der Weizacker, ein großer Teil des Kreises Saazig und verschiedene Ortschaften von Labes nordöstlich bis hinter Cöslin. Dort heißen die Zwerge nicht Unterirdische sondern Ulke, Umken, Öllerken, Üllerken, Öllekes, Ullekes, Jülken,[12] was soviel bedeutet als die kleinen Alten (Koseform von olt, ult) und mit der auch sonst in Deutschland verbreiteten Vorstellung zusammen hängt, daß die Zwerge die letzten Reste eines untergegangenen Volkes seien.

Was nun an Allgemeinvorstellungen über die Zwerge in Pommern vorhanden ist, läßt sich kurz in folgende Sätze zusammen fassen. Sie wohnen fast immer in großen Gesellschaften beisammen und haben ihre Oberhäupter, denen sie gehorsam schuldig sind. Um ihr Geschlecht zu vermehren, schließen sie Ehen, und ob sie gleich ein unermeßliches Alter erreichen, sind sie doch nicht unsterblich; es giebt deshalb bei ihnen, wie bei den Menschen, Hochzeit, Kindtaufe und Leichenschmaus. Ihre häusliche Beschäftigung ist verschieden, je nachdem sie sich mehr den Erdgeistern, den Hausgöttern oder den Vegetations-Dämonen nähern, denn die Zwerge sind keineswegs allein erdischer Natur. Als Erdgeister gelten sie für kunstreiche Schmiede und Herren der Metalle, als Hausgötter sind sie Beschützer des Hofes und helfen dem Bauern und seinen Leuten hilfreich bei allen Geschäften, als Vegetations-Dämonen endlich sorgen sie für das Gedeihen der Felder und nehmen, wie Sage Nr. 110 das zeigt, die auf dem Acker zurückgebliebenen Halme als ihren Opferanteil zu sich. In jeder Hinsicht sind sie jedoch aller Zaubereien kundig, können sich unsichtbar machen und besitzen häufig eine Riesenstärke. Daneben haben sie freilich auch mancherlei Mängel. Ihre Weiber können nicht ohne die Hilfe menschlicher Frauen entbunden werden, bescheint sie auch nur ein Strahl des Sonnenlichtes, so sind sie unrettbar verloren, wird ihnen endlich ein Stück ihrer Kleidung oder ihr langer Bart entrissen, so sind sie wehrlos der Gnade oder Ungnade des Räubers verfallen.

Schließlich sei noch erwähnt, daß man in Pommern bisweilen die Zwerge in zwei Arten einteilt, in gute und böse. Die guten schaden dem Menschen niemals, sondern leisten ihm im Unglück stets hilfreichen Beistand; die schlechten dagegen sind Erzschelme und Diebe, verhexen den Leuten die Butter und das Vieh und stehlen die kleinen Kinder aus der Wiege. Vorzüglich scharf hat sich dieser Unterschied zwischen den guten und bösen Zwergen bis auf den heutigen Tag im Kreise Grimmen erhalten (vgl. Nr. 78), er war aber in derselben Weise auch anderswo durchgeführt, so z.B. in Rügen, wie wir aus den Mitteilungen Ernst Moritz Arndts ersehen. Derselbe erzählt allerdings nicht von zwei sondern von drei Arten der Unterirdischen, die er als die weißen, die braunen und die schwarzen bezeichnet; aber die dritte Art, die schwarzen, erlangt er, wie er gelegentlich selbst zugesteht, nur dadurch, daß er das ganze Geschlecht der Kobolde oder Alfe in den Zwergen aufgehen läßt. Das ist jedoch nicht zulässig, da die Hausgeister trotz mancher Berührungspunkte mit den Zwergen eine eigene Sippe bilden und deshalb gesondert betrachtet werden müssen. Es bleiben also auch für Rügen nur zwei Zwergarten übrig.

Wir geben jetzt die einzelnen Zwergensagen wieder, indem wir mit Rügen beginnen und dann der Reihe nach die verschiedenen andern Kreise folgen lassen.

## 66. Die Unterirdischen in Rügen.

In früheren Zeiten haben in Rügen die U n n e r ê r d s c h k e n sehr viel von sich reden gemacht. Sie hatten ihre Wohnungen, wie schon ihr Name besagt, unter der Erde und waren fast überall in den Gegenden ansässig, wo Menschen lebten. Die Ausgänge ihrer Wohnungen mündeten gewöhnlich in die Küche, in den Stall oder hinter dem Ofen in die sogenannte Hölle.

Man sah sie gerne, denn sie halfen den Menschen bei allen möglichen Arbeiten. Sie fütterten das Vieh und wuschen das Geschirr ab, trugen Holz und Torf zur Feuerung herbei und scheuerten die Stuben, und was solcher Geschäfte noch mehr sind. Alles dies thaten sie ohne Bezahlung; wurden sie belohnt, so blieben sie für immer von dem betreffenden Gehöfte fern.

Das mußte auch einmal eine Bäuerin zu ihrem Leidwesen erfahren. Ihre tägliche Hilfe war eine kleine unterirdische Frau. Dieselbe war so fleißig, daß die Bäuerin schon lange darauf sann, wie sie dem kleinen Wesen seine mannigfaltigen Dienste vergelten könne. Nun trug die Unterirdische eine ganz zerrissene Schürze. Die Frau ließ darum eine schöne neue anfertigen und übergab dieselbe der Zwergin als Belohnung für die viele Mühe, welche sie in ihrem Dienste ausgestanden hatte. Die Folge davon war, daß sie seit dem Tage die Unterirdische nie wieder gesehen hat.

So gerne man die kleinen Leute um ihrer Hilfe willen hatte, so sehr fürchtete man sie in anderer Hinsicht. Sie hatten nämlich die üble Gewohnheit, den Menschen die Kinder vor der Taufe zu stehlen und an ihrer Statt ihre eigenen Kinder, kleine mißgestaltete Geschöpfe mit dickem Kopfe, zu legen. Waren die Kinder getauft, so konnten ihnen die Unterirdischen nichts mehr anhaben, und ebenfalls durften sie sich an ihnen auch vor der Taufe dann nicht vergreifen, wenn an der Wiege Lichter brannten. Aus dem Grunde wird noch heutiges Tages nicht verabsäumt, bis zur Taufe die ganze Nacht hindurch brennende Lichter an der Wiege des Kindes aufzustellen.

Ein Mann hatte diese Vorsichtsmaßregel unbeachtet gelassen. Da kamen die Unnerêrdschken, tauschten das Kind um, und der Vater fand, als er wieder nach Hause kam, statt seines wohlgestalteten Kindes einen häßlichen Wechselbalg in der Wiege vor. Er wußte sich jedoch zu helfen. Sorgfältig paßte er auf, bis die Unterirdischen wieder einmal ihre Wohnung verließen, und ging dann schnell auf die Stelle zu, wo die Mündung der Höhle, welche in ihr Reich führte, war. Darauf stieg er eilends hinab und fand auch wirklich in der Unterwelt sein Kind vor. Den kleinen Leuten mochte es lieb oder leid sein, sie mußten das gestohlene Menschenkind wieder herausgeben und bekamen statt seiner ihren häßlichen Wechselbalg zurück.

*Mündlich aus Garz auf Rügen.*

## 67. Die Unterirdischen beim Diebstahl ertappt.

Eine Frau hatte auf dem Ofen eine Kiste zu stehen, welche mit alten Flaschen und sonstigem Gerümpel gefüllt war. Eines Tages, als sie zufällig auf einige Stunden das Haus verlassen mußte, kam hinter der Hölle hervor eine ganze Schar U n n e r ê r d s c h k e n, um sich in der Stube umzusehen. Kaum hatten sie den Kasten auf dem Ofen erblickt, als sie auch vermuteten, es möge das kleine Kind der Frau darin liegen. All ihr Begehren war darum auf den Besitz der Kiste gerichtet.

Aber wie hinaufkommen? Denn auf den Ofen zu langen, waren sie viel zu klein. Da verfielen sie auf den Gedanken, sich einer auf den andern zu stellen und so ihren Zweck zu erreichen. Und das thaten sie auch. Immer einer kletterte auf die Schultern des andern, und die ganze Gesellschaft reichte gerade dazu aus, daß der oberste mit den Händen die Seitenwände der Kiste fassen konnte. In demselben Augenblick, wo dieser den Kasten in die Höhe hob, kam aber auch die Frau durch die Thüre in ihre Wohnung zurück, und die Unterirdischen bekamen darüber einen solchen Schreck, daß sie sämtlich kopfüber zur Erde purzelten. Natürlich sauste auch die Kiste auf den Boden herab, und die Splitter der zerbrochenen Flaschen bedeckten die kleinen Leute über und über.

Doch lange hat sich die Frau an dem lächerlichen Anblick nicht ergötzen können, denn kaum, daß die Unterirdischen sich von dem ersten Schreck erholt hatten, so verschwanden sie auch schleunigst hinter der Hölle und eilten ihren Wohnungen zu.

*Mündlich aus Rambin auf Rügen.*

## 68. Die Unterirdischen verschenken einen Becher Weines.

Nicht fern von dem Dorfe Rothenkirchen auf Rügen liegen sieben Hünengräber. In und unter ihnen sollen früher die Unnerêrdschken ihre Wohnungen gehabt haben.

Einmal ritt ein Reiter dort vorbei und fand die kleinen Leute bei einem großen Gastmahle beschäftigt. Es ging hoch her, und sie wollten auch den Reiter nicht leer ausgehen lassen, ein Unterirdischer trat an ihn heran und reichte ihm einen Becher Weines dar. Der Mann trank auch aus, gab jedoch den Becher nicht zurück, sondern nahm ihn mit nach Hause. Später ist derselbe an die Kirche zu Rambin gekommen, wo er noch heutiges Tages aufbewahrt wird.

*Mündlich aus Rothenkirchen auf Rügen.*

## 69. Die Unterirdischen rauben einem Schäfer das Augenlicht.

In der Nähe des Gutshofes Dahlan bei Zirkow liegt ein kleiner Berg, in dem hausen die U n n e r ê r d s c h k e n. Einst hütete ein Schäfer dort, da kroch aus dem Hügel einer von den kleinen Leuten heraus und rief einem andern, der noch im Innern des Berges war, zu: »Schmît den Hôd rût!« Schrie der Angeredete zurück: »Is wîder nix hîr as Grôszvadders Hôd.« - »Na«, versetzte der erste, »denn schmît den rût!«

Und kaum hatte er das gesagt, so flog auch ein großer Hut aus der Höhle heraus. Der Schäfer hatte jedoch genau Obacht gegeben, und ehe der Unterirdische noch zugreifen konnte, hatte er den Hut in der Hand und setzte ihn sich selbst auf den Kopf.

Als er zu Mittag heimtrieb und in die Gesindestube trat, saßen die Knechte schon alle beim Mahle, aber keiner konnte ihn sehen, denn der Hut der Unterirdischen machte ihn unsichtbar. Da erblickte er nun zu seinem Erstaunen, daß immer zwischen je zwei Knechten einer von den kleinen Leuten saß und wacker von den Tellern zulangte. Jetzt wurde es dem Schäfer klar, warum das Essen ihnen immer spurlos vom Tische verschwunden war.

Wie nun aber gar einer von den kleinen Kerlen nach dem Fleischteller griff und von dem Fleisch ein großes Stück mit seinem Messer herunterschnitt, da konnte er seinen Ärger nicht mehr bemeistern, und er rief dem zunächst sitzenden Burschen zu: »Johann! Sîst du nich, dat de Söll[13] dî dat Flêsch wech nimmt?«

Das machte die kleinen Leute stutzig, denn sie sahen sich verraten; und sie sprachen zu dem, der wohl der Älteste von den Unterirdischen sein mochte und auch mit am Tische saß: »Pûst em dat Licht ût! Pûst em dat Licht ût!« Der stand sofort auf und hauchte dem Schäfer in die Augen, und da ward er von Stund an blind und ist es geblieben sein lebelang. Die Kappe hat er auch nicht behalten; die haben die Unterirdischen ihm vom Kopfe gerissen und wieder in ihr Reich zurückgenommen.

Das hatte der Schäfer davon, daß er die kleinen Leute verriet.

*Mündlich aus Zirkow auf Rügen.*

## 70. Die Zwerge in den neun Bergen.

Auf der Insel Rügen sind allenthalben viele Zwerge. Es giebt deren drei verschiedene Arten, weiße, braune und schwarze. Die weißen und braunen sind gut und thun so leicht niemandem etwas zu leide. Die freundlichsten von ihnen sind die weißen. Die schwarzen Zwerge dagegen, welche Tausendkünstler und Kunstschmiede, Zauberer und Hexenmeister sind, taugen nicht viel, sie sind voller Trug und Schalkheit, und man darf ihnen nicht trauen. Auch sagt man von ihnen, daß sie des Sommers viel unter Hollunderbäumen sitzen, deren Duft sie sehr lieben, und daß, wer etwas von ihnen will, sie da suchen und anrufen muß. Alle diese Zwerge halten sich besonders gern in den Bergen der Insel auf. Auch in den neun Bergen bei Rambin sind ihrer viele, aber nur braune, die in sieben, und weiße, die in den zwei andern Bergen wohnen. Sie führen dort ein lustiges Leben und haben Musik und das schönste Essen und Trinken vollauf. Sie haben auch viele Menschenkinder bei sich, denn sie lieben es, die schönsten Knaben und Mädchen den Leuten zu stehlen und sie mit in ihre Berge zu nehmen, wo sie ihnen dienen müssen.

Doch dürfen sie dieselben nur bis zu einer gewissen Zeit behalten; denn alle fünfzig Jahre müssen sie das herausgeben, was sie bis dahin eingefangen haben. Dabei ist es nun merkwürdig, daß den Kindern, die in den Bergen gesessen haben, diese Zeit nicht voll an ihrem Alter angerechnet wird und daß keiner darin älter werden kann als zwanzig Jahre, und wenn er auch volle fünfzig Jahre in den Bergen gesessen hätte. Es kommen auf diese Weise alle wieder jung und schön an das Tageslicht heraus. Auch haben die meisten Menschen, die bei ihnen gewesen sind, nachher auf der Erde viel Glück gehabt: entweder daß sie da unten so klug und anschlägig werden, oder daß die kleinen Leute, wie einige erzählen, ihnen unsichtbar bei der Arbeit helfen und Gold und Silber zutragen.

Wem es glückt, von diesen Zwergen etwas in seine Gewalt zu bekommen, z. B. eine Mütze von ihnen, einen gläsernen Schuh, eine silberne Spange und dergleichen, dem müssen sie dienen, und er kann alsdann ein sehr reicher und vornehmer Herr werden. Es hat schon mancher auf diese Weise sein Glück gemacht.

*Nach E.M. Arndt, Märchen und Jugenderg. 2. Aufl. I. S.132-258.*

## 71. Der Zwergschuh.

Vor vielen Jahren lebte in dem Dorfe Rothenkirchen auf Rügen ein Bauer, namens Johann Wilde. Der wollte gerne reich werden und fing das auf folgende listige Weise an. Er ging um Mitternacht zu den neun Bergen, nahm eine Branntweinflasche mit und legte sich nieder, als wenn er schwer betrunken wäre.

Wie nun die Zwerge aus den neun Bergen hervorkamen, um auf der Oberwelt zu tanzen, da glaubten sie, daß er wirklich betrunken sei, und nahmen sich nicht sonderlich vor ihm in acht, so daß es ihm glückte, einem von ihnen, ehe derselbe sich dessen versehen konnte, seinen gläsernen Schuh von dem kleinen Fuße zu ziehen. Mit dem lief er eilig nach Hause, wo er ihn sorgfältig verbarg. Die andere Nacht aber ging er zu den neun Bergen zurück und rief laut hinein: »Johann Wilde in Rothenkirchen hat einen gläsernen Schuh! Wer kauft ihn? Wer kauft ihn?« Denn er wußte, daß der Zwerg dann bald kommen würde, um seinen Schuh wieder einzulösen.

Der arme Zwerg mußte seinen Fuß so lange bloß tragen, bis er seinen Schuh zurück hatte. Sobald er daher wieder auf die Oberwelt kommen durfte, verkleidete er sich als ein reisender Kaufmann und ging zu Johann Wilde. Dem suchte er den Schuh anfangs für ein Spottgeld abzukaufen; Johann Wilde pries aber seine Ware an, bis der Kleine ihm zuletzt die Kunst anzauberte, daß er in jeder Furche, die er pflügte, einen Dukaten finde. Dafür gab er den Schuh zurück.

Nun fing der Bauer geschwind an zu pflügen, und, sowie er die erste Scholle gebrochen hatte, sprang ihm ein blanker Dukaten aus der Erde entgegen, und das ging immer so weiter, so oft er eine neue Furche anfing. Daher machte er denn auch bald ganz kleine Furchen und wendete den Pflug so oft um, als er nur eben konnte. Dadurch wurde Johann Wilde in kurzem ein so reicher Mann, daß er selbst nicht wußte, wie reich er war.

Doch es war dies alles sein Unglück, und er hatte keinen Segen davon. Denn weil er immer des Geldes mehr haben wollte, so pflügte er zuletzt Tag und Nacht und that nichts mehr als pflügen. Das konnten nun zwar seine Pferde wohl aushalten, denn er kaufte sich deren eine große Menge, damit sie immer frische Kräfte hätten und desto mehr Furchen pflügen könnten; aber er selbst wurde durch die viele Mühe und Arbeit ganz krank und elend. Als der zweite Frühling kam, fiel er eines Tages hinter dem Pfluge hin und war vor Entkräftung plötzlich gestorben.

Seine Frau und Kinder fanden nach seinem Tode einen ungeheuren Schatz von Dukaten vor. Davon haben sie sich große Güter gekauft und sind hernach reiche Edelleute geworben.

*Nach E.M. Arndt, Märchen und Jugenderg. 2.Aufl. I. S. 197-200.*

## 72. Das silberne Zwerg-Glöckchen.

Vor vielen Jahren lebte zu Patzig, eine halbe Meile von der Stadt Bergen, ein armer Schäferjunge, der hieß Fritz Schlagenteufel. Eines Morgens fand er zwischen den Hünengräbern, die dort auf der Heide liegen, ein kleines silbernes Glöckchen. Das war von der Mütze eines braunen Zwerges, der es in der Nacht beim Tanzen im Mondschein verloren hatte; zu seinem großen Unglück, denn nächst dem Verlust ihrer Mütze selbst oder ihrer Schuhe haben die Zwerge keinen schlimmeren Verlust, als den des Glöckchens, das sie an der Mütze tragen, und des Spängleins an ihrem Gürtel. Sie können bei solchem Verluste nicht eher schlafen, als bis sie das Verlorene wieder herbeigeschafft haben.

Darum grämte sich der arme Zwerg sehr, der das von Fritz Schlagenteufel gefundene Glöckchen verloren hatte. Um sein Unglück aber voll zu machen, durfte er in der ersten Zeit noch nicht wieder aus seinem Berge heraus; denn die Zwerge dürfen nicht immer, sondern nur wenige Tage im Jahre auf die Oberwelt gehen. Als er endlich herauskam, da war sein Erstes, daß er sein verlorenes Glöckchen suchte. Er konnte es lange nicht finden, denn Fritz Schlagenteufel war unterdes von Patzig weggezogen nach Unrow bei Gingst, wo er Schäferknecht geworden war.

Endlich kam der Zwerg auch hierher und sah sein Glöckchen, wie der Schäfer, der auf dem Felde seine Schafe hütete, damit klingelte. Geschwind verwandelte der Zwerg sich in eine arme, alte Frau und suchte dem Burschen das Glöckchen mit glatten Worten abzuschwatzen. Das wollte ihm aber nicht glücken; denn Fritz Schlagenteufel mochte das schöne, hellklingende Glöckchen nicht von sich geben. Er zog daher zuletzt ein weißes Stäbchen hervor, das er dem Schäfer für sein Glöckchen anbot, und pries dasselbe, daß er damit allerlei Zauberei verrichten könne. Darauf ging Schlagenteufel ein, und der Zwerg bekam sein Glöckchen zurück.

Das weiße Stäbchen war wirklich ein Zauberstab, der es machen konnte, daß alle Schafe, welche damit getrieben wurden, vier Wochen früher fett wurden und zwei Pfund Wolle mehr trugen, als andere Herden. Dadurch wurde denn Fritz Schlagenteufel der reichste Schäfer auf ganz Rügen und kaufte sich zuletzt ein Rittergut, nämlich Grabitz bei Rambin, und wurde selbst ein Edelmann. Seine Nachkommenschaft blüht noch.

*Nach E. M. Arndt, Märchen und Jugenderg. 2. Aufl. I. S. 191–196.*

## 73. Der leichte Pflug.

Es war einmal ein Bauer auf der Insel Rügen, der fand, als er eines Morgens zu seinem Felde ging, auf einem steinernen Kreuze am Wege einen schönen, blanken Wurm, der immer auf dem Kreuze hin und her lief, wie wenn er große Angst hätte und gerne fort wollte und doch nicht könnte. Nachdem das der Bauer eine Zeit lang voller Verwunderung mit angesehen hatte, fiel ihm ein, daß die kleinen Zwerge des Landes, wenn sie zufällig an etwas Geweihtes geraten, daran festgehalten werden und nicht von der Stelle können, es nehme sie denn ein Mensch hinweg. Er dachte also, daß der Wurm ein solcher Zwerg sei, der nicht von dem Kreuze könne, und er hoffte dadurch sein Glück zu machen.

Und so geschah es auch. Denn wie er nun den Wurm einfing, da verwandelte sich der auf der Stelle, und der Bauer hatte wirklich einen kleinen, schwarzen Zwerg in der Hand. Der krümmte sich gewaltig und wollte dem Manne entschlüpfen; doch wie er sah, daß das nicht anging, gab er gute Worte und bat jämmerlich um seine Freiheit. Der Bauer aber war klug und sagte zu ihm: »Nur still, du kleiner Gesell! Umsonst kommst du nicht los! Ich werde dich nicht eher wieder zu den Deinigen lassen, als bis du mir versprichst, daß du mir einen Pflug machen willst, der so leicht ist, daß ihn auch das kleinste Füllen ziehen kann.«

Die schwarzen Zwerge sind böse und tückisch und gönnen dem Menschen nichts. Der Gefangene antwortete daher dem Bauern gar nicht und schwieg mausestill und dachte, dem Mann werde die Zeit schon lang werden, und endlich müsse er ihn doch wieder frei geben. In dem eigensinnigen, tückischen Schweigen verharrte er lange. Es half selbst nicht, als der Bauer ihn prügelte und geißelte, daß ihm das Blut von dem kleinen Leibe floß. Zuletzt aber, als ihn der Mann in einen schwarzen, russigen Eisengrapen steckte und ihn so in eine kalte Kammer setzte, wo der Kleine frieren mußte, daß ihm die Zähne klapperten, kroch er zu Kreuze und versprach den Pflug zu liefern.

Darauf ließ ihn der Bauer flugs los, denn auch die bösen schwarzen Zwerge müssen alles halten, was sie versprochen haben, und man hat kein Beispiel, daß einer sein Wort gebrochen hätte. Und richtig, am andern Morgen, ehe noch die Sonne aufging, stand ein neuer eiserner Pflug auf dem Hofe des Bauern, und er spannte seinen Hund Wasser davor, und der Hund zog den Pflug, der wie ein gewöhnlicher Pflug von Größe war, durch das schwerste Klailand, und der Pflug riß mächtige Furchen. Viele Jahre hat der Bauer den Pflug gebraucht, und das kleinste Füllen und das magerste Pferdchen konnte ihn zur Bewunderung aller Leute durch den Acker ziehen und legte kein Haar dabei. Dadurch wurde denn der Bauer gar bald ein wohlhabender Mann und konnte ein lustiges und vergnügtes Leben führen.

*Nach E.M. Arndt, Märchen und Jugenderg. 2. Aufl. I. S. 200-205.*

# 74. Matthes Pagels.

Nicht weit von dem Dorfe Lanken auf Rügen, in der Nähe der Granitz, wohnte vor Zeiten ein Bauer, Matthes Pagels geheißen, ein böser, betrügerischer Mensch. Der hatte einmal seinem Nachbarn das Land abgepflügt, und als dieser ihn verklagte, schwur Pagels durch einen Eid und brachte auch eine Urkunde bei, daß das Land ihm gehöre, so weit, als er gepflügt habe, ja noch zehn Schritte weiter bis zu der hohen Buche, die oben am Rain stand. So kam es, daß sein Nachbar den Prozeß verlor.

Pagels war aber ein Hexenmeister und stand mit den s c h w a r z e n  Z w e r g e n  in Verbindung. Von denen hatten ihm zwei, welche ihm auch sonst Geld in sein Haus zu tragen pflegten, die falsche Urkunde geschmiedet. Doch traf den Matthes für solche Betrügerei schwere Strafe.

Schon bei seinen Lebzeiten hatte er keine Ruhe und mußte jede Nacht, in Wind und Wetter, aus dem Bette heraus und auf dem abgepflügten Lande herumgehen und zuletzt auf die hohe Buche klettern und dort zwei Stunden stille sitzen und frieren. Und das muß er auch heute noch thun, obgleich er jetzt schon viele hundert Jahre tot ist. Man kann ihn alle Nacht da sehen in einem grauen Rocke und mit einer weißen Mütze auf dem Kopfe. Oft sitzt er auch wie eine schneeweiße Eule auf der Buche und schreit gar jämmerlich. Kein Pferd ist da auf dem Wege vorbeizubringen, sondern sie schnauben und blasen und bäumen sich und gehen selbst mit dem besten Reiter durch und querfeldein.

Früher sangen die Leute auch ein Lied auf den Matthes und seine Buche, und das lautete folgendermaßen:

»Pagels mit de witte Mütz,
Wo koold un hoch is din Sitz
Up de hoge Bök
Un up de kruse Eek
Un achterm hollen Tuun!
Worüm kannst du nich ruhn?« –
»Darüm kann ik nich rasten,
Dat Papier liggt im Kasten,
Un mine arme Seel
Brennt in de lichte Höll!«

*Nach E.M. Arndt, Märchen und Jugenderg. 2. Aufl. I. S.207-209.*

## 75. Schwarzer Zwerg giebt einen Freischuß.

Es lebte einmal auf Rügen ein Jäger, Jochen Schulz mit Namen, der zuletzt als Kirchenvogt zu Barth gestorben ist. Der war bisher immer glücklich auf der Jagd gewesen, konnte aber zu einer Zeit gar nichts mehr treffen, er mochte zielen so richtig und scharf, als er nur konnte.

Er dachte gleich, daß das nicht mit rechten Dingen zugehe, aber er konnte nicht hinter den Grund kommen. Da sagte ihm zuletzt eine alte Bettelfrau, die er im Walde traf, die schwarzen Zwerge hätten ihm gewiß seinen Schuß besprochen, und es gäbe keinen andern Rat für ihn, als daß er suche, etwas von ihnen in seine Gewalt zu bekommen, wofür sie ihm den Schuß wieder frei geben müßten. Das könne er aber dadurch erreichen, daß er zu einer Stelle im Walde hinschleiche, wo die Schwarzen um Mitternacht ihre Tänze hielten, eine handvoll Hagel mitnehme und den nach ihnen auswerfe, wie man Erbsen ausstreut. Dabei müsse er rufen: »Im Namen Gottes! Satan, weiche von mir!« Was er dann von den Schwarzen auch nur mit einem Hagelkorn treffe, das müßten sie im Stiche lassen!

Also that der Jäger in der nächsten Nacht, und wie er am andern Morgen nach Sonnenaufgang wieder zu der Stelle ging, um zu sehen, was er getroffen habe, da fand er einen schönen silbernen Gürtel nebst einer kleinen silbernen Spange auf der Erde liegen, und auf dem Silber waren noch die zwei Beulen zu erkennen, welche seine Schrotkörner geschlagen hatten. Es dauerte auch nicht lange, so fand sich der kleine schwarze Zwerg ein, dem die Dinge gehörten. Der mußte dem Jäger viele gute Worte geben und lange mit ihm handeln. Zuletzt wurden sie dahin einig, daß der Jäger sich einen Freischuß ausbedungen hat, damit er zu gewissen Zeiten, wohin er auch schieße, ein Stück Wild treffen müsse, auch wenn nichts da sei. Darauf wurde Jochen Schulz der erste Jäger im Lande.

*Nach E.M. Arndt, Märchen und Jugenderg. 2. Aufl. I. S. 209-210.*

## 76. Balder von Serpin.

Ein armer, redlicher Bauer brauchte notwendig Geld und sann und sann, wo er wohl etwas leihen könne. Indem fuhr er beim Schlosse Serpin vorbei, und ein freundlicher Mann trat an ihn heran und fragte ihn, warum er so bekümmert sei, und ob er ihm nicht helfen könne. Da klagte ihm der Bauer seine Not. Der Fremde hieß ihn einen Augenblick warten und brachte gleich darauf einen ganzen Scheffel Geld herbei, welchen er dem Bauern unter der Bedingung gab, daß er ihn zu bestimmter Frist zurückzahle. Der Bauer glaubte erst, er habe mit dem Bösen zu thun; allein der Mann beruhigte ihn bald und sagte: »Wenn du am Zahlungstage herkommst, so rufe nur nach Balder von Serpin!«

Das Geld brachte dem Bauern viel Glück, und er fand sich dankbar am bestimmten Zahlungstage ein und rief: »Balder von Serpin, hål dî dîn Geld!« Allein umsonst, er erschien nirgends, bis endlich eine Stimme rief: »Balder is nich mîer, Balder is fûrt, beholl dîn Geld!«

*Kuhn, Westfäl. Sagen I. Nr. 399.*

## 77. Das Patengeschenk.

In der Gegend von Stralsund lebte einstmals eine fromme Frau. Als die eines Abends gerade in der Postille las, klopfte es an die Thüre, und es trat ein ganz kleines Frauchen herein. Das war eine Kindtaufbitterin der Unterirdischen, die lud die fromme Frau zur Kindtaufe ein. Diese erstaunte zwar darüber, sagte aber endlich zu, und das fremde Weiblein versprach darauf sie abzuholen.

Nach ein paar Tagen kam die Unterirdische wieder und holte die Frau ab. Sie führte dieselbe aber nicht aus dem Hause, sondern durch die Hofthür in ihren eigenen Kuhstall, und dort ging sie mit ihr eine Treppe hinab, welche die Frau vorher noch nie gesehen hatte. So kamen sie in ein schönes Gemach, wo viele Unterirdische waren und die Kindtaufe gehalten wurde.

Als diese vorbei war, gaben alle die unterirdischen Frauen der Kindbetterin ein Patengeld. Daran hatte die fromme Frau aber nicht gedacht, und sie hatte nichts bei sich. Sie wollte sich darüber sehr entschuldigen, aber die Unterirdischen sagten, das schade nichts; sie baten sie dagegen, daß sie doch den Kuhstall verlegen möge, indem die Jauche ihnen gerade auf den Tisch komme. Das versprach die Frau, und die Unterirdischen waren darüber sehr froh. Die Frau hat auch ihr Versprechen gehalten.

*Temme, Volkssagen Nr. 220.*

## 78. Die Ulken oder Umken.

Um Deyelsdorf, im Kreise Grimmen, werden die Zwerge Ulken oder Umken genannt. Man unterscheidet deren zwei Arten, gute und böse. Die letzteren fügen den Leuten allen möglichen Schaden zu. Wenn z. B. im heißen Sommer die Milch der Kühe keine Butter geben will, so sind daran ganz allein die bösen Ulken Schuld.

Die Leute nehmen dann den Rahm und schütten ihn in einen irdenen Topf; sodann gehen sie damit in den Garten und vergraben ihn an einem kühlen Platz. Darauf eilt man zu irgend einem Kirschbaum und bindet um seinen Stamm einen Bindfaden fest um, oder man schält auch einen Bastring von dem Baume rund ab. Dann müssen die bösen Ulken verderben.

Mitten in der Nacht kommen die guten Ulken zu dem eingegrabenen Topf und fangen an zu buttern. Wenn dann am andern Morgen früh die Bäuerin diesen Rahm in das Butterfaß schüttet, so wird nach kurzer Zeit gewiß die ersehnte Butter zum Vorschein kommen.

Auch die Irrlichter sind böse Umken. Sie zeigen sich am Abend und in der Nacht vom Wege abgekommenen Wanderern und führen dieselben durch ihr trügerisches Licht erst recht in die Irre. Besonders gerne locken sie die arglosen Menschen in Moräste und Seen.

Sobald dieselben dorthin gelangt sind, wird aber plötzlich aus dem Licht ein böser Ulk, ein kleiner Kerl mit langem, schwarzem Bart, welcher den Unglücklichen im Sumpf erstickt oder im Wasser ertränkt.

*Mündlich aus Deyelsdorf, Kreis Grimmen.*

## 79. Der Bullkater und der Ulk.

Der Bullkater, jener berüchtigte Raubritter, von dem wir später noch mehr hören werden, besaß außer seiner Hauptburg Turow noch eine zweite Festung in Nehringen, von wo aus er seine Raubzüge nach Meklenburg unternahm. In dem Turm dieser Feste, dem noch heute stehenden Fangelturm, hatte er unter anderen Gefangenen einstmals auch ein Mädchen sitzen, welches er des Verrats an seiner Person beschuldigte. Er machte ihr den Prozeß, verurteilte sie zum Tode und befahl, sie an der Stelle hinzurichten, welche noch heute »die drei Richttannen« heißt und mitten zwischen Fäsekow und Nehringen liegt.

Kurz vor der Hinrichtung trat ein kleiner Ulk zu der Gefangenen und sprach zu ihr: »Ich werde deine Unschuld an den Tag bringen. Wenn nämlich auf deinem Grabe Rosen wachsen, so hält man dich für unschuldig; wenn aber Dornen, so giltst du des angeschuldigten Verbrechens überführt. Ich werde jedoch dafür sorgen, daß Rosen aus dem Hügel hervorsprießen; und mache du deshalb nur getrost von vorne herein die Leute auf dies Zeichen aufmerksam.«

Und so geschah es auch. Am Tage nach der Hinrichtung erblickten die Leute zu ihrem Erstaunen auf dem Grabe des unglücklichen Mädchens schöne blühende Rosen, welche noch heutiges Tages üppig gedeihen und nicht ausgerodet werden können. Bei ihnen läßt sich auch zu jeder Zeit der Geist der Jungfrau, ohne Kopf umherwandelnd oder auf einem Steine sitzend, sehen.

Das Haupt der Ermordeten hat der Ulk mit sich in sein unterirdisches Reich genommen, um es dem Mädchen wieder auf den Rumpf zu setzen, wenn er den Bullkater zur Rechenschaft für seine Unthat gefordert haben wird. Der Bullkater muß nämlich jeden Abend auf dem Gasseldamm, einer mit Weiden bepflanzten Stelle auf dem Wege von Glewitz nach Deyelsdorf, mit dem Ulk kämpfen. Der Bullkater wird zwar bei diesem Streite von seinem gewaltigen Hund Flambo unterstützt, aber trotzdem wird einst der Tag kommen, da der Ulk seinen Feind überwindet.

*Ebendaher.*

## 80. Ulk ladet ein Mädchen zu Gevatter.

Ein Mädchen sah jedesmal, wenn sie in den Stall ging, die Kühe zu melken, eine häßliche Kröte umherhüpfen. Um das Tier los zu werden, entschloß sie sich, es zu töten, und würde es auch wirklich eines Tages erhascht haben, wenn sich die Kröte nicht noch rechtzeitig in ein Loch verkrochen hätte.

Einige Tage darauf, als die Dirne wieder im Stalle beschäftigt war, trat ein kleiner Ulk an sie heran und forderte sie auf, mit ihm in das unterirdische Reich zu steigen. Die Viehmagd ging darauf ein, stieg mit ihrem Begleiter eine Treppe, die sie aber sonst noch nie bemerkt hatte, hinab und traf unten eine ganze Gesellschaft kleiner Ulke beisammen, welche gerade Kindelbier feierten. Sie erschrak aber nicht wenig, als sie über dem Eingang, durch den sie getreten war, einen mächtigen Mühlstein an einem seidenen Faden hängen sah.

Der Ulk merkte ihr Entsetzen, beruhigte sie und sprach: »Dieselbe Angst hast du mir bereitet, als du die Kröte verfolgtest und sie zu töten trachtetest!« Sodann mußte das Mädchen mit essen und trinken und erhielt, als das Fest beendet war, ein Geldstück zum Geschenk. Das solle sie ja recht sorgfältig bewahren; denn solange dasselbe in ihrem und der Ihrigen Besitz wäre, würde es ihnen niemals an Geld fehlen.

Darauf begleitete derselbe kleine Ulk, welcher sie herunter geführt hatte, die Dirne wiederum zur Oberwelt hinauf und befahl ihr beim Abschied, ja niemals einem Menschen von ihrem Erlebnis zu berichten. Thäte sie es dennoch, so würden die Ulken sie wiederum herabholen und unter den Mühlstein stellen. Darauf würde dann der seidene Faden reißen und sie durch den Stein zerschmettert werden.

*Mündlich aus Grammendorf, Kreis Grimmen; ganz ähnlich auch in Greifswald erzählt. Vgl.*

*Temme, Volkssagen Nr. 216.*

## 81. Die Zwerge in Greifswald.

In der Stadt Greifswald und der Umgegend hielten sich in früheren Zeiten viele unterirdische Erdgeister auf, von den Leuten gewöhnlich nur die Z w e r g e genannt. Sie haben sehr lange dort gehaust, bis sie auf einmal ganz aus dem Lande gezogen sind. Zu welcher Zeit und bei was für Gelegenheit dies geschehen ist, weiß man nicht mehr, aber man kennt noch recht gut den Weg, den sie genommen, und daß sie bei Jarmen aus Pommern gegangen sind. Von da sollen sie sich weiter in das gebirgige Land begeben haben.

Diese Zwerge hatten Gewalt über alles Gold und Silber und über die edlen Steine, die in der Erde verborgen liegen. Sie waren auch im ganzen gutmütig und halfen den Menschen gern und thaten ihnen Gutes. Dabei trugen sie freilich manchmal ein sonderbares Verlangen nach hübschen Menschenkindern, so daß sie dieselben den Leuten oft aus der Wiege stahlen und ihre häßlichen Wechselbälge dafür hinlegten. Oft auch verliebten sie sich in hübsche Mädchen und begehrten ihrer zur Ehe.

Der Weg zu ihren Wohnungen ging gewöhnlich durch einen schmutzigen Ort, z. B. unter dem Gußloche des Spülichts oder unter einer Tranktonne her. Des Tages krochen sie in Gestalt von Fröschen oder anderm häßlichen Ungeziefer herum, des Nachts aber zeigten sie sich in ihrer eigentlichen Gestalt. Besonders gern tanzten sie im Mondschein und waren dann sehr vergnügt und lustig.

Man erzählt sich viele sonderbare Geschichten von ihnen. So war einmal in Greifswald eine Frau, die verwünschte eines Abends, wie es schon spät war, ihr Kind, weil es so arg schrie und die Mutter nicht schlafen konnte. Da that sich plötzlich die Thüre leise und behende auf, und es schlich sich ein Zwerg hinein. Der riß ihr schnell das Kind vom Schoße und lief damit fort. Die Frau hat das Kind nie wieder gesehen. Einer anderen Frau glückte es eines Abends noch eben, ihr Kind an der Ferse festzuhalten, als sie eingeschlafen war und ein Zwerg ihr es hatte stehlen wollen. Die merkwürdigste Geschichte aber ist die von dem Zwerg Doppeltürk:

*Temme, Volkssagen Nr. 216.*

## 82. Zwerg Doppeltürk.

Ein vornehmer Zwerg aus der Greifswalder Gegend hatte sich einst in ein schönes Mädchen der Stadt verliebt und begehrte sie mit großer Gewalt zur Frau. Das Mädchen hatte zwar einen unüberwindlichen Widerwillen gegen ihn, weil er so klein und garstig war, und konnte sich nicht entschließen, ihn zu heiraten; er steckte sich aber hinter ihren Vater, und da er diesem viel Geld und Gut versprach, so mußte sie ihm zuletzt ihre Hand zusagen. Doch kam sie mit ihm überein, daß sie ihrer Zusage ledig sein solle und er von ihr abstehen müsse, wenn es ihr gelinge, seinen Namen zu erfahren.

Lange Zeit kundschaftete das Mädchen vergebens. Zuletzt half ihr der Zufall. Es fuhr nämlich in einer Nacht ein Fischhändler die Straße nach Greifswald. Wie der an einer Stelle viele Zwerge im Mondenschein tanzen und springen sah, da hielt er verwundert an; und nun hörte er auf einmal, wie einer der Zwerge in seiner Freude laut rief:

»Wenn meine Braut wüßt',
Daß ich Doppeltürk heiße,
Sie nähme mich nicht!«

Das erzählte der Fischhändler des andern Tages im Wirtshaus zu Greifswald, und von der Wirtstochter hörte es die Braut. Diese dachte gleich, daß das ihr Liebhaber gewesen sei, und wie derselbe wieder zu ihr kam, nannte sie ihn Doppeltürk. Da verschwand der Zwerg in großem Ärger und die Liebschaft hatte ein Ende.

*Temme, Volkssagen Nr. 216.*

## 83. Unterirdische zeigen Schätze an.

In dem Teile von Greifswald, welcher der Schuhhagen genannt wird und der älteste Teil der Stadt ist, sollen viele Schätze verborgen liegen, von denen man sich allerlei erzählt. Unter anderm kam vor noch nicht langer Zeit zu einer Frau in der langen Fuhrstraße drei Nächte hintereinander ein kleines Männchen, den die Leute einen Glücksboten aus der Unterwelt nennen, und forderte von ihr, daß sie in den Schuhhagen gehen solle, wo sie an einer Stelle, die er ihr bezeichnete, einen großen Schatz finden werde. Anfangs wollte die Frau nicht. In der dritten Nacht aber entschloß sie sich hinzugehen, weil auch ihr Mann ihr viel zuredete.

Als sie aber an die bezeichnete Stelle kam, fand sie nichts, als einen großen Kehrichthaufen von Bohnenranken, Hobelspänen und dergleichen. Darüber ärgerte sie sich sehr, und, nur um ihrem Manne zu zeigen, daß er sein Zureden hätte sparen können, nahm sie eine Bohnenranke und einige Hobelspäne mit sich. Die warf sie, als sie wieder nach Hause gekommen war, ihrem Manne in die Werkstätte mit den Worten: »Da hast du den Juks!« Aber wie verwunderten sich die guten Leute, als sie näher die Sachen besahen und nun auf einmal entdeckten, daß die Bohnenranke eine schwere goldene Kette und die Hobelspäne lauter silberne Löffel waren. Die Frau lief nun zwar geschwind noch einmal in den Schuhhagen, aber sie konnte von dem Kehrichthaufen nichts mehr auffinden.

Ein solcher Glücksbote kam auch zu einer andern Frau, indem er ihr eine Stelle im Schuhhagen anzeigte, wo sie einen Schatz finden werde, der nur eine Hand breit mit Erde bedeckt sei. Weil die Frau gerade in den Wochen lag, so teilte sie ihrem Manne die Botschaft des Glücksboten mit. Der ging denn auch zu der angezeigten Stelle. Wie er da aber nichts als einen Korb mit Fischschuppen fand, so wurde er ärgerlich und nahm davon eine Handvoll, die er seiner Frau mit den Worten auf das Bett warf: »Da ist der Schatz!« In dem Augenblicke aber sah er, daß die Fischschuppen lauter blanke Thaler waren. Auch er ging nun zwar noch einmal zu der Stelle, fand aber ebenfalls nichts mehr dort.

*Temme, Volkssagen Nr. 235.*

## 84. Weshalb es den Bentziner Bauern mit ihren Wirtschaften stets rückwärts gegangen ist.

In Bentzin konnte früher trotz allen Fleißes selten ein Bauer mit seiner Wirtschaft auf einen grünen Zweig kommen. Fast alle Einkünfte mußten sie auf die Beköstigung des Gesindes zusetzen, und doch konnte im ganzen Dorfe kaum ein Dienstbote angetroffen werden, der sich bei seinem Brotherrn jemals ordentlich satt gegessen hätte. Der Tisch mochte unter der Last der Speisen brechen, ehe die Leute ihren Hunger auch nur einigermaßen gestillt hatten, war alles spurlos verschwunden.

Lange Zeit hindurch wußte sich niemand dafür eine Erklärung. Endlich kam die Sache an den Tag. Ein Knecht wollte nämlich gerade die Thüre aufklinken, als er zu seinem Erstaunen bemerkte, wie sich neben ihm die Diele aufthat und eine Person nach der andern zu dem Loche heraustrippelte und durch die Thürspalte in das Eßzimmer hineinschlüpfte. Freilich konnte er die Personen nicht sehen, sondern nur hören, aber zu welcher Art sie gehörten, war ihm dennoch schon jetzt klar genug.

Zum Überfluß kam noch zu guter letzt einer zum Vorschein, der nicht wie die andern unsichtbar war. Kaum konnte jedoch der Knecht erkennen, daß er einen häßlichen Unnerîrdsken vor sich habe, so schrie auch schon jemand von unten her: »Halt an, du hast ja deinen Hut vergessen!« In demselben Augenblicke flog ein großer Kremphut zum Loche heraus, der kleine Kerl fing ihn auf, stülpte ihn auf den Kopf, und unsichtbar war er, wie die andern alle.

Als der Knecht jetzt in die Stube eintrat, erzählte er die ganze Geschichte, und da wunderten sich die Leute denn nicht mehr, als sie auch diesmal wieder hungrig von Tische aufstehen mußten. Immer zwischen je zweien und zweien saß ja einer von den Unterirdischen und stahl seinem Nachbarn die besten Bissen vom Munde fort.

Ein Knecht, der sich schon lange über diese Frechheit der kleinen Leute geärgert hatte, fiel einst durch Zufall in den Eingang zu ihrem Reiche herab. Als er unten angelangt war, beschloß er, sich recht empfindlich an den Dieben zu rächen. Aber ehe er sich recht besinnen konnte, wen er zuerst packen solle, waren auch schon alle verschwunden. So mußte er unverrichteter Dinge und noch dazu mit zerschlagenen Gliedmaßen wieder auf die Oberwelt zurückkehren.

*Mündlich aus Bentzin, Kreis Demmin.*

## 85. Einem Unterirdischen wird der Bart ausgerissen.

Bei dem Dorfe Buschmühl, im Demminer Kreise, liegt ein Bruchwald, in welchem sich ein großer Stein befindet. Unter diesem Felsblock geht ein Loch bis zu den Wohnungen der Unterirdischen oder Haiducken, wie sie die dortigen Bauern nennen, hinein. Man fürchtete die kleinen Leute sehr, denn sie waren schlimme Diebe und stahlen besonders gern das Korn von den Feldern. Auch konnten sie sich durch ihre Kappen unsichtbar machen.

Einst, als sie wieder so schlimm auf den Äckern gehaust hatten, gingen die Bauern des Nachts mit einer alten Frau, welche das Bannen verstand, zu dem Steine und warteten ab, bis die Haiducken das Loch verlassen hatten. Darauf sprach die Frau ihren Zaubersegen, und nun machte sich alles an die Verfolgung der Diebe. Jedoch gelang es den Unterirdischen trotz des Bannspruches in ihr Reich zu entkommen, mit Ausnahme eines einzigen, den ein Bauer bei seinem langen Bart erwischt hatte. Der gefangene Haiduck sträubte sich aber zu folgen und zerrte so lange, bis ihm der Bart ausgerissen und er dadurch wieder in Freiheit gekommen war. Viel nützte ihm's freilich nicht; denn ohne seinen Bart konnte er doch nicht wieder zu den Seinen zurückkehren.

Den folgenden Abend kam er darum zu dem betreffenden Bauern und bat ihn um den ausgerissenen Bart. Der wies ihn aber hart zurück; erst den Abend darauf zeigte er sich milder gestimmt und erklärte sich mit der Auslieferung einverstanden, wenn die Unterirdischen dafür das Stehlen unterlassen wollten. Der Haiduck sagte sofort zu, bat aber zugleich, der Bauer möge den Bart auf einen bestimmten Stein im Bruch legen, sonst hülfe ihm die Sache gar nichts.

Endlich erklärte sich der Mann auch dazu bereit, legte den Bart in der Nacht auf die angegebene Stelle und im Nu war derselbe verschwunden. Auch haben die Haiducken Wort gehalten und das Kornstehlen seitdem völlig unterlassen.

*Mündlich aus Meesiger, Kreis Demmin.*

## 86. Die Zwerge im unterirdischen Gange zu Pudagla.

Von Pudagla nach Mellentin auf der Insel Usedom führte ehedem ein unterirdischer Gang. Der ist aber jetzt zugemauert und das kam so:

Lange nachdem das Kloster zu Pudagla eingegangen war, wollte man mehrmals den Gang untersuchen, um zu wissen, ob er auch wirklich nach Mellentin führe; aber keiner konnte es ergründen, und alle kehrten unverrichteter Sache wieder zurück. Da wurde gerade einmal eine Frau dort zum Tode verurteilt, und man machte ihr den Vorschlag, sie solle in den Gang hinuntersteigen und ihn untersuchen; dann solle ihr das Leben geschenkt sein.

Darauf ging sie ein, stieg hinab und, nachdem sie schon weit, sehr weit gegangen war, kam sie an eine große, eiserne Thür. Die sprang von selber auf, und sie sah auf einmal eine große Zahl von kleinen Zwergen mit großen, langen Bärten um einen Tisch sitzen, die fragten, was ihr Begehren wäre. Da erzählte sie nun alles, wie es gekommen, daß sie herabgestiegen, und darauf sagte einer der Zwerge: »Ist das so, so sollst du diesmal ungestraft wieder hinaufkommen. Aber sage denen da oben, sie möchten uns hier nicht wieder stören.«

Nun bat sie, man möge ihr ein Wahrzeichen mitgeben, womit sie ihre Aussage bekräftigen könne, und erhielt auch als solches eine lange Erbsranke. Mit der stieg sie wieder hinauf und berichtete alles, was sie gesehen. Und als sie nun das Wahrzeichen vorbrachte, da verwandelte es sich vor aller Augen in eine schwere eiserne Kette, die darauf zum ewigen Andenken am Sôd (Brunnen) befestigt wurde, wo sie noch bis auf den heutigen Tag hängt. Der Gang aber wurde zugemauert, damit niemand wieder die Unterirdischen in ihrer Wohnung störe.

*Aus Swinemünde: Kuhn und Schwartz. Nordd. Sagen Nr. 13.*

PUDAGLA

## 87. Die Fahrt nach Jiggeljaggel.

Då was emål êns ne Frû, un dê kåm in de Wochen, un se harren dat Licht ûtgån låten, datte Unneraersken kêmen un oer dat Kint furtnåmen. Aewer se hadde dat doch nich markt, bet op êne Tît, as't nû all wat öller wåren was, då kåm se dåhinter.

Det Sundachs nämlich kåken hîr to Lanne de Luee in Winterstît groenen Kaul met Wost un Speck in, un dat dêe unse Frû ôk. Wenn dat nu innen Kêtel uppet Fuer stund, dunn kåm mîn Unneraersken ûte Wêj un fråt all Wost un Speck up. As dat nû so ênen Sundach un alle Sundach passêrte, gung mîne Frû bî oere Nåbers un vertellde dat, un de saeden oer, dat dat nich oer Kint was, wat se in de Wêj härre, un dattet en Unneraersken wesen möst. Un se saeden oer ôk, se schülle man mål Schauschlårn statt Wost un Speck innen Kaul kåken un schülle gaud uppassen, wat dunn schêen würr.

Dat dêt se denn ôk uppen nêjesten Sundach un stellt sik up de Lûr. Un dat dûrt auk går nich lang, kümmt mîn Unneraersken wedder ûte Wêj un geit nån Kêtel un will sik bîmaken, den Speck ûtfrêten; aewer as hei nû de Schauschlårn fund, sächt hei:

»Nû bün ik so old
As Boehman Gold
Un häw doch noch kên Schauschlårn in Kaul gêten!«

Dunn kåm de Frû voertospringen un schöll em düchtich wat ût un schlôch ganz Gotts erbarmiklich up em lôs un gung dunn wedder bi oere Nåbers un frôch, wat se nû dauen

71

schülle. Dê saeden, se schülle nû dat Unneraersken nêmen un met em nå Jiggeljaggel fueren; då schüll set båden låten, dattet dîj. Da sett se sik denn ôk innen Bôt un fôr wît met em in de Sê nå Jiggeljaggel.

As se nû all en ganz Enne furt wêren, då kåm up eis en anner Bôt antefueren, då wêren ôk Unneraerskens in. Dê harren de Frû oer Kint bî sîk; un as se nû den Ollen in de Frû oer Bôt seien dêen, då fungen se an to raupen: »Na Kûlkopp! Wo wistu denn hen?« Då fung de Olle up eis an te kueren un saede: »Se willen met mî nå Jiggeljaggel un mî båden låten, dattik dîj!«

Då wûren de Unneraersken boes un schlaugen up dat Minschenkind laus, dattet jâmerlîke anteschrîen funk, un de Frû wûrd auk boes un schlauch up dat Unneraersken un dat schrêj auk. Un se schlaugen beid ümmer tau, bet dat de Unneraersken updlest de Frû oer Kint int Wâter smîten dêen, un dê dat Unneraersken ôk rin smêt, un se man beid schnell taupacken musten, dat se oere Kinner wedder krêjen. Un as se dei nu harren, då faur de Frû nå Hûs, un hät sik kein Unneraersken wedder bî oer seien låten.

*Aus Swinemünde: Kuhn und Schwartz, Nordd. Sagen Nr. 36. II.*

## 88. Unterirdischer holt eine Hebeamme.

In einem Dorfe lebte ein armer Mann mit seiner Tochter, einer Hebeamme, denen es sehr kümmerlich und dürftig ging. Eines Nachts nun, gegen elf Uhr, klopfte es an die Stubenthür, und hereintrat ein Unnerêrsken, ein ganz kleines Männchen, mit einer Laterne in der Hand, und bat das Mädchen, es möge seiner Frau bei der Entbindung helfen.

Die Hebeamme willigte darin ein und fragte, wo denn der Wagen wäre, auf dem er sie zu seiner Wohnung fahren wolle. »O, wir haben es nicht sehr weit«, erwiderte der Unterirdische, »wir gehen das Endchen zu Fuße; ich zeige mit der Laterne den Weg.«

Das Mädchen machte sich fertig und folgte dem Männchen. Es ging immer genau geradeaus eine breite schöne Straße entlang, die an beiden Seiten dicht mit Häusern und Bäumen besetzt war. Dann wurde der Weg auf einmal etwas abschüssig, und in wenig Augenblicken befanden sich beide in der Wohnung des Zwerges, wo die kleine unterirdische Frau schon mit Sehnsucht auf die Ankunft der Hebeamme wartete. Diese verrichtete schnell, was ihres Amtes war, und wurde sodann von dem Unterirdischen gefragt, wie viel sie zum Lohne verlange.

»Gar nichts«, antwortete sie, »die kleine Mühe braucht mir nicht vergolten zu werden.« - »Nun, dann hebe deine Schürze auf«, entgegnete das Männchen, und schnell füllte es dieselbe mit dem Müll, welcher in der Stubenecke lag. Darauf begleitete es mit seiner Laterne die Hebeamme wieder auf demselben Wege bis zu ihrer Wohnung zurück, und - verschwunden war es.

Neugierig forschte das Mädchen jetzt nach, welchen Weg sie eigentlich gegangen sei, aber sie mochte sich von ihrer Thüre aus nach jeder Himmelsrichtung wenden, von der schönen, breiten Straße war nichts mehr zu erblicken. Sie kehrte darum zu ihrem Vater zurück, erzählte ihm, wie's ihr gegangen sei, und schüttete den Inhalt der Schürze vor ihm aus. Da war es aber kein Müll mehr, der auf die Erde fiel, sondern lauter blankes, gemünztes Geld, so daß sie beide ihr ganzes Leben lang keine Not mehr zu leiden brauchten.

*Mündlich aus Zabelsdorf, Kreis Randow.*

### 89. Wechselbalg läßt sich Schuhschlarren kochen.

Eine Bauerfrau hatte nicht recht Acht auf ihr neugeborenes Kind gegeben, und so war es gekommen, daß eines Tages statt des wohlgebildeten Menschenkindes ein abscheuliches Unnerêrsken in der Wiege lag. Nun fing das Unglück in der Familie an. Der Wechselbalg wurde trotz seiner gewaltigen Eßlust nicht größer und verlangte, Tag und Nacht gewiegt zu werden. That man ihm nicht seinen Willen, so schrie und brüllte er so entsetzlich, daß schließlich, um nur wieder Ruhe im Hause zu haben, jemand die Wiege in Bewegung setzen mußte.

Auch machte der Unterirdische aus seiner Bosheit gar keinen Hehl. Im Gegenteil, er schrie seinen Pflegeeltern aus der Wiege zu: »Wenn ihr mich nicht ordentlich wiegt, so schreie ich so lange, bis ihr's gethan habt.« Ferner befahl er alle Tage, welches Gericht man ihm zum Mittagessen bereiten solle.

Auf diese Weise waren viele Jahre vergangen, und es mochte mit der Zeit dem Wechselbalg langweilig in seiner Wiege geworden sein; denn eines Morgens sprach er zur Bäuerin: »Wenn du mir heute Schuhschlarren kochst, so verschwinde ich.« Die arme Frau ließ sich das nicht zweimal sagen, kochte das seltsame Gericht, setzte es dem Wechselbalge vor, und fort war er. In demselben Augenblicke stand aber auch ihr richtiger Sohn als strammer, ausgewachsener Bursche vor der Frau; denn die Unterirdischen durften denselben von der Stunde an, da der Wechselbalg zu ihnen zurückgekehrt war, nicht mehr bei sich behalten.

*Ebendaher.*

### 90. Zwei Mädchen werden von den Unterirdischen zu Gevatter gebeten.

Zwei Mädchen hackten Kartoffeln. Da sah die eine von ihnen eine dicke häßliche Kröte vorbeihüpfen. Schnell eilte sie mit ihrer Hacke hinter dem armen Tiere her, um es zu erschlagen. Doch die Gefährtin verwehrte es ihr und erinnerte sie an den alten Spruch: »Was du nicht willst, das man dir thu, das füg' auch keinem andern zu« und erreichte auch wirklich, daß das Mädchen die Kröte ungehindert entlaufen ließ.

Einige Wochen nach dieser Begebenheit kam eine kleine Frau von den Unnerêrsken zu den beiden und lud sie zu Gevatter. Die Mädchen besannen sich nicht lange und willigten ein, und fort ging's unter den Feuerherd, in das Reich der kleinen Leute. Hier waren schon alle Vorkehrungen zu der Festlichkeit getroffen, und für die beiden Menschenkinder wäre es ein recht fröhliches Kindelbier geworden, wenn nicht die Dirne, welche damals nach der Kröte schlagen wollte, zufällig in die Höhe geguckt hätte.

Sogleich schrie sie laut auf, denn über ihr hing an einem dünnen, seidenen Faden ein schwerer Mühlstein, und flehentlich bat sie die Unnerêrsken, ihr einen anderen, minder gefährlichen Platz anzuweisen. Kaum hatte man ihrer Bitte willfahrt, so fiel auch der Stein herab, und jetzt sagte die kleine Unterirdische, welche sie hinabgeführt hatte: »Siehst du, so wäre es dir gegangen, wenn du mich damals mit der Hacke erschlagen hättest. Doch da du es schließlich noch unterlassen hast, so soll dir auch von uns in der Sache nichts nachgetragen werden.«

Von da an verging das Fest lustig und heiter, und traten weiter keine Störungen mehr ein. Zum Schlusse forderte die Unterirdische ihre Gäste auf, wieder in die Oberwelt zurückzukehren; auch hieß sie die Mädchen die Schürze mit dem Kehricht füllen, der in der Stubenecke lag. Derselbe werde sich oben in Gold verwandeln. Die Mädchen gehorchten und schütteten wirklich, als sie in der Küche die Schürzen ihres Inhalts entleerten, eine große Masse Gold auf den Fußboden, so daß sie genug daran hatten ihr Leben lang.

*Ebendaher; ganz ähnlich auch in Swinemünde bekannt:*
*Vgl. Kuhn und Schwartz, Nordd. Sagen S. 321, Nr. 2.*

## 91. Die Unterirdischen schenken einem Knecht eine Kanne Braunbier.

An einem heißen Tage pflügten zwei Knechte mit ihren Ochsen auf dem Felde und hatten keinen Tropfen Wasser, um ihren Durst zu stillen. Da seufzte der eine von den beiden so recht tief auf: »O, hätte ich nur einen kleinen Schluck Bier, wie wäre mir wohl!« Kaum hatte er diesen Wunsch ausgesprochen, so kam ihnen auch ein recht lieblicher Geruch entgegen geströmt, wie wenn das schönste Braunbier dicht bei ihnen gebraut würde, und doch war wohl meilenweit keine Brauerei in der ganzen Gegend zu finden.

Als die Knechte nun ihre Furche vollendet hatten und wieder in die Nähe der Stelle zurückkamen, wo der eine seinem Verlangen nach einem guten Trunke so lebhaft Ausdruck verliehen hatte, stand da eine zierliche Kanne von reinem Silber und angefüllt mit dem köstlichsten Braunbier. Das hatten die Unnerêrsken hingestellt, welche gerade unter diesem Felde ihre Brauerei hatten und den Wunsch des durstigen Knechtes erfüllen wollten. Dieser ließ sich auch nicht lange nötigen, ergriff das Geschirr und trank daraus und reichte dann auch seinem Genossen zum Kosten dar.

Nachdem sie die Kanne geleert und auf den Erdboden gestellt hatten, that es dem einen Knechte leid, das schöne Silbergefäß wieder aus den Händen zu lassen. Er setzte es darum bei Seite, um es nach Beendigung der Tagesarbeit mit nach Hause zu nehmen. Als er jedoch zur Feierabendszeit die Kanne hervorholen wollte, war sie nirgends mehr zu sehen; die Unterirdischen hatten sie in ihr Reich zurückgenommen.

*Ebendaher.*

## 92. Begräbnis bei den Unterirdischen.

Die Unnerêrsken haben ihre Wohnungen unter dem Feuerherd und sind arge Küchendiebe, vor denen man sich nicht sorgfältig genug in acht nehmen kann. Sie sind dabei so habgierig, daß sie häufig mehr stehlen, als sie füglich davon bringen können, und dabei zu Schaden kommen. So erblickte ein Bauer einst ein Unnerêrsken, welches unter der Last des geraubten Gutes zusammenbrach und infolge dessen auf der Stelle seinen Geist aufgab.

Es dauerte nicht lange, so kam ein anderer Unterirdischer dazu, stimmte ein großes Klagegeschrei an und rief dabei: »O wärest du doch zweimal gegangen, so wäre dir das Unglück nicht zugestoßen, und du könntest dich noch deines Lebens freuen.« Sodann nahm er die Leiche seines Kameraden mit sich, um sie auf dem Kirchhof der kleinen Leute feierlich bestatten zu lassen.

Solche Kirchhöfe werden bei Erdarbeiten noch häufig aufgedeckt, und zwar sind es lauter kleine, irdene Töpfe, Aschpötte genannt, in denen die Überreste der Unnerêrsken ruhen.

*Ebendaher.*

## 93. Die Hungerharke.

Früher kannte man die große Schleppharke noch nirgends im Lande, und sie heißt darum auch allgemein nur die Hungerharke, weil die Leute jetzt so geizig geworden sind, daß sie nichts mehr auf dem Felde zurücklassen wollen.

Am empfindlichsten sind durch die Hungerharke die kleinen Unnerersken getroffen worden, welche sich sonst die zurückgebliebenen Halme von den Stoppelfeldern aufsammelten und damit ihren Bedarf an Brotkorn deckten. Nun ihnen dieses Nahrungsmittel durch die Hungerharke gänzlich entzogen ist, hört man fast nichts mehr von ihnen. Wahrscheinlich sind sie alle Hungers gestorben oder doch wenigstens in ein anderes Land ausgewandert.

*Ebendaher.*

## 94. Die Üllerkens bei Boek.

Die kleinen, in der Erde wohnenden und dem Menschen freundlichen Zwerge werden in manchen Gegenden Pommerns von den Leuten Üllerkens genannt. Man findet sie an vielen Orten; fast bei jedem Berge erzählt man etwas von ihnen.

Am Glandower See bei dem Dorfe Boek liegt ein Berg, in welchem auch Üllerkens sind. Vor noch nicht vielen Jahren wohnte am Ende diese Dorfes eine alte Frau, mit der sie gute Freundschaft hielten. Sie besuchten dieselbe oft und baten sie, ihnen einen Backtrog zu leihen. Die Frau that das gern und, als sie ihr am andern Morgen den Trog zurück brachten, hatten sie aus Dankbarkeit ein schönes, feines Brot hineingelegt.

Ein andermal hörte diese Frau, wie des Nachts unten in ihrem Keller Musik und sonstiges Geräusch war. Sie ging daher hinunter, um zu sehen, was es da gebe, und erblickte durch eine Spalte der Thür, daß der Keller hell erleuchtet und voller Üllerkens war. Eins von ihnen saß auf einem Fasse und geigte, und die übrigen tanzten und spielten und schmausten.

Die Frau beging nun die Unvorsichtigkeit, daß sie mit ihrer Lampe in den Keller hineintrat. Das fremde Licht konnten die Üllerkens nicht vertragen; sie verschwanden deshalb augenblicklich und löschten ihre Lichter und auch die Lampe der Frau aus, daß sie kaum aus der Finsternis sich wieder herausfinden konnte. Böse waren sie aber nicht geworden; denn als sie am andern Morgen in den Keller zurückging, fand sie darin schöne Sachen, welche die Üllerkens ihr zum Geschenk zurückgelassen hatten.

*Temme, Volkssagen Nr. 217.*

## 95. Zwerg Mans.

In der Kehrberger Forst, im Kreis Greifenhagen, liegen die Münzenberge. Dort trieben einst die berüchtigten Räuber Münz und Schwarz mit ihren Spießgesellen ihr Wesen. Jeden Wanderer, den sein Weg durch den Wald führte, plünderten sie aus, erschlugen ihn und warfen seinen Leichnam in einen kleinen Pfuhl, der noch bis auf den heutigen Tag der Räuberpfuhl heißt. Die geraubten Kostbarkeiten aber bargen sie in ihrer Höhle im Innern des Berges.

Eines Tags hatten die Räuber einem reichen Bauern aus der Umgegend so mit gespielt; doch weil er ein schwerer Mann und der Teich weit entfernt war, so ließen sie seinen nackten Leichnam im Buschwerk liegen. Der Bauer war aber nicht tot, sondern nur betäubt; und als er sich wieder erholt hatte, machte er sich auf den Weg zum Fürsten und zeigte ihm die Unthaten der Bande an. Der Fürst ließ sogleich Soldaten rufen, stellte sich selbst an ihre Spitze und zog mit ihnen unter Führung des Bauern in die Kehrberger Forst hinein.

In der Nähe der Münzenberge machten sie halt und entwarfen den Schlachtplan. Der Bauer riet, der Fürst solle mit der Mehrzahl der Soldaten am Eingang der Höhle Wache halten, unterdes wolle er mit drei entschlossenen Männern auf der andern Seite des Berges einen Schacht in den Hügel graben und den Räubern in den Rücken fallen. Der Rat gefiel, der Bauer wählte sich drei starke, mutige Leute aus, machte sich mit ihnen auf den Weg und begann den Gang in den Berg zu führen. Als sie eine kurze Zeit gearbeitet hatten, gab das Erdreich nach und sie stießen auf einen finstern Raum. Plötzlich aber ward es hell um sie her, und ein kleiner Zwerg, mit einem Licht in der Hand, stand vor ihnen und fragte nach ihrem Begehr.

»Wir wollen den Räubern in den Rücken fallen«, sagte der Bauer unerschrocken; »aber wer bist du und wie kommst du hier her?« – »Ich heiße Mans«, erwiderte der Unterirdische, »und bin der Schatzhüter der Räuber. Das sind alles gewaltige, starke Gesellen, darum kehrt nur wieder um und seid froh, daß ihr euch nichts mit ihnen zu schaffen machen braucht.« Als Mans jedoch sah, daß die Leute sich durch seine Reden nicht einschüchtern ließen, sprach er: »Nun gut, so lauft denn dem Unglück in die Arme; den Weg in die Höhle will ich euch gerne weisen.«

Nachdem er dies gesagt hatte, schritt er mit seiner Leuchte voran, und die andern folgten ihm. Es dauerte nicht lange, so standen sie vor einer schweren Thür. »Öffnet diese Pforte, und ihr seid, wo ihr wollt«, rief der Zwerg, und damit verschwand er.

Richtig, als der Bauer die Thüre aufgeklingt hatte, schaute er in einen weiten, hell erleuchteten Saal, in welchem Münz und Schwarz mit zwanzig Spießgesellen vor einem langen Tisch saßen und Geld abzählten. In demselben Augenblick stürzte aber auch der Fürst mit seinen Soldaten durch den Haupteingang hinein und fiel über die Räuber her.

Die überraschten Männer wehrten sich heldenmütig; doch ihre Tapferkeit half ihnen zu nichts, denn um sich ihrer Feinde von vorn und im Rücken erwehren zu können, dazu war ihre Zahl zu gering. Sie alle wurden niedergemetzelt, und der Geldhaufen auf dem Tische fiel in die Hände der Sieger. Die unermeßlichen Schätze, welche Zwerg Mans zur Bewahrung hatte, erhielten sie aber nicht, denn nirgends war eine Spur von ihrem Lagerort und dem Schatzhüter zu finden. Noch bis auf den heutigen Tag liegen diese Kostbarkeiten in den Münzenbergen, und noch immer werden sie von dem Zwerg Mans in sicherer Hut gehalten.

*Mündlich aus Steinwehr, Kreis Greifenhagen.*

## 96. Die Ülleken bei Wartenberg.

Unweit Wartenberg, im Pyritzer Kreise, befindet sich eine altertümliche Befestigung, die dort allgemein unter dem Namen Schwedenschanze bekannt ist und auch für ein Werk aus der Zeit des dreißigjährigen Krieges gehalten wird. Fast in der Mitte dieses alten Walles steigt ein kleiner runder Berg auf, welcher, obschon teilweise abgetragen, immerhin noch über hundert Fuß hoch ist. An der Schanze und dem Berg haften allerlei Sagen.

Besonders viel erzählt man sich von kleinen, unterirdischen Wesen, Ülleken genannt, welche in früheren Zeiten dort ihren Wohnsitz gehabt haben sollen. Sie beunruhigten die Bewohner des Dorfes besonders zur Nachtzeit, und wenn die erbosten Leute sich rächen wollten, sich zur Wehre setzten und die Ülleken angriffen, so waren dieselben plötzlich verschwunden; denn sie besaßen allesamt die Gabe, sich unsichtbar machen zu können.

Ein alter Wirt erzählte, daß eines der Ülleken einmal mit einem kleinen Wasserkrug auf den Hof des Bauern Hensch gekommen sei, um aus dessen Brunnen Trinkwasser zu schöpfen. Weil es jedoch verfolgt worden, habe es den schon gefüllten Krug an der Ecke des Hauses stehen gelassen und sei verschwunden gewesen. Das Gefäß aber habe man noch lange Zeit zum Andenken an den merkwürdigen Vorfall auf dem betreffenden Hofe aufbewahrt.

*Balt. Studien. 1846. Heft II. S. 184.*

## 97. Die Öllerken zapfen Bier.

Im Weizacker werden die Zwerge Öllerken genannt. Mit diesen ist einmal in dem Dorfe Wartenberg eine denkwürdige Geschichte zugetroffen. In dem Hofe des Bauern Hensch waren die Öllerken nämlich gewohnt, aus dem Fasse im Keller sich Bier für ihren häuslichen Bedarf zu zapfen. Eines Tages waren wiederum zwei der kleinen Leute mit dieser Arbeit beschäftigt, als plötzlich ein dritter hinzu trat und rief: »Têws! Purr Murr is dôd!« Kaum hatten der Angeredete und sein Genosse dies gehört, so ließen sie auch das Bierzapfen und verschwanden, und niemals hat man seit der Zeit wieder etwas von den Öllerken gehört.

Nur ein Andenken an sie wurde bis in unsere Zeit hinein in dem Bauerhofe des Hensch aufbewahrt, nämlich der Krug (Krôs), den die Öllerken in ihrer großen Eile mitzunehmen vergessen hatten. Er war sehr altertümlich geformt, auch war eine Inschrift auf ihm eingegraben, die jedoch von niemandem entziffert werden konnte. Leider ist das merkwürdige Gefäß bei dem Brande, welcher das Gehöft des Hensch vor einigen Jahrzehnten in Asche legte, mit zu Grunde gegangen.

*Mündlich aus Wartenberg, Kreis Pyritz.*

## 98. Die zehn Öllekes im Lindenberg.

Im Lindenberg, auf dem Wege von Kollin nach Krussow, wohnten früher zehn Öllekes. Sie standen mit den Bewohnern der betreffenden Dörfer auf sehr freundschaftlichem Fuße. Besonders häufig kamen sie, um sich einen Backtrog zu borgen und sonstige Geräte, welche zum Backen gehören. Auch sie hatten, wie alle Zwerge, die schlimme Eigentümlichkeit, den Menschen ihre Kinder zu stehlen. Die Wechselbälge, welche sie statt der gestohlenen Kinder in die Wiege legten, nannte man Weiszkoepe (Weißkäufer).

*Mündlich aus Prilupp, Kreis Pyritz.*

## 99. Die Unterirdischen bei Bernstein.

In der Gegend der Stadt Bernstein halten sich viele kleine Zwerge auf, welche von den Leuten die Unterirdischen genannt werden. Einer von ihnen kam einstens auf lange Zeit zu einem armen Schuhmacher und half ihm bei der Arbeit, so daß der Mann schon anfing zu Gelde zu kommen. Da fiel es ihm ein, sich gegen den Kleinen dankbar zu beweisen, und er ließ ihm einen hübschen neuen Rock machen.

So etwas können die Unterirdischen jedoch nicht vertragen. Als der Zwerg den Rock bekam, ging er daher sogleich fort mit den Worten: »Meister! Nun hast du mich abgelohnt, nun ist es mit der Arbeit aus!« - Er kam auch nicht wieder.

*Temme, Volkssagen Nr. 218.*

## 100. Die drei Ringe zu Pansin.

Eine Meile von Stargard, nach Osten hin, liegt ein großes Dorf mit einem alten und ansehnlichen Schlosse, Pansin geheißen. Dasselbe gehörte früher dem Johanniterorden, wurde aber nachher ein Borksches Lehen und ist jetzt im Besitze der Familie von Puttkammer.

Auf diesem Schlosse lebte vor Zeiten ein Fräulein. Der erschien in der Nacht ein Geist, welcher ihr gebot, aufzustehen und ihm in die Kirche zu folgen. Anfangs scheute sich das Fräulein, auf sein drittes Gebot gehorchte sie aber. Wie sie nun in die Kirche trat, da sah sie am Altare ein Feuer brennen, und der Geist gebot ihr, daß sie zu demselben hingehen und ihre Schürze mit den glühenden Kohlen füllen solle. Er ermahnte sie dabei, daß sie beim Weggehen sich nicht umsehen dürfe. Das Fräulein that zwar anfangs, wie ihr geheißen war; als sie aber zuletzt aus der Kirche herausging, da konnte sie nicht widerstehen, sich noch einmal umzublicken. Allein auf einmal fielen alle Kohlen auf die Erde und verlöschten; nur drei konnte sie geschwind aufgreifen.

Als sie mit diesen in das Schloß zurück kam, da waren es drei goldene Ringe. An diesen drei Ringen hängt seitdem das Glück der Familie, die das Schloß besitzt. Darum wurden sie mit großer Sorgfalt aufbewahrt. Dennoch ist einer von ihnen einmal verloren gegangen. Gleich darauf entstand im Dorfe eine schreckliche Feuersbrunst, und das Schloß bekam einen großen Riß. Man schickte die beiden andern infolge dessen in ein Kloster; zuletzt hat man sie aber, damit sie gar nicht verloren gehen könnten, in dem Schlosse eingemauert.

Man sagt, der Geist, den das Fräulein gesehen, sei einer von den kleinen Unterirdischen gewesen, deren es in der Wiese bei Pansin zu vielen hunderten giebt. Andere behaupten, das Fräulein habe gar keinen Geist gesehen; aber es habe ihr in drei Nächten nacheinander geträumt, daß sie so thun solle, wie sie nachher gethan hat. Sie hätte auch nicht in die Kirche gehen sollen, sondern auf die Wiese, in welcher die Unterirdischen wohnen. Wie sie nun wieder zurückgegangen, da habe sie auf einmal einen großen Haufen von diesen kleinen Männlein gesehen. Darüber soll sie so erschrocken sein, daß ihr alle Kohlen, bis auf die drei, entfallen sind.

*Temme, Volkssagen Nr. 206.*

## 101. Die Üllekes im Meilenberg bei Labes.

Im Meilenberg bei Labes wohnen die Üllekes. Einst kam eine arme Drescherfrau aus Jöhle bei Schiefelbein in die Wochen, zu derselben Zeit, als auch eine von den kleinen Üllekes mit einem Kinde niedergekommen war; und da die Drescherfamilie auf den Säugling nicht recht Obacht gegeben hatte, so vertauschten die kleinen Leute die Kinder. Da war's denn kein Wunder, daß die Drescherfrau trotz aller Mühe das Kind nicht zum Gedeihen kriegen konnte. Es war und blieb mißgestaltet und klein.

Von dem Betrug der Üllekes ahnte sie jedoch nichts. Darüber klärte sie erst eine Gevatterin auf; denn die hatte kaum das Kind gesehen, so schrie sie: »Ach, mein Gott! Was giebst du dir mit dem Wurm noch Mühe! Das ist ja ein Wechselbalg und von den Üllekes im Meilenberg eingetauscht.« Doch die Frau entgegnete ruhig: »Ob Ülleke oder nicht, Gott hat mir das Kind beschert, und ich werde es gut halten.«

Weil nun die Mutter den Wechselbalg so liebevoll pflegte, so hatte es auch ihr rechtes Kind im Meilenberg sehr gut. Das wurde gefüttert und getränkt, daß es bald ein riesenstarker Bursche ward und die Üllekes ihm eigens ein großes Zimmer in ihrem Berge bauen

SCHLOSS PANSIN

mußten. Daneben vergaßen sie aber auch des Ihrigen bei den Dreschersleuten nicht; sondern jedes Jahr an seinem Namenstage legten sie ihm Geld und Kleider zum Geschenk auf sein Bett; und das war so viel, daß der arme Drescher bald dadurch ein reicher Mann wurde und sich einen großen Hof kaufen konnte.

So waren schon viele Jahre vergangen, da raffte eine Seuche den Wechselbalg fort, und seine Pflegeeltern ließen ihm ein christliches Begräbnis zu teil werden. Dann starben auch diese und alle ihre Kinder, und der Hof wurde bereits von ihren Urenkeln bewirtschaftet, als eines Tages die Üllekes zu dem Dres, erssohn sagten: »Höre, deine Eltern, Geschwister und deren Kinder sind schon alle gestorben, jetzt ist's auch für dich Zeit auf die Oberwelt zurückzukehren.« Und als sie das gesprochen hatten, nahmen sie ihn bei der Hand und brachten ihn beim Regakrug dicht an der Chaussee wieder an das Tageslicht. Dann sagten sie ihm noch Bescheid, in welcher Richtung er nach Jöhle zu gehen habe, und verschwanden.

Wie der Mann nun in Jöhle ankam und nach seinen Verwandten fragte, wußte ihm anfangs niemand Bescheid zu geben, so seltsam kam allen sein Aussehen und seine Sprache vor. Endlich verstand man ihn und führte ihn auf den Hof seiner Verwandten, und da stellte es sich denn heraus, daß er ganze hundertfünfzig Jahre bei den Üllekes im Meilenberg zugebracht hatte. Lange genoß er jedoch das Leben bei den Seinen nicht mehr; schon nach acht Tagen raffte ihn die ungewohnte Luft und Altersschwäche dahin.

Einem Bauer aus Schlönwitz, dem auch die Üllekes ein Kind umgetauscht hatten, erging es nicht so gut. Er schlug den Wechselbalg nämlich Tag für Tag und gönnte ihm keine ruhige Stunde. Das haben aber die kleinen Leute gewaltig übel genommen und ihm allen möglichen Schabernack angethan. Wenn er z. B. mittags Fleisch im Kessel kochen ließ, so zogen sie dasselbe heraus, nahmen es mit sich und warfen dafür alte Lunschen und Lappen hinein und so mehr.

Als aber der Bauer mit den Mißhandlungen gegen den Pflegesohn gar nicht nachließ, so nahmen die Üllekes endlich ihren Genossen wieder zu sich und schickten statt seiner das rechte Kind zurück. Das hatten sie aber im Meilenberg gerade so gemißhandelt, wie der Bauer den Wechselbalg; und als es bei seinen Eltern war, sahen diese es darum ganz verkrüppelt und zerschlagen vor sich stehen, und ein Krüppel ist es denn auch geblieben sein lebelang.

*Mündlich aus Marienfließ, Kreis Saazig.*

## 102. Die Unterirdischen in Mesow.

Die Unneaerskens, unten in der Erde, sind früher oft zu den Menschen gekommen und haben gar ein liebliches und freundliches Betragen gehabt. Oftmals borgten sie sich das Backgerät von den Leuten, brachten es aber immer unversehrt zurück und legten jedesmal zum Danke einen schönen Stuten (Semmel) hinein. Gesehen hat die Unneaerskens niemand; nur an den Stuten hat man erkannt, daß sie dagewesen.

Wie überall, so haben auch um Mesow die Unterirdischen die üble Gewohnheit gehabt, kleine Kinder vor der Taufe zu stehlen und dafür ihre eigenen häßlichen Wechselbälge in die Wiege zu legen. Sicheren Schutz gegen diese Diebstähle gewährten nur drei »Spierken« vom blauen Orant, gleich nach der Geburt in die Wiege des Neugeborenen gesteckt.

Einmal haben die kleinen Leute ein Mädchen mit sich unter die Erde genommen. Dort ist es groß geworden und hat auch einen Freiersmann gefunden. Am Hochzeitsabend hörten die Eltern der Dirne einen Schall wie Musik, und eine Stimme sprach dazu: »Huet hölt juch Fîe (Sophie) Hochtîd! Huet hölt juch Fîe Hochtîd!« Gesehen hat man aber nichts.

*Aus Mesow, Kreis Regenwalde: mitgeteilt durch Herrn Prof. E. Kuhn in München.*

## 103. Die Unterirdischen im Schweriner Burgwall.

Im Burgwall bei Schwerin gibt es noch bis auf diesen Tag Unneaerskens. Es sind das kleine Kerlchen mit langen grauen oder rötlichen Bärten, je nach dem sie schon älter oder noch jünger sind. Das Wunderbarste an ihnen sind ihre Nebelkappen, mit denen sie sich nicht nur unsichtbar machen können, sondern die ihnen auch eine übermenschliche Kraft verleihen. Gehen sie dieser Kappen verlustig, so sind sie schwache und hilflose Wesen trotz einem Kinde.

Die Menschen, denen die kleinen Bewohner des Burgwalls günstig gesinnt sind, haben es sehr gut. Zu ihnen kommen die Unterirdischen des Nachts in die Häuser und besorgen ihnen alle Arbeiten, die man sich nur denken kann. Und damit noch nicht genug, sie stehlen aus den fremden Bauerhöfen Brot und Fleisch und Korn und Geld und tragen es ihren Freunden in die Vorratskammern hinein. Die letzte, von der man weiß, daß sie mit den kleinen Dieben auf gutem Fuße stand, ist die alte Magedanz in Schwerin gewesen. Die hat nichts kaufen dürfen, alles wurde ihr unentgeltlich in das Haus geschleppt.

*Mündlich aus Schwerin, Kreis Regenwalde.*

## 104. Die Unterirdischen und die Handwerksburschen.

Zwei Handwerksburschen blieben einst bei einem Bauern über Nacht. Als es so gegen zwölf Uhr war, hörte der eine von ihnen, der ein bucklicher Schneidergeselle war, Geräusch und siehe, aus den Ecken der Stube kamen kleine, winzige Leute heraus, welche tanzten und sprangen und sich einen fröhlichen Tag machten. Der Schneider hatte an dem Treiben seine herzliche Freude, und vergnügt stimmte er mit in den Gesang ein und sang, so gut er konnte: »Trî de rî, trî de rî, trî de rîdîdî.«

Als nun Mitternacht bald vorüber war und die Unnerêrsken an den Heimweg denken mußten, sprach einer von ihnen: »Was machen wir denn mit dem lustigen Gesellen, der uns so wacker hat singen helfen? Ich denke, wir nehmen ihm seinen Ast (Buckel) ab und stellen denselben auf den Kachelofen.«

Gethan, wie gesagt. Die kleinen Leute nahmen dem Schneider den Buckel ab, stellten ihn auf den Ofen und verließen sodann das Zimmer. Voller Freuden weckte der Handwerksbursche darauf seinen Kameraden, und dieser war nicht wenig erstaunt, seinen Reisegefährten ohne den entstellenden Buckel vor sich zu sehen. Als es vollends Morgen geworden war, verabschiedeten sich beide von dem Bauern und zogen weiter.

Unterwegs begegnete ihnen ein wandernder Schustergeselle. Sie erzählten ihm die Geschichte; doch der wollte davon nichts glauben und ließ sich das Haus des Bauern beschreiben, um dort die folgende Nacht zu verbringen und sich durch den eigenen Augenschein von der Wahrheit der Sache zu überzeugen.

Und wirklich begegnete ihm dasselbe, was Tags zuvor der Schneider erlebt hatte. Doch anstatt in den Gesang der kleinen Leute mit einzustimmen und ihnen in ihrem: »Trî de rî, trî de rî, trî de rîdîdî« zu helfen, verstellte er seine Stimme und sang im tiefsten Basse: »Trå de rå, trå de rå, trå de rådådå.«

Da sagte derselbe Unnerêske, welcher früher zu dem Schneider gesprochen hatte, zu seinen Genossen: »Was sollen wir mit diesem groben Kerl anfangen, der uns in unserer Freude gestört und uns so von der Wracksîd angesehen hat (d. h. uns einen solchen Schabernack gespielt hat)? – Aber da steht ja noch der Ast auf dem Kachelofen. Ich denke, wir nehmen den und setzen ihn dem Schuster auf den Rücken.« Und ehe der Handwerksbursche noch wußte, wie ihm geschah, war er zum Bucklichen geworden und mußte es bleiben, so lange er lebte.

*Mündlich aus Freiheide, Kreis Naugard.*


## 105. Wie die Unterirdischen aus den Glockenbergen wanderten.

In den Glockenbergen, hinter Gollnow, trieben vor Zeiten die Unnerêsken ihr Wesen. Bald hatten die Leute von ihnen zu leiden, indem sie ihnen statt der wohlgestalteten Menschenkinder häßliche Zwerchen in die Wiege legten, bald waren sie voll Rühmens über die Willfährigkeit und Anhänglichkeit der Kleinen. Mit einem Male sind jedoch alle Unnerêsken aus den Glockenbergen verschwunden, und das ist so zugegangen.

Eines Nachts ward ein Kahnschiffer in Gollnow, der mit seinem Fahrzeug in der Ihna lag, aus dem Schlafe geweckt, und wie er die Augen aufschlug, stand vor ihm ein winziges

Kerlchen und sprach: »Schiffer! Fahr mich und die Meinen den Fluß hinab bis zur Oder, es soll wahrlich dein Schade nicht sein. Wir sind aus den Glockenbergen hierher geeilt und müssen in ein anderes Land wandern.« Der Mann gehorchte den Worten des Kleinen und, nachdem alles eingestiegen war, löste er das Fahrzeug und langte auch glücklich an der Oder an. Dort bedankten sich die Unterirdischen bei dem Schiffer, stiegen aus und riefen ihm zu: »Das Fährgeld liegt auf dem Boden des Kahnes.«

Neugierig schaute der Mann zu; aber wie fluchte und wetterte er los, denn da lag kein einziger Heller, sondern nichts als eitel Pferdemist. Zornig ergriff er die Schaufel und warf den Unrat über Bord. Darauf wandte er das Fahrzeug um und kehrte nach Gollnow zurück.

Mittlerweile war es Morgen geworden und die Sonne brach wieder hervor. Da sah es der Schiffer zwischen den Ritzen und Spalten, aus denen er vorher den Mist nicht hatte entfernen können, schimmern wie lauteres Gold. Und seine Augen täuschten ihn nicht, es waren wirklich funkelnagelneue Goldstücke. Hätte er den übrigen Mist nicht fortgeschaufelt, er wäre ein steinreicher Mann geworden; aber auch so blieb ihm noch Geld genug, daß er zeitlebens nicht zu darben brauchte.

*Mündlich aus Puddenzig, Kreis Naugard.*

## 106. Die Unterirdischen bei Kunow.

Auch um Kunow hat es zu Großvaters Zeiten Unnerêtzken die Menge gegeben. Man hatte sie sehr gerne, denn bei jeder Arbeit, mochte sie auch noch so beschwerlich sein, halfen sie bereitwillig. Als einzigen Entgelt für die vielen Dienste, welche sie den Bauern leisteten, forderten sie nur eins. Es gebrach den kleinen Leuten durchaus an Backtrögen. Wenn sie nun backen wollten, so kamen sie ins Dorf auf die Höfe und entliehen die großen Backtröge.

Aber auch diesen Gegendienst durften ihnen die Bauern nicht ganz unentgeltlich thun. Wenn dieselben ihr Backgerät zurückerhielten, lag nämlich jedesmal auf dem Boden des Troges ein winziges Brot (Stuten), so groß, wie die Unnerêtzken sie in ihrem Haushalte gebrauchten. Das war die Erkenntlichkeit der kleinen Leute für die geborgten Gefäße.

*Mündlich aus Kunow, Kreis Cammin.*

## 107. Das Reich der Unterirdischen.

Daß es Unterirdische giebt, unterliegt gar keinem Zweifel. Manche wollen's freilich bestreiten und behaupten, mit den kleinen Leuten sei das nur so eine alte Sage. Aber was halten denn diese klugen Menschen von der folgenden Geschichte, die im Camminer Kreise geschehen ist und beweist, daß es nicht nur Unterirdische giebt, sondern daß man da unten auch Haustiere, Quellen, Brunnen u. s. w. besitzt?

Die Bauern eines Dorfes gruben einen Brunnen. Sie führten zu dem Zwecke einen tiefen Schacht in die Erde hinein; aber so tief sie auch gruben, es zeigte sich kein Wasser. Schon wollte man von weiterer Arbeit abstehen, als mit einem Male ein mächtiger Quell empor sprudelte und in wenig Augenblicken das ganze Brunnenloch voll Wassers füllte. Aber damit war es nicht genug. Das Wasser trat über den Rand hinaus und ergoß sich in Strömen auf die Straße, und von da aus floß es in die Häuser und Gärten, und es hatte den Anschein, als sollte das ganze Dorf untergehen.

Das Sonderbarste war dabei, daß aus dem Wasser eine schneeweiße Gans empor tauchte. Sie war von wunderbarer Schönheit und ganz anders, wie die Gänse auf der Oberwelt sind. Man suchte ihrer habhaft zu werden, aber so listig man es auch anfing, das schöne Tier ließ sich nicht erwischen. Schließlich gab man die Jagd auf, da die immermehr zunehmende Wassersnot die Leute auf andere Gedanken brachte.

Zum guten Glücke kam eine alte Frau hinzu, welche mehr als Brot essen konnte. Die erkannte sofort, daß man zu tief gegraben habe und in das Reich der Unterirdischen gedrungen sei. Schnell lief sie deshalb nach Hause und holte ein Federbett herbei, watete bis dicht an das Brunnenloch heran und warf dann das Bett hinein. Kaum war dies geschehen, so begann das Wasser zu fallen, und es dauerte gar nicht lange, so war der Brunnen, wie jeder andere Brunnen auch ist. Das Federbett aber und die wunderbare Gans verschwanden unter dem Wasser und sind nie wieder zum Vorschein gekommen.

*Ebendaher.*

## 108. Die Unterirdischen in Kratzig.

Früher hat es in Kratzig ganz winzige Leutchen gegeben, die stärksten so groß wie kleine Kinder. Dieselben haben den Menschen oft die Säuglinge geraubt, um ihr eigenes Geschlecht größer an Wuchs zu machen und zu vermehren. Statt des gestohlenen Kindes ließen sie einen der Ihrigen in der Wiege zurück. Zwang man jedoch diesen Wechselbalg zum Sprechen, so mußten die Unnerêrdschen, wie man die kleinen Leute nannte, ihre Beute wieder zurückgeben.

Einst hatten die Unnerêrdschen, welche hinter einem Kratziger Bauerhause unter dem Wûrt (das Land zwischen Garten und Feld) wohnten, dem Besitzer des Hofes ein Kind gestohlen. Sie waren aber so schwach, daß, so viel ihrer waren, anfassen mußten, um den Raub zu vollbringen. Dafür legten sie dann eine ganz alte Zwergin in die Wiege, welche doch bald sterben mußte.

Die Bauerfrau merkte aber den Betrug an dem großen Kopfe der Unnerêrdschen und stellte eine Probe an. Sie nahm Eierschalen und rührte darin etwas zurecht, so daß die Zwergin aus der Wiege alles mit ansehen konnte. Da fragte dieselbe ganz verwundert, was sie denn mit den Eierschalen anfangen wolle. »Darin will ich brauen«, sagte die Frau. - »Geht das denn?« fragte der Wechselbalg weiter. »Gewiß«, erwiderte die Bäuerin. »Na« sagte da die Zwergin:

»Bün ik doch all sô ult
As Boem un Hult,
Nêje Mâl afhôcht
Un nêje Mâl werra wussa;
Auwa sô wat hef'k doch noch nich seia.«

Da hatte sich der Wechselbalg verraten, und die Unnerêrdschen mußten das gestohlene Kind wieder herausgeben.

*Mündlich aus Kratzig, Kreis Fürstentum.*

## 109. Die Unterirdischen laden eine Frau zu Gaste.

In einem Bauerhofe hatten die Unnerêrdschen ihre Wohnung unter dem Feuerherd aufgeschlagen. Wenn nun die Bäuerin ihre Kinder reinigte, warf sie stets das ausgekämmte Haar und die Läuse auf den Herd. Das verdroß die Zwerge, denn sie hatten den Herd immer als ihren Tisch angesehen.

Als nun einmal bei den Unterirdischen Kindelbier war, luden sie auch die Bäuerin dazu ein. Beim Mahle ließ die Zwergin eine verdeckte Schüssel vor ihren Gast stellen, und als die Frau den Deckel öffnete, erblickte sie statt der Speisen lauter Läuse in dem Gefäß. Wie sie ganz verwundert fragte, woher all das Ungeziefer in die Schüssel gekommen sei, und was das bedeuten solle, antwortete ihr die Unnerêrdsche: »Wie du das Gericht Läuse nicht essen magst, so widerlich ist es auch uns, wenn du diese ekelhaften Tiere auf unsern Tisch, den Feuerherd, wirfst.« Da versprach ihr denn die Bäuerin, künftig nicht mehr die Läuse auf den Herd zu werfen.

*Ebendaher.*

## 110. Unterirdischer kauft sich los.

Ein Bauer fuhr einst mit seinen Knechten auf das Feld, um die Ernte zu besorgen; seinen achtjährigen Sohn ließ er allein im Hause zurück. Da kamen die Unnerêtzken, stahlen ihn und ließen an seiner Statt einen uralten Zwerg zurück, der aber äußerlich dasselbe Aussehen, wie der Knabe des Bauern, hatte.

Als dieser nun vom Felde zurück kam, war der Wagen zu hoch bepackt, so daß er nicht durch das Hofthor konnte. Vergeblich trieb man die Pferde an; da kam der Junge herbeigelaufen und erbot sich, den Wagen durchzuschieben. Der Vater hielt diese Reden für albernes Geschwätz; aber der Knabe griff zu und schob die schwere Fuhre ganz leicht durch das Thor.

Ein anderes Mal erbot sich der Junge, allein die Garben von einem Erntewagen »abzustaken«. Endlich gewährte ihm der Vater die Bitte, und in kurzer Zeit hatte der Kleine seine Arbeit verrichtet. Nun merkte der Bauer, daß das nicht mit rechten Dingen zugehen könne, und der Unnerêtzke gestand denn auch ein, wer er wäre, und daß ihn die Seinigen vertauscht hätten. Er sei selbst gar nicht damit zufrieden gewesen und wolle sich gerne wieder loskaufen.

Zu dem Zwecke ging er mit dem Bauern auf die Wiese und stampfte dreimal mit dem Fuße auf. Sogleich flog ein Stück Erde fort, und es zeigte sich eine Treppe, die sie in das Reich der Unnerêtzken führte. Dort stand ein schönes Schloß voller Gold und Silber. »Davon kannst du dir soviel nehmen wie du willst«, sagte der Wechselbalg; »nur mußt du mich dann freigeben und deinen Sohn bei den Zwergen lassen.« Nach kurzem Bedenken willigte der habsüchtige Mensch ein, packte alle Taschen voll Gold und ging darauf wieder auf die Oberwelt zurück, wo er noch lange als reicher Mann lebte. Seinen Sohn hat man aber nie wiedergesehen.

*Mündlich aus Ritzig, Kreis Schiefelbein.*

## 111. Die Unterirdischen in Ritzig.

In Ritzig lebte einst ein sehr wohlhabender Bauer. Seine Felder und Wiesen brachten den reichsten Ertrag, besonders aber sein Vieh war das beste im ganzen Orte. Wenn die Knechte das Vieh füttern wollten, so lag schon Gras und Klee in den Krippen, und wenn die Mägde zum Melken kamen, dann fanden sie bereits alles besorgt.

Der Bauer wollte gerne wissen, wie das zuginge, und paßte deshalb die Nacht über auf. Da sah er denn zwei Unnerêtzkes, einen kleinen Mann und eine kleine Frau, fleißig Futtern und Melken besorgen. Weil er nun den kleinen Leuten seinen Dank abstatten wollte, setzte er ihnen ein Näpfchen voll Milch und Brot hin. Als dieselben am Abend wieder kamen und das Geschenk sahen, sprach der Unnerêtzke zu seiner Frau: »Jetzt sind wir abgelohnt und müssen weiter ziehen.« Seit der Zeit hat man sie nicht wieder gesehen, und mit dem Wohlstand des Bauern ist es von da an bergab gegangen.[14]

*Ebendaher.*

## 112. Die Unterirdischen und der Schneider.

Ein Schneider hatte ein großes Geschäft, und obgleich er mehrere Gesellen hielt, die Arbeit wuchs ihm dermaßen über den Kopf, daß er zu der für die Ablieferung festgesetzten Zeit die Kleidungsstücke oft nicht herstellen konnte. So sollte er einmal wieder zum andern Morgen eine Menge Kleider fertig haben, und das Zeug war kaum zugeschnitten. Betrübt erzählte er dies am Abend seiner Frau; doch die vertröstete ihn auf die Unnerêtzken. Die hätten ja schon so vielen beigestanden, vielleicht würden sie auch ihm helfen.

Wie nun der Schneider am andern Morgen in die Werkstatt kam, war alles Zeug von der Bank verschwunden. Schon glaubte er, Spitzbuben hätten ihm bei Nacht einen Besuch abgestattet, da sah er alle Kleidungsstücke an den Wandnägeln hängen.

Den andern Tag ging es ebenso, und der Schneider hätte wohl noch viel Nutzen von den kleinen Leuten haben können, wenn seine Frau nicht so neugierig gewesen wäre. Dieselbe wollte nämlich gar zu gerne wissen, wie die Unterirdischen aussähen, und streute deshalb einen Scheffel Erbsen in der Werkstatt aus. In der Nacht ging sie mit einem Licht hinein, und da sah sie denn, wie die Unnerêtzken sich die Köpfe blutig gefallen hatten und sich eiligst aus der Stube entfernten. Als sie der Meistersfrau ansichtig wurden, riefen sie ihr zu, ob das der Lohn sei, und haben sich seitdem nie wieder bei dem Schneider sehen lassen.

*Ebendaher.*

## 113. Die Unterirdischen zu Falkenburg.

In Falkenburg haben in früheren Jahren die Unneraetzken viel von sich reden gemacht. Ihre Wohnung hatten sie unter dem Hause des Tuchmachers Adler, und um der guten Nachbarschaft willen halfen sie ihm aufs beste in seiner Wirtschaft. Die ganze Nacht hindurch sausten und brausten bei dem alten Adler die Tuchmaschinen fort; dabei war kein Mensch zu sehen, welcher das Getriebe in Bewegung erhielt. Und doch war das kein Teufelsspuck, sondern die unsichtbare Hilfeleistung der kleinen Leute, welche mit ihren winzigen Händen während der Nachtstunden mehr Tuch zu wege brachten, als die gelernten Tuchmacher am Tage anzufertigen vermochten.

Vorwitzige Bursche und Mägde wollten einmal dahinter kommen, was es mit den Unterirdischen eigentlich auf sich habe. Als es dunkel geworden war und die kleinen Leute schon wie gewöhnlich bei der Arbeit waren, öffneten sie deshalb ganz leise die Thüre und warfen eine gute Handvoll Kieselsteine die Dielen der Werkstatt entlang. War's nun die Folge des großen Schreckes oder war's Rache für den Schabernack, den man ihnen gespielt hatte, kurz am andern Morgen war der ganze Fußboden mit kleinen Häuflein bedeckt, so daß es aussah, als befände man sich in einem Hühnerstalle.

In ihrer Gutmütigkeit haben die Unneraetzken sich aber mit ihrem Freunde, dem Adler, dadurch nicht verfeinden lassen, sondern sind ebenso fleißig des Nachts wieder bei der Arbeit erschienen, als vordem. Erst dann, als der alte Adler sich zur Ruhe setzte und sein Nachfolger das Haus von Grund aus umbaute, sind sie für immer verschwunden. Wie hätten sie aber auch wieder in der Werkstatt erscheinen können, hatte man ihnen doch alle ihre Ausgänge, welche in den Keller führten, mit Backstein vermauert.

*Mündlich aus Falkenburg, Kreis Dramburg.*

## 114. Die Unterirdischen in Tempelburg.

In Tempelburg lebten früher viele Unnerêrtzken. Es waren das kleine Leutchen mit großen, dicken Köpfen. Gern sah man sie nicht, denn sie kamen des Nachts in die Kuhställe und stahlen den Kühen die Milch aus dem Euter. Auch auf den Markt gingen sie häufig, um dort ihre Einkäufe zu machen. Doch hatten sie eine sonderbare Vorstellung vom Kaufen. Sie gaben den Krämern eine Flüssigkeit und forderten sie dann auf, sich damit das Gesicht zu waschen. Gingen dieselben darauf ein, so verloren sie für eine Zeit die Sehkraft, was die Unnerêrtzken dazu benutzten, die betreffende Bude nach Herzenslust auszuplündern. Besonders hatten sie es dabei auf rote und bunte Zeuge abgesehen. Wenn die betrogenen Kaufleute ihr Augenlicht wieder erlangt hatten, waren die kleinen Schelme schon längst in die Unterwelt zurückgekehrt.

Jetzt hört man in Tempelburg nichts mehr von den Unnerêrtzken, und das hat folgende Bewandnis. In der Straße, welche alte Leute noch jetzt »das polnische Ende« nennen, befindet sich ein Garten, in welchem sich die Unterirdischen zu belustigen pflegten, und unter dem sie ihre Wohnungen hatten. Zur Zeit der Dämmerung oder des Nachts kamen sie gewöhnlich zum Vorschein und tanzten und sangen dann zwischen den Bohnenstangen herum.

Eines Nachts wurde der Besitzer des Gartens durch diesen Lärm aus dem Schlafe geweckt. Er stand auf, ging hin und hörte, wie die kleinen Leute immerfort sangen:

»Wî schoee sitt mî Kippke-Kappke –
Bôeneckecke.«

Der um seinen Schlaf gebrachte Mann dichtete diesen Vers sofort um und sang voller Zorn:

»Ik wutt, dat jî voll Scheite waere –
Bôeneckecke.«

Als die Unnerêrtzken das hörten, verschwanden sie schleunigst unter der Erde und haben sich seit der Zeit nie wieder gezeigt. Der Spottvers ist ihnen zu sehr an die Ehre gegangen.

*Mündlich aus Tempelburg, Kreis Neustettin.*

## 115. Die Unterirdischen am Zepliner See.

Auf der Königswiese, welche hart an den Zepliner See stößt, ruhten einst mehrere Fischer von ihrer Arbeit aus.

Als es Nacht geworden war und die Männer schon längst im tiefsten Schlafe lagen, stiegen die Unnerêrtzken aus dem Innern der Erde hervor, um sich auf dem frischen, grünen Grase zu erlustigen. Sie sprangen und tanzten und nahmen sich dabei so wenig in acht, daß sie ihre lustigen Sprünge immer über die Körper der Schlafenden machten. Als der eine von diesen nun gar zufällig von einem der kleinen Leute einen Fußtritt erhielt, erwachte er und bat sich für die Zukunft größere Rücksicht aus.

Diese Ermahnung fruchtete jedoch wenig, die Unnerêrtzken trieben, anstatt sich ordentlich zu verhalten, nur um so größeren Unfug. Da schrie der Fischer zornig: »Toew, ik war dî hêlpe«, griff zu und erhaschte einen der Zwerge am Stiefel. Dieser ließ zwar den Schuh fahren und entrann; aber er war dennoch gefangen, wie wir sogleich sehen werden.

Mittlerweile war es nämlich Morgen geworden, und es konnte nicht mehr lange dauern, bis die Sonne aufging. Da begaben sich alle Unterirdischen in ihre Wohnungen zurück, nur der eine, dem der Stiefel fehlte, mußte auf der Oberwelt bleiben. Er bat und flehte den harten Mann an, ihm sein Eigentum zurück zu erstatten. Umsonst, die späte Reue rührte den Fischer nicht, und der Unterirdische hätte wohl nie wieder in den Besitz seines Eigentums gelangen können, (denn sobald ein Zwerg die aufgehende Sonne sieht, ist er für immer und ewig verloren) wenn ihm nicht eine List geholfen hätte.

Er forderte den Fischer auf, doch einmal in den Stiefel hinein zu schauen. Der that dies auch, schleuderte aber sofort den Schuh weit von sich, denn derselbe war ganz angefüllt mit ekelhaftem Eiter (Mattêj). Der schlaue Zwerg aber ergriff schleunigst seinen ersehnten Stiefel und verschwand noch glücklich gerade vor dem Augenblick in der Erde, da die ersten Sonnenstrahlen hervorbrachen. - Von den Unnerêrtzken hat man seit der Zeit auf der Königswiese nie wieder etwas verspürt.

*Ebendaher.*

## 116. Die Unterirdischen verschenken ein Brot.

Einst pflügte ein Mann auf dem Felde. Da er schon lange gearbeitet hatte und seine Frau doch immer noch nicht mit dem Essen erschien, so wurde er sehr hungrig. Als nun plötzlich aus dem Erdboden heraus ein kräftiger, angenehmer Backgeruch drang, sprach er darum:»O wenn ich doch von dem frischen Brote ein Stückchen hätte!«

Kaum hatte er dies gesagt, so erschien ein Unnerêrtzken und stellte in einer Schale ein Brot auf einen großen, glatten Stein, der ganz in der Nähe des Mannes sich befand. Darauf verschwand es. Der Bauer besann sich nicht lange und griff zu, verzehrte das frische Gebäck mit großem Behagen und machte sich dann wieder an seine Arbeit. Dabei fiel ihm ein, er habe ja die Schale vergessen, und schnell eilte er hin, um dieselbe in Sicherheit zu bringen. Aber von dem schönen Gefäße war nichts mehr zu sehen; die Unterirdischen hatten es wieder zu sich genommen.

*Ebendaher.*

## 117. Mädchen geht in das Reich der Unterirdischen.

Eine Unnerêrtzke wurde beim Milchstehlen von der Kuhmagd ertappt. Es kam zu einer Unterhaltung, und die kleine Frau bewog das Mädchen, ihr mit in die Unterwelt zu folgen. Doch möge sie ja ihre Jipp-Jôp (Jacke) anziehen, denn unten sei es kalt. Die Dirne ließ sich beschwatzen, stieg mit der Unnerêrtzken herab, und bald kamen sie in einen wunderschönen Garten, in welchem das Mädchen volle Freiheit sich zu belustigen hatte.

Besonders gefiel ihr ein Vogel, der dicht vor ihr aufflog und sich dann, nachdem er eine kleine Strecke geflogen war, wieder nieder ließ. Das Mädchen suchte das schöne Tier zu fangen, aber so oft sie nach ihm haschen wollte, war er auch schon wieder enteilt, und dasselbe Spiel begann von neuem.

Endlich wurde der Dirne die Zeit lang, sie ging zu den Unnerêrtzken zurück und bat, man möge sie doch wieder in die Oberwelt zurück lassen. Die kleine Frau, welche sie herab geführt hatte, erbot sich auch sogleich zur Führerin, und bald waren sie dem Ausgang nahe. Kurz vor demselben lag ein Haufen Kehricht, und die Unnerêrtzke forderte die Dirne auf, denselben in ihre Schürze zu raffen und mit in ihre Wohnung zu nehmen. Darauf verabschiedeten sich beide, und das Mädchen ging in ihr Haus.

Hier fand sie zu ihrem Erstaunen, daß sie in ihrer Schürze statt des Kehrichts lauter blankes Silber- und Goldgeld hatte. Nochmehr aber verwunderte sie sich darüber, daß sie in dem Hause weder ihre Eltern noch ihre Geschwister, sondern ganz fremde Gesichter erblickte. Sie fragte nach ihren Angehörigen, aber niemand wollte von diesen je etwas gehört haben. Endlich schickte man zur Polizei, und da stellte sich denn heraus, daß das betreffende Mädchen vor mehr denn hundert Jahren spurlos von der Welt verschwunden war und daß man sie seiner Zeit für verschollen ausgegeben hatte.

*Ebendaher.*

## 118. Die Rache der Unterirdischen.

»Mädchen, warum giebt es immer so wenig Milch?« sagte die Bäuerin zu ihrer Magd; »die Kühe sehen doch alle gut aus und haben sonst den doppelten Ertrag geliefert.« - » Ja, Mutter«, entgegnete die Dirne, »ich habe mich auch schon gewundert. Wenn ich die Milch in den Melkkübel geschüttet habe und drehe mich kaum einmal um, so ist schon die Hälfte davon verschwunden.«

»Dann sind die nichtsnutzigen Dinger, die Unnerêtzken, daran Schuld«, rief die Bäuerin erbost, lief in die Küche und setzte dort den großen Kessel mit Wasser an. Als dasselbe kochheiß war, trug sie den Kessel in den Kuhstall, ging in die Ecke, wo der Fußboden frisch aufgewühlt war, und goß das siedende Wasser hinein. »Denen hab' ich's vergolten«, sagte sie vergnügt und kehrte wieder in die Küche zurück.

Nicht lange darauf zupfte eine kleine Frau von den Unnerêtzken die Stallmagd am Rocke und flüsterte ihr zu: »Nimm alle deine Habseligkeiten und fliehe aus diesem Hause.« Das Mädchen folgte dem Geheiß; doch ehe es fortging erschien die Unnerêtzke noch einmal und sprach: »Vergiß nur das und das nicht«, und als die Magd auch diesem Befehle nachgekommen war, fuhr die kleine Frau fort: »Die Unbarmherzige, das Kind in der Wiege hat sie mir verbrannt. Jetzt aber mache, daß du wenigstens gerettet wirst«, und damit schob sie das Mädchen zur Thüre hinaus. Kaum hatte sie den Hof hinter sich, als auch die

Gebäude in hellen Flammen aufgingen, so daß die Bäuerin mit allen ihren Angehörigen elendiglich verbrannte.

*Mündlich aus Sydow, Kreis Schlawe.*

### 119. Die Unterirdischen feiern Hochzeit.

Früher gab es in Trzebiatkow ganz kleine Leute, die man Unterirdschken nannte. Vor dem Dorfe liegt dicht bei dem Gehöft des Bauern Klinkbein ein großer Felsblock. Um den herum hörte der Besitzer eines Abends laute, seltsame Musik. Das waren die Unterirdschken, welche gerade Hochzeit feierten. Seitdem jetzt aber der große Stein mit Erde verschüttet ist, hat man nie wieder von solchen Dingen etwas gehört.

*Mündlich aus Trzebiatkow, Kreis Bütow.*

### 120. Die Unterirdischen bringen ein gestohlenes Kind zurück.

Die Unterirdschken stahlen oft den Menschen Kinder und legten dafür einen der Ihrigen in die Wiege. So hatte eine Frau auf ihren Säugling nicht recht acht gegeben; da kamen die Unterirdschken und vertauschten ihren Sohn mit einem Wechselbalg. Anfangs merkte die Mutter gar nicht den Betrug; doch so sehr sie das Kind auch pflegte, es wollte nicht größer werden und nicht sprechen lernen.

Da klagte sie nun dem Nachbarn ihre Not, und der sagte sogleich, es würde wohl ein Wechselbalg sein. Sie solle ihn nur nehmen, tüchtig durchprügeln und dann vor die Thüre werfen. Die Frau that, wie ihr der Mann geraten, und als sie am andern Morgen vor die Thüre trat, war der Wechselbalg verschwunden, und statt seiner lag ihr richtiger Sohn, hübsch und groß, aber jämmerlich zerschlagen, auf der Schwelle.

Die Unterirdschken hatten aus Mitleid mit ihrem Genossen denselben wieder zu sich genommen, aber das Menschenkind zuvor gerade so zugerichtet, wie der Wechselbalg von der harten Frau zugerichtet war.

*Ebendaher.*

### 121. Die Unterirdischen bei Budow.

In dem Dorfe Budow, im Stolper Kreise, lebte einst ein Schäfer, der hatte einen Dudelsack, auf dem er sich bei den Schafen auf dem Felde etwas vordudelte. Als er nun auch einmal saß und spielte, da sah er einen Frosch vor sich, der sprang herum, als wenn er ordentlich nach der Musik tanzte. Das sah der Schäfer eine Zeit lang an, zuletzt wollte er mit dem Fuße nach ihm stoßen; da war der Frosch aber mit einem Male verschwunden.

Über eine kleine Weile fand sich ein winziges Männchen, ein Unterirdischer, bei ihm ein. Der fragte ihn: »Mein lieber Schäfer, wollte er den Frosch tot machen?« Der Schäfer antwortete: »Nein, das war ich nicht willens! Ich wunderte mich nur, daß das Ding so putzig sprang.« Da sagte das Männchen zu ihm: »Mein lieber Schäfer, wenn er den Frosch tot gemacht hätte, so hätte er mich getroffen, denn der Frosch war ich.« Darauf bat das Männchen den Schäfer, ob er nicht mit ihm gehen wolle zu den Leuten von seiner Art und ein bißchen auf dem Dudelsacke spielen, denn seine Tochter mache heute Hochzeit. Der Schäfer entgegnete ihm: »Das geht nicht; denn wo würden unterdes meine Schafe bleiben?«

Das Männchen versprach ihm aber, sie sollten gut versehen werden, worauf der Schäfer sich bereden ließ und mit ihm ging.

Sie wanderten nur ein kleines Stückchen, da that sich die Erde vor ihnen auf, und sie stiegen eine Treppe hinunter, bis sie in eine schöne Stube kamen. Darin waren so viele Gäste beisammen, daß es ordentlich kribbelte und wimmelte. Zuerst trug man dem Schäfer viel Essen und Trinken auf den Tisch und bat ihn, davon zu genießen. Nach dem Essen dudelte er dann die ganze Nacht durch, und die kleinen Leute tanzten und sprangen, daß ihnen die Kittel um den Kopf flogen.

Als es Tag geworden war, bat der Schäfer, sie möchten ihn jetzt wieder zu seiner Herde zurück bringen. Das waren sie zufrieden. Aber vorher kamen viele an ihn heran und steckten ihm alle Taschen voll Kerbspäne; doch er merkte nichts davon, denn er hatte von dem Trinken etwas zuviel in der Krone. Darauf brachten sie ihn auf den Weg, und dasselbe Männchen, das ihn geholt hatte, führte ihn wieder auf das Feld, wo seine Schafe noch waren, und verschwand dann, nachdem es ihm noch vielmals gedankt hatte.

Wie der Schäfer nun mit seinen Schafen nach Hause trieb, da kamen ihm plötzlich seine Taschen so schwer vor, und als er hineinfühlte, da fand er die Kerbspäne darin. Das verdroß ihn, denn er meinte, die Unterirdischen hätten ihn zum Narren gehabt, und er warf sie alle von sich auf die Erde. Nur die Tasche vorn auf der Brust vergaß er, und was er in dieser hatte, blieb unberührt liegen.

Als er sich des Abends auszog, um zu Bette zu gehen, hörte er auf einmal in der Brusttasche etwas klingen. Das verwunderte ihn, und wie er hineingriff, so hatte er die ganze Tasche voll harter Thaler. Da merkte er wohl, daß ihm die Unterirdischen das als Bezahlung für sein Spielen gegeben hatten, und er ärgerte sich, daß er soviel weggeworfen hatte. Die Nacht wurde ihm recht lang, und am andern Morgen war sein Erstes, daß er zurück ging und nach den weggeworfenen Spänen suchte. Aber er fand davon nichts wieder.

*Baltische Studien. II, 1. S. 170. 171; Temme, Volkssagen Nr. 219.*

## 122. Unterirdische bringen Geld.

Ein Schneider, der bei einem Meister in Damerow, im Kreise Lauenburg, in der Lehre stand, mußte an einem Sonnabend nach Saulin gehen, um dort einen Anzug abzuliefern. Als er nun mitten in dem großen Walde war, welcher die beiden Dörfer von einander trennt, begegneten ihm zwei kleine, ganz grün angezogene Männer. Er fragte: »Wohin?«, erhielt aber keine Antwort, und bald waren die kleinen Leute seinen Augen entschwunden.

Über Jahr und Tag, nachdem er inzwischen selbst Meister geworden war, führte sein Weg wiederum durch denselben Wald und siehe, wie damals, so kamen ihm auch heute die kleinen, grün gekleideten Underêrtschken zu Gesicht. Diesmal klatschten sie jedoch in die Hände, liefen quer über die Straße in das Buschwerk, und der eine von ihnen rief dem Schneidermeister aus dem Walde heraus zu: »Ik war dî dit verjelde.«

Der Mann dachte sich weiter nichts dabei und ging ruhig nach Hause. Einige Wochen später befand er sich in großer Geldverlegenheit und bat in seinen Sorgen Gott um Rat und Hilfe. Darauf legte er sich ruhig schlafen. Wie er erwachte, sah er unter der Ofenbank jene beiden grünen Männlein sitzen, die aber sofort verschwanden, als er aufstand. Nichtsdestoweniger ging er hin und sah nach und erblickte zu seiner Freude auf dem Flecke, wo die

Underêrtschken gesessen, zwei große Goldstücke, für die ihm der Goldschmied fünfzig blanke Thaler auf den Tisch zahlte. So war ihm durch die kleinen Männer aus aller Not geholfen.

*Mündlich aus Katschow, Kreis Lauenburg.*

## 123. Die Unterirdischen in Hohenfelde.

In Hohenfelde war alles mit Roggenernte beschäftigt. Unter den Binderinnen befand sich auch eine Tagelöhnerfrau, welche ihren ältesten Jungen, der aber noch nicht gehen konnte, mit auf das Feld genommen und, während sie arbeitete, hinter eine Roggenmandel gesetzt hatte. Plötzlich hörte sie einen lauten Schrei, eilte zu ihrem Kinde hin und fand dort allerdings einen Jungen sitzen, aber ihr Sohn konnte es nimmermehr sein. Der sah hübsch und manierlich aus, während das Kind, was jetzt dasaß, einen ungeheuer großen Kopf hatte und sicherlich ein Wechselbalg war.

In ihrem Schrecken fing die arme Frau an zu weinen und zu jammern, so daß auch die andern Arbeiter und Arbeiterinnen hinzu eilten. Unter diesen befand sich ein sehr kluges, altes Weib, welches der bestohlenen Mutter den Rat gab, den Wechselbalg unbarmherzig durchzuprügeln, ohne auf sein Schreien zu achten, und dabei immer auf dieselbe Stelle zu schlagen. Die Frau that, wie ihr geheißen war, und entfernte sich sodann von der Roggenmandel. Je weiter sie zurücktrat, um so schwächer wurde das Schreien des Kindes, und endlich hörte es ganz auf.

Jetzt kehrte sie wieder zurück. Da erscholl plötzlich ein Geräusch, als wenn ein Sturmwind käme, der Wechselbalg verschwand, und an seiner Stelle kam der Sohn der Frau aus dem Roggenhaufen zum Vorschein. Er war sonst gesund und wohlbehalten, nur hatte er den ganzen Körper voller Striemen; denn die Underêrtschken hatten das Menschenkind ebenso zugerichtet, wie die Frau den Wechselbalg.

Auf diese Weise war die Frau noch einmal mit dem bloßen Schrecken davon gekommen. Es ist jedoch sehr unrecht, wenn die Mütter ihre Kinder, bevor sie gehen können, ohne Aufsicht lassen; denn die Underêrtschken sind zu eifrig hinter den Kleinen her. Thut man es aber dennoch, so sollte man wenigstens das Kind vorher bekreuzen und ein Gesangbuch daneben legen; dann können die kleinen Leute ihm nichts anhaben.

*Ebendaher.*

## 124. Entlarvter Wechselbalg.

Ein Elternpaar hatte einst ein ganz wunderbar geartetes Kind. Es war nämlich gar nicht so, wie andere Kinder sonst sind, sondern klein von Gestalt und hatte außerdem die merkwürdige Gabe, sich in alle möglichen Gestalten verwandeln zu können. Als es ungefähr zwölf Jahre alt war, sprach es zu seinen Eltern: »Was werde ich euch länger gehorsam sein; bin ich doch ein Menschenkind, wie kein anderes und kann mich verwandeln, in welche Gestalt ich will.«

Mit diesen Worten verließ das Kind sein Elternhaus und wanderte dem Nachbardorfe zu, wo gerade eine große Hochzeit war. Da es einen weiten Weg gegangen war und Hunger hatte, aber trotzdem die Leute nicht um eine Gabe ansprechen wollte, so verwandelte es sich in einen Hund, suchte die Knochen unter den Tischen auf und fraß davon. Doch kaum hatten die Hochzeitsgäste den Hund erblickt, da ergriffen sie auch schon ihre Stöcke und schlugen nach ihm.

Voller Angst floh der Hund unter einen Tisch mit drei Füßen und verwandelte sich dort in einen Hahn. Die Leute verwunderten sich sehr darüber, sahen näher zu und wurden nun zu ihrem Entsetzen gewahr, daß es kein richtiger Hahn war, denn er hatte einen Hühner- und einen Pferdefuß. Da kam man auf den Gedanken, es möchte der leibhaftige Teufel selber sein, der sie vertreiben wolle; und um ihm das unmöglich zu machen, stimmte die ganze Gesellschaft das fromme Lied an: »Der lieben Sonnen Licht und Pracht hat nun den Tag vollführet usw.« Als sie zu dem Vers kamen: »Ihr Höllengeister packet euch, hier habt ihr nichts zu schaffen«, da begann sich der Tisch, unter dem der Hahn saß, zu drehen, und je weiter man sang, um so schneller bewegte er sich, so daß alle anderen Tische umfielen und alles Geschirr darauf zerbrach.

Erst als die Strophe beendet war, stand auch der Tisch wieder stille. Es gab aber dabei einen solchen Krach, daß jedermann meinte das ganze Haus fiele um. Nach dem Knall verwandelte sich der Hahn in ein kleines, altes Männchen mit langem Bart, das unter furchtbaren Drohungen und gewaltigem Schelten der Thüre zuging und dann auf Nimmerwiedersehen verschwand.

Die letzten Worte, welche das Männchen sprach, waren:

»Ek war jû dat anschtrîke.«

*Mündlich aus Reckow, Kreis Lauenburg.*

# IV. Die Hausgeister und Hausschlangen.

## 125. Allgemeines.

Ebenso lebhaft wie das Andenken an die Zwerge hat sich in ganz Pommern die Erinnerung an die alten heidnischen Hausgeister erhalten. Es sind das kleine halbgöttliche Wesen, welche zwar in Größe, Aussehen und Tracht den Zwergen sehr ähneln, auch wie diese die Fähigkeit besitzen, sich unsichtbar zu machen, andere Gestalten anzunehmen, überhaupt jegliche Zauberkunst zu verrichten, aber dennoch durch manche Eigentümlichkeit sich scharf von ihnen unterscheiden.

So ist der Hausgeist stets männlicher Natur und erscheint fast immer allein, während es bei den Zwergen Männer, Weiber und Kinder giebt und dieselben in größeren Gesellschaften zusammenleben. Den Hausgeist zeichnet ferner vor den Zwergen seine intime Stellung aus, welche er dem Menschen gegenüber einnimmt. Er ist in seinem innersten Wesen mit dem ganzen Hausstand und der Familie verwachsen, er ist ihr trautester und getreuster Freund, ja ursprünglich selbst einer ihrer Angehörigen gewesen; denn überall in Pommern finden wir noch die deutlichsten Spuren, daß der Ahnen- und Seelen-Kultus in den des Hausgeistes übergegangen ist. So herrscht unter der Schifferbevölkerung am Strande der Glaube, daß der Klabâtermann eine Kinderseele sei. Dem entspricht, wenn man im Kreise Lauenburg sagt: Kinder, die ungetauft sterben, würden zum »wille Alf«.[15] Die Hausschlange endlich, welche ja nur eine besondere Form des Hausgeistes ist, steht in so nahem Zusammenhang mit dem menschlichen Seelenleben, daß mit ihrem Tode auch der Tod ihres Schützlings eintritt, d. h. mit anderen Worten, sie ist die Seele ihres Schützlings.

Die Lieblingsplätze des Hausgeistes sind hinter dem Ofen, auf dem Herd und im Schornstein. Es spricht sich darin seine Natur als Feuererbe aus, welche übrigens schon aus der Kleidung hervorleuchtet. Gewöhnlich denkt man sich nämlich an ihm wenigstens ein Kleidungsstück von brennend roter Farbe, entweder die spitze Mütze oder die Hosen oder die Jacke. Auch der Umstand gehört hierher, daß er bei seinen Ausflügen wie ein feuriger Wiesbaum durch die Lüfte zieht. Nichtsdestoweniger ist die Vorstellung, welche den Hausgeist als Hausschlange in Erdlöchern wohnen läßt, mit jener andern vollkommen gleichaltrig. Der Hausgeist birgt eben eine zwiefache Natur in sich, eine feurige und eine erdige, und das hat seinen Grund darin, daß er aus einer Verquickung von Feuerelben und Erdgeistern entstanden ist.

Es erübrigt, die mancherlei Namen anzugeben, die dem Hausgeist in Pommern beigelegt werden. Nur drei davon sind allgemein verbreitet: Kobold, Drache und Teufel. Kobold, in unserm Plattdeutsch Kûbolt oder mit Verderbnis des Wortes Klabâtermann, Klabâtersmänneken genannt, ist kein deutsches Wort, sondern stammt aus dem latein. cobalus, griech. κοβαλος = verschmitzter Kerl, Possenreißer, stellt also den Hausgott als den schalkischen Neckegeist dar. Ebenso ist die Bezeichnung Drache (Drâk, Drâuk) undeutsch und aus dem Latein.-Griechischen draco, δρακων = Schlange entstanden und deshalb auf den Hausgeist übertragen, weil er nach dem Volksglauben wie eine lange, feurige Schlange durch die Lüfte fährt. Die Gleichstellung des Hausgeistes mit dem Teufel dagegen hat ihren Grund in dem berechtigten Streben des Christentums, die ursprünglich dem

Menschen wohlwollende Natur des Kobolds zu verfinstern und entstellen und ihn dadurch den seinem Dienste ergebenen Leuten zu entfremden.

Neben den eben angeführten Namen finden sich in den verschiedenen Teilen Pommerns noch folgende andere Benennungen für den Hausgeist vor. Von Regenwalde bis zur äußersten Spitze von Lauenburg kennt man ihn als Alf, es hat sich mithin dort die Vorstellung scharf erhalten, daß der Hausgeist zu den elbischen Geistern gehört. Auf Usedom, Wollin, Rügen und, nach Arndts Zeugnis, auch auf der Rügen gegenüber liegenden neuvorpommerschen Küste findet sich die Bezeichnung Pûks,[16] Pôk, Pûk, was soviel wie Knabe bedeutet. Der Name verdankt seinen Ursprung offenbar der zwerghaften Gestalt des Hausgeistes, weshalb derselbe auch in dem Stolper Kreise häufig schlechthin das Männchen[17] genannt wird. In den Kreisen Randow, Naugard, Fürstentum und Schlawe ist für die Benennung des Hausgeistes seine Kleidung maßgebend gewesen, er heißt dort, je nachdem man sich ihn mit roten Hosen oder mit einer roten Jacke vorstellt, Rôdbücksch oder Rôdjäckte, Rôdjackte. Bei den Seeleuten wiederum verschaffte ihm sein rühriges und rastloses Arbeiten und Hantieren an allen Ecken und Enden des Schiffes den Namen Kalfâter. Von dem traulichen Verkehr schließlich, in dem der Hausgeist mit den Hausgenossen steht, zeugen Kosenamen wie: Chimmeke (Joachimchen), Hâs (Hans), Michel (Michael) u. s. w., mit denen man ihn in vielen Kreisen Pommerns benennt.

## 126. Klabåtersmänneken oder Pûkse.

Die Klabåtersmänneken oder Pûkse halten sich in Häusern, besonders aber in Mühlen und auf Schiffen auf, wo sie von Milch, die man ihnen hingesetzt hat, leben und dafür allerhand Dienste verrichten. Namentlich melken sie die Kühe, striegeln die Pferde, arbeiten in der Küche oder sie waschen das Schiff, helfen die Anker aufziehen und anderes mehr, und man hat nichts mehr zu fürchten, als wenn das Klabåtersmänneken das Schiff verläßt. Darum muß man sich ganz besonders hüten, ihnen einen Rock oder ein paar Schuhe hinzulegen, denn dann verlassen sie augenblicklich ihren Aufenthalt. Sie gehen nämlich mit kurzen, roten Jäckchen einher, die nicht im besten Stande sind und oft Blößen zeigen, so daß es einem wohl das Herz bewegen möchte, wenn man sie sieht. In den Häusern halten sie sich besonders gern im Gebälk auf, weshalb man auch beim Umbau eines Hauses die Balken nicht fortwerfen darf, sondern soviel als möglich davon zum Hause verwenden muß.

*Kuhn und Schwartz, Norddeutsche Sagen Nr. 17.*

## 127. Der Kalfater oder Klabåtermann auf den Schiffen.

Sobald ein neues Schiff fertig und von seiner Mannschaft in Besitz genommen ist, zieht in dasselbe ein kleiner Geist mit ein. Die Schiffer nennen ihn den Kalfater oder Klabåtermann. Es sit ein guter Geist, sowohl für das Schiff als auch für die Mannschaft. Gesehen haben ihn nur wenige, denn es ist ein Unglück für den, der ihn sieht. Die ihn gesehen haben, erzählen, er sei kaum zwei Fuß groß und trage eine rote Jacke, weite Schifferhosen und einen runden Hut. Andere dagegen behaupten, daß er ganz nackt sei.

Je weniger man ihn sieht, desto öfter kann man ihn im Schiffe hören; denn für dieses sorgt und müht er sich ohne Unterlaß. Er hilft im Raum die Ballen nachstauchen, er kalfatert das Schiff da, wo kein Mensch zukommen kann, woher er auch den Namen hat. Wenn der Schiffer in der Kajüte eingeschlafen ist, das Schiff aber von Gefahr bedroht wird, dann fühlt er sich plötzlich vom kleinen Klabâtermann angestoßen, daß er erwacht und auffährt und nun geschwinde anordnet, was zur Abwendung der Gefahr nötig ist. Die Schiffsleute wissen recht gut, daß dies alles der kleine Kalfater thut. Sie sagen auch nichts anderes als: »Hörst du wohl, da ist er wieder!« wenn sie ihn unten im Raume oder draußen an den Planken hantieren hören.

Die Mannschaft sucht sich gut mit ihm zu halten; denn den flinken Matrosen hilft er, wo sie irgend eine Arbeit haben, daß sie frisch und gut von der Hand geht. Er sorgt dafür, daß die Taue beim Einrahmen der Segel, auch beim schärfsten Winde, nicht schlenkern; er erleichtert ihnen die halbe Arbeit beim Aufhissen der Anker. Und wenn ein flinker Bursche von einem Schiffe auf ein anderes abgeht, dann giebt ihm der Klabâtermann ein Zeichen mit, woran ihn der Klabâtermann des anderen Schiffes erkennt, damit er ihm ebenso gut und helfend sei. Die faulen und trotzigen Matrosen dagegen zwickt und quält er und thut ihnen allerlei Schabernack an, bis sie zuletzt flink und fleißig werden. Wenn aber nichts hilft, so zeigt er sich ihnen zuletzt und schneidet ihnen Gesichter zu. Dann ist es aber auch aus mit ihnen; denn wer den Klabâtermann mit leiblichen Augen sieht, dessen letztes Stündlein hat geschlagen. Die Matrosen thun ihm daher alles zu Gefallen und setzen ihm oft des Nachts von ihrem Lieblingsessen hin. Von wem er so etwas annimmt und gegessen hat, dem ist er gar absonderlich gut.

Besonders laut und rührig ist der Kalfater, wenn Sturm kommt oder das Schiff in große Gefahr gerät. Man hört ihn dann an allen Ecken und Kanten; er sorgt für alles und hilft bei allem.

Wenn der Klabâtermann einmal in ein Schiff eingezogen ist, weicht er von demselben nicht wieder, als bis es zu Grunde geht. Merkt er das aber und sieht er ein, daß trotz aller Mühe und Arbeit das Schiff nicht mehr zu retten ist, so verläßt er es endlich. Auch hierbei zeigt er noch seine Freundschaft für das Schiffsvolk; denn da man ihn nicht sehen kann, so steigt er, so hoch er kann, und stürzt sich dann von oben her mit großem Geräusch in das Wasser, damit man ihn hören könne. Einige sagen, er steige bei solcher Gelegenheit auf die äußerste Spitze des Bugspriets und springe von dort in die See. Wer ihn aber dort sehe, mit dem sei es für immer aus.

Sobald nun der Klabâtermann das Schiff verlassen hat, dann weiß auch das Schiffsvolk, daß es mit demselben sein Ende hat. Es legt jetzt keiner mehr Hand an, denn Rettung des Schiffes ist nicht mehr möglich. Jeder sucht nur sich selbst zu retten, so geschwinde er kann; denn man weiß auch, daß der Klabâtermann bis zum letzten Augenblicke bei dem Schiffe und bei der Mannschaft aushält.

Manche behaupten, daß nicht jedes Schiff einen Kalfater habe, sondern daß ein solches Glück nur wenigen Schiffen zu teil werde. Die Klabâtermänneken sollen nämlich die Seelen von Kindern sein, die tot geboren oder sonst vor der Taufe gestorben sind. Wenn solche Kinder nun in einer Heide unter einem Baume begraben werden und von einem solchen Baume irgend etwas zu dem Baue des Schiffes verwendet worden ist, dann geht mit dem Holze die Seele des Kindes als Klabâtermänneken in das Schiff hinein. Die dies behaupten, sagen auch, daß ein solches Schiff, das einen Kalfater besitzt, niemals zu Grunde gehen könne.

Einige erzählen, daß man den Klabâtermann auch ohne Gefahr zu sehen bekommen könne. Das muß man auf folgende Weise anfangen: Man muß des Nachts zwischen zwölf und ein Uhr allein zum Spilloch gehen und sich selbst durch die Beine durch und so durch das Spilloch sehen. Dann kann man den kleinen Geist erblicken, wie er an der Vorderseite des Spillochs steht. Wenn man ihn dann aber nackt sieht, so muß man sich hüten, daß man nicht, etwa aus Mitleid, ihm Kleider zuwirft, womit er sich kleiden solle; denn das kann er nicht leiden. Er wird über solches Mitleid leicht böse und meint, man wolle sich dadurch mit ihm abfinden.

*Temme, Volkssagen Nr. 253.*

## 128. Der Pôk.

Der Pôk ist ein böser Geist, wohl gar der Satan selbst; denn »hei hät mit den Pôk wat tô daun« ist soviel als: »er macht sich mit dem Teufel zu schaffen.« Nichtsdestoweniger hat sich der Pôk schon manchem nützlich erwiesen. Wer ihn besitzt, dem trägt er durch die Luft so viel Geld zu, als er sich nur wünschen mag. Aber das thut der Pôk nicht umsonst, er läßt sich als Entgelt für seine Dienste die Seele seines Herren verschreiben und fährt nach dessen Tode damit zur Hölle.

Vom Pôk erhält man den Wechselthaler. Zu dem Zwecke begiebt man sich in der Nacht zwischen elf und zwölf Uhr auf den Kirchhof, wo der Geist stets zu treffen ist. Er zeigt sich dann in seiner rechten Gestalt, als ein kleines, schwarzes, abscheulich häßliches Männchen. Der Vertrag hinsichtlich der Seele wird geschlossen, und der Mensch hat seinen Wechselthaler, der, so oft er ihn ausgiebt, immer wieder in seine Hände zurückkehrt.

Wer einmal einen solchen Handel eingegangen ist, kann ihn nicht wieder rückgängig machen. Nur einem schlauen Bauern ist dies auf folgende Weise gelungen. Der gottlose Pakt ward ihm leid. Er zimmerte sich darum ein Holz mit drei Kreuzen und legte den Thaler darauf, stellte sich in eine Ecke der Kirchhofsmauer und schob das Gestell vor sich. Dann citierte er den Pôk. Was sollte der wohl anfangen, als er kam. Zu dem Mann konnte er nicht; denn auf zwei Seiten hinderte ihn die Mauer, auf der dritten die Kreuze. Es blieb ihm nichts anderes übrig, als den Wechselthaler zurückzunehmen und des Bauern Seele freizulassen.

*Mündlich aus Garz auf Rügen.*

## 129. Wie der Dråk Korn drischt.

Der Bauer Nîjår in Zirkow hatte den Dråk, das wußte das ganze Dorf; denn oft hatte man denselben in Gestalt einer feurigen Kugel mit langem Feuerschweif in den Schornstein seines Hauses hineinfahren gesehen.

Eines Nachts hörte der Nachbar, wie in der Scheune des Nîjår fortwährend gedroschen wurde. »Was kann das sein«, dachte er bei sich, »der wird doch nicht Tag und Nacht arbeiten lassen?« Weil ihm das Ding gar zu absonderlich vorkam, machte er sich aus dem Bette, ging auf die Scheundiele und rief: »Der Tausend! Nîjår, drischst du denn hier die ganze Nacht?«

Ja, da war von Nîjår nichts zu sehen, wohl aber stand in der Scheune ein kleiner, häßlicher Kerl, der klopfte eifrig auf eine einzige Ähre und rief bei jedem Schlag:

»Von ên Ôr ên Dråemt![18]

Von ên Ôr ên Dråemt!«

Kopfschüttelnd ging der Nachbar nach Hause; doch richtig, den andern Morgen saß Nîjår in seiner Scheune und maß zwölf Scheffel Weizen ab, die hatte ihm der Drache gedroschen. Da war's denn keine Kunst, daß er steinreich wurde.

*Mündlich aus Zirkow auf Rügen.*

STRALSUND

### 130. Der Kobold bei Gingst.

Auf einem Gute bei Gingst auf Rügen war ein Koch angestellt, der des Morgens immer am längsten im Bette lag und doch jedesmal zur rechten Zeit seine Arbeit vollendet hatte. Das kam den Leuten sonderbar vor, und sie beschlossen, der Sache auf den Grund zu gehen. Wie sie nun am folgenden Tage ganz früh in die Küche traten, sahen sie dort ein kleines, behendes Kerlchen am Herde eifrig herum hantieren und alle Arbeit des Koches verrichten. Er ließ sich auch durch die Eindringlinge in seinem Thun durchaus nicht stören. Nur wenn einer zu dreist wurde und zu nahe an den Herd heran trat, wurde das Männchen böse und gab dem Betreffenden eine derbe Ohrfeige, so daß er sich später besser vorsah. Da erkannte man denn, weshalb der Koch täglich ungestraft so lange im Bette bleiben durfte.

*Mündlich aus Gingst auf Rügen.*

### 131. Schipper Gau un sin Puk.

In Barth lewde een Schipper, Hinrich Gau, dat was de glücklichste un vörwegenste Schipper in der ganzen Ostsee, dem ook alles to Faden leep. He unnerstund sick, wat keen anner Schipper dörste, un se seden, he kunn mit allen Winden segeln un, wenn he wull, ook wedder den Strom. So was he denn jümmer de erste up dem Platz un makte de besten Frachten un wurd in weinigen Jåhren een riker Mann, datt se en den riken Schipper edder den riken Gau nömden.

Dat Ding hedd äwerst so sinen egnen Haken; denn de Lüde munkelden so wat van eenem blanken Käwer edder eener grönen Pogg in eenem Glase. Dat was sin Puk, de em den Wind un dat Glück makte, un de Matrosen wullen dat düwelsche Ding unnerwielen sehn hebben, wenn't stief weihde edder de Nacht gefährlich düster was, wo't as een lütt winzig Jüngiken in eener swarten Jacke, eene rode Mütz up'm Kopp, up dem Schipp herümleep un alles nahsach, edder ook as een old gris Männiken mit eener kritwitten Parück up dem Kopp, dat am Stürroder satt un in den Häwen keek un dem Schipp den Weg wisde. Se vörtellden ook, datt de Schipper sine blanken un grönen Düwelskamraten sehr prächtig plegde in eenem aparten Schrank in siner Koje, wo keen Minsch hensnuwen dörst, un datt he en då jümmer söten Muschatwin un Rosinen un Figen hendrog.

Dat Glück was up disse Wis un mennigen schönen Dag mit dem Schipper Gau up der Fahrt west, un he vörstund sine Geisterkens to regieren un se weren em up't Komando gehursam un willig. Äwerst tolest vörsach he sick eenmal. He was mit eener riken Ladung ut England kamen un sin Schipp lag up dem Strom der Sundschen Rhede vör Anker. Nu was he eenen Dag in de Stadt fähren, un - Gott weet, wo't geschach - he was in een woist Gelag geraden un se hedden so deep in't Glas keken, datt Gau Schipp un Puk un de ganze Welt vörgatt.

So hedd unser Schipper twee utgeslagene Dage in Stralsund vördrunken, un sine Dinger, de he hungern let, weren grimmig worden, hedden de Gläser terbraken, worin se seten, un blösen eenen Storm up, datt dat Schipp anfung mit allen Segeln to spelen un sick van allen Ankern losret. Et wurd een grot Geschrei, un veele Schippers lepen herbi un ook Schipper Gau. De kreeg flugs een paar van sinen Matrosen un eenige Waghälse tohop, löste sin Boot un leet de Remen knarren un reep: »Frisch, Jongs! Frisch! Wenn ick an Burd kam, schälen mine Kerls woll wedder to Loch, se kennen min Komando woll!«

Un Gau kam richtig an dat Schipp, dat sick jümmer rundüm küselde, as wenn't in eenem Strudel stack. Alle annern Schippe rührden sick nich, as wenn för se keene Luft weihde, un was een heel moj Wäder. Äwerst de kecke Gau hedd sick dittmal to veel vörmeten. Sine Bürschken, de wegen des langen Hungers to grimmig weren, leten sick van em weder locken noch hissen. Se makten jümmer gewaltigern Storm un dullere Arbeit un küselden tolest so arg, datt Schipp un Schipper mit Mann un Mus to Grund gingen.

*E.M. Arndt, Märchen und Jugenderg. II. S. 61-66.*

## 132. Der Chimmeke in Loitz.

Auf den Schlössern in Pommern gab es in früheren Zeiten viele Poltergeister, die das Volk Chimmeke nannte. Man mußte sie sich zu Freunden halten; dann thaten sie niemandem etwas zu leide. Sonst konnten sie aber sehr böse werden.

Ein solcher Chimmeke war auch auf dem alten Schlosse zu Loitz. Er war schon lange Jahre da gewesen, und man mußte ihm jeden Abend einen irdenen Topf mit süßer Milch vorsetzen. Die aß er über Nacht auf, und also that er keinen Schaden. Wie aber zu einer Zeit, gegen das Jahr 1370, die Meklenburger das Schloß inne hatten, so war darin ein übermütiger Küchenjunge, der nahm dem Chimmeke einstmals die Milch weg und trank sie selbst aus, indem er dem Geist obendrein spöttische Worte gab.

Das verdroß diesen sehr, und wie am anderen Morgen früh, bevor noch der Koch aufge-standen war, der Küchenjunge in die Küche kam und das Feuer anmachte, da ergriff der

Chimmeke den Buben, hieb ihn in Stücke und steckte dieselben in den großen Grapen, der mit heißem Wasser auf dem Feuer stand. Darnach kam der Koch in die Küche und wollte Fleisch holen, dasselbe in den Grapen zum Kochen zu werfen.

Da lachte aber der Chimmeke und sagte zu dem Koche, das Fleisch sei schon gar, er solle nur anrichten und es aufsetzen. Der Koch sah in den Grapen hinein und fand darin die gekochten Hände und Füße und erkannte, daß sie des Buben waren. Darüber erschrak er sehr, der Chimmeke aber ist von der Zeit an aus dem Schlosse weggezogen und hat sich nicht wieder sehen lassen.

Den Grapen, in dem der Küchenjunge gekocht worden, hat man noch viele Jahre auf dem Schlosse gezeigt. Wo er sich jetzt befindet, weiß man jedoch nicht.

*Temme, Volkssagen. Nr. 214. Nach Kantzow, Pomerania I. S. 333;*
*Micrälius, Alt. Pommerland. I. S. 208.*

## 133. Die sieben Teufelchen hinter dem Ofen.

Zu dem reichen Gastwirt im Dorfe kam einst ein guter Bekannter, um bei ihm die Nacht zu bleiben. Als es Zeit zum Abendessen war, trug die Wirtin, obwohl nur drei Menschen zu Tische saßen, eine mächtige Schüssel Brühkartoffeln mit Stippe auf, so daß der Gast ganz erstaunt fragte, ob sie denn so erschrecklich viel zu essen pflegten. »Das gerade nicht«, erwiderte die Frau, »aber verspeist werden die Kartoffeln doch immer bei uns und darum koche ich so viel.«

Dem Gast kam das nicht geheuer vor, und er hielt die Augen scharf offen. Wie er nun den ersten Bissen zum Munde führen wollte, zeigte sich plötzlich hinter dem Ofen ein kleiner Kerl mit einer roten Mütze. Der steckte vorsichtig den Kopf heraus, zog ihn aber sogleich wieder zurück, als er sich von dem Fremden beobachtet sah. Derselbe Vorgang wiederholte sich noch zu mehreren Malen, ohne daß der Gast gegen seine Wirtsleute ein Wort darüber verlor.

Als die Mahlzeit beendet war, sprach die Wirtin: »Diesmal sind wirklich die Kartoffeln nicht aufgezehrt worden« und stellte sich ganz verwundert darüber. Sodann legte sich alles zu Bette, der Gast nahm seinen Platz auf der Ofenbank und that, als wenn er fest schliefe. Da kamen ganz leise hinter dem Ofen sieben kleine rotmützige Kobolde hervor und fielen über den Tisch her, aßen alle Kartoffeln mit sammt der Stippe auf und eilten dann ebenso vorsichtig, wie sie gekommen, in ihren Versteck zurück.

Am andern Morgen rief der Gast den Wirt und seine Frau an den Ofen und wies auf die sieben Kobolde hin. Von nun an konnten die beiden nicht mehr ableugnen, was schon seit Jahren das ganze Dorf behauptet hatte, nämlich daß sie sich von vielen Drachen Geld und Gut durch den Schornstein zutragen ließen und zum Ersatz dafür die kleinen Teufel von ihrem Tische speisen müßten.

*Mündlich aus Abtshagen, Kreis Grimmen.*

## 134. Die Kobolde in Greifswald.

Zu einer Zeit gab es in Greifswald eine Menge gräßlich anzusehender, kleiner Kobolde, welche rote Hosen an den Beinen trugen. Sie hielten sich besonders in der Knopfstraße auf, wo sie die Häuser besetzten und auf den Böden ihren Spektakel trieben, dann oben aus den Schornsteinen heraus guckten und die Leute auf der Straße verhöhnten. Wollte man sie fangen, so entsprangen sie durch die Schornsteine, und man sah ihre roten Hosen oft schon auf dem dritten Dache, wenn man sie noch in dem ersten Hause suchte. Endlich verschwanden sie von selbst.

*Temme, Volkssagen. Nr. 215.*

## 135. Das Dorf Konerow.

Das Dorf Konerow, im Kreise Greifswald, ist von Hexengeld aufgebaut. Das hat sich auf folgende Weise zugetragen.

Nachdem der Ort im dreißigjährigen Kriege gänzlich zerstört und niedergebrannt war, mußten sich die Leute in elenden Strohhütten aufhalten, wo sie viel von den Ratten und Mäusen zu leiden hatten. Eines Tages kam einer dieser armen Menschen nach Wolgast zu einem Bäcker, um sich ein Brot zu erbitten. Dabei klagte er seine Not, die er mit den Ratten und Mäusen habe. Da bot ihm der Bäcker seinen Kater an, der werde das Ungeziefer wohl vertilgen, ihm auch sonst zu Diensten sein. Das nahm der Bauer mit Dank an.

Wie er nun mit dem Kater in seine Hütte kam, hub das Tier auf einmal an zu sprechen und fragte: »Was soll ich thun?« Der Bauer befahl ihm, alle Ratten und Mäuse wegzufangen und sie auf einen Haufen zu bringen. Das that der Kater alsbald und fragte weiter: »Was soll ich jetzt thun? Ich kann alles.« - »Wenn du alles kannst«, versetzte der Mann, »so bringe mir Geld.« Das verrichtete der Kater gleichfalls und brachte ihm Geld die Menge, so viel er haben wollte. Als er genug hatte, gab er den Kater an die andern Bauern des Dorfes, die nun auch so viel Geld bekamen, als sie sich nur wünschen mochten. Darauf bauten sie das Dorf wieder auf, schöner und besser, als es zuvor gewesen war.

Wie sie damit fertig waren, wollten sie den Kater gerne wieder los sein; denn er kam ihnen doch gar zu verdächtig vor, und es ward ihnen ängstlich in seiner Gesellschaft. Sie gingen deshalb zu dem Bäcker in Wolgast und fragten, wie sie es zu machen hätten, daß sie des Katers ledig würden. Der riet ihnen, sie sollten eine Kiepe nehmen und zu dem Kater sagen:

»Kater, in die Kiep!«

so werde er hinein springen, und dann sollten sie ihm das Tier nur wieder bringen. Also thaten sie auch.

Von der Zeit an sind sie Bauern zu Konerow reich und wohlhabend geworden, so reich, daß sie später ihrem König Karl XII. Geld in die Türkei schicken konnten.

*Nach Temme, Volkssagen. Nr. 271.*

## 136. Pûks zieht mit dem Gebälk.

In Swinemünde stand ehemals an der Ecke der Königsstraße ein kleines Haus, in welchem ein Mann wohnte, dem alles nach Wunsch ging und der zuletzt ganz wohlhabend wurde. Das kam daher, daß er einen Pûks hatte, der ihm in der Wirtschaft behilflich war und den man oft des Nachts im Hause klappern und hämmern hörte. Als der Mann starb, wurde das Haus von einem Bäcker erstanden, der ein schönes, steinernes Gebäude an der Stelle aufführte und auch das alte Gebälk hinauswarf und neues nahm, damit das Haus recht haltbar würde.

Das war aber sehr zu seinem Schaden, denn von dem Augenblicke an wich das Glück von der Stelle, und er ist seines Lebens nie wieder recht froh geworden. Sein Nachbar in der Lotsenstraße aber kaufte ihm das Gebälk ab und baute sein Dach damit aus. Und darin saß der Pûks; denn von Stund an wurde der Nachbar ein wohlhabender Mann und ist's geblieben bis an seinen Tod. Kein Mensch aber konnte recht begreifen, wie das kam, bis endlich einmal ein paar Kinder auf den Boden kamen und dort ein kleines Männchen sitzen sahen. Das trug einen großen, aufgekrämpten Hut und einen roten Rock mit blauen Knöpfen, von denen sieben auf jeder Seite saßen. Da wußte man denn, woher der Wohlstand kam.

*Aus Swinemünde: Kuhn und Schwartz, Norddeutsche Sagen. Nr. 18.*

## 137. Pûks baut einen Zaun.

Im Schilfe des Rî zu Bossin hielt sich lange Jahre hindurch ein kleiner Pûks auf mit roter Jacke und Mütze, der dort schon mancherlei Scherz und Neckerei verübt hatte. Einst war er plötzlich fort, aber in derselben Nacht war einem der dortigen Bauern ein Zaun rund um sein Gehöft geführt worden, von dem doch am Abend vorher noch keine Spur zu sehen war. Seit der Zeit bleiben auch bei demselben stets die Fensterladen der einen Kammer geschlossen, und man sagt, dort habe der Pûks seine Wohnung aufgeschlagen; denn der Bauer wurde zusehends reicher und reicher, und das weiß jeder, daß, wer plötzlich reich wird, in der Regel einen Pûks hat.

*Aus Mellentin auf Usedom: Kuhn und Schwartz, Nordd. Sag. Nr. 19.*

## 138. Kobold als Hahn.

Der Bauer Heidschmied in Restow im Lieper Winkel besaß einen Kobold in Gestalt eines Hahnes, welcher ihm die verschiedensten Dinge zutrug. Den Tag über saß er gewöhnlich hoch oben in der Scheune auf dem Mittelbalken, hatte es aber gar nicht gerne, wenn ein anderer, als sein Herr, ihn dort erblickte. Schauten z. B. die Knechte beim Dreschen zu ihm in die Höhe, so ward er sehr zornig und warf Korn auf sie herab, so daß sie nur flink den Blick wieder zur Erde kehren mußten, um nicht das Augenlicht zu verlieren.

*Mündlich aus Restow auf Usedom.*

## 139. Der Pûks purrt Klöße.

Die Familie eines Bauern ging jeden Sonntag zur Kirche. Obwohl nun die Bäuerin nur wenig früher wie die übrigen das Gotteshaus verließ, um den Heimweg anzutreten, so war doch immer, wenn die andern nach Hause kamen, das Mittagessen schon bereitet, nämlich schöne schwarze Klöße.

Das fiel einem Knechte auf. Er schlug ein Loch in den Schornstein, und als am nächsten Sonntag die Frau die Küche betreten hatte, schaute er durch die Öffnung hinab.

Da sah er denn die Bäuerin, wie sie dem Pûks befahl, Klöße zu »purren«. Aber der Kobold bemerkte den Lauscher, und warnend rief er: »Hê kîkt! Hê horkt!« – »Ach wat«, antwortete die Frau, »plurr immer tau.«

Als nun alle beim Mittagsbrot saßen und sich die Klöße gut schmecken ließen, wollte der Knecht nicht mitessen. Die Frau that ganz arglos und fragte, warum er denn nicht zulange, es wären doch so schöne schwarze Klöße. Da erwiderte der Bursche zornig: »So! Wat dê dâr plurret hät, dat sall ik ête?«

*Mündlich aus Fernowsfelde auf Wollin.*

## 140. Der Rôdbücksch in Bredow.

Zu Großvaters Zeiten war noch manches ganz anders auf der Welt, als es heutzutage ist. Da war in Pommern wohl kaum ein Bauer zu finden, der nicht seinen Hausgeist gehabt hätte. Es war das ein kleines Männchen, kaum anderthalb Schuh hoch, mit einem Käpfel auf dem Kopf, einer schwarzen Jacke und roten Hosen angethan, um derentwillen man ihn kurzweg den Rôdbücksch nannte. Er war ein sehr nützliches Wesen, denn alles mögliche trug er seinem Herrn zu, Korn, Stroh, Geld und so weiter. Nichtsdestoweniger findet man jetzt die Rôdbücksche nur noch selten, die Polizei ist gar zu arg hinter ihnen her, und außerdem ist die Seele desjenigen, der einen solchen Kobold besitzt, rettungslos dem Teufel verfallen, es sei denn, daß er sich des Rôdbücksch noch vor dem Tode durch List oder Verkauf zu entledigen weiß.

Einer von den wenigen, welcher seinen Rôdbücksch vor den Augen der gestrengen Polizei zu verbergen gewußt hatte, war ein Bauer Waß in Bredow. Auf dem Boden hatte er ihn in einer Tonne zu sitzen, und dort besuchte ihn die Bäuerin alle drei Tage, gab ihm einen Topf Milch zu trinken und machte ihm sein Lager fertig. Während sie das that, erzählte ihr der Kobold alles, was die Dienstboten hinter ihrem Rücken angegeben hatten.

Einmal verriet er die Köchin, welche heimlich auf den Boden gestiegen war und sich einen Apfel genommen hatte. Die Bauersfrau schalt das Mädchen deswegen und drohte ihr mit Schlägen. Da ward die Magd ärgerlich auf den Rôdbücksch und klagte ihrem Schatz seine Tücke. »Warte nur«, tröstete der seine Braut, »dem will ich sein Maul schon stopfen.« Als der Bauer mit seiner Frau auf den Markt gefahren war, ging er auf den Boden hinauf und steckte sich alle Taschen und die Mütze voll des schönsten Obstes; sodann trat er an die Tonne heran, hub den Deckel auf und sprach: »Rôdbücksch! Herr un Frû sin ûtgån, un Gott gaew, dat dû nischt nåsäggst!« Da mußte der Rôdbücksch still schweigen und durfte auch seiner Herrin von dem ganzen Handel nichts erzählen; denn schon der Name Gottes ist dem Kobold so hart, daß gegen den, der ihn ausspricht, alle seine Macht verloren ist.

*Mündlich aus Zabelsdorf, Kreis Randow.*

## 141. Der Rôdbücksch und der Stiefel.

Ein Bauer setzte mit dem Rôdbücksch einen schriftlichen Kontrakt auf und unterschrieb ihn mit seinem eigenen Blute. Darnach war der Kobold verpflichtet, bis an sein Lebensende treu dem Manne zu dienen und jede Arbeit, welche ihm aufgetragen würde, voll und ganz auszuführen. Hielte der Rôdbücksch den Vertrag ein, so verfiele ihm seines Herrn Seele nach dem Tode, könnte er jedoch seinen Verpflichtungen nicht nachkommen, so sollte der ganze Handel null und nichtig sein.

Der Bauer war aber ein Schalk und dachte gar nicht daran dem Rôdbücksch seine Seele zu lassen. Als im Frühjahr die große Scheune leer stand, machte er oben in dem Strohdach ein Loch, steckte einen Stiefelschaft hinein und befahl dem Kobold, den Stiefel voll Geld zu tragen. Der machte sich auch sofort an die Arbeit und schleppte immerfort, drei Tage und drei Nächte, Geld herbei und schüttete es in den Schaft hinein; doch der Stiefel war unergründlich und wollte sich nicht füllen. Als der dritte Tag zu Ende gegangen war, da riß dem Rôdbücksch die Geduld: »Jetzt trage dieser und jener noch länger«, rief er aus und verschwand. Der Bauer aber mußte das Geld aus der Scheune in Karren wegschaffen und ward ein steinreicher Mann.

*Ebendaher.*

## 142. Der Rôdbücksch und die beiden Bauern.

Zwei benachbarte Bauern hatten zusammen einen Rôdbücksch in ihren Diensten und hatten mit ihm eine bestimmte Zeit ausgemacht, nach deren Ablauf er ihre Seele holen dürfe. Zuvor war jedoch der Kobold gehalten, für jeden von ihnen eine Arbeit zu verrichten, welche sie frei nach ihrem Ermessen bestimmen konnten. Vermochte er die verlangten Werke binnen fünf Minuten nicht zu vollbringen, so sollte der Kontrakt nichtig sein und die beiden ihre Seelen behalten.

Als nun die Dienstzeit des Rôdbücksch sich ihrem Ende nahte, ward den Bauern Angst um ihr Seelenheil. Der eine von ihnen ließ einen großen Haufen Steine auf seinem Hof aufkarren, ging dann zu seinem Nachbarn hinüber und sagte: »Gevatter, ich will dem Rôdbücksch aufgeben, er soll mir in fünf Minuten aus den Steinen eine Mauer ums ganze Gehöft bauen. Was meinst du? das wird er doch nicht können? - Aber was für eine Arbeit willst du ihm denn aufgeben?« - »Ach«, seufzte der Angeredete, »ich hab' gar keinen Mut mehr; der Kobold ist zu mächtig. Vielleicht kommt mir aber noch im letzten Augenblicke ein guter Gedanke, das ist meine einzige Hoffnung.« - »Wenn du so verzweifelt bist, Gevatter«, entgegnete sein Nachbar zuversichtlich, »dann wird's dir wohl den Kragen kosten«, und damit ging er auf seinen Hof zurück.

Einige Tage darauf kam der Rôdbücksch und erklärte, die Zeit sei abgelaufen, man möge ihm die Arbeiten sagen. »Bau mir aus den Steinen da um's Gehöft eine Mauer«, rief der erste Bauer. Kaum hatte er ausgesprochen, so wanderten die Steine durch die Luft ihrem Bestimmungsorte zu, und ehe die fünf Minuten auch nur zur Hälfte verstrichen waren, war das Werk vollbracht. Der Rôdbücksch drehte darauf dem Manne das Genick um und wandte sich an den anderen Bauern. Der ließ in seiner Herzensangst einen Wind fahren und, da ihm nichts Besseres einfiel, so sagte er: »Fang' mir den wieder ein.«

Der Rôdbücksch jagte wohl eine Stunde hinter ihm drein. Atemlos kam er endlich zurück und sprach: »Dat Ding is nich tô krîgen. Ball heff'k en, ball is he wech.« Dann nahm er die Seele des ihm verfallenen Bauern und verschwand. Der andere, welcher auf diese Weise einem gleichen Geschick glücklich entronnen war, lebte noch lange Jahre glücklich und zufrieden und hat jedem, der es hören wollte, seine wundersame Rettung erzählt.

*Ebendaher.*

## 143. Die Kobolde auf der Leipziger Messe.

Daß auf der Leipziger Messe viel zu sehen und zu kaufen ist, das weiß jedermann; daß man dort aber sogar Kobolde gegen billiges Geld einhandeln kann, dürfte wohl nur wenigen bekannt sein, und doch ist es buchstäblich wahr. Der alten, jetzt längst verstorbenen Mutter Wittschen in Zabelsdorf seliger Bruder hat es selbst mit angesehen.

Eines Tages saß er in Leipzig, wo er damals bei einem Bäcker in Arbeit stand, gerade während der Meßzeit im Wirtshaus und trank seine Kanne Bier. Setzt sich ein fremder Kerl zu ihm, nimmt eine große Flasche aus dem Rockschoß hervor und spricht: »Schau her, Freund!« Witt guckte hin und erblickte in dem Glase ein Kerlchen, so groß wie eine Spanne. Der Fremde zog darauf den Kork aus der Flasche, holte das Männchen heraus und stellte es auf den Tisch. Da war es nun ein Vergnügen mit anzusehen, wie der Kleine Purzelbäume schlug und Grimassen schnitt trotz einem Pavian. »Nun komm her«, sagte der Fremdling,

»und trink zur Belohnung.« Richtig das Männchen lief zum Glase und trank in vollen Zügen, so viel, daß es trunken ward und rücklings hinschlug.

»Dich wollen wir schon kriegen«, lachte der Fremde und lud den Bäckergesellen ein, mit ihm zum Mühlgraben zu gehen. Dort packte er den kleinen Kerl an einem Bein und schlenkerte ihn so lange im Wasser herum, bis er ganz nüchtern ward. Dann that er ihn wieder in die Flasche, wandte sich an Witt und sprach: »Kauf mir das Glas ab, für einen Groschen sollst du es haben.« Witt hatte aber längst gemerkt, daß das Männchen in der Flasche ein Kobold sei und daß sein jetziger Besitzer ihn nur deshalb verkaufen wolle, weil die in dem Kontrakt abgemachte Dienstzeit bald abgelaufen war, er antwortete darum entschieden: »Behalte deinen Rôdbücksch nur für dich, ich bedarf seiner nicht.« - »Bedenke doch, was er dir alles zutragen wird, und wie viel Freude er dir durch seine Späße bereitet«, drang der Fremde in ihn. Aber Witt widerstand dem Versucher, schlug alles rund weg ab und ging fort von ihm in das Haus seines Meisters an die Arbeit.

Der Bäcker hatte von der Stube aus den ganzen Handel mit angesehen und glaubte nichts anderes, als das sein Geselle den Flaschenkobold gekauft habe. Sobald Witt in die Werkstatt trat, rief er ihn zu sich und sagte: »Pack’deine Sachen und geh’aus dem Hause. Mit einem Menschen, der den Teufel besitzt, will ich keine Stunde mehr unter einem Dache wohnen.« Witt beteuerte seine Unschuld und ließ sich am ganzen Leibe untersuchen, daß er nirgends die Flasche habe; aber der Herr glaubte ihm nicht eher, bis er den Fremden von der Straße holte und in die Stube hineinführte. Da erkannte der Meister nun freilich, daß sein Geselle ihn nicht belogen habe.

So arg sind also auch in Leipzig die Leute hinter denen her, welche einen Rôdbücksch besitzen. Es ist in diesen Sachen eben in Sachsen nicht viel anders, wie in unserm pommerschen Vaterlande.

*Ebendaher.*

## 144. Kobold vertragen.

In dem Dorfe Bredow bei Stettin hielt sich vor etwa vierzig Jahren auf einem Bauerhofe ein Kobold auf, der Uriân. Da derselbe dem Besitzer durch seine Streiche viel Schaden zufügte, so war dieser eifrig bemüht, des schlimmen Gastes ledig zu werden. Aber nichts wollte helfen, bis sich endlich ein Müller aus der Nähe von Frauendorf für eine gute Belohnung gewinnen ließ, das schwierige Werk zu vollbringen.

Er nahm einen großen Sack, sprach seine Zaubersprüche und brachte damit auch richtig zu Wege, daß sich der Uriân, trotz vieles Sträubens, in Gestalt einer toten Katze in den Beutel begeben mußte. Darauf nahm er den Sack auf den Rücken und ging mit ihm nach Warsow zu. Unterwegs mochte dem Teufel seine Nachgiebigkeit leid geworden sein; denn er machte sich mit einem Male so schwer, daß der Müller ihn unmöglich weiter tragen konnte.

Aber der Mann wußte sich Rat. Schnell schnitt er sich einen Kreuzdornstock und schlug damit dermaßen auf den Sack ein, daß der Kobold flehentlich um Verzeihung bat und versprach, seinem Meister keine Schwierigkeiten mehr in den Weg zu legen.

Da hörte denn jener mit dem Prügeln auf, brachte den Sack bis zu einem Dornstrauch, der hart an dem Wege nach Warsow steht, und vergrub ihn daselbst. Dort wird er sich auch wohl noch bis auf den heutigen Tag befinden.

*Mündlich aus Frauendorf, Kreis Randow.*

## 145. Die Bäuerin und der Dråk.

Eine Bäuerin bei Stargard hatte viel davon gehört, daß gar manche Frau durch ihren Hausteufel sich das Mittagbrot besorgen lasse. »Halt«, dachte sie eines Sonntags, »das könntest du bei deinem Dråk doch auch einmal probieren. Bequemer muß es gewiß sein, als während der Kirchzeit am heißen Küchenfeuer zu stehen und das Essen selber zubereiten.« – »Dråk! Schaff mir ein gutes Festtags-Gericht«, schrie sie zum Kobold hinauf, und sie hatte kaum noch Zeit, eine große Schüssel herbeizuholen und unter zu halten, da klackerte schon durch den Schornstein eine Masse des schönsten Schwarzsauers herab.

Vergnügt stellte die alte Hexe das Teufelsgericht auf den Tisch. Als aber die Leute zulangten und die Speisen näher besahen, da war's kein Schwarzsauer mehr, sondern eitel Rattenschwänze und tote Mäuse.

*Mündlich aus Stargard, Kreis Saazig.*

## 146. Die beiden Rôdjäckten in Gollnow.

In Gollnow und den umliegenden Dörfern haben noch viele Leute den Rôdjäckten in ihrem Besitz, weit mehr als der, welcher mit der Gegend nicht so sehr vertraut ist, wohl glauben möchte. Das kommt aber daher, weil sich der Kobold, um seinen Herrn nicht zu verraten, gewöhnlich in anderer Gestalt, sei es als Schwein, als Hund, Katze oder als sonst etwas, sehen läßt.

Einst spannte ein Fuhrherr, der mit seinem Knecht auf zwei großen Frachtwagen Güter tief nach Hinterpommern hinein zu besorgen hatte, in einem Gollnower Wirtshause aus. Während der Knecht sich im Stalle mit den Pferden zu schaffen machte, sprangen die beiden schwarzen Kater des Gastwirts schmeichelnd um ihn herum. Der eine davon war dick und fett, der andere dagegen so hinfällig, daß man ihm die Rippen im Leibe zählen konnte.

Der Knecht hatte ein gutes Herz, darum streichelte er das magere Tier und sprach freundlich: »Nicht wahr, Miesekätzchen, du wirst hier schlecht behandelt? Dein Herr giebt dir wohl nichts zu fressen?« Zu seinem Erstaunen erwiderte der Kater mit menschlicher Rede: »Ja, du hast Recht. Ich schleppe dem Wirt nicht so viel Geld heran wie der andere Kater, und darum bekomme ich viel Schläge und kein Essen. Aber wenn du dein Glück machen willst, so setze dich auf meinen Rücken; denn ich weiß einen Schatz und kann ihn alleine nicht heben.«

Der Knecht ließ sich das nicht zweimal sagen. Sogleich sprang er auf den Kater und, hast du nicht gesehen, ging es durch die Luft davon, über ein großes Wasser hinüber, zu einem prächtigen Schloß. »Jetzt steig' ab und löse den Kreuzknoten vor der Thüre«, rief die Katze; »denn so lange der davor liegt, kann ich nicht in die Burg hineinkommen.« Der Bursche that, wie ihm befohlen war, und, kaum hatte er den Knoten gelöst, so war der Kater auch schon in der Schatzkammer, hatte zwei Säcke aufgerafft und ganz mit Gold und Kostbarkeiten gefüllt.

»Nun sitz wieder auf und lege mir die Säcke auf den Rücken«, sprach die Katze. Der Knecht that es und zurück ging die Fahrt. Da die Last aber diesmal weit schwerer war, wie auf dem Hinwege, so flog der Kater so niedrig, daß des Burschen Beine das Wasser streiften. »Ach, Herr Jesus«, schrie er vor Schrecken auf. – »Halt den Mund«, entgegnete zornig die Katze, »sonst bringst du uns beide ins Unglück.« Da war der Knecht stille, und nach wenig

Augenblicken befand er sich wieder im Stalle bei seinen Pferden. »Der eine Sack für dich, als Belohnung, der andere für meinen Herren. Nun werd' ich wohl wieder reichlich Futter erhalten«, sagte der Kater, händigte seinem Reiter den einen Geldsack ein und eilte mit dem zweiten in das Zimmer des Gastwirts.

Als am andern Morgen der Fuhrherr mit seinem Knecht auf der Landstraße war, sagte dieser: »Vater, das ist meine letzte Fahrt; ich bin das Knecht sein satt und will mich selbständig machen!« Der Herr wunderte sich nicht wenig, wie sein Knecht das anfangen wolle, aber, da der Kontrakt mit der Fahrt zu Ende lief, so mußte er ihn wohl oder übel ziehen lassen. Wie erstaunte er aber, als der Bursche sich nach der Heimkehr Pferd und Wagen kaufte und nach wenig Jahren ein steinreicher Mann war. Da merkte er wohl, daß sein Knecht unterwegs einen großen Schatz erlangt haben mußte.

*Mündlich aus Puddenzig, Kreis Naugard.*

## 147. Dem Kobold wird sein Frühstück genommen.

Ein Bauer in Kunow hatte einen Kobold in der Scheune, welcher ihm jede Nacht Korn brachte. Dafür bekam er von seinem Herrn des Morgens auf der Richtwand seine Milch. Einmal nahm ein Knecht die Milch fort, da hörte er, wie der Kleine rief:

»Fünfzig Meil marschiert,
Fünfzig Stieg geführt,
Und doch noch kein Frühstück?«

Es dauerte sehr lange, bis der Bauer seinen Kobold wieder besänftigt hatte und er das Unrecht, das ihm von dem Knecht zugefügt war, vergaß.

*Mündlich aus Kunow, Kreis Cammin.*

## 148. Der Kobold im Vogelbauer.

Vor etwa vierzig Jahren kam einst nach Laatzig ein Mann, der handelte mit Eisendraht und trug in einem Käfig einen kleinen Vogel bei sich. Diesen kaufte ihm ein Eigentümer für drei und einen halben Thaler ab. Sobald nun der Handelsmann fort war, sprach der Vogel zu seinem neuen Herrn: »Schaff mir Arbeit!« und dabei blieb er drei bis vier Mal. Dem Manne ward angst und bange bei diesen Worten; denn er merkte, daß er einen Kobold gekauft hatte. Er gab ihm natürlich keine Arbeit, sondern machte sich sogleich auf, um den Vogel dem Manne wieder zu bringen. Kurz hinter Laatzig traf er ihn auch und gab ihm seinen Kobold zurück.

*Mündlich aus Laatzig, Kreis Cammin.*

## 149. Frau wird von ihrem Kobold getötet.

Eine Kämmerersfrau in Jakobshagen hatte einen Kobold und war dadurch sehr reich, aber auch sehr geizig und habgierig geworden. Als sie nun im Sterben lag, befiel sie große Angst, und flehentlich bat sie ihre Tochter, doch das an sich zu nehmen, was sie, ihre Mutter, verborgen bei sich trage. Das Mädchen weigerte sich jedoch, darauf einzugehen, sollte sie auch deshalb ganz arm werden.

Am andern Morgen hat man die Mutter, das Gesicht nach dem Nacken gedreht, tot im Bette gefunden. Der Reichtum aber ist in der Familie ebenso schnell wieder vergangen, als er gekommen war.

GOLLNOW

Gewöhnlich pflegen die Leute, welche einen solchen Kobold besitzen, denselben in einer kleinen Büchse bei sich zu tragen, wo er dann nicht größer ist, als ein Bußbunk (Mistkäfer). Er schleppt seinem Besitzer nicht nur Geld und Getreide in's Haus, er sorgt auch ungesehen für das Mittagsmahl. Doch ist alles, was er bringt, eitel Blendwerk. Die Gerichte, die er aufträgt, sind Koboldsdreck, und statt der Würste giebt es Kuhstränge.

*Aus Mesow, Kreis Regenwalde: mitgeteilt durch Herrn Professor E. Kuhn in München.*

## 150. Das Huhn im Brimbusch.

Ein Bauer fand einst in einem Brimbusch (Ginster) ein halb erstarrtes Huhn. Mitleidig nahm er es auf und setzte es daheim hinter den Ofen. In der Nacht begann das Huhn zu glucksen und sprach: »Schaff mir Arbeit!« Da nahm der Bauer einen Stiefel, schnitt den Schaft ab und hing denselben im Innern seiner Scheune oben in dem Dachfirst auf. Dann sprach er zu dem Huhn: »Trag' mir diesen Stiefel voll Gold!« Sofort flog das Huhn davon und schleppte Gold über Gold heran und warf es in den Schaft, daß es auf der Tenne nur so klang, und konnte doch den Stiefel nicht voll bekommen. Zuletzt ward es der vergeblichen Arbeit müde und sprach zu dem Bauern: »Ich kann das Stück nicht vollbringen. Es ist besser, wenn wir uns trennen«, und damit zog es ab. Der Bauer aber hatte Gold die Fülle sein lebelang.

*Ebendaher.*

## 151. Der Kobold in der Schachtel.

Ein Ziegler aus Elvershagen fand einst auf dem Wege eine schöne, bunte Schachtel, die er aufhob, um sie seinen Kindern mitzubringen. Als er sie öffnete, fand er darin einen Wurm, den er wegwarf. Nach einer kleinen Weile that er das Kästchen zum zweiten Male auf, und siehe, der Wurm saß wieder auf seiner alten Stelle. Er warf ihn von neuem hinaus, aber, wie er zum dritten Male nachsah, war die Sache nicht anders als zuvor.

Zu Hause angelangt, gab er die schöne Schachtel seiner Frau und erzählte ihr, wie es dabei zugegangen sei, und richtig - als das Weib neugierig öffnete, saß auch diesmal der nämliche Wurm darin. Das schien der Frau unheimlich, und sie bat ihren Mann, das Kästchen fort zu werfen; denn wer könne wissen, was sie sich damit zuzögen. Aber der Mann spottete ihrer Angst und behielt die Schachtel.

Als es nun Nacht war, tönte auf einmal eine Stimme aus dem Kästchen, die sprach: »Jetzt habt ihr mich schon zu lange behalten, nun werdet ihr mich nicht wieder los. Gebt mir Arbeit!« Da gab der Mann dem Wurm zu thun und wurde in kurzer Zeit so reich, daß er sich ein Gut kaufen konnte.

Wie des Zieglers älteste Tochter Hochzeit machte, hat einer der Musikanten ein Ding in rotem Rock mit langer, roter Zunge und einem Schwanze unter den Gästen herumtanzen sehen, aber niemand sonst hat es bemerkt. Der Musikant neckte es, indem er mit seinem Horn nach ihm stieß. Da hat das Ding allerhand Grimassen geschnitten, ist über den Tisch gesprungen und hat dem Musikanten lauter Knochen auf den Teller gepackt. Nichtsdesto-weniger fuhr der Mann mit seinen Neckereien fort, obwohl der Ziegler, der alles mit ange-sehen hatte, ihn mehrfach bat, es zu unterlassen.

Nach Mitternacht ging der Musikant vor die Thüre. Da sah er auf dem Dache des Hauses einen hellen Schein und gewahrte, wie der Kobold umherfuhr. Sofort schrie der Spielmann den Gästen zu: »Kommt und seht, hier tanzt der Teufel schon auf dem Dache herum.« In demselben Augenblicke ist aber auch der Kobold herunter gefahren, hat den Musikanten zu Boden geworfen und ihn so entsetzlich gedrückt und gewürgt, daß die herbeieilenden Gäste ihn für tot auf der Erde liegen fanden.

Von dem Tage an hat niemand den Kobold wieder gesehen, der Musikant aber ist nach dreimal vierundzwanzig Stunden eine Leiche gewesen, nachdem er noch zuvor genau er-zählt hat, was ihm alles widerfahren war.

*Ebendaher und mündlich.*

## 152. Der Kobold im Spinnrad.

Eine Frau, die schon um acht Uhr abends bei ihrem Spinnrade einnickte, ging zum Meister und bat ihn, ihr doch ein Spinnrad zu fertigen, das von selber spänne. Der Meister versprach's, und die Frau erhielt ein Rad, das vom Morgen bis zum Abend die Nacht durch bis wieder zum Sonnenaufgang ohne Aufhören arbeitete, und hatte sie immer nur neuen Flachs aufzuthun.

Drei Tage ließ sie sich das gefallen, da ward sie so müde von dem beständigen Wachen, das sie sich auf das Bett warf. Doch kaum hatte sie ein paar Augenblicke geschlummert, als ihr der Spinnrocken an den Kopf flog und sie aufstehen mußte, für das unermüdliche Rad neuen Flachs aufzulegen. Darnach legte sie sich wieder, aber von neuem flog ihr der Rocken an den Kopf und trieb sie in die Höhe. So ging's die ganze Nacht, daß sie auch nicht eine Stunde ruhigen Schlafes genoß.

Am andern Morgen ging sie zu dem Meister und sagte, er möge das Rad nur wieder ändern. Der Mann nahm darauf das Spinnrad, schrob das »Mütterchen« heraus und nahm eine Fliege weg, die er darunter gelegt hatte, sodann steckte er das »Mütterchen« wieder hinein und gab das Rad der Frau zurück. Da war es nicht anders, als die Spinnräder alle sind, und hat die Frau seither immer allein spinnen müssen.

*Ebendaher.*

## 153. Drâk.

Über dem Teich, dicht bei dem Mesower Herrenhof, Hofsoll genannt, sieht man häufig eine feurige Kugel mit langem Schweif aufsteigen und durch die Luft weg in das Dorf ziehen. Das ist Drâk, der, mit Brot und Speck, Getreide, Backobst und Geld beladen, durch den Schornstein zu dem Bauern fährt, dem er dienen muß. Man kann genau wissen, was er mit sich führt; denn sieht er blau aus, so trägt er Korn und dergleichen, sieht er aber rot aus, so trägt er Geld.

Wenn man Drâk ziehen sieht und ruft:

»Olle Alf! Half af!«

so muß er einen Teil von dem Gut, womit er beladen ist, herunter werfen. Der ihn anruft, muß jedoch zusehen, daß er unter Dach steht, sonst beschüttet Drâk ihn mit einem Geschenk, wovon er den Gestank sein Lebtage nicht los wird. Manchmal wirft er dann auch eine Pferdekeule herunter, die sich nicht so ohne weiteres wieder entfernen läßt.

*Ebendaher.*

## 154. Das Spâei.

Legt ein Huhn ein Ei ohne Dotter, ein sogenanntes Spâei, so muß dasselbe über das Haus geworfen werden, daß es entzwei springt. Läßt man ein solches Ei nämlich ausbrüten oder auch nur längere Zeit liegen, so schlüpft bald ein Teufel heraus, der Kobold oder Rôdjackte, wie man ihn nach seinem roten Jäckchen auch häufig zu nennen pflegt. Den kann man dann sein lebelang nicht wieder los werden und gehört ihm nach dem Tode an. Dafür sorgt er allerdings, so lange sein Herr lebt, aufs beste für ihn. Der Besitzer kann auch nicht eher sterben, als bis er sich dadurch des Kobolds entledigt hat, daß er ihn an einen andern Menschen verschenkt.

Ein Bauer hat einmal ausprobieren wollen, ob das mit dem Spâei seine Richtigkeit habe, und legte es deshalb in Pferdedünger. Doch schon am dritten Tage konnte er merken, daß der Teufel bald ausschlüpfen würde. Da hat er noch schnell mit List das Ei vernichtet und ist so den Bösen wieder los geworden.

*Mündlich aus Kratzig, Kreis Fürstentum.*

## 155. Der Rôdjackte macht Speisen.

Eine Bäuerin hielt sich einen Rôdjackten, das merkte man an folgender Geschichte:

Es war Ernte, und die Leute gingen zum Mittagessen nach Hause. Die Bauerfrau jedoch blieb mit einigen Mägden auf dem Felde, um noch schnell einige Garben zu binden. Den Leuten kam es wunderlich vor, wie da noch das Mittagbrot zur rechten Zeit fertig werden sollte. Als die Frau endlich nach Hause gekommen war, belauschte sie deshalb ein Knecht und guckte durch das Loch der Klinke, wo der Riemen durchgezogen wird. Da sah er denn, wie die Frau die Schüsseln aus dem Schrank nahm, auf den Tisch setzte und dem Rôdjackten befahl, dieselben zu füllen. Doch der Kobold antwortete: »Kîk! Dei Knecht kêkt!« Da die Frau aber nicht verstand, was er damit meine, ward sie zornig und schalt, und der Rôdjackte mußte wohl oder übel das Mittagsmahl von sich geben: Klöße und Feigen.

Den andern hat die Mahlzeit auch sehr gut geschmeckt, nur der Knecht hat nichts davon essen mögen. Nachher hat er aber den andern den Vorfall erzählt, und da ist die Schlechtigkeit der Bauerfrau gar bald in der ganzen Gegend ruchbar geworden.

*Ebendaher.*

## 156. Der Rôdjackte überlistet eine Frau.

Ein Bauer, welcher einen Rôdjackten in seinem Besitz hatte, verheiratete sich; doch seine Frau wollte nichts mit dem Teufel zu thun haben, um ihm nicht nach dem Tode anzugehören. Sie war aber dem Kobold verfallen, wenn sie auch nur ein Wort mit ihm sprach.

Nachdem der Rôdjackte schon alles angewandt hatte, um die Frau zu überlisten, verwandelte er sich schließlich in einen schmucken Offizier. Als die Frau nun aus der Küche in die Wohnstube trat und dort den hübschen Soldaten sah, gab sie ihm die Hand und hieß ihn willkommen. Da lachte der Kobold hell auf und gab sich zu erkennen. So war denn die Frau, wie ihr Mann, dem Teufel verfallen.

*Ebendaher.*

## 157. Der Rôdjackte wird angerufen.

Wenn das Getreide eingefahren wird, so muß man die beiden ersten Garben übers Kreuz legen, dann kann der Rôdjackte nichts aus der Scheune forttragen. Thut man das nicht, so stiehlt er oft große Lasten und fährt damit durch die Luft, wie ein Wiesbaum, und läßt einen langen feurigen Streif hinter sich.

Man kann ihm auch etwas von seiner Last abnehmen, wenn man ihn anruft, nur muß man dabei unter einem Kreuz stehen, d. h., sich zwei Hölzer kreuzweis über den Kopf legen. Statt eines Kreuzes kann man auch unter ein Haus treten (da die Balken des Hauses unter einander viele Kreuze bilden) oder unter eine Egge.

Als ihm einst ein Mann »Half Part!« zurief, hat er ihm ein Fuder Erbsen herabgeworfen; einem andern wieder mehrere Quart Buttermilch.

Einer hat auch mal den Rôdjackten angerufen, ohne vorher unter ein Kreuz zu treten. Den hat der Teufel aber von oben bis unter dermaßen vollgemacht, daß er den Gestank zeitlebens nicht wieder hat los werden können.

*Ebendaher.*

## 158. Der Rôdjackte leuchtet einem Krüppel.

Einmal gingen mehrere Kratziger am Abend ins Dorf zurück, darunter auch ein Krüppel in Holzpantoffeln, mit einer Last Brennholz. Da fuhr plötzlich der Rôdjackte durch die Luft. Die andern waren ganz ruhig, der Krüppel schrie aber vor Angst laut auf und verlor vor Schreck seine Holzpantoffeln, so daß er sie in der Dunkelheit nicht wieder finden konnte. Da kam der Kobold zurück und leuchtete ihm so lange, bis er sie wieder hatte.

*Ebendaher.*

### 159. Der Rôjackte muß Spinngewebe aflûttern.

Ein Bauer hatte einen Rôdjackten. Da er sich nun ärgerte, daß seine Scheune ganz voller Spinngewebe war, befahl er dem Kobold, dieselben abzusengen. Während jener bei seiner Arbeit war, rief der Bauer immerfort: »Hâs! Lûtter sacht!«, damit das Stroh nicht mit verbrenne.

Das hörte der Nachbar des Bauern, und da er auch gerne die Spinngewebe in seiner Scheune los sein wollte, befahl er seiner Frau, dieselben anzustecken. Dabei rief er dann ebenfalls: »Hâs! Lûtter sacht!« Doch soviel er auch schrie: »Hâs! Lûtter sacht!« das Feuer ergriff das Stroh, und die ganze Scheune brannte herunter.

*Ebendaher.*

## 160. Der Kobold verhindert die Bestattung seines Herrn.

Ein Bauer in Kratzig hatte einen Teufel in seinen Diensten, der sich in Gestalt eines Hasen immer im Garten umhertrieb. Da der Mann nun versäumt hatte, sich bei Lebzeiten des Bösen zu entledigen, so ereignete sich nach seinem Tode allerhand wunderbarer Spuk.

Man wusch die Leiche und wollte ihr das Totenhemd anziehen, doch es war zu klein. Man verfertigte ein größeres, aber auch das reichte nicht aus. Erst ein gewaltig umfangreiches Hemde genügte. Dieselbe Sache wiederholte sich bei dem Sarg; auch der konnte erst nach mehreren vergeblichen Versuchen groß genug hergestellt werden.

Nun wurde die Leiche zum Kirchhof getragen und sollte dort eingesenkt werden. Der Pastor und die Angehörigen standen rings herum. Da zeigte sich wieder, daß die Gruft viel zu klein war; und der Totengräber mochte graben, so viel er wollte, die Grube wollte nicht so geräumig werden, um den Sarg fassen zu können.

Da sagte der Pastor: »O Kinder, was habt ihr für einen Vater!« dann trat er an den Sarg heran, murmelte einige Worte darüber, und siehe, der Sarg ließ sich ganz leicht hinabsenken. Ja die Gruft war jetzt so groß, daß drei Särge in ihr neben einander hätten stehen können.

*Ebendaher.*

## 161. Der Kobold in Banzin.

Der noch jetzt lebende Bauer P. in Banzin besitzt einen Kobold in Gestalt einer Katze. Derselbe offenbart seinem Herrn alles, was hinter seinem Rücken passiert, und darum halten es auch die Knechte nie lange bei ihm aus.

Dieser Kobold zeigt sich nicht immer, aber jeden Abend um zehn Uhr hat der Bauer eine Unterredung mit ihm am Backofen.

Dann giebt er dem Teufel seine Befehle. Derselbe muß ihm Geld und Gut zusammenhalten und auch von andern Leuten Getreide und dergleichen zutragen.

Als der Bauer einmal eine Hochzeit auszurichten hatte, ließ er den Kobold die feinsten Speisen in die Schüsseln setzen. Aber man hat's doch gleich gemerkt, denn es hatte alles einen so merkwürdigen Geschmack.

*Ebendaher.*

## 162. Kobold als Ferkel.

Eine Frau hatte ein ganz kleines Ferkel, das schlug und stieß sie jeden Morgen, wenn es Futter bekommen hatte. Als nun der Knecht einmal allein auf das Feld fährt, da springt das Ferkel auf seinen Wagen und spricht zu ihm: »Ich bin nur ein kleines Ferkelchen und kann die Knoten von des Müllers Säcken nicht aufbekommen, und wenn ich kein Mehl bringe, schlägt mich die Frau. Mach du sie mir doch auf.«

Das Ferkel war also ein Kobold und konnte die Säcke nicht forttragen, weil Kreuzknoten daran waren. Ob der Knecht dem Wunsche willfahrt hat, das weiß man nicht; er wird's aber wohl hübsch haben bleiben lassen.

*Mündlich aus Polzin, Kreis Belgard.*

## 163. Der Kobold in Panknin.

In dem Dorfe Panknin bei Belgard lebte ein Bauer, welcher einen Kobold besaß. Von Zeit zu Zeit sagte der Mann nämlich zu seinem Knechte, er solle nur ausgehen, er wolle selbst die Pferde futtern. Die Tiere bekamen dann auch jedesmal ihr richtiges Futter; merkwürdig war dabei nur, daß der Herr ruhig in seiner Stube sitzen blieb.

Der Knecht ward neugierig und wollte sehen, wie das zuginge. Als der Bauer wieder einmal sagte, er werde heute selbst das Futtern besorgen, versteckte er sich deshalb heimlich in dem Pferdestall. Dort sah er nun, wie ein unsichtbares Wesen den Rossen reine Erbsen vorschüttete. Doch plötzlich kam etwas auf ihn zu und warf ihn mit großer Gewalt aus der Stallthüre heraus.

Ein anderer Knecht ging einst spät in der Nacht bei demselben Bauern vorbei und hörte, wie jemand im Stall ganz dumpf Häcksel schnitt. Verwundert ging er hinein und erblickte, wie neben der Maschine große Massen Häcksel herab fielen, ohne daß ein Häckselschneider zu sehen war. Darüber hat er sich sehr entsetzt und ist eilends nach Hause gelaufen.

*Mündlich aus Panknin, Kreis Belgard.*

## 164. Der Teufel als buntes Band.

Ein Bauer ging von Sydow nach Neumühlenkamp zurück. Da sah er auf dem Wege ein schönes, buntseidenes Band liegen. Ohne, wie sich das doch so gehört, dabei zu sagen. »Help Gott, Herr Jesus Christ«, nahm er es auf, um es seiner Frau als Geschenk mitzubringen. Diese freute sich auch sehr darüber und legte es in ihren Kasten.

Wunderbar war, daß seit diesem Tage bei dem Bauern in der Wirtschaft nichts mehr seinen richtigen Verlauf nahm. Des Morgens beim Aufstehen fehlte bald dies Kleidungsstück bald jenes und war trotz alles Nachsuchens nicht wieder zu finden; und ebenso ging es mit den Gerätschaften zum Häckselschneiden und zum Ackern, mit dem Küchengeschirr und so weiter.

Es dauerte nicht lange, so nahm der Spuk weit größere Ausdehnung an. In den Stuben wurden die Stühle und Tische umgeworfen, kurz es war ein solcher Höllenlärm im Hause, daß es kein Mensch mehr aushalten konnte. Eine alte, kluge Frau, welche Abhilfe schaffen sollte, fragte sogleich, ob der Bauer nicht vielleicht etwas gefunden und ungesegnet mit nach Hause genommen habe. Sofort fiel dem Manne das bunte Band ein. Er erzählte davon und erhielt von dem Weibe den Rat, genau darauf Obacht zu geben.

Als der Bauer nach Hause kam, war das Unheil gerade wieder im besten Gange. Schnell öffnete er den Kasten, in dem das Band lag, aber von diesem war nichts mehr zu sehen. Erst, nachdem der Lärm sich gelegt hatte, befand sich auch das seidene Band wieder an seinem Platze im Kasten vor. Jetzt war es klar, daß das Band der Kobold oder Teufel selbst war. Der Mann segnete sich deshalb mit den Worten: »Help Gott, Herr Jesus Christ«, nahm es darauf in die Hand und trug es auf dieselbe Stelle zurück, von der er es damals weggenommen hatte. Seit dieser Zeit hat er nie wieder etwas von dem Spuke gemerkt.

*Mündlich aus Sydow, Kreis Schlawe.*

## 165. Dei Alf treckt.

Manche Bauern halten sich einen Teufel, welcher für seinen Herrn von den Nachbarn Erbsen, Korn, Butter u. s. w. stiehlt. Er fliegt dann mit seiner Last wie ein feuriger Strahl durch die Luft; man nennt das: »Dei Alf treckt.« Wird der Alf in seinem Fluge angerufen, so kann ihm ein Teil seines Raubes wieder abgenommen werden; nur muß man dabei unter einem Dache stehen.

Ein Mann sah einmal den Alf durch die Luft ziehen, trat schnell in ein Haus und rief ihm zu: »Half Part!« Da warf ihm der Teufel mehrere Scheffel Erbsen und Roggen herab. Nun fragte er weiter, wer denn sein Herr wäre; doch hierauf wollte der Alf nicht antworten. Da entblößte der Mann, mit Respekt zu vermelden, sein Hinterteil, zeigte es dem Teufel und wiederholte die Frage. Als Antwort des Alf brannten darauf plötzlich die Dachsparren eines Bauerhauses hell auf.

Eilig liefen Leute zum Löschen herbei, doch der Teufel rief ihnen zu, sie möchten nur nach Hause gehen. Und als die Sparren herunter gebrannt waren, erlosch die Flamme von selbst. Nun wußte man, daß der Besitzer dieses Hofes mit dem Teufel in Verbindung stand. Erbsen und Roggen aber, was dem Alf auf seiner Luftfahrt abgenommen war, haben selbst die Schweine nicht fressen mögen.

Ein anderer Mann rief den Alf an, ohne vorher unter ein Dach zu treten. Da bewarf dieser ihn derart mit Läusen, daß er ein volles Jahr hindurch das Ungeziefer nicht los werden konnte.

*Mündlich aus Trzebiatkow, Kreis Bütow.*

## 166. Der Alf tot geschlagen.

Ein Bauer aus Trzebiatkow fuhr einst über Feld. Da sah er den Alf ankommen. Schnell nahm er eine Wagenrunge, stürzte auf ihn los und schlug auf ihn unter den Worten: »Twei ein sô as up den Duewel.« Auch kehrte er bei jedem Schlage die Runge um. Der Alf wand sich unter den Schmerzen und schrie: »Na, sägg doch dê dritte uk noch!« Denn hätte der Mann gezählt: »"Ein twei drei« oder: »Drei twei ein sô as up den Duewel«, so wäre dem Alf noch ein anderer Teufel zu Hilfe gekommen. So aber blieb der Bauer ruhig bei seinem: »Twei ein sô as up den Duewel«, und ließ sich nicht irre machen.

Der Alf verwandelte sich unter den Hieben in alle möglichen Tiere, in eine Schlange, einen Wolf u. s. w., um seinem Peiniger zu entkommen; doch diesen kümmerte das wenig, er schlug nur immer stärker darauf los. Da gab es plötzlich einen heftigen Knall, und es lag auf der Erde wie eine ausgebrannte Teertonne, wie man noch lange nachher hat sehen können. Seit der Zeit heißt es immer: »Der Bauer hat den Teufel tot geschlagen.«

*Ebendaher.*

## 167. Die Hausschlangen.

In den Ställen halten sich häufig Schlangen auf, Hartwürmer oder Schnåken genannt, welche den Kühen die Milch aussaugen. Trifft man sie bei dem Milchstehlen, so darf man sie ja nicht stören und noch viel weniger totschlagen, widrigenfalls die Kuh langsam verdorrt und zu Tode siecht.

Manchmal schlüpfen die Schnåken auch zu den Kindern in's Bett, um sich dort zu wärmen. Sie fügen den Kleinen aber selten einen Schaden zu. Hie und da ist es allerdings vorgekommen, daß sie sich den Kindern in der Wiege um den Hals schlangen und sie dadurch erstickten.

Sehr häufig ist es ferner geschehen, daß die Schlangen mit den Kindern aus derselben Schüssel gegessen haben; doch nahmen sie dann immer nur Milch zu sich. Das hat die Kinder geärgert, und sie haben den Löffel genommen, der Schlange damit auf den Kopf geschlagen und gerufen: »Dings, êt ôk Bråck!« Dann sind Leute herbeigeeilt, verwundert über das Gespräch, welches das Kind geführt hat, und haben, sobald sie die Schlange erblickten, nach ihr geschlagen. Darauf ist das Tier schnell in ein Loch entschlüpft und nie wieder gekommen. Den Kleinen hat aber die gemeinsame Mahlzeit mit der Schlange keinen Nachteil oder Schaden gebracht. Gelang es dagegen, die Schlange zu töten, so ist regelmäßig das Kind gestorben, wie auch die folgende Sage zeigt.

*Mündlich aus den Kreisen Grimmen, Demmin, Naugard, Regenwalde und Schlawe.*

## 168. Die Schlange in der Barkowschen Heide.

In der Barkowschen Heide liegt, nicht weit von dem Holzwege, der mitten durch den Wald geht, ein einsames Bauerhaus. In demselben wurde vor Jahren eine tote Schlange gezeigt, von der man sich folgendes erzählte.

In dem Hause lebten vor langen Zeiten einmal Bauersleute, die nur ein einziges Kind hatten, ein Mädchen von vier Jahren. Im Sommer ließen sie das Kind vor dem Hause spielen, wohin sie ihm auch des Mittags seine Milch mit eingebrockter Semmel brachten. Wenn nun das Kind dies verzehrte, kam jedesmal eine große Schlange herbei, setzte sich zu ihm und trank mit ihm von der Milch und aß von der Semmel. Es fürchtete sich garnicht vor dem Tiere, wurde vielmehr so vertraut mit ihm, daß es dasselbe ohne Scheu auf den Hals klopfte und zu ihm sagte: »Trinke mir auch nicht zu viel ab.«

Seinen Eltern erzählte das Mädchen nichts hiervon. Als es aber eines Mittags viermal nach einander Milch forderte, da fiel das der Mutter auf, und wie sie das letzte Mal die Milch hingebracht hatte, blieb sie hinter der Thüre stehen, um zu sehen, was das Kind mit der Milch anfange. Auf einmal sah sie die Schlange herbei kommen, welche die Milch aufzehren half.

Darüber entsetzte sie sich und rief ihren Mann zu Hilfe, der mit einem Knittel herbei kam, um das Tier totzuschlagen. Das Mädchen weinte zwar sehr und bat den Vater um Gnade für die Schlange; aber er tötete sie doch. Von der Stunde an schwand das Kind an allen Gliedern, und nach wenigen Tagen war es tot.

*Temme, Volkssagen. Nr. 257.*

### 169. Schlange kriecht einem schlafenden Mädchen in den Leib.

Ein Mädchen ging in den Wald, Reiser suchen, und da es müde war, legte es sich unter einen schattigem Baum auf den Rücken und schlief bald mit offenem Munde ein. Plötzlich schoß eine große Schlange unter einer Wurzel hervor und fuhr der schlafenden Dirne durch den Mund in den Leib hinein. Das Mädchen erwachte und sah mit Entsetzen, daß ihr der ganze Körper dick angeschwollen war, lief nach Hause und klagte den Eltern ihre Not. Die ließen sofort den Arzt holen und, als der vernommen hatte, daß der Dirne das Unglück zugestoßen sei, wie sie im Walde lag und schlief, dachte er es sich gleich, daß ihr eine Schlange in den Leib gekrochen sei.

Er wartete ab, bis die Müdigkeit die Kranke überwältigte und sie einschlief. Dann stellte er eine Schüssel voll Milch neben das Lager, öffnete ihr den Mund und hieß die Mutter genau Obacht geben. Es dauerte garnicht lange, so roch die Schlange in dem Leibe des Mädchens den lieblichen Geruch der süßen Milch, kroch aus dem Munde heraus und eilte auf den Napf zu. Jetzt sprangen der Arzt und die Mutter herbei, schlossen der Dirne den Mund und weckten sie auf.

Nun wollten die andern über die Schlange herfallen und sie töten, der Arzt aber rief: »Erschlagt ihr das Tier, so ist auch das Mädchen verloren.« Da standen sie von ihrem Vorhaben ab, öffneten die Thüre und ließen die Schlange in das Freie hinaus. Aber auch das hat nichts geholfen, das Mädchen, welches vorher eine große und starke Dirne gewesen war, wurde von dem Tage an zusehends schwächer und »verquiente« langsam zu Tode.

*Mündlich aus Puddenzig, Kreis Naugard.*

### 170. Die Hausschlange und die Kuh.

Ein Bauer hatte in seinem Stalle eine Schlange, welche sich immer des Morgens an das Euter der einen Kuh legte und sich von ihrer Milch ernährte. Nichtsdestoweniger war bei dieser Kuh nicht an eine Abnahme des Milchertrages zu denken, im Gegenteil, sie gab mehr Milch, wie je zuvor, und auch ihr ganzes Aussehen wurde von Tag zu Tag schöner und stattlicher.

Doch dem Bauern war das Tier zuwider, und er befahl deshalb seinen Mägden, diese Kuh stets so zeitig zu melken, daß sie vor der Schlange im Stalle erschienen. Aber auch das half nichts, die Schlange ernährte sich von der Zeit an mit der wenigen zurückgebliebenen Milch, und sonst blieb alles beim alten. Da machte sich der unduldsame Mensch eines Morgens selber in den Stall, lauerte der Schlange auf und erschlug sie, als sie gerade auf die Kuh zukriechen wollte. Von diesem Tage an nahm das betreffende Rind zusehends ab; und es währte nicht lange, so war es an der Auszehrung gestorben.

*Mündlich aus Zabelsdorf, Kreis Randow.*

### 171. Die Schnåuk und die Kuh.

Wenn der Kuhhirt von Sydow, im Kreise Schlawe, des Morgens seine Rinder austrieb und im nahen Walde angelangt war, so verschwand regelmäßig auf einige Zeit die eine Kuh, welche einem Tagelöhner gehörte, und war für's erste nicht wieder zu finden. Kam sie dann endlich zu der Herde zurück, so waren die Euter schlaff und ausgesogen.

Da der Hirt trotz aller Sorgfalt die Ursache dieser sonderbaren Erscheinung nicht ausfindig machen konnte, so behielt der Eigentümer seine Kuh im Stalle zurück und schloß sie dort fest ein. Aber auch das half nichts. Die Euter schwollen vielmehr stark an, und an Milchertrag war ebensowenig zu denken, wie zuvor. Als so der dritte Tag gekommen war, ließ man die Kuh wieder aus dem Stalle und Tagelöhner und Hirte folgten ihr eifrig nach. Die Kuh rannte sofort dem Walde zu, in das Gebüsch hinein, bis sie zu einem Steinhaufen gelangte. Dort blieb sie stehen und brüllte, gleich als ob sie dadurch jemand von ihrer Ankunft benachrichtigen wollte.

Kaum war ihr Gebrüll verstummt, so schlüpfte eine große Schnâuk unter den Steinen hervor, schlang sich um das Hinterbein des Rindes und kroch daran bis zum Euter empor, worauf sie nach einander aus allen vier Zitzen die Milch bis zum letzten Tropfen aussog. Soweit ließen die beiden Leute die Schlange gewähren; dann stürzten sie aber auf sie los, rissen sie von der Kuh herab und schlugen sie tot. Seit der Zeit hat sich das Rind nie wieder von der Herde getrennt und immer reichlich Milch gegeben.

*Mündlich aus Sydow, Kreis Schlawe.*

# V. Die Wassergeister.

## 172. Allgemeines.

Die Wassergeister bilden eine Abteilung der elbischen Geister. Sie heißen in Pommern gewöhnlich Seemenschen (Sêmêsch), Seemänner, Wasserjungfern, Seejungfern, alles Namen, die an sich selbst verständlich sind. Nur eine Sage aus Rügen kennt den Wassergeist als Nickel, eine Namensform, in der wir ihn auch sonst in Deutschland wiederfinden. Sie geht auf das althochdeutsche Nihhus, Nichus zurück, dessen etymologische Bedeutung jedoch bis jetzt noch völlig unklar ist. Auch der Brunnenfrauen, der Wåtermäumen, Püttmoenen, muß hier noch einmal gedacht werden, obwohl wir dieselben an anderem Orte[19] nur als jüngere Abschwächungen der Frîa erkannt haben.

Wie bei den Zwergen, so sind auch bei den Wasserelben beide Geschlechter vertreten. Die weiblichen Wassergeister erscheinen häufig in großen Scharen beisammen und führen gemeinsam ihre fröhlichen Reigentänze auf; die männlichen dagegen zeigen sich fast immer einzeln und liegen sogar bisweilen mit einander in blutiger Feindschaft.[20] Ihr Äußeres stellt man sich in Pommern verschieden vor, hier halb Mensch halb Fisch, dort ganz in menschlicher Gestalt, in dieser Gegend gelten sie für abscheuliche Ungeheuer, in jener wiederum kann man ihre Schönheit nicht genug preisen. Dasselbe gilt von ihrem Charakter. Oft werden sie als dem Menschen günstige Geister dargestellt, öfter noch schilt man auf ihre Grausamkeit und Mordlust. Es hat das seinen Grund in dem Walten des Wassers, das bald segensreich, bald verderblich und verheerend auftritt.

Um sich vor der üblen Laune des Wassergeistes zu schützen, wurden ihm vor alters Opfer dargebracht. Allgemein hat sich noch die Erinnerung daran in Pommern in dem Glauben erhalten, daß die einzelnen Flüsse, Bäche, Teiche, Seen u. s. w. jedes Jahr eine bestimmte Anzahl von Menschen als den ihnen zukommenden Tribut fordern. Es dürfte wohl wenig Gewässer in unserer Provinz geben, in betreff derer dieser Aberglaube nicht mehr herrschend wäre. Meist sind die Opfer am Johannistage fällig, also zur Zeit des Badens; doch haben wir für das deutsche Heidentum wirkliche, dem Wassergeist dargebrachte M e n s c h e n o p f e r anzunehmen.

Was die sonstigen Eigentümlichkeiten der Wassergeister angeht, so weiß man in Pommern noch überall von ihrem wunderbaren Gesang und bezaubernden Spiel zu erzählen. Selbst die Erinnerung an die Meisterschaft des Nickels in allerhand kunstreichen Arbeiten hat eine Sage bewahrt, wenn auch schon in sehr abgeblaßter Form.[21] Sehr häufig dagegen findet sich der uralte Glaube, daß der Wassergeist als prächtiges Roß oder als Schwein aus dem See heraustritt, Vorstellungen, die in ähnlicher Form schon den alten Kulturvölkern am Mittelmeer bekannt waren. Man denke nur an den Ποσειδων ἱππιος, und ναυριος der Griechen. Von großem mythologischem Interesse endlich ist der Zug, daß in Rügen der wilde Jäger als eifriger Verfolger der Seejungfern auftritt, wozu man die im ersten Kapitel Nr. 4 aufgeführte Sage nachlese.

## 173. Die Seejungfern bei Mönchgut.

Die Seejungfern sind verwünschte Prinzessinnen und nur am Oberkörper von Menschengestalt, der Unterkörper läuft in einen langen Fischschwanz aus. Um Johannis Mittag, zwischen elf und zwölf Uhr, steigen sie an die Oberfläche der Ostsee empor, gegenüber der
Küste von Mönchgut.

Jede von den Jungfern hat eine zinnerne Schüssel in der Hand, mit köstlichen Speisen
gefüllt. Daraus essen sie. Dann legen sie ihre Teller fort und beginnen ihre fröhlichen Tänze.
Sie fassen einander an und wirbeln sich im Kreise herum, lachen und spielen, singen und
klatschen voll Übermut in die Hände. Sobald aber die Glocke die zwölfte Stunde verkündet, sind sie wie der Wind verschwunden, um erst am nächsten Johannistag wieder zu
erscheinen.

Mitunter sind die Seejungfern auch bis an das Ufer von Mönchgut geschwommen und
haben dann ihre Rundtänze auf dem Brêdstên abgehalten, welcher so groß wie eine geräumige Stube und auf seiner Oberfläche ganz glatt und eben ist.

*Mündlich aus Mönchgut auf Rügen.*

## 174. Der Nickel im Herthasee.

Auf den Herthasee auf Rügen darf niemand einen Kahn oder ein Netz bringen. Es hatten
vor Zeiten einmal etliche Leute sich unterstanden, darauf mit einem Kahn zu fahren, den sie
des Nachts auf dem Wasser ließen. Als sie aber am andern Morgen dahin zurückkehrten, war
er fort, und sie fanden ihn erst nach langem Suchen oben auf einer Buche am Ufer wieder.

Da hatten ihn die Geister des Sees über Nacht hinauf gebracht. Denn wie die Leute ihn
herunterholten, hörten sie tief unten aus dem See ein Gespött, und eine Stimme rief: »Ich
und mein Bruder Nickel haben das gethan.«

*Temme, Volkssagen. Nr. 38 Schluß.*

## 175. Die Rosse im schwarzen See.

In der Nähe von Bergen liegt ein kleines Gewässer, der schwarze See genannt. Eines Abends
führte einen Bauern aus Tilzow sein Weg daran vorüber. Da erblickte er vier prächtige
Rappen, welche am Ufer einher sprengten. Als sie jedoch des Mannes ansichtig wurden,
stürzten sie sich mit Windeseile in den See hinein und verschwanden sofort unter der
Oberfläche. Sie sind auch nicht wieder herausgekommen.

*Mündlich aus Tilzow auf Rügen.*

## 176. Jungfrauenopfer an Seen.

Es giebt einen See, dem wird alljährlich eine Jungfrau geopfert. Geschieht das nicht, so wird
das Wasser unruhig, die Wellen werden größer und größer, steigen höher und höher und
überschwemmen schließlich das ganze Land. Auch eine Stadt ist vorhanden, deren Bürger
alljährlich eine reine Jungfrau einmauern lassen. Doch wo und warum das gethan wird,
darüber weiß eigentlich niemand mehr rechte Auskunft zu geben. Einige behaupten, daß
das Mädchen ebenfalls das Opfer für einen großen See ist, der sonst die Stadt verschlingen
würde.

*Aus Rügen, mitgeteilt durch Herrn Professor E. Kuhn in München.*

DER HERTHASEE

## 177. Der Erbdegen.

In der Gegend von Gristow, unweit des Greifswalder Boddens, liegt im Felde ein Teich, in welchem früher große Schätze verborgen gewesen sein sollen. Die sind aber jetzt heraus. Es lebte nämlich vor Zeiten in der dortigen Gegend ein Bauer; zu dem kam eines Tages ein fremder Knecht, der sich bei ihm vermieten wollte. Der Bauer fragte den Burschen, welchen Lohn er denn fordere, worauf der Knecht ihm erwiderte: Was er verlange, sei nur eine Kleinigkeit, die für den Bauern gar keinen Wert habe. Er wisse nicht einmal, daß er sie besitze.

Weil der Knecht nun ein schmucker, rühriger Mensch war, so nahm der Bauer ihn auf, obgleich er aus dem sonderbaren Begehren wegen des Lohnes nicht recht klug werden konnte. Der Bursche war auch treu und fleißig, und es geriet ihm alles, was er vornahm, unter seinen Händen, so daß der Bauer ganz zufrieden mit ihm war.

Wie nun das Jahr um war, trat der Knecht vor seinen Brotherrn und verlangte den versprochenen Lohn. Der Bauer erwiderte ihm: »Wie kann ich dir den geben; du sagst ja selbst, ich wisse nicht einmal, daß ich die Sache habe, die du begehrt hast.« Darauf sprach der Knecht: »Oben auf deinem Boden hast du einen Erbdegen, den erbitte ich mir als Lohn.« Den versprach ihm der Bauer, wenn er gleich von dem Degen nichts wußte. Sie gingen also zusammen oben auf den Boden; dort zeigte der Knecht ein altes, ganz verrostetes Schwert, das hinter einer Latte unterm Dach steckte, in einer Gegend, in welcher der Bauer sich niemals umgesehen hatte.

Das Schwert hatte keinen besonderen Wert, wie der Bauer bald sah; es war nicht einmal eine Scheide dabei. Er sagte daher zu dem Knechte, er könne es sich nur nehmen. Aber dieser entgegnete ihm: »Wenn ich es mir selbst nehme, so kann es mir nichts helfen, du mußt es herunterlangen und mir geben.« Der Bauer war das am Ende auch zufrieden, und es geschah so.

Am anderen Morgen trat der Knecht vor seinen Herrn und bat ihn, einen Wagen anzuspannen, er wolle ihm nun zeigen, warum er den Erbdegen von ihm erbeten. Der Wagen wurde angespannt, und sie fuhren zusammen hinaus zu dem Teiche, von dem wir oben gesagt haben. Wie sie dort angekommen waren, sprach der Knecht zu dem Bauern: »Nun paß auf, was ich dir sagen werde, und was geschehen wird. Ich werde, so wie ich bin, mit meinem Degen in den Teich springen. Dann wirst du ein schreckliches Stürmen und Brausen des Wassers sehen. Davon mußt du dir aber nicht Angst werden lassen, sondern nun mußt du gut aufpassen, was weiter geschieht, und ob das Wasser darnach schwarz oder rot wird. Wird es schwarz, dann ist alles vorbei, und es taugt nicht, und du kannst nur geschwinde mit deinem Wagen umdrehen und nach Hause jagen, denn sonst kostet es dir den Hals. Wenn es aber rot wird, dann habe ich gewonnen, und du wartest ruhig, bis ich aus dem Wasser zurückkomme.«

Als der Knecht das gesprochen hatte, stieg er vom Wagen und sprang in den Teich hinein, die Spitze des Erbdegens nach unten gekehrt. Er verschwand alsbald unter dem Wasser, so daß nichts von ihm zu sehen war. Eine Weile blieb alles ruhig. Allein auf einmal erhob sich tief unten im Teiche ein dumpfes, wildes Tosen, das immer stärker wurde und nach oben sich hinzog. Darauf geriet der ganze Teich in eine erschreckliche Bewegung. Die Wellen schlugen turmhoch in die Höhe, und brausten so fürchterlich, daß dem Bauern fast Hören und Sehen verging. Er gedachte aber der Worte des Knechtes und sprach sich Mut ein und hielt die Pferde fest, die davon jagen wollten. Nach einiger Zeit wurde auf einmal alles wieder still, und jetzt sah der Bauer, wie der ganze Teich sich rot färbte.

Nun dauerte es auch nicht lange, da kam der Knecht aus der Tiefe des Wassers wieder hervor. Er war wohlbehalten und trug mit beiden Händen eine schwere Kiste. Mit der stieg er ans Ufer und legte sie auf den Wagen und sprach zu dem Bauern: »Das soll dein Teil sein, weil du mich gut gehalten und mir den Degen gegeben hast. Fahre jetzt nach Hause, denn ich muß wieder in den Teich und holen mir auch mein Teil.«

Damit ging er in das Wasser zurück. Der Bauer aber fuhr mit seiner Kiste nach Hause, und wie er sie da öffnete, waren lauter alte, aber blanke Thaler darin. – Den Knecht hat er Zeit seines Lebens nicht wieder gesehen.

*Temme, Volkssagen. Nr. 252.*

## 178. Die Seejungfer im Kummerow See.

Fischer aus dem Dorfe Verchen am Kummerower See haben einst eine Seejungfer gefangen. Da es Winterszeit war, so legten sie dieselbe auf das Eis. Sie war ganz wie ein Mensch gestaltet, doch lief der Unterkörper in einen Fischschwanz aus.

Auf dem Eise schien sie sich recht wohl zu fühlen, denn sie strich sich die Haare und lachte immer fort. Endlich bekam sie wieder Sehnsucht nach ihrem Element. Da die Fischer nicht recht acht auf sie gaben, benutzte sie deshalb einen unbewachten Augenblick, schlüpfte in das Eisloch hinein und war mit höhnischem Gelächter in der Tiefe verschwunden.

*Mündlich aus Meesiger, Kreis Demmin.*

## 179. Das Wasserpferd und die Seejungfer im Denniner See.

Bei dem Kirchdorf Dennin liegt ein Bruch mit einem See. Dort hat früher ein großes, mächtiges Dorf gestanden, welches eines Nachts, gerade um Johannis, plötzlich von der Erde verschlungen ist, worauf an seiner Statt sich der jetzige Denniner See bildete. Geheuer ist es dort bis auf den heutigen Tag noch nicht.

Besonders häufig läßt sich ein Pferd sehen, welches ab und zu, aus dem Wasser heraus, sich auf die Bruchwiesen begiebt und dann nach einer kleinen Weile wieder in den Wellen des Sees verschwindet. Das Tier wird aus dem Grunde allgemein das Wåterfölen genannt.

Noch seltsamer ist, daß in jeder Johannisnacht auf dem Grunde des Sees die Glocken der versunkenen Kirche zu läuten beginnen. In demselben Augenblicke steigt aus der Tiefe eine weiße Seejungfrau hervor und singt dreimal folgendes Lied:

»Johanne Sûsanne!
Wenn dû mit wist, denn kumm.«

Hat sie diese Worte gesungen, so kehrt sie wieder auf den Grund zurück, und das Geläute verstummt. Was der Gesang bedeutet, wissen die Leute recht gut. Es ist ein Lockruf für den Menschen, welcher in diesem Jahre dem See zum Opfer fallen soll. Solange nämlich Dennin steht, ertrinkt jedes Jahr ein menschliches Wesen.

*Mündlich aus Wegezin, Kreis Anklam.*

## 180. Die Seejungfern in der Ostsee und bei Swinemünde.

Auf See sehen die Schiffer oft Seejungfern, die sind oben anzusehen wie Frauen, aber unterwärts geht ihr Leib in einen schuppigen Fischschwanz aus. Wenn so recht schöner Sonnenschein ist, kommen sie aus der Flut hervor und kämmen ihr langes Haar, kommen auch wohl zuweilen an Bord der Schiffe.

Allein sie werden diesen auch oft gefährlich. Denn wenn sie so in großen Scharen gegen dieselben andringen, ist es wohl schon geschehen, daß sie eins umgeworfen haben und die ganze Mannschaft hat ertrinken müssen.

Zuweilen sieht man sie auch in Wassern auf dem Lande. Das ist namentlich häufig der Fall in dem Graben an der Bohlbrücke bei Swinemünde. Dort sieht man eine Seejungfer in rotem Gewande sitzen. Die klatscht fröhlich in die Hände und lacht laut auf vor Freuden, wenn ein Mensch über die Brücke daher kommt.

*Aus Swinemünde: Kuhn und Schwartz, Norddeutsche Sagen Nr. 12.*

## 181. Die Seejungfer im Haff.

Im Oder-Haff weilt schon seit undenklichen Zeiten eine wunderschöne Seejungfer. Wenn die Schiffer, besonders die Fischer, am Ufer arbeiten, so steigt sie oft bis an den halben Leib aus dem Wasser heraus und sieht ihren Arbeiten zu. Sie sagt nichts; aber wer sie so sieht, dem bedeutet sie Glück.

*Temme, Volkssagen. Nr. 213.*

## 182. Der Bîrenpaul in der Kehrberger Forst.

In der Kehrberger Forst, im Kreise Greifenhagen, liegt zwischen den Münzenbergen, wo bie berühmten Räuber Münz und Schwarz[22] ehedem ihr Wesen trieben, ein kleiner Teich, der Bîrenpaul geheißen. Diesen Namen führt er, weil in ihm ein allmächtiges Eberschwein, auf plattdeutsch Bîr genannt, seine Wohnung hat. Leute, welche an dem Pfuhl vorüber gingen, sind von diesem Schwein schon oft geängstigt worden; denn mit einem Male wallte und brauste das Wasser hoch empor, das Untier trat aus den Wogen heraus und hieb mit seinen gewaltigen Hauern auf den arglosen Wanderer ein, so daß er kaum mit dem Leben davon kommen konnte.

Nun lebte in dieser Gegend ein Gutsherr, ein harter, gestrenger Mann, der sich vor Tod und Teufel nicht fürchtete, wie man so zu sagen pflegt. Als er eines Tages in der Nähe des Bîrenpauls jagte, hörte er plötzlich ein klägliches Gegrunze. Unerschrocken schritt er auf den Ort zu, aus dem das Geschrei zu schallen schien, und siehe, da war das große Ungeheuer in eine Wolfsgrube gefallen und suchte vergebens einen Ausweg aus seinem Gefängnis. Sobald das Schwein den Gutsherrn erblickte, hub es an, mit menschlicher Stimme zu reden und sprach: »Befreie mich, es soll dein Schade nicht sein.« Der Herr hatte Mitleid mit dem Untier und willfahrte seiner Bitte. Kaum fühlte der Eber sich wieder frei, so riß er drei Borsten aus seiner Haut, gab sie dem Manne und sprach: »Wenn du dich in Lebensgefahr befindest und reibst diese drei Borsten zwischen den Fingern, so bin ich sofort bei dir und rette dich, möge dir auch sonst der Tod gewiß sein.« Nachdem er das gesagt hatte, lief er seinem Teiche zu und verschwand in den Wellen.

War der Gutsbesitzer schon früher ein harter Herr gegen seine Untergebenen gewesen, so wurde er von jetzt an grausam. Die Tagelöhner schwuren ihm Rache und trachteten ihm nach dem Leben, aber er lachte ihrer. Das Versprechen des Ungeheuers aus dem Bîrenpaul hatte ihn so sicher gemacht, daß er sich vor jeder Nachstellung sicher wähnte. Und er war in seinem Vertrauen auch nicht getäuscht.

Ein großer Teil seiner Gutsleute hatte sich zu der Räuberbande des Münz und Schwarz geschlagen und lauerte ihm, verstärkt durch einen Haufen der Wegelagerer, Tag für Tag auf, um ihn zu ermorden. Lange Zeit waren alle ihre Bemühungen vergeblich gewesen; endlich traf es sich aber doch einmal so, daß der Gutsbesitzer ahnungslos in den Hinterhalt, den sie ihm gelegt hatten, hineinritt. Sogleich stürzten die wilden Kerle auf ihn zu, rissen ihn vom Roß herab und zogen ihn nackend aus, damit sie sich um so mehr an seinen Todesqualen weiden könnten.

Der Gutsbesitzer ließ alles lächelnd mit sich geschehen und reizte zum Ueberfluß noch durch scharfe Worte die Mordlust der Männer. Als sie jetzt aber ihre Schwerter und Dolche ergriffen und ihm den Garaus machen wollten, da rieb er schnell die drei Borsten zwischen den Fingern, und in demselben Augenblicke stand das gewaltige Eberschwein neben ihm.

Sein Anblick bannte die Räuber, daß sie sich nicht von der Stelle rühren konnten, und so kam es, daß keiner von ihnen, als sich der Eber auf sie stürzte, dem grimmen Tode entrann.

Als alle getötet waren, verschwand das Schwein, der Gutsbesitzer zog seine Kleider wieder an, bestieg sein Roß und ritt wohlgemut auf sein Schloß zurück. Dort führte er aber ein so gottloses, tolles Leben, daß er nach seinem Tode im Grabe keine Ruhe finden konnte. Er wurde zu dem Eberschwein in den Bîrenpaul verwünscht und macht nun in dessen Begleitung die ganze Kehrberger Forst bis auf den heutigen Tag unsicher. Gar mancher ist den beiden noch in unsern Tagen begegnet, und wer diesen Wald durchwandert hat, wird gewöhnlich mit der Frage empfangen: »Nun, hat dich im Holz auch der Bär gestoßen?«

*Mündlich aus Steinwehr, Kreis Greifenhagen.*

## 183. Die Wasserjungfer in der Madüe.

An der Madüe pflügte einst ein Bauer mit seinen Ochsen, während sein Knecht Dung streute. Da schrie aus dem See eine Stimme:

»Nû kumm!

Nû is Tîd!«

Der Bauer schaute sich verdutzt um. Da erschallte es noch einmal in dringenderem Tone:

»Nû kumm!

Nû is Tîd!«

und jetzt ließ der Bauer Pflug und Ochsen stehen und rannte Hals über Kopf in die Madüe hinein. Schon war er so tief im Wasser, daß ihm die Wellen in den Mund schlugen, als der Knecht herbei geeilt kam, ihn am Schopfe ergriff und wieder zum Lande zurückbrachte. Ein Augenblick später, und der Mann wäre mit dem Kopfe ganz unter Wasser gewesen und dann von der Wasserjungfer auf den Grund des Sees gezogen worden.

*Mündlich aus Tramkte, Kreis Saazig.*

## 184. Der Wassergeist in dem Ücklei-Bach.

Die alte Schullehrerfrau in Roggow erzählte, daß ihre Mutter einst in großer Not und Betrübnis gewesen sei. Ihr Mann war gestorben, und in der Verzweiflung, wie sie ihre unmündigen Kinder durch die Welt bringen solle, faßte sie den Entschluß, sich zu ertränken.

Als sie an dem Ücklei-Bach war und sich gerade in die Flut hinein stürzen wollte, wirbelte zu ihren Füßen das Wasser auf und aus dem Grunde heraus drangen die schönsten Walzerklänge an ihr Ohr. Erschrocken rief sie aus: »Hilf Gott und Jesus Christ!« In demselben Augenblick war die Musik verstummt, die Frau besann sich eines Besseren und kehrte nach Hause zurück.

*Aus Mesow, Kreis Regenwalde, mitgeteilt durch Herrn Professor E. Kuhn.*

## 185. Der Wangeriner See.

Zwischen Wangerin und Klaushagen liegt ein See. Zu dem ging einst an einem Sonntag Vormittag ein Mann, um daselbst Fische zu angeln. Er wählte sich eine günstige Stelle im Schilf aus, und wie er so dastand und in's Wasser sah, hörte er aus dem Seegrunde herauf ein wunderschönes Pfeifen an sein Ohr dringen. Das nahm seine ganzen Sinne gefangen und trieb ihn immer weiter in das Wasser hinein. Mit einem Male kam ihm der Gedanke: »Du willst hier sterben und könntest doch so glücklich auf der Erde leben? Hast du denn nicht deine liebe Frau und deine Kinder?« Und wie er das so bei sich bedachte, kam neue Kraft über ihn, er konnte jetzt der Lockung widerstehen und nach Hause eilen.

Denselben Tag ging auch ein Schäfer auf die nämliche Stelle, seinem kranken Sohne Fische zu fangen. Auch er hörte das wunderschöne Pfeifen auf dem Grunde, konnte aber nicht der Lockung widerstehen. Es zog ihn tiefer und tiefer, bis er versank.

*Ebendaher.*

## 186. Der Klückensee und der See bei Nörenberg.

In dem Klückensee bei Arnswalde muß alljährlich eine Anzahl Menschen ertrinken. Die drei letzten Tage vor dem Tode eines »Opfers« ruft eine Stimme aus dem Wasser Abend für Abend den Namen dessen, der dem See zur Beute werden soll.

Auch bei der Stadt Nörenberg liegt ein See, der alljährlich ein »Opfer« fordert. Jedes Jahr um dieselbe Zeit hört man aus ihm eine Stimme rufen: »Zeit und Stunde ist da, und der Mensch noch nicht hier?«

Eines Tages ging ein Mann dorthin zum Angeln. Als er sich dem See näherte, vernahm ein Pflüger, wie die Stimme gerade rief: »Zeit und Stunde ist da, und der Mensch noch nicht hier?« Da warnte er den Angler, an den Strand zu treten, und erzählte ihm, was die Stimme eben gesprochen. Das kam dem Manne unheimlich vor und er eilte nach Hause zurück, der Pflüger aber ertrank am andern Morgen in einer Kuhtrappe.

*Ebendaher.*

## 187. Die drei Wasserpferde im See bei Daber.

Zum Schlosse zu Daber gehört ein umfangreicher See. Hier soll, wie die Leute schon von alten Zeiten her sagen, ehemals eine große Stadt gestanden haben, die aber nachher in den See versunken ist. Die Glocken der mituntergegangenen Türme kann man noch zu Zeiten hören.

Nun begab es sich einmal, daß ein Schuhmacher, der oft auf's Land ging, um Arbeit zu suchen, in einer Nacht etwas angetrunken aus dem Kruge zu Plantikow kam, einem Dorfe, welches etwa eine halbe Meile von Daber entfernt liegt. Kaum war er eine Viertelstunde gegangen, als er am Wege drei schwarze Pferde weiden sah. Er dachte, sie gehörten einem Bauern aus Plantikow zu, und weil ihm das Gehen sauer wurde, machte er sich an sie heran und setzte sich auf eins, um so nach Hause zu reiten.

Aber auf einmal hub sich das Pferd mit ihm in die Höhe und flog hoch durch die Luft, daß dem Schuhmacher Hören und Sehen verging. Erst an dem Schloßsee ließ es sich mit ihm nieder, warf ihn am Ufer ab und verschwand dann in der Tiefe des Sees. Gleich nachher hörte der Schuhmacher unten im Wasser ein helles Glockengeläute und vernahm deutlich die Worte:

»Anne Susanne,
Wist dû mit tô Lanne?«
»O nê, mî Grête,
Man immer dêpe.«

Die Leute meinen, daß die drei schwarzen Pferde den drei verwünschten Fürsten zu Daber gehört haben; manche sagen dagegen, das dritte sei der Teufel selbst gewesen. Es soll auch in der Luft ganz feurig geworden sein und lauter Flammen von sich gespieen haben.

*Temme, Volkssagen. Nr. 148 Schluß.*

DAS SCHLOSS ZU DABER

## 188. Die Wasserjungfer verlockt ein Mädchen.

Einst ging ein Mädchen aus Naugard an den See, um zu baden. Wie sie sich entkleidet hatte und ins Wasser gestiegen war, gesellte sich eine Wasserjungfer zu ihr und spiegelte ihr vor, da und da im See lägen große Schätze verborgen, auch sei dort ein weit angenehmerer Bade-platz. Das nach den Schätzen lüsterne Ding ließ sich von dem falschen Wesen bethören und eilte zu dem angegebenen Orte hin. Doch kaum war sie dort, als auch die Wåterjumfer sie mit ihren Armen umfing und in die Tiefe des Sees hinab zog.

*Mündlich aus Kicker, Kreis Naugard.*

## 189. Die Wasserjungfer in der Rega.

Bei der Schneidemühle, welche zwischen Treptow und Greiffenberg liegt, führt über die Rega eine Brücke, die Jungfernbrücke genannt. Dort fordert alle Jahre die Rega ihr Opfer; aber eigentlich ist es nicht der Fluß, sondern die Wasserjungfer in ihm. Wenn der vom Schicksal bestimmte Mensch lange ausbleibt, so zeigt sich die Wasserjungfer, tritt mit halbem Leibe aus dem Wasser hervor und ruft: »Die Stunde ist da, nur der Mann will immer noch nicht kommen.« Dann dauert's aber gewiß nicht mehr lange, bis einer in der Rega ertrinkt und ihm von der Wasserjungfer das Blut aus dem Leibe gesogen wird.

*Mündlich aus Treptow und Greiffenberg.*

## 190. Die Stimme aus dem Borchwaldsee.

Am Borchwaldsee ereignen sich spät abends häufig allerhand ungeheuerliche Dinge. Einst fuhr ein Bauer des Nachts eine Hebamme in ihr Dorf zurück. Als sie nun an den See kamen, rief aus ihm eine Stimme ganz laut und kläglich um Hilfe. Schon wollte der Bauer antworten, doch die Hebamme verwehrte ihm dies, denn spricht man mit dem Spuk, so begibt man sich in seine Macht. Sie hieß ihn statt dessen einen Kreuzknoten in die Peitsche schlingen und dann mit derselben vor und hinter dem Wagen ein Kreuz in der Luft beschreiben. Da konnte ihnen der Wassergeist nichts anhaben, und sie fuhren ungefährdet nach Hause.

*Mündlich aus Kratzig, Kreis Fürstentum.*

## 191. Der Tempelburger See.

Der Tempelburger See fordert jährlich mindestens ein Opfer; am liebsten ist es ihm aber, wenn er deren drei auf ein Mal erhaschen kann.

Eines Abends ging ein Mann von Heinersdorf nach dem ungefähr eine Dreiviertelstunde entfernten Tempelburg zu und traf unterwegs noch einen Gefährten. Letzterer wollte durchaus immer von der Chaussee ablenken; denn er hielt ein Feuer, das seitwärts der Landstraße brannte, für ein Licht aus der Stadt. Endlich folgte der Wanderer auch seinem Genossen. Da sahen sie nun wie das Licht plötzlich am Rande des Sees Halt machte und dreimal winkte, dann rief eine Stimme: »Die Stunde ist hier, aber der Mann will nicht kommen!« Da sind die beiden Leute schleunigst umgekehrt und zur Chaussee zurückgegangen.

Am andern Morgen ging eine alte Frau am See vorbei, und weil sie durstig war, wollte sie trinken. Doch sie hatte das Wasser noch nicht ganz mit dem Munde berührt, als sie schon tot umfiel. So hatte der See doch sein Opfer bekommen.

*Mündlich aus Ritzig, Kreis Schiefelbein.*

## 192. Der Vilmsee.

Der Vilmsee bei Neustettin fordert jedes Jahr ein Opfer. Nun war in den Sommernächten den Fischern, wenn sie fischten, oft ein großes Tier in das Netz gekommen. Zog man dasselbe herauf, so war das Ungeheuer jedesmal noch rechtzeitig entschlüpft. Einmal gelang es aber doch seiner habhaft zu werden, und da zeigte es sich denn, daß es eine Wåterjungfer oder Sêmêsch war, halb Mensch halb Fisch.

Dieselbe sagte, wenn die Fischer sie jetzt nicht gefangen hätten, so würde sie sich einen von ihnen geholt haben. Das habe sie bis jetzt jedes Jahr so gemacht. Da ließen die Leute sie ganz erschrocken wieder in das Wasser zurück. In dem Jahre aber hat der See kein Opfer genommen.

*Ebendaher.*

## 193. Der Hammermühlenteich.

Etwa eine Viertelmeile von Tempelburg, auf der rechten Seite der Chaussee, welche von der Stadt nach Brotzen führt, liegt der Hammermühlenteich (Håumemäuledîk). Ihm gerade gegenüber, auf der andern Seite der Landstraße, befindet sich die Hammermühle (Håumemäul).

In dieser Mühle sollen einst zwei Brüder gelebt haben, von denen der eine, ein gelernter Schmied, sich von seinem Bruder im Erbe beeinträchtigt glaubte. Er nahm deshalb Hammer, Amboß und sonstiges Schmiedegerät und ging damit in den See hinein. Hier lebt er auf dem Grunde bis zum heutigen Tage, und wenn die Leute am Rande des Teiches rotes, eisenhaltiges Wasser bemerken, so sagen sie: »Das kommt aus der Schmiede.«

*Mündlich aus Tempelburg, Kreis Neustettin.*

## 194. Wasserjungfer ruft ihren Mann.

Einst fingen Fischer im See eine Wasserjungfer, halb Mensch halb Fisch. Dieselbe verhielt sich ganz still und schien stumm. Als sich aber die Leute mit ihr Scherze erlauben wollten, rief sie: »Seemann! Der Landmann kitzelt mich!« Da bekamen die Fischer einen großen Schreck und warfen die Wasserjungfer eilig in den See zurück.

*Mündlich aus Trzebiatkow, Kr. Bütow.*

## 195. Die Teufelswohnung bei Belgardt.

Bei dem Dorfe Belgardt befindet sich ein kleiner, kreisrunder Teich, welcher die Duewels-wônung genannt wird. Dieser Teich ist ungeheuer tief. Schon viele Leute haben versucht, ihn zu ergründen, aber bis jetzt ist es noch niemandem gelungen. Das Wasser der Duewelswônung ist fast schwarz von Farbe, und kein Fisch hält sich dort auf.

Einst trieb ein Knecht eine Herde Schafe, welche ein Schlächter von einem Schäfer gekauft hatte, über Belgardt nach Lauenburg zu. Es war spät geworden, und so kam es, daß der Knecht kurz vor Mitternacht mit seiner Herde den verrufenen Teich passieren mußte.

Als er etwa hundert Schritte weit bei dem Wasser vorbei war, sah er plötzlich in einiger Entfernung vor sich eine große Herde, der ein schwarzer Hund bellend folgte. Anfangs hielt er es für eine Schafherde, bald überzeugte er sich jedoch, daß es nicht Schafe, sondern Schweine waren, und wenn er sich auch weiter nichts dabei dachte, so machte ihn doch das stutzig, daß dem schwarzen Hunde feurige Flammen aus dem Nachen schlugen.

Das vermochte ihn dazu, sich, nachdem er schon lange bei der Schweineherde vorbei getrieben hatte, noch einmal umzuschauen. Aber er hätte seinen Fürwitz fast mit dem Leben gebüßt, denn, wer beschreibt sein Entsetzen, als die ganze Schar Schweine mitsamt dem Hunde in die Duewelswônung hinabging und darin verschwand.

*Mündlich aus Katschow, Kr. Lauenburg.*

## 196. Die Stillefreitags-Arbeit.

Es war an einem Karfreitag, als ein Bauer aus Saulin sein Pferd vor den Pflug spannte und damit den Dung unterpflügte, welchen er am grünen Donnerstag gestreut hatte. Alle Leute, die ihn bei dieser Arbeit trafen, riefen ihm zu, er möge doch von seinem ruchlosen Vorhaben abstehen, da heute der größte Feiertag der Christenheit sei. Umsonst – alles Reden war vergeblich, der gottlose Mann kehrte sich an nichts und pflügte ruhig weiter.

Als es ein Viertel über elf Uhr war, gesellte sich plötzlich zu dem Bauern ein Fremder mit einem Pferde und erbot sich, ihm bei der Arbeit zu helfen. Der Mann nahm das Anerbieten ohne weiteres an, da er hoffte, auf diese Weise mit dem Felde noch bis Mittag fertig zu werden. Nachdem sie nun eine Weile gemeinschaftlich gearbeitet hatten, sprach der Fremde: »Weißt du, Freund, mein Pferd will alleine nicht mehr recht ziehen, und deinem geht es ebenso. Wir wollen die beiden Rosse zusammenspannen. Außerdem versteht mein Pferd weit besser wie deins am Feiertage zu arbeiten, und gleicher Weise bin ich eine solche

Beschäftigung mehr gewohnt, wie du. Folgst du mir, so wird in wenig Augenblicken die Arbeit beendet sein, und wir reisen dann zusammen weiter.«

Dem Bauern ward bei dieser Rede bedenklich zu Mute, und schon beschloß er, umzukehren und mit seiner Frau gemeinsam Karfreitag zu feiern, als ihm wieder der verlockende Gedanke vor die Seele trat: »Wie schön, wenn du noch vor Mittag dein Feld gepflügt hättest.« Er schlug sich darum alle guten Gedanken aus dem Sinn, rief dem Fremden zu: »Spann' die Pferde zusammen und nimm die Leine; ich werde den Pflug halten.« Und nach kurzer Zeit arbeiteten sie gemeinschaftlich und zwar so schnell, daß im Nu das ganze Feld mit Dung unterpflügt war.

Gleich darauf erhob sich aber auch ein entsetzliches Unwetter und mit rasender Hast eilten die Pferde dem Sauliner See zu. Der Bauer wollte jetzt gerne den Pflug fahren lassen, aber er blieb an ihm haften und mußte samt dem Fremden und den beiden Rossen in den Wellen des Sees versinken. Bevor jedoch die Fluten über dem Gefährt zusammen schlugen, rief der Fremde, daß man es weithin hörte: »Dit is dei Lôn vaer dei Schtillfrîdachsarbeit.«

*Mündlich aus Lanz, Kreis Lauenburg.*

# VI. Die Riesen und Lindwürmer.

## 197. Allgemeines.

Im schärfsten Gegensatz zu den elbischen Geistern steht das Geschlecht der Riesen oder Hünen. Die Elbe und Zwerge sind klein von Gestalt und scheu, aber klug und von aufgewecktem Geiste; in den Riesen dagegen »waltet volle, ungebändigte Naturkraft, die jene Überschreitung des leiblichen Maßes, trotzigen Übermut, also Mißbrauch des sinnlichen und geistigen Vermögens, zur Folge hat und zuletzt ihrer eigenen Last erliegt. Hieraus leitet sich leicht ab, daß ihnen Dummheit beigemessen wird, gegenüber den verständigen Menschen und den schlauen Zwergen.«[23]

Aus dem Grunde verlieren die Riesen, welche ursprünglich alte Naturgottheiten waren, die einem jüngeren, entwickelteren Göttersystem weichen mußten, in dem Volksglauben nach und nach die göttlichen Züge und sinken zu einer Klasse von Wesen herab, die zwar Körpergröße und Stärke vor den Menschen voraus hat, ihnen jedoch in geistiger Hinsicht in jeder Beziehung unterlegen ist. Man erblickte in ihnen bald nur noch die Urbewohner des Landes, welche der Mensch mit seiner höheren Kultur aus ihren Wohnsitzen vertrieb; und da ein Gleiches den Heiden durch die Welt erobernde Macht des Christentums widerfuhr, so wurden die Riesen schließlich mit denselben auf eine Stufe gestellt und gelten deshalb in dem heutigen Volksglauben für die Repräsentanten des Heidentums und damit für die erklärtesten Feinde der Kirche. Nichts liegt ihnen mehr am Herzen, als die aufgebauten Gotteshäuser wieder zu zerstören und dadurch das weitere Vordringen der Lehre Christi zu verhindern.

In den meisten pommerschen Hünensagen thut sich diese Entartung der Riesen kund. Aber daneben haben sich auch noch Spuren ihres ehemals göttlichen Wesens erhalten. Wir rechnen dahin den Volksglauben im Kreise Fürstentum, demzufolge der Wôtk der grimmste Feind der Riesen ist, welcher sie verfolgt und tötet, wo er ihrer nur habhaft werden kann. Da der Wôtk nämlich kein anderer als der Himmelsgott Wôden ist, so liegt in seinem Haß gegen die Hünen füglich nur die Erinnerung vor an seine Kämpfe mit den alten, rohen Naturgottheiten, welche vor ihm herrschend waren.

Da die ganze Natur der Riesen mit dem Steinreich zusammenhängt, da man sie sich auf Felsen und Bergen hausend dachte, so wird einleuchten, warum gerade Felsen und Berge die Erinnerung an sie wach gehalten haben. In Pommern sind es einmal die erratischen Blöcke, an die sich Hünensagen knüpfen, dann aber vorzugsweise die künstlich aufgeführten Erdhügel und Steinhaufen, welche aus vorgeschichtlicher Zeit stammen und Werke unserer heidnischen Altvordern sind, aber dem Volke nur als Hünengräber, Hünenbetten (Cammin), Hünenberge, Hünenbrinke (Stolp)[24] bekannt sind.

An die Riesensagen schließen wir billig die Volksüberlieferungen von den Lindwürmern an, da dieselben viele Züge mit jenen gemein haben.[25] Im übrigen sprechen diese Sagen für sich selbst und bedürfen keiner weiteren Einführung.

## 198. Die neun Berge bei Rambin.

In der westlichen Spitze der Insel Rügen, an der Feldscheide der Dörfer Rothenkirchen und Götemitz, etwa eine Viertelmeile von dem Kirchdorfe Rambin, liegen auf flachem Felde neun kleine Hügel oder Hünengräber, welche gewöhnlich die neun Berge oder die neun Berge bei Rambin genannt werden. Diese entstanden weiland durch die Kühnheit eines Riesen.

Vor langer Zeit lebte nämlich auf Rügen ein gewaltiger Riese. Den verdroß es, daß das Land eine Insel war und daß er immer durch das Meer waten mußte, wenn er nach Pommern auf das feste Land wollte. Er ließ sich also eine ungeheure Schürze machen, band sie um seine Hüften und füllte sie mit Erde; denn er wollte sich einen Erddamm aufführen von der Insel bis zur Feste. Wie er nun aber mit seiner Tracht bis über Rothenkirchen gekommen war, da riß plötzlich ein Loch in die Schürze, und es fielen neun Haufen Erde heraus. Das sind die neun Berge bei Rambin.

Auf gleiche Weise sind auch die dreizehn kleineren Berge entstanden, die man bei Gustow findet. Denn als der Riese das erste Loch zugestopft hatte und bis Gustow gekommen war, riß ein neues Loch hinein, und es fielen nun die dreizehn kleinen Berge hinaus. Mit der noch übrigen Erde ging er ans Meer und schüttete sie hinein. Da ward der Prosnitzer Hafen und die niedliche Halbinsel Drigge. Aber es blieb noch ein schmaler Zwischenraum zwischen Rügen und Pommern, und der Riese ärgerte sich darüber so sehr, daß er plötzlich vom Schlage gerührt wurde, hinstürzte und starb. Und so ist denn sein Damm leider nie fertig geworden.

*E.M. Arndt, Märchen und Jugenderg. 2. Aufl. I. S. 132-133.*

## 199. Der Dubberworth.

### I.

An der Südseite des Fleckens Sagard auf der Rügenschen Halbinsel Jasmund findet man ein ungeheuer großes, altes Riesengrab, der Dubberworth geheißen. Es hat einen Umkreis von 170 Schritten und ist 16 Ellen hoch. Oben ist es mit allerlei Strauchwerk und mit Dornen bewachsen. In den Büchern heißt es zwar, unter diesem Dubberworth sei eine Riesin begraben, und ein anderes Riesenweib habe ihr dieses Grab errichtet, indem sie Erde und Steine dazu ganz allein von der Stubnitz über eine halbe Meile weit hergetragen habe. Allein die Leute in Sagard und ganz Jasmund wissen es besser, wie der Dubberworth entstanden ist.

Es wohnte nämlich vor undenklichen Zeiten auf Jasmund ein mächtiges Riesenweib, unter deren Botmäßigkeit die ganze Halbinsel stand. Die hatte sich in einen Fürsten von Rügen verliebt und trug sich ihm zum Gemahl an. Der Rügensche Fürst aber wollte nichts von ihr wissen und gab ihr einen Korb. Darüber geriet die Riesin in einen schrecklichen Zorn, und sie berief alle ihre Kriegsleute zusammen, um den Fürsten zu zwingen, daß er sie heirate, oder sein ganzes Land zu verwüsten.

Weil sie nun aber befürchtete, über die Meerenge zwischen Jasmund und Rügen, bei der Lietzower Fähre, mit ihrem Kriegsvolke nicht geschwind genug hinüber kommen zu können, so beschloß sie, dieselbe auszufüllen, so daß sie einen breiten und bequemen Übergangsweg hätte. Zu dem Ende ging sie zur Stubnitz und lud allda ihre ungeheure Schürze voll Erde und Steine. Wie sie damit aber bis in die Gegend von Sagard gekommen war, da riß auf einmal ein Loch in die Schürze, und aus demselben fielen so viel Erde undSteine heraus, daß davon sofort der große Hügel entstand, der jetzt der Dubberworth heißt.

Die Riesin hatte sich dies Unglück zwar noch nicht verdrießen lassen und war weiter gegangen bis zur Lietzower Fähre; allein hier war ihre Schürze ganz zerrissen, und von dem Herausgefallenen entstanden die Hügel, die man in der Nähe der Fähre sieht. Das sah sie denn doch für ein böses Zeichen an, und sie stand nun von ihrem Vorhaben ab.

*Temme, Volkssagen. Nr. 190.*

## II.

Ein Riesenmädchen sprach zu sich: »Ich will mir eine Brücke nach Rügen machen, damit ich über's Wässerchen gehen kann, ohne mir meine Pantöffelchen zu netzen.« Sie nahm eine Schürze voll Sand, ans Ufer eilend. Aber die Schürze hatte ein Loch, und hinter Sagard lief ein Teil der Ladung aus und bildete einen kleinen Berg, namens Dubberworth. »Ach«, sagte das Hünenmädchen, »nun wird die Mutter schelten«, hielt die Hand unter und lief, was sie konnte.

Die Mutter schaute über den Wald: »Unartiges Kind, was machst du, komm' nur, du sollst die Rute haben!« Da erschrak die Tochter, ließ die Schürze vollends gleiten, aller Sand ward umher geschüttet und bildete den dürren Hügel bei Lietzow.

*Grimm, Deutsche Mythologie. 2. Aufl. S. 502 fg.*

## 200. Der Steinsatz bei Mucran auf Jasmund.

Links von dem Dorfe Mucran auf der Halbinsel Jasmund liegt am Wege nach dem Darßin und nach dem Dorfe Crampas ein Steinsatz. Er zeiht sich ganz genau von Osten nach Westen, besteht aus vielen Steinen und hat eine Länge von sechsunddreißig und eine Breite von zwölf Schritten.

Eine Riesin hat hier ihre beiden Kinder begraben, die durch ihre Sorglosigkeit in der See ertrunken waren. Deshalb stehen auch am Westende des Grabes zwei große Ecksteine, von denen der eine jetzt in die Erde gesunken ist, der andere aber, der auf der Kante steht, eine Höhe von vier Ellen mißt.

*Temme, Volkssagen. Nr. 189.*

## 201. Die Siegsteine bei Klein-Stresow.

Am Fuße der Stresower Tannenhügel, auf der Seite nach Dummertevitz hin, stehen gruppenweis in einer Ebene mehrere Steinkegel, die Siegsteine genannt. Hier haben in uralten Zeiten die Mönchguter und Putbusser einen blutigen Kampf gehabt.

Die Riesenweiber, welche den Siegern beistanden, richteten zum Andenken diese Steine auf. Aber auf welcher Seite der Sieg gewesen ist, das weiß man nicht mehr.

*Temme, Volkssagen. Nr. 189.*

## 202. Der Riesenstein bei Nadelitz.

Bei dem Dorfe Nadelitz auf Rügen, an dem Wege, der nach Posewald führt, liegt ein ungeheurer Stein, der Riesenstein geheißen. Der ist auf folgende Weise entstanden:

Zu der Zeit, als zu Vilmnitz, eine halbe Meile von Putbus, eine christliche Kirche gebaut wurde, lebte auf Rügen ein großer Riese. Manche sagen, es sei derselbe, der die neun Berge bei Rambin aus seiner Schürze hat fallen lassen. Weil er ein Heide war, so verdroß ihn der Bau der Kirche; er sagte aber: »Laß die Würmer nur den Ameisenhaufen bauen, ich werfe ihn doch nieder, wenn er fertig ist.«

Als die Kirche nun fertig wurde und auch der Turm aufgeführt war, so nahm er einen gewaltigen Stein. Damit stellte er sich auf den Putbusser Tannenberg und warf ihn mit großer Gewalt nach der neuen Kirche. Aber er hatte in seiner Bosheit zu schrecklich hart geworfen, so daß der Stein wohl eine Viertelmeile weiter über die Kirche weg flog, auf die Stelle hin, wo er noch jetzt liegt.

*Nach E.M. Arndt, Märchen und Jugenderg. 2. Aufl. I. S. 133.*

## 203. Der Riesenstein bei Zarrentin.

Eine halbe Stunde vom Dorfe Zarrentin, in der Gegend von Loitz, liegt ein ungeheuer großer Stein, in welchem sich fünf runde Vertiefungen finden. Man nennt ihn in der Gegend den Riesenstein. In früherer Zeit, als das Christentum hier eingeführt wurde, war das Land von Riesen bewohnt. Diese mußten vor dem Christentum an den Strand der Ostsee zurückweichen. Darüber ergrimmten sie denn gegen die christlichen Kirchen, die sich überall im Lande aufrichteten. Besonders hatten sie es auf den hohen Kirchturm des Dorfes Sassen abgesehen, und sie beschlossen, ihn von der Gegend von Stralsund her, welches fünftehalb Meilen von Sassen entfernt ist und wo sie sich damals aufhielten, mit einem großen Steine einzuwerfen.

Einen tüchtigen Stein hatten sie bald; damit aber auch der Wurf nicht mißlinge, fütterten sie dazu eigens die drei stärksten unter ihnen eine Zeit lang: den einen mit Rindfleisch, den andern mit Schweinefleisch und den dritten mit Hammelfleisch. Dem, der mit Rindfleisch gefüttert war, gelang der Wurf. Er traf den Turm, daß er einstürzte, und der Stein flog doch noch viel weiter, bis nahe vor Zarrentin, wo er noch jetzt liegt. Der Riese hatte den Stein so gewaltsam angepackt, daß seine fünf Fingerspitzen sich tief darin abdrückten, und das sind die fünf Löcher, die man noch sieht.

*Erster Jahresbericht der Gesellschaft für Pomm. Altertumskunde Seite 8;*
*Temme, Volkssagen. Nr. 177.*

## 204. Der lange Berg bei Baggendorf.

Auf dem Wege von Wendisch-Baggendorf nach Grimmen kommt man an einem langen Berg vorbei. Den haben vor Zeiten die Hünen errichtet, die sich damals im Lande aufhielten. Es war nämlich zu jener Zeit das Flüßchen Trebel nur ein kleiner Bach und den Hünen nicht groß genug. Sie haben ihn daher tiefer gemacht, und von der ausgeworfenen Erde ist der lange Berg entstanden.

*Temme, Volkssagen. Nr. 175.*

## 205. Der Hünenstein bei Wusterhusen.

Bei dem Dorfe Wusterhusen, unweit des Greifswalder Boddens, liegt ein großer Hünenstein. Von demselben erzählen die Leute, daß ein Hüne ihn dorthin geworfen habe, der damit den Kirchturm zu Wusterhusen hatte zerschmettern wollen. Die fünf Finger des Riesen sind noch in dem Steine zu sehen.

*Temme, Volkssagen. Nr. 176.*

## 206. Die Hünengräber zu Züssow.

Auf dem Buggenhagenschen Gute Züssow waren vor Zeiten zwei große, uralte Hünengräber. Im Jahre 1594 hatten einstmals die Greifswalder Steine zu einem Baue nötig, und auf ihr Bitten hatten die Buggenhagens ihnen vergönnt, die Steine der beiden Hünengräber zu nehmen.

Als nun die Greifswalder Steinmetzen die großen Steine zerschlugen, da wurden sie neugierig, was darunter in der Erde vergraben liegen möge. Sie gruben deshalb nach und fanden unter dem einen Grabe viele menschliche Körper, die waren noch ganz erhalten und ungeheuer groß. Sie maßen elf bis sechzehn Schuhe und lagen alle in einer Reihe und zwar so, daß zwischen jedem ein Krug stand, der mit Erde gefüllt war. Als sie sodann mit dem zweiten Grabe dasselbe versuchen wollten, da hörten sie plötzlich unter demselben in der Erde ein großes Getümmel, wie wenn getanzt und dazu mit Schlüsseln gerasselt würde.

Darüber erschraken sie so sehr, daß sie von weiterem Graben abstanden.

*Micrälius, Alt. Pommerland. I. S. 130; Temme, Volkssagen. Nr. 173.*

## 207. Der Hünenstein bei Morgenitz.

Auf dem Neunzehnkirchturms-Berg bei Morgenitz auf Usedom, der davon seinen Namen haben soll, daß man ehemals von dort aus neunzehn Kirchtürme sah, liegt ein Stein, der zeigt die Eindrücke einer Hand, eines Fußes, einer Schlange und einer Hundstrappe. Den soll ein Hüne, als er noch weich war, von Ückermünde oder vom jenseitigen Ufer der Peene, das weiß man nicht genau, dorthin geworfen haben, und aus dieser Zeit sollen denn auch noch die Eindrücke darauf herrühren.

Einige sagen auch, ein Hüne hätte einen Streit mit den Räubern gehabt, die zu Mellentin wohnten, und hätte ihn dahin schleudern wollen, hätte aber seines Ziels verfehlt, und da sei der Stein hierher gefallen.

*Aus Swinemünde, Kuhn und Schwartz, Nordd. Sagen. Nr. 26.*

## 208. Die Hünenhacken auf Usedom.

Auf der Insel Usedom, besonders auf den Feldmarken, welche zu den Kirchspielen Bentz und Zirchow gehören, werden nicht selten Granitblöcke von eigentümlicher Form gefunden, welche in der Volkssprache den Namen Hünenhacken führen.

Das waren ursprünglich vom Regen erweichte Thonklöße, in welche einer der Hünen, von denen vor Zeiten die Insel bewohnt wurde, mit dem hinteren Ende des Fußes getreten hat und in denen er den Eindruck der Hacke bis zur schmalsten Stelle der Fußsohle zurück ließ. Später ist dann der weiche Thon verhärtet und versteint und zum Granit geworden.

*Baltische Studien XVII. 1, S. 13 fg.*

## 209. Der Riesenstein zu Pudagla.

In ollen Tîen, wô noch de Rîsen hîer tô Lann west sin, dâ is auk mâl ein west, dei häft, as dat Klauster tau Pudagla bûcht was, einen grauten Stein nâmen un häft den, man wett nich, isset von Lassân âder vannen Höfder Barch bî Loddîn west, nât Klauster dâl smêten. Âwerst de Stein is em ûte Fingers ûtglipt un is uppen Kâmker Barch bî Pudagla dâl fallen un is dunn van bâben runner trueelt un int Wâter liggen blîwen, wô hei noch tau seien is. Wîl dunn åwerst de Stein noch wassen dêen, is de Stein sô weik west, dat de fîf Fingers van den Rîsen sik indrückt hebben, und dat is auk huetendågs noch tau seien.

*Aus Heringsdorf, Kuhn und Schwartz, Nordd. Sagen. Nr. 27.*

## 210. Der große Stein bei Meesiger.

Bei Meesiger, am Kummerower See, liegt ein großer Stein mit fünf Löchern, so daß es aussieht, als ob jemand mit einer riesengroßen Hand hineingegriffen hätte. Von diesem Stein erzählen die Alten, ein Riese in Meklenburg habe ihn geworfen, und die Löcher rührten von seinen fünf Fingern her.

*Mündlich aus Meesiger, Kreis Demmin.*

## 211. Der Riesenstein bei Kleptow.

In der Nähe des Dorfes Kleptow, unweit Pasewalk, liegt auf dem Felde ein großer Stein. Die Leute nennen ihn den Riesenstein und erzählen sich von ihm folgendes:

Vor alten Zeiten haben in der Nähe dieses Steines zwei Felsen gestanden. In dem einen hat ein Riese gewohnt, in dem anderen haben eine Menge kleiner Berggeister ihr Haus gehabt. Der Riese und die Zwerge lebten mit einander in Streit und thaten sich gegenseitig manchen Schabernack an, wo sie nur konnten. Zuletzt machten die Zwerge unter dem Felsen des Riesen ein Erdbeben, wodurch sie den ganzen Felsen zertrümmerten.

Darüber geriet der Riese in großen Zorn und lauerte auf eine Gelegenheit, wie er den kleinen Berggeistern wieder Schaden thun könne. Das traf sich bald. Denn kurz nachher feierten die Zwerge in einem Teile ihres Felsens ein Fest, bei dem sie alle versammelt waren. Als nun der Riese ihr Singen und Jubilieren hörte, nahm er ein gutes Stück von seinem zertrümmerten Felsen und warf es nach dem Felsen der Zwerge, so daß der Teil, in welchem diese ihr Fest feierten, davon zerschmettert und eine ganze Menge von ihnen erschlagen wurde. Unter den Getöteten befand sich sogar der König, den sie nach einigen Tagen mit großer Trauermusik zu Grabe trugen.

Darauf schwuren die Zwerge dem Riesen den Tod, und auch dazu kam bald die Gelegenheit. Es wohnte nämlich in der Gegend ein Bauer, der eine schöne Tochter hatte. In diese verliebte sich der Riese und begehrte sie von dem Bauern zum Weibe. Allein der Bauer wollte sie dem ungeschlachten Heiden nicht geben. Der Riese raubte sie daher mit Gewalt. Nun wandte sich der Bauer an die Berggeister und bat sie um Hilfe.

Diese paßten darauf eine Gelegenheit ab, als der Riese einmal im Felde seinen Mittagsschlaf hielt. Jetzt nahmen sie ein großes Stück von ihrem zerschlagenen Felsen; das wanden sie in die Höhe, gerade über dem schlafenden Riesen, und ließen es dann auf diesen herniederfallen, so daß er davon zerdrückt wurde und elendiglich darunter sterben mußte. Dieses Felsstück, das von der Zeit an liegen geblieben, ist der Riesenstein bei Kleptow. Man kann darin noch die Spuren von dem Gesichte des Riesen sehen, welche sich bei dem Herunterfallen eingedrückt haben.

*Temme, Volkssagen. Nr. 182.*

## 212. Der Riesenstein bei Rehhagen.

Bei der Pachtung Rehhagen unweit Daber liegt ein ungeheurer Riesenstein. Vor alten Zeiten lebte nämlich zwischen Stettin und Pasewalk ein großer und starker Riese, der zuletzt des Lebens überdrüssig wurde. Er riß daher in der Gegend, wo jetzt die Bocksche Wassermühle geht, einen großen Stein, von fünf Fuß im Durchmesser, aus der Erde und warf ihn, so weit er konnte, mit dem Vorsatze, dort zu sterben, wo der Felsblock niederfallen werde.

Dicht bei Rehhagen, eine Meile weit weg, fiel der Stein zur Erde. Allda erstach sich der Riese. Sein Blut soll in gewaltigem Bogen über sechshundert Schritte weit gespritzt sein und einen ganzen Acker rot gefärbt haben, der davon noch jetzt der rote Kamp heißt.

*Temme, Volkssagen. Nr. 182.*

## 213. Der Näpfchenstein zwischen Schönebeck und Trampke.

Zwischen Schönebeck und Trampke, auf dem Wege nach Marienfließ, lag früher ein Näpfchenstein. In seine gerade horizontale Oberfläche waren neun, wie der Kegelstand geordnete, runde Vertiefungen von der Größe einer Obertasse hinein gemeißelt. Es ging die Sage, die Hünen hätten vom Sivalinsberge her, aus einer Entfernung von etwa zweitausend fünfhundert Ruten, dahin Kegel geschoben. Der Stein war im Jahre 1825 bereits gesprengt.

*Balt. Studien von 1846. Heft 1. Seite 114.*

## 214. Hünen und Bauern.

Vor vielen, vielen Jahren lebten in Pommern große Riesen, welche man Hünen nannte. Als die Menschen nach Pommern kamen, waren von den Hünen jedoch nur noch wenige vorhanden; denn sie waren im Aussterben begriffen.

Eines Tages ging nun eine von den Töchtern eines alten Hünenpaares auf das Feld und sah dort einen Bauern mit vier Ochsen pflügen. Da sie nicht wußte, was für Geschöpfe das wären, raffte sie alles in ihre Schürze und zeigte es ihrem Vater. Der aber sprach: »Maeken, Maeken! Låt dat sin. Dat sin dê Erdwörmke! Dat is dê Årt, dê willen ûs verdrîven.«

*Mündlich aus Freiheide, Kreis Naugard.*

## 215. Der Trünkelnberg bei Kunow.

Früher lebten auf der Insel Wollin Riesen. Einer von diesen wollte die Dievenow bei Sager zudämmen. Die Erde dazu trug er in einer Schürze. Unterwegs rissen jedoch die Bänder derselben und von der herabfallenden Erde ist der jetzige Trünkelnberg bei Kunow entstanden. Noch heute kann man bei diesem Dorfe das Loch sehen, von wo der Riese die Erde fortgenommen hat.

*Mündlich aus Kunow, Kreis Cammin.*

## 216. Der Hünengraben und der Hünenstein bei Kriwitz.

Auf dem Kriwitzer Felde, zwischen Kriwitz und Basentin am Gubenthal im Camminer Kreise, befindet sich eine Schanze, der Hünengraben genannt. Unterhalb derselben liegt in der Schlucht des Gubenflusses ein großer Stein. Die Oberfläche desselben ist jetzt durch Pulver abgesprengt worden. Auf ihr sollen, nach Aussage des ehemaligen Barfußdorfer Hirten, eine Menschenhand, ein Menschenfuß und darunter zwei Buchstaben (angeblich ein C und vielleicht ein D) sichtbar gewesen sein. Die Buchstaben bezeichneten den Namen, Hand und Fuß waren Abdrücke der Glieder eines Hünen, der vor Zeiten den Felsblock von Basentin her, eine Viertelmeile weit, aus seinem Zopf gegen ein Schloß geschleudert hat, das in der Schanze gestanden haben soll.

Der Stein liegt an der rechten Seite des Flusses, in einer Schlucht, die sich von Nordwest nach Südost zu dem Wasser hin erstreckt. Man erzählt, es entstehe dort zuweilen ein Lärm, als wenn viele zugleich auf die Jagd gingen.

*Balt. Studien X. 2, S. 177 fg.*

## 217. Die Hünen im Hünenberg.

Die Hünen sind verwünschte Wesen von riesiger Gestalt, mit langen, gelben Haaren. Sie wohnten im Hünenberg bei Kratzig, wo man noch jetzt die Löcher sehen kann, in denen sie ehemals hausten. Diesen Hügel haben sie sich selbst aufgeschüttet. Das Erdloch, welches dadurch entstanden ist, lief später voll Wasser und wird heute der Borchwaldsee genannt.

Sie verkehrten gern mit den Menschen und baten die Bauern oft, sie möchten doch laufen; denn das war ihnen ein besonders angenehmes Gefühl. Dafür lohnten sie auch immer reichlich, doch stets mit verwünschten Dingen. Kamen dieselben aber in den Besitz der Menschen, so nahmen sie ihre frühere Gestalt wieder an.

Jetzt giebt es keine Hünen mehr, der Wôtk hat sie alle ausgerottet.

*Mündlich aus Kratzig, Kreis Fürstentum.*

## 218. Die Hünen im Lebamoor.

Einst hausten im Lebamoor wilde Leute, die Riesen waren und Hünen genannt wurden. Sie waren Heiden und thaten deshalb der christlichen Bevölkerung großen Schaden. Ein Bauer aus dem Vorwerk Coliesnitz, der seinen Acker pflügte, soll einst von ihnen angegriffen sein; er hat sich jedoch durch schleunige Flucht gerettet. Unter den Angreifern befand sich ein Weib, dessen Brüste so groß waren, daß es dieselben über die Schultern zurückschlagen konnte.

Die Hünen waren auch arge Räuber und hatten ihren Schlupfwinkel besonders in dem Räuberberg bei Daisow. Die Vornehmsten unter ihnen bauten sich Gräber, das sind die sogenannten Hünenbrinke. Zuletzt wurden sie in einem großen Kriege, der in diesen Gegenden wütete, vertilgt. Andere sagen, daß sie durch einen großen Moorbrand gezwungen wurden, das Land zu verlassen.

*O. Knoop, Volkssagen aus dem östlichen Hinterpommern. Nr. 128.*

## 219. Der Lindwurm bei Rambin.

Am Ufer des Binnenwassers bei dem Dorfe Rambin lebte vor vielen Jahren ein greulicher Lindwurm, der die ganze Gegend unsicher machte. Sein Maul war gestaltet wie das eines Löwen, und nach hinten endete er in den Schweif einer Schlange. Kein Mensch wagte es, dem Untier entgegen zu treten.

Da machte sich der Besitzer des Gutes Rambin, der Ritter Sankt Jürgen, auf, bestieg sein schnelles Roß und ritt zum Gestade hinab. Als er den Drachen ersah, sprengte er auf ihn zu und jagte ihm die Lanze durch den Rachen hindurch dermaßen in den Leib hinein, daß das Ungeheuer sofort verendete.

Zum Danke für seinen wunderbaren Sieg vermachte Sankt Jürgen seine beiden Güter bei Rambin und Stralsund der Kirche, welche zwei Klöster auf dem geschenkten Grund und Boden errichtete: Sankt Jürgen vor Rambin und Sankt Jürgen am Strande. Als Erinnerung an die Heldenthat und die Schenkung steht über den Portalen beider Klöster der Ritter Sankt Jürgen in Sandstein ausgehauen, wie er hoch zu Roß gerade dem Drachen die Lanze in den Schlund bohrt.

*Mündlich aus Rambin auf Rügen.*

## 220. Die Bergschlange im Bauerberge bei Wolgast.

Zwischen den Städten Wolgast und Lassan, bei dem Dorfe Bauer, befindet sich eine Anhöhe, der Bauerberg geheißen. In diesem Berge hält sich seit ewigen Zeiten eine ungeheuer große Schlange auf, die von den Leuten in der Gegend die alte, große Bergschlange genannt wird. Die ist ein Schrecken für die ganze Gegend; denn wenn sie sich sehen läßt, so entsteht sicher irgend ein Unglück in der Nähe, entweder ein unvermuteter Todesfall oder eine Feuersbrunst oder eine große Dürre, daß keine Saat und Frucht gedeiht. Und wer sie sieht, den trifft das Unglück selbst am meisten.

Zuletzt hat sie eine Bauerfrau erblickt, das war im Jahre 1817. Am Tage darauf, am vierzehnten Juni des genannten Jahres, an einem Sonnabend, entstand auf einmal des Nachmittags eine erschreckliche Feuersbrunst im Dorfe Bauer, welche in wenigen Augenblicken zwei und dreißig Wohnhäuser in Asche legte. Das Wunderbarste und Entsetzlichste dabei war, daß die Frau, welche die alte, große Bergschlange gesehen hatte, auf eine gräßliche Weise in dem Feuer verbrannte.

*Temme, Volkssagen. Nr. 228.*

## 221. Die beiden Lindwürmer bei Lassan und in der Peenemünder Heide.

Vor langen Jahren haben sich einmal in Pommern zwei greuliche, große Lindwürmer aufgehalten, welche von den Leuten auch Hasselwürmer genannt wurden. Einer davon hatte seinen Sitz in dem Holze bei Lassan, der andere in der Peenemünder Heide. Aus ihren großen Rachen und aus ihren Schwänzen sprühten sie Feuer und Schwefel, und die ganze Gegend hielten sie durch grausame Räubereien an Menschen und Vieh in Schrecken und Angst. Zuweilen hat es sich begeben, daß sie auf ihren Raubzügen einander begegneten; dann ist unter ihnen ein fürchterlicher Kampf entstanden, daß aus ihren Schwänzen ganze Feuerflammen geflogen sind und die Erde weit umher gezittert und gebebt hat.

Nachdem sie lange Zeit viel Unheil angerichtet, thaten sich zuletzt die tapferen Männer der Gegend zusammen und zündeten eines Tages von allen Seiten das Schilf an, worin das Ungeheuer bei Lassan verborgen lag und gerade seinen Mittagsschlaf hielt. Auf solche Weise gelang es ihnen, dasselbe zu vertilgen. Es erhub dabei aber ein so fürchterliches Geschrei, daß der andere Lindwurm auf der Peenemünder Heide es hörte und nun sofort unter großem Klage- und Angstgeschrei die Flucht ergriff. Er warf sich in die See, wo man sein Heulen in immer weiterer Entfernung hörte, bis es zuletzt ganz verstummte. Einige sagen, er sei nach Schweden hinübergeschwommen; andere meinen, er sei in der Ostsee umgekommen.

*Temme, Volkssagen. Nr. 229.*

# VII. Die verwünschten Dinge.

## 222. Allgemeines.

Zu den verwünschten oder, der Volkssprache noch mehr entsprechend, verwunschenen Dingen gehört alles, was von Zaubersprüchen oder Verfluchungen betroffen ist, mögen dieselben nun von einem Menschen oder von der Gottheit selbst ausgegangen sein. Dies Kapitel umfaßt mithin die Sagen von versunkenen Burgen und Schlössern, Kirchen und Klöstern, Städten und Dörfern, von erdentrückten Helden und verzauberten Prinzessinnen, von weißen und schwarzen Frauen und Schlüsseljungfern, von versteinerten Menschen und Tieren usw.

Es sind das Überlieferungen, die für den Forscher von nicht geringem mythologischem Werte sind, denn in ihnen haben wir unzweifelhaft Niederschläge alter heidnischer Mythen zu erkennen; doch spielt gerade hier die Hypothese ein große Rolle, und es würde darum zu weit führen, uns an diesem Orte auf den Ursprung und die Bedeutung der einzelnen Sagen näher einzulassen. Nur mit den unter Nr. 225 mitgeteilten Herthasagen[26] müssen wir eine Ausnahme machen.

Dieselben gehören nämlich eigentlich garnicht in eine Sammlung pommerscher Volkssagen, da der Name der Göttin nur der falschen Lesart für das Taciteische Nerthus seinen Ursprung verdankt, ihr See, ihre Burg, ihre Opfersteine auf Rügen deshalb nichts als gelehrte Erfindung sind. Nichtsdestoweniger hat diese Schulmeister-Weisheit mit der Zeit in der Bevölkerung der Insel so feste Wurzeln geschlagen, daß sie jetzt dort in jedermanns Munde lebt. Der Grund dafür ist lediglich darin zu suchen, daß sich mit dem auf Rügen lokalisierten Herthamythus bald eine Anzahl heimischer Sagen verquickte und derselbe auf diese Weise volkstümlich wurde. Das ist denn auch die Ursache, weshalb wir in unserer Sammlung die Herthasagen nicht übergehen zu dürfen glaubten.

## 223. Mutter Hidden und Mutter Vidden.

Im nördlichen Teile der Insel Hiddensee stand auf dem Fleck, der noch heute Kloster heißt, vor vielen Jahren ein großes Kloster. Die Mönche desselben waren fromme, heilige Männer und fanden ihren Unterhalt dadurch, daß sie von Ort zu Ort zogen und um Almosen baten.

Einst kam ein solcher Mönch, müde und matt, zu einer Frau, die hieß Mutter Hidden, und bat um eine kleine Gabe. Mutter Hidden war aber ein böses, geiziges Weib, die schalt den frommen Mann einen Herumtreiber und Tagedieb und warf ihn zum Hause hinaus. Da ging der Mönch zu ihrer Nachbarin, der Mutter Vidden, und bettelte dort um ein Almosen. So schlimm nun Mutter Hidden war, so gut war Mutter Vidden; sie schenkte dem Klosterbruder nicht nur Geld und Nahrungsmittel, sondern behielt ihn auch die Nacht im Hause und erquickte und erwärmte ihn. Ehe der Mönch am andern Morgen weiter zog, bedankte er sich für all die Liebe und sprach: »Zum Lohne für deine Gutthat soll das erste Werk, was du heute vornehmen wirst, reichlich gesegnet sein.«

Mutter Vidden hatte für diesen Tag vor, ihre Leinewand abzumessen. Als sie nun das Linnen aus dem Schranke herausholte und abmaß, da nahm und nahm die Rolle kein Ende.

Sie maß die Stube voll, sie maß den Flur voll, die Rolle war noch nicht kleiner geworden, als sie es am Anfang gewesen war. Erst wie die Leinewand zur Hausthür hinaus auf die Straße ragte, ließ die Wunderkraft nach, und Mutter Vidden war durch das viele Linnen eine steinreiche Frau geworden.

Als ihre Nachbarin, Mutter Hidden, von dieser Geschichte hörte, wurde sie über die Maßen neidisch, lief zur Mutter Vidden herüber und sprach: »Wie hast du's denn nur angefangen, in so kurzer Zeit einen solchen Reichthum zu erlangen?« – »Ja«, sagte Mutter Vidden, »ich habe den frommen Klosterbruder so aufgenommen und beschenkt, wie sich's gebührt, und zum Lohne hat er mir gewünscht, daß meine erste Arbeit reichlich gesegnet sei.«

»Na, wenn er wieder kommen sollte, so schick' ihn doch ja auch in mein Haus«, quälte das habgierige Weib, und Mutter Vidden sagte zu und hielt auch Wort. Wie der heilige Mann wieder bei ihr vorsprach, hieß sie ihn ihrer Nachbarin einen Besuch abstatten. Als der Mönch nun dort war, wurde er aufgenommen wie ein großer Herr; Mutter Hidden bat tausendmal um Entschuldigung und ließ auftragen, was das Haus vermochte, aber nicht aus Verehrung für den frommen Mann, nein nur deshalb, weil sie dasselbe Geschenk zu erhalten wünschte, welches Mutter Vidden bekommen hatte. Doch der Mönch schien diese böse Absicht nicht zu bemerken, sondern sagte ebenfalls, als er fortging: »Gott vergelt's dir und segne dir zum Lohne das erste Werk, das du heute vornehmen wirst, reichlich.«

Wer war jetzt froher als Mutter Hidden. Zum Geldkasten lief sie, um die harten Taler aufzuzählen und dadurch ein ganzes Haus voll Silber zu erlangen. Aber gerade, als sie aufschließen wollte, brüllte die Kuh im Stalle nach Wasser.

»Halt«, sprach sie, »die soll mich durch ihr Muhen bei meiner Arbeit nicht stören, der werde ich erst ganz schnell einen Spann (Eimer) Wasser zu saufen geben.« Damit lief sie zum Sood (Brunnen) und füllte; aber als der Eimer voll war, konnte sie nicht aufhören, sie mußte schöpfen und schöpfen, bis sie alles Land um sich her voll Wasser geschöpft hatte und an seine Stelle ein großer, mächtiger See trat.

Erst dann hatte sie Ruhe; doch all ihr Ackerland war nun dahin und lag auf dem Grunde des Wassers, welches nach ihr bis auf den heutigen Tag Hiddensee heißt. Mutter Hidden starb arm und verachtet, aber Mutter Vidden blieb reich und geehrt ihr lebelang, und nach ihrem Namen wurde das Dorf, wo sie wohnte, Vitte genannt.

*Mündlich aus Garz auf Rügen.*

## 224. Die Stadt Arkona.

Auf der nördlichsten Spitze der Insel Rügen stand früher die Hauptstadt des Landes, Arkona genannt. Sie ist plötzlich man weiß nicht wie und wann, in das Meer versunken. Auf dem Grunde der Ostsee ruht sie noch heute, und wenn es nebliges Wetter ist, steigt sie zuweilen aus dem Wasser hervor, und man kann sie sehen mit ihren Häusern, Wällen und Türmen. Die Leute in der Gegend sprechen dann: »Die alte Stadt w a f e l t.«

*Nach Temme, Volkssagen. Nr. 36.*

## 225. Hertha, Herthasee und Herthaburg.

### I.

In der Herthaburg wohnte vor Zeiten die Göttin Hertha. Sie hatte zur Pflege zwölf Jungfrauen, welche nach Jahresfrist zu ihrer Ehre geopfert wurden. Zu dem Zwecke mußten sie ganz keusch und rein bleiben, und keine durfte jemals Umgang mit einem Manne gehabt haben. Daß dies genau eingehalten wurde, dafür hatten die Opferpriester zu sorgen.

Nun war eines Abends die eine von den zwölf Jungfrauen im Walde mit einem Jüngling gesehen worden. Man war ihr nachgegangen, hatte sie aber nicht ergreifen und auch nicht erkennen können. Am andern Tage wurden des Morgens früh die Zwölfe scharf ins Verhör genommen, doch wollte keine ihr Gelübde gebrochen haben, so sehr man auch in sie drang. Da ließen die Priester es auf ein Gottesurteil ankommen.

Vor einem großen Stein, der noch heute zu sehen ist, mußten sie sich sämtlich aufstellen und dann der Reihe nach über ihn weg schreiten. Elfen gelang es, die zwölfte dagegen trat mit dem Fuße ein tiefes Loch in den harten Fels, und neben dieser Fußtapfe war ein ganz winziger Tritt, wie von einem neugeborenen Kinde, sichtbar. Da war es jedermann klar, daß die Göttin über den Frevel erzürnt, unter den Sohlen der Schuldigen den Stein erweicht habe, damit ihr Vergehen an den Tag komme. Man nahm die Verbrecherin und richtete sie hin. Ihre Genossinnen durften noch bis zum Ende des Jahres leben, worauf sie, unter Trommeln und Musik, der Göttin zum Opfer in den Herthasee geworfen wurden.

Alle Jahre, kurz vor der Ernte, wurde das Götterbild der Hertha auf einen Wagen, der mit Rindern bespannt war, gesetzt und durch das Land gefahren. Viele sollen sich dann vor die Räder geworfen und auf diese Weise zum Opfer geweiht haben. Kehrte der Wagen zur Herthaburg zurück, so wurde er von Knechten im See gewaschen und diese darauf im Wasser ertränkt.

So heilig galt deshalb noch zu Großvaters Zeiten der Herthasee, daß niemand aus ihm Wasser schöpfte, ja nicht einmal an sein Ufer heranzutreten wagte. Jetzt ist das ganz anders geworden, fangen doch schon manche Frauen an, in der heiligen Flut ihre Wäsche zu spülen.

*Mündlich aus Garz auf Rügen.*

### II.

Man sieht oft, besonders im hellen Mondenschein, aus dem nahen Walde, da wo die Herthaburg liegt, eine schöne Frau hervor kommen, die sich nach dem See hinbegibt, um sich darin zu baden. Sie ist von vielen Dienerinnen umgeben, die sie zu dem Wasser begleiten. In diesem verschwinden sie alle, und man hört nur das Plätschern darin. Nach einer Weile kommen sie sämtlich wieder heraus, und man sieht sie in großen, weißen Schleiern zu dem Walde zurückkehren. Für den Wanderer, der dies erblickt, ist das alles sehr gefährlich; denn es zieht ihn mit Gewalt nach dem See, in dem die weiße Frau badet. Und wenn er einmal das Wasser berührt hat, so ist es um ihn geschehen, das Wasser verschlingt ihn. Man sagt, daß die Frau alle Jahre einen Menschen in die Flut verlocken müsse.

*Temme, Volkssagen. Nr. 38.*

## III.

In der Stubnitz liegt im Walde, eine Viertelstunde vom schwarzen See entfernt, der Pfennig-kasten. Er besteht aus mehreren großen, im Viereck zusammen gefügten Steinen, um welche herum einige kleinere Steine aufgerichtet sind. Die Priester der Göttin Hertha haben hierher das Opfergeld gebracht, welches für die Göttin eingekommen ist. Daher ist auch der Name entstanden.

## IV.

Jenseits des Krattbuschberges auf Jasmund, am Fuße der gegenüberliegenden Quoltitzer Berge, breitet sich ein Thal aus. In dessen Mitte liegt ein einzelner grauer Stein, länglich rund, am Nordende zugespitzt und oben glatt abgeplattet. Derselbe ist vier Ellen lang und beinahe zwei Ellen hoch. Er hat den alten Heiden zum Opferstein gedient. Man findet noch oben auf der Platte eine querlaufende Rinne, und unter derselben zwei Vertiefungen in dem Steine, von denen die Leute sagen, daß der Opferpfaffe in dieselben die Blutgrapen gesetzt habe.

*Temme, Volkssagen. Nr. 189.*

## 226. Die schwarze Frau auf dem Königsstuhl.

In Rügen hat einst eine Fürstin gelebt, die viele Schätze hatte. Sie fürchtete aber, daß ihr dieselben geraubt werden möchten, und ließ sie daher in dem Kreidefelsen der Stubbenkammer vergraben. Die Arbeiter wurden gleich darauf hingerichtet, damit sie nicht verraten sollten, wo die Schätze lägen. Dafür muß die Prinzessin nun bei dem Gold und Silber in dem Berge Wache halten.

Alle Jahre am Johannistage kommt sie aus dem Innern des Felsens hervor und setzt sich oben auf den Königsstuhl. Dort wartet sie den ganzen Tag, ob keiner kommen will, die Schätze zu heben und sie zu erlösen. Auf welche Weise dies geschehen kann, weiß man aber nicht.

*Temme, Volkssagen. Nr. 210.*

## 227. Die schwarze Frau in der Stubbenkammer.

In der Stubbenkammer auf der Insel Rügen befindet sich eine große, tiefe Höhle, die Höhle der schwarzen Frau genannt. Es führt zu derselben ein steiler und schmaler Pfad, der tief in die Felsen hineingeht. In dieser Höhle sitzt eine schwarze Frau. Sie sitzt da schon seit vielen hundert Jahren und ist jetzt auf ewige Zeiten dahin gebannt.

Früher bewachte sie einen goldenen Becher, und damals hielt eine weiße Taube oben auf dem Felsen die Wacht. Das ist aber jetzt anders. Denn einstens vor mehr als hundert Jahren kam ein Schiff aus dem Meere. Daraus stiegen viele fremde und hohe Männer, die fragten, wo die Höhle der schwarzen Frau sei. Und als man sie ihnen gezeigt hatte, so begaben sie sich dahin mit einem Missethäter, den sie mit sich führten. Dieser war in seiner Heimat zum Tode verurteilt, aber der König hatte ihn begnadigt, wenn er den Becher holen werde, den die schwarze Frau bewachte.

Die Männer führten ihn bis auf den Felsenpfad, der zu der Höhle geht. Dort lösten sie seine Fesseln, und nun mußte er allein zur Höhle gehen. Er fand sie offen; aber die ganze Höhle war voller heißer, heller Flammen, so daß man es vor Hitze nicht darin aushalten konnte. Mitten in diesem Feuer saß unbeweglich die schwarze Frau; sie war ganz in schwarze Kleider gehüllt, und ein schwarzer Schleier hing vor ihrem Gesichte. Neben ihr lag von reinem Golde der Becher, den sie hütete.

Der Missethäter schritt zagend, aber doch eilig, um aus diesem Meere von Glut zu entkommen, auf sie zu und langte nach dem Becher. Da bewegte sich die schwarze Frau und sagte mit klagender Stimme zu ihm: »Wähle recht, fremder Mann; wenn du recht wählst, so bin ich auf ewig dein!« Aber der Missethäter sah nichts als den Becher; den ergriff er und lief eiligst damit fort aus der Höhle, denn er verstand die Worte der Frau nicht und dachte nicht daran, daß er sie selbst hätte nehmen und erlösen sollen.

Im Zurückkehren hörte er sie schwer und tief hinter sich seufzen, und sie klagte mit trauriger Stimme: »Wehe mir, nun kann mich keiner mehr erlösen!« In dem Augenblicke verschwand auch die weiße Taube oben vom Felsen, und an ihrer Stelle sah man einen schwarzen Raben, der dort jetzt die ewige Wacht hält.

Die schwarze Frau jammerte aber in der Höhle so laut, daß alle Männer, als der Missethäter ihnen den Becher übergab, sie deutlich hörten. Sie entsetzten sich darüber und trugen, als wenn sie dadurch die Frau befreien könnten, den Becher in die benachbarte Kirche zu Bobbin, wo man ihn zum ewigen Andenken noch jetzt sehen kann.

*Temme, Volkssagen. Nr. 212.*

## 228. Das versunkene Kloster bei Bergen.

In der Nähe von Bergen stand in alter Zeit ein mächtiges Kloster. Das ist eines Tages plötzlich in die Erde hinein gesunken, und an seiner Stelle hat sich ein kleiner See gebildet. Als nun dort einmal Leute fischten, entdeckten sie auf dem Grunde eine gewaltig große Glocke. Sie befestigten Seile daran und spannten zehn Pferde davor, dann trieben sie die Tiere an, die Glocke herauszuziehen. Aber sie regte und bewegte sich nicht.

Da kam ein Mann auf den klugen Einfall, statt der zehn Pferde zehn Ochsen zu nehmen. Man folgte seinem Rat und siehe, die Glocke ließ sich jetzt mit Leichtigkeit aus dem See schaffen. Sie wurde darauf in ein benachbartes Dorf gebracht und dort im Kirchturm aufgehängt. Wie das Dorf aber geheißen hat, das weiß man nicht mehr.

*Mündlich aus Tilzow auf Rügen.*

## 229. Der Nonnensee bei Bergen.

Nicht weit von der Stadt Bergen auf Rügen liegt ein See, der ungefähr eine Viertelmeile groß ist und der Nonnensee genannt wird. Den Namen hat er daher erhalten, weil vor Zeiten auf seiner Stelle ein Nonnenkloster gestanden hat, welches allda versunken und woraus der See entstanden ist. Am Pfingsttage kann man tief unten im Wasser die Glocken des Klosters noch läuten hören. Auch soll es des Nachts nicht geheuer an den Ufern sein, und man sagt, daß der See alle Jahre sein Opfer haben müsse.

*Temme, Volkssagen. Nr. 171.*

## 230. Die Kirchglocke zu Bergen.

In der Kirche der Stadt Bergen auf Rügen hängt eine herrliche Glocke, ein wahres Meisterstück, und doch hat sie nicht ein Meister, sondern ein Lehrling gegossen. Der ging in der Abwesenheit seines Herrn an den Krahn, drehte ihn auf, und als die Form abgebrochen

BERGEN

ward, stand die Glocke ohne jeglichen Fehl und Makel da. Aus Neid erstach der Meister den Knaben und vergrub ihn im Schweinestall; dann rief er die Bürger der Stadt und wies ihnen die Glocke als seiner Hände Werk.

Man glaubte ihm auch und hing die Glocke im Turme auf. Als sie jedoch das erste Mal geläutet wurde, sprach sie ganz laut und vernehmlich:

»Schåde, schåde,
Dat dê Jung dôd is!
Hê liggt begråwen
Unnern Swînskåwen!
Schåde, schåde,
Dat dê Jung dôd is!«

Das nahm männiglich Wunder, man grub in dem Schweinestall nach und siehe, da lag der blutige Leichnam des armen Buben. Jetzt konnte auch der Meister nicht mehr leugnen, er gestand die Mordthat ein, und sein Haupt fiel unter des Henkers Beil.

*Mündlich aus Bergen auf Rügen.*

## 231. Der Mägdesprung auf dem Rugard.

Auf dem Rugard bei Bergen sieht man einen Stein, in welchem ganz deutlich die Spuren eines Frauenfußes und eines Peitschenschlages abgebildet sind. Diese Spuren sind auf folgende Weise entstanden. Auf dem Rugard lebte einst ein Junker, ein gar großer und frecher Mädchenjäger. Der traf einmal bei diesem Steine eine Jungfrau, die er mit seinen falschen Liebesschwüren bestürmte, so daß sie sich seiner kaum erwehren konnte.

Als sie nun zuletzt gar keinen Ausweg mehr sah, ihm zu entkommen, da sprang sie in ihrer Angst von dem Steine, auf welchem sie stand, hinunter in die Tiefe des Thales, worüber der Junker so zornig wurde, daß er mit seiner Reitgerte auf den Stein schlug. Da war es denn wunderbar, nicht nur daß die Jungfrau unversehrt unten im Thale angekommen war, sondern auch daß sich die Spur ihres Fußes und die des Peitschenschlages in dem Steine abgedrückt hatte.

*Temme, Volkssagen Nr. 194.*

## 232. Prinzessin Swanwithe.

Bei der Stadt Garz auf Rügen befindet sich ein See, neben welchem früher ein Schloß gestanden hat. Als dasselbe vor vielen Jahren von den Christen genommen ist, hat darin ein alter Heidenkönig gelebt, der ist sehr reich gewesen und so geizig, daß er immer bei seinen Schätzen von Gold und Edelsteinen lag, die er in einem großen Saale tief unter dem Schlosse aufgehäuft hatte. Darin wühlte er Tag und Nacht umher, und bei der Zerstörung der Heidenburg durch die Christen wurde er dort verschüttet, so daß er eines elenden Hungertodes sterben mußte.

Darauf, weil seine Seele von dem irdischen Gute nicht scheiden konnte, wurde er in einen schwarzen Hund verwandelt, der nun immerwährend die Goldhaufen bewachen muß. Zuweilen sieht man ihn auch in seiner menschlichen Gestalt, mit Helm und Panzer angethan, auf einem Schimmel über die Stadt und über den See reiten. Manchmal hat er dabei anstatt des Helmes eine goldene Krone auf. Andere haben ihn auch wohl in der Nacht im Garzer Holze auf dem Wege nach Poseritz gesehen, wie er, mit einer schwarzen Pudelmütze auf dem Kopfe und einem weißen Stocke in der Hand, herum wandelte.

Wie nun dieser alte Heidenkönig erlöst werden kann, das mag folgende Geschichte erzählen:

Einst wohnte in Bergen auf Rügen ein König, der eine schöne Tochter hatte, Swanwithe geheißen. Zu der kamen viele fremde Prinzen, um sie zu freien. Sie wollte aber keinen von ihnen, als einen Prinzen von Dänemark, der ein feiner und stattlicher Mann war und ihr ausnehmend wohl gefiel. Der wurde also ihr verlobter Bräutigam, und es sollte bald die Hochzeit sein.

Hierüber ärgerte sich ein polnischer Prinz, der auch zu den Freiern gehörte; und weil er von tückischem, boshaftem Gemüte war, so streute er glaubhaft unter die Leute aus, die Prinzessin führe ein unzüchtiges Leben und habe manche Nacht bei ihm zugebracht. Das wußte er so glaublich zu machen, daß alle ihm trauten; und es reiste nun ein Freier nach dem andern fort, und auch der Prinz von Dänemark wollte nichts mehr von der Verlobung wissen. Die Geschichte kam zuletzt an den König, und er glaubte sie, wie die andern alle, und geriet darüber so in Zorn, daß er die Prinzessin schlug und ihr Haar zerriß und sie in einen finstern Turm sperren ließ, damit er sie nimmer wieder vor Augen bekäme.

In dem Turm saß die Prinzessin wohl über drei Jahre und grämte und mühte sich vergebens, wie sie ihrem Vater ihre Unschuld beweisen solle. Da fiel ihr die Geschichte mit dem alten Heidenkönig ein und wie derselbe erlöst werden könne. Dies soll nämlich geschehen, wenn eine reine Jungfrau den Mut hat, in der Johannisnacht zwischen zwölf und ein Uhr nackt und einsam den Schloßwall an dem Garzer See zu ersteigen und darauf rückwärts so lange hin und her zu gehen, bis sie gerade auf die Stelle trifft, unter der bei der Zerstörung des Schlosses die Thür und die Treppe zu der Schatzkammer des alten Königs verschüttet sind. Sie wird dann hinuntergleiten, aber ohne Schaden zu besorgen, und nun kann sie soviel Gold und Edelsteine nehmen, als sie zu tragen vermag, und damit bei Sonnenaufgang wieder zurückgehen. Was sie nicht selbst mitnehmen kann, wird ihr der alte König nachtragen, also daß sie zeitlebens Geld und Gold genug hat. Sie darf sich aber die ganze Zeit kein einziges Mal umsehen, auch darf sie kein einziges Mal sprechen, sonst gelingt es ihr nicht, und sie kommt elendiglich um. Ebenso ergeht es ihr, wenn sie keine keusche Jungfrau ist.

Dieses fiel der Prinzessin Swanwithe in ihrem einsamen Gefängnisse ein, und sie gedachte, das Wagestück zu unternehmen, um so ihrem Vater und der ganzen Welt zu beweisen, daß sie rein und unschuldig sei und daß der schlechte Pole sie belogen habe. Sie ließ daher ihr Vorhaben dem Könige anzeigen und bat ihn um Erlaubnis, dasselbe auszuführen. Das wurde ihr gestattet.

Als nun einige Zeit nachher die Johannisnacht kam, da ging die Prinzessin allein von Bergen nach Garz; und wie es vom Garzer Kirchturm Mitternacht schlug, that sie ihre Kleider von sich und betrat den Schloßwall, auf dem sie nun rückwärts auf und ab schritt, mit einer Johannisrute, welche sie mitgenommen hatte, die Erde berührend. Nicht lange war sie so geschritten, da that sich die Erde auf, und sie glitt sanft und langsam tief hinunter, bis in einen großen Saal, in dem tausend Lichter brannten und der ganz angefüllt war mit großen Haufen von Silber, Gold und Edelgestein.

Hinten in einer Ecke saß der König, der alle diese Schätze bewachte. Es war ein kleines, graues Männchen, das ihr zuwinkte, um ihr Mut einzusprechen. Sie aber fürchtete sich nicht und begrüßte den König nur leise mit der Hand. Da erschienen auf einmal viele herrlich gekleidete Diener und Dienerinnen. Die füllten ihre Hände mit Gold und Edelsteinen, und also that auch die Prinzessin. Und als sie genug hatte, da trat sie ihren Rückweg an, und alle die Diener und Dienerinnen folgten ihr.

Wie sie nun schon viele Stufen herauf gestiegen war, so ward ihr auf einmal bange, ob jene mit den Schätzen ihr auch wohl folgen würden, und sie wandte sich um, nach ihnen zu sehen. Aber das war ihr großes Unglück; denn plötzlich verwandelte sich der alte König in einen großen, schwarzen Hund, der mit feurigem Rachen und glühenden Augen auf sie zu sprang. Und wie sie nun weiter vor Angst und Entsetzen ausrief: »O! Herr Jesus!« da schlug auf einmal die Thüre über ihr mit lautem Knalle zu, und die Treppe versank, und sie fiel in den großen Saal hinein, in dem die Lichter plötzlich verlöschten.

Darin sitzt sie nun schon viele hundert Jahre lang und muß dem alten Heidenkönig helfen, seine Schätze hüten. Sie kann nur erlöst werden, wenn ein reiner Junggesell es wagt, in der Johannisnacht auf dieselbe Weise, wie sie es that, auf den Garzer Schloßwall zu gehen und in die Schatzkammer hinabzufallen. Er muß sich dann dreimal vor ihr neigen und ihr einen Kuß geben und sie still an der Hand herausführen. Sprechen darf er dabei kein Wort.

Wer sie so herausbringt, der wird ihr Gemahl werden und so viele Schätze erwerben, daß er sich ein ganzes Königreich kaufen kann.

Es sollen schon viele dieses Wagestück versucht haben; aber es ist noch keiner zurückgekommen. Man sagt, der alte, schwarze Hund sei so schrecklich, daß alle, die ihn sehen, vor Entsetzen laut schreien müssen, und dann ist alles vorbei. Der letzte, der in den Schloßwall gegangen ist, soll ein Schuhmachergesell gewesen sein, welcher Joachim Fritz hieß. Das war ein junges, schönes Blut und ging immer viel auf dem Wall spazieren. Mit einem Male war er jedoch verschwunden, und kein Mensch hat jemals erfahren, wohin er gegangen ist, und seine Eltern und Freunde haben ihn in der ganzen Welt suchen lassen, aber nicht gefunden. Er mag nun auch wohl da sitzen bei den andern.

*E.M. Arndt, Märchen und Jugenderg. 2. Aufl. I. S. 10-25.*

## 233. Die verzauberte Prinzessin im Wallberg bei Garz.

Die Tochter des Fürsten von Garz verliebte sich in den König von Polen, obgleich sie mit dem Sohne des Fürsten von Bergen verlobt war. Aus dem Grunde kam es zu einem Zweikampf zwischen den beiden Prinzen, in welchem der Pole fiel. Als der alte Fürst dies hörte, war er so empört über seine Tochter, um derentwillen der tapfere König gefallen war, daß er sie verfluchte und in den Wallberg verwünschte.

Dort sitzt sie noch heute und harrt sehnsüchtig ihrer Erlösung. In der Johannisnacht zwischen elf und zwölf Uhr öffnet sich der Berg, und wenn dann ein reiner Jüngling rückwärts hineingeht und die Prinzessin küßt, so kann er sie erlösen. Hat sich der Betreffende jedoch nicht ganz keusch erhalten, so wird er von einem schrecklichen, schwarzen Hund, der in der Mitte des Eingangs Wache hält, zerrissen.

Aber nicht nur in der Mitternacht, sondern auch in der Mittagsstunde des Johannistages kann das Erlösungswerk vorgenommen werden. In letzterem Falle hat dasselbe jedoch nicht im Wallberge stattzufinden, sondern, bei sonst gleichen Bedingungen, an dem Garzer See, welcher zwischen dem Rittergut Renz, das durch einen unterirdischen Gang mit dem Wallberg verbunden sein soll, und der Stadt liegt. Auf jenem See schwimmt die Prinzessin in dieser Stunde als Seejungfer herum und ist dann halb wie ein Mensch halb wie ein Fisch gestaltet.

*Mündlich aus Garz auf Rügen.*

## 234. Die sieben bunten Mäuse.

Vor langer Zeit lebte zu Puddemin auf Rügen eine Bauerfrau, die hatte sieben Kinder, welches lauter Mädchen waren, das älteste zwölf und das jüngste zwei Jahre alt. Die Kinder waren alle übereins gekleidet und trugen bunte Röcke und rote Mützen.

Da trug es sich einst auf einen Karfreitag zu, daß die Frau mit ihrem Manne zur Kirche ging und die sieben Kinder allein im Hause ließ. Anfangs waren sie auch alle still und fromm. Nun hatte aber die Frau hinter den Ofen einen Beutel mit Nüssen und Äpfeln gestellt, den sie des Mittags ihrem kleinen Paten schenken wollte. Den bekamen die Kinder zu sehen, und darauf war es aus mit ihrer Ruhe. Sie fielen über den Beutel her und schmausten Äpfel und Nüsse auf, so viel deren darin waren.

Darüber erzürnte sich die Frau, als sie aus der Kirche zurückkam, und sie konnte sich nicht mäßigen, obgleich es am stillen Freitag war, sondern schimpfte die Kinder laut; und weil man kleine Diebe auch wohl Mausemärten zu nennen pflegt, so ging sie in ihrem

Zorne so weit, daß sie ausrief: »Der Blitz! Ich wollte, daß ihr Mausemärten alle zu Mäusen würdet!« - Einem solchen Fluche an dem heiligen Tage und gegen die eigenen Kinder folgte die Strafe auf dem Fuße nach. Denn kaum hatte die Mutter die Worte gesprochen, so waren auf einmal die sieben Kinder in Mäuse verwandelt. Die liefen in der Stube hin und her, mit bunten Leibern und roten Köpfen, wie die Kinder sich (sic!) getragen hatten.

Da erschrak die Frau sehr und wußte nicht, was sie in ihrer Angst anfangen sollte. Mittlerweile kam der Knecht und öffnete die Thüre, und nun liefen die sieben Mäuse alle auf einmal durch die offene Thüre zur Stube hinaus und aus dem Hause und immer weiter über das Puddeminer und das Günzer Feld, über das Schoritzer Feld und durch die Krewe und endlich über das Dumsevitzer Feld in einen kleinen Busch hinein. Die Mutter eilte ihnen nach und weinte und jammerte und bat den lieben Gott, daß er ihr doch ihre Kinder wieder geben möge. Aber sie konnte sie nicht einholen.

In dem Busche hinter dem Dumsevitzer Felde war ein klarer Teich. Auf diesen liefen die sieben Mäuschen zu, und erst an dem Ufer blieben sie stehen und sahen sich um. Da erblickten sie die Mutter, die ihnen gefolgt war, und nachdem sie dieselbe eine Weile angesehen hatten, gleich als wenn sie ihr noch einmal hätten Lebewohl sagen wollen, sprangen sie plötzlich alle sieben in das Wasser und gingen sofort unter. - Als die Bauerfrau dieses Unglück sah, da wurde sie vor großem Schreck zu Stein und rührte nicht Hand oder Fuß mehr.

Der Busch, in welchem dies geschehen ist, heißt seit der Zeit der Mäusewinkel. Den Teich sieht man noch darin und an demselben auch noch einen großen, runden Stein, in den die Frau verwandelt ist. Aus dem Teiche kommen alle Nacht die sieben bunten Mäuse heraus und tanzen um den Stein herum, eine ganze Stunde lang, von zwölf Uhr bis um eins. Der Stein klingt dann, als wenn er sprechen könnte; die Mäuse aber singen einen Gesang, welcher also lautet:

»Herut! Herut!
Du junge Brut!
Din Brüdegam schall kamen;
Se hebben di
Doch gar to früh
Din junges Leben namen.
Sitt de recht up'n Steen,
Watt he Flesch un Been,
Un wi gan mit dem Kranze:
Säwen Junggesell'n
Uns führen schäll'n -
Juchhe! - tom Hochtidsdanze.«

Man sagt, daß dieses Lied bedeuten solle, daß die Mäuse und die Frau einst wieder in Menschen verwandelt werden können. Dies soll auf folgende Weise geschehen:

Es muß eine Frau sein, gerade so alt, wie die Bauerfrau, als sie aus der Kirche kam. Die muß sieben Söhne haben, gerade so alt, als die sieben kleinen Mädchen waren, da sie verwandelt wurden. Wenn die Frau nun mit ihren sieben Söhnen auf einen Karfreitag, gerade um die Mittagszeit, in den Mäusewinkel kommt und sie sich alle auf den runden Stein setzen, so werden dieser Stein und die sieben Mäuse wieder zu Menschen werden, und

sie werden gerade so aussehen und dieselben Kleider tragen, als damals zur Zeit ihrer Verwandlung. Sind dann die vierzehn Kinder groß geworden, so sollen sie einander heiraten und sehr
reich und glücklich werden; denn alle Güter und Höfe ringsum werden ihnen gehören.

*E.M. Arndt, Märchen und Jugenderg. 2. Aufl. I. S. 3-9.*

### 235. Der Mûsbrôk bei Dumsevitz.

Frau Wittmitz aus Dumsevitz ging eines Sonntags zum heiligen Abendmahl und legte ihren
vier Buben an's Herz, während dessen recht artig zu sein. Als sie nach Hause zurückkehrte,
zeigte sich's jedoch, was die Ermahnungen gefruchtet hatten. Das Unterste war zu Oberst
gekehrt, und nichts hatten die gottlosen, unnützen Jungen auf seinem rechten Platze gelassen.

Da ergrimmte die Mutter und schrie in ihrer Wut: »Ihr Mausezeug, euch soll allesamt der
Teufel holen!« Und kaum hatte sie diese Worte ausgesprochen, so ging auch sogleich der
schreckliche Fluch in Erfüllung. Die vier Kinder wurden zu vier Mäusen und rannten zur
Stube hinaus.

Jetzt that es der Mutter leid und sie eilte hinterher, auch die Nachbarn kamen und halfen
mit; aber die Mäuse waren schneller und liefen dem alten, abgeholzten Ellernbruch zu. Ehe
noch jemand es verhindern konnte, waren sie alle unter einem der Stubben in ein Loch
gekrochen und für immer verschwunden. Kein Mensch hat sie je wieder gesehen, der
Ellernbruch heißt aber davon noch bis auf den heutigen Tag der Mûsbrôk.

*Mündlich aus Dumsevitz auf Rügen.*

### 236. Die Kreuzkirche auf Zudar.

Auf der Rügener Halbinsel Zudar, in der Grabower Feldmark, hat früher hart am Strande
eine Kreuzkirche gestanden. Eines Tages ist sie plötzlich in den Meeresgrund versunken,
und die Stelle, auf der sie gestanden, wird jetzt von den Wogen der Ostsee überflutet.

Einmal wusch nun in dieser Gegend eine alte Frau ihre Leinewand und saß dabei auf
einem Stein, der nicht weit ab vom Strande in der See lag. Da vernahm sie unter ihrem Sitze
helles Glockengeläut. Erschrocken sprang sie auf und erzählte den Leuten im Dorfe, was ihr
widerfahren sei. Die zogen hinaus, gruben unter dem Steine nach und fanden drei schöne
Glocken, welche auf einem zweispännigen Wagen in das Kirchdorf Zudar geschafft wurden.

Weil aber die eine von den Glocken sehr groß und deshalb für die kleine Dorfkirche nicht
recht geeignet war, so beschloß man, dieselbe nach Garz zu bringen. Hatten nun z w e i
Pferde die d r e i Glocken nach Zudar gefahren, so vermochten jetzt nicht einmal a c h t
Pferde die e i n e Glocke über die Zudarsche Grenze zu schaffen, es blieb nichts anderes
übrig, man mußte die Glocke in Zudar lassen, wo sie auch noch heutiges Tages vorhanden
ist; doch ist sie umgegossen worden.

*Mitgeteilt durch Herrn O. Knoop in Posen*

### 237. Die versunkene Kirche im Bullpaul bei Franzburg.

Wo jetzt der Bullpaul bei Franzburg liegt, hat früher eine große, schöne Kirche gestanden.
Sie war mit der Stadt Franzburg durch einen unterirdischen Gang verbunden, der noch jetzt
erhalten ist; aber man kann ihn nicht mehr betreten. Denn als die Kirche, man weiß nicht
wie und weshalb, eines Tages in die Erde versank, ist die tiefe Grube sogleich voll Wasser
gelaufen, und dabei wurde auch der Gang überflutet.

Den Namen Bullpaul erhielt der neu entstandene Teich, weil die Wiesen, welche ihn umgeben, den Sommer hindurch von den Stadtbullen zur Weide benutzt werden. Aber noch immer hält sich das Andenken an die versunkene Kirche wach; denn jeden Michaelistag, Schlag zwölf Uhr, erscheinen ihre Glocken auf der Oberfläche des Bullpauls, wovon sich schon viele Leute durch den eigenen Augenschein überzeugt haben.

*Mündlich aus Abtshagen, Kreis Grimmen.*

## 238. Dei witte Jumfer in Dûnrêmel bî Sîwertshâgen.

Twischen Sîwertshâgen un Baukhult up dei Scheir lijjt ên Dûrnrêmel; dâr sall âbends ümmer 'ne witte Jumfer sin un leggen wat up den Dûrnbusch. Eis häbben dei Luer sein, dat sei ên Brôt up den Busch lejjt hät. As sei âewer dicht bî west sin, dâr is dat Brôt verswunnen. Annermâl hät ên Klêd up lêgen, un uk dat wîr, as sei henkâmen verswunnen. Sô 'st noch vêlen annern Dingen gân.

Dê sülwige Dûrnrêmel geit nâ Poppenhâgen hen. Wenn man dâr geit, lâpen ümmer Hunn mit âna Kedd nêben em up. Bî den Kruezwech nâ Baukhult hen verlâten sei em werrer.

*Mündlich aus Sievertshagen, Kreis Grimmen.*

## 239. Bullkater[27]

In Turow hauste vor vielen, vielen Jahren ein Raubritter, Bullkater mit Namen; sein Schloß stand auf der Stelle, wo das jetzige Herrenhaus von Turow sich befindet. Dieser Bullkater war ein sehr grausamer Mann, so daß noch heute die Mütter ihre Kinder mit den Worten bange machen: »Du, der Bullkater kommt.« Sein Hauptbestreben war, den reichen Kaufleuten aufzupassen, sie sodann ihrer Waren zu berauben und ihnen ein hohes Lösegeld abzupressen. Auf diese Weise brachte er unermeßliche Reichtümer zusammen.

Konnte ein Gefangener das Lösegeld nicht bezahlen, so ließ ihn der Bullkater lebendig einmauern. Mit sechs Menschen hat er es so gemacht, und man zeigt die Stube noch, in deren Wänden die Ärmsten eingemauert sind. Auch sollen sich an den Stellen Blutflecken befinden, welche durch keine Macht der Welt beseitigt werden können. Gegen Mitternacht, zwischen elf und zwölf Uhr, fangen die Geister der Ermordeten ein klägliches Geschrei an und kratzen an dem Mörtel, wie sie damals gethan hatten, als sich der Bullkater nach ihrer Einmauerung hohnlachend entfernte.

Der Bullkater hatte auch eine Braut, welche er sehr liebte und die er einem Fürsten aus Rügen, dessen Tochter sie war, gestohlen hatte. Trotz seiner Liebe zu der Braut hing er aber doch noch mehr an seinem Golde. Als er nämlich zum Sterben kam und ihm das Gewissen wegen seiner vielen Schandthaten keine Ruhe ließ, bat ihn seine Braut, die ihm ebenfalls in inniger Gegenliebe zugethan war, er möge doch zu seinem Seelenheil die geraubten Schätze zum Bau von Gotteshäusern verwenden. Kaum hatte er diese Worte vernommen, so stieß er seine Braut von sich, rief die Knechte und befahl ihnen, die unschuldige Frau ebenfalls einzumauern.

Bevor das unglückliche Weib dem entsetzlichen Schicksal verfiel, wußte sie den Schloßhauptmann, der zwar den Befehl des Bullkater ausführen mußte, aber dennoch seiner Gebieterin sehr ergeben war, dazu zu bestimmen, daß er wenigstens einen Teil der geraubten Schätze zum Bau von Gotteshäusern verwende. Denn das Gold, welches der Bullkater auf seinem letzten Raubzuge erbeutet hatte, war von ihm besonders eingegraben worden, und die Frau hatte von der Stelle Kunde erhalten.

Der Schloßhauptmann that später, wie ihm seine Herrin befohlen hatte, und von diesem Gelde sind die Kirchen in Nehringen, Kirchbaggendorf und Vorland errichtet worden. Die eingemauerte Prinzessin aber erscheint noch heutiges Tages zumal bei Mondschein auf dem Turm des Schlosses in knieender Stellung und betet um Vergebung für ihre Sünden, da sie als die Gemahlin Bullkaters sich für mitschuldig an den Schandthaten ihres Gatten hält.

Der Bullkater selbst starb bald nach der Ermordung seiner Braut und sitzt nun tief unten im Schloßkeller bei den unermeßlichen Schätzen. Ihm zur Seite liegt sein treuer Begleiter in diesem Leben, sein großer, schwarzer Hund Flambo. Leuten, welche, nach dem Gelde des Bullkater lüstern, in den Keller dringen, springt der Flambo entgegen und scheucht sie zurück.

*Mündlich aus Deyelsdorf, Kreis Grimmen.*

## 240. Die sieben eingemauerten Bauern zu Turow.

In dem Kreise Grimmen liegt ein großes adliges Schloß, Turow geheißen; und um dasselbe läuft ein tiefer und breiter Graben, der erst vor ungefähr zweihundert Jahren entstanden ist. Zu der damaligen Zeit lebte nämlich auf dem Schlosse ein Edelmann, namens Bono; der ließ durch seine sieben Bauern, die zu dem Schlosse gehörten, den Graben machen. Er hatte ihnen einen guten Tagelohn versprochen, und die sieben Bauern arbeiteten drei volle Jahre daran, alle Tage und mit ihren Weibern und Kindern, damit sie desto eher zu ihrem Lohne kommen möchten.

Der Schloßherr rechnete auch alsbald mit ihnen ab, als sie fertig waren. Allein er machte ihnen so viele Gegenrechnungen, für Essen und Trinken, so er ihnen gegeben, für Schippen und Spaten, so sie ihm verdorben, und für andere Sachen, daß die Bauern nicht mehr als sieben Schillinge, also der Mann einen Schilling für alle drei Jahre, heraus haben sollten. Damit wollten die Bauern nicht zufrieden sein, und sie beschwerten sich bitter bei dem Herrn. Anfangs drohte er ihnen; auf einmal aber gab er ihnen gute Worte und versprach ihnen ihren vollen Lohn. Sie sollten nur mit ihm kommen in die Stube, die hinten im Schlosse lag, da wolle er ihnen alles auszahlen. Also lockte er sie in die entlegene Kammer, und wie er alle sieben darin hatte, ließ er sie lebendig darin einmauern, daß sie eines jämmerlichen Todes sterben mußten.

Als nun aber das Winseln des letzten nicht mehr gehört wurde, da fuhr auf einmal der Teufel in den Schloßherrn und ließ ihm keine Ruhe mehr, bis er oben in seine Stube ging und sein Gewehr von der Wand nahm und sich damit eine Kugel durch den Kopf schoß, daß das Blut bis oben an die Decke spritzte.

Diese Blutflecken sieht man noch jetzt dort; man hat sie mit keiner Kunst vertilgen können, und wenn die Stellen auch zwanzigmal hintereinander überweißt werden, so kommen sie doch jedesmal gleich wieder zum Vorschein. Auch die Knochen der sieben eingemauerten Bauern liegen noch unten in der Stube; es darf kein Mensch sie von da fortnehmen. Den Schloßherrn und die Bauern sieht man jede Nacht herumspuken.

*Temme, Volkssagen. Nr. 280.*

## 241. Der Mäusewagen in Grimmen.

In der Stadt Grimmen fährt jedes Jahr in der Walpurgisnacht ein Wagen mit vielem Gerassel durch alle Straßen. Er fährt so rasch und schwer, daß die Fenster an den Häusern zittern, wo er vorbei fährt. Wenn man nun hinaus auf die Straße sieht, so erblickt man eine große, schwarze Kutsche, vor die vier kleine Mäuse gespannt sind. Auf dem Bocke sitzt ein Kutscher, der einen großen Hut trägt und einen Hühnerfuß hat. Wer in der Kutsche sitzt, weiß man nicht.

*Temme, Volkssagen. Nr. 279.*

## 242. Der schwarze See bei Grimmen.

Die Stadt Grimmen hat früher an einer andern Stelle gestanden als jetzt, nämlich da, wo heutiges Tages der sogenannte schwarze See ist. Die Stadt ist dort versunken mit allem, was darinnen war. Wann und wie dies geschehen ist, weiß man nicht mehr, denn es ist schon viele hundert Jahre her. Aber daß es wahr ist, beweist der schwarze See, den man an ihrer Stelle findet.

Derselbe liegt ungefähr eine Achtelmeile von der jetzigen Stadt Grimmen, links am Wege nach Grellenberg. Er ist länglichrund, ungefähr siebenzig Schritte lang, wo er am längsten ist, und sechzig Schritte breit. Wie tief er ist, das weiß kein Mensch, denn er soll gar keinen Grund haben. Er ist rund umher mit kleinen Anhöhen und einem Elfenbusche umgeben. Der Boden dieses Busches ist aber so feucht und morastig, daß man nur in ganz trockenen Sommern bis an die Ufer des Sees gelangen kann.

Das Wasser in diesem See ist schwarz und bitter. Es verändert sich niemals. Der Wind mag leise wehen oder auch noch so viel stürmen, der See bleibt immer ruhig, und es hat noch keiner gesehen, daß das Wasser darin sich auch nur ein einziges Mal gekräuselt hätte. Das soll davon kommen, daß der See, wie die Leute sagen, auf der versunkenen Stadt ruht. Es lebt auch kein Fisch in diesem Wasser, und das hat darin seinen Grund, weil eine geweihte Kirche darunter versunken ist. Ihre Glocken kann man noch oft hören.

*Temme, Volkssagen. Nr. 166.*

## 243. Die Glocken zu Stoltenhagen.

Nicht weit von Kirchdorf, im Kreise Grimmen, in der Gegend von Greifswald, liegen zwei Teiche, ein großer und ein kleiner. An der Stelle des großen stand ehedem ein Mönchskloster; wo jetzt der kleine sich befindet, dagegen lag früher eine Schmiede. Beide Gebäude wurden eines Tages, gerade am Johannisfeste, um der Gottlosigkeit der Mönche willen, von der Erde verschlungen. Mit der Klosterkirche versanken auch die beiden Glocken; doch tauchten sie jedes Jahr am Johannistage des Mittags auf den Wasserspiegel empor, begaben sich zum Ufer und sonnten sich dort. Sobald die Uhren eins schlugen, verschwanden sie wieder in der Tiefe.

Das hat so gedauert viele Jahre, bis einmal ein Mädchen zufällig am Johannistage des Mittags in dem großen Teiche Zeug wusch. Ohne sich etwas dabei zu denken, legte die Dirne die fertige Wäsche auf die Glocken und bannte dieselben dadurch, daß sie nicht wieder in das Wasser zurück kehren konnten. Da haben die beiden Glocken nun lange Zeit gelegen, und es hat kein Mensch sie von der Stelle bringen können. Die Bauern von Levenhagen, die damals gerade eine neue Kirche bauten, haben es versucht, sie für sich zu nehmen, und einen Wagen mit Pferden hingeschickt, um sie abzuholen. Auf den Wagen haben sie die Glocken wohl auch bekommen können, weiter aber nicht; denn so viel Pferde sie auch davor spannen mochten, sie konnten die Last nicht von der Stelle ziehen.

Endlich kamen die Stoltenhagener, die auch keine Glocken in ihrer Kirche hatten, auf den klugen Einfall, statt der Pferde Ochsen zu nehmen. Und siehe, jetzt ging alles leicht und glücklich von statten, und seitdem hängen die gebannten Glocken in dem Kirchturm zu Stoltenhagen.

*Nach Temme, Volkssagen. Nr. 266.*

## 244. Der Kummerow-See.

Auf dem Kummerow-See schwimmen jedesmal am Johannistage um zwölf Uhr mittags ein großer Berg Bernstein und eine goldene Wiege. Fährt man heran und berührt die Schätze, so sinken sie unter fürchterlichem Geprassel auf den Seegrund zurück.

In dem Kummerow-See ist auch vor vielen Jahren eine Stadt untergegangen, Grabow genannt. Noch jetzt heißt danach ein kleines Dorf am See Wüst-Grabow. Die Glocken von der Hauptkirche der versunkenen Stadt kann man zu derselben Zeit, da die Wiege und der Bernsteinberg auf der Oberfläche erscheinen, im Wasser läuten hören.

*Mündlich aus Meesiger, Kreis Demmin.*

## 245. Die versunkenen Städte im Grabow- und im Scharpsower See.

In der Gegend zwischen Sellentin und der Kummerowschen Meierei, im Kreise Demmin, liegt ein See, der Grabow-See genannt. Hier hat in früheren Zeiten eine Stadt, namens Grabow, gestanden, die einstmals durch eine Erderschütterung zu Grunde gegangen ist und dem See die Entstehung und den Namen gegeben hat. Die Leute sagen, daß man bei hellem Wetter die Türme der Stadt auf dem Grunde des Wassers sehen könne. – Nahe bei dem See sieht man noch die Ruine einer Burg, welche von den Leuten der Gegend das Grabow-Schloß genannt wird.

Auch an der Stelle des Scharpsower Sees, im Kreise Demmin, der in der Kummerower Forst liegt, hat früher eine Stadt gestanden, die darin versunken ist. Das Nähere darüber weiß man nicht mehr, aber bei klarem Wetter kann man unten im See die Stadt erblicken. Sogar die einzelnen Straßen lassen sich noch ganz deutlich erkennen.

*Temme, Volkssagen. Nr. 167 und 168.*

## 246. Die verwünschten Jungfern in Haus Demmin.

Auf den Demminer Kirchwiesen, rings umflossen von der Tollense, liegt ein altes, halb verfallenes Schloß mit Ruine, Haus Demmin genannt. Dort ist's nicht geheuer.

So soll sich z. B. in dem bewohnten Teile des alten Gebäudes ein Zimmer befinden, welches zwar unbewohnt ist, aber dennoch jeden Tag gereinigt und in Ordnung gebracht werden muß. Wird das einmal aus Unachtsamkeit unterlassen, so können es die Leute im Schlosse vor dem Treiben des Spukes kaum aushalten. Im Schloßgarten dagegen zeigen sich häufig zwei weiße Jungfern, von denen auch die jetzt folgende Geschichte handelt.

Der Fischer, welcher die Tollense-Fischerei gepachtet hatte, fuhr eines Nachts bei hellem Mondschein mit seinem Kahn am Hause Demmin vorbei, als er oben auf dem Turm die eine der beiden Jungfern in blendend weißem Gewande stehen und nach der meklenburgischen

Seite hin schauen sah. Nach wenigen Augenblicken verschwand sie wieder, erschien mit der andern Jungfer am Ufer der Tollense, und beide riefen jetzt dem Fischer einen guten Abend zu. Der Mann dankte und fragte nach ihrem Begehr. Darauf antworteten die weißen Jungfrauen: »Wir sind die verwünschten Prinzessinnen von Haus Demmin. Wenn du morgen um diese Zeit mit deinem kleinen Kinde hierher kommst und es uns küssen läßt, so sind wir erlöst, und du wirst glücklich sein dein lebelang.« Der Fischer ging darauf ein, versprach in der andern Nacht sich einzufinden, und die Jungfern verschwanden.

In der folgenden Nacht nahm der Mann heimlich, ohne das Vorwissen seiner Frau, das Kind aus der Wiege, stieg damit in den Kahn und ruderte auf die Ruine zu. Die Jungfrauen erwarteten ihn schon, diesmal jedoch nicht in menschlicher Gestalt, sondern als zwei abscheuliche Schlangen, denen das Feuer aus dem Maule fuhr. Als der Fischer dies sah, ward ihm klar, daß sein Kind die Küsse nicht überleben würde; er schlug darum die ganze Sache rund ab und erklärte auf das bestimmteste, unter solchen Umständen sich nie und nimmermehr auf das Erlösungswerk einlassen zu können.

Nachdem die verwünschten Jungfern eingesehen hatten, daß kein Bitten und Zureden mehr helfen könne, erhuben sie ein jämmerliches Klagegeschrei und sagten, jetzt sei ihre Erlösung wieder auf lange, lange Zeit verschoben. Erst dann, wenn die sieben Pappeln in Demmin so groß geworden wären, daß man aus der siebenten sieben Wiegen anfertigen könne, dürften sie von neuem Hoffnung schöpfen. Das Kind nämlich, welches in der siebenten Wiege zuerst gewiegt würde, vermöge sie zu erlösen. Und nachdem sie diese Worte zu Ende gesprochen, verschwanden sie unter fortwährendem Wehklagen.

*Mündlich aus Demmin.*

## 247. Der Schatz im Hause Demmin.

Unter den Ruinen des Hauses Demmin sind von alten Zeiten her noch viele Schätze vergraben. Sie liegen aber sehr tief, so daß man in einer Nacht nicht so viel graben kann, um bis zu ihnen zu gelangen. Deshalb haben die Leute, die anfangs viel nach ihnen gruben, zuletzt davon abstehen müssen. Denn wenn sie bis zur zwölften Stunde der Nacht gegraben hatten, so stürzte auf einmal alles wieder zu, und ihre ganze Arbeit war vergebens. Doch glaubt man, wenn der rechte Mann käme, so würde der die Schätze wohl heben können. Bei denselben wacht übrigens ein ganz schwarzer Hund.

Einem Knaben ist es einstmals geglückt, etwas von den Schätzen zu bekommen. Er hatte auf der Ruine Ball gespielt, wobei ihm sein Ball in eine Oeffnung des Gemäuers gefallen war. Um ihn wieder zu holen, stieg er nach und kam in ein großes, dunkles Gewölbe, wo er eine halb offene Thür sah, durch welche Licht schimmerte. Der Knabe ging dem Lichte nach, und trat in einen ungeheuren Saal, der voll der reichsten Schätze lag. Davon steckte er sich geschwind beide Taschen voll und eilte davon. Beim Zurückkehren sah er jetzt, wie an der Thüre ein großer, schwarzer Hund lag. Das Untier schlief aber, und er kam glücklich an ihm vorbei, und wieder aus dem Gewölbe heraus.

Er lief mit seinen Schätzen nach Hause, und erzählte, wie er dazu gekommen sei. Nun hatte er eine Stiefmutter, welche hart und geizig war. Die befahl ihm, daß er zur Ruine zurückkehren und sich noch einmal die Taschen voll holen solle. Das mußte der arme Knabe thun, aber es hat ihn kein Mensch aus der Tiefe zurück kommen sehen.

*Temme, Volkssagen. Nr. 196.*

## 248. Der verwünschte Mann im unterirdischen Gang von Haus Demmin nach Pensin.

Von Haus Demmin geht unter dem Bette der Tollense hin, an der Kirche vorbei, ein unterirdischer Gang, welcher erst bei dem Rittergute Pensin münden soll. Dieser Gang durchschneidet der Sage nach auch die alte Pferdekoppel bei Demmin, und eine in derselben befindliche tiefe Grube soll mit ihm in Verbindung stehen.

Einst hüteten dort Hütejungen ihre Pferde und trieben dabei allerhand Mutwillen. Einem von den Burschen wurde sogar die Mütze vom Kopfe gerissen und in die Grube geworfen. Da der Junge zu weinen begann, knoteten die andern die Roßhalftern zusammen, verfertigten ein langes Seil daraus und ließen daran ihren Gefährten in das Erdloch hinab.

Als er auf den Grund der Grube gekommen war, stieß er sofort auf den unterirdischen Gang. In diesem saß an einem großen Tische ein alter Mann und schrieb; neben ihm auf der Erde lag ein gewaltiger, schwarzer Hund, welcher dem Ankömmling die Zähne wies. Sobald der Alte des Burschen ansichtig wurde, fragte er ihn nach seinem Begehren und befahl ihm, nachdem er den ganzen Hergang der Sache erfahren, unter den Tisch zu greifen. Dort läge die Mütze auf einem Haufen Gold, und er möge davon getrost soviel aufraffen, wie er in der Mütze fortschaffen könne. Der Junge gehorchte und wurde sodann von dem Manne zu der Grube zurück geleitet, von wo aus die andern Hütejungen ihn wieder in die Höhe zogen.

Kaum war er oben und hatte der Bursche, welcher ihm die Mütze vom Kopfe gerissen und in das Loch geworfen hatte, das viele Gold gesehen, so wurde er neidisch, warf seine Mütze ebenfalls hinein und ließ sich dann an derselben Halfterleine in die Grube hinab. Unten erwartete ihn jedoch der schwarze Hund und zerriß ihn, so daß nie wieder etwas von ihm zum Vorschein gekommen ist.

*Mündlich aus Demmin.*

## 249. Die versunkene Stadt bei Gützkow.

In der Gegend, wo jetzt Gützkow liegt, war früher eine Stadt, die sehr in Sünden lebte, so daß Gott ihren Untergang beschloß, wie den von Sodom und Gomorra. Es erbarmte ihn aber der Einwohner, und er schickte ihnen daher einen Engel, der sie vor dem Unglücke warnen und aus der Stadt herausführen mußte. Der Engel gebot ihnen auch dabei, daß sie sich nicht umsehen sollten.

Wie nun aber die Stadt mit schrecklichem Geräusch in die Erde versank, da war eine Frau, die ihrer Neugierde nicht wehren konnte. Eigentlich umsehen, wie Lots Weib, wollte sie sich nicht, sie bückte sich deshalb und sah zwischen den Beinen zurück. Aber augenblicklich wurde sie in einen Stein verwandelt, und ebenso geschah auch ihrem Hunde, der sich gleichfalls umgesehen hatte.

Die beiden Steine sieht man noch heutiges Tages. An dem größeren, in den die Frau verwandelt wurde, kann man noch deutlich die Gestalt eines Menschenkopfes erkennen. Nicht weit davon liegt der See, der an der Stelle der versunkenen Stadt sich bildete. Dieselbe hat übrigens mehrere Türme gehabt, welche noch aufrecht stehen müssen; denn es begegnet den Fischern oft, daß sie mit ihren Netzen auf die Turmspitzen geraten.

*Temme, Volkssagen. Nr. 165.*

DIE KLOSTERRUINE ZU ELDENA

## 250. Die Klosterruine zu Eldena.

Von dem ehemaligen reichen Kloster und der Kirche zu Eldena sieht man jetzt noch schöne Ruinen, die weit ins Land und in die See hineinschauen. Unter den Trümmern sind allerlei Wunder in der Erde verborgen.

Insbesondere soll ein großes, tiefes Gemach da sein, zu welchem ein finsterer Gang führt, den man jetzt aber nicht mehr kennt. In dem Gemache steht ein Tisch, auf dem ein schwarzer Pudel liegt; neben dem Tische befindet sich eine große, schwarze Kutsche. Dieselbe wird von dem Hunde bewacht. Was es sonst noch für eine Bedeutung hiermit hat, weiß man nicht; es wird aber, wie die Leute sagen, an den Tag kommen, wenn der Schutt von der Ruine ganz weggeräumt ist und man den Gang zu dem Gemache wiedergefunden hat.

Vor ungefähr siebenzig oder achtzig Jahren kamen einst zwei Kapuziner aus Rom nach Eldena. Die fragten bei dem damaligen Landreiter nach einer verborgenen Thür, welche in das alte Gemäuer unter der Ruine führen sollte. Der Landreiter gab ihnen seinen Knecht mit, und weil die Kapuziner genau die Gegend anzugeben wußten, wo die Thüre lag, so fanden sie dieselbe wirklich bald unter dem Schutte, den der Knecht nach ihrer Anweisung auf die Seite schaffen mußte. Sowie die Kapuziner nun die Thür berührten, that sie sich von selbst auf, und die Mönche traten mit dem Knechte in das Gemäuer hinein. Hier kamen sie in mehrere Zimmer. In den ersten war nichts zu sehen; zuletzt gelangten sie aber in eins, in welchem viele Leute saßen und schrieben. Von diesen wurden sie wohl aufgenommen und dann wieder entlassen, nachdem die Kapuziner zuvor viel Heimliches mit ihnen gesprochen hatten. Als der Knecht auf die Oberwelt zurückkam, fand es sich, daß er drei ganze Jahre fort gewesen war.

*Temme, Volkssagen. Nr. 202.*

## 251. Der Steinkreis in der Netzebander Heide.

Von dem Peenestrom, südlich Wolgast, bis zu der sogenannten dänischen Wieck bei Greifswald zieht sich eine unterbrochene breite Niederung, die Ziese genannt. Innerhalb derselben liegt inselartig eine etwa tausend Morgen große, sandige Fläche, die mit Wald bestanden ist, die Netzebander Heide geheißen. Dort befindet sich ein Steinkreis, von dem jedoch nur drei Steine noch aufrecht stehen, weshalb auch die ganze Gegend z u d e n d r e i S t e i n e n genannt wird.

Dort ist es nicht geheuer, weder bei Tag noch bei Nacht. Kein Pferd hält die Nacht durch bei den drei Steinen aus, so unheimlich ist die Gegend. Das hat aber folgenden Grund.

Vor vielen Jahren, so erzählen die alten Leute, weideten hier Hirten ihre Herde. Sie waren so übermütig, daß sie mit Brot Kegel spielten. Dieser Frevel konnte nicht ungestraft bleiben. Eine Stimme aus dem Walde rief ihnen zu: »Macht euch alsbald auf in die Wolgaster Kirche und betet ein Vaterunser, so soll es euch geschenkt sein!« Aber die gottlosen Leute verachteten die Warnung. Da wurden sie plötzlich in Steine verwandelt, und so stehen sie noch da. Die großen sind die Hirten, die kleinen ihre Hunde.

Nur einer der Hirten hatte sich zuletzt noch besonnen und auf den Weg nach Wolgast begeben. Allein es war schon zu spät; er kam etwa bis zur Hälfte hin, da wurde er in einen Stein verwandelt und sein Hund, der ihn begleitete, desgleichen. In der That zeigt man auch auf dem Wolgaster Felde einen großen, aufrechten Stein, der jenen in der Netzebander Heide ähnlich ist, und daneben einen kleineren.

*Balt. Studien. XXVIII. S. 545-547.*

## 252. Der schwarze See bei Wrangelsburg.

Nicht weit von Wrangelsburg, im Kreise Greifswald, liegt ein See, der ganz schwarzes Wasser hat und deshalb der schwarze See genannt wird. Dort ist vor vielen Jahren auf einen Johannistag eine Kirche mit drei Türmen versunken. An diesem Tage hört man darum auch noch alle Jahre die Glocken der Türme unten aus dem See hervortönen, so traurig und wehmütig, daß man es mit Worten gar nicht sagen kann. Alle hundert Jahre dürfen zwei von ihnen eine Stunde lang oben auf dem Wasser herumschwimmen und an's Ufer kommen.

An einem solchen Tage geschah es einmal, daß zwei Kinder aus Wrangelsburg an dem See ihr Puppenzeug wuschen und es zum Trocknen auf einer der beiden Glocken ausbreiteten, die gerade am Ufer lag und sich sonnte. Dadurch wurde die Glocke gebannt und konnte nicht zurück. Die andere rief ihr zu:

»Anne Susanne, komm mit mir geschwind!«

sie aber antwortete traurig:

»Ich kann nicht, Geliebte, gebunden ich bin!«

Darauf mußte die zweite Glocke allein in die Tiefe des Sees zurückkehren.

Als nun die schöne, große Glocke so da lag, da versammelten sich die reichen Gutsbesitzer der Gegend, um sie auf den Turm zu Gützkow zu bringen, wo sie nur für sie geläutet werden sollte. Das wollte aber nicht gelingen, und obgleich sie sechzehn Pferde vorspannten, so konnten sie damit doch nicht von der Stelle kommen. Da kam ein armer Bauer aus dem Dorfe Zarnekow mit zwei Ochsen des Weges, spannte dieselben davor und rief:
»Nun in Gottes Namen,
Für Reiche und für Arme!«
Damit trieb er die Tiere an, und sie zogen ohne Beschwerde die Glocke nach Zarnekow, wo sie im Turm aufgehängt wurde. Das dortige Geläut ist noch jetzt das schönste im Lande.

Der schwarze See hat neben vielen anderen Fischen auch sehr große Hechte, die das Sonderbare haben, daß sie eine Krone auf dem Kopfe tragen. Man kann sie aber nur sehr schwer fangen.

*Temme, Volkssagen. Nr. 267.*

## 253. Jochem Abt.

Der Fanglturm in Schwerinsburg steht mit dem wohl eine Meile davon entfernten Steinturm vor Anklam durch einen unterirdischen Gang in Verbindung, der auch noch bis tief in die Stadt hinein sich erstreckt. Jetzt ist dieser Gang zum größten Teile zerfallen; angelegt ward er, damit die Anklamer bei Belagerungen nicht ganz von aller Zufuhr abgeschnitten werden könnten. Auch fanden in dem Fanglturm geheime Beratungen einer Brüderschaft statt, die ähnlich waren, wie die Freimaurer, deren Namen man aber jetzt nicht mehr kennt.

Im Zusammenhang damit steht ein verwünschtes Wesen, das bis auf den heutigen Tag in dem Gange sein Wesen treibt. Es ist das ein ganz kleines Männchen, Jochem Abt genannt. Dasselbe fährt jede Nacht, Schlag zwölf Uhr, mit einem Wagen, vor den sechs weiße Mäuse gespannt sind, vom Fanglturm in Schwerinsburg ab und bringt die Schätze desselben nach Anklam zum Steinturm. Um ein Uhr ist nichts mehr von ihm zu sehen.

Einst pflügte ein Bauer auf dem Strich Land, welcher zwischen den beiden Türmen liegt, und zwar gerade in der Richtung des unterirdischen Ganges. Da stieg mit einem Male Jochem Abt vor ihm aus der Erde heraus und sprach: »Höre Bauer, du kannst mir einen Dienst erweisen. Der Gang ist seit kurzem verschüttet, und ich kann deshalb mit meinem Wagen nicht mehr zum Steinturm gelangen; denn vor aller Welt Augen unter freiem Himmel mit meinen Mäusen über das Feld zu fahren, steht mir nicht an. Wenn du willst, kannst du mir aber aus meiner Not helfen. Spanne deine beiden jungen Ochsen aus und kaufe dir ein paar starke, alte Tiere, welche schnurgerade ihren Weg mit dem Pfluge nehmen. Sodann setze hart beim Fanglturm den Pflug in den Acker und zieh eine Furche bis zum Steinturm; dort kehre um und wirf dicht daneben eine neue Furche bis zum Fanglturm. Das ganze muß aber Schlag zwölf Uhr beendet sein. Thust du das, so sollst du zur Belohnung zehn mal mehr Geld von mir empfangen, als die neu gekauften Ochsen wert sind.«

Dies Geschäft deuchte dem Bauern nicht übel, und er ging sofort daran, ein paar alte Ochsen zu kaufen. Dann pflügte er los, und da der Acker drêsch (d. h. brachliegend und mit Klee bewachsen) war, so kam es, daß die beiden neben einander dahinlaufenden Furchen, die eine zur Rechten, die andere zur Linken, in der Mitte das Erdreich dergestalt gegen einander warfen, daß es wie ein Dach stand und einen fortlaufenden Gang bildete.

Als nun der Bauer mit seinem Gespann wieder am Fanglturm angelangt war, stand Jochem Abt schon wieder mit seinem Gefährt da. Die sechs weißen Mäuse waren wohl dreimal so groß wie gewöhnliche Mäuse, doch sah der Bauer genau, daß es keine Ratten waren. Sehr winzig nahm sich dagegen das kleine Wägelchen aus mit seinen blitzblanken Rädern. Jochem Abt kehrte sich jedoch nicht an das Staunen des Mannes, sondern dankte ihm freundlich und überreichte ihm ein Kästchen, welches ganz mit Goldstücken angefüllt war. Dann sagte er zu ihm: »Wenn du zehn Jahre über den heutigen Vorfall schweigen kannst, so komm' um dieselbe Zeit, in der du mich heute gesehen hast, wieder und pflüge die beiden Furchen noch einmal, denn wahrscheinlich werden die alten dann schon teilweise wieder zerfallen sein. Reichlicher Lohn soll dir auch dann für deine Arbeit werden.«

Nach diesen Worten trieb Jochem Abt sein wunderliches Gefährt an und sauste damit unter dem schützenden Erddach nach dem Steinturm bei Anklam zu. Der Bauer aber fuhr frohen Muts nach Hause und ward durch das erhaltene Gold ein steinreicher Mann. Nichtsdestoweniger ließ er es sich nicht entgehen, nach zehn Jahren noch einmal für Jochem Abt zwei Furchen zu ziehen, und da er seinen Mund gehalten hatte, so erhielt er auch diesmal dieselbe große Belohnung für seinen geleisteten Dienst.

*Mündlich aus Wegezin, Kreis Anklam.*

## 254. Das versunkene Schloß auf dem Hausberg.

Eine Viertelmeile von Japenzin entfernt liegt der Hausberg. Auf ihm soll vor Zeiten ein Schloß gestanden haben, in dem zwei Damen, manche sagen, es waren Nonnen, gewohnt haben. Eines Nachts ist die Burg jedoch in die Erde versunken, und von der ganzen Herrlichkeit blieb nur ein tiefes Loch auf dem Gipfel des Hügels, welches heute noch zu sehen ist.

Einst spielten dort zwei Knaben, und mutwillig, wie Kinder sind, warf der eine dem andern die Mütze in das Loch. Der arme Kleine kroch seiner Kappe nach und kam nach einiger Zeit in einen großen Raum, wo ein alter Mann vor einem Tische saß und schrieb. Nachdem derselbe den Unfall des Kindes erfahren, schüttete er ihm die verlorene Mütze voll Geld und ließ es auf die Oberwelt zurück.

Als der andere Knabe die reiche Belohnung seines Gefährten sah, ward er neidisch und stürzte sich auch in das Loch hinein; doch hat man ihn nie wieder gesehen.

*Mündlich aus Japenzin, Kreis Anklam.*

## 255. Die Glocken von Japenzin.

Vor vielen Jahren lag zwischen Japenzin und Iven ein großes Dorf. Eines Nachts ist dasselbe mit Mann und Maus versunken, und als am andern Morgen die Leute hinein wollten, fanden sie statt des Ortes einen See, auf dem nur noch die drei Kirchenglocken herum schwammen.

Man fischte dieselben auf, und ein jedes von den schönen Nachbardörfern machte seine Rechte auf die beiden Glocken geltend. Die Ivener, welche zuerst an der Stelle waren, suchten sie sich mit Gewalt anzueignen. Aber obgleich sie sechzehn Pferde Vorspann hatten, die Glocken rührten sich nicht von der Stelle. Da machte sich ein Japenziner mit seinen zwei Pferden an die Arbeit, und nun folgten sie ganz leicht. Da sahen die Leute, daß die Glocken nach Japenzin wollten.

Noch heutiges Tages schwimmt an jedem Marientag eine Glocke auf dem Spiegel dieses Sees. Sollte es einem gelingen, ein Tuch auf sie zu werfen, so würde sie auf der Oberfläche bleiben müssen und könnte leicht aufgefischt werden. Die Hütejungen haben darum in diesen Zeiten sehr Acht auf den See.

*Ebendaher.*

## 256. Wineta.

Etwa eine Viertelmeile vom Streckelberg, einem Vorgebirge der Insel Usedom, nicht weit von dem Dorfe Zinnowitz, hat vor vielen, vielen Jahren eine große, mächtige Stadt gestanden, welche Wineta oder Venedig (Fenedich) hieß. Sie war ganz ungeheuer reich. Rings um sie herum lief eine hohe Mauer, und in derselben waren drei prächtige Thore, welche ganz von Silber und Gold aufgeführt waren und viele herrliche Bildwerke an ihrer Oberfläche trugen.

So reich diese Stadt aber war, so gottlos waren auch ihre Einwohner. Obgleich viele Kirchen in Venedig standen, so befanden sich doch des Sonntags die Prediger immer ganz allein in den weiten Räumen, da es niemand mehr für nötig hielt, dem Gottesdienste beizuwohnen. Kleine Löcher in den Wänden haben die frevelhaften Leute mit Brot verstopft, ihre Kinder wischten sie aus reiner Wollust mit zartem Semmelkrum, und die Schweine ließen sie aus goldenen Trögen fressen, und selbst die waren ihnen noch nicht gut genug.

Endlich wurde es dem lieben Gott der Frevelthaten zu viel, und er beschloß, Wineta untergehen zu lassen. An einem schönen Sommertage erhob sich plötzlich ein großes Wetter, die Erde that sich auf, die Wellen brachen über die Stadt herein und begruben allen Reichtum und alle Pracht mitsamt den gottlosen Einwohnern für immer in ihrem salzigen Wasser. Nur ein einziger Mann, der fromm war, setzte sich auf sein schnelles Pferd und eilte davon. Die Wogen stürzten hinter ihm her, allein er entkam glücklich nach Koserow, und da war er gerettet. Sein Pferd aber brach auch sogleich tot unter ihm zusammen.

So ist Wineta untergegangen; aber alljährlich am heiligen Ostermorgen erhebt es sich aus der Flut und tanzt und springt freudig über den Wogen. Andere sagen auch, wenn man Sonntags um die Mittagsstunde über diese Stelle auf einem Bote dahin fahre, so könne man noch heute genau die verschiedenen Straßen und die schönen Kirchen auf dem Seegrunde liegen sehen.

*Mündlich und nach Kuhn und Schwartz, Nordd. Sag. Nr. 34.*

## 257. Die goldene Henne in Wineta.

Vor vielen Jahren lebte in Wineta ein altes Mütterchen. Das hatte eine absonderliche Henne, welche jeden Tag ein goldenes Ei in das Nest legte. Ihre Nachbarn wußten das nicht, und darum wunderten sie sich sehr, woher das Mütterchen ihren großen Reichtum habe. Einst besuchte sie ein entfernter Verwandter, dem erzählte sie von ihrem Huhne.

»O«, sagte der, »das mußt du doch noch schlauer anfangen. Jetzt erhälst du täglich nur ein Ei; befolge meinen Rat, und du hast davon Tag für Tag eine große Menge. Bringe unten in dem Hühnerkorbe eine Klappe an. Wenn nun die Henne gelegt hat, so nimmst du ihr heimlich das Ei unter dem Leibe fort. Das Tier wird aufstehen und das Ei begackern wollen. Es findet nichts und legt flugs noch eins, bei dem du es dann wiederum so machst, wie bei dem ersten. Auf diese Weise kannst du so viel Eier erlangen, wie du nur haben willst.«

Dieser Rat leuchtete dem alten Mütterchen ein, und da ihr großer Reichtum es ohnehin maßlos geldgierig gemacht hatte, so ging es sogleich an das Werk und verfertigte die Klappe. Als nun am andern Morgen das Huhn sich in den Korb gesetzt hatte und das Weib glaubte, jetzt sei das Goldei gelegt, so griff sie eilig durch die Klappe und fuhr dem Tier unter den Leib. Aber sie erwischte kein Ei, sondern einen Zettel. Verwundert zog sie ihn heraus, und da standen auf ihm die Worte:

»Du suchst mich zu betrügen,
Nun straf’ ich dir das Lügen.«

Kaum hatte sie diese Verse zu Ende gelesen, so stürzte sie auf die Henne, um wenigstens diese zu retten. Aber das Huhn war verschwunden, und mit den goldenen Eiern ist es für immer vorbei gewesen.

*Mündlich aus der Insel Wollin.*

## 258. Der Jungfernberg zu Rankwitz.

Bei Rankwitz auf Usedom liegt ein Berg, den man den Jungfernberg nennt. Den Namen hat er davon erhalten, daß einmal vier Jungfrauen in dem Dorfe gelebt haben, die von einer solchen Tanzlust besessen gewesen sind, daß sie des Sonntags, anstatt in die Kirche zu gehen, auf diesem Berge fort und fort getanzt haben. Dafür hat sie denn Gott gestraft, indem er sie unter diesen Berg begrub.

*Temme, Volkssagen. Nr. 230.*

## 259. Die verzauberte Prinzessin im Gollen.

Auf der Insel Usedom, nicht weit von dem Dorfe Kaminke am Haff, liegt ein Berg, der Gollen oder Gollenberg geheißen. Er ist in ganz Pommern wegen der schönen Aussicht bekannt, die man von seiner Spitze aus hat. Dieser Berg nun entstand auf folgende Weise:

In alten Zeiten lebte auf Usedom ein Fürst, der nur eine einzige Tochter und viele Schätze hatte. Da er sehr geizig war, so gab er bei seinen Lebzeiten nicht zu, daß die Prinzessin heirate, um nichts von seinem Golde missen zu müssen, sondern er wies alle Freier zurück. Wie er nun endlich starb, war seine Tochter mittlerweile in die Jahre gekommen und ebenso häßlich geworden, als sie früher schön gewesen war. Deshalb wartete sie auch vergebens, daß sich noch ein Freier melden würde.

Zuletzt erschien indes ein mächtiger Zauberer, der wollte ihr die Hand reichen. Aber weil er grundhäßlich war, so gab sie ihm einen Korb. Darüber ergrimmte der Mann und verwandelte das Schloß, indem sie wohnte, in einen Berg und bannte sie mit ihren Schätzen auf ewige Zeiten in denselben hinein. Dabei sprach er die Worte:

»Då liggt dat Gollen (Gold),
Schall mî wol âewer hollen,
Bet stumm ’n bêtern Frîjer kümmt,
Up’n Hansdach, ’n rein Sundachskind!«

Der Berg, der also entstanden war, erhielt von da an den Namen, den er noch führt, und die verwünschte Prinzessin muß seitdem im Innern desselben bei ihren Schätzen sitzen und sie hüten. Alle Jahre auf den Johannistag kommt sie heraus, um zu sehen, ob der stumme Freier, das reine Sonntagskind, sie noch nicht freien und erlösen will.

Zuletzt hat man sie noch im Jahre 1822 gesehen. Am Johannistage dieses Jahres spielten einige Kinder aus dem benachbarten Dorfe am Gollenberge, als sie auf einmal von diesem herab kam und auf die Kleinen zuging. Die Kinder liefen aber schreiend davon. Da sah man sie langsam und trauernd zurück kehren.

*Temme, Volkssagen. Nr. 172.*

## 260. Die schwarze Frau auf dem Golm.

Auf dem Golm bei Swinemünde läßt sich alle Johannistag eine schwarze Frau mit einem großen Schlüsselbund sehen, die will erlöst sein. - An diesem Tage kam auch einmal eine arme Frau auf den Berg, die sammelte trockene Buchnüsse, und als sie nach Hause kam, hatte sie die ganze Kiepe voller Goldstücke.

Ein andermal kamen ein Paar Mädchen am Johannistage auf den Berg, und es war gerade der Geburtstag der einen. Als sie nun oben waren, kam ihnen alles ganz verändert vor, und sie sahen sogar ein Haus stehen, durch dessen Fenster sie einen alten Mann mit langem Bart erblickten, der eifrig mit Geldzählen beschäftigt schien. Als sie einige Schritte weiter gingen, sahen sie in der Ferne eine schwarze Frauengestalt auf sich zu kommen, die ihnen freundlich winkte und auf ein Loch im Berge zeigte.

Erst glaubten sie, es sei eine Nachbarin und gingen näher, aber alsbald erkannten sie ihren Irrtum und wollten umkehren. Da verwandelten sich die Züge der Frau und waren schrecklich anzusehen; sie wuchs gewaltig von der Erde empor, ihr langes, schwarzes Haar flatterte im Winde, und nun flog sie gar durch die Luft daher auf sie zu. Da flohen sie eilig von dannen, den steilen Berg hinunter, aber die schwarze Frau brauste stets hinter ihnen her und ließ erst vom Verfolgen ab, als sie unten auf der Wiese anlangten.

Auch einem Manne begegnete die schwarze Frau einst auf dem Golm und winkte ihm, in eine offene Höhle mit hinabzukommen. Da ging er denn einen langen Gang hinunter und kam in ein großes Gewölbe, wo große mit Gold und Silber gefüllte Kisten standen, aus denen er seine Taschen füllte. Darauf winkte sie ihm weiter zu kommen, und er folgte; aber plötzlich erfaßte ihn ein gewaltiges Grauen, und er floh. Da schlug der Berg krachend hinter ihm zusammen; drinnen hörte man aber noch lange ein klägliches Jammergeheul.

*Aus Swinemünde: Kuhn u. Schwartz, Nordd. Sag. Nr. 30.*

## 261. Die weiße Frau auf dem Kalkberge.

Auf dem Kalkberge, unweit der Bohlbrücke bei Swinemünde, läßt sich zu gewissen Zeiten eine weiße Frau mit einem großen Bund Schlüssel sehen, die auf Erlösung harrt. So sah sie auch einmal ein Mann aus Swinemünde, als sie gerade ihre Wäsche im naheliegenden See wusch. Da rief er, als er bei ihr war: »Gott helf.« Sie aber wurde sehr zornig und rief: »Hättest du »Gott helf uns allen« gesprochen, so wär' ich erlöst, aber so muß ich noch ferner wandeln.« Und damit warf sie ihm ihr Bund Schlüssel ins Genick. Der Mann eilte schnell nach Hause, aber es währte nur drei Tage, da war er tot.

*Aus Swinemünde: Kuhn und Schwartz. Nordd. Sag. Nr. 29.*

## 262. Die Glocken von Luckow.

### I.

Bî Ueckermünn liggt ên Dörp, hêt Lûkow. Dâ in de Kirch sin drê Klocken, dê gân immer: »Anna Sûsanna, wenn d' met wist, denn kumm.« Fruer was dâ mâl ês ne Klock, dê foel mâl runner un was verschwunnen. Dâ kêm ên S û b o r c h. Dê woelt de Êrd up, un dâ fünnen de Lued de Klock und häbben drê Klocken ût mâkt. Wîl nû dat Maeken Sûsanna harr hêten, säggen de Klocken immer: »Anna Sûsanna, wenn d' met wist, denn kumm.«

*Mündlich aus Ückermünde.*

### II.

Eine Weile von Ückermünde bei dem Gute Vogelsang liegt eine große Wiese, auf der ehemals ein Dorf gestanden haben soll. Vor langen Jahren hütete einmal ein Hirt hier seine Schweine. Als er nun sah, daß eines der Tiere immer an einer und derselben Stelle die Erde aufwühlte, wurde er neugierig, ging selbst hin und sah nun den Knopf einer Glocke aus der Erde hervorragen. Er rief mehrere Leute herbei, welche eine große, schöne Glocke herausgruben.

Die Stadt Ückermünde machte darauf Ansprüche an die Glocke, und die Bürger kamen mit einem Wagen, der mit acht Pferden bespannt war, um sie in die Stadt zu schaffen. Allein, soviel sie sich auch abmühten, die acht Pferde vermochten die Last nicht von der Stelle zu bringen. Während sie sich noch damit quälten, kam zufällig des Weges ein Luckower Bauer mit seinem Ochsengespann daher. Der lud die Glocke auf, und seine beiden Ochsen zogen sie ganz leicht nach Luckow. Dort wurde sie im Kirchturm aufgehangen, wo sie noch ist.

Diese Glocke hat einen schönen singenden Ton, und wenn man genau zuhört, so kann man hören, wie sie beim Läuten immerfort die Worte singt:

»Sûborch - Damgârden!«

Sie will dadurch das Auswühlen des Schweins (S û b o r c h) und den Namen des versunkenen Dorfes, dem sie zugehört hat, bezeichnen.

*Temme, Volkssagen. Nr. 268.*

## 263. Die Jungfrau im Ziegenorter Forst.

In dem Ziegenorter Forst zwischen Stettin und Ückermünde sah man in früheren Zeiten oft eine weiße Jungfrau sitzen, die laut weinte und klagte. Gewöhnlich saß sie an einem kleinen Bache im Thal; denn dorthin war sie gebannt worden und konnte nicht anders erlöst werden, als wenn jemand sie am Johannistage durch das Wasser trug.

Viele, viele Jahre hat sie hierauf warten müssen, und manchen Johannistag hörte man ihr Klagen und Bitten um Erlösung an die Vorübergehenden durch den Wald schallen. Aber alle, die sie sahen und hörten, fürchteten sich vor dem Zauber und wagten nicht heran zu kommen, sondern machten, daß sie eilig von dannen kamen.

Endlich schlief einmal an einem Johannistage ein Jäger an dem Bache ein. Wie er nun gegen Mittag aufwachte, sah er die Jungfrau in wunderbarer Schönheit vor sich stehen. Sie weinte und klagte bitterlich über ihr großes Elend und bat ihn, daß er sie durch die Furt tragen möge. Da wurde der Jäger gerührt; er faßte sich ein Herz, nahm sie auf seinen Arm und trug sie eilends durch die Wellen des kleinen Baches. Und als er sie an der andern Seite auf das grüne Ufer legte, war plötzlich der Zauber gelöst und die Jungfrau verschwunden.

Aber an der Stelle, wo sie ihm erschienen war, sah der Mann einen großen, unermeßlich reichen Schatz liegen, welchen die Jungfrau hatte verwahren müssen. Den nahm er zu sich und hatte genug daran sein lebelang.

Man erzählt auch, daß einige Zeit vor ihrer Erlösung durch den Jäger an einem Johannistage ein Bauer mit einem Fuder Holz bei ihr vorbeigekommen sei. Den hat die Jungfrau freundlich angeredet mit den Worten:

»Låd af dîn Fôder Holt!
Låd up ên Fôder Gold!
Dråg mî hîr dåer dårvan,
Soll ôk nich schwêre gån.”

Der Bauer hat aber keine Lust zu dem Erlösungswerke gehabt, sondern ihr erwidert:

»Dat Gold kann mî nich råken,
Nå kort mot ik't verlåten,
Dår helpt kên hôher Môd,
Wann kümmt dê bittre Dôd!«

Darauf ist dann die Jungfrau unter großem Wehgeschrei verschwunden.

*Temme, Volkssagen. Nr. 208 aus den Akten der Pomm. Gesellsch. f. Geschichte.*

## 264. Die versunkene Stadt im Barmsee.

Ungefähr eine Viertelmeile von Falkenwalde liegt auf dem Wege von Ahlgraben nach Stettin mitten im Walde ein See, ungefähr zweihundert Ruten lang und hundert Ruten breit, der Barmsee genannt. Derselbe ist schon gleich an den Ufern sehr tief und soll in der Mitte unergründlich sein. An seiner Stelle hat früher eine Stadt gestanden, die durch eine schreckliche Erderschütterung untergegangen ist. Am Johannistag kann man die Glocken der versunkenen Stadt unten im See noch läuten hören.

*Temme, Volkssagen. Nr. 169 aus den Akten der Pomm. Gesellsch. f. Geschichte.*

## 265. Der Glambecksee.

Wo jetzt der Glambecksee liegt, stand früher eine große Stadt, Glambeck genannt, welche plötzlich in die Erde versunken ist und sodann von Wasserwogen überflutet wurde. Noch jedes Jahr, am Johannistage, mittags zwölf Uhr, kann man die beiden Kirchenglocken des alten Glambeck in der Tiefe des Sees summen hören. Die eine davon hieß Auguste und die andere Anna Margareta.

Einst spielten Kinder am Johannistage am See und wuschen ihre Puppenwäsche in seinem Wasser. Da tauchten plötzlich die beiden Glocken aus der Tiefe hervor und schwammen dem Lande zu. Die Kinder dachten sich nichts dabei, sondern breiteten ihre Puppenwäsche zum Trocknen auf der einen von ihnen aus, so daß dieselbe, als die Mittagsstunde verstrichen war, nicht wieder versinken konnte. Zwar rief ihr die andere Glocke noch zu:

»Anna Margrête,
Kumm mit tô Dêpe!«

aber sie war festgebannt und durfte nicht folgen.

Nach Hause zurückgekehrt, erzählten die Kleinen ihre Erlebnisse, und nun machte sich das ganze Dorf auf, um die versunkene Glocke in ihre Kirche zu bringen. Man hob sie auf einen Wagen und spannte sechs Pferde davor. Aber es fruchtete nichts, die Glocke ließ sich nicht von der Stelle bewegen. Ja, mit einem Male wurde der Boden unter ihr so weich, daß sie mitsamt dem Wagen und den Rossen wieder in die bodenlose Tiefe versank und zwar so schnell, daß die dabei beschäftigten Leute kaum noch ihr Leben zu retten vermochten.

Der Glambecksee selbst ist ungeheuer tief und noch niemals soll ein Mensch ihn ergründet haben. Auch sagt man, er fordere jedes Jahr wenigstens einen Menschen zum Opfer.

*Mündlich aus Zabelsdorf, Kr. Randow.*

## 266. Der weiße Hund.

In Meklenburg war's, da lag einmal ein Arbeitsmann im Bette und schlief. Mit einem Male öffnete sich ganz leise die Thüre, und herein tappte ein weißer Hund. Der schlich sich an das Lager heran, legte seine beiden Vorderfüße auf die Decke und weckte dadurch den Schläfer. Dann sprach er: »Guter Freund, komm mit mir hinaus in den Garten. Bei deinem Backofen liegt ein Schatz, den kannst du heben.« Schlaftrunken erwiderte der Mann: »Geh', laß mich in Ruhe, ich mag dein Geld nicht.« Da wurden des Hundes Worte dringlicher, und er bat und quälte so lange, bis der Arbeiter ihm zu willfahren versprach.

Jetzt sah er sich auch das Tier näher an und siehe, statt der Pfoten hatte der Hund ein Paar schneeweiße Händchen, wie die einer vornehmen Dame. Das machte ihn stutzig, doch weil er nun einmal sein Wort gegeben hatte, wollte er es nicht wieder zurücknehmen und folgte dem Hund in den Garten. Kurz vor dem Backofen blieb das Tier plötzlich stehen und sagte: »Halt, eins habe ich noch vergessen. Wenn du den Schatz gehoben hast, so bin ich erlöst und erlange wieder Menschengestalt, und dann mußt du mich heiraten.«

»Das fehlte noch gerade«, schalt aber jetzt der Arbeiter los, »das ich zu meiner Alten noch eine zweite Frau dazu bekäme. Nein, mein schönes Fräulein, hebe sie sich ihren Schatz nur alleine.« Und damit drehte er sich um und ging in seine Hütte zurück. Der Hund hinter ihm drein; doch da er sah, daß der Mann unerbittlich blieb, so erhub er ein klägliches Jammergeschrei und verschwand mit den Worten: »Jetzt bin ich auf ewig verloren.«

Am andern Tage verbreitete sich das Gerücht von der wunderbaren Begebenheit im ganzen Dorfe, und auch der Gutsherr hörte davon. Sogleich ritt er vom Schlosse herab zu dem Arbeiter und fragte ihn, warum er die verwünschte Jungfrau nicht habe erlösen wollen. »Ich sollte ihr ja versprechen, sie zu heiraten, und hab' doch schon eine Frau«, antwortet er kleinlaut. - »So weiß er noch nicht, daß einer Jungfer das Jawort geben und sie heiraten zwei ganz verschiedene Dinge sind? Hätte er das Fräulein nur erlöst, das übrige hätte sich von selbst gefunden.« Und nachdem der Gutsbesitzer das gesprochen hatte, nahm er seine Reitpeitsche und prügelte den Mann tüchtig durch, und die Leute, welche herum standen, gaben dem Herrn Recht, denn es jammerte sie alle gar zu sehr, daß die schöne Jungfer nun auf ewig verloren war.

*Ebendaher.*

## 267. Die schwarze Jungfer in der Räuberhöhle
## bei Schmöllen.

Bei dem Dorfe Schmöllen, unweit der Stadt Penkun im Kreise Randow, findet man eine große Höhle, noch jetzt die Räuberhöhle geheißen. Dieselbe ist der Schlupfwinkel des Raubritters Hans von Ramin und seiner Genossen gewesen, wohin sie alle ihre geraubten Schätze gebracht. Dieser Hans von Ramin hatte einen Bruder, der in Schmöllen wohnte und eben so gottlos war, wie jener. Einstmals hatte er ein adeliges Fräulein der Gegend geraubt mit welcher er in diese Höhle flüchtete. Hier wollte er sie zwingen, ihm zu Willen zu sein; wie die Jungfrau sich aber hartnäckig zur Wehre setzte, ließ er ihr den Kopf abschlagen. Der Geist des ermordeten Fräuleins ist nachher noch lange um die Räuberhöhle herumgegangen. Zuletzt hat sie vor noch nicht gar zu vielen Jahren ein Schäfer gesehen. Derselbe weidete in der Gegend seine Herde, als er auf einmal einer ganz schwarz gekleideten Jungfrau ansichtig wurde, die am Eingange der Höhle stand und ihm zuwinkte, zu ihr zu kommen. Anfangs graute sich der Schäfer, am Ende nahm er sich aber ein Herz und ging zu ihr und folgte ihr in die Höhle hinein.

Hier fand er viele und große Haufen von Schätzen, und die Jungfrau sagte ihm, daß er davon nehmen könne, soviel er möge, daß er auch alle Tage, aber nur um dieselbe Stunde, wiederkommen dürfe. Der Schäfer that, wie sie ihm geheißen hatte, und ist ein reicher Mann geworden. Die Jungfrau hat man aber seitdem nicht wieder gesehen. Nur am Johannistage soll man in der Höhle noch schwache Klagelaute hören.

*Temme, Volkssagen. Nr. 161.*

## 268. Die versunkene Burg bei Garz.

Vor vielen Jahren stand bei Garz eine alte Ritterburg. Als man dieselbe zerstören wollte, ist sie mit Mann und Maus in die Oder versunken. Die Spitze des Schloßturms ragt bis dicht unter die Oberfläche des Wassers, und deshalb bildet der Strom an dieser Stelle einen heftigen Strudel.

Alle Schiffe, welche darüber fahren, müssen untergehen. Und das Wunderbarste dabei ist, daß stets zuerst die Menschen in den Abgrund herabgezogen werden.

*Mündlich aus Garz, Kreis Randow.*

## 269. Lüttken Greifenhagen.

Bei Sinzlow, im Kreise Greifenhagen, liegen viele Hünengräber beisammen, mit Steinen belegt und eingefaßt. Die dortige Feldmark heißt bis auf den heutigen Tag Lüttken Greifenhagen, und es geht die Rede von einer Stadt gleichen Namens, welche vor Zeiten an diesem Orte gestanden haben soll.

Es hat nämlich daselbst vor vielen Jahren eine Prinzessin ihren Wohnsitz gehabt, an deren Schicksal dasjenige der Stadt gebunden war. Die wollte einmal über einen Sumpf in der Nähe der Hünengräber gehen, und zu dem Zwecke wurde ihr von einem Bäcker der Stadt ein Weg von Semmeln gebaut. Kaum hatte sie jedoch ihren Fuß darauf gesetzt, so brach der Steg, und die Prinzessin versank in den Morast. Ein Gleiches widerfuhr auch der Stadt, und die Steine auf den Hünengräbern sind das Einzige, was von Lüttken Greifenhagen auf der Oberfläche der Erde geblieben ist.

*Zweiter Jahresbericht der Gesellschaft für pomm. Geschichte und Altertumskunde. S. 44.*

## 270. Das versunkene Dorf im Madüesee.

An dem Madüesee lag vor Zeiten ein Dorf, in welchem viele Räuber und andere gottlose Menschen wohnten. Besonders hatten sie es auf die Mönche des benachbarten Klosters abgesehen, und sie plünderten dieselben aus, so oft sie mit ihren eingesammelten Gaben heimkehrten.

Einst am Sankt Johannistage kam auch ein Klosterbruder mit vielen Gaben, die ihm die frommen Leute der Umgegend geschenkt hatten, an dem See vorbei, um in sein Kloster zurückzukehren. Die Räuber hatten ihn bemerkt, und auf einmal fiel ein großer Haufe von ihnen über den frommen Mann her, nahm ihm alles und schlug ihn blutig, ohne auf sein Bitten und Wehklagen zu hören. Da verfluchte der Mönch sie auf ewige Zeiten.

Augenblicklich erhub sich ein entsetzlicher Sturm und ein gewaltiges Unwetter. Die Wellen des Madüesee stiegen in die Höhe, wie schreckliche Gespenster, und drangen auf das Dorf ein und verschlangen es also, daß es mit Mann und Maus in dem Grunde des Sees begraben wurde. Dort unten liegen die Räuber nun und haben nimmer Ruhe; denn der Mönch hat sie auf ewige Zeiten verflucht.

Am Johannistage kann man noch alle Jahre die Glocken des Dorfes unten in der Madüe läuten hören. Es darf sich aber alsdann kein Schiffer auf den See wagen, denn das Wasser verschlingt an diesem Tage alles, was sich ihm naht.

*Temme, Volkssagen. Nr. 163.*

## 271. Die alte Stadt bei Werben.

In der Gegend, wo jetzt das Städtlein Werben an dem Madüesee liegt, hat vor alten Zeiten eine große, schöne Stadt gestanden. Ihre Bewohner waren so reich, daß sie sich nur in Sammet und Seide kleideten und ihre Kutschen nie anders, als mit sechs Pferden, bespannten. Es lebte auch eine Prinzessin darin, die wußte vor allem Reichtum nicht, was sie thun sollte. Zum Abendbrot aß sie immer Gekröse von Heringen, so daß sie dazu jeden Tag ganze Tonnen voll Heringe verbrauchte.

Nun geschah es aber, daß eine teure Zeit in's Land kam und die andern Leute zuletzt gar nichts mehr zu brechen und zu beißen hatten. Da gingen die Bürger zu der reichen Prinzessin, an die noch keine Not gekommen war, und fielen vor ihr auf die Kniee und baten sie mit gerungenen Händen um Brot. Die Prinzessin aber hatte ein hartes Herz, und sie that daher, als höre sie die Leute nicht. Und wie diese gar nicht wieder gehen wollten, da ließ sie zuletzt ihren Hundejungen kommen, der mußte mit der Hundepeitsche die armen Menschen vom Hofe jagen.

Diese riefen ihr wohl zu, daß der liebe Gott gegen solche Hartherzigkeit ein Einsehen haben werde; aber sie machte sich nichts daraus, und wie es wieder Abend wurde, so ließ sie sich, wie sonst, zwei Tonnen Heringe bringen. Von denen aß sie das Gekröse, und das Fleisch ließ sie in die Madüe werfen, weil sie es den armen Leuten nicht gönnte. Ja, sie ging in ihrer Verstocktheit so weit, daß sie über Nacht die Straßen der Stadt mit Salz bestreuen ließ, als wenn es die ganze Nacht durch geschneit hätte. Darüber fuhr sie dann am andern Morgen in einem Schlitten, den sie mit dem feinsten Weizenteig hatte beschmieren lassen und vor dem die Pferde, anstatt der Schellen, mit lauter Semmeln behangen waren.

Aber für solchen Frevelmut blieb die Strafe nicht aus. Denn es fuhr plötzlich ein Blitz vom Himmel herunter, der schlug sie und ihre Pferde tot und riß ein großes Loch in die Erde, daß die ganze Stadt hinein sank. Seitdem ist der Madüesee darüber gegangen, und man kann in ihm auf St. Johannis Mittag die Glocken der versunkenen Stadt noch heute läuten hören. Auch wirft die Madüe, wenn großer Sturm ist, oft Menschenschädel heraus und Nägel und Messer und andere Dinge, welche die Leute gebraucht haben.

*Temme, Volkssagen. Nr. 164 aus den Akten der Pomm. Gesellsch. f. Geschichte.*

DER MARKTPLATZ ZU STARGARD

## 272. Die Glocke in der Marienkirche zu Stargard.

Als vor alten Zeiten für die St. Marienkirche in Stargard eine Glocke gegossen werden sollte, wurde bekannt gemacht, daß alle, welche Paten zu der Glocke werden wollten, zu derselben Metall bringen und in den Ofen werfen möchten, je mehr, je besser. Darauf kamen viele Leute und opferten zu der Glocke, was in ihren Kräften stand. Die Reichen ließen silberne Geräte vor sich hertragen, die sie prunkend vor ihren Augen in den Ofen werfen ließen. Andere brachte messingne Becken und Leuchter oder auch nur einen zinnernen Teller oder einen Pfennig, wenn sie nicht mehr hatten. Denn jeder wollte sich um die Glocke einen Gotteslohn erwerben.

Zuletzt kam auch eine alte Frau an den Ofen. Sie war ganz arm, und man wußte, daß sie gar nichts hatte. Die Leute verwunderten sich daher, was sie opfern werde, und man fing an, ihrer zu spotten. Sie kehrte sich aber nicht daran, sondern zog eine Schlange hervor, die sie in den glühenden Ofen warf, indem sie dabei einige unverständliche Worte hinein murmelte. Was das bedeuten solle, sagte sie keinem.

Aber als die Glocke fertig war und zum ersten Mal anfing zu läuten, da merkte man den Segen der alten Frau. Denn von Stund an verschwanden alle Schlangen rings um die Stadt, so weit man den Ton der Glocke hören konnte.

*Temme, Volkssagen. Nr. 269.*

## 273. Der Burgwall zwischen Marienfließ und Boßberg.

Zwischen Marienfließ und Boßberg liegt ein großer Ringwall, der Burgwall genannt. Dort hat vor vielen Jahren ein prächtiges Schloß gestanden, in dem ein alter Graf wohnte. Er war unermeßlich reich und stolz und hatte drei sehr schöne Töchter.

Eines Johannistages kam ein Mann zu ihm und hielt um die Hand einer der drei Gräfinnen an. »Wer bist du denn?« fragte der Schloßherr. »Ich bin der weltbekannte Zauberer Rumpelpumpel«, antwortete der Gefragte. »So, und einem Tausendkünstler sollte ich meine Tochter vermählen? Heda Johann! Friedrich! Karl! werft mir den unverschämten Kerl zum Hause hinaus!«

Die Diener thaten, wie ihnen befohlen war, und der Graf stellte sich an das Burgthor und lachte über die Wut des gekränkten Zauberers. Da streckte derselbe seine Hand in die Höhe und rief: »Zur Strafe sollst du nach acht Tagen eines jähen Todes sterben, und deine Töchter sollen tief in die Erde hinein verwünscht werden. Nur alle hundert Jahre einmal am Johannistage dürfen sie an das Tageslicht hervorkommen, und wer sie dann erlösen will, mag es thun.« Als er das gesagt hatte, verschwand er.

Wie Rumpelpumpel gesagt hatte, so geschah es auch. Die kommende Woche war gerade abgelaufen, als der Graf tot zu Boden fiel, und in demselben Augenblick versank das ganze Schloß mit den drei Gräfinnen in die Tiefe hinab. Immer nach dem Verlauf von hundert Jahren sind sie am Johannistage aus der Erde herausgestiegen, um erlöst zu werden; ihre Hoffnung ist aber bis auf den heutigen Tag noch nicht in Erfüllung gegangen.

*Mündlich aus Marienfließ, Kreis Saazig.*

## 274. Der Raubritter Vichov.

Unweit Uchtenhagen, im Kreise Saazig, sieht man bei einer Wiese einen großen, trüben Sumpf. Dort hat früher ein hoher Berg gestanden und auf ihm eine feste Burg, in welcher ein mächtiger, grausamer Raubritter hauste, Vichov geheißen. Der war nicht nur aller Kaufleute und Reisenden Schrecken, sondern auch die gesamte Ritterschaft der Umgegend fürchtete ihn. Denn auf seinem starken Bergschloß konnte ihm niemand etwas anhaben, und überdies verfügte er über einen großen Haufen wilden, tapferen Gesindels.

Dieser Vichov ließ beständig auf der Zinne seiner Burg einen seiner Leute Wache stehen. Nahte sich nun jemand, sei es Ritter oder Kaufmann oder sonst ein Reisender, so mußte der Wächter mit einem silbernen Glöckchen ein Zeichen geben. Dann stürzte Vichow mit seiner Rotte von der Burg herunter, über die Armen her. Dabei hatte er eine Gewohnheit, die war folgende: Wer sich ihm widersetzte, der wurde ohne Gnade niedergestoßen; wer aber sein Leben erhalten wollte, der mußte ihm fortan dienen. –

Den Rittern und Landleuten der Gegend war sein Druck am Ende unerträglich geworden, und es thaten sich daher einstmals ihrer mehr denn zehntausend Mann zusammen und belagerten ihn in seiner Burg. Allein er verspottete und verhöhnte sie, und als sie an die Mauern heranrückten, goß er siedendes Öl und Wasser, Blei und Pech auf sie, also daß er sie zur Hälfte tötete und die andere Hälfte die Flucht nahm. Den Fliehenden setzte er nach, und alle, die er einholen konnte, nahm er gefangen, sperrte sie in einen Hundestall und steckte denselben darauf an, so daß sie samt und sonders jämmerlich verbrannten.

Infolge dessen war er sehr übermütig geworden und befahl seinen Leuten, daß sie ihn als ihren Herrgott ansehen und verehren sollten; denn er könne auch alles, was er wolle. Das war aber sein Verderben; denn als er desselben Tages mit seinen Genossen zu Tische saß und mit ihnen am Zechen war, und nun, allen unerwartet, das silberne Glöckchen zu läuten anfing, da verzerrte er auf einmal gräßlich die Augen, seine roten Haare stiegen ihm zu Berge, und indem er einen gotteslästerlichen Fluch ausstieß, versanken unter Donnern und Krachen der Berg und die Burg tief in die Erde hinein. An ihrer Stelle trat der trübe Sumpf, der noch jetzt da ist.

Das war an einem Johannistage. Und jedes Jahr auf denselben Tag kann der Wanderer, welcher um die Mittagszeit an dem Sumpfe vorbei geht, tief unten im Grunde das silberne Glöckchen läuten hören. Es wahrt sich aber jeder davor; denn man sagt, wer das Glöcklein höre, der müsse noch in demselben Jahre sterben, falls er nicht mit dem Teufel im Bunde stehe.

*Temme, Volkssagen. Nr. 159 aus den Akten der Pomm. Gesellschaft für Geschichte u. Balt. Stud. II, 1, S. 165 fg.*

## 275. Der Wokuhlsee und die Stadt Rohrdumpf.

Zwischen Nörenberg und Jakobshagen, im Kreise Saazig, liegt der Wokuhlsee, in den ein Steindamm hineinführt. An der Stelle des Sees hat in alter Zeit eine große Stadt gestanden, deren Bewohner gottlos und böse waren. Da sie sich nun gar nicht bessern wollten, sondern ihre Bosheit von Tag zu Tag mehr wuchs, so ließ der liebe Gott eines Nachts eine große Flut kommen, in welcher die ganze Stadt versank. Noch jetzt kann man zu gewissen Zeiten das Geläute ihrer Glocken aus der Tiefe des Sees herauf schallen hören und bei klarem Wetter den Kirchturm sehen.

Auch bei Schönebeck soll zwischen dem Glockenberge und dem Voßberger Moorbruch vor Zeiten ein Städtchen, Rohrdumpf oder Röhrdung, gelegen haben, das eines Tages, man weiß nicht wie und warum, in die Erde versank.

*Mitteilung des Herrn O. Knoop in Posen; 22. Jahresbericht des Vereins für pomm. Gesch. usw. S. 21 und 23. Jahresb. S. 59.*

## 276. Die Jungfrau im Stubbensee.

Nicht weit von Nörenberg liegt der Stubbensee. In seiner Nähe stand vor alten Zeiten ein großes Schloß, welches jedoch von einer bösen Hexe, als man sie reizte, verzaubert und in den nahen See verwünscht wurde. Eine Erlösung ist noch möglich, aber sie muß an einem Johannistage stattfinden.

Einst begab sich an diesem Tage ein Fischer auf den See. Als er im Sonnenscheine so ganz allein in seinem Kahne dastand, tauchte dicht neben ihm eine Gestalt aus dem Wasser empor, die war vorn eine Kröte und hinten eine Jungfrau. Flehentlich bat sie ihn, er möge ihr den Mund zum Kusse reichen, aber der Fischer entsetzte sich vor dem Krötenmaule und schlug die Bitte ab. Da hielt die Gestalt ein Tuch vor den ungestalten Mund und flehte den Mann noch dringlicher an, sie zu küssen. Doch auch diesmal weigerte sich der Fischer, weil er schon verlobt wäre.

Da verschwand die Jungfrau, indem sie sagte, nun müsse sie noch hundert Jahre auf Erlösung warten, bis ein andres Geschlecht aufgewachsen sei. Der Fischer starb nach einigen Tagen infolge des Schreckens, den er gehabt hatte; die Jungfrau aber soll noch jetzt an jedem Johannistage, mittags zwölf Uhr, auf dem See dahin wandeln, um im nächsten Augenblicke wieder zu verschwinden.

Andere erzählen, die Jungfrau habe bei ihrem Weggang gesagt: »Nun muß ich noch so lange warten, bis der Baum, der jetzt gepflanzt wird, aufgewachsen ist. Aus seinem Holze werden Bretter geschnitten und daraus eine Wiege gemacht werden. Das Kind, das zuerst in dieser Wiege geruht hat, wird mich erlösen.«

*Aus Nörenberg, Kreis Saazig: Mitgeteilt durch Herrn O. Knoop.*

## 277. Der Krakauberg bei Zachan.

Bei dem Städtchen Zachan, zwei Meilen von Stargard, liegt in einem Buchenwalde ein Berg von ziemlicher Höhe, der Krakauberg geheißen. Auf diesem Berge hat in alten Zeiten ein Schloß gestanden, in welchem ein Grafengeschlecht, namens Krakau, gewohnt haben soll. Die beiden letzten dieses Geschlechtes waren zwei Brüder, die aber in großer Feindschaft und Zwietracht mit einander lebten. Zur Strafe für solchen unnatürlichen Haß wurde ihr Schloß zerstört und sie selbst in Zwerge verwandelt. Als solche müssen sie noch immer auf dem Berge umgehen, und auf den Johannistag kann man sie dort sehen.

In demselben Buchenwäldchen hört man auch manchmal um Mitternacht ein großes, grauenhaftes Jagdgetöse mit Hundebellen, Pferdegetrampel, Blasen und Schießen. Man sagt, daß dies von den beiden Grafen herrühre.

*Temme, Volkssagen. Nr. 152.*

## 278. Die Jungfer im Krakusberg.

Johannis Mittag, Schlag zwölf Uhr, öffnet sich der Krakusberg bei Zachan und heraus tritt eine verwünschte Jungfrau in blendend weißem Kleide, besetzt mit blauen Schärpen. Sie ist schlank und groß, und ihr folgen vierundzwanzig Wagen von lauterem Golde. Die Prinzessin und die unermeßlichen Goldschätze harren der Erlösung, und der erste Mensch, welcher genau um die oben angegebene Zeit den Berg betritt, würde dieselbe zu Stande bringen und dadurch sehr glücklich und steinreich werden. Aber aus Furcht und Angst hat's bisher noch niemand wagen wollen, und so kann noch immer ein mutiger Mann dort sein Glück machen.

*Mündlich aus Zachan, Kreis Saazig.*

## 279. Die verwünschte Jungfrau in der alten Burg von Schwanenbeck.

In der Nähe des Dorfes Schwanenbeck bei Zachan liegen noch heute die Reste einer alten Raubritterburg. Dort soll eine Jungfrau verwünscht sein und ihrer Erlösung harren.

Es ist noch nicht so lange her, etwa zehn oder fünfzehn Jahre, da kam in der Nacht zu dem Sohne eines Schwanenbecker Bauern ein kleines Männchen und forderte ihn auf, mit ihm zu kommen. Der Bursche fürchtete sich jedoch und ging nicht. Am folgenden Abend kam das Männchen wieder und sprach: »Komm mit mir und erlöse die Schloßjungfer.« Aber auch diesmal fand er bei dem Bauernsohn kein Gehör. Den dritten Abend sagte der kleine Mann: »Morgen Nacht finde dich auf der alten Burg ein. Dir wird das Erlösungswerk gelingen, und du wirst dadurch zu großem Reichtum gelangen.«

Jetzt wurde der Bursche stutzig und beschloß bei sich, dem Geheiß des Männchens zu folgen. Zuvor machte er jedoch seine Eltern mit seiner Absicht bekannt. Da sprach aber seine Mutter: »Was willst du dich unnötig in Gefahren stürzen. Haben wir denn nicht Geld genug, um ganz nach unserm Wohlgefallen leben zu können?« und sie trieb diese Rede so lange, bis ihr der Sohn versprach, von seinem Vorhaben abzustehen.

Zu seiner Neugierde ging er nichtsdestoweniger zu der Stunde, auf die ihn der kleine Mann in die Burg bestellt hatte, in den Garten, welcher nach der Ruine zu lag, und siehe da - das ganze Schloß war von einem strahlenden Lichte hell erleuchtet, das aber bald wieder einer völligen Dunkelheit wich.

Einige Wochen nach diesem Vorfall ging derselbe Bauernsohn am Sonntag Vormittag in die Nähe der Burg, um sich dort an dem schönen Wetter zu freuen, als plötzlich aus dem Gemäuer eine wunderschöne, junge Dame heraustrat. Der Bursche zog eilig seine Mütze vom Kopfe, aber das fremde Fräulein dankte nicht. Als er sich darauf nach ihr umsah, war sie in den Nußhecken der Ruine wieder spurlos verschwunden.

*Mündlich aus Schwanenbeck, Kreis Saazig.*

## 280. Die Kirchglocken von Zarnickow.

Einst hütete vor vielen Jahren der Schweinehirt der Zarnickower Dorfgemeinde seine Herde auf dem Gemeindeland. Da sah er, wie eine große Sau eifrig in der Erde wühlte. Neugierig eilte er hin, und siehe da, das Tier hatte mit seinem Rüssel eine prächtige Glocke herausgescharrt.

Schnell lief der Schweinehirt nach Zarnickow und verkündete den Bauern seinen Fund. Die kamen mit Pferden und starken Seilen, schlangen die Stricke um die Glocke herum, spannten die Rosse davor und trieben dieselben zum Ziehen an. Aber so sehr die Tiere auch anzogen, und so wenig man Zuruf und Peitsche sparte, die Glocke bewegte sich nicht von der Stelle.

In diesen Nöten trat plötzlich eine wunderschöne Jungfrau auf die Leute zu und sprach: »Ihr guten Freunde, was gebt ihr mir, wenn ich euch die Glocke herausziehe?« Die Bauern sahen einander verdutzt an, nur ein dreister Bursche sprach keck: »Einen herzhaften Kuß sollst du dafür von mir erhalten.« - »Das bin ich zufrieden«, entgegnete die Jungfrau. Dann holte sie eine feine, seidene Schnur aus der Tasche und zog sie durch das Öhr der Glocke, gab die beiden Enden den Leuten in die Hände und sprach: »Nun zieht!«

Anfangs glaubten die Bauern, das Mädchen spotte ihrer; aber da sie ganz ernst dabei aussah, so thaten sie endlich doch, wie ihnen geboten war, und wirklich, die Glocke ließ sich ganz leicht aus dem Erdboden heraus und zum Dorfe hin schaffen. Nun kam der Lohn für die schöne Jungfrau. »Halt ihr dein Wort nicht«, schrien die Weiber dem Burschen zu, »denn sie ist eine Zauberin.« - »Ach was«, sprach der ehrliche Mensch, schloß das Mädchen in seine Arme und drückte ihr einen herzhaften Kuß auf die Lippen. Kaum war das geschehen, so verschwand die Jungfrau und war erlöst. Die Glocken von Zarnickow aber sprechen noch immer, wenn sie geläutet werden:

»Sû fand!
Maeken band!
Sû fand!
Maeken band!«

*Mündlich aus Marienfließ, Kreis Saazig.*

## 281. Die drei Jungfrauen bei Marienfließ[28] und der Schlosserlehrling.

Der Schlosser Stange in Freienwalde hatte am Johannistage in Marienfließ eine Anzahl Schlösser auszubessern. Da er selbst nicht abkommen konnte, so schickte er den Gesellen bei Sonnenaufgang ins Dorf und sandte ihm am Vormittag den Lehrburschen mit den fertigen Schlüsseln nach. Sobald dieser sich in Marienfließ seines Auftrags entledigt hatte, kehrte er auf der Stelle nach der Stadt zurück.

Darüber war es Mittag geworden, als er den schönen Fußweg durch den Fichtenwald unweit des Burgwalles dahin eilte. Mit einem Male sah er vor sich drei tief verschleierte Jungfrauen, welche gerade auf ihn zu gingen. Er wollte ihnen ehrerbietig ausweichen, aber das half ihm nichts; denn die Mittlere von den drei Mädchen vertrat ihm den Weg, schlug den Schleier zurück und bat um einen Kuß.

Jetzt sah der Junge näher zu und wurde gewahr, daß die Jungfrau statt der Nase einen garstigen Schweinsrüssel im Gesichte trug. »Schaffe dir erst ein anderes Aussehen an, wenn du wünschst, daß man dich auf der Straße küsse«, sprach er, stieß das Mädchen von sich und lief weiter. Doch ließ ihm die Neugierde keine Ruhe, er schaute sich noch einmal um und sah wie die drei Jungfern bitterlich weinten und dann plötzlich verschwanden.

Verwundert eilte er nach Hause und erzählte alles seinem Meister. »Junge«, rief der, »heute ist ja Johannistag, und die drei Mädchen waren die drei verwünschten Grafentöchter. Hättest du die Mittlere unter ihren Schweinsrüssel geküßt, so wären sie allesamt erlöst gewesen, und du wärest ein reicher Mann geworden. Nun können sie wieder hundert Jahre warten.« Als der Lehrbursch vernahm, was für ein Unheil er angerichtet und welches Glück er leichtsinnig in den Wind geschlagen habe, ward er von Stund an tiefsinnig und lag nach drei Tagen auf der Totenbahre.

*Ebendaher.*

## 282. Das Schloß zu Daber.

Das Schloß zu Daber ist sehr alt und jetzt ganz verfallen, so daß kein Mensch mehr darin wohnen kann. Zu uralten Zeiten hausten dort drei vornehme Fürsten, welche ein wildes, gottloses Leben führten, nichts thaten als Jagen, Trinken und Fluchen und den lieben Gott ganz vergaßen. Plötzlich starb einer von ihnen, und die beiden andern Brüder ließen ihn im Erbbegräbnis auf dem Schlosse beisetzen; in ihrem ruchlosen Lebenswandel besserten sie sich aber darum nicht. Darauf sind sie denn ebenfalls eines jähen Todes verstorben, und das Schloß ist von der Zeit an verfallen und die Wohnung böser Geister geworden, welche die Leute in der Gegend die Kobolde nennen.

Die treiben, zumal des Nachts, ein schreckliches Wesen in dem alten Schlosse, und niemand wagt deshalb, nach den vielen Schätzen zu suchen, die noch darin vergraben sind; denn bei Tage kann man einem solchen Schatze nicht beikommen. Einige Leute haben diese Kobolde auch schon gesehen.

Die alte Nachtwächterfrau, die noch jetzt zu Daber lebt, war einmal auf den Johannistag gerade um die Mittagszeit auf das alte Schloß gegangen, um Flieder zu pflücken. Auf einmal sah sie, während sie sich bückte, aus dem Schloß drei herrlich gekleidete Fräulein kommen, denen drei kleine Männer folgten. Alle sechs führten einen zierlichen Tanz auf dem Hofe auf, zu dem die Musik aus dem Schlosse kam.

Nachdem das eine Weile gedauert hatte, erschien ein großer Hund an einer goldenen Kette. Das war der leibhaftige Teufel; denn er verwandelte sich plötzlich in einen großen, schwarzen Ritter und fing nun mit an zu tanzen, worauf es nicht anders war, als wenn rund umher der ganze Erdboden bis tief hin erschüttert werde. Die alte Nachtwächterfrau bekam darüber einen solchen Schreck, daß sie in aller Eile den Schloßsteig herunter lief. Auf der Brücke erst stand sie still und blickte sich um, worauf sie denn wahrnahm, daß aus einem verfallenen Turme des Schlosses eine schreckliche Gestalt heraus schaute. Das ist auch der Teufel gewesen. Er sah aus, wie ein Drache, und spie aus dem Munde Feuer und erhub auf einmal ein solches Schreien, daß davon das ganze Schloß zitterte und eine Mauer barst.

Gleich darauf schlug die Glocke eins, und nun war mit einem Male alles vorbei. Der Turm aber, aus dem der Teufel geschrieen, stürzte zugleich mit dem Glockenschlage ein. Ja, der Teufel hatte so arg gebrüllt, daß die alte Frau von Stund an taub wurde und es auch wohl bleiben wird ihr lebelang.

Ein andermal war ein alter Böttcher, der Bandstöcke geholt und sich darüber verspätet hatte, um Mitternacht bei dem alten Schlosse vorbeigekommen. Auf einmal begegneten ihm unweit desselben drei Männer, welche feurige Hüte trugen, aber sonst ganz schwarz waren. Die stellten sich an die Brücke, über die er gehen mußte, und wollten ihn nicht hinüber lassen und drohten ihm. Anfangs graute dem alten Mann; zuletzt aber faßte er sich ein Herz und hub an, mit lauter Stimme das Lied zu singen:

> »Ihr Höllengeister, packet euch,
> Ihr habt hier nichts zu schaffen.«

Da verschwanden die schwarzen Gestalten eiligst und liefen dem alten Schlosse zu. Oben in demselben erhoben sie ein schreckliches Geheul und stürzten sich dann von oben in den Turm hinab, von dem die Leute sagen, daß früher die Gefangenen darin gesessen hätten. Gleich darauf hörte der Böttcher ein großes Hundegebell und dann ein fürchterliches Krachen. Das alles hat der Mann dem Drechslermeister Habermann in Daber erzählt, der daselbst noch leben mag.

*Temme, Volkssagen. Nr. 148.*

## 283. Der verwünschte Schäfer in Karzig.

In dem Dorfe Karzig, eine halbe Meile von Naugard, liegt ein großer Stein mit vielen Adern, von dem die Leute sagen, daß er ein verwünschter Schäfer sei. Es diente nämlich vor langen Zeiten in dem Dorfe ein Schafhirt, der voraussagte, daß er in einen Stein würde verwandelt werden. Sein größter Kummer dabei war, daß er dann, fern von den Leuten, einsam auf dem Felde liegen müsse, und er bat deshalb seinen Herrn, wenn er ihn einmal außerhalb des Dorfes als Stein finde, ihn nicht liegen zu lassen, sondern zu sich in das Dorf zu nehmen. Doch nicht durch Pferde, nur durch ein Gespann von acht Ochsen, werde er von der Stelle zu ziehen sein.

Nicht lange darnach war die Zeit des Schäfers gekommen. Er kehrte mit seiner Herde nicht wieder in das Dorf zurück, und die Bauern gingen aus, ihn zu suchen. Sie fanden aber nichts als einen großen Stein mit vielen Adern, wie bei einem Menschen. Der lag mitten im Felde, und die Schafe hatten sich um ihn her versammelt.

Obgleich der Schafhirt nun seinem Herrn zuvor angekündigt hatte, auf welche Weise er in's Dorf zu schaffen sei, suchten ihn die Leute dennoch zuerst durch Pferde von der Stelle zu bringen; aber alle Mühe war vergeblich. Als sie aber acht Ochsen vorgespannt hatten, konnten sie den Stein mit Leichtigkeit in das Dorf ziehen. Hier wurde er auf einem freien Platze aufgestellt, wo er noch liegt. Man hat den Glauben, daß der Schäfer später einmal wieder Menschengestalt annehmen wird.

*Temme, Volkssagen. Nr. 185.*

## 284. Die Grafen von Eberstein bei Retztow.

In der Gegend von Naugard lebten früher die Grafen von Eberstein. Bei dem Dorfe Retztow hatten sie ein festes Schloß, die Wolfsburg genannt, wovon man noch heute die Trümmer sehen kann. Diese Ebersteiner führten alle ein wüstes, gottloses Leben, und besonders hatten sie ihre Freude daran, von der Wolfsburg aus, wo sie oft zum Jagen mit ihren wilden Gesellen zusammen trafen, den Bauern die Saaten zu verderben. Deshalb stehen sie auch jetzt noch in der ganzen Gegend in einem schlechten Rufe, und man sagt, sie hätten keine Ruhe unter der Erde und müßten noch heute um die Wolfsburg herum wandern. Doch sind sie jetzt nicht immer mehr böse, sondern beschenken sogar manchmal die Leute, mit denen sie zusammen treffen.

So war vor vielen Jahren einmal ein Schäfer in Retztow, der hütete am Johannistag mit seiner Herde auf dem sogenannten Hünenberge, nicht weit von der Wolfsburg. Auf einmal versank er mit allen seinen Schafen in die Erde hinein, daß sie sich über ihm zusammen that. Unten kam ihm ein großer Hund entgegen, der ihn an eine Thür führte. Der Schäfer öffnete dieselbe, worauf er an eine zweite Thür kam. Als er auch diese aufgeklinkt hatte, befand er sich in einem großen Saale. In demselben saßen viele vornehme Herren beim Speisen. Sie sahen dem Schäfer so stattlich aus, daß er sie für Fürsten hielt, obgleich die Leute meinen, daß es die Grafen von Eberstein gewesen wären, die in den Hünenberg hinein gebannt seien. Sie luden den Schäfer ein, mit ihnen zu essen, was er auch that. Als er sie aber darauf fragte, wie er aus dem Berge wieder heraus kommen könne, sagten sie ihm, daß er daran vor Ablauf eines Jahres nicht denken könne.

Also geschah es auch, und der Schäfer mußte ein ganzes Jahr mit seiner Herde im Berge bleiben. Als das Jahr zu Ende war, verehrten ihm die Grafen einen goldenen Stab, sagten ihm aber dabei, daß er niemals wieder in die Nähe des Hünenberges kommen solle.

Nicht so gut erging es einem Retztower Bauern. Der befand sich eines Abends bei den Hünengräbern, die dort auch in der Gegend liegen, als ihm vier junge Männer begegneten. Dem Bauern kamen sie nicht absonderlich vor, und er sprach sie dreist an. Sie gaben ihm auch freundlich Bescheid und fragten ihn dann, was die Leute in der Gegend von den Grafen von Eberstein sprächen. Der Bauer, welcher noch immer nichts Arges dachte, antwortete ihnen ehrlich, wie man von denen noch immer nichts Gutes rede, und teilte ihnen auch mit, was sie in früheren Zeiten alles verübt hätten. Da wurden die vier Männer auf einmal grimmig, faßten ihn an und fuhren mit ihm in die Luft hinein, drei Meilen weit. Als sie ihn endlich niedersetzten, waren sie plötzlich verschwunden, und er sah jetzt drei schwarze Hunde vor sich, die Feuer ausspieen. Der arme Mensch hat sich vor Schreck kaum wieder nach Hause finden können, wo er tags darauf gestorben ist.

Von der Zeit an hat man aber nur noch zwei schwarze Hunde erblickt, und man glaubt daher, daß der dritte seitdem erlöst sei.

*Nach Temme, Volkssagen. Nr. 149.*

## 285. Die versunkenen Kirchen bei Mesow und Wangerin.

Dicht bei Mesow liegt der faule See. Dort ist eine Kirche versunken, und noch heute kann man zuweilen in der Mittagsstunde des Johannistages ihre Glocken läuten hören. Wer sie aber hört, stirbt in demselben Jahre.

Auch bei Wangerin war früher ein solcher Glockensee, der jedoch jetzt abgelassen ist. Dort hat man genau zwei Glocken hören können, von denen die eine sprach:

»Hanne Sûsanne,
Wî wullen tô Lanne!«

worauf die andere antwortete:

»Hanne Margrête,
Man immer in't Dêpe!«

*Aus Mesow, Kreis Regenwalde: Mitgeteilt durch Herrn Prof. E. Kuhn in München.*

## 286. Die weiße Jungfer in dem versunkenen Schloß bei Plathe.

Wenn man von Plathe die Chaussee nach Danzig geht, so sieht man, nicht weit von der ersteren Stadt, linker Hand am Wege einen Hügel, der mit Strauchwerk bewachsen und mit großen Steinen bedeckt ist. Hier soll ein Schloß versunken sein, auf dem früher grausame Ritter ihr Wesen trieben. Man hat davon noch jetzt einen Beweis.

In der Nähe des Schlosses lag nämlich noch ein anderes Schloß. Die Herren der beiden Schlösser aber lebten mit einander in Krieg, und der in dem versunkenen Schloß raubte die Tochter des andern und ließ sie einmauern. Dieses Fräulein sieht man nun noch jede Nacht auf jenem Hügel. Sie ist ganz weiß gekleidet und hat ihre Haare lang herunter hängen. So geht sie weinend zwischen den Steinen umher.

Vor mehreren Jahren fand hier auch einmal ein Tagelöhner einen Pferdefuß mit einem goldenen Hufeisen. Der Mann ist aber von dem Augenblicke an wie von einem bösen Geiste besessen gewesen und bald darauf jämmerlich gestorben.

*Temme, Volkssagen. Nr. 162.*

## 287. Die verwünschte Prinzessin bei Groß-Stepenitz.

In der Nähe von Groß-Stepenitz am Haff liegt ein altes Schloß, das hat einen Riß quer im Gemäuer, und den hat's nicht von ungefähr. Denn in alten Zeiten wohnte hier eine Prinzessin, die durfte sich nicht weiter als eine Meile vom Schloß entfernen. Aber einmal hatte sie es doch gethan. Da hörte sie plötzlich einen furchtbaren Knall, und im selben Augenblick war das Schloß von oben bis unten geborsten und sie in eine scheußliche, dicke Kröte verwandelt. Seitdem sitzt sie in einem großen Zimmer des Schlosses und harrt auf Erlösung.

*Aus Wollin: Kuhn und Schwartz, Nordd. Sag. Nr. 9.*

## 288. Der Wolliner Berg bei Jassow.

Eine Viertelmeile nördlich von Büssentin liegt das Dorf Jassow. Dessen Glocken sollten vor vielen Jahren nach Wollin geschafft werden, um in der dortigen Kirche aufgehängt zu werden. Kaum war man aber auf dem kleinen Berg dicht vor dem Orte angelangt, als die Glocken tief in den Boden hinein sanken, und obgleich zehn Pferde vorgespannt waren, so konnten sie doch nicht weiter geschafft werden.

Da kam ein Bauer vom Felde mit seinen zwei Ochsen. Diese spannte er vor die Glocken und lenkte wieder nach dem Dorfe zu. Und siehe, die Glocken, welche vorher zehn starke Pferde nicht hatten von der Stelle bringen können, ließen sich jetzt von zwei Ochsen ganz leicht auf ihren alten Platz in die Kirche zu Jassow zurückführen. Der Berg aber, wo sich diese merkwürdige Geschichte begeben, heißt noch heute allgemein der Wolliner Berg.

*Mündlich aus Büssentin, Kr. Cammin.*

## 289. Der große Stein bei Gristow.

### I.

Nördlich von der Insel Gristow, etwa auf halbem Wege zwischen Cammin und Zünz, liegt in der Dievenow nicht weit vom Ufer ein gewaltiger Granitblock. Der liegt schon seit grauen Jahren da und ist vor alters ein prächtiges Schloß gewesen, in welchem ein gieriger Räuber wohnte. Dieser stellte vornehmlich auch den Mädchen nach und wollte einst einem solchen Gewalt anthun. Aber die verstand sich auf die Zauberei, drückte das ganze Schloß in einen Steinklumpen zusammen und schloß den bösen Räuber für ewige Zeiten darin ein.

In Cammin erzählt man auch den Kindern, daß der Storch sie vom großen Steine her ihren Eltern bringe.

*Kuhn und Schwartz, Norddeutsche Sagen. Nr. 14.*

## II.

Im Camminer Bodden liegt bei der Insel Gristow ein großer Stein. In diesen ist vor vielen Jahren ein ganzes Rittergut hinein verwünscht, und mitten in ihm sitzt eine dicke Schorfkröte (Schâfkrâute). - Einst hat man den Felsblock sprengen wollen; doch da ist Blut aus ihm herausgekommen. Das kleine Stückchen aber, welches dabei abgelöst wurde, ist mit einem eisernen Ringe wieder an dem Steine befestigt worden.

Auch sagt man, wenn der große Stein vernichtet werde, müsse ganz Gristow untergehen. Alle diese Geschichten sind in alter Zeit aufgezeichnet worden, und die Schriftstücke befinden sich noch jetzt irgendwo im Dom zu Cammin.

*Mündlich aus Büssentin, Kreis Cammin.*

## 290. Die Schlüsselmamsell auf dem Königsstuhl.

Zwischen den beiden Forsten Rega-Hacken und Lebbin bei Greiffenberg liegt ein Hügel, der Königsstuhl genannt. Dort soll früher ein Schloß gestanden haben, von dem jedoch jetzt nichts mehr zu sehen ist. Es ist in den Berg versunken, und von seinen früheren Bewohnern zeigt sich nur noch einer den jetzt lebenden Menschen. Das ist eine Jungfrau, welche über und über am Körper mit Schlüsseln behängt ist, und die deshalb allgemein die Schlüsselmamsell heißt.

Man kann sie sehr oft sehen, vormittags wie nachmittags und ebenso auch des Abends. Häufig steht sie auf der halben Höhe des Königsstuhls und schreit mit lauter, wehklagender Stimme, sie könne nicht über den Berg kommen. Nähert sich irgend ein Mensch dem Hügel, so fordert sie ihn auf, sie zu erlösen und zu dem Zwecke das und das zu unternehmen. Man darf ihr aber nicht willfahren; thut man dies, so ist die Schlüsselmamsell allerdings erlöst, aber der Betreffende, welcher ihr den Dienst erwiesen hat, muß dann selbst an ihrer Stelle Schlüsselmamsell werden.

Einst rief die Jungfrau einen kleinen Jungen, welcher unweit des Berges die Kühe weidete, zu sich heran und bat ihn, dem einen Rinde in den Hinterfuß zu beißen. Des Knaben Glück war, daß noch rechtzeitig der Förster dazu kam und ihm die Tücke der Schlüsselmamsell offenbarte. Hätte er den Befehl ausgeführt, so wäre er sicher an ihrer Statt in den Königsstuhl verwünscht worden.

*Mündlich aus Greiffenberg.*

## 291. Das verwünschte Schloß bei Treptow an der Rega.

Vor einem der Thore von Treptow an der Rega liegt dicht an der Landstraße ein alter, grauer Stein. Das ist der letzte von einem großen Schlosse, das hier gestanden hat und verwünscht worden ist. Darunter haust aber noch seine ehemalige Bewohnerin in verzauberter Gestalt; denn allnächtlich sieht man einen Wagen, mit vier Rappen bespannt, über das Stadtthor brausen und mitten auf dem Markte vor dem Rathause halten. Dann steigt eine schwarz gekleidete Dame aus, sieht sich um, steigt wieder ein, und wie sie gekommen, geht's auch wieder zurück.

So sah sie auch einmal ein Soldat, der vor dem Rathause auf der Wacht stand, und als sie den erblickte, trat sie auf ihn zu und fragte ihn, ob er sie erlösen wolle? Dann solle er vor's Thor zu dem Stein kommen, da werde eine große, graue Schlange hervor kriechen, die werde sich um ihn ringeln und ihn küssen wollen, und wenn er das ruhig ertrage, dann werde sie erlöst sein. Der Soldat wollte erst nicht darauf eingehen; doch sie kam nach einiger Zeit wieder und endlich zum dritten Male, und da bat sie so flehentlich, daß er endlich versprach, ihren Wunsch zu erfüllen.

Da ging er denn in der Nacht hinaus vor's Thor zum Stein, und es geschah alles, wie die Prinzessin gesagt hatte, und er behielt auch den Mut bis zum letzten Augenblick, da sich die Schlange nach seinem Kopfe empor reckte und ihre spitze Zunge ihm entgegen streckte, um ihn zu küssen. Da schauderte es ihn doch gewaltig, und er zog den Kopf zurück. Im selben Augenblicke hörte er einen gewaltigen Knall, alles war verschwunden, und er vernahm nur noch die klagenden Worte: »Auf ewig verloren.«

*Aus Wollin: Kuhn und Schwartz, Nordd. Sagen. Nr. 10.*

## 292. Der goldene Schlüssel in der Klosterruine zu Belbog.

Da, wo früher das mächtige und reiche Kloster Belbog gestanden hat, sieht man jetzt nichts als arme Tagelöhner-Häuser. Nur eine alte Mauer hat sich noch von dem Kloster erhalten; sie soll von dem früheren Speisesaal der Mönche sein. An dieser Stelle liegen auch noch viele Schätze in der Erde verborgen, welche die Mönche, als das Kloster eingegangen ist, nicht mitnehmen konnten.

Man erzählt sich, daß ehedem häufig Mönche von dem Kloster Oliva nach Belbog kamen. Die ließen sich die Ruinen genau zeigen, und dann maßen und rechneten sie, als wenn sie die Stelle heraus rechnen wollten, wo die Schätze verborgen liegen. Sie sollen aber damit nicht zurecht gekommen sein.

Einmal fand man auch in dem Schutt einer alten Mauer einen großen, goldenen Schlüssel. Der hat zu der Thür gehört, welche das Schatzgewölbe verschlossen hält, und man hätte diese damit öffnen können. Aber der den Schlüssel gefunden, verkaufte ihn um einen geringen Preis an einen Juden in Treptow und konnte zum Unglück auch nachher die Stelle nicht wieder finden, wo er gelegen hat. So wird man wohl nicht mehr zu den großen Schätzen des Klosters gelangen können.

*Temme, Volkssagen. Nr. 203. Balt. Stud. II. 1. S. 74, vgl.*

## 293. Die versunkene Stadt Regamünde.

Wo die Rega in die See ausfließt, hat vor Zeiten eine zwar nicht große, aber reiche Handelsstadt, namens Regamünde, gestanden, welcher auch der jetzige Treptowsche Hafen zugehört haben soll. Die Leute dieser Stadt sind wegen ihres Reichtums so übermütig geworden, daß sie Heringe, welche hier häufig gefangen wurden, mit Ruten strichen und zuletzt selbst Gott den Herrn verspotteten. Dafür hat sie der Zorn des Himmels ereilt; denn es ist plötzlich in einer Nacht ein schrecklicher Sturm gekommen, der die ganze Stadt in den Grund des Meeres riß.

Sie ist so tief versunken, daß man auch gar nichts mehr von ihr sehen kann, und daß nur die sogenannten Regamünder Wiesen in der Nähe von Treptow an sie erinnern. Nur die Kirchenglocken sollen gerettet sein, und man sagt, daß die Glocken in der Kirche zu Robe von der versunkenen Stadt seien.

*Balt. Studien, 1833. I. S. 28; 1860 S. 81 fg.*

## 294. Der Kerl bei Grapzow.

Im Thal der Tollense, etwa zweitausend Schritte von dem Flusse entfernt, lag noch im Jahre 1825 hart an dem Wege von Grapzow nach Kessin, ungefähr in der Mitte beider Dörfer, ein ungeordneter Steinhaufe, die Steinkammer genannt. Der große Block darunter war acht Fuß lang und vier und einen halben Fuß hoch und enthielt auf seinen ebenen, nach Nordwest gewandten Seite eine regelmäßige Vertiefung. Dieselbe war überall gleichtief einen Viertelzoll in den Stein hinein gearbeitet und stellte in rohen Umrissen den Oberkörper eines Mannes mit breiten Schultern dar. Die Leute der Umgegend nannten das Bildwerk den »Kerl« und sagten, er bewahre den Schatz, welcher unter dem Stein verborgen liege.

Zweihundert Schritte gegen Ostnordost lag ein einzelner mächtiger Stein, den die Sage mit der Steinkammer durch eine Kette unter der Erde verbunden wußte.

*Baltische Stud. XI. S. 190 fg.*

## 295. Die Glocken von Kratzig.

Einst sollte die eine von den drei Kirchenglocken in Kratzig in ein anderes Dorf verkauft werden. Obwohl man nun zwölf starke Pferde vor den Wagen spannte, konnte man sie doch nicht den kleinen Lehmberg, dicht vor dem Dorfe, hinauf bringen. Dabei war es heißer Sommer und der Weg ganz trocken und fest.

Da kam ein Bauer dazu und sagte, die Glocke wolle gewiß im Dorfe bleiben, spannte seine beiden Pferde davor und siehe, er fuhr sie ganz leicht zur Kirche zurück. Der Berg bei Kratzig heißt aber noch heute der Glockenberg.

*Mündlich aus Kratzig, Kreis Fürstentum.*

## 296. Der alte Mann im Gollenberg.

Daß es im Innern des Gollenberges gar absonderlich aussehen muß, hat man schon seit uralten Zeiten gewußt, obgleich keiner recht genau davon Kunde zu geben vermag. Nur ein Schäfer erlebte vor vielen Jahren folgendes:

Er hütete einst seine Schafe am Fuße des Berges. Da es ein heißer Sommertag war, so schlief er um die Mittagszeit im Schatten eines Baumes ein, wurde jedoch bald durch das Bellen seines Hundes wieder geweckt. Wie er die Augen aufschlug, verschwand das Tier gerade in dem Gebüsch, und er eilte ihm schnell dahin nach, denn er glaubte nichts anderes, als daß ein Dieb ein Schaf gestohlen habe und nun mit dem Raube in das Buschwerk geflüchtet sei.

Als er den Hund eingeholt hatte, stand derselbe vor einem großen Steine und scharrte und kratzte daran herum, wobei er fortwährend laut heulte. Das fiel dem Schäfer auf, und neugierig, was der Hund haben möge, wälzte er den Stein auf die Seite. Da erblickte er eine große Öffnung und unter derselben ein tief in die Erde hinabgehendes, altes Gemäuer. Er stieg hinab und kam an einen schmalen Gang, der in den Gollenberg hineinführte und immer schmaler wurde. Nachdem er wohl eine ganze Stunde lang gewandert war, stieß er endlich auf eine große, eiserne Thür, die jedoch einem Stoß mit dem Schäferstab sofort nachgab und in Staub auseinander fiel.

Nun trat er in ein hohes, geräumiges Gemach, in welchem rund herum alte Waffen und Gemälde hingen. Aber auch die waren schon so alt, daß sie bei der geringsten Berührung zu Staub wurden. Der Schäfer durcheilte die Stube und gelangte an eine zweite Thür, die wie

die erste dem Stoße nachgab. In diesem Gemache saß ein alter, alter Mann in ganz fremd-
artiger Kleidung, wie sie der Hirt noch niemals gesehen hatte. Vor ihm lag Schreibzeug und
Papier; doch was auf dem Papier stand, war schon so vergilbt, daß der Schäfer es nicht zu
entziffern vermochte. Er trat näher heran, da zerfiel von der Erschütterung alles in Staub.

Darauf zertrümmerte der Hirt mit seinem Stab eine dritte Thür, und nun befand er sich
mit einem Male in einem großen Saale, der ganz mit Schätzen angefüllt war. Haufen von
goldenen und silbernen Geräten waren hier zu erblicken, Säcke, mit Gold- und Silbergeld
angefüllt, standen in Reihen umher, und Perlen und Edelsteine lagen dazwischen. Schnell
griff er mit beiden Händen zu und steckte zu sich, was er zu fassen vermochte. Dann lief er
damit zurück, so eilig er konnte.

Als er später einmal wieder in den Berg hinein gehen wollte, war alles verschwunden. Ja
nicht einmal den Stein konnte er finden, unter welchem der Eingang gewesen war.

*Temme, Volkssagen. Nr. 231 und mündlich.*

## 297. Die verwünschte Prinzessin im Schiefelbeiner Schloß.

Im Schiefelbeiner Schloß sitzt eine verwünschte Prinzessin. Vor langen Jahren wäre beinahe
ihre Erlösung, nach der sie schon damals unendliche Zeit vergebens geharrt hatte, in Erfüllung gegangen. Sie erschien nämlich einem armen Schreiber, der im Schlosse beschäftigt
war, und forderte ihn auf, am ersten Ostertag früh dasjenige Wesen, dem er bei seinem
Austritt aus der Thür zuerst begegnen würde, auf den Mund zu küssen. Thäte er das, so
würde er sie erlösen und sein Glück machen.

Der Schreiber hatte sich das Erlösungswerk schwerer gedacht und sagte sogleich zu, er
wolle alles pünktlich besorgen. Etwa acht Tage darauf erschien die Prinzessin abermals und
legte ihm dringend an's Herz, doch ja sein Wort zu halten und recht genau an die Bedingung zu denken. Es mußte die Jungfrau wohl schon ein Vorgefühl von dem kommenden
Unglück haben, denn selbst ein drittes Mal kam sie zu dem Schreiber und wiederholte ihr
Anliegen. Und das war etwa vierzehn Tage vor dem heiligen Feste.

Als nun der Morgen des ersten Ostertages angebrochen war, so machte sich der Jüngling
auf und öffnete die Hausthüre, um das Erlösungswerk zu erfüllen. Er dachte sich, es würde
nun eine schöne Dame auf ihn zu schreiten; aber nichts davon, weit und breit war kein
menschliches Wesen zu sehen. Nur eine garstige Schorfkröte saß auf der Steintreppe und
glotzte ihn an.

Mißmutig guckte er auf sie hinab. Da hüpfte das häßliche Tier ganz nahe an ihn heran,
sah ihn mit seinen blöden Augen bittend an und sprang ihm auf die Spitze des Schuhes.
»Freches Vieh!« schalt der Schreiber und schleuderte es mit dem Fuße gegen die Wand.

In demselben Augenblicke erhub die Kröte ein klägliches Wehgeschrei und – war ver-
schwunden. Da merkte der Schreiber, daß es die Prinzessin gewesen war, und daß er die
Kröte hätte küssen müssen. Voller Zorn, Scham und Gewissensqual über das gebrochene
Versprechen eilte er, wie ein Rasender, auf sein Zimmer zurück. Dort befiel ihn eine schwere
Krankheit, und nach Verlauf von vier Wochen war er tot.

*Mündlich aus Schiefelbein.*

## 298. Der Baum im Klostergarten von Schiefelbein.

Vor vielen, vielen Jahren hat einmal ein Abt des Schiefelbeiner Klosters im Garten einen Baum gepflanzt und dabei befohlen, derselbe solle zum ewigen Gedächtnis an ihn dort stehen bleiben und niemals umgehauen werden. Als dieser Abt schon gestorben und das junge Stämmchen bereits zu einem armstarken Baume herangewachsen war, hörten plötzlich die in dem Klostergarten versammelten Mönche aus seinem Laubwerk heraus eine Stimme sprechen: »Dieser Baum wird einst umgehauen und aus seinem Holz eine Wiege gezimmert werden. Das erste Kind, welches in dieser Wiege geschaukelt wird, kann mich erlösen.«

Die Leute erzählen sich, daß es die verwünschte Prinzessin aus dem Schloß gewesen sei, welche diese Worte geredet habe, und daß der Schreiber, von dem wir in der vorhergehenden Geschichte gehört haben, das geweissagte Kind gewesen sei. Denn der Baum im Klostergarten ist schon seit langer Zeit nicht mehr vorhanden, und von einer andern Erlösung hat man auch nicht gehört.

*Ebendaher.*

## 299. Der unterirdische Gang vom Kloster in Schiefelbein bis zum Schloß.

Vom Kloster in Schiefelbein geht gerade unter dem Flußbett der Rega hin ein unterirdischer Gang bis zum Schloß. Jetzt soll er freilich zum größten Teil verfallen sein. Dieser Gang galt niemals für recht geheuer, heutiges Tages aber noch viel weniger, wie früher, da man nun genau weiß, was für Schrecknisse dort den Besucher erwarten. Und das ist so zugegangen:

Zwei Mädchen in Schiefelbein hatten sich von leichtfertigen Burschen verführen lassen und waren gleichzeitig niedergekommen. Die eine ergriff darauf ihr Kind aus Furcht vor der Schande und erdrosselte es. Doch kaum hatte sie die Unthat begangen, so trat an sie die noch größere Furcht vor der strafenden Gerechtigkeit heran, und sie nahm deshalb das lebende Kind von ihrer schlafenden Kameradin (denn sie wohnten beisammen) und legte dafür an deren Seite den Leichnam des erwürgten Kindes.

Am andern Morgen merkte die rechte Mutter sofort den Betrug, doch die böse Mörderin eilte, um sich vor der Welt ganz zu rechtfertigen, auf das Gericht und klagte dort die Gefährtin des Kindesmordes an. Der Augenschein war ja auch offenbar gegen dieselbe, und sie wurde deshalb, trotz alles Beteuerns ihrer Unschuld, von den Richtern zum Tode verurteilt. Um ihr jedoch zu zeigen, daß man kein Mittel unterlassen wolle, mit Gottes Hilfe ihre etwaige Unschuld an den Tag zu bringen, wurde ihr gestattet, zwischen folgendem zu wählen: »Entweder sie solle sofort hingerichtet werden, oder sie müsse beim Schloß in den unterirdischen Gang gehen und bis zu seiner Mündung am Kloster denselben entlang wandern.«

Die arme Mutter vertraute auf den Beistand des himmlischen Vaters und wählte das letztere. Auch verpflichtete sie sich, ein Wahrzeichen aus dem Gange mitzubringen. Sodann machte sie sich mutig an das gefährliche Werk.

Nachdem sie eine Zeit lang gewandert war, sah sie plötzlich den Schimmer einer Lampe. Sie beschleunigte ihre Schritte und befand sich nach kurzer Zeit in einer geräumigen Stube, in welcher ein Tisch und ein großes Bett stand. An dem Tische saß eine Jungfrau und nähte emsig, im Bette dagegen lag ein ungeheurer Drache und schnarchte, und das Feuer flog ihm dabei aus Maul und Nase heraus.

Kaum hatte die Jungfrau die Tritte der Nahenden gehört, so hielt sie in ihrer Arbeit inne, schaute sich um und winkte ihr, sich ganz still zu verhalten. Dann sagte sie: »Es ist dein Glück, daß der Drache schläft, sonst hätte er dich unfehlbar zerrissen. Ich bin die verwünschte Prinzessin vom Schlosse und bin für immer verloren, denn der mich erlösen sollte, hat mich verstoßen. Der Drache da ist mein Wächter. Du aber gehe jetzt eilig von hier und vollende dein Vorhaben mit Gott.«

Da bat die Mutter um ein Wahrzeichen, denn die Richter hätten ein solches verlangt. Schnell nahm die Prinzessin eine Hand voll Stroh aus der Bettstelle des Drachen, schlang dasselbe zu einem Bande zusammen und legte es sodann dem Weibe um den Leib. Als das geschehen war, verließ diese eiligst das Zimmer und lief dem Ausgange zu, und das Strohband leuchtete ihr auf dem Wege, wie eine helle Lampe.

Hinter sich hörte sie jetzt den Drachen brüllen, welcher aus seinem Schlafe erwacht war. Doch er vermochte die Mutter nicht mehr einzuholen, denn nur noch wenige Schritte, und sie war im Klostergarten, wo die Richter ihrer schon harrten. Hier mußte sie alles haarklein erzählen, und »Das ist mein Wahrzeichen« sagte sie, als sie mit dem Berichte zu Ende gekommen war, und wies auf das glänzende Strohband. Das war aber jetzt kein Strohband mehr, sondern ein Reifen von dem feinsten, lautersten Golde, für den sie so viel Geld erhielt, daß sie ohne Sorgen mit ihrem Kinde davon bis zu ihrem Tode leben konnte.

Die gottlose Kindesmörderin aber, welche, um sich zu retten, ihre Freundin hatte verderben wollen, wurde auf den Richtplatz geführt und erlitt den Tod von Henkers Hand.

*Ebendaher.*

## 300. Das alte Schloß bei Göhle.

In der Feldmark des Dorfes Göhle bei Schiefelbein soll früher eine alte Raubritterburg gestanden haben, von der aber jetzt keine Spur mehr vorhanden ist. Vor langer Zeit nun als die Ruinen des Gebäudes noch wohl erhalten waren, sah man in dem Schloß jede Nacht ein helles Licht brennen, obgleich daselbst seit vielen Jahren niemand mehr wohnte. Mehrere Leute hatten schon unternommen, dort zu übernachten, um zu erfahren, was es mit dem Licht auf sich habe; aber am andern Morgen waren sie jedesmal tot aufgefunden worden.

Nun kam einst ein reisender Schustergesell durch den Ort und kehrte im Gasthaus ein. Der Wirt erzählte ihm beiläufig die Geschichte und machte den Handwerksburschen dadurch so abenteuerlustig, daß derselbe beschloß, auch eine Nacht in der Burg zuzubringen. Vergebens suchte der Wirt, den Mann von seinem Vorhaben abzubringen; der sagte nur: »Zu verlieren habe ich nichts auf dieser Welt, möglich, daß ich hier noch mein Glück mache.« Da alles Abreden nichts half, ließ ihn der Wirt des Abends auf das Schloß ziehen. Der Geselle nahm Hammer, Zange, Ort und Pechdraht mit sich, setzte sich in ein Zimmer, zündete ein Feuer an und begann, fleißig ein Stück Leder zu bearbeiten. Dabei flötete er ein lustiges Lied.

Um halb zwölf Uhr öffnete sich die Thüre und zwei Mänenr traten herein mit einem schön ausgeschlagenen, leeren Sarg und einer schweren Kiste voll Geld. Dies schütteten sie auf einem Tisch aus und befahlen dann dem Schuster, den Schatz in zwei ganz gleiche Hälften zu teilen; bringe er das nicht zu stande, so würden sie ihn töten und in den Sarg legen.

Der Geselle machte sich sofort an seine Arbeit und hatte auch nach kurzer Zeit das ganze Geld geteilt; nur ein Heller war übrig geblieben. Da nahm er hurtig Hammer und Zange, schlug die Kupfermünze entzwei und legte zu jedem Haufen je eine Hälfte. Als er fertig war, sagten die Männer, nun seien sie erlöst. Fünfzehn Menschen hätten vor ihm dasselbe versucht, es wäre aber keinem gelungen, und alle hätten ihr Abenteuer mit dem Leben bezahlen müssen. Er solle für sich den einen von den beiden Haufen behalten, den andern aber den Armen geben. Darauf nahmen sie den Sarg und verschwanden.

Am andern Morgen ging der Wirt ganz traurig auf das Schloß; denn er glaubte nichts anderes, als die Leiche des Handwerksburschen zu finden. Der aber wachte ganz vergnügt auf, übergab die eine Hälfte des Schatzes dem Gericht zur Verteilung an die Armen, die andere behielt er für sich und wurde ein reicher Mann, so daß er zeitlebens keine Nahrungssorgen mehr hatte. Auch den gutherzigen Wirt bedachte er mit einem großen Geldgeschenk.

*Mündlich aus Ritzig, Kreis Schiefelbein.*

## 301. Das verwünschte Schloß bei Ritzig.

In einem Dorfe bei Ritzig wohnte einmal ein armer Mann, welcher gerne reich werden wollte. Einst ging derselbe zu seinem Nachbarn und erzählte diesem viel von seinen Plänen, wie man schnell zu Geld kommen könne. Als er sich wieder auf den Heimweg machte, war es mittlerweile spät geworden, so daß er in der Dunkelheit vom Wege abkam und sich verirrte.

Da sah er plötzlich vor sich ein helles Licht schimmern, und als er näher hinzueilte, war es ein großes Schloß. Er ging hinein und kam durch viele Zimmer. In jedem brannte ein Licht, doch war nirgends ein lebendes Wesen zu sehen. Schließlich gelangte er in eine Kammer, in welcher ein großer Haufen blanker Thaler lag. Gierig griff er zu und begann seine Taschen mit den Münzen zu füllen. Da rief plötzlich eine Stimme: »Dû, ik râd dî, nimm etwas!« Doch er achtete nicht auf die Warnung und stopfte nur noch mehr hinein. Die Stimme schrie wiederum: »Dû, ik râd dî, nimm etwas!« Statt zu gehorchen, zog er sein Schnupftuch heraus und begann, auch da hinein Geld zu scharren. Jetzt ließ es sich zum dritten Male vernehmen: »Dû, ik râd dî, nimm etwas!« Er aber hatte gerade alle Kleider voller Thaler gestopft und verließ das Schloß.

Draußen jedoch kam plötzlich ein Ziegenbock auf ihn zu und nahm ihn auf seinen Buckel, flog mit ihm durch die Luft und warf ihn drei Meilen hinter Labes auf die Erde, daß er Arm und Bein brach. Jetzt war er allerdings ein reicher Mann, blieb aber dafür auch zeitlebens ein Krüppel.

*Ebendaher.*

## 302. Die Glocken von Arnhausen.[29]

Etwa zwei Meilen von Polzin, im Kreise Belgard, entfernt liegt das Dorf Arnhausen. Das soll vor Zeiten eine große, mächtige Stadt gewesen sein, während Polzin nur ein kleiner Ort war.

Damals nun bestellten die Arnhausener Bürger ein Paar schöne Glocken für ihre Kirche. Aber soviel Mühe auch der Glockengießer darauf verwenden mochte, der Guß wollte ihm nicht gelingen. Als sich aber der Geselle an die Arbeit machte, kamen die Glocken gleich das erste Mal ohne Fehl und Makel aus dem Guß. Da ward der Meister eifersüchtig und erstach den Gesellen, den Leuten erzählte er, der Bursche sei ihm bei Nacht und Nebel davon gegangen.

Nachdem jedoch die Glocken im Turm aufgehängt waren, sangen sie ganz deutlich:

»Dei mî gôt,

Dei is all dôd.

Mêschter schtåk de Geselle dôd,

As hei mî gôt;

Lijjt begråwe

Unnem Schwîekåwe.«

Da gingen den Leuten die Augen auf. Sie gruben nach und fanden die Leiche des Ermordeten. Der Glockengießer aber wurde bald darauf hingerichtet.

*Ebendaher.*

## 303. Der versteinerte Schweinetreiber bei Pumlow.

Auf der Feldmark des Dorfes Pumlow unweit Belgard lag ehedem ein längliches Steinviereck, in dessen Mitte sich ein Felsblock befand, der die übrigen Steine an Größe überragte. Jetzt ist davon nur noch wenig zu sehen, da die meisten Blöcke, und unter ihnen auch der große Mittelstein, von den Leuten der Umgegend weggeholt sind.

Von diesem Steinviereck erzählt man sich: Einst stand vor vielen, vielen Jahren auf diesem Platze ein Schweinetreiber inmitten seiner Herde, als ein Priester mit dem heiligen Abendmahle vorbei zog. Der gottlose Bösewicht verspottete den heiligen Mann, und zur Strafe dafür wurde er samt seiner ganzen Herde auf der Stelle in jenen Steinhaufen verwandelt.

*Temme, Volkssagen. Nr. 188 aus den Akten der Pomm. Gesellschaft f. Geschichte.*

## 304. Die Glocken von Klebow.

Um den Zetziner See, im Kreise Dramburg, liegen die vier Dörfer: Klebow, Teschendorf, Zetzin und Wusterwitz. Davon ist Klebow das größte und in seinem Besitz befinden sich deshalb seit uralter Zeit zwei Kirchenglocken, Anna Susanna und Margarete geheißen.

Das war den Wusterwitzern ein Dorn im Auge. Eines Wintertages, als der Zetziner See fest zugefroren war, machten sie sich auf den Weg nach Klebow hin, stahlen die Glocken und trugen sie eilig zum Ufer, dort wurden sie darauf in Schlitten gelegt und fort ging's über das Eis nach Wusterwitz zu. Doch als sie mitten auf dem See waren, brach die Eisdecke, die Glocken versanken, und die Diebe konnten von Glück sagen, daß sie mit dem Leben davon kamen.

Als nun im nächsten Frühjahr die Klebower Fischer im See ihre Netze auswarfen, hörten sie tief unten im Grunde die beiden Glocken läuten, und Margarete sprach:

»Anne Sûsanne!

Wist mit tô Lanne?«

»Nê, Margrêt«, antwortete die Gefragte, »man immer deiper rin.« Das haben die Leute im Dorfe erzählt, und darauf hat man die Glocken wieder herausgefischt, und sie hängen noch jetzt in der Klebower Kirche.

*Mündlich aus Ritzig, Kreis Schiefelbein.*

## 305. Der Drazig-See.

Die Stadt Tempelburg liegt zwischen dem Drazig- und dem Zeplin-See eingekeilt, und daher hat sich der Glaube bei den Bwohnern entwickelt, Tempelburg würde dereinst durch Wasser zu Grunde gehen. Man behauptet sogar, schon jetzt befände sich unter der Stadt blankes Wasser; auch wird erzählt, ein Teil von dem Festland sei vor langen Zeiten plötzlich versunken, und bilde dort der See eine zehn bis fünfzehn Klafter tiefe Stelle. Es soll das versunkene Land hart an die Gerbereien gestoßen haben, welche sich jetzt am Drazig-See befinden, und als Beweis für die Richtigkeit dieser Behauptung wird angegeben, daß dort das Seeufer gleich am Rande schroff abfällt.

Früher soll im See viel Wald gewesen sein, und die Leute erzählen sich, daß noch heute große, mächtige Baumstämme auf dem Seegrunde lägen. Ferner wird dem Drazig-See nachgesagt, er fordere jedes Jahr mindestens ein Opfer. Das Merkwürdigste aber ist ein Ausspruch, den vor vielen Jahren ein sehr gelehrter Mann über diesen See gethan hat. Derselbe sagte nämlich, die Tempelburger wüßten gar nicht, welche Reichtümer sie in ihrem See besäßen. Tief in dessen Wassern gebettet liege der Stein der Weisen, und der verhindere, daß jemals ein Gewitter von der Draziger Seeseite aus über Tempelburg kommen könne. Daß sie von dieser Himmelsgegend aus mit Gewittern verschont blieben, wußten nun freilich auch damals die Tempelburger schon, daß daran aber der Stein der Weisen in ihrem Drazig-See schuld sei, das war ihnen bis dahin verborgen gewesen.

*Mündlich aus Tempelburg, Kreis Neustettin.*

## 306. Die Bleie im Zepliner See.

Der Zepliner See bei Tempelburg wimmelte früher von den größten und schönsten Bleien. Heute dagegen ist kein einziger Fisch dieser Gattung mehr zu finden, und das haben sich die Fischer selbst zuzuschreiben.

Einst hatten sie nämlich einen überaus reichen Fang an Bleien gemacht. Da kam ein Mann aus Tempelburg und wollte sich ein Gericht davon kaufen; denn er hatte am folgenden Tage Kindelbier auszurichten, und nach alter Sitte gehören in der dortigen Gegend Fische zu jedem Festschmaus. Mochten nun die Fischer gegen den Käufer einen Haß gehabt haben, oder beabsichtigten sie, die Bleie im ganzen an einen Händler zu verkaufen, kurz der Mann konnte so viel Geld bieten, wie er wollte, er erhielt auch nicht einen Fisch.

Da ward er zornig und rief den harten Leuten zu: »Weil ihr so grausam gegen mich gewesen seid, sollt ihr zur Strafe heute die letzten Bleie in diesem See gefangen haben.« Und der Fluch ist in Erfüllung gegangen. Noch nie wieder hat sich seit der Zeit im See ein Blei erblicken lassen. Die alten Leute in Tempelburg behaupten, sie lägen unter dem gelben Berg, zwischen Felsen eingeklemmt.

*Ebendaher.*

## 307. Der Blocksberg bei Tempelburg.

Etwa eine Stunde von Tempelburg entfernt liegt im Stadtwalde hart am Dolgensee ein großer Hügel, der Blocksberg oder Schloßberg genannt. Dieser Berg ist nicht nur deswegen merkwürdig, weil auf ihn am Walpurgisabend die Hexen auf Besenstielen reiten oder in einem Siebrand laufen, sondern man weiß sich auch von ihm zu erzählen, daß früher auf seinem Gipfel ein großes Raubschloß gestanden hat. Die Herren desselben haben die umliegende Gegend sehr bedrückt, und zur Strafe für ihre Gewaltthaten hat Gott eines Tages die Burg tief in die Erde hinein versinken lassen.

Zur der Zeit, als dies geschah, wohnten in dem Schlosse gerade zwei Prinzessinnen, von denen die eine Susanne, die andere Margarete hieß. Diese beiden Jungfrauen leben nun im Blocksberg bis auf den heutigen Tag verzaubert fort und harren ihrer Erlösung. Jedes Jahr am Johannistag, mittags 12 Uhr, öffnet sich der Berg, und die Prinzessinnen steigen aus ihm heraus und gehen dem nahen See zu, um dort zu baden. Ihre Gestalt ist halb Mensch, halb Fisch. Während die eine im See ihre Haare kämmt und sonnt, singt die andere ihr zu:

»Sûsann!
Wist mit tô Lann?«

worauf die andere antwortet:

»Nê Margarêt,
Ma imme dêp!
Nê Margarêt,
Ma imme dêp!«

Wer ein Sonntagskind ist und es so glücklich trifft, gerade am Johannistag, mittags zwölf Uhr, beim See vorbeizukommen, der kann dies alles noch heutiges Tages erleben.

*Ebendaher.*

## 308. Die Wendenglocken im Wirchow-See.

Um den Wirchow-See, im Neustettiner Kreise, wohnten in alten Zeiten die Wenden. Ihren Hauptsitz hatten sie in dem Dorfe Sassenburg, welches aber damals den Namen Wirchow führte. Dort gehörte ihnen eine große, prächtige Kirche, und in dem Kirchturm hingen die schönsten Glocken des ganzen Landes.

Da geschah es vor vielen hundert Jahren, daß die Sachsen in die Gegend einwanderten, sich zu Herren machten und die armen Wenden verachteten und unterdrückten. Denen gefiel auch das schöne Dorf Wirchow, und sie vertrieben die Wenden daraus und ließen sich darin nieder und nannten es von nun an Sassenburg.

Die verjagten Wenden zogen darauf an die andere Seite des Sees und gründeten dort ein neues Dorf, welches sie zum Andenken an das alte wieder Wirchow (Wurchow) nannten, wie es auch jetzt noch geheißen wird. Aus dem alten Wohnsitze hatten sie nichts mitnehmen können als die schönen Kirchenglocken. Über diese freuten sie sich aber sehr, denn sie waren ja das einzige Andenken, das ihnen von dem Heimatdorfe geblieben war, in dem sie geboren waren, und wo ihre Eltern und von so manchem die Kinder begraben waren.

Allein auch diese Freude mochten ihnen die Sachsen nicht gönnen. Eines Tages erschienen sie in dem neuen Dorfe Wirchow und nahmen die Glocken mit Gewalt fort, um sie in ihren Schiffen über den See nach Sassenburg zu bringen. Aber wie sie mitten auf dem Wasser waren, erhub sich auf einmal ein schrecklicher Sturm, die Schiffe wurden an einander getrieben, daß sie zerschellten und zerbrachen und die Sachsen einen erbärmlichen Tod in den Wellen fanden.

Die Glocken gingen mit ihnen zu Grunde. Und die Leute sagen, von den Glocken allein sei dieses Unglück hergekommen; denn die hätten nicht von den Wenden lassen und den Sachsen dienen wollen. Sie liegen noch heute unten in dem Wasser, und niemand vermag es, sie herauf zu holen. Aber zu gewissen Zeiten kann man sie auf dem Grunde mit menschlichen Stimmen ein Klagelied singen hören, daß sie da unten auf dem Grunde weilen müssen und nicht zu den Wenden zurück können.

*Temme, Volkssagen Nr. 280 und mündlich.*

## 309. Der Schwînâger bei Wurchow.

In der Nähe von Wurchow, an der Chaussee nach Bublitz, liegt ein Wäldchen, in dem sich eine Unzahl teils größerer teils kleinerer Felsblöcke befindet. Dort weidete nämlich einmal vor vielen Jahren ein Schweinehirt seine Herde. Dabei fluchte er jedoch so greulich, daß Gottes Zorn über ihn entbrannte und er samt seiner ganzen großen Herde auf der Stelle in Steine verwandelt wurde.

Zum Gedächtnis daran hat das Wäldchen den Namen Schwînâger oder Schwînâwer erhalten und heißt so bis auf diesen Tag.

*Mündlich aus Wurchow, Kreis Neustettin.*

## 310. Der Camminsee.

Bei dem Dorfe Sydow liegt der Camminsee, an dessen Stelle früher eine große Stadt stand, Cammin geheißen. Dieselbe ist jedoch vor vielen hundert Jahren plötzlich versunken, und ihr Andenken erhält sich nur dadurch, daß immer in der Weihnachtszeit die Glocken der versunkenen Kirchen im See läuten. Auch kann man nicht überall den See befischen, weil sich noch an vielen Stellen dicht unter dem Wasserspiegel das Bauholz der alten Stadt befindet.

In dem versunkenen Cammin haben Ulanen gestanden. Einmal im Jahre in der Johannisnacht kommen dieselben aus dem Wasser hervor und steigen auf den in der Mitte des Sees befindlichen Werdel, einen kleinen Berg, und machen dort ihre Übungen. Doch kann man dies nur zwischen elf und zwölf Uhr erblicken.

An dem Ufer des Sees ist auch oft eine gespenstische Frau gesehen, welche ihre Wäsche wusch. Ob sie gleichfalls der versunkenen Stadt angehört, weiß man aber nicht.

*Mündlich aus Sydow, Kreis Schlawe.*

## 311. Die Glocken von Peterkau.

Als in dem Dorfe Peterkau, in der Nähe von Rummelsburg, die Kirche abbrannte, verließen die beiden Glocken ihren Stuhl und flogen in den See hinein, woselbst man sie noch oft läuten hört. Einst wanderte ein Mann am Ufer vorbei und sah die Glocken auf der Wiese stehen. Schnell eilte er hinzu und ergriff die größere von den beiden. Da sagte aber die andere: »Wenn man das Kleine verachtet, wird man des Großen nicht Herr!« und die große Glocke entriß sich den Händen des Mannes und kehrte mit ihrer Gefährtin wieder in den See zurück.

*Mündlich aus Trzebiatkow, Kreis Bütow.*

## 312. Das verwünschte Schloß bei Bütow.

Bei Bütow liegt ein hoher Berg, auf dessen Gipfel sich eine bedeutende trichterförmige Vertiefung befindet. Man hat schon oft versucht, dieselbe zuzuschütten, doch ist das noch niemals gelungen. Dieser Berg nun soll eine verwünschte Burg sein und durch einen unterirdischen Gang mit dem Schlosse in Bütow in Verbindung stehen.

Vor vielen Jahren wurde in der Stadt ein Verbrecher zum Tode verurteilt, und man stellte ihm die Wahl, den Tod durch Henkers Hand zu erleiden oder durch den Gang nach dem verwünschten Schloß zu gehen und dort eine Schrift von dem Burgherrn zu holen, welcher in dem Berge verzaubert sitzt. Er wählte das letztere und kam nach einiger Zeit an eine Pforte, vor der ein großer Hund lag. Mutig trat er über das Untier hinweg, öffnete die Thüre und fand wirklich in einem Saale den Schloßherrn sitzen. Auch bekam er das Schreiben und gelangte glücklich wieder in die Stadt zurück. Das Schriftstück soll sich noch jetzt unter den Akten von Bütow befinden, aber so vergilbt, daß es kein Mensch entziffern kann.

*Ebendaher.*

## 313. Ein Mann wird in den verwünschten Berg bei Bütow geführt.

Vor einigen Jahren ging ein Mann an dem verwünschten Berg bei Bütow vorüber. Da traten zwei Frauen aus ihm heraus und führten ihn in den Hügel. Dort befand er sich mitten in einer belebten, volkreichen Stadt; doch fürchtete er sich so sehr, daß er sich von seinen Begleiterinnen über nichts Auskunft geben ließ und sich auch kein Andenken mitnahm. Nachdem er sechs Stunden in dem Berge verweilt hatte, führten ihn dieselben Frauen wieder in die Oberwelt zurück.

*Ebendaher.*

## 314. Die verwünschte Jungfrau im verzauberten Schloß bei Bütow.

In Bütow standen früher Husaren. Einer von diesen ging einst an dem verwünschten Schloß vorüber; da trat eine Jungfrau aus dem Berg auf ihn zu und sagte, er könne sie erlösen. Er solle sie nur auf seinen Nacken nehmen und zu der (nicht ganz eine Viertelstunde entfernten) kassubischen Kirche tragen. Nur dürfe er kein Wort dabei sprechen, es möge ihm auch zustoßen, was da wolle; es könne ihm nichts etwas anhaben.

Der Soldat willigte ein und ging mit seiner Last geradeswegs auf die Kirche zu. Allerhand Tiere: Schlangen, Drachen u.s.w. erschienen und suchten, ihn am Weitergehen zu verhindern. Doch er kehrte sich an nichts und war schon auf dem Kirchhof; da hatte er plötzlich das Gefühl, als höbe ihn jemand in die Höhe, und als würde ihm der Hut vom Kopfe gerissen. Erschrocken schrie er auf: »Ach, mein Hut!« Da schwang sich die Jungfrau in die Lüfte und begann zu jammern: »Hättest du doch nicht gesprochen; nun bin ich neunmal tiefer in die Erde verwünscht als vorher. Nur auf zwei Arten kann ich jetzt noch erlöst werden:

Ein Mädchen muß sich verführen lassen und die Tochter, die so geboren wird, wieder und so immer weiter. Das siebente Kind in dieser Reihe wird mich erlösen können.

Oder eine Holztaube wird herangeflogen kommen, mit einem Samenkorn im Schnabel. Dies wird sie auf dem verwünschten Berg fallen lassen, und daraus wird eine Fichte erwachsen. Wenn der Baum nun groß ist und umgehauen, wird eine Wiege daraus verfertigt werden. Das Kind, welches in dieser Wiege gewiegt wird, kann mich erlösen.« Nachdem sie das gesagt hatte, verschwand sie.

*Ebendaher.*

## 315. Die Jungfernmühle.

Hart an dem verwünschten Berge bei Bütow vorbei fließt ein Bach, der eine Wassermühle treibt. Sie heißt die Jungfernmühle und hat ihren Namen davon erhalten, daß jede Nacht zwischen elf und zwölf Uhr drei Jungfrauen aus dem Berge herauskommen, an den Bach gehen und sich dort baden.

Einst traf sie ein vorübergehender Wanderer bei diesem Geschäft, und die Jungfrauen forderten ihn auf, sie doch zu erlösen. Der Mann zeigte sich dazu bereit und versprach auch, die ihm gestellten Bedingungen genau einzuhalten. Er sollte nämlich das Erlösungswerk an drei auf einander folgenden Nächten vollführen, und zwar mußte er jede von diesen drei Nächten unter Beobachtung des strengsten Stillschweigens zwischen elf und zwölf Uhr eine von den drei Jungfern nach der kassubischen Kirche tragen.

Das erste und zweite Mal ging alles nach Wunsch, ja auch das dritte Mal hätte er trotz mannigfacher Anfechtungen seine Aufgabe glücklich gelöst, wenn ihm nicht unglückseliger Weise dicht vor der Kirche sein Hut vom Kopfe gefallen wäre. Ohne an sein Versprechen zu denken, rief er aus: »Ach, mein Hut« und verschwunden war die Jungfrau und vergeblich all die angewandte Mühe. Die drei Jungfern sitzen darum noch heutiges Tages in dem Berge und harren ihrer Erlösung.

*Mündlich aus Bütow.*

## 316. Der wandernde Stein bei Damersdorf.

Bei dem Dorfe Damersdorf, etwa eine Meile von Bütow entfernt, liegt seitwärts der Chaussee an einem Richtsteig ein großer Stein, der ganz das Aussehen eines stickenden Mädchens hat. Vor vielen Jahren nämlich soll sich einmal in dieser Gegend eine Mutter mit ihrer Tochter entzweit und sie verwünscht haben. Darauf wurde das Mädchen in jenen Stein verwandelt.

Als nun die katholische Kirche in Damersdorf gebaut wurde, sollte auch dieser Stein dazu verwandt werden. Doch so oft man ihn zur Baustätte hinschaffen mochte, am andern Morgen stand er immer wieder auf seinem alten Platze. Da hat man ihn denn unbenutzt liegen lassen müssen.

*Mündlich aus Trzebiatkow, Kreis Bütow.*

## 317. Der verwünschte Berg bei Budow.

Im Dorfe Budow bei Lupow, im Kreise Stolp, liegt hart hinter der Mühle ein hoher Berg, auf dessen Gipfel sich ein tiefes Loch befindet. Oft hat man versucht, dasselbe zuzuschütten; bis jetzt ist es aber noch keinem gelungen.

Einst brachte ein altes Mütterchen Mehl zur Mühle; da sah sie eine große Menge Wäsche auf dem verwünschten Berge zum Trocknen ausgebreitet und hörte auch ganz genau, wie die Leinewand im Winde flatterte. Erstaunt ging die Frau in die Mühle und fragte, ob denn heute hier Wäsche getrocknet würde. Die Leute verneinten dies und gingen hinaus, um das Wunder zu sehen; schon war aber alles wieder verschwunden.

*Ebendaher.*

## 318. Das verwünschte Königreich bei Belgardt
## im Kreise Lauenburg.

Bei dem Dorfe Belgardt, im Kreise Lauenburg, liegt ein kegelförmiger Berg, von dem die Sage erzählt, er sei ein verwünschtes Königsschloß. Die Gegend, rings um den Berg herum, soll ebenfalls verwünscht sein und das zu dem Schloß gehörige Königreich darstellen.

Aus dem Berge kamen vor Zeiten oft gegen Abend zwei weiße Jungfrauen heraus und zeigten sich den Wanderern, welche am Berge oder dem dabei liegenden Walde vorüber gingen. Häufig hat man sogar bemerkt, daß sie es darauf absahen, sich mit den Leuten in eine Unterredung einzulassen. Sobald dieselben sich jedoch auf eine gewisse Entfernung den Jungfern genähert hatten, schien es wieder, als fürchteten sie sich vor ihnen.

Nun lebte einst in Belgardt ein frommer Knecht, welcher einen ganz unbescholtenen Lebenswandel führte. Bei jedermann war er beliebt, und jeder hätte ihn gern in seinen Diensten gehabt. Auf die verlockendsten Anerbietungen hatte er aber immer nur diese Antwort: »Niemand kann zweien Herren dienen. Ich habe meinen guten Brotherrn, und den verlaß' ich auch nicht.«

Als dieser fromme Knecht sich eines Sonnabends schlafen gelegt hatte, hörte er gegen halb zwölf Uhr die Stallthüre knarren und die beiden Schloßjungfern traten herein, aber nicht weiß wie sonst, sondern ganz schwarz, als wären sie in tiefer Trauer. Dem Manne ward in seinem Bette unheimlich zu Mute, die Jungfrauen thaten jedoch, als merkten sie nichts von seiner Furcht, sondern sprachen zu ihm, sie hätten eine große Bitte an ihn und wünschten nichts sehnlicher, als das er sie ihnen erfülle. Jetzt wurde der Knecht mutiger und antwortete: »Bringt euer Anliegen nur vor; kann ich euch helfen, so soll's an meiner Beihilfe nicht fehlen.«

Darauf hub die eine folgendermaßen an: »Wir sind die Töchter des Königs von dem verwünschten Reiche und warten schon seit langen Jahren auf unsere Erlösung. Jetzt ist die Zeit gekommen, da dieselbe stattfinden kann, und in deiner Macht steht es, das Werk zu vollbringen. Erhebe dich und geh' mit uns auf den Kirchhof, wo der Schlüssel zu dem verwünschten Schlosse liegt. Allerdings wird dir dort manches Seltsame begegnen, aber harre nur aus, denn schließlich wird alles ein gutes Ende nehmen. Gleich im Anfang wird dir deine verstorbene Mutter entgegen treten und dir die Hand reichen. Thu jedoch, als bemerkest du sie gar nicht und rühre sie ja nicht an. Geh vielmehr geradeswegs auf den Schlüssel zu.

Sobald du denselben in der Hand hast, werden wir dich auffordern, dreimal mit uns um den Kirchhof zu gehen. Bei dem dritten Male erscheinen alle Toten, welche je auf dem Kirchhof begraben wurden, kommen auf dich zu und begrüßen dich mit fröhlichen Gesängen. Du aber sei still und kümmere dich um nichts, selbst wenn dich alle freundlich auffordern, mit ihnen einzustimmen.

Nachdem der dritte Umgang beendet ist, schlagen wir den Weg zu dem verwünschten Berge ein, den wir ebenfalls dreimal umkreisen müssen. Hier wird beim dritten Umgange eine große Menge reißender Tiere und großer Schlangen auf dich losstürzen. Die Raubtiere werden dich zu zerreißen suchen, die Schlangen schlingen sich dir um Hals und Leib und werfen dich zu Boden. Solltest du dich aber auch vor Schmerz wie ein Wurm krümmen, so harre doch aus und gieb keinen Laut von dir. Denn hast du den dritten Umgang vollendet, so erschallt ein Donnerschlag, und das Schloß mitsamt dem ganzen Königreich steigt aus der Unterwelt hervor. Der König und die Königin kommen auf dich zu, begrüßen dich freundlich und setzen dich zu ihrem Nachfolger in der Herrschaft ein.

Deinen Vater und deine Geschwister, deine Verwandten und deine Freunde, alle kannst du zu dir in das Königreich nehmen, und selige Tage wirst du mit ihnen darin verleben. Denn dies Königreich wird kein Ende nehmen, sondern bis zum Untergang der Welt dauern. Das jetzt bestehende Reich freilich wird mit seinen Dörfern und Städten und den darin wohnenden Menschen, dich und die Deinigen ausgenommen, untergehen und für immer verloren sein.«

Als der Knecht diese letzten Worte hörte, sprach er: »Nein, das kann ich nun und nimmermehr thun. Wie würde ich wohl den Jammer mit ansehen können, wenn alles umliegende Land durch mein Erlösungswerk zu Grunde ginge.« Traurig stellten die beiden schwarzen Gestalten dem Manne noch einmal all die Herrlichkeiten vor, welche er erlangen könne, aber er blieb unerschütterlich und antwortete: »Ich bin bisher ein Knecht gewesen und will's auch ferner bleiben mein lebelang.«

Da nichts den Mann in seinem Entschlusse wankend zu machen vermochte, verkündigten ihm die Schloßjungfrauen, daß ihre Erlösung nun noch hundert Jahre anstehen würde. Bis zu dieser Zeit würden sie sich darum nie wieder in der gewohnten Weise sehen lassen. Nach hundert Jahren jedoch würde ein Mensch geboren werden, dessen Wiege aus dem Holze des alten Weidenbaums, der am verwünschten Berge steht, angefertigt wäre. Dieser Mensch würde ganz gewiß alle Dinge vollführen, welche sie heute von ihm verlangt hätten, und würde dann das alte Königreich in seiner früheren Herrlichkeit wieder erstehen, während das jetzige zu Grunde ginge. Nachdem sie dies gesagt hatten, verschwanden die beiden Jungfrauen und sind wirklich seit dieser Zeit nie wieder gesehen worden.

Der alte Weidenbaum, von dem die Schloßjungfern gesprochen, steht noch heute. Oft haben die Leute schon die Absicht gehabt, ihn zu fällen, aber jedesmal, wenn einer die Axt anlegte, rief eine Stimme aus dem Baume heraus: »Dis Bôm sâl ô kân uk nich umhaucht wâre.«

*Mündlich aus Belgardt, Kreis Lauenburg.*

## 319. Die Schloßjungfern aus dem verwünschten Berge bei Belgardt waschen Wäsche.

Als die Großmutter eines jetzt noch lebenden Belgardters ein junges Mädchen war, wurde sie einmal von ihren Eltern zu dem Flüßchen, welches an dem verwünschten Berge vorbei fließt, geschickt, um zu waschen. Gegen Abend, wie es dunkel wurde, sah sie plötzlich aus dem Berge zwei weiße Gestalten kommen, die ebenfalls Wäsche auf ihren Achseln trugen und damit zum Ufer herabstiegen. Dort begannen sie die einzelnen Stücke auszubreiten und in dem Wasser zu reinigen, wie andere Menschen auch thun.

Jetzt überfiel das Mädchen ein Schauer, schnell raffte sie ihre Wäsche zusammen und eilte in ihrer Eltern Haus zurück und erzählte daselbst ihre seltsamen Erlebnisse. Sie erregte jedoch bei den Eltern gar keine Verwunderung; dieselben sagten: »So etwas ist zu unserer und unserer Vorfahren Zeit schon häufig gesehen worden.«

*Ebendaher.*

### 320. Der große Stein am Fuße des verwünschten Berges bei Belgardt.

In dem Flüßchen, welches an dem verwünschten Berge vorbeifließt, liegt an der Stelle, wo man früher besonders häufig die Schloßjungfern hat waschen sehen, ein großer Stein von ungefähr vier Meter Umfang. Er ist rund wie ein Kegel und oben platt wie ein Tisch.

Dieser Stein soll ein Hauptmann aus dem verwünschten Königreiche sein, und deshalb ist es nicht möglich, ihn, so schön er sich auch zu Bauzwecken verwenden ließe, zu zersprengen oder von seiner Stelle zu bewegen. Einmal hat ein fremder Mann eine Wette gemacht, daß er den Stein zerstückeln könne, und viele Leute aus dem Dorfe sind als Zuschauer mit ihm zum Berge gegangen. Bei dem Felsblock angekommen, nahm der Steinsprenger sein Handwerkszeug und bohrte ihn mit vieler Mühe an, schüttete dann Pulver hinein und entzündete dasselbe. Aber statt zu zerspringen, begann der Stein heftig zu bluten. Da mußte der Mann wohl oder übel von seinem Vorhaben ablassen, und seine Wette war verloren.

*Ebendaher.*

### 321. Der Kessel auf dem verwünschten Berge bei Belgardt.

Auf dem Gipfel des verwünschten Berges befand sich noch im Anfange dieses Jahrhunderts ein Kessel. Beim gemeinen Erntedankfest kam ein jeder von den Dorfbewohnern und brachte mit sich eine Kanne Bier, ein mächtiges Brot und etwas Zucker. Sobald die Leute auf dem Gipfel des Berges angekommen waren, warfen sie nach einander ihre Opfergaben in den Kessel hinein. Wenn Bier, Brot und Zucker den Boden des Kessels berührt hatten, verschwand derselbe sofort und entleerte sich im Innern des Berges. Nach wenig Augenblikken war er jedoch schon wieder oben und wartete auf das Opfer des folgenden Bauern, um dann wieder im Berginnern zu verschwinden. Und das wiederholte sich so lange, als Opfernde da waren.

Diesen Kessel benutzten die Dorfbewohner auch zum Bierbrauen und ließen dann regelmäßig, wenn sie ihn wieder auf seinen Platz zurückbrachten, etwas von dem neuen Biere zum Danke darin. Auch wurde, wie bei dem Erntefest, Brot und Zucker dazu gelegt. Einst hatte sich ein großer Bauer den Kessel zum Brauen holen lassen und schickte ihn, nachdem alles fertig war, mit den üblichen Gaben durch den Großknecht zum Berge zurück. Das war aber ein roher, gottloser Mann, und er dachte: »Was sollen die im Berge mit dem guten Getränk und dem schönen Brot und Zucker.« Er nahm darum alles heraus, aß es auf und verrichtete, damit noch nicht zufrieden, um der Frevelthat die Krone aufzusetzen, in dem Kessel seine Notdurft. Sodann stellte er ihn in die Öffnung, ging nach Hause und erzählte, er habe alles nach Wunsch ausgerichtet.

Doch die Unthat kam bald an den Tag; denn am folgenden Morgen war der Kessel vom Berge verschwunden, und der Knecht mußte nun wohl oder übel den ganzen Frevel bekennen und ward zur Strafe entlassen. Geholfen hat's freilich auch nicht, denn der Kessel war und blieb verschwunden und wird auch wohl nie wieder zum Vorschein kommen. Nur das Loch, in dem er gestanden, ist bis auf den heutigen Tag noch auf dem Gipfel des Berges zu sehen.

*Ebendaher.*

## 322. Die Glocken von Bresin und Saulin.

Bei Bresin, im Kreise Lauenburg, ist ein kleiner Teich, Peiterkedîk (Peterchenteich) genannt. In ihm soll vor langen Jahren einmal eine Glocke versunken sein, und zwar ging das so zu. Die Katholiken in Lauenburg wollten gerne die Glocke aus der katholischen Kirche in Bresin haben. Sie fuhren zu dem Zwecke mit Wagen hin, nahmen die Glocke vom Stuhl herab, luden sie auf und kamen glücklich bis zu der Stelle, wo sich die Feldmarken der Dörfer Bresin und Strellentin scheiden. Hier erhub sich plötzlich die große, schwere Glocke, an deren Fortschaffung zuvor zwanzig starke Männer hatten arbeiten müssen, von selbst in die Lüfte und flog in den Peiterkedîk hinein. Seit der Zeit hat man auch von der Glocke nie wieder etwas gehört.

Ähnliches hat sich in dem Dorfe Saulin, in demselben Kreise, zugetragen. Die Glocken der dortigen Kirche hingen zwar schon eine ganze Zeit lang im Stuhle, waren aber trotzdem noch nicht getauft und mit einem Namen versehen worden. Als nun einst eine große Feuersbrunst im Dorfe ausbrach, welche alle Häuser des Dorfes mitsamt der Kirche in Asche legte und schließlich auch den Glockenstuhl zu ergreifen drohte, flogen die Glocken zu aller Erstaunen in die Höhe und ließen sich im Sauliner See nieder, wo sie noch heutiges Tages liegen.

*Mündlich aus Katschow, Kreis Lauenburg.*

## 323. Der Schulze aus dem verwünschten Dorf bei Reckow.

An der Ostseite des Dorfes Reckow liegt ein kleiner Wald, welcher die Rü genannt wird. In seiner Mitte liegt ein ungeheuer tiefer Teich, in dem sich viele Fische befinden, und rings herum breiten sich die schönsten Waldwiesen aus; aber dennoch wagt selten jemand diese herrliche Gegend zu betreten, weil überall gefährliche Moräste den Zugang erschweren oder gar unmöglich machen.

Dieser Wald soll ein verwünschtes Dorf sein. Einst mußte eine Frau, welche in Reckow ihre Eltern besucht hatte, spät abends an der Rü vorbei gehen. Sie wanderte ganz alleine, denn es war gerade Erntezeit und darum kein Mitglied ihres elterlichen Hauses in der Lage, sie begleiten zu können. Plötzlich kam ein großer, starker Mann mit schwärzlichem Gesicht aus dem Walde auf die Frau zu und machte Gebärden, als wollte er mit ihr ein Gespräch anknüpfen. Die Frau ließ sich jedoch darauf nicht ein, befahl sich Gott in ihrer Angst und eilte, ohne sich aufzuhalten, ihres Weges weiter.

Als der schwarze Mann dies merkte, ging er auf Reckow zu und ist dort auch gegen halbzwölf Uhr von zwei Knechten gesehen worden, wie er von dem einen Ende des Dorfes bis zum andern schritt. Auch den folgenden Tag zeigte sich derselbe Mann wieder in Reckow, und zwar war diesmal bei ihm eine schwarze Kuh, welche bei einem Bauern an das Fenster trat und durch dasselbe in die Stube hineinsah.

Es läßt sich denken, daß darüber große Aufregung in der ganzen Gemeinde herrschte, nur die alten Leute achteten nicht viel darauf. Sie sagten, der schwarze Mann sei der Schulze aus dem verwünschten Dorf, und die Kuh wäre seine Frau. Weiter habe das alles nichts zu bedeuten.

*Mündlich aus Reckow, Kreis Lauenburg.*

### 324. Die Glocken in dem verwünschten Dorf bei Reckow.

Einen Arbeitsmann führte sein Weg spät abends von Bresin nach Reckow zurück. Als er an der Rü vorbeikam, trat ein schwarzer Kerl auf ihn zu, ergriff ihn an der Hand und leitete ihn in den Wald hinein, wo er zu seiner Verwunderung aus dem Teiche heraus die Glocken des verwünschten Dorfes läuten hörte. Sobald das Geläut verstummt war, verschwand der Schwarze, und der Mann konnte jetzt ungehindert aus der Rü heraustreten und seinen Weg fortsetzen. Auch ist ihm dabei nichts Merkwürdiges mehr zugestoßen.

*Ebendaher.*

### 325. Das Predigtbuch im verwünschten Dorf bei Reckow.

Auf einer kleinen Anhöhe in der Rü liegt ein Predigtbuch, welches der Sage nach aus der Kirche des verwünschten Dorfes stammt. Schon oft haben es Leute dort liegen sehen; sind sie aber nahe an dasselbe heran getreten, so hat stets eine Stimme gerufen: »Lât dat Bauk ligge, dat jehêrt dî nich. Dat Bauk es dei Verschrîwung vom verwünschde Dörp.« Nach diesen Worten muß sich ein jeder sofort wieder aus dem Walde entfernen und darf auch nie wieder wagen, ihn von neuem zu betreten.

*Ebendaher.*

### 326. Der kopflose Mann bei Münsterhof und der Bauer.

Bei Münsterhof, im Kreise Lauenburg, liegt ein schöner Wald. Der Weg, welcher hindurch führt, bildet zu beiden Seiten hohe Berge, und in diesem Hohlwege hält sich ein schwarzer Mann ohne Kopf auf.

Eines Abends, gegen zehn Uhr, mußte ein Bauer aus Reckow den Hohlweg passieren. Er hatte seinen Wagen schwer mit Mehl beladen und konnte deshalb nur langsam weiter. Wie er nun eine kurze Strecke des Hohlweges zurück gelegt hatte, fiel mit einem Male ein Mehlsack von dem Fuhrwerk herunter. Der Bauer ahnte, was daran schuld sei, und fuhr deshalb ruhig weiter. Nicht lange jedoch, so fiel wiederum ein Sack zur Erde nieder. Auch das störte ihn nicht, und erst, nachdem plötzlich alle Säcke ohne Ausnahme vom Wagen herab rollten, hielt er an, stieg ab und lud alles wieder auf.

Aber beendet sollte damit sein Unglück noch nicht sein, denn kaum trieb er von neuem die Pferde an, als nicht nur die Säcke, sondern außerdem auch noch die Bretter und Leitern vom Wagen fielen und in den Sand geworfen wurden. Da ward dem Bauern die Sache doch zu bunt und in seinem Ärger fluchte er ganz entsetzlich. Indem er noch die Flüche sprach, fand sich schon alles wieder auf dem Wagen beisammen; die Leitern, die Säcke, die Bretter, nichts fehlte, und neben ihm stand der schwarze, kopflose Mann und sah ihm scharf ins Gesicht.

Doch der Bauer hütete sich, ihn mit einem Worte anzureden, sondern schweigend fuhr er seines Weges dahin und erreichte auch ohne weitere Störung seinen Hof in Reckow.

*Ebendaher.*

### 327. Der kopflose Mann und der Gänsehirt.

Einst hütete der Gänsehirt von Reckow in der Nähe dieses Waldes. Als es vormittags gegen elf Uhr war, erhoben sich plötzlich alle Gänse hoch in die Luft und flogen dem Teiche zu, welcher sich hart am Saume des Waldes befindet. Bevor sie jedoch zum Wasser gelangen konnten, hatte sie der schwarze, kopflose Mann in seinen Händen und spielte mit ihnen ein abscheuliches Spiel. Die armen Tiere, welche sich aus Furcht vor der grauenerregenden Gestalt zur Erde herabließen, wurden von dem Schwarzen wie Spielbälle wieder gen Himmel geworfen, kamen sie hareb, so wiederholte er seinen Zeitvertreib von neuem, und es dauerte nicht lange, so lagen die Gänse sämtlich tot auf dem Erdboden.

Der Gänsehirt ließ sich jedoch dadurch nicht irren, denn es war ihm schon viel von dem Spuk erzählt worden, und er hatte von den Leuten erfahren, daß Fluchen ihn sogleich vertreibe. Deshalb erhub er plötzlich seine Stimme und begann fürchterlich zu fluchen. Und wirklich – kaum waren die Flüche seinem Munde entfahren, so lebten auch schon alle Gänse wieder auf, und der kopflose Mann war verschwunden.

*Ebendaher.*

### 328. Kampf eines Bauern mit dem kopflosen Mann.

Der kopflose Mann hatte durch seine Streiche den Hohlweg und den Wald so verrufen gemacht, daß niemand mehr, weder bei Tag noch bei Nacht, durch diese Gegend zu gehen wagte. Das verdroß einen Bauern aus Schwartow, welcher allgemein in der ganzen Umgegend als der stärkste Raufer bekannt war, und er sprach: »Ich will einmal dem schwarzen Kerl gute Sitten beibringen. Ich bin ja der größte und stärkste Mann im ganzen Lande, so werde ich auch ihn besiegen und dadurch zwingen, unser Land zu verlassen, damit die Wanderer fortan Ruhe haben. Daß er aber keinen Kopf hat, darnach frage ich ganz und gar nichts; schlimmsten Falls werde ich ihm einen aufsetzen.«

Unter solchen Reden ergriff er einen handfesten Stock und ging zum Hohlweg hin. Als er dort angekommen war, trat auch schon der kopflose Mann auf ihn zu und bot ihm einen freundlichen »Guten Abend«. Der Bauer dankte eben so höflich, wurde aber gleich darauf von dem Schwarzen scharf ins Verhör genommen, wie er sich unterstehen könne, seinen Hohlweg zu betreten. Wüßte doch alle Welt, daß der Wald und der Weg sein unbestrittenes Eigentum seien.

Der Bauer antwortete: »Was sagst du mir, Drehkopf? Habe ich dich etwa zur Rede gestellt? Wie kommst du dazu, mit mir zu sprechen?« Diese dreisten Worte ärgerten den kopflosen Mann ganz gewaltig, und sie begannen deshalb beide mit einander zu kämpfen. Anfangs wandte sich das Glück auf die Seite des Bauern. Der Schwarze lag unten und stöhnte fürchterlich unter den Fäusten des starken Bauern. Bald jedoch erlangte der Kopflose die Oberhand, stand auf und richtete sich in seiner ganzen Länge in die Höhe, ergriff sodann den erschrockenen Mann und schleuderte ihn hoch in die Luft.

Als der unglückliche Bauer wieder zur Erde herabkam, wurde durch den Sturz sein ganzer Körper zerschmettert, so daß hier und da auf dem Wege und zwischen den Bäumen ein Stück von dem Leichnam lag. So haben ihn am andern Morgen die Dorfbewohner gefunden.

*Ebendaher.*

# VIII. Der Teufel.

## 329. Allgemeines.

Die Gestalt des Teufels war dem deutschen Heidentum fremd. Es kannte bei seiner Vielgötterei nicht den Dualismus, welcher das höchste Wesen in Gegensätze spaltet; denn der Grundzug der Vielgötterei ist, wie Grimm schön bemerkt,[30] daß das gute und wohlthätige Prinzip in dem Göttlichen überwiegt, und nur einzelne dem Ganzen untergeordnete Gottheiten neigen sich zum Bösen oder Schädlichen. Nichtsdestoweniger hat der Teufelsglaube in unserm Volke so feste Wurzel geschlagen, daß er mehr die Gemüter beherrscht, wie irgend eine andere religiöse Vorstellung.

Den Grund dafür haben wir darin zu suchen, daß die christliche Kirche seit jeher bestrebt war, die heidnischen Götter als teuflische Wesen zu brandmarken, und damit eine Menge fremder Züge in die Person des Teufels hineinbrachte. Das gelang zwar vollkommen, hatte aber den Nachteil zur Folge, daß der Teufel, wie ihn das Volk glaubt, mit dem Teufel, wie ihn die Bibel und die orientalische Überlieferung lehrt, nur wenige, allerdings höchst charakteristische Züge gemein hat.

Dazu gehört vor allem der fast sämtlichen, hierher gehörigen Sagen eigentümliche Zug, daß der Teufel sein ganzes Bestreben, all sein Sinnen und Trachten, lediglich darauf richtet, die Seele des Menschen in seine Gewalt zu bekommen. Um das zu erreichen, legt er sich selbst die schwersten Lasten auf, plagt sich viele Jahre lang ab und läßt, damit er nur ganz sicher gehe, einen schriftlichen Vertrag aufsetzen und denselben von seinem Opfer mit dem eigenen Blute unterschreiben. Wenn aber der Teufel dabei sich dumm und täppisch benimmt und von Bauernklugheit überrumpeln läßt, wenn als Entgelt für den geschlossenen Pakt von ihm gewaltige Bauwerke verlangt werden, die er meisterhaft ausführt, wenn mit dem Hahnkraht oder Tagesanbruch seine Macht in Nichts zerfließt, wenn seine Gestalt hühner- oder pferdefüßig geschildert wird, so sind das Zuthaten echt germanischen Ursprungs, die dem orientalischen Teufelsglauben völlig fremd sind.

Damit sind jedoch die Züge, welche der heimischen Mythologie entlehnt wurden und dann in den christlichen Teufelsglauben übergingen, bei weitem nicht erschöpft. Alle und jede heidnische Götter und halbgöttliche Wesen wandelten sich in Teufel, und so sahen wir, daß Woden und Fria im heutigen Volksglauben dem Teufel gleichgestellt werden, daß gewisse Naturerscheinungen, wie der Wirbelwind, für sein Machwerk gelten, und daß der Hausgeist fast immer für einen Untergebenen des Teufels gehalten und deshalb häufig schlechthin Teufel genannt wird. Wir werden jetzt sehen, daß er auch alle Eigentümlichkeiten der auf ihre rohe Kraft pochenden, kunsterfahrenen, aber dabei tölpisch dummen Riesen und der schätzehütenden, landverheerenden Lindwürmer in sich aufgenommen hat, ja bisweilen sogar die Rolle eines Spukgespenstes spielt. Wir werden wiederum auch Sagen finden, in denen der Teufel geradezu eine alte Gottheit vertritt, wo also von orientalischem Einfluß gar nicht die Rede sein kann. Es sind das Überlieferungen, in denen der Teufel als kleines, graues Männchen dem Bedrängten Hilfe bringt und den Frevler bestraft, Sagen, in welchen er als der göttliche Geist erscheint, der das Böse haßt und auf das fürchterlichste rächt. Selbst die Reste uralter Göttermythen werden wir in einigen Teufelssagen zu erblicken haben, so z. B. vielleicht in der Sage Nr. 342 die Erinnerung an Thorrs Besuch bei Utgardaloki.

Obwohl die Anzahl der in diesem Kapitel wiedergegebenen Teufelssagen eine recht beträchtliche ist, so glaube man doch nicht, daß sie vollzählig sei; denn alle Teufelssagen, welche in Pommern im Schwange sind, zum Abdruck zu bringen oder auch nur einsammeln zu können, wäre ein Ding der Unmöglichkeit. Außerdem vermehren sich dieselben von Jahr zu Jahr, weil mit der Zeit die aus dem Heidentum überkommenen göttlichen Wesen samt und sonders in der Person des Teufels aufgehen und wir mithin endlich fast nur noch Teufelssagen besitzen werden. Trotzdem dürften die nachfolgenden Sagen einer Vermehrung kaum bedürfen, da sich alle Züge des pommerschen Teufelsglaubens in ihnen getreu widerspiegeln.

## 330. Der Schleifstein der Weiber.

En Bûr sächt tom Duewel: »Wenn dû mî dê Wîwer êren Schlîpschtên bringst, denn sast dû mîn Sêl häwwen.« Dâ gaf sich dê Duewel alle Mäu, um den Schlîpschtên tô finnen. Nû sach hê, dat ên Wîf dat Metz up'n Teller schtrêk. Dunn bracht hê den Teller. »Nê«, saed de Bûr, »dat is hê nich.« Na, dâ bracht hê en Schtên. Dat was hê uk nich. Hê bracht 'n Pottschârt (Topfscherben). Dat was hê uk nich. Hê bracht en Schtück von Kachel. Dat was hê uk nich. Hê kunn dê Wîwer êren Schlîpschtên nich finnen, wîl dê Wîwer up alles êr Metz scharp mâken. Dâ saed de Bûr tom Duewel: »Wenn du den rechten Schlîpschtên nich finnst, denn kannst uk mîn Sêl nich krîjen.«

*Mündlich aus Garz auf Rügen.*

## 331. Der Schatz bei Lanken.

Nicht weit von dem Kirchdorfe Lanken auf Rügen, dicht beim Walde, liegt ein Schatz in der Erde vergraben, den der Teufel bewacht, und den noch niemand hat heben können. In einer Herbstnacht kamen einmal drei Bauern aus einem benachbarten Dorfe, die in Lanken zur Hochzeit gewesen waren, des Weges geritten und sahen an der Stelle ein Feuer, als wenn dort ein großer Haufen Kohlen in Brand stünde. Die Bauern dachten gleich, daß da der Schatz liegen müsse; sie hatten aber keinen Mut, näher heran zu reiten, denn sie fürchteten, daß der Teufel, der den Schatz bewacht, ihnen den Hals umdrehen möchte.

Nur einer von ihnen wagte es. Er ritt hin, ohne ein Wort zu sagen, sprang vom Pferde ab und füllte sich alle seine Taschen mit Kohlen. Als er aber zu Hause anlangte und nachsah, was er mitgebracht habe, da fand er nichts als tote Mäuse. Nun sagten ihm die Leute zwar, daß er vorher Salz auf die Kohlen streuen müsse, und er ging wieder hin und that das auch; aber er brachte auch diesmal nichts nach Hause, als nur schwarze Holzkohlen. Es muß also mit dem Heben dieses Schatzes eine ganz eigene Bewandtnis haben.

*Temme, Volkssagen. Nr. 207. Vgl. E.M. Arndt, Märchen und Jugenderg.*
*1. Aufl. I. S. 397-400.*

## 332. Die Kirche zu Starkow und der Teufelsdamm.

In alten Zeiten, als die Heiden ausgetrieben und Gottes Wort und Kreuz gepredigt wurden, war die Gegend um Starkow, Redebas und Löbnitz nichts als Busch, Heide und Morast, und nur hier und da stand ein kleines Häuschen. Nun sollte eine Kirche gebaut werden; aber wie das anstellen, da der Leute nur wenige und die wenigen obendrein blutarm waren?

In dieser Not fand der damalige Pastor einen trefflichen Ausweg. Das war nämlich ein sehr gottesfürchtiger und kluger Mann, und so zwang er durch List den Teufel, daß er ihm in drei Tagen das Gotteshaus fix und fertig herstellen mußte. Den Satan kränkte es bitter, von dem Priester an der Nase herumgeführt zu sein, und er sann auf Vergeltung. Dazu schien sich auch bald eine gute Gelegenheit zu finden.

Der Starkower Kirche war ein Dorf eingepfarrt, in welches der Pastor oftmals reiten mußte. Aber so nah das Dorf auch lag, man mußte, um zu ihm zu gelangen, doch einen weiten Weg machen um den ganzen Wald herum, weil in dem Busch ein tiefer Morast sich befand, der nur im heißen Sommer betreten werden konnte. Das ärgerte den Priester, und er bestellte den Bösen zu sich und sprach: »Teufel, wenn du in drei Tagen den Weg und Damm durch den Sumpf herstellst, so sollst du meine Seele nehmen, wo du sie findest, sofern ich nicht mehr auf diesem meinem Gebiet stehe.«

Da schmunzelte der Teufel in seinem Sinn und dachte: »Wie will der dumme Pastor das wohl anfangen, daß ich ihn niemals außerhalb seines Gebiets treffen sollte.« Vergnügt ging er den Handel ein und machte sich sofort an die Arbeit, fällte Eichen und schlug Brücken, schleppte Steine herbei und karrte Sand, und ehe drei Tage um waren, stand Weg und Damm fertig da, so schön und glatt, daß ein König mit Lust darüber hätte wegfahren können. Darauf zeigte er dem Priester die Sache an und paßte Tag und Nacht auf, ob er ihn nicht auf einer Übertretung des Paktes ertappen könne.

Es dauerte auch gar nicht lange, so glaubte der Teufel gewonnenes Spiel zu haben. Der Pastor war unbekümmert um den Vertrag aus der Pfarre hinausgegangen und stand an der Brücke, wo die Grenzscheide ist zwischen der Starkower und der Redebasser Feldmark. Sogleich war der Herr Hahnenfuß bei ihm und sprach gar spöttisch: »Jetzt, lieber Herr Pastor, macht euch nur fertig zur Reise! Ihr könnt nun mal sehen, ob ihr die Hölle euren Bauern richtig ausgelegt habt oder nicht!« und damit wollte er ihn packen und mit ihm davon fahren.

Aber er zog seine Arme zurück, als wenn er mit seinen Klauen in Eis gegriffen hätte, und der Pastor lachte mit großem Vergnügen hell auf und erwiderte: »O, du dummer Teufel! dachtest du mich so leicht zu fangen? Wo ich gehe und stehe, befind' ich mich auf meinem Gebiet; denn als ich den Pakt mit dir abschloß, hatte ich unter meine Sohlen Blätter vom heiligen Evangelienbuch gelegt, die liegen noch heute da und werden auch nicht fortkommen, so lange ich lebe. Merkst du nun wohl, warum dir ein Grausen und Schauern ankam, als du mich packen wolltest?«

Da erkannte der Teufel, daß er der Klugheit des Priesters nicht gewachsen war, und voll Wut und Scham machte er sich eiligst aus dem Staube und hat sich sein Lebtage nicht wieder bei dem Pastor von Starkow sehen lassen.

*Nach E.M. Arndt, Märchen und Jugenderg. II. S. 86-90.*

DER MARKTPLATZ ZU GREIFSWALD

### 333. Das Nordfenster im Nikolaiturm zu Greifswald.

Der Wächter oben auf dem St. Nikolaiturm in Greifswald muß des Nachts die Stunden durch Blasen anzeigen. Er bläst aber nur aus drei Fenstern des Turms, nämlich aus denen nach Süden, Osten und Westen. Aus dem nach Norden darf er nicht blasen, das leidet der Teufel nicht. Was dieser dabei hat, da konnte noch niemand hinter kommen; aber so viel ist gewiß, daß der Teufel einmal einen Wächter, der es wagte, aus dem Nordfenster zu blasen, plötzlich im Nacken ergriff und ihn von oben aus dem hohen Fenster warf, daß er Kopf unter Kopf über flog und unten auf der Straße tot ankam.

Seitdem hat es keiner wieder versucht, aus dem Fenster zu blasen; der Magistrat soll es auch verboten haben. Wenn der Wächter in der Nacht nur den Kopf aus diesem Fenster zu stecken wagt, so kann er sicher darauf rechnen, daß er vom Teufel eine Ohrfeige erhält.

*Temme, Volkssagen. Nr. 119.*

### 334. Der Wettlauf um das Opfergeld.[31]

Zu Gribßwalde, im Lande zu Pommern, saget man bestendig und fürwar, stieg ein Dieb in die Kirche, darinne stund ein Bild Nikolai, und im Gotteskasten solt viel Geld verschlossen liegen. Der Dieb sprach: Herr Nikolae, ist das Geld mein oder dein? Wir wollen darumb in die Wette lauffen; kömpstu ehe und schneller zum Geldstock, denn ich, so sey das Geld dein, sonst sol es mein sein. Nikolae das Bild lieff, und kam zum ersten an die Geldstat. Sie lieffen beyde noch einmal und zum dritten mal, Sankt Niklaus uberwand und uberlieff den Dieb. Der Dieb sprach: Mein Nickel, du hast das Geld gewonnen, du kanst es aber nicht vorzehren, denn du bist Holtz, ich wil davon einen guten Muth haben, und es mit guten Gesellen vorschlemmen.

Dieser Mensch ist nach wenig tagen gestorben; seinen todten Leib führet der Teuffel wider aus dem Grabe, in die Kirche, warff in des Nachts auff eine Windmüle vor der Stadt, von derselben sagt man, die solle unrecht umbgehen, und linck mahlen. Diß Teuffelisch Gespenst sei war, oder anders, so hab ichs doch warlich gelesen.

*Rivander, Festchronika. Magdeburgk 1602. F. 113a.*

## 335. Der Schatz in Greifswald.

Hinter dem Hause des Bäckers Meier in der Langenstraße zu Greifswald liegt ein kleiner Garten. In diesem ist, wie die Leute sagen, ein Schatz vergraben, den der Teufel bewacht, der aber nur alle Jahre einmal in einer Vollmondsnacht zum Vorschein kommt. Er leuchtet dann im Mondlichte und sieht aus, wie ein großer Haufe brennender Kohlen.

Einstmals diente in dem Hause eine schläfrige Magd, die gewöhnlich des Morgens die Zeit verschlief und deshalb zum öftern von ihrer Frau ausgescholten wurde. Als die zu einer Zeit aus dem Schlafe erwachte, sah sie, daß es schon ganz hell war, worüber sie sehr in Schrecken geriet; denn sie meinte, sie hätte sich wieder verschlafen. Geschwind lief sie deshalb in die Küche, um Feuer anzumachen. Wie sie aber aus dem Fenster sah, welches in den Garten führte, gewahrte sie, daß dort schon ein Feuer brannte.

Sie verwunderte sich zwar, wie das Feuer dahin käme; aber in ihrer Eile freute sie sich auch, daß sie nun nicht erst lange welches anzumachen brauche, nahm eine Schüppe und ging damit in den Garten und holte sich die voll Kohlen. Sowie sie indes damit wieder in die Küche kam und sie auf den Herd legte, erloschen sie auf einmal alle zusammen. Schnell eilte sie in den Garten zurück und nahm eine zweite Schüppe voll; aber auch die verlöschten in derselben Weise. Darauf machte sie sich zum dritten Male zu dem Feuer. Kaum war sie aber jetzt dabei angekommen, als hinter den brennenden Kohlen her eine schreckliche Stimme rief: »Wenn du noch einmal kommst, so drehe ich dir den Hals um!«

Darüber erschrak das arme Mädchen so gewaltig, daß sie kaum ins Haus zurücklaufen konnte. Als sie es erreicht hatte, schlug gerade die Glocke auf dem Nikolaiturme ein Uhr, und mit dem Schlage war das Feuer im Garten verschwunden. Da entsetzte sie sich noch mehr und ging eilig in ihr Bett zurück, wo sie aber die ganze Nacht durch kein Auge mehr zuthun konnte. Wie sie jedoch am andern Morgen an den Herd kam, lagen lauter blanke Thaler darauf, und nun erkannte sie, daß sie um Mitternacht bei dem vom Teufel bewachten Schatz gewesen sei, und daß das Licht des Vollmonds sie glauben gemacht hatte, sie hätte sich verschlafen.

*Temme, Volkssagen. Nr. 281.*

## 336. Der Teufel gefangen.

Es giebt sehr viele Teufel, und von denen sind die meisten in Nordhausen heimatsberechtigt. Warum? – Nun, wenn es nicht der Fall wäre, so würde dort wohl nicht so entsetzlich viel Schnaps gebrannt werden. Einst wollte solch ein Nordhäuser Teufel einem Manne in Greifswald etwas anhaben. Aber da war er an den Unrechten gekommen, denn der Greifswalder war ihm an Kräften und Listen weit überlegen und jagte ihn in die Flucht. In seiner Herzensangst schlüpfte der Teufel in das Astloch einer Eiche. Hier wähnte er sich sicher, aber der Mann hatte ihn bemerkt, ergriff einen Holzpflock und keilte damit schnell das Loch zu. So war der Teufel gefangen und sitzt auch noch bis auf den heutigen Tag in dem Eichbaum.

*Mündlich aus Eldena, Kreis Greifswald.*

## 337. Der Schatz bei Gristow.

Bei dem Kirchdorf Gristow, eine Meile von Greifswald, sieht man in einer hohen Gegend am Strande, Bukow genannt, ein Hünengrab, unter dem sich ein ungeheurer Schatz befindet. Derselbe wird in einer Pfanne verwahrt und hat bisher noch nicht gehoben werden können.

Vor mehreren Jahren versuchten es einmal einige Arbeitsleute, ihn zu gewinnen. Sie waren auch schon bis an die Pfanne gekommen, da erschien ihnen auf einmal der Teufel, wie er eine große Hofscheune heranfuhr, welche von vier Mäusen gezogen wurde. Als das einer der Männer sah, rief er verwundert: »Wô will dî dê Duewel dârmit hen häbben?« und sowie er die Worte gesprochen hatte, war es mit dem Schatze vorbei; denn einen Schatz, den der Teufel verwahrt, kann man nur heben, wenn man kein Wort dabei spricht.

*Temme, Volkssagen. Nr. 174 aus Biederstedt, Beiträge z. Geschichte d. Kirchen und Prediger in Pommern. I. S. 118.*

## 338. Der Teufel als Mädchen und der Edelmann.[32]

Auf der Insel Usedom lebte einmal ein Edelmann, der führte ein gar sündhaftes und wüstes Leben und stellte namentlich jungen Mädchen nach, so daß nur wenige seinen Netzen entgingen. Da fuhr er auch einmal am Strande des Meeres hin und sah von fern eine Kutsche, in der ein schönes Mädchen saß, daher kommen. Sogleich sprang er aus dem Wagen und wollte zu ihr, als ihm sein Kutscher noch nachrief: »Herr seht ihr nach den Füßen, seht ihr nach den Füßen!«

Da blickte er hin und bemerkte, daß das Mädchen einen Pferdefuß hatte, und prallte entsetzt zurück. Aber im selben Augenblick sprang auch das Mädchen aus dem Wagen und eilte hinter ihm her. Er hatte sich nun in seinen Wagen geworfen und stürmte in wilder Eile nach Haus; doch dicht hinter ihm folgte das Mädchen mit lang aufgelöstem, fliegendem Haar. Endlich kam er vor seinem Hause an, stürzte schnell hinein, riegelte die Thüre hinter sich zu und eilte hinauf bis unter den Giebel des Daches, um zu sehen, ob seine grause Verfolgerin noch da sei.

Da sieht er, wie sie sich gleich einer Katze an der Wand emporreckt, höher und höher klimmt, und jetzt ist sie oben; da reißt er in rasender Angst seine Flöte von der Wand und bläst:

»Herr, ich habe mißgehandelt,
Ja, groß ist der Sünden Last,
Habe nicht den Weg gewandelt,
Den du mir gezeiget hast.«

Und mit dem letzten Tone des Liedes war auch das Mädchen verschwunden. Der Edelmann that Buße und begann ein neues Leben.

*Aus Swinemünde: Kuhn und Schwartz, Nordd. Sagen. Nr. 23.*

## 339. Der Teufelsstein auf dem Warther Felde.

### I.

Auf dem Warther Felde auf der Insel Usedom liegt ein ungeheuer großer Stein, in den die Spur einer Hand eingedrückt ist. Man sagt, der Teufel habe diesen Felsblock dahin geworfen.

Als nämlich zu Anfang des Christentums in Pommern eine christliche Kirche zu Pudagla auf Usedom erbaut ist, da hat der Teufel sich vorgenommen, dieselbe zu zerstören. Zu dem Zwecke nahm er diesen Stein und stellte sich damit auf den Baujoberg bei Lassan und warf ihn von dort aus nach Pudagla hin. Allein Gott der Herr sandte zu derselben Zeit einen heftigen Windstoß, der versetzte den Stein, so daß er auf das Warther Feld flog und daselbst nieder fiel. Bei dem Wurfe hatte der Teufel den Felsblock so fest gepackt, daß sich seine Hand darin abdrückte, wie dies noch heute zu sehen ist.

*Temme, Volkssagen Nr. 179 aus den Akten der Pomm. Gesellschaft f. Geschichte.*

### II.

Nicht weit von Koserow liegt das Dörfchen Loddin am Achterwasser. Dort soll am Loddiner Höft einst der Teufel gestanden haben, um seine Kraft an einem Steinwurf zu erproben. Zu dem Zwecke ergriff er einen mächtigen Felsblock und warf denselben über das Wasser hinüber auf die Warther Feldmark, wo er noch heutiges Tages liegt.

*Mündlich aus Ückeritz auf Usedom.*

## 340. Der Heckethaler.

In Swinemünde lebte vor einigen Jahren ein Mann, der hatte einen Heckethaler, und den hatte er so erhalten:

Er ging in der Neujahrsnacht an die Kirchthür, hatte sich einen schwarzen Kater, der auch nicht ein einziges weißes Haar am Leibe hatte, gefangen und den in einen Sack gesteckt. Den nahm er auf den Rücken, ging rückwärts von der Kirchthür um die Kirche, und als er herum war, klopfte er dreimal an. Da trat ein Mann heraus und fragte, ob er den Kater verkaufen wolle. – »Ja!« – Wie teuer? – »Für einen Thaler!« – Das ist zu viel, ich will acht Groschen geben! – »Dafür ist er nicht!« – Und nun ging er zum dritten Male rückwärts um die Kirche und klopfte wieder an, der Mann kam wieder heraus, er forderte und erhielt nun seinen Thaler. Darauf warf er den Sack mit dem Kater zur Erde und lief mit dem Gelde, so schnell er nur konnte, nach Hause.

Seitdem mochte er den Thaler ausgeben, so oft er wollte, sobald nur der letzte Groschen fort war, hatte er auch den ganzen Thaler wieder in der Tasche.

*Aus Swinemünde: Kuhn und Schwartz, Norddeutsche Sagen Nr. 24.*

## 341. Der Schatz im Silberberg bei Wollin.

Im Silberberg bei Wollin liegt ein großer Schatz begraben. Wer ihn heben will, muß nachts zwölf Uhr ein schwarzes Huhn, einen schwarzen Bock und eine schwarze Katze dort still-schweigend opfern. Aber bis jetzt sind noch alle, die es versucht haben, dabei gestört worden, so daß sie ein Wort sprachen, und dann hat man keine Macht mehr über den Schatz.

*Aus Wollin: Kuhn und Schwartz, Nordd. Sagen Nr. 11.*

## 342. Wie der Schuster aus seinen Nöten kam.

Es war einmal ein Schuster, dem ging es sehr schlecht. Das Leder war teuer und mußte sogleich bezahlt werden, und die Kunden waren spärlich und ließen mit dem Macherlohn Wochen lang warten. In seiner Verzweiflung dachte der arme Meister schon an dieses und jenes, als es plötzlich an die Thüre pochte. »Herein!« rief der Schuster. Die Thüre öffnete sich und ein großer Mann mit schwarzem Antlitz humpelte in die Stube.

»Lieber Meister«, hub er an, »ich habe von deiner Not gehört und will dir helfen.« Dem Schuster kam der Mensch verdächtig vor, und er fragte darum, mit wem er denn die Ehre habe zu reden. »Ja«, sagte der Schwarze und kratzte sich verlegen hinter den Ohren, »meinen Namen nenne ich eigentlich nicht gerne, doch sagt man ja gewöhnlich von mir, ich sei der Jan Kräuger aus Philippsgrün.«[33] – »So, so«, erwiderte der Schuster und verfärbte sich ein wenig, »also Herr Haunerfaut steht vor mir. Aber sei's drum. Mir geht es zu schlecht, deshalb nehme ich Hilfe an, selbst wenn sie vom Teufel kommt.«

»Das nenne ich mir doch noch ein vernünftiges Wort«, fiel ihm der Böse in die Rede. »Jetzt wollen wir auch schnell den Kontrakt aufsetzen. Also: du erhältst auf der Stelle zwei Tonnen Goldes, und sobald dieselben verbraucht sind, hole ich dich und nehme dich mit mir zur Hölle.« – »Gemach, gemach, lieber Herr Haunerfaut«, sagte der Schuster, »auf so harte Bedingungen lasse ich mich nicht ein. Ehe ich dir mit Leib und Seele verfallen bin, müssen wir unsere Kraft noch zu dreien Malen messen. Besiegst du mich dann auch nur ein einziges Mal, so magst du mit mir beginnen, was dir gut dünkt; bin ich aber in allen drei Stücken der Sieger, so hast du auf ewig keinen Teil an mir.«

Jan Kräuger war nun seit jeher ein gewaltig hochmütiger Herr, der sich für den Stärksten auf der ganzen Welt hielt und niemand sich überlegen glaubte. »Schuster«, sprach er, »das hilft dir alles nichts; aber, wenn du durchaus darauf bestehst, so bin ich's auch zufrieden. Jetzt unterschreibe aber schnell.« Sobald der Meister seinen Namen unter das Schriftstück gesetzt und, wie es sich bei Teufelspakten gehört, statt der Tinte sein eigenes Blut genommen hatte, verschwand der Böse und war nach wenig Augenblicken mit den beiden Tonnen Goldes zur Stelle.

Was von diesem Tage an für ein lustiges Leben in der Schusterwerkstatt begann, das läßt sich denken. Stiefel und Schuhe wurden gar nicht mehr gearbeitet, dafür jedoch von morgens früh bis spät in die Nacht hinein gejubelt und gelärmt, gegessen und getrunken, als könne das Geld niemals alle werden. Aber jegliches Ding hat einmal ein Ende und besonders vom Teufelsgeld gilt das alte Sprichwort: »Wie gewonnen, so zerronnen.« Zu seinem Schrecken ward daher der Schuster eines Tages inne, daß auch nicht mehr ein einziges Goldstück von den beiden Tonnen in seinem Besitz sei. Und wie er sich noch den Kopf darüber zerbrach, wo denn in aller Welt alles so schnell hingekommen sei, da klopfte ihm schon der Herr Haunerfaut auf die Schulter und sprach: »Jetzt geht's an die Wettkämpfe.«

»Nun gilt's dich deiner Haut wehren«, dachte der Schuster und ging mit dem Teufel ins Freie, um dort den Streit auszufechten. »Das erste Rätsel stelle ich, du magst die andern aufgeben«, sagte Jan Kräuger, als sie im Walde waren. »Hältst du es wohl aus, wenn ich mit einem Schlage alle Äste und Zweige im ganzen Busch zur Erde fallen lasse?« – »Warum nicht!« antwortete der Schuster. Da gab es einen entsetzlichen Knall, daß der Erdboden erdröhnte und die Tiere in jähem Schrecken auffuhren, und herab sausten alle Zweige und Äste des ganzen Waldes, so daß die Bäume glatt und kahl, wie die Masten eines Schiffes, dastanden.

Der Schuster hatte sich aber vorher die Ohren fest zugehalten und gut acht gegeben, daß ihn das fallende Holz nicht verletzte. Als der Teufel sich nach ihm umsah, sagte er darum spöttisch: »Mit solchen Dingen ängstigt man Kinder; und trotzdem wirst du, wenn ich jetzt dasselbe thue, was du eben gethan, es nicht aushalten können.« Diese trotzigen Worte bereiteten dem Teufel große Sorge, und er antwortete: »Lieber Schuster, laß mich doch zuvor die Augen verbinden, wenn es gar so schrecklich werden soll.« Kaum hatte sich Jan Kräuger das Tuch umgeknüpft, so schrie der Meister: »Jetzt geht's los!« und damit ergriff er seinen schweren, eichenen Knotenstock, und hageldicht sausten die wuchtigen Streiche auf den Schädel des Teufels.

»Halt ein, halt ein«, rief der jedoch schon nach kurzer Zeit, »in diesem Streit gebe ich mich verloren, das erste Rätsel hast du gewonnen.« – »Sagte ich es doch gleich, daß du mir nicht standhalten würdest«, entgegnete der Schuster trocken und band dem Teufel die Binde ab. »Nun kommt aber die Reihe an mich, dir eine Nuß zum Knacken aufzugeben. Sieh einmal, dort grast ein Hengst. Nimmst du den wohl auf den Rücken und trägst ihn mir um den Wald herum?«

»Das wird ein saures Stück Arbeit werden«, meinte Herr Haunerfaut, dann ging er auf das Tier zu, legte sich die beiden Vorderfüße über die Schultern und begann die beschwerliche Reise. Der Hengst war nämlich ein wildes Tier und schlug mit seinen Hinterhufen dermaßen um sich, daß dem Teufel die Füße jämmerlich zerschlagen wurden. Auch hatte das Pferd eine große Schwere, und dabei war es heißer Sommer, und die Sonne stand gerade am höchsten. Endlich brachte er aber die Arbeit doch zuwege und kam keuchend und von Schweiß triefend und mit Schmutz und Blut bedeckt wieder bei dem Schuster an. »Schau nur«, sagte der lachend, »dir hat das so viel Mühe gekostet, ich nehme den Hengst sogar zwischen die Beine und komme ohne die geringste Anstrengung um den Busch herum.« Sprach's und schwang sich auf das Roß, ritt fröhlich den Saum des Waldes entlang und sprang auf dem Platze, wo der Teufel satnd, wieder auf den Boden herab.

Jan Kräuger sperrte Mund und Nase auf, als er das sah, und sagte kleinlaut: »Es ist wahr, ich geb's zu: zu kannst mehr wie ich.« – »Nein«, rief der Schuster, »so geht es nicht. Pakt ist Pakt, jetzt kommt noch das dritte Rätsel. Aber da ich dir zu stark bin, so will ich statt meiner meinen kleinen Jungen mit dir streiten lassen.«

Nun hatte der Schuster einen jungen Hasen in einem hölzernen Bauer. Den hatten im Frühjahr die Leute bei dem Bestellen des Ackers gefangen, und der Meister hatte ihn für ein paar Pfennige gekauft, um ihn groß zu ziehen und zu mästen. Schnell lief er jetzt nach Hause und holte den Käfig. Dann sprach er: »Herr Haunerfaut, das dritte Stück ist ein Wettlauf. Holt er meinen Jungen im Laufe ein, so hat er gewonnen. Sobald ich drei zähle beginnt der Kampf. Eins! Zwei! Drei!« und geöffnet war der Bauer, der Hase heraus, und pfeilschnell lief er über das Ackerfeld dahin.

Der Teufel raste wie ein Windhund hinter ihm drein und schaute nicht rechts und nicht links, nicht vorwärts und nicht rückwärts; nur des Schusters kleinen Jungen einzuholen war sein Begehr. Fast hätte er ihn auch schon bei seinen langen Ohren erwischt, da kamen sie plötzlich an einen breiten Moorgraben, der ganz mit Moos überwachsen war. Der Hase huschte leicht darüber hinweg, aber der schwere Teufel hatte kaum einen Fuß hinein gesetzt, so brach die dünne Decke, und er fiel in den tiefen Graben hinein. Der Schuster sah nur noch aus der Ferne, wie das schwarze Moorwasser über Jan Kräugers Haupt zusammenschlug, und dann war alles stille. Kein Mensch hat seitdem wieder etwas von Herrn Haunerfaut gehört, er ist dort elendiglich ertrunken. Der Schuster aber war aus allen seinen Nöten befreit.

*Mündlich aus Meesiger, Kreis Demmin.*

### 343. Dat Rûklås spêlen.

Tô Wînachten häbben dei söss Hofknecht in Fanslow Rûklås³⁴ spêlt bîn Holländer (Milchmeier), un Nîjårsåbend süll dat werrer lôs gån. Donn häbben åewer den Holländer sîn Deinstdîerns 'n Tuppen vull Wåter nån Bäuen rup drågen, un as dei Knecht nå dei Dêl rup kåmen, donn gêten sei êr den Tuppen vull Wåter åewer dei Ûren.

Dit årgert êr jô ganz gewaldich, un wîl sei dei Dîerns nich ankåmen könn'n, sägegn sei: »Nû willn wî nå Schmårsow gån un dår Rûklås spêlen.« As sei åewer unnerwaejens sünd, blîwt dei ein troech un suet, dat dår noch söss Man gån. Dat kümmt em snåeksch voer, un hei löpt rasch tau un sächt tau den einen: »Dû, blîw mål troech!« un nû suet dei ôk, dat dår man noch fîf Mann gån, un dei ein dåvon hät 'n Haunerfaut un ein Pîrdfaut.

Donn sächt hei: »Ik gloew, dat is wol dei Duewel« un röpt dei annern tau: »Dat is bêter, wî kîrn üm un gån nå Hûs.« – »Jå«, sächt dei Duewel, »wenn wî man îrst åewer dei Fildscheir wîren, denn wull ik åewer ôk Rûklås mit juch spêlt häbben.«

Dat anner Jår dårup, då wîrn weck, dei wulln dat nich gloewen. Dei måken sich up un gån åewer dei Fildscheir nå Schmårsow. Un as sei nå den Hult rinkåmen, då watt dat ein grûgliches Gesûs, sô dat sei all ûtrîten, un den einen dåvon hät dat krêjen. As sei nû den annern Morgen hengån, üm den tau soeken, dår is hei ganz in Stücken rêten, un dei Darmn hingen up dei Büsche ümhêr.

*Ebendaher.*

### 344. Der Heiligendamm bei Doberan.³⁵

In Meesiger, im Kreise Demmin, erzählt man sich von der Entstehung des Heiligendamms bei Doberan folgendes: Ein Schäfer mußte immer mit seiner Herde weit um das Wasser herum treiben, und das verdroß ihn so sehr, daß er alle Tae seinem Unmut darüber in Murren und Fluchen Luft machte. Eines Abends trat ein Mann zu ihm und sprach: »Ich will dir deinen Kummer nehmen und dir bis morgen einen schönen Damm durch das Wasser bauen. Du mußt mir aber dann mit Leib und Seele angehören.«

Der Schäfer merkte zwar, mit wem er zu thun habe, willigte aber nichtsdestoweniger ein, bedang sich nur aus, er wolle drei Hähne mitbringen, einen weißen, einen roten und einen schwarzen. Sobald der letzte von diesen gekräht habe, müsse alles vollendet sein. Der Teufel nahm den Vertrag an und machte sich an die Arbeit, schleppte in das Wasser große Steine hinein und hatte schon den größten Teil des Werkes fertig gestellt, als der Morgen graute und der weiße Hahn zu krähen begann.

Der Teufel horchte auf, sprach aber sogleich:

»Dat is Hån witt,

Dat is so vêl, as de Hund schitt.«

Nicht lange, so schrie der rote Hahn ebenfalls. Diesmal wurde der Böse schon etwas bedenklicher, tröstete sich jedoch und sagte:

»Dat is Hån rôd,

Dat hät kên Nôd.«

Wirklich schien es, als solle der Teufel sein Werk zu Ende bekommen, denn es fehlte nur noch ein kleines Stückchen am Damme, als auch der letzte, der schwarze Hahn sich vernehmen ließ. Da schrie der Teufel traurig:

»Dat is Hân schwârt,

Dat geit mî dörch't Hârt.«

warf den letzten Stein fort und war verschwunden.

*Ebendaher.*

## 345. Der Opferstein bei Buschmühl.

Auf dem Wege von Buschmühl nach der Stadt Demmin lag in der Nähe des Leistenower Holzes an der nördlichen Abdachung eines Hügels ein ansehnlicher Granitblock. In ihm waren drei Vertiefungen, und zwar erkannte man genau die Spuren eines Pferdehufes, eines Menschenfußes und eines Hühnertrittes.

Bei dem Stein war es nicht geheuer. Zur Nachtzeit sah man um ihn her blaue Flammen tanzen und hörte dabei öfters ein Geheul, wie das eines großen Hundes. Vorübereilende Wanderer hatten auch wirklich zuweilen einen großen, schwarzen Hund mit lang herabhängender, roter Zunge auf dem Steine erblickt, was natürlich niemand anders gewesen sein kann, wie der leibhaftige Teufel.

Von diesem Hunde erzählen sich die Leute folgendes: Vor alters stieß er die Drohung aus, er wolle das ganze Land verheeren und alles morden, sofern ihm nicht jährlich eine schöne Jungfrau zum Opfer gebracht werde. Wie er nun einmal mit einem solchen, sehr frommen Kinde den Reigen hat tanzen wollen, flehte dasselbe in seiner Not den lieben Gott um Hilfe an. Da mußte der Teufel abziehen; doch prägten sich die Spuren der Tanzenden fest in dem harten Steine ein. Die Menschenspur gehört dem Mädchen, die beiden andern hat der Teufel zurückgelassen.

Andere wissen über den Ursprung der Vertiefungen anderes zu berichten. Der Stein ist nämlich außerdem noch mit einer Menge (es sind deren achtundzwanzig) größtenteils regelmäßig geordneter Löcher übersät. Da erzählen sie nun, der Teufel habe in alter Zeit auf diesem Felsblock mit Bohnen gespielt und bei dieser Gelegenheit den Abdruck seiner beiden Füße, des Pferdehufs und des Menschenfußes, zurückgelassen.

*Baltische Studien I. S. 288 fg.; XII. 1. S. 110 fg.*

## 346. Der Schatz im Tollkrug bei Demmin.

In dem Dorfe Vorwerk bei Demmin lag früher ein Haus, der Tollkrug genannt, dessen Besitzer Düwir hieß. Zu dem kam es eine Nacht an das Fenster und rief: »Düwir, komm heraus! Unter deinem Birnbaum liegt ein Schatz.« Dem Manne ward dabei in seinem Bette graulich zu Mute, und er antwortete trotz des Zuredens seiner Frau der Stimme nicht. In der nächsten Nacht kam das Wesen bis zu der Stubenthür und rief dieselben Worte, aber wiederum konnte sich Düwir nicht zum Mitgehen entschließen. In der dritten Nacht trat der rätselhafte Sprecher sogar vor das Bett des Mannes, und da sah er nun, daß es ein kleiner Kerl mit einem großen Barte war.

Diesmal wiederholte er seine Aufforderung noch dringlicher wie zuvor und fügte hinzu, er, der Düwir, brauche sich bei dem Heben des Schatzes gar keine Mühe zu machen, denn er selbst wolle ihm das Geld bis zur Treppe tragen. Weiter dürfe er allerdings nicht gehen. Doch der furchtsame Mensch wollte nichts davon wissen, und so mußte sich die Gestalt unverrichteter Sache wieder entfernen, sagte aber noch beim Fortgang: »Wenn auch du das Geld verschmäht hast, so wird es doch noch einmal in den Besitz deiner Nachkommen gelangen.«

Als nun das nächste Frühjahr kam und der Garten des Tollkrugs umgegraben wurde, stieß man unter dem Birnbaum plötzlich auf den Schatz, der jedoch sogleich mit großem Prasseln tief in die Erde versank. Jetzt wurde der Mann nach dem Gelde lüstern und eilte nach Treptow zu einem Geldbanner. Wie er in dessen Wohnung trat, lag auf dem Sofa ein schwarzer Pudel, der ihm die Zähne entgegenfletschte, aber sofort verstummte, als der Hexenmeister hereintrat und einen Zauberspruch hermurmelte. Sogleich fragte der Banner den Düwir nach dem Schatz und forderte ihn auf, ihm eine Handvoll Erde aus seinem Garten zu bringen.

Das that der thörichte Mann auch ohne weiteres. Kaum hatte aber der Geldbanner die Erde in seiner Hand, so jagte er den Düwir zum Hause hinaus; denn nun konnte er den Schatz für sich behalten. Hätte der Besitzer des Tollkrugs die Erde nicht gebracht, sondern den Hexenmeister im Garten seine Beschwörungen vornehmen lassen, so wäre das Geld ihm verblieben.

*Ebendaher.*

## 347. Der Schatz in Demmin.

In der Stadt Demmin liegt ein großes, festes Haus, von welchem die eine Seite nach der Straße, der schnelle Lauf genannt, die andere aber nach der Kahldischen Straße hingeht. In diesem Hause, und zwar in einem Stalle desselben, ist von alten Zeiten her ein großer Schatz vergraben, den bisher noch kein Mensch hat heben können. Nur dem Apotheker Johann Karl Treu, der vor fast zweihundert Jahren dort wohnte, wäre es beinahe gelungen, ihn zu erhalten.

Er träumte in einer Nacht von diesem Schatze, und desselbigen Tages noch kam eine alte, fremde Bauerfrau zu ihm, welche ihm die Stelle anzeigte, wo er ihn finden werde. Sie gebot ihm aber dabei, daß er während des Grabens kein Wort sprechen dürfe. Der Apotheker machte sich in der folgenden Nacht an das Graben, und weil er von der Frau gehört hatte, daß der Schatz sehr tief liege, so halfen ihm seine Frau und Tochter; denn vor Sonnenaufgang mußten sie fertig sein.

Es dauerte auch nicht lange, so stießen sie auf einen großen Kessel. Allein darüber freute sich die Frau des Treu, welche hochschwanger war, so sehr, daß sie in ihrer Unvorsichtigkeit anfing zu sprechen. Da war denn in demselben Augenblick alles vorbei, und sie fanden in dem Kessel nichts als tote Kohlen. Auch hatte der Teufel dadurch so viele Macht über sie bekommen, daß auf einmal das alte Mauerwerk, an dem sie gegraben hatten, einstürzte und die arme Frau nebst ihrer Tochter davon bedeckt wurde, daß sie kaum mit dem Leben davon kamen.

Der Apotheker Treu hat seitdem nicht wieder nach dem Schatze gegraben. Vor ungefähr hundert Jahren kam aber auf einmal ein Mönch aus Italien, der hatte in den Büchern des Papstes zu Rom herausgefunden, daß der Schatz noch da sei, und wie man ihn heben könne. Er wollte auch die Leute in Demmin hierüber belehren; aber der Magistrat hielt ihn für einen Betrüger und ließ ihn sein Vorhaben nicht zur Ausführung bringen.

*Temme, Volkssagen. Nr. 197.*

## 348. Der Landgraben.

Der Landgraben, ein Kanal, welcher die Tollense mit der Peene verbindet, bildet die Grenze zwischen Pommern und Meklenburg. Man sagt, er sei von dem Teufel gepflügt worden, indem er statt der Stiere seine Großmutter vorspannte.

*Mündlich aus Japenzin, Kreis Anklam.*

## 349. Der hohe Stein[36] bei Anklam.

Das Anklamer Stadtgebiet war in früheren Zeiten bis an die Peene mit einem hohen Erdwall eingeschlossen. In der Einfahrt dieses Walles nach Ückermünde hin sieht man noch jetzt einen Wartturm, der gar keinen Eingang hat und deshalb der hohe Stein genannt wird. An ihm ereignen sich viele schauerliche Dinge. Unter anderm sagen die Leute, daß derjenige, welcher am Johannistage den hohen Stein ersteigt, oben auf demselben einen Sack voll Erbsen finde, die sich beim Heruntertragen in lauter Goldstücke verwandeln werden.

*Temme, Volkssagen Nr. 180 aus den Akten der Pomm. Gesellsch. f. Gesch.*

## 350. Der Schatz zu Schwerinsburg.

Nicht weit von Anklam liegt das Schloß Schwerinsburg, welches dem Grafen von Schwerin zugehört. Dicht bei diesem Schlosse hat die alte Burg derer von Schwerin gelegen, von der man noch jetzt die Trümmer sieht. Darin wohnen viele böse Geister, was man am besten daraus erkennen kann, daß es schier unmöglich ist, bei Nachtzeit ein Pferd in diese Gegend zu bringen. Auch sind in den Ruinen große Schätze vergraben.

Einst lebte zu Schwerinsburg ein alter Schäfer, dem erschien dreimal nacheinander um Mitternacht ein Geist und befahl ihm, aufzustehen und mit ihm zu gehen. Der alte Mann fürchtete sich aber, und als er das Abenteuer seinem Herrn erzählte, meinte dieser, er habe gewiß nur geträumt. Nach einiger Zeit erschien der Geist indes wieder, und nun ging der Schäfer mit ihm bis zu den Trümmern der alten Burg. Dort zeigte ihm der Geist einen großen, schweren Kasten und half ihm denselben nach Hause tragen.

Am andern Morgen ging der Schäfer wieder zu seinem Herrn und zeigte ihm an, was geschehen war. Der Graf ließ sogleich den Kasten in das Herrenhaus holen, aber er war jetzt so schwer, daß ihn vier Pferde kaum ziehen konnten. Als man ihn öffnete, fanden sich darin allerlei goldne Münzen und Pokale und Geräte von Gold und Silber, die noch jetzt auf der Schwerinsburg gezeigt werden.

*Temme, Volkssagen. Nr. 200.*

## 351. Der Schloßschatz von Spantekow.

Als die Burg von Spantekow im dreißigjährigen Kriege vom Wallenstein belagert wurde, nahm der alte Graf, der Besitzer des Schlosses, die größten Kostbarkeiten zusammen und flüchtete damit nach Wegezin zu. Die Kaiserlichen merkten davon nichts, sie lagen ruhig auf der entgegengesetzten Seite, auf dem Flecke, der nach ihnen noch heute die Kaiserkoppel heißt.

Kurz hinter Spantekow machte der Graf jedoch schon Halt und vergrub die vielen Kostbarkeiten unter dem großen Stein, welcher noch heutiges Tages dort am Wege liegt. Was dann aus dem Grafen geworden ist, weiß man nicht mehr; nur so viel ist sicher, daß er die Schätze nicht wieder herausgrub, denn sie liegen bis auf diese Stunde unberührt da. Gar

Amt Spantekow

mancher hätte sich nun wohl schon daran gemacht und das viele Gold gehoben, wenn nicht ein schrecklicher Wächter bei demselben säße. Das ist ein riesengroßer, schwarzer Hund mit feurigen Augen, die wohl so groß wie eine Männerfaust sind. Der liegt Tag und Nacht über den Schätzen, nur in der Mitternachtsstunde verläßt er sie, steigt zur Oberwelt empor und legt sich auf den großen Stein.

Um diese Zeit bei dem Steine vorbeizufahren, ist gar nicht ratsam. Einem Müllergesellen, welcher dies that, standen die Pferde vor der verrufenen Stelle mit einem Male regungslos still. Als er sie darauf mit scharfen Peitschenhieben antrieb, verlor der Wagen plötzlich alle vier Räder und mit einem gewaltigen Satze befanden sich Pferde, Wagengestell und Müllergeselle jenseits des Steines, während die Räder diesseits des Felsblockes zurückblieben.

Erwähnt mag noch werden, daß sich in dem Schloßgraben von Spantekow viele Schlangen aufhalten. In früheren Zeiten sollen es aber noch unendlich viel mehr gewesen sein, so daß sie den Soldaten, welche im Sold des Schloßherrn standen, zu fünfen und sechsen in die Betten krochen und ihnen dadurch das Leben sauer machten. Schaden fügten die Schlangen nämlich weiter keinen zu, da die Knechte, ehe sie sich zur Ruhe legten, ihren ganzen Leib mit ungesalzener Butter einrieben. Kroch dann eine Schlange an sie heran und wickelte sich um irgend ein Glied des Körpers herum, so fiel sie von der eingefetteten, glatten Haut sofort wieder herab und konnte nicht zum Bisse gelangen.

*Mündlich aus Wegezin, Kreis Anklam.*

## 352. Der Schatz im Goldberg.

Dicht bî Ueckermünn is ên Barch, de hêt Goldbarch. Dår hät't immer brennt. Wenn nû de Lued henkommen sind un wullen dat Jeld rût gråwen, so durften s' kên Wûrd spréken. Wenn se ên Daschendôk rin schméten un dårbî kên Wûrd rêden, so kréjen s' den Kasten met Jeld rût. Oewer bét hued häbben s' all réd't dårbî un noch kêner hät dat Jeld kréjen.

*Mündlich aus Ückermünde.*

## 353. Der Schatz in Vogelsang.

Bî Ueckermünn lijjt ên Dörp, dat hêt Vågelsang. Då is ên grôt Schloss, då wônt ên oller Gråf. De hät in Schloss drê Kasten vull Jeld stån: ên voer sîn Såen, ên voer de Armen, ên voer kênen. Voer jeden Kasten lijjt ên grôter Hund an de Kêd met fuerige Ôgen. Då darf kêner bîgån as de Gråf; wêr sus dåbî gêt, de ward glîk terrêten.

*Ebendaher.*

## 354. Schatz versiegelt.

Då was mål ês ên Mann, dê harr vêl Jeld. Am Sünndag sae hê mål tô sînen Knecht, hê sull nå d' Kirch gån. Hê wull oewer dat Jeld vergråwen. Dê Knecht jüng nich hen, denn he ånt all sô wat. Hê jüng hen nån Heustall un lejjt sich då unnert Heu hen. Då dûrt går nich lang, un dê Mann kaem met ên grôten Kasten vull Jeld an, un de Duewel hulp em drågen.

As hê kênen sên dae, so lejjt he ruhich hen unner de Brêd. Dê Knecht oewer kêk rût, un dê Duewel sêj em. Då sae dê Duewel: »Hê kîkt!« un de Herr sächt: »Wat hêt, hê kîkt?« Dunn sae hê: »Met dissen Sijel soll 't uk upmåkt wêrn« un sett sich drêmål rup.

Un dûrt går nich lang, då stürwen sîn Kinner, un nich lang dånå, då stürw uk hê. Då kaem dê Knecht an un sett em drêmål rup, då kaem de Duewel an un schmêt em dat Jeld hen.

*Ebendaher; ganz ähnlich erzählt in Mesow, Kreis Regenwalde.*

## 355. Der Schatz im Jasenitzer Herrenschloß.

Im Herrenschloß zu Jasenitz liegt tief unten im Keller ein Schatz vergraben. Niemand hat ihn bis jetzt zu heben vermocht, denn an seine Gewinnung sind gar sonderbare Bedingungen geknüpft. Wer ihn heben will, darf bei seiner Geburt kein einziges Haar auf seinem Haupte gehabt haben, sondern muß statt dessen von Mutterleibe an mit Schorf und Ausschlag über den ganzen Kopf hin bedeckt gewesen sein, was die Leute einen Kisskopp zu nennen pflegen. Gelingt es ihm nun wirklich, dem Teufel das Geld im Keller abzunehmen, so wird der Wert des erworbenen Schatzes gerade so viel betragen, als die Kurkosten ausmachen, welche der Doktor für die Heilung des Aussatzes nimmt. So sehr groß scheint der Schatz also nicht zu sein.

*Mündlich aus Jasenitz, Kreis Randow.*

## 356. Der Teufelsstein bei Polchow.

In der Nähe des Dorfes Polchow liegt ein großer Stein, der sogenannte Teufelsstein. Am Johannistage hält der Teufel darauf seinen Mittagsschlaf. Der Felsblock wird dann so weich, wie frischer Käse, so daß sich ganz deutlich Kopf, Schultern, Arm, Leib und Fuß des Bösen auf seiner Oberfläche abdrücken, wovon sich jeder, der's nicht glauben will, selbst überzeugen kann.

Wenn der Teufel ausgeschlafen hat, so geht er in das angrenzende Bruch, welches davon das Teufelsbruch heißt. Neben dem Teufelssteine liegen noch sieben andere, kleinere Steine, welche die Siebenbrüdersteine heißen. Es sollen nämlich in der grauen Vorzeit in dieser Gegend sieben Brüder regiert haben. Diese opferten auf dem großen Steine dem Teufel und setzten sich während der heiligen Handlung auf die kleinen Steine nieder. Dicht dabei fließt ein Bach, welcher der Siebenbrüderbach genannt wird.

*Baltische Studien. XI. Jahrgang. 2. Heft. S. 191.*

## 357. Der Teufel baut eine Scheune.

Ein Bauer besaß nur eine kleine Scheune. Da machte er einst eine überaus reiche Ernte, daß er nicht wußte, wo er all den Segen lassen solle. Er beschloß deshalb, eine größere Scheune zu bauen und ging in die Stadt, um sich Geld zu leihen. Doch niemand wollte ihm borgen, und so mußte er schließlich ganz betrübt wieder den Heimweg antreten.

Unterwegs begegnete ihm ein vornehmer Herr und fragte, weshalb er denn so traurig aussehe. Der Bauer teilte ihm seine Bedrängnis mit, und der Fremde erbot sich, in einer Nacht vor dem Hahnenschrei die erwünschte Scheune zu bauen; nur müsse er ihm dann dafür ein kleines Ding in seinem Hause als Belohnung überlassen. Der Bauer erkannte nun zwar, daß er es mit dem leibhaftigen Teufel zu thun habe, auch sah er zum Überfluß, daß der eine Fuß des Fremden ein Pferdefuß war; weil der Böse aber nur eine Kleinigkeit verlangt hatte, wurde er mit ihm Handels einig.

Wie der Mann nach Hause kam und seiner Frau und der alten Großmutter sein Erlebnis erzählte, merkte die letztere sofort, daß der Teufel mit dem kleinen Ding das Herz des Bauern gemeint habe. Am Hause hatten sich unterdes viele fremde Leute angefunden und arbeiteten mit ungeheurer Geschwindigkeit. Bald nach Mitternacht war die Scheune beinahe fertig, nur ein kleines Stück am Dach fehlte noch; da schlich sich die alte Großmutter in den Hühnerstall und rüttelte den Hahn wach, so daß derselbe zu krähen begann. Jetzt hatte der Teufel verloren und mußte abziehen. Das Stück Dach aber hat nie zugedeckt werden können; was des Tages gebaut war, fiel regelmäßig des Nachts wieder ein.

*Mündlich aus Bredow, Kreis Randow.*

## 358. Das Brotmännlein in Stettin.

In Stettin kam Abends spät ein Bürgersmann aus dem Wirtshause, um in seine Wohnung zurückzukehren. Als er wenige Schritte gegangen war, stand auf einmal ein ganz kleines Männlein mit einem großen, schweren Sack vor ihm und fragte ihn: »Willst du Brot?« Der Bürger erschrak, daß er nichts antworten konnte, wich auf die Seite und lief eilends davon. Das kleine Männchen aber lief hinter ihm her und war ihm immer ganz dicht auf den Fersen. Und als er endlich an seinem Hause angekommen war, fragte er noch einmal: »Willst du Brot?« Doch der Bürger antwortete auch diesmal nicht. Da nahm das Männlein den Sack und warf ihn gegen das Haus; das klang gerade, wie lauter Gold und Silber, und gleich darauf waren Männlein und Sack verschwunden.

*Temme, Volkssagen Nr. 254 aus den Akten der Pomm. Gesellschaft f. Geschichte.*

### 359. Die Blutflecken in der Jakobikirche zu Stettin.

In der Jakobikirche zu Stettin zeigt man einige kleine Blutflecken, die durch kein Waschen oder Schaben zu vertilgen sind. Die sollen auf folgende Weise entstanden sein:

In der Kirche spielten einst während des Gottesdienstes vier gottlose Buben in der Karte. Plötzlich trat der Teufel zu ihnen und fing an, mit ihnen zu spielen. Anfangs kannten die Knaben ihn nicht. Bald aber merkte einer von ihnen, daß es der Teufel sei, der sich mit ihnen in's Spiel gegeben habe, denn er sah dessen Pferdefuß; und geschwinde machte er sich davon. Nach einer Weile merkte es der zweite ebenfalls und eilte fort. Auch dem dritten gingen endlich die Augen auf, und er that wie die beiden andern.

Der vierte aber war so auf sein Spiel versessen, daß er gar nicht gewahrte, mit wem er spiele. Daher bekam der Teufel so viel Gewalt über ihn, daß er mit ihm aus der Kirche davon fahren durfte. Das that er denn auch, indem er ihn plötzlich ergriff und ihm den Hals umdrehte und ihn dann mit großem Getöse von dannen führte. Der Teufel hatte dabei mit seinen scharfen Krallen so fest in das Fleisch des Knaben gepackt, daß das Blut darnach floß, und davon rühren noch jene Blutflecken her.

*Temme, Volkssagen. Nr. 93.*

### 360. Die brennende Mütze.

In der Gegend von Greifenhagen lebte einmal ein Amtmann, der sehr reich war. Sein Getreide gedieh immer am besten auf dem Felde, und seine Herden vermehrten sich von Jahr zu Jahr. Da nahm er zuletzt einen Schäfer an, dem er auf dessen eigene Gefahr seine Schafherde verpachtete, und siehe, von Stund an verdarb dieselbe. Es ging beinahe kein Tag vorbei, daß nicht von den schönsten Tieren etliche starben. Der Schäfer mußte sie mit schwerem Gelde ersetzen, so daß er endlich so arm wurde, daß er kein Brot mehr im Hause hatte. Da starb der reiche Amtmann.

Um diese Zeit ging der Schäfer einst in den Wald, um sich etwas trocknes Holz zu suchen, damit er sich und seine Kinder gegen die Kälte schützen könne. In dem Busch fand er einen Strick, und wie er gerade recht über sein Elend nachdachte, so nahm er in großer Verzweiflung denselben, um sich daran aufzuhängen. Kam auf einmal ein kleiner Mann auf ihn zu und ermahnte ihn, von seinem Vorhaben abzustehen und zuvor mit ihm in die Wohnungen der Bösen zu gehen. Das war der Schäfer zufrieden, und der kleine Mann führte ihn zu den Wohnungen der Bösen.

Hier sah er lauter brennende Menschen, die mitten in den heißesten Flammen steckten. Darunter erkannte er auch seinen verstorbenen Herrn, den Amtmann. Der brannte schrecklich, und als er den Schäfer erblickte, rief er ihm zu: »Grüß' meine Frau von mir.« – »Gern, aber sie wird mir nicht glauben, wenn ich kein Wahrzeichen mitbringe«, entgegnete der Schäfer. Da warf der Amtmann ihm eine brennende Mütze zu, die aber sogleich aufhörte zu brennen, als der Schäfer sie aufhub, und sprach dabei: »Die Mütze zeige nur meiner Frau vor, auch sage ihr, ich hätte dich mit den gestorbenen Schafen betrogen, und sie möge dir deinen Schaden ersetzen.«

Nach diesen Worten ging der Schäfer mit dem kleinen Manne wieder fort. Der begleitete ihn bis an sein Haus und gab ihm unterwegs den Rat, ja nicht die Mütze zu behalten. Sonst müsse er dahin, wo der Amtmann sei. – Am andern Morgen ging der Schäfer zu seiner

Herrin, überbrachte ihr den Gruß von ihrem Mann und reichte ihr auch die Mütze dar, wogegen er den Ersatz für die bezahlten Schafe erhielt.

Die Mütze behielt die Frau; aber sie hatte von dem Augenblick an, daß dieselbe in ihrem Hause war, keine Ruhe und kein Glück mehr. Sie ließ deshalb den Schäfer wieder kommen und bat ihn, die Mütze zurück zu nehmen. Das wollte dieser anfangs nicht; als ihm die Frau aber sechstausend Thaler bot, da ließ er sich verblenden und nahm das Geld und die Mütze. Doch sowie er damit in sein Haus kam, wurde er auf der Stelle gefährlich krank, worauf er alsbald Mütze und Geld auf das Amthaus zurück schickte. Die Amtmannsfrau wollte jedoch die Mütze auch nicht behalten und ließ sie daher in der Kirche des Dorfes einmauern, wo sie sich noch heute befindet.

*Temme, Volkssagen. Nr. 256.*

## 361. Der Teufelsstein bei Hohen-Kränig.

Unweit der Stadt Schwedt, in der Feldmark von Hohen-Kränig, erhebt sich ein Hügel, der Koboldberg genannt. Auf demselben liegt ein großer Stein, der in einer Höhe von fünf bis sechs Fuß und einer Breite von zwei bis drei Fuß über der Erde hervorragt, aber noch weit tiefer in derselben liegt. Derselbe ist oben flach und eben, und eine Kegelplatte ist künstlich darin eingegraben. Von diesem Steine erzählt man, daß der Teufel dort jeden Johannistag Kegel schiebe. Man kann auch deutlich sehen, wie das Moos, welches das Jahr über oben auf dem Steine gewachsen ist, am Tage nach Johannis ganz rein heruntergefegt ist.

*Temme, Volkssagen Nr. 184 aus den Akten der Pomm. Gesellschaft f. Geschichte.*

## 362. Der Schatz bei Schwochow.

Nicht weit vom Dorfe Schwochow steht am Wege nach Pyritz ein Birnbaum, unter welchem ein großer Schatz vergraben ist. Bei demselben wacht der Teufel, und zu seiner Seite steht ein mächtiger, feuriger Stiefel. Wer es wagt, denselben anzuziehen, dem muß der Teufel den Schatz geben.

*Temme, Volkssagen. Nr. 201.*

## 363. Das blaue Feuer.

Man kan in kurzer Zeit zum reichen Manne werden, wenn man das Glück hat, blaues Feuer brennen zu sehen; denn dort brennt nichts anderes, als ein Schatz, wie das jedermann in der Nörenberger Gegend bezeugen kann. Um das Geld zu heben, brauchst du nur etwas, etwa einen Stiefel oder sonst einen Gegenstand, hineinzuwerfen, mußt aber dann, ohne dich umzusehen, in einem Zuge nach Hause laufen. Am nächstne Morgen findest du auf der Stelle, wo das Feuer gebrannt hat, eitel Gold und Silber. Hast du dich jedoch umgesehen, so bleibt dir der Kopf schief stehen dein lebelang.

*Aus der Nörenberger Gegend, Kreis Saazig: Mitgeteilt durch Herrn O. Knoop.*

## 364. Das Teufelsgelage auf dem Galgenberg.

Eines Nachts ging ein Maurer, schwer betrunken, Marienfließ zu. Auf dem Galgenberg fand er trotz der späten Stunde eine lustige Gesellschaft beisammen. Einer davon zeichnete sich vor allen übrigen aus und mochte wohl der Wirt sein, die andern waren meist junge, starke Bursche. Sie schmausten und zechten und lebten lustig in Saus und Braus.

Das gefiel dem Maurer, und weil ihm in seiner Trunkenheit auch nicht die geringste Furcht vor der sonderbaren Versammlung auf dem Berge ankam, so bat er den Wirt, ob er nicht mit teilnehmen dürfe. Gerne ward ihm dies gestattet und tüchtig langte er von den köstlichen Speisen und Getränken zu. Nach dem Mahle ward Karte gespielt, und auch daran beteiligte sich unser Maurer wacker. Wer beschreibt aber seinen Schrecken, als er sich unter den Tisch bückte, um eine heruntergefallene Karte aufzuheben, – der Gastherr hatte einen Menschen- und einen Pferdefuß!

Nun wußte er, mit wem er gegessen und getrunken hatte. Trotzdem blieb er noch eine gute Weile droben auf dem Galgenberge und lud sogar, als er endlich weg ging, den Teufel zum künftigen Abend zu sich zu Gaste. Dann taumelte er die Straße entlang bis in seine Wohnung, warf sich dort auf sein Lager und schlief ein.

Als er am andern Morgen aus dem Rausche erwachte und sich seiner Einladung erinnerte, ward ihm himmelangst zu Mute. Doch da er ein beherzter, ehrlicher Mann war, so dachte er: »Wort mußt du halten«, und sprach darum zu seiner Frau: »Heute Abend wird ein Fremder mit uns speisen, decke also für drei auf.« Das neugierige Weib hätte gerne mehr gewußt; doch der Maurer wies sie kurz ab und, als die Sonne untergegangen war, erschien der Gast, ohne daß die Frau ahnte, wer an ihrem Tische saß. Es fiel auch gar nichts Absonderliches vor, so daß der Mann schon wieder freier aufatmete. Erst beim Mahlesschluß, als der Fremde sich verabschiedete, setzte er seinen Wirt dadurch in die größte Bestürzung, daß er ihm eröffnete, er erwarte ihn bestimmt die kommende Nacht wieder auf dem Galgenberge.

Was war da zu thun? Der Mann lief in seiner Angst zum Pastor und gestand ihm alles, hörte geduldig dessen Strafreden an und bat um Gottes Willen, ihn nicht in seinem Unglück zu verlassen. Drauf sprach der Pfarrer: »Auf den Berg mußt du und, damit dir der Teufel nichts anhaben kann, werde ich dich begleiten. Inzwischen muß der Küster so stark wie möglich mit den Glocken läuten.«

Mit Einbruch der Nacht machten sie sich der Verabredung gemäß auf den Weg. Das Läuten sollte beginnen, wenn sie in die Nähe des Galgenberges gelangten. Hatte sich nun der Küster verspätet oder hatte der Teufel seine Hand dabei im Spiele, wer kann's wissen? – kurz, der Pastor und der Maurer waren am Fuße des Hügels, die Glocken läuteten nicht. Sie hatten, fest Arm in Arm, die halbe Höhe des Berges erreicht, auch jetzt war noch kein Glockenton zu vernehmen. Ganz langsam stiegen sie höher, bis sie auf den Gipfel gelangten, welcher in blendendem Lichte erglänzte, und wo der Teufel ihrer schon harrte.

Jetzt endlich begannen die Glocken zu ertönen. Da trat der Böse, unbekümmert um den heiligen Diener der Kirche, an den Maurer heran, versetzte ihm einen gewaltigen Schlag in's Gesicht mit den Worten: »Siehst du! Um meinetwillen haben sie nicht geläutet!« und verschwunden waren Licht und Teufel, und der Pastor befand sich mit seinem Begleiter alleine in der rabenschwarzen Nacht. Mühsam fanden sie den Heimweg. Doch kaum waren sie im Dorfe angelangt, so brach auch der Maurer zusammen, wurde totkrank in seine Wohnung gebracht und war in drei Tagen eine Leiche.

*Mündlich aus Marienfließ, Kreis Saazig.*

## 365. Die Teufelseiche bei Marienfließ.

Einst saß die Äbtissin des Nonnenklosters von Marienfließ mit ihren Untergebenen an einem schönen Sommernachmittag auf dem Klosterhofe und freute sich des schönen Wetters. Da kam der Teufel zu ihr und sprach dies und das von seinen wunderbaren Fähigkeiten.

»Je, nun«, warf die Priorin ein, »eine große Eiche aus Palästina holen und mir in meinen Garten pflanzen, das kannst du aber doch nicht.« – »Und ob ich das könnte«, erwiderte der Teufel; »versprichst du mir deine Seele dafür, so bringe ich dir, ehe einer von diesen Hähnen auf diesem Hofe zu krähen beginnt, die gewünschte Eiche in deinen Garten.«

Die Äbtissin hielt das für unmöglich und sagte zu, und fort flog der Teufel. Doch es waren kaum einige Minuten vergangen, so sah ihn eine der Nonnen ganz von ferne, mit einem mächtigen Baume in den Händen, durch die Lüfte sausen. Da ward ihr um ihrer Herrin Seele bange, und schnell hockte sie nieder, klatschte mit beiden Händen auf ihre schöne, schwarz-seidene Schürze, so daß es sich anhörte, wie wenn die Hühner mit den Flügeln schlagen, und krähte dazu aus Leibeskräften. Das machte alle Hähne auf dem Hofe wild und, ehe noch der Teufel bis zum Kloster gelangt war, hatten sie schon dermaßen geschrien, daß er es hoch in der Luft hören mußte.

Da ward der Teufel ärgerlich und ließ die Eiche auf die Erde fallen, wo sie sogleich weiter wuchs und noch lange Jahre gestanden hat. Als sie endlich verdorrte und zu Grunde gegangen war, bildete sich an ihrem Orte ein unergründliches Sumpfloch, so groß, wie der Umfang einer geräumigen Stube. Mitten in demselben hat nach und nach eine andere Eiche, die aber noch nicht sehr groß ist, Wurzel geschlagen, und dieselbe wird deshalb nach der alten ebenfalls die Teufelseiche genannt.

*Ebendaher.*

## 366. Der Teufel in der Marienkirche zu Stargard.

In der Marienkirche zu Stargard haben gottlose Menschen einmal Karten gespielt. Gesellte sich der Teufel zu ihnen und sprach: »Den Stolzesten aus eurer Mitte nehme ich mit mir. Wer mag das wohl sein?« Es war aber einer darunter, der trug immer nur einen schlichten Leinwandskittel, und man hielt ihn deshalb für gar nicht stolz. Doch gerade den packte der Teufel und fuhr mit ihm oben durch die Decke hinaus, wo man noch heute das Loch sehen kann und das Blut; denn das Loch hat nicht zugemauert werden können, und auch das Blut hat sich nicht wegwaschen lassen.

*Aus Mesow, Kr. Regenwalde: Mitgeteilt durch Herrn Prof. E. Kuhn.*

## 367. Einem Schatzheber wird durch einen Stein der Kopf abgeschlagen.

Zu einem Bauern kam's jede Nacht und forderte ihn auf, in den Wald zu gehen. Dort läge an der und der Stelle ein großer Stein, und unter diesem sei in einem Kessel ein Schatz verborgen. Der Bauer hatte nicht Mut genug zu dem Unternehmen, erzählte jedoch seinem Tagelöhner davon; und dieser machte sich ohne weiteres in der folgenden Nacht mit dem zweispännigen Ochsenwagen auf den Weg und fuhr zu dem betreffenden Orte hin.

Dort stand Er (so wird der Teufel angeredet) schon bei dem Steine, kehrte ihn um und half ihm das viele Geld noch obendrein auf den Wagen. Sodann verabschiedete er sich von ihm und befahl ihm, sich bei der Rückfahrt ja nicht umzusehen.

Nachdem der Tagelöhner eine Weile gefahren war, ließ ihm aber die Neugierde keine Ruhe, er übertrat das Gebot und sah nun zu seinem Erstaunen, wie der bewußte Stein sich immer hin und her bewegte. Sogleich vermutete er, es sei dort vielleicht noch mehr Geld zu heben, kehrte schleunig um und guckte unter den wackelnden Stein. Dahinter stand jedoch der Schwarze, welcher jetzt mit einem Ruck den Stein so schnell umkippte, daß dem habgierigen Manne das Haupt vom Rumpfe flog.

Als der Bauer am andern Morgen erwachte und die Ochsen nicht im Stalle fand, ahnte er alsbald, was geschehen war, eilte in den Wald und fand bei dem Steine die Leiche seines Arbeiters. Nicht weit davon stand der Wagen, ganz mit Geld gefüllt. Dies nahm er als sein Eigentum an sich und ward dadurch ein steinreicher Mann.

*Mündlich aus Kicker, Kreis Naugard.*

## 368. Schwarzer Kater verwandelt sich in Geld.

Ein Knecht lag im Bette. Da trat etwas an sein Fenster, klopfte an und forderte ihn auf, hinaus zu kommen. Der Knecht stand furchtlos auf und ging aus dem Hause. Draußen sah er einen großen, schwarzen Mann, der ihm befahl, ihm zu folgen. Auch diesem Geheiß kam der mutige Bursche unerschrocken nach.

Als sie darauf an den nächsten Kreuzweg gelangten, ergriff der Fremde plötzlich einen gewaltigen, schwarzen Kater und warf ihn dem Knecht auf den Nacken. Der sah die Sache für einen Scherz an, nahm das Tier mit sich und setzte es in den Stall, damit die Magd am andern Morgen beim Melken erschreckt werde. Wie diese jedoch um vier Uhr in den Kuhstall hinein trat, sah sie keinen Kater, wohl aber einen schweren Sack voll Geld. Als der Knecht nun merkte, daß er durch den vemeintlichen Kater die Magd zu einem steinreichen Mädchen gemacht habe, entschloß er sich kurz und heiratete sie. Auf diese Weise gelangte er wieder zu dem Gelde, das er durch seinen Mut sich reichlich verdient hatte, dessen er aber durch seinen Leichtsinn fast wieder verlustig gegangen wäre.

*Ebendaher.*

## 369. Mädchen muß von einem gehobenen Schatz eine Kirche bauen.

Ein armes Mädchen diente bei einem Bauern. Da klopfte es eines Nachts an ihr Fenster und eine Stimme befahl ihr, sie solle sich eine Schürze vorbinden und dann da und da hinkommen. Dort lege Geld. Sie that, wie ihr befohlen war, und sah, als sie an dem betreffenden Orte angelangt war, einen schwarzen Mann dort stehen, welcher mit der Wurfschippe brennende Kohlen wurfelte.

Sobald der Mann sie erblickte, hieß er sie die Schürze aufhalten, und darauf schüttete er sie voll Kohlen und befahl ihr, dieselben auf den Feuerherd zu tragen. Sie that dies und kam sodann wieder zu dem Schwarzen zurück. Der füllte auch ohne weiteres die Schürze zum zweiten Male. Als sie jedoch das dritte Mal erschien, sagte er bei dem Einschippen der Kohlen: jetzt dürfe sie nicht mehr zurückkommen. Die Kohlen würden sich nämlich am andern Morgen in Geld verwandeln. Das solle sie nehmen und zum Bau einer Kirche verwenden; alles, was davon übrig bliebe, wäre aber ihr Eigentum.

Das Mädchen war wiederum gehorsam und baute die Kirche und behielt wirklich noch so viel übrig, daß sie sorgenfrei ihr Leben verbringen konnte.

*Ebendaher.*

## 370. Der Teufelsdamm im Naugarder See.[37]

Wenn das Wasser in dem See bei Naugard ruhig ist, so sieht man darin einen Damm, der genau bis in die Mitte des Sees hineingeht. Derselbe ist auf folgende Weise entstanden:

Vor Zeiten lebte einmal in der Gegend ein Schäfer, der mit dem Teufel einen Kontrakt gemacht hatte, daß derselbe ihm einen Damm durch den ganzen See baue. Dafür mußte der Schäfer dem Bösen eins von seinen Kindern versprechen. Der Teufel war aber gehalten, den Damm in einer einzigen Nacht fertig zu stellen, und der Kontrakt sollte nicht gelten, wenn er ihn vor dem ersten Hahnenschrei nicht ganz vollendet hätte.

Wie nun der Schäfer nach Hause kam, da überfiel ihn große Angst, und er gestand seiner Frau, was er gethan hatte. Die besann sich geschwind auf eine List, ging, ehe der Tag graute, in den Hühnerstall und reizte den Hahn, daß er krähen mußte. Der Teufel hatte seinen Damm erst bis zur Hälfte fertig und mußte deshalb mit Schimpf abziehen.

*Temme, Volkssagen. Nr. 234.*

## 371. Wasser verwandelt sich in Wein.

Ein Bursche hatte in der Neujahrsnacht einen Eimer Wasser draußen stehen lassen, und am andern Morgen enthielt er Wein. Da wurde den übrigen Knechten der Mund wässrig und sie verabredeten sich, im kommenden Jahre das Wunder der Neujahrsnacht auszunützen.

Als die Zeit herangerückt war, gingen sie zum Brunnen hinaus. Einer bückte sich, kostete und, als er schmeckte, daß das Wasser sich wirklich wiederum in Wein verwandelt habe, rief er aus:

»Jungens kommt! Jetzt ist alles Wasser Wein!«

Da antwortete eine Stimme aus dem Brunnen:

»Nun bist du aber auch mein«,

und es zog ihn in die Tiefe herab. Weil der Knecht aus Vorwitz in der heiligen Nacht hinausgegangen war, hatte er daran glauben müssen.

*Aus Mesow, Kr. Regenwalde: Mitgeteilt durch Herrn Prof. E. Kuhn.*

## 372. Der Wechselthaler.

Wenn man sich einen Wechselthaler verschaffen will, muß man in der Neujahrsnacht zwischen elf und zwölf Uhr eine schwarze Katze, an der kein einziges weißes H a a r sein darf, in ein F i s c h n e t z stecken, dreimal damit um eine Kirche laufen und jedes Mal durch das Schlüsselloch der Kirchthür pusten. Dann fragt der Teufel: »Was bringst du da?« - »Einen Hasen.« - »Was willst du dafür haben?« - »Einen Thaler.« - Dann kommt der Teufel und wirft den Wechselthaler hin und nimmt die Katze. Man muß aber eilen, unter Dach zu kommen, ehe der Teufel die Knoten des Fischnetzes glücklich gelöst hat, sonst ist man ihm verfallen. Ein Wechselthaler trennt sich nie von seinem Besitzer, man mag ihn ausgeben, so oft man will, er ist immer wieder da.

*Ebendaher.*

### 373. Pferdemist verwandelt sich in Gold.

Ein Bauer kam aus der Stadt zurück und fand auf dem Wege einen Haufen Pferdemist. Da er nirgends die Spur eines Pferdes sah, so wunderte er sich höchlich, wie der Dünger dahingekommen sei, hielt die ganze Sache deshalb für eine große Merkwürdigkeit und packte sich den Haufen vorn in die Brust unter die Weste, um ihn daheim seiner Frau zu zeigen. Als er aber zu Hause den Rock aufknöpfte, hatte sich alles in eitel Gold verwandelt.

*Ebendaher.*

### 374. Geld verwandelt sich in Pferdemist.

Einstmals ging ein armer Mann auf's Feld, um für die jungen Gänse Futter zu schneiden. Da sah er um einen Stein her lauter blankes Geld liegen, das er alsbald auflas und in seinen Hut that. Wie er nun heimkam und schon dicht bei seinem Hause war, trat ihm seine Mutter entgegen. Der rief er voller Freude zu: »Holla! Hier hab' ich lauter blankes Geld!« öffnete den Hut und ließ die Mutter hineinsehen. Da war aber nichts darin als ein Haufen Pferdemist, den er vor Ärger wegschüttete. Als er aber im Hause mißmutig noch einmal in den Hut schaute, fand er ganz in der Ecke ein glänzendes Goldstück.

*Ebendaher.*

### 375. Der General Luxemburg.

Die Stadt Luxemburg ist auf einem einzigen Stein erbaut worden, und unter ihr ist eine große Höhle, so groß, daß ein ganzes Regiment darin vollauf Platz hätte. Preußische Soldaten, die dort in Garnison gelegen, haben das selber mit angesehen.

Das klingt wunderbar genug; wer aber weiß, wie Luxemburg entstanden ist, der wird's dennoch glauben, ist doch der Teufel in höchst eigener Person der Baumeister der Stadt gewesen. Es lebte nämlich früher einmal ein General Luxemburg, der hatte sich dem Teufel mit Leib und Seele verschrieben. Dafür mußte ihm dieser sechsunddreißig Jahre dienen und hat während jener Zeit die schwierigsten und unerhörtesten Dinge verrichtet.

Wenn der General über einen Fluß gewollt hat, so ist so schnell wie der Wind eine prächtige Brücke darüber geschlagen gewesen; war er auf der andern Seite angelangt, so verschwand sie ebenso schnell wieder. Mitten im kältesten Winter hat Luxemburg frisches Obst verlangt, und der Teufel ist dann auch sogleich mit den schönsten Kirschen zur Stelle gewesen. Auf dieselbe Weise hat er auch dem Wunsche des Generals gemäß die schöne Stadt Luxemburg auf einem einzigen hohlen Stein aufführen müssen.

Als nun die sechsunddreißig Jahre um waren, richtete Luxemburg ein großes Gastmahl an. Während alles beim besten Schmausen war, trat der Teufel, als feiner Herr gekleidet, herein und sprach: »General Luxemburg! Komm heraus, deine Zeit ist um!« Der General that aber, als höre er nicht. Da rief der Teufel zum andern Male: »General Luxemburg! Hörst du nicht? Komm heraus, deine Zeit ist aus!« Da hat ihm der General folgen müssen, und sie sind in das Zimmer nebenan gegangen.

Dort bat der General den Bösen, er möge ihm nur noch einige Augenblicke gewähren, er wolle zur Gesellschaft zurückkehren und dort verschiedene Anordnungen treffen. Darauf hat sich der Teufel aber nicht eingelassen, sondern er hat Feder und Papier aus der Tasche gezogen und dem General befohlen, seine Wünsche aufzuschreiben.

Ein Bedienter, der jedoch zuvor andächtig ein Vaterunser gesprochen, sah durch das Schlüsselloch, und da erblickte er den General, wie ihn der Teufel beim Schopf packte und mit ihm durch den Schornstein fuhr, daß das Blut weit umherspritzte. Auch hat der Teufel gerufen: »Ich würde dir dasselbe anthun, hättest du nicht das Vaterunser gebetet.« So ist der Bediente durch Gottes Gnade noch gerettet worden.

*Ebendaher.*

## 376. Der Teufel als Stecknadel.

Der Teufel hat früher die Menschen unter vielerlei Gestalten zu verführen gesucht. Besonders vorsichtig aber haben die Leute sein müssen, wenn sie eine am Boden liegende Stecknadel aufnehmen wollten; denn gerade in eine Stecknadel hat sich der Teufel gerne verwandelt. Um sich zu sichern, sprach man beim Aufheben die Worte:

>»Lieber Gott, Herr Jesu Christ!
>Hier find' ich eine Knöpnadel.«

Wurde dann die Stecknadel schwer und gewichtig, so war's der Böse, blieb sie leicht, so durfte man sie in Gottes Namen einstecken.

Nur die Gestalt von zwei Tieren hat der Teufel niemals annehmen können, das waren das Täubchen und der Hecht, welch letzterer ja bekanntlich das heilige Kreuz in seinem Kopfe trägt.[38]

*Ebendaher.*

## 377. Die Heil'-Christen.[39]

Die Heil'-Christen gehen am Weihnachtsabend von Haus zu Haus, bitten mit höflichen Sprüchen um Einlaß und geben dann eine Art Vorstellung zum besten. Dabei teilt der »Heil'-Christ« Äpfel und Nüsse aus, während der »Bauer« den Aschenbeutel spielen läßt. Die Heilchristen sind nämlich ihrer fünf oder sieben: Der Heil'-Christ, der Bauer, mit Erbsenstroh umwickelt und einem Aschensack, der Engel Gabriel oder Michael, Luzifer, Beelzebub, der Schimmel und der Schnapperbock mit langer, roter Zunge und blanken Augen.

Einmal sind die »Heil'-Christen« über Land in das benachbarte Dorf gegangen. Es waren aber böse, gottlose Leute, welche unterwegs Branntwein tranken und gotteslästerliche Reden führten. Als sie nun an einen zugefrorenen Teich kamen, schlitterten sie darauf umher unter Schwören und Fluchen. Da merkten sie plötzlich, wie noch andere Heil'-Christen sich zu ihnen gesellten, und zu ihrem Entsetzen wurden sie inne, daß das leibhaftige Teufel waren. Da sind sie schnell und still auseinander gegangen.

Auch in Mesow begegnete den Heil'-Christen ähnliches. Wie üblich zogen sie von Haus zu Haus und trieben dabei den größten Unfug, fluchten und soffen, daß es ein Greuel war. Da gewahrten sie mit einem Male, daß, so oft sie aus einem Hause traten, immer ein Heil'-Christ mehr bei ihnen war, als sie selbst Personen zählten. Das war der Teufel, und die Heil'-Christen machten, daß sie eilends nach Hause kamen.

Wegen dieses vielen Teufelwerks halten manche Leute es für gottlos, an dem Umzuge der Heil'-Christen teil zu nehmen. Und daß sie nicht so ganz im Unrecht sind, sieht man an folgender Geschichte: Eine Frau drohte am Weihnachtsabend ihrem unartigen Kinde: »Du, dich soll der Heil'-Christ haben.« Als nun der Heil'-Christ nach einer Weile erschien, übergab sie ihm das Kind zum Scherze; denn sie glaubte, es sei ihr Bruder. – Am nächsten Morgen lagen die Schenkel des Kindes vor ihrer Hausthür.

*Ebendaher.*

## 378. Schmied hilft ein eisernes Band für den Teufel schmieden.

Ein Schmied wurde drei Nächte hintereinander von einer Stimme gerufen: er möge herauskommen und sein Handwerkszeug mitbringen, es würde sein Glück sein. Käme er nicht, so solle es ihm schlecht gehen. Da ist er denn in der dritten Nacht herausgegangen, und es stand eine Person da, die aber gar nicht gefährlich aussah, so daß der Schmied jegliche Furcht verlor. Der Unbekannte verband ihm die Augen und führte ihn dann weit, weit fort, bis in ein Gemach hinein, woselbst er ihm die Binde wieder abnahm.

Da sah er nun rings um sich herum lauter feuersprühende Teufel an Ketten liegen. In der Mitte standen an einem Amboß drei Gesellen und hämmerten an einem eisernen Band, konnten es aber nicht fertigstellen. – Sobald sie den Schmied erblickten, mußte er hinzutreten und mit dem Hammer drei Schläge führen. Darauf schütteten ihm die drei Männer das Schurzfell voll Kohlen, und der Unbekannte geleitete ihn wohlbehalten wieder nach Hause zurück.

Die glühenden Kohlen waren am anderen Morgen lauteres Goldgeld geworden. Der Schmied wollte es gerne messen und sandte deshalb zu seinem Gevatter, er möge ihm ein Scheffelmaß leihen. Das that der auch gerne; weil aber der Scheffel Ritzen und Spalten hatte, so blieben einige Goldstücke in ihm stecken, welche die Kinder des Gevatters beim Abholen des Scheffels fanden und ihrem Vater brachten, der sie auch behielt.

Da hat sich denn vor seinem Hause zwei Nächte hintereinander eine Stimme vernehmen lassen: »Du, gieb dem Schmied seinen verdienten Lohn, sonst wird's dir schlecht gehen.« In seiner Angst lief der Gevatter zu dem Schmied herüber und erzählte ihm den ganzen Vorfall. Darauf riet ihm der Schmied, er möge das nächste Mal dem Geiste antworten: »Mein Gevatter hat die Goldstücke meinen Kindern, seinen kleinen Paten, zum Geschenk gegeben.« Diesen Rat hat der Gevatter in der dritten Nacht befolgt, und das Gespenst ist nie wieder gekommen.

*Ebendaher.*

## 379. Der Teufelsdamm im Wotschwinesee.

Unterhalb Teschendorf geht ein langer, schmaler Grasstreifen in den Wotschwinesee hinein, der daher seinen Namen bekommen hat, weil seine Quelle vor Zeiten von einer Sau mit ihren Ferkeln aus der Erde aufgewühlt worden ist. Über die Entstehung der Landzunge dagegen erzählt man sich folgendes:

Vor vielen Jahren lagen an den Ufern des Wotschwinesees, einander gegenüber, zwei Burgen. Die Herren derselben verkehrten gerne mit einander, und damit dies öfter und bequemer geschehen könne, hegte der eine Ritter den sehnlichen Wunsch, einen Damm durch den See zu besitzen. Da meldete sich bei ihm eines Abends ein vornehmer Herr mit großem Hut und Federbusch und erbot sich, den verlangten Damm noch in derselben Nacht, bevor die Glocken die vierte Stunde verkündet hätten, aufzuführen, falls ihm der Ritter dafür seine Seele verschreiben wolle, man weiß nicht mehr genau, ob für immer oder nur für sechsunddreißig Jahre.

Der Schloßherr ging auf den Handel ein, und der Teufel (denn es war niemand anders) entfernte sich wieder. In der Nacht hörte der Ritter nun ein Schlagen, Knallen, Sausen und Brausen am Wotschwinesee, daß ihm ganz unheimlich zu Mute ward. Jetzt fiel ihm auch der Teufelspakt schwer auf die Seele, und er beschloß, wenn irgend möglich, den Bösen zu überlisten und um seinen Raub zu bringen. Eilig ließ er sein Pferd satteln und jagte darauf in die benachbarten Dörfer und überredete dort die Wächter, alle Uhren eine halbe Stunde vorzustellen und dem entsprechend auch die vierte Stunde früher auszurufen. Das geschah; der Teufel ahnte nichts von dem Betruge, ließ, als es vier Uhr schlug, das begonnene Werk im Stich und eilte davon, und der Ritter hatte seine Seele gerettet.

*Mitgeteilt durch Herrn O. Knoop in Posen und mündlich.*

## 380. Teufelsspuk vereitelt das Schatzgraben.

In alten Zeiten haben die Leute zuweilen Geld vergraben, was dann in der Erde geblieben ist. Über solches Geld bekommt der Teufel Macht. Wo man nun hier oder da eine blaue Flamme über dem Erdboden brennen sieht, da liegt ein solcher Schatz vergraben. Um desselben habhaft zu werden, muß man sich stillschweigend nähern und etwas auf die Stelle werfen, zum Beispiel ein Messer oder einen Pantoffel, und darauf, ohne zu sprechen oder sich umzudrehen, nach Hause eilen. Den nächsten Tag kann man den Schatz ausgraben. Doch geht nicht immer alles so glatt ab.

Einmal sind ihrer viere gewesen, die einen Schatz brennen sahen. Als sie an die Stelle kamen, stand da ein schwarzer Mann, das war der Teufel. Sie ließen sich aber nicht schrecken, sondern fingen an zu graben und sprachen kein Wort. Da kam ein hochbepackter Heuwagen herangefahren, vor den vier Mäuse gespannt waren, und dann noch einer mit Hähnen; jedoch auch dabei bewahrten die Männer das Stillschweigen und fuhren unausgesetzt in ihrer Arbeit fort. Endlich errichtete der Teufel einen Galgen und schrie dem einen zu: »Du, mit dem Leinwandkittel! Hieran sollst du hängen.« Da rief der Angeredete in Todesangst: »Ach meine arme Frau und Kinder.« Kaum hatte er das gesprochen, so versank der Schatz in die Erde zurück, und die Leute hatten das Nachsehen.

*Aus Mesow, Kr. Regenwalde: Mitgeteilt durch Herrn Prof. E. Kuhn.*

## 381. Der Schloßschatz zu Daber.

Im Burgverließ der Ruine zu Daber liegt ein Schatz in einem Kasten, bewacht von einem Hunde. Nur ein Herr von Dewitz kann diesen Schatz heben, und zwar muß derselbe sechs Finger an jeder Hand und sechs Zehen an jedem Fuße haben. Wie er es aber anzustellen hat, und warum das alles so ist, weiß niemand.

*Ebendaher.*

## 382. Die drei Schippen voll Kohlen.

Ein Mädchen sah in der Nacht beim Pferdehüten nicht weit von sich ein Feuer brennen. Da es kalt war, ging sie näher, um sich daran zu wärmen. Doch wie erschrak sie, als sie neben dem Feuer zwei große schwarze Männer stehen sah. Die thaten aber sehr freundlich, winkten die Dirne zu sich heran und geboten ihr, die Schürze aufzuhalten; sodann warfen sie ihr drei Schippen voll glühender Kohlen hinein und hießen sie wieder gehen mit den Worten:

»Daran wärme dich nur.« Am andern Morgen schaute das Mädchen nach und siehe, alle Kohlen hatten sich in blankes Goldgeld verwandelt.

*Ebendaher.*

## 383. Der tote Hund.

Ein Knecht träumte drei Nächte hintereinander, daß er an einer gewissen Stelle zur Nachtzeit einen großen Schatz finden würde. Er fürchtete sich jedoch, der erhaltenen Weisung zu folgen, erzählte aber den Traum seinen Mitknechten. Die beredeten sich, daß sie, ohne dem andern etwas davon zu sagen, hingehen und sich den Schatz zueignen wollten. Und so thaten sie auch.

Als sie nun an dem bezeichneten Platz anlangten, fanden sie nichts als einen toten Hund. Den warfen sie voll Unmuts weit fort, ohne auf das Stöhnen zu achten, das von dem Aase ausging. Sodann machten sie sich auf den Heimweg, wobei sie gar zornige Reden führten, wie: »Er soll es uns wohl bezahlen, daß er uns so zum Narren gehabt hat«, und dergleichen mehr.

Der, den sie also bedrohten, lag indessen ruhig im Bette und schlief. Wie aber erstaunte er, als er am andern Morgen erwachte und einen großen Sack voll Geld neben seinem Lager fand. So war der Schatz doch an den gekommen, für den er bestimmt war.

*Ebendaher.*

## 384. Der tote Schimmel.

Ein Mann sah auf dem Felde ein blaues Flämmchen »spielen«. Schnell warf er seinen Stiefel auf die Stelle, grub nach und stieß auf eine eiserne Kiste. Da er dieselbe allein nicht fortbringen konnte, ging er eilends nach Hause und bat seinen Nachbar, daß er ihm sein stärkstes Paar Pferde leihen möge. Während er noch mit dem Anspannen beschäftigt war, sah er mehrere Bauern hinaus auf's Feld gehen. Er besorgte, sie möchten der Kiste ansichtig werden und sie für sich behalten; darum fuhr er so schnell wie möglich hin und traf auch wirklich die Bauern, wie sie in weitem Kreise um den Platz standen.

Unruhig sprang er ab, aber, o Wunder, da lag nicht eine Kiste, sondern ein toter Schimmel, der statt des Schwanzes einen Stiefel hatte. Das war des Teufels Werk, der den Schatz nicht herausgeben wollte und ihn darum in das tote Pferd verwandelt hatte. Nur dem Stiefel, den der Bauer in die Flamme hineingeworfen, hatte der Böse seine wahre Gestalt nicht nehmen können. Der Mann ließ sich auch durch das Blendwerk durchaus nicht beirren, faßte zu und ergriff den Schimmel, lud ihn auf seinen Wagen, brachte ihn glücklich nach Hause und ward durch das gefundene Geld ein steinreicher Mann.

*Ebendaher.*

## 385. Der verkleidete Teufel.

Ein blutarmer Mann wanderte um Mitternacht bei Sturm und Regen die Landstraße entlang. Mit einem Male sah er drei Säcke vor sich stehen, die mit Feldfrüchten gefüllt schienen. Er band den mittelsten auf und fand Bohnen darin. »Das ist gut für den Hunger«, sprach er erfreut, »und der den Sack verloren hat, wird ihn wohl nicht so nötig brauchen, wie ich.« Damit nahm er ihn auf den Rücken und eilte mit ihm in seine Hütte, wo er den Fund seiner Frau wies.

Ja, da waren keine Bohnen mehr darin, sondern alles hatte sich in blitzblanke, funkelnde Goldstücke verwandelt. Nun konnte der arme Mann aber nicht zählen, und doch hätte er gar zu gerne gewußt, wieviel Geld ihm das Glück zugewandt habe; er schickte deshalb seinen Sohn zu dem reichen Nachbarn mit der Bitte, ihm ein Scheffelmaß zu leihen. Der Reiche dachte: »Was mag der arme Tropf zu messen haben?« nahm das Scheffelmaß und bestrich seinen Boden mit Honig, bevor er's dem Jungen gab. Der lief damit zu seinem Vater und brachte es, nachdem es genug gebraucht war, mit schönem Dank wieder zurück.

Der Reiche war aber ein recht schäbiger Geizhals. Er beschaute das Gefäß von allen Seiten, und was sah er auf der mit Honig bestrichenen Seite? – Dort klebte ein glänzendes Goldstück. Der blasse Neid stieg ihm bei diesem Anblick in das Gesicht, und es würgte ihn ordentlich, wenn er nur an seinen Nachbar dachte. Es ließ ihm auch nicht eher Ruhe, als bis er eine List ausgesonnen hatte, wodurch er den Schatz an sich zu bringen vermeinte.

Zu dem Zwecke verkleidete er sich, als es Abend geworden war, gar scheußlich, hing sich ein schwarzes Ochsenfell über die Schultern, ging dann zum Nachbarn ans Fenster und schrie mit fürchterlicher Stimme hinein: »Gieb das Geld heraus, was du mir gestohlen hast!« Da glaubte der Arme, der leibhaftige Teufel stünde draußen, und erschrak aufs heftigste; »denn«, dachte er, »sicherlich geht es an dein Leben, wenn du ihm nicht den ganzen Schatz herausgiebst. Wie kannst du das aber, da du schon einen guten Teil davon verbraucht hast?« Er rief also in seiner Herzensangst den vor dem Fenster an, sich doch zu gedulden und den folgenden Tag wieder zu kommen, dann solle er gewißlich alles haben. »Thust du's aber nicht, so hol' ich dich«, entgegnete darauf der andere und ging.

Den zweiten Abend kam der böse Mensch wieder mit derselben Forderung. Weil der Arme jedoch von neuem um einen Tag Aufschub flehte, so begnügte er sich auch diesmal mit einer Drohung. – Nun trug's sich zu, daß am folgenden Abend, als der Arme niedergeschlagen in seiner Hütte saß und sann, wie er sich vor dem Teufel retten möchte, ein Wandersmann, ein kleines Kerlchen mit langem, grauem Bart, an seine Thüre pochte und um Nachtherberge bat. Der Arme gewährte sie ihm gerne, »doch«, setzte er hinzu, »müßt ihr vorlieb nehmen und auf der Ofenbank schlafen; denn ein Bett habe ich nicht.« Der Fremde war damit zufrieden und trat ein.

Als er nun die bekümmerte Miene seines Wirtes sah, fragte er, was ihm denn widerfahren sei, daß er so traurig aussehe, und ruhte nicht eher, bis er ihm alle seine Sorgen mitgeteilt hatte. Indem klopfte es an das Fenster, und der böse Nachbar erschien zum drittenmale in seiner Teufelsgestalt. »Bleib' nur hier«, sagte darauf das Männchen zu seinem Wirt, »ich werde schon alles besorgen« und schritt zur Thüre hinaus.

Draußen vor dem Hause erhub sich alsbald ein schreckliches Geschrei, das aber nach kurzer Zeit wieder verstummte. Bestürzt eilte der Arme hinaus, fand jedoch nichts als ein schwarzes Ochsenfell, das im Wege lag.

*Ebendaher und mündlich aus Kunow, Kreis Cammin.*

### 386. Teufel als Pferd.

Ein Mann aus Zebbin ritt gegen Abend nach Wollin, um dort Pferde zu verkaufen. Unterwegs gesellte sich zu seinen Tieren ein wunderschönes, schwarzes Roß. Da es herrenlos war, ließ er es mitlaufen und brachte es in Wollin mit den übrigen Pferden in den Stall.

Als er nun am andern Morgen seine Pferde verkauft hatte, führte er die Leute in den Stall, um auch das schwarze Roß zu besichtigen. Alle fanden das Tier tadellos, so daß es viele Käufer fand. Als ihm jedoch ein Mann in die Augen sah, wurde er gewahr, daß dieselben feuerrot waren; es konnte also niemand anders sein, wie der leibhaftige Teufel. Wie er aber seinen Kameraden diese Entdeckung offenbarte, entsprang das Pferd aus dem Stalle und war verschwunden. Hätte man ihm drei Kreuzknoten in den Schwanz geschlagen, so hätte der Teufel ein Pferd bleiben müssen für immerdar, bis ihm jemand die Knoten wieder gelöst hätte.

*Mündlich aus Zebbin, Kreis Cammin.*

### 387. Teufel holt einen alten Mann.

Einst lebte in Nemitz ein alter Mann, mit dem niemand gerne etwas zu thun haben mochte. Wie nun einmal alle Leute des Dorfes draußen bei der Ernte waren, fuhr eine vierspännige Kutsche in den Ort hinein und hielt vor der Hütte dieses Mannes an. Zurückfahren hat sie keiner gesehen, und doch war sie verschwunden.

Als die Dorfbewohner am Abend von der Arbeit heimkehrten, sahen sie darum in der Wohnung des Alten nach, und da stand er mit dem Kopfe nach unten in dem Ofen und war ganz schwarz gebrannt. Schnell schaffte man einen Sarg herbei, um die Leiche möglichst bald zu beerdigen. Wie sie aber in den Schrein gelegt werden sollte, war sie trotz alles Suchens verschwunden. Da nahm man statt des Toten Feldsteine und packte sie in den Sarg. Doch auch jetzt wollte sich der Teufelsspuk noch nicht geben; denn sechszehn starke Pferde konnten nur mit größter Anstrengung den Leichenwagen bis zum Friedhof hinausschaffen.

*Mündlich aus Nemitz, Kreis Cammin.*

### 388. Der Große-Stein bei Gristow.[40]

Der Große-Stein bei Gristow ist ein rechter Teufelsstein. Als Bischof Otto von Bamberg nämlich in Cammin die erste Kirche baute, war der Teufel, welcher damals in dem Walde von Gristow hauste, auf alle Weise bemüht, das Werk zu zerstören. Er warf deshalb mit Steinen darnach; aber Gott verhütete es, daß sie ihr Ziel nicht erreichten. Der Große-Stein nun ist auch einer von diesen Felsblöcken, ebenso wie die bei Gristow umherliegenden Steine, und man sagt noch heute, daß sie der Teufel »geklütert« habe.

Es giebt aber auch Leute, die nichts von dieser Geschichte wissen wollen und erzählen, der Teufel habe ganz und gar nichts mit dem Großen-Stein zu thun. Der sei vielmehr auf folgende Weise in den Camminer Bodden gekommen: Vor Zeiten wetteten zwei Riesen in Schweden, wer wohl am stärksten sei, und jeder von ihnen warf einen Felsblock. Der Stein des ersten fiel in den Bodden, woselbst er noch heute liegt, und ist eben der Große-Stein. Wohin der andere gefallen ist, weiß man nicht mehr so genau zu sagen. Einige behaupten, er läge in der Ostsee, andere dagegen geben an, er sei noch viel weiter geflogen, wie der Große-Stein, und befinde sich irgendwo auf der Insel Wollin.

*Mündlich aus Cammin.*

### 389. Otto von Bamberg und der Teufel.

Als Bischof Otto von Stettin zu Schiff über das Haff zog, um denen in Wollin das Evange-
lium zu verkünden, war der Teufel gerade zum Besuch bei seiner Großmutter, in der Nähe
des jetzigen Ottoberges bei Gaulitz. Da erhielt er mit einem Male die Botschaft: »Der
Bischof von Bamberg kommt, um die Wolliner zu bekehren.«

Sowie mein Teufel dies hört, nimmt er rasch die Schürze seiner Großmutter, bindet sie
sich um, kratzt in der größten Hast so viel Erde mit seinen Händen zusammen, als nur in
die Schürze hineingehen will, und nun geht's spornstreichs quer über das Feld nach der
Dievenow, um dieselbe zuzudämmen und dem Bischof Otto die Durchfahrt zu versperren.
Aber leider hatte Großmutters Schürze ein Loch, und es war unterwegs so viel Erde herausgefallen, daß der Teufel nicht im Stande war, die Durchfahrt zu versperren, er konnte sie nur
verengen. Darum giebt's zwischen Gaulitz und der Insel Wollin so viel flaches Wasser, und
das Strombett ist so schmal, und die Schiffe müssen sich rechts und links winden, wie ein
Aal, um durchzukommen.

Doch Bischof Otto segelte wohlgemut durch das offen gelassene Loch weiter in den
Wolliner Strom hinein, und Gott segnete seine Arbeit an den Einwohnern, so daß er bald
auf dem größten Haufen Erde, der aus des Teufels Schürze gefallen war, und der heut der
Ottoberg genannt wird, die ersten Wolliner taufen konnte. Auch zeigt man in der Nähe des
Ottoberges bis auf diesen Tag die Stelle, wo der Teufel die Erde in seine Schürze gekratzt
hat. Jetzt ist's ein kleiner See und wird das S c h w e r t genannt.

*Das liebe Pommernland. III. S. 272.*

## 390. Die vier Rappen.

Es war einmal ein hartherziger Edelmann, ein rechter Leuteschinder, der nichts lieber that, als seine Bauern und Tagelöhner an allen Ecken und Enden zu plagen und zu drücken. Eines Tages versetzte ihn ein geringes Vergehen seines braven Gärtners in den fürchterlichsten Zorn, und er schwur mit tausend Eiden, er wolle den Mann mit Hunden aus seinem Hofe hetzen und ihn nie wieder zu Gnaden annehmen, wenn er ihm nicht den großen Baum vor dem Schlosse innerhalb zwei Stunden fällen und vor die Thüre schaffen würde.

Der arme Gärtner weinte die bitterlichsten Thränen. Niemand durfte ihm helfen, Pferde oder Ochsen standen ihm nicht zu Gebote, was sein Herr von ihm verlangte, war also ein Ding der Unmöglichkeit. Schon war eine Stunde vergangen, und immer noch saß der unglückliche Mann ratlos unter dem mächtigen Baume, als plötzlich ein Gefährt auf ihn zu fuhr, mit vier kohlschwarzen Rappen bespannt und von einem kleinen, grauen Männchen mit langem Barte geleitet.

»Willst du den Baum mit oder ohne Wurzeln auf das Schloß gebracht haben?« fragte der Graue, und ehe er noch die Antwort des Gärtners abgewartet hatte, holte er schon eine hölzerne Hacke hervor und schlug damit rund um den Stamm auf den Erdboden. Sogleich stürzte der Baum um, und nur ein Würzelchen haftete noch in dem Erdreich. »Die Wurzel mußt du durchschlagen, dazu bin ich nicht im stande«, hub das Männchen von neuem an, und der Gärtner gehorchte schweigend und schnitt sie mit der Axt durch.

Darauf ergriff der Graue den Baum mit beiden Händen, warf ihn auf den Wagen und trieb die vier Rosse an. Aber die Last war ihnen zu schwer und sie konnten nicht von der Stelle. Hui, wie sausten da die Peitschenschläge auf ihre Schenkel und Nacken, und das half auch; denn nun rasten die Tiere, indem sie helle Feuerflammen aus den Nüstern bliesen, mit dem Wagen den Berg hinauf, durch den Thorweg auf den Schloßplatz, wo sie zitternd und bebend vor der Hausthür haltmachten.

Der Edelmann schaute gerade zum Fenster heraus, als dies geschah, und war vor Schreck wie versteinert. »Schöne Pferde, nicht wahr?« rief das graue Männchen zu ihm hinauf; »hier, die beiden sind dein Vater und deine Mutter; und die Vorderpferde, das sind deine Großeltern. Wenn du und dein Weib euch nicht bessert, so werde ich wohl bald mit sechsen fahren.« Sprach's und verschwand, und mit ihm verschwanden die unheimlichen Rappen und der Wagen, so daß allein der entwurzelte Baum vor der Hausthür noch an das grause Ereignis erinnerte.

Der Edelmann nahm sich die Sache sehr zu Herzen und ward von Stund an ein neuer Mensch. Dem Gärtner aber schenkte er seinen Hof zum freien Eigen, und der lebte darauf glücklich und zufrieden sein lebelang.

*Mündlich aus Kunow, Kreis Cammin.*

## 391. Der Teufel stellt Tänzern und Spielern nach.

In Kratzig, im Kreise Fürstentum, tanzten die Burschen mit den Mädchen in wilder Lust und hatten auf diese Weise schon den größten Teil der Nacht zugebracht. Da öffnete sich die Thüre und herein trat ein schmucker Offizier. Die Musikanten spielten gerade zum Damenpolka auf, und eins von den Mädchen ging auch sogleich auf den stattlichen Fremdling zu und forderte ihn für sich zum Tänzer. Der Offizier war dazu bereit und tanzte so schön, wie kein andrer in der Gesellschaft. Aber, als die Musik zu Ende war, führte er nicht, wie die andern alle, sein Mädchen wieder auf ihren Platz, nein, er wirbelte sie immer schneller im Kreise herum und hörte trotz ihrer Bitten nicht auf, so daß sie nahe daran war, atemlos zusammen zu brechen.

Jetzt ward den Leuten unheimlich zu Mute, sie sahen genauer zu und wurden gewahr, daß der fremde Herr kein anderer sein konnte, als der Teufel selbst; denn er hatte einen Menschen- und einen Pferdefuß. Da überfiel sie Todesangst, und die Musikanten spielten in ihrem Schrecken statt der leichtfertigen Tanzweisen den Choral: »Der lieben Sonnen Licht und Pracht«. Das hielt der Böse nicht aus; er entfloh und fuhr zum Fenster hinaus, riß aber dabei dem armen Mädchen ein großes Stück aus ihrem Hinterteil heraus, daß ihr von der Zeit an jede Lust zum Tanzen für alle Zeit gründlich verdorben war.

Das genannte Gesangbuchslied hat noch in vielen anderen Fällen seine guten Dienste gethan. In dem Dorfe Kicker im Kreise Naugard spielen drei Burschen Karten. Kommt ein vierter dazu, den niemand kannte. Er verlangt, mitspielen zu dürfen, und es wird ihm auch gewährt. Nicht lange darauf öffnet sich die Thür, und ein mächtiger Ochse schreitet auf den Hinterbeinen herein. Da erkennen sie, daß sie mit dem Teufel Karten gespielt haben, singen: »Der lieben Sonnen Licht und Pracht«, und die beiden bösen Geister fahren zum Fenster hinaus auf Nimmerwiedersehen. Sie haben bei dieser Gelegenheit jedoch das Fensterkreuz mit herausgerissen, und kein Mensch ist bis auf den heutigen Tag im stande gewesen, dasselbe wieder einzufügen.

Ein anderes Mal wurde in Kratzig der Teufel von den Spielern daran erkannt, daß einer von ihnen, als er sich unter den Tisch bückte, des Pferdefußes ansichtig wurde. Man sang den Choral, und der Böse verduftete unter Erzeugung eines so abscheulichen Gestankes, daß es in der Stube ein ganzes Jahr lang kein Mensch auszuhalten vermochte.

Bei dem schon oben erwähnten Dorfe Kicker nahmen der Teufel und seine Großmutter, die ein gottloser Gutsbesitzer der dortigen Gegend unter dem Ausstoßen gotteslästerlicher Flüche zu sich zum Kartenspiel geladen hatte, den Eckstein des Herrenhauses mit sich fort, als sie durch das Lied: »Der lieben Sonnen Licht und Pracht« in die Flucht gejagt waren. Auch diesen Stein hat niemand wieder einsetzen können. Was am Tage gearbeitet wurde, fiel in der Nacht wieder zusammen.

*Mündlich aus Kratzig, Kreis Fürstentum, und Kicker, Kreis Naugard.*

## 392. Der Schatz in Latzig.

In dem Dorfe Latzig, welches etwa eine Meile von Köslin entfernt liegt, soll hinter der herrschaftlichen Scheune der Böse umgehen. Vor ungefähr zwanzig Jahren spielten dort einige Kinder. Als sich der eine Junge hinter dieser Scheune verstecken wollte, sah er dort eine Menge Gold-, Silber- und Kupfermünzen aufgezählt liegen. Ganz erstaunt rief er da aus: »Ach dû meines, wat vôa vêl Jild!« Kaum hatte er aber diese Worte gesagt, so war auch schon wieder alles verschwunden. Nur drei Kupferdreier, welche der Knabe noch schnell mit der Hand aufgerafft hatte, sind von dem Schatze gerettet. Diese Münzen befinden sich bis auf den heutigen Tag in dem Besitz der Familie.

*Mündlich aus Kratzig, Kr. Fürstentum.*

### 393. Die Schäferstochter.

In ganz Pommern erzählt man sich die Sage von einem Schäfer, dessen Tochter vor der Hochzeit zu dreien Malen niedergekommen war. Um der Schande zu entgehen, hatte sie die armen Würmer umgebracht und trat darum, als sie sich endlich mit einem braven Burschen vermählte, dreist in dem grünen Ehrenkranze vor die Hochzeitsgäste. Doch Gottes wunderbare Fügung hatte eins der drei Kinder am Leben erhalten, und das erschien nun während des Mahles vor der Mutter als Kläger wegen des dreifachen Mordes. Die Schäferstochter legte sich auf's Leugnen und rief: »Wenn meine Worte nicht wahr sind, so hole mich zur Stunde der Teufel!« Kaum hatte sie ausgesprochen, so erschien der Böse und nahm sie mit sich.

Diese Sage wird in der Kösliner Gegend noch bis auf den heutigen Tag als Volkslied gesungen:

> Es trieb ein Schäfer oben hinaus,
> Er trieb wohl in den grünen Wald.
>
> Ein Kindlein hört er schreien.
> ›Ich hör' dich schreien, aber seh' dich nicht.‹
>
> »Ich bin im hohlen Baum versteckt,
> Mit Dorn und Disteln zugedeckt.«
>
> ›Wer hat dich denn darin gespeist?‹
> »Mich hat gespeist der heilige Geist.
>
> Ach Schäfer, nimm mich mit nach Haus',
> Deine Tochter soll meine Mutter sein.«
>
> ›Wie kann sie deine Mutter sein,
> Sie trägt ja heut' den grünen Kranz?‹
>
> »Trägt sie ja heut' den grünen Kranz?
> Drei Söhnelein hat sie geboren:
>
> Den einen hat sie in's Meer geworfen,
> Den andern in den Mist gegraben,
>
> Und mich im hohlen Baum versteckt,
> Mit Dorn und Disteln zugedeckt.«
>
> Er nahm das Kind wohl auf den Arm
> Und ging damit vor's Hochzeitshaus.
>
> »Guten Tag, guten Tag ihr Hochzeitsgäst'!
> Hier sitzt meine Mutter im Winkel fest.«

»»Wie kann ich deine Mutter sein?
Ich trag' ja heut' den grünen Kranz.««

»Trägst du ja heut' den grünen Kranz?
Drei Söhnelein hast du geboren:

Den einen hast du in's Meer geworfen,
Den andern in den Mist gegraben,

Und mich im hohlen Baum versteckt,
Mit Dorn und Disteln zugedeckt.«

»»Ei, so wollt' ich, daß der Kuckuck käm'
Und mir den grünen Kranz wegnähm'.««

Der Kuckuck vor dem Fenster saß
Und ihr den grünen Kranz abnahm.

Sie schrie: »»O weh', mein waises Herz!««
Sie schrie: »»O weh', mein waises Herz!

Hätt' ich das Kind mit Recht geboren,
So wär' ich nimmermehr verloren.««

*Mündlich aus Kratzig, Kreis Fürstentum.*

## 394. Bauer will den Teufel betrügen.

Ein Bauer war in seiner Wirtschaft sehr heruntergekommen und machte in seiner Not mit dem Teufel einen Pakt. Hülfe ihm der Böse ein volles Jahr redlich, so solle er dafür seine Seele bekommen. Der Teufel ging auf den Handel ein und hielt auch Wort. Als nun das Jahr um war und der Böse die Seele des Mannes mit sich in die Hölle nehmen wollte, brachte ihm dieser einen großen Haufen Strohseile von den Strohbünden, welche er beim Häckselschneiden verbraucht hatte, und sagte, er habe nicht »Sêle« sondern »Sêile« verstanden.

Der Teufel war darüber sehr ärgerlich, ließ sich aber schließlich doch bereden und machte einen neuen Pakt mit dem Bauern auf die gleichen Bedingungen. Als dieser nun nach Jahresfrist mit derselben Ausrede kam, antwortete der Böse: »Diesmal lasse ich keine Entschuldigungen gelten!« und flog mit der Seele davon.

*Ebendaher.*

## 395. Das Kontraktbuch des Teufels.

Der Teufel ging einst in Menschengestalt durch das Land, und da gerade große Teuerung war, so redete er den Leuten allerhand vor: Die Zeiten seien schlecht, sie könnten nicht recht leben. Nun brauchten sie sich nur in seinem Buche zu unterschreiben, dann würde er sie alle reich machen.

So kam der Teufel auch zu einem armen Tischler und forderte ihn auf, seinen Namen in das Buch einzutragen. Dieser ahnte aber, daß es der Böse sei, und antwortete, er möge das Buch doch ein wenig liegen lassen, im Augenblick habe er nicht recht Zeit, nachher aber wolle er sogleich unterzeichnen. Der Böse wollte sich anfangs nicht darauf einlassen, schließlich ließ er sich jedoch überreden. Der Mann aber nahm das Buch und schrieb hinein: Das Blut Jesu Christi, des Sohnes Gottes, macht uns rein von aller Sünde. 1. Joh. 1, 7.

Als der Teufel nun zurückkam, konnte er das Buch nicht vom Tische aufheben, so sehr er sich auch anstrengte. Er mußte dasselbe im Besitz des Tischlers lassen, und alle die, welche sich schon unterschrieben hatten, waren auf diese Weise noch einmal gerettet.

*Ebendaher.*

## 396. Schätze bei Ritzig.
### I.

Bei Ritzig hatte man oft Geld brennen sehen, und ein Mann beschloß, dasselbe herauszulesen. Weil nun zum Schatzlesen dreizehn Personen nötig sind, nahm er zwölf Leute mit, beschrieb um den Ort, wo das Geld immer gebrannt hatte, mit vielen Kreuzen einen Kreis und stellte sich mit seinen Genossen hinein. Vorher ermahnte er dieselben noch eindringlich, ja nicht zu sprechen oder aus dem Kreise herauszutreten.

Nachdem dies alles geschehen war, begann er in einem Buche zu lesen, und der Teufel mußte selbst den Schatz herbeischleppen; doch suchte er auf alle Weise einen von den Schatzgräbern über den Kreis zu bringen. Er fuhr an einen nach dem andern heran und rief: »Dat Jild schall jû, âwer ein von juch wick mî nême.« Die beiden ersten ließen sich durch diese Drohungen nicht schrecken; als aber der Böse zu dem dritten sagte: »Sô, dî krij ik doch ganz gewis«, da geriet dieser dermaßen in Furcht, daß er umfiel und mit dem Kopf aus dem Kreise herausragte. In demselben Augenblick waren aber auch Teufel und Schatz verschwunden.

### II.

Ein anderer Mann ging einst des Nachts über die Ritziger Feldmark und sah dort etwas brennen. Sofort vermutete er, es sei ein Schatz, und schnell entschlossen warf er sein Kreuzmesser in die Flamme und eilte dann schleunigst in seine Wohnung zurück. Wie er sich nun am andern Morgen wieder auf die Stelle begab, sah er sein Messer auf einem großen Haufen Geld liegen. Erfreut über den reichen Fund schrie er laut auf; da war von dem Schatz mit einem Male nichts mehr zu sehen, nur das Messer lag noch da.

Immerhin ging's ihm noch besser, wie einem Bauern aus demselben Dorfe, der zeitlebens viel von Schätzen gehört, aber noch niemals welche zu Gesicht bekommen hatte. Endlich sah er eines Nachts auf dem Felde einen Schatz brennen. Flugs zog er seine neuen, hirschledernen Handschuhe von den Händen, warf sie auf die glühenden Kohlen und eilte nach Hause. Am andern Morgen lagen zwar die Kohlen noch immer auf derselben Stelle, aber die

Handschuhe waren zu Asche verbrannt; denn der vermeintliche Schatz war nur ein verglimmendes Hirtenfeuer gewesen, welches die Hütejungen, um sich zu wärmen, am Abend auf den Stoppeln angezündet hatten.

*Mündlich aus Ritzig, Kreis Schiefelbein.*

## 397. Edelmann hebt einen Schatz.

Ein Edelmann hatte so viel Schulden, daß er nicht wußte, wie er sich vor seinen Gläubigern retten sollte. Da wurde ihm erzählt, in der Nähe seines Gutes sei ein Schatz vergraben; doch der Teufel mache den Geldkasten so schwer, daß ihn bis jetzt kein Mensch habe herausheben können.

Der Herr dang nun viele Arbeiter, ließ ein großes Gerüst bauen und begann mit Flaschenzügen den Schatz in die Höhe zu winden. Der Böse versuchte das Werk auf alle Weise zu vereiteln. Er erschien mit seinen Gesellen, errichtete über dem Gerüst einen Galgen und stürzte sich dann auf einen Schatzgräber nach dem andern, indem er so that, als wolle er sie anhenken. Doch die Leute erschraken und sprachen nicht, denn der Herr hatte ihnen vorher das größte Stillschweigen befohlen und dabei offenbart, daß in Wirklichkeit der Teufel keinem etwas anhaben dürfe.

Während der Böse durch sein Blendwerk die Männer zu täuschen suchte, las der Herr eifrig in einem aufgeschlagen vor ihm liegenden Gebetbuche, bis der Kasten über den Rand der Grube gewunden war. Da war es auch mit des Teufels Macht über den Schatz aus, und er verschwand. Der Herr aber bezahlte mit dem Gelde seine Schulden und behielt noch so viel übrig, daß er fortan sorgenfrei leben konnte.

*Ebendaher.*

## 398. Der Fischer und der Teufel.

Die Gegend, in der die Dörfer Lubow, Rakow und Zicker liegen, heißt allgemein das Satansreich; denn hier hat sich eine Unzahl von Teufelsgeschichten zugetragen.

Einst fischte ein armer Fischer auf dem Lubowsee und konnte nichts fangen. Traurig setzte er sich an den Strand, als ein feiner Herr an ihn herantrat, um Fische zu kaufen. Wie er diesem nun seine Not klagte, daß er nicht einmal zum Essen genug habe, forderte ihn der Fremde auf, von neuem auszuwerfen. Nach langem Zureden that das der Fischer auch, und das Netz schien wieder ganz leicht; als er es jedoch in die Höhe brachte, war es voll großer und kleiner Fische.

Darauf sagte der Fremde, so viel sollst du täglich fangen, wenn du mir deinen vierjährigen Sohn an dem Tage, da er zwölf Jahre alt wird, übergiebst. Der Mann sah wohl ein, daß er es mit dem Bösen zu thun habe, und zögerte lange; dann erwog er aber wieder seine große Armut, und so ging er schließlich den Pakt ein und unterschrieb eine Schrift mit dem eigenen Blute.

Von nun an wurde der Fischer mit jedem Tage reicher, und da er sonst einen guten Lebenswandel führte, war er auch allgemein geachtet. So vergingen einige Jahre. Der junge Sohn des Fischers war indessen ein frommer und kluger Knabe geworden, an dem alle Leute ihre Freude hatten. Je älter der Sohn aber wurde, um so trauriger wurde der Vater. Fragte man ihn, warum er so betrübt sei, so gab er stets zur Antwort: »Dit is alles gaud, åwer wenn dat nich sô waer, as dat is.«

Seine Frau und der Junge hatten ihn schon oft gequält, was er damit besagen wolle, waren aber immer schroff zurückgewiesen worden. Als der Sohn nun in das zwölfte Jahr kam, und der Vater wieder einmal ausrief: »Dit is alles recht gaud, åwer wenn dat nich sô waer, as dat is«, da sagte der Knabe: »Vater, entweder bist du von Sinnen oder das ist der Teufel.« Da konnte der Fischer sein Geheimnis nicht länger zurückhalten und erzählte die ganze Geschichte.

Doch der Junge war gar nicht traurig darüber, sondern lachte, wies auf sein Hinterteil und sagte: »Ich habe den Kontrakt nicht gemacht; dir kann der Teufel nichts anhaben, und mich kann er nicht holen.« Er erzählte darauf die Sache dem Lehrer und der wieder dem Pastor. Letzterer meinte nun, so ganz einfach wäre das doch nicht. Der Knabe solle ein Stück aus dem Alten Testament und eins aus dem Neuen auswendig lernen, an seinem dreizehnten Geburtstage in die Kirche gehen, sich mit der Bibel vor den Altar setzen und die beiden Abschnitte lesen. Er solle sich aber hüten, ja nicht dem Teufel auf die erste Frage zu antworten.

Der Junge that so, wie ihm der Pastor befohlen hatte, und zu derselben Stunde, wo er vor zwölf Jahren geboren war, trat der Teufel in die Kirche hinein und fragte ihn, ob er mitkommen wolle. Als er hierauf keine Antwort erhielt, fragte der Teufel weiter, was er denn thue. Da las ihm der Junge die beiden Bibelstücke vor und sagte sodann: »Du dummer Teufel, jetzt werde ich dir drei Rätsel aufgeben: »Was ist süßer denn Honig?«... (Die beiden andern Rätsel waren dem Mann, der die Sage erzählte, entfallen). Kannst du diese in einer halben Stunde raten, so will ich dir angehören.« Die Zeit war verflossen und der Böse hatte keins von den Rätseln erraten. Rief der Junge: »Du dummer Teufel, nach der Arbeit ruhen ist süßer denn Honig.«

Mittlerweile war jedoch die Stunde verflossen, in welcher der Böse dem Knaben etwas anhaben konnte, und er mußte wieder in die Hölle zurück; der Junge aber war gerettet.

*Ebendaher.*

## 399. Die großen Steine bei Groß-Tychow und Burzlaff.

Auf dem Felde von Groß-Tychow, südöstlich von Belgard, sieht man einen ungeheuer großen Stein, der ebenso tief noch in der Erde liegt, als er über derselben erhaben ist. Seine Höhe beträgt aber neun Fuß; oben ist er ganz platt, und nach Nordosten zu dacht er sich schräg ab. Er ist so groß, daß man vierundfünfzig Schritte machen muß, wenn man rund um ihn herum gehen will, und die Fuhrleute sagen, man könne mit einem Viergespann oben auf seiner Platte umwenden. Ein anderer großer Stein lag früher bei dem Dorfe Burzlaff, welches eine gute Strecke von Groß-Tychow entfernt ist. Von diesen beiden Steinen erzählt man sich, der Teufel habe sie dahin geworfen, und das soll sich folgendermaßen zugetragen haben:

In Groß-Tychow lebten einmal Herren, die mit dem Teufel einen Pakt machen und sich ihm verschreiben wollten. Zu dem Zwecke hatten sie sich schon mit dem Bösen näher eingelassen, und der hatte ihnen viel Geld und Gut versprochen und sie, um die Sache ins reine zu bringen, in einer Nacht nach Zadkow, etwa eine Dreiviertelmeile von Groß-Tychow, bestellt. Dort sollten sie ihn auf dem großen Steine treffen, der dicht bei dem Dorfe lag.

Als aber die betreffende Nacht herankam, da wurde den Tychower Herren die Geschichte bedenklich, und sie sahen ein, eine wie große Sünde sie gegen den lieben Gott zu begehen vorhätten. Sie ließen daher den Priester zu sich rufen und vertrauten ihm ihre Not an und baten ihn, daß er statt ihrer zu dem großen Stein nach Zadkow gehen und dem Teufel sagen möchte, die Sache sei ihnen wieder leid geworden. Der Pastor war ein frommer, kluger Mann und übernahm den Handel. Er schlug ein Kreuz und bat den lieben Gott, daß er ihm beistehen möge, und dann machte er sich in der bezeichneten Nacht wohlgemut auf den Weg zu dem Steine.

Allda traf er den Teufel, der schon auf die Tychower Herren wartete. Der Geistliche hatte anfangs vorgehabt, dem Bösen geradezu die Geschichte zu erzählen und ihn aus der Gegend zu bannen; aber wie er so ganz allein vor ihm stand, so verging ihm doch sein Mut, und er sah ein, daß es besser sei, zur List seine Zuflucht zu nehmen. Er machte also dem Teufel allerlei Finten vor, woraus dieser nicht recht klug werden konnte. Und damit hielt er ihn auf, und die Zeit verstrich, bis auf einmal der Hahn in Zadkow zu krähen begann.

Da merkte der Teufel, daß er betrogen war, und voll Zorns warf er dem Priester vor, daß die Herren von Tychow ihn betrügen wollten. Der Priester hatte aber jetzt Mut bekommen und sagte dem Bösen geradezu ins Gesicht, daß die Herren in sich gegangen wären und nichts mehr mit ihm zu thun haben wollten. Darauf sah sich der Teufel wild um und wurde ganz grimmig und toll, und zuletzt nahm er den großen Stein, auf dem er gestanden, und warf ihn hoch durch die Luft, um die Herren in Tychow damit totzuschmeißen. In seinem Eifer war er aber zu ungeschickt gewesen, und der Stein fiel in zwei Teile. Der eine davon kam bei dem Dorfe Burzlaff zur Erde, eine halbe Meile von Zadkow, das größere Stück dagegen fiel eine Viertelmeile weiter hin, dicht bei Groß-Tychow.

Der letztere Stein liegt noch heute dort; das Stück aber, welches bei Burzlaff niederfiel, wurde später von einem Bauern genommen, der sich eine Scheunendiele davon verfertigte. Das große Loch, worin der Stein bei Zadkow gelegen, ist daselbst noch jetzt zu sehen und heißt die Fundelkuhle.

Einige Leute erzählen die Geschichte von den beiden Steinen anders. Der Teufel soll sich nämlich den großen Stein bei Zadkow in einem Sacke haben holen wollen. Weil nun der Sack ein zu enges Loch hatte, daß der Stein nicht hineinkonnte, so mußte er den Felsblock entzwei brechen. Dabei hielt er sich jedoch zu lange auf, und der Hahn begann gerade zu krähen, als er fertig war und den Stein in dem Sacke auf den Nacken nahm. Da fing er an, gewaltig zu laufen, und darüber riß in den Sack ein Loch, und er verlor das eine Stück von dem Steine bei Burzlaff und das andere auf dem Felde zu Tychow.

*Temme, Volkssagen Nr. 187 aus den Akten der Pomm. Gesellschaft für Geschichte und Balt. Studien II, 1, S. 168.*

## 400. Der Schatz in Alt-Draheim.

In dem Dorfe Alt-Draheim bei Tempelburg liegt eine Burgruine. Früher hatte dort der Starost sein festes Schloß. Das war ein harter Mann, und noch jetzt sagt man darum in der Umgegend von Tempelburg von einem Menschen, der einen unbeugsamen, starren Sinn hat: »Hei is schtarossisch.«

Bevor nun die Burg zerstört wurde, hat der Starost seine großen Schätze vergraben und das Geheimnis ihrer Lage mit sich in das Grab genommen. Nicht lange darauf träumte jedoch einem Tempelburger Bürger, er solle nur da und da in der Ruine nachgraben, so würde er den Schatz heben. Er ging auch hin, grub die Erde auf und wäre in den Besitz der Reichtümer gelangt, wenn er hätte schweigen können. Da er es aber nicht über sich zu gewinnen vermochte, den Mund zu halten, so nahm ihm der Böse den offen daliegenden Geldkasten vor der Nase wieder weg.

Ähnlich wie diesem Manne erging es noch vielen andern Tempelburgern, ja selbst Leuten, die, ebenfalls durch Träume bewogen, aus weiter Ferne nach Alt-Draheim gezogen waren. Endlich ist es aber doch einmal einem gelungen; denn er verstand es, dem Teufel Trotz zu bieten und bei dem Heben still zu schweigen. Gestanden hat er freilich niemandem, daß er den Schatz gehoben; doch wer könnte daran zweifeln, daß er es vollbracht? Arm zog er eines Abends zur Ruine, reich kam er am andern Morgen in die Stadt zurück, und, wo der Schatz gelegen, ist noch bis auf den heutigen Tag ein tiefes Loch zu sehen, welches früher nicht vorhanden war.

*Mündlich aus Tempelburg, Kreis Neustettin.*

## 401. Der Richter und der Teufel.

In einem Dorfe lebte ein armer Tagelöhner mit sieben Kindern. Kein Wunder, daß es so knapp zuging, wenn auch nicht hinzu gekommen wäre, daß der Gutsherr trotz der großen Kinderschar das zuständige Brotkorn nicht erhöhte. Als nun noch gar der Vater plötzlich starb, wollte die Not kein Ende mehr nehmen; die Wittwe konnte schon so sich mit ihren Kleinen kaum vor dem Hungertode bewahren und sollte jetzt noch aus ihren Mitteln heraus einen Ersatzmann stellen. Das ging nicht. Aber der Herr wußte Rat, er fuhr zum Richter in die Stadt, und der sprach, als sein guter Freund, dem armen Weibe ihre Kuh ab, damit sich der Gutsherr daran schadlos halte. Auch erlaubte er ihm, die Familie aus dem Dorfe zu vertreiben.

Die Frau siedelte nun in das Nachbardorf über, die Kinder wuchsen heran und konnten mit an die Arbeit gehen, so daß nach wenigen Jahren die Wittwe wieder an den Ankauf einer neuen Kuh denken konnte. Zu dem Zwecke wanderte sie am nächsten Johannismarkte in die Stadt.

Denselben Markttag war der ungerechte Richter früh aufgestanden, um sich ein wenig in der frischen Luft zu ergehen. Er stellte sich vor den Spiegel, bewunderte seine schmucke Gestalt und rief dann aus, wie stattlich sehe ich aus, und wie stolz darf ich sein, da auf mein Gebot hin alle Leute bei dem Namen des Herrgotts schwören müssen und ich trotzdem thun und lassen kann, was ich will. Sodann machte er sich auf den Weg.

Vor dem Thore begegnete ihm ein ebenso feiner Herr, wie er selbst war. Da derselbe ohne Gruß an ihm vorüber schritt, rief er ihm zu: »Warum grüßt er denn nicht? Bin ich ihm etwa nicht bekannt?« – »Gewiß kenne ich dich«, erwiderte jener. – »Nun, wie heißt er denn, da er so unverschämt gegen mich auftritt?« – »Das Beste wär's eigentlich, du erführst meinen Namen nicht; aber da du's wissen willst, so will ich ihn dir nicht verschweigen. Ich bin der Teufel und will mir am heutigen Johannismarkt holen, was mir von Rechts wegen zukommt.«

Der Richter war neugierig, was der Teufel wohl als sein rechtmäßiges Eigentum ansehen würde, da auch er die falsche Meinung hatte, der Böse handle nur unrecht, und bot sich deshalb dem Teufel zum Begleiter an. Es dauerte nicht lange, so begegneten sie einer Frau, welche ein Kind auf dem Arme trug und zwei andere an der Hand führte. Weil die Kleinen, um ihre Schaulust zu befriedigen, nun bald hier bald dort stehen blieben, so riß dem Weibe endlich die Geduld, und sie rief: »Ich wollt', daß euch der Teufel hole!«

»Nun, jetzt greif' zu«, sprach der Richter zum Teufel. »Nein«, erwiderte dieser, »ich darf nicht, denn es ist ihr nur im Ärger herausgefahren; es ist nicht ihr Ernst.«

Sie gingen weiter; da sahen sie einen Bauern, der ein störriges Schwein vor sich her trieb, um es auf dem Markte zu verkaufen. Da das Tier an jeder Ecke haltmachte und nicht weiter gehen wollte, rief der erboste Mann: »Verfluchtes Tier, hol' dich der Teufel!«

Als dies der Richter hörte, rief er: »Jetzt, lieber Teufel, greif' zu; denn wenn du auch dies laufen läßt, dann wirst du überhaupt nicht zu deinem Rechte kommen.« – »Nein«, sprach der Teufel, »auch das Schwein steht mir nicht zu. Der Bauer hat es Monate lang gemästet und muß von seinem Erlöse Schulden bezahlen. Es war ihm mit seiner Rede nicht Ernst. Ich werde doch noch zu dem Meinigen kommen.«

Unter diesen Gesprächen schritten sie auf den Kuhmarkt zu, wo gerade die Wittwe sich eine schöne Kuh erhandelt hatte. Kaum sah sie den Richter, so schrie sie: »O, du barmherziger Gott, der will mir gewiß auch diese Kuh absprechen! O, käme doch der Teufel und holte ihn!« – »Siehst du«, sagte darauf der Teufel zum Richter, »der ist's Ernst«, und sofort packte er seinen Begleiter bei den Haaren und flog mit ihm durch die Luft davon.

*Mündlich aus Sydow, Kreis Schlawe.*

## 402. Der geprellte Teufel.

In einem Dorfe lebten zwei Brüder, die ein sehr liederliches Leben führten. Als sie Hab und Gut verpraßt hatten, kam der Teufel zu ihnen und sagte; er wolle ihnen einen großen Haufen Geld geben, der nie alle würde. Nach Jahresfrist würde er darauf wieder kommen, und sie sollten ihm dann etwas zu thun aufgeben. Könne er dies vollbringen, so müßten sie ihm mit Leib und Seele angehören; vermöge er es auch nur bei einem von ihnen nicht, so würde er ihnen noch ebensoviel Geld dazu geben, als sie schon bekommen hätten.

Die Brüder gingen den Pakt ein. Der jüngere schaffte sich viele Pferde an und fuhr aus dem ganzen Lande die Steine auf einen Berg zusammen; der ältere dagegen kam jetzt erst recht nicht aus seinem wilden Leben heraus. Als nun nach Jahresfrist der Böse kam, befahl ihm der eine Bruder, mit dreimaligem Blasen den Steinhaufen aus einander zu pusten. Doch schon beim zweiten Male blies der Teufel den Sand mit den Steinen in die Höhe, und gar beim dritten war der halbe Berg mit verschwunden. Nachdem er dies gethan, nahm er den Mann mit sich und flog zu dem andern Bruder hin.

Der saß ruhig in der Schenke und kam erst nach längerem Zureden heraus. Als ihn nun der Teufel aufforderte, ihm seine Arbeit aufzugeben, ließ der Mann einen Wind fahren und sprach: »Fang mir diesen und schlag einen Kreuzknoten hinein!« Das war für den Teufel zu viel. Er mußte den jüngeren Bruder wieder zurückgeben und dazu noch einen großen Haufen Geld.

Man wird nun vielleicht denken, die Bedingung, einen Kreuzknoten zu schlagen, sei recht überflüssig gewesen; denn so wie so hätte der Teufel die Aufgabe nicht zu lösen vermocht. Das ist aber nicht wahr, wie ein Kratziger Bauer zu seinem Leidwesen erfahren mußte. Der gab dem Bösen dasselbe auf, aber ohne den Kreuzknoten, und was geschah? Es verging ein Tag, es verstrich ein Monat und noch einer, der Teufel kam nicht wieder, und der Bauer fühlte sich schon ganz sicher; da, nach dem Verlauf eines ganzen Jahres, kam der Böse atemlos herbei gerannt, zog eine Federpose heraus, und siehe! Er hatte den ganzen Wind des Mannes bis auf den letzten Hauch aufgefangen und in den Kiel gesteckt. Selbstverständlich hatte er damit die Seele des Bauern gewonnen.

Besser glückte es einem andern Manne aus demselben Dorfe. Der trug dem Teufel auf, das Eisen, welches durch das Erdreich abgeschabt wird, wenn der Pflug durch den Acker geht, einzusammeln und zu ihm zu bringen. Hierauf hat sich der Böse von vorneherein nicht einlassen mögen, sondern er nahm den Kontrakt, warf ihn dem Bauern zu Füßen und flog davon.

Auch das vermag der Teufel nicht, aus einem Sandberg Stränge zu spinnen; und gar mancher ist ihn los geworden, indem er ihm diese Arbeit zu verrichten gab.

*Mündlich aus den Kreisen Bütow, Fürstentum und Regenwalde.*

## 403. Teufel bekommt für einen Schatz das Blut von sieben Brüdern.

In einem Dorfe wohnte ein reicher, wohlhabender Bauer. Wie der nun zum Sterben kam, wachten seine Kinder an dem Krankenlager. Er redete ihnen zu, sie sollten sich doch zur Ruhe begeben; sie aber wollten den sterbenden Vater nicht allein lassen. Als es aber eines Tages den Anschein nahm, als würde es wieder besser mit ihm werden, schenkten sie endlich seinen Bitten Gehör und verließen ihn.

Am selben Abend sprach ein Bettler auf dem Hofe um Nachtlager an. Derselbe kam jedes Jahr einmal durch das Dorf, und weil er ein ordentlicher Mann war, wies ihn niemand zurück. Der älteste Sohn Johann aber sagte, sie könnten ihn heute nicht im H a u s e aufnehmen, weil ihr Vater totkrank sei. So ging denn der Bettler in die S c h e u n e und legte sich dort nieder.

Er war noch nicht eingeschlafen, als der alte Bauer mit einer großen Kiste voll Geld in die Scheune trat, den Schatz in eine Ecke warf, ihn dem Teufel übergab und dem Bösen befahl, denselben nicht eher wieder herauszugeben, bis er dafür das Blut von sieben Brüdern bekommen habe. Der Teufel hatte jedoch den Bettler bemerkt und rief: »Er sieht's! Er sieht's!«, doch der Bauer achtete nicht weiter darauf, ging in das Haus zurück und starb noch in derselben Nacht.

Am andern Tage verließ der Bettler den Ort. Als er nun nach Jahresfrist wieder hindurch kam und auf dem Hof einkehrte, herrschte dort die bitterste Armut. Johann erzählte ihm, so reich man sonst seinen Vater gehalten habe, nach seinem Tode habe kaum das Geld zu seiner Beerdigung aufgebracht werden können. Jetzt habe er von all dem reichen Viehstand nur noch zwei Pferde.

Da erzählte ihm der Bettler den Vorfall in der Scheune und sagte: »Des Müllers schwarze Sau hat sieben Eber-Ferkel geworfen; gehe hin und verpfände für dieselben deine beiden Pferde.« Das that Johann, und darauf nahm der Bettler die Tiere, schnitt ihnen den Hals ab und ließ ihr Blut in die Scheunenecke fließen. Dann sprach der Sohn: »Jetzt hast du das Blut; nun gieb das Geld!« und in demselben Augenblick lag auch der Schatz schon da.

*Mündlich aus Trzebiatkow, Kreis Bütow, und Mesow, Kreis Regenwalde.*

## 404. Bauer in Trzebiatkow übergiebt dem Teufel sein Geld.

Ein reicher Bauer in Trzebiatkow wurde krank. Da jagte er die Kinder aus der Stube; nur eins übersah er, denn das war hinter den Ofen gekrochen. Weil er nun glaubte, allein zu sein, brachte er all sein Geld und schüttete es in die Ofenecke. Doch der Teufel rief: »Hei kîkt, hei kîkt!« - »Nun so kratze ihm die Augen aus«, antwortete der Bauer. »Jâ«, sagte der Böse, »hei hät vâerhaspelt (sich gesegnet).«

Da übergab denn der Mann dem Teufel das Geld; er solle es auch nicht eher wieder zurückgeben, bis er, der Bauer, es mit seiner eigenen Hand herausgekratzt habe. Als nun nicht lange danach der Alte gestorben war, erzählte der Sohn, welcher hinter dem Ofen gesessen, die ganze Geschichte seinen Brüdern. Diese nahmen darauf die Leiche, trugen sie in die Ofenecke und scharrten mit der Hand des Toten auf dem Boden. Da dauerte es gar nicht lange, und das Geld lag vor ihnen.

*Mündlich aus Trzebiatkow, Kreis Bütow.*

## 405. Der reiche und der arme Bruder.

In einem Dorfe lebten zwei Brüder, von denen der eine reich und kinderlos war, während der andere viele Kinder hatte und von bitterer Armut gedrückt wurde. Einst kam nun der Arme und bat seinen reichen Bruder um etwas Geld; doch der sagte hartherzig, er habe nichts. Betrübt ging der Mann wieder fort. Als er aber die vielen Äpfel in dem Garten seines Bruders sah, gedachte er an den Hunger seiner Kinder, und um ihnen wenigstens etwas Eßbares mitzubringen, kletterte er auf einen Baum.

Indem er pflückte, kam der Reiche mit einer großen Kiste voll Geld in den Garten, warf dasselbe unter den Apfelbaum, übergab es dem Teufel und sagte, er solle es nicht eher herausgeben, als bis man ihm dafür eine Schüssel dicker Buchweizengrütze geopfert habe. Als der Reiche wieder fortgegangen war, stieg der Arme eilends vom Baum herab und borgte sich im Dorfe etwas Buchweizen. Davon bereitete er eine Schüssel Grütze, trug sie in den Garten und goß sie unter dem Baum aus. Ganz erzürnt kam da der Teufel herbei und warf dem Mann den Schatz vor die Füße mit den Worten: »Hô, hô! Ik bin dârup noch nich warm wurde un schall dat allwedder rût gêwe?«

*Ebendaher.*

## 406. Geld lûttert.

In der Abenddämmerung oder am frühen Morgen sieht man oft auf freiem Felde Feuer brennen. Das ist vor alten Zeiten vergrabenes Geld, welches der Teufel durchschüppt. Man sagt dazu: »Das Geld lûttert.« Spricht man ein Wort, so ist das Feuer verschwunden; wirft man aber den Stiefel vom linken Fuß oder ein Messer mit drei Kreuzen in die Flamme, dann kann das Geld nicht wieder zurück, und man darf es sich am andern Tage holen. Nur muß man sich vor dem Umsehen hüten, wenn der Stiefel oder das Messer hineingeworfen ist.

Bei Trzebiatkow lûttert auch häufig Geld. Einst sah dies ein Mann und rief schnell seinen Nachbar; da war aber sofort alles verschwunden. Ein anderer benahm sich vorsichtiger, zog seinen Stiefel vom linken Fuß und warf den hinein; dann ging er weiter. Nun kam allerhand Gewürm und suchte ihn zurückzuhalten; doch er kehrte sich nicht an den Spuk und eilte unbekümmert nach Hause.

Als er am andern Morgen erwachte, rief eine Stimme: »Willst du dir denn nicht dein Geld holen?« Da ging er auf das Feld zurück und fand dort einen großen Schatz liegen.

*Ebendaher.*

### 407. Der Teufel beschenkt einen Bauern.

Ein Bauer ging über Feld. Da begegnete ihm der Teufel und sagte zu ihm: »Was dir auf dem Wege begegnet, das nimm nur mit; es wird dein Schade nicht sein.« Der Mann war noch nicht weit gegangen, als er zwei Haufen Menschenkot liegen sah. So etwas mitzunehmen, schien ihm jedoch zu gemein, und er eilte weiter. Unterwegs besann er sich aber eines Besseren, kehrte zurück, und da lag nur noch ein Haufen da. Den nahm er auf, band ihn in sein Schnupftuch, und wie er dasselbe in seiner Wohnung öffnete, fand er statt des Unrats eine große Menge Gold.

*Ebendaher.*

### 408. Der Teufel schindet eine Leiche.

Es starb einmal ein reicher Herr, und zwei Männer wurden beauftragt, die Leichenwacht zu halten. Als es Nacht geworden war, trat der Teufel in das Zimmer hinein, ging auf die Leiche zu und machte sich daran, ihr die Haut abzuziehen. Sofort beschrieb der eine von den Wächtern um sich einen Kreis mit Kreide, machte ein Kreuz hinein und wartete darauf ab, welchen Verlauf die Sache nehmen würde.

Nachdem der Teufel seine saubere Arbeit beendet hatte, hielt er die abgezogene Haut gegen das Licht, um nachzusehen, ob er auch vielleicht irgendwo hineingeschnitten habe. Diesen Augenblick benutzte der Wächter, griff von hinten zu und entriß dem ahnungslosen Teufel die Haut des Reichen. Da derselbe wegen des bekreuzten Kreises dem Manne nichts anhaben konnte, so legte er sich aufs Bitten. Der Wächter hütete sich jedoch, dem Bösen die Haut zurückzugeben; trotzdem konnte er es nicht unterlassen zu fragen, warum er die Leiche geschunden habe, und was er mit der Haut hätte anfangen wollen. Und da hörte er nun von dem Teufel, er habe beabsichtigt, die Haut sich anzuziehen und dann in dieser Gestalt den Leuten zu erscheinen. So würden alle sagen: »Der reiche Mann spukt.« Da das aber nicht wahr sei, mithin eine Lüge, so wären dadurch viele Menschen zu Lügnern geworden, und er hätte ihre Seelen, als die Seelen von Lügnern, mit sich in die Hölle nehmen dürfen.

*Ebendaher.*

### 409. Der Teufel wirft nach einem Schatzheber
### mit dem Beile.

In der Nähe Bresins bemerkten die Bauern einst ein helles Feuer auf dem Felde brennen. Anfangs meinten sie, es sei ein Hirtenfeuer, das die Hütejungen auszulöschen vergessen hätten; als das Feuer jedoch immer in derselben Helle weiter brannte, da ahnten sie, daß es der Teufel wäre, welcher dort Geld lüttre. Lüstern war nun wohl mancher nach dem Schatz, auch wußten alle von ihren Eltern her, daß man nur einen Sack, ein Paar Holzpantoffeln und ein Beil zum Heben brauche, aber trotzdem wagte sich keiner an die Stelle heran, aus Furcht, ihm werde von dem Bösen der Hals umgedreht werden.

Endlich faßte ein Mann sich ein Herz und holte Sack, Pantoffeln und Beil; sodann ging er hin und warf die beiden letzteren Stücke in das Feuer, während er den Sack zur Rechten der Brandstelle legte. Vor derselben stand eine schwarze Gestalt, welche mit einer mächtigen Eisenstange die Kohlen schürte. Nachdem der Mann eine kurze Zeit lang den Sack hatte liegen lassen, ergriff er ihn, der jetzt ganz schwer geworden war, wieder und eilte von dannen.

Wie er eine Strecke gelaufen war, ließ ihm die Neugierde keine Ruhe mehr, er mußte untersuchen, was ihm der Schwarze in den Sack geschüttet hatte. Zu dem Zwecke machte er unter einer dicken Eiche Halt, setzte sich nieder und schüttete den Inhalt seines Sackes aus. Und wirklich waren es lauter gemünzte Geldstücke der verschiedensten Sorten, welche dabei auf die Erde rollten. In demselben Augenblick kam aber auch ein Beil durch die Luft geflogen, und hätte nicht der Baumstamm den Schatzheber geschützt, so wäre er sicher getötet worden; denn das Beil drang so tief in das Holz der Eiche hinein, daß es die Leute mit einer Axt wieder herausschlagen mußten.

Der, welcher das Beil geworfen hatte, war kein anderer wie der Teufel selbst gewesen, welcher seinem Unmut über die glückliche Hebung des Schatzes und die unverschämte Neugier des Mannes Luft machen wollte. Letzterer ist auf diese Weise noch mit dem bloßen Schreck davongekommen; das gehobene Geld aber hat ihn und seine Nachkommen zu reichen Leuten gemacht.

*Mündlich aus Bresin, Kreis Lauenburg.*

## 410. Zwei Teufel suchen einen jungen Mann zu verführen.

Vor wenig Jahren ging ein junger Mann den Weg von Groß-Goddentow nach Groß-Boschpol. Er war bei seinen Eltern gewesen, hatte sich dort aber zu lange aufgehalten und wurde deshalb unterwegs von der Dunkelheit überfallen. Als er etwa die Hälfte seines Weges zurückgelegt hatte, gesellten sich zu ihm zwei hübsche, junge Damen, welche erst eine kleine Strecke lautlos neben ihm hergingen, sodann jedoch das Schweigen brachen und ihn aufforderten, sich ihnen anzuschließen. Er möge ihnen die Hände reichen, so wollten sie dann guter Dinge vereint den Weg zurücklegen.

Der junge Mann kehrte sich aber nicht im mindesten an diese verlockenden Reden, sondern hielt sich stets an der Seite der Straße, die den Damen abgekehrt war. Wie sie nun an den Wald, der kurz vor dem Dorfe Boschpol liegt, kamen, erhub sich plötzlich ein entsetzlicher Sturmwind, der dem Burschen das Weitergehen unmöglich machte und ihn dadurch zum Stillstehen zwang. Und wer beschreibt sein Entsetzen, als er jetzt, unter einem Getöse, daß der ganze Wald davon erkrachte, die beiden Mädchen in die Luft fahren sah und dabei mit donnerähnlicher Stimme ihm zurufen hörte: »Dein Glück, daß du uns nicht deine Hände gereicht hast.«

*Ebendaher.*

## 411. Der Teufel in Groß-Boschpol.

Im Dorfe Groß-Boschpol, im Kreise Lauenburg, hatten die Burschen ein Tanzkränzchen veranstaltet, bei dem es sehr fröhlich zuging. Nur ein junges Mädchen wollte nicht in die allgemeine Freude mit einstimmen und beteiligte sich auch nicht am Tanz, weil ihr in ihrem grenzenlosen Hochmute kein einziger der anwesenden Burschen fein genug vorkam.

Der machte nicht Verbeugungen genug bei der Aufforderung zum Tanze, jenem fehlte es überhaupt an den richtigen Manieren, kurz, sie verweigerte einem jeden aus Hochmut den Tanz. Da kam plötzlich ein überaus fein gekleideter Herr in den Saal hinein, ging auf das stolze Mädchen zu und forderte sie unter den zierlichsten Verbeugungen zum Tanze auf. Bei diesem Anblick war sie ganz entzückt, willfahrte sofort, und bald flogen beide Arm in Arm nach den Klängen der Musik durch den Saal dahin.

Voll Erstaunen und Verwunderung guckten alle übrigen dem schönen Paare zu, als sie plötzlich zu ihrem Entsetzen gewahr wurden, daß der neu hinzugekommene Fremde einen Pferde- und einen Hühnerfuß hatte. Jetzt wußten sie, mit wem man es hier zu thun habe, und die Musikanten ließen schleunigst die Tanzweise fallen und spielten statt ihrer das schöne Lied: »Der lieben Sonnen Licht und Pracht hat nun der Lauf vollführet.« Wie sie nun an die Strophe kamen: »Ihr Höllengeister packet euch«, da erfaßte der unheimliche Tänzer seine Dame plötzlich bei den Haaren und flog mit ihr zum Fenster hinaus.

Die andern eilten zwar nach, aber helfen konnten sie doch nicht; sie mußten vielmehr zu ihrem Schrecken sehen, wie der Böse hoch in der Luft dem herzzerreißend jammernden Mädchen den Hals umdrehte und sie dann in Stücke riß, so daß das zerfetzte Fleisch und die Knochen den Erdboden bedeckten.

*Ebendaher.*

# IX. Hexen und Zauberer.

## 412. Allgemeines.

Mit den Hexen und Zauberern berühren wir die wundeste Stelle des Volkslebens; denn unendlich ist der Jammer und das Elend, welchen dieser Irrwahn im Laufe der Zeit angerichtet hat und noch immer anrichtet. Landleute, welche sich erhaben dünken über ihre Genossen, die noch von dem wilden Jäger, den Zwergen u. s. w. reden, an Zauberei und Hexen glauben sie nicht minder fest wie jene. Und was das Schlimmste bei der Sache ist, es giebt wirklich noch eine große Anzahl von Leuten beiderlei Geschlechts, welche der felsenfesten Überzeugung sind, sie könnten zaubern, und ihre Lebensaufgabe darin suchen, eine Unzahl der sinnlosesten Sprüche und Zeremonien sich anzueignen, um in der vermeintlichen Zauberkunst sich möglichst vollkommen zu machen.

Da geht ein Weib hin und gebraucht ihre Mittel, um der verhaßten Nachbarin das Vieh zu verhexen. Sie hat Giftkräuter darunter oder der Zufall will's so, die Tiere werden krank, und die Zauberin jubelt und frohlockt in ihrem Innern, daß ihre Kunst sich bewährt hat. Die geschädigte Bäuerin ahnt entweder, wer es ihr angethan hat, und hetzt das ganze Dorf gegen ihre Feindin auf, oder aber sie läuft meilenweit zu einem berühmten Schwarzkünstler, einer klugen Frau und läßt sich dort den Missethäter offenbaren und einen Gegenzauber anwenden. Ob der Zauberer nun eine rechtschaffene Person oder einen Bösewicht als den Schuldigen bezeichnet, geglaubt wird ihm immer, und manch ein unglücklicher Mensch, der nie an Zaubereien gedacht hat, wird dann zeitlebens von dem ganzen Dorfe wie ein Aussätziger gemieden.

Was nun das innerste Wesen der Hexerei angeht, so können wir uns darüber hier nicht weiter verbreiten, es wird das vielmehr an anderem Orte zu behandeln sein, wo ausführlich die einzelnen Zauberbräuche und Sprüche Pommerns wiedergegeben werden. Nur so viel werde schon jetzt vorweg genommen, daß die meisten Züge des Hexenglaubens undeutsch und durch fremde (zum großen Teil orientalische) Beeinflussung in unser Volk gedrungen sind. Zu dem Wenigen, was unserer heimischen Mythologie entlehnt ist, gehören die Züge, in denen ein Zusammenhang der Hexen mit den elbischen Geistern ersichtlich ist, so z. B. der wunderschöne Gesang der Hexen, die Ringe, welche sie in den grünen Rasen tanzen u. s. w.

Echt deutschen Ursprungs ist auch der Glaube, daß die Hexen auf dem Blocksberg ihre Versammlungen feiern. Dabei ist nämlich keineswegs an den Harzer Brocken zu denken; nein, vor Zeiten scheint jedes Dorf oder doch wenigstens jede Gaugemeinschaft einen Blocksberg gehabt zu haben. Für Meklenburg ist das nachweisbar, und auch für Pommern kann es kaum zweifelhaft sein; denn Blocksberge finden sich in unserer Provinz in Menge vor. Mir sind im Gedächtnis Blocksberge bei Zemmin, Kreis Stolp; Sydow, Kreis Schlawe; Tempelburg, Kreis Neustettin; Ritzig, Kreis Schiefelbein; Kratzig, Kreis Fürstentum; Schwerin, Kreis Regenwalde; Soltin, Kreis Cammin; Steinwehr, Kreis Greifenhagen; Techlin, Kreis Grimmen, und ein Blocksbergsee im Kreise Saazig. Und bei genauer Nachforschung dürften sich noch viele andere auffinden lassen.

Diese Blocksberge scheinen mir im Heidentum dem Opferkultus gedient zu haben, und ihr Name ist vielleicht nur eine Entstellung aus Blotsberg, d. i. Opferberg. Später wurden sie dann, als die verhaßten Stätten heidnischer Greuel, den Hexen zu Versammlungsörtern zugewiesen, um deren Thun und Treiben der zum Christentum bekehrten Bevölkerung noch verabscheuungswürdiger darzustellen.

Angehängt sind diesem Kapitel einige Sagen über die Freimaurer, welche in dem Volksglauben eines großen Teiles von Deutschland durchaus als dem Teufel verschriebene Zauberer gedacht werden. Besonders gerne macht man sie für plötzliche Todesfälle verantwortlich und haßt sie deshalb auf das ärgste, wagt aber aus Furcht vor ihren vermeintlichen Teufelskünsten niemals Hand an irgend einen von ihnen zu legen.

## 413. Der Freischuß.

Es giebt Jäger, die man Freischützen nennt. Vor ihnen haben alle andern Jäger ein Grauen, und sie fühlen sich, wenn sie mit ihnen zusammen auf der Jagd sind, in ihrer Gesellschaft wie behext, so daß ihnen entweder das Gewehr versagt oder sie nichts treffen können. Über die Art und Weise, wie man den Freischuß erlangt, erzählen die Leute folgendes.

Nur Freischützen vermögen den Freischuß zu verleihen. Unter ihnen ist aber immer ein verborgener und geheimer Altmeister, den sie laden, wenn ein frischer, grüner Jägerbursch Freischütz werden will. Dieser Altmeister und zwei Freischützen, die den Neuling mitbringen, versammeln sich bei Mondschein im grünen Walde. Dort feiern sie ihre Einweihung um die Mitternacht zwischen zwölf und eins.

Der Jüngling wird splinterfasernackt hingestellt, damit sie ihn untersuchen, ob er einen Fehl habe; denn wer mit irgend einem Makel behaftet und nicht mehr Junggesell ist, mag nimmermehr Freischütz werden. Wenn er untadelig erfunden worden und sich rein bekannt hat, lassen sie ihn niederknien und halten greuliche Gebete und Beschwörungen über ihn, und er selbst muß ähnliche Gebete thun und schreckliche Gelübde und Flüche und Schwüre nachsprechen. Kann er dies nicht freien Mutes thun und giebt er sonst Zeichen von Furcht und Angst von sich, so geißeln sie ihn unbarmherzig bis auf's Blut und lassen ihn als einen Feigen und Untüchtigen laufen.

Wenn nun der Altmeister und seine beiden Beisitzer die erste Vorbereitung gemacht haben, und wenn mit vielen heimlichen und entsetzlichen Worten und Gebärden die Beschwörung und Verlobung im Namen des Teufels geschehen ist, muß der junge Schütz sein Gewehr ordentlich laden. Darauf nehmen sie ein Tuch und binden ihm die Augen fest zu; drehen ihn dreimal im Kreise herum und sprechen abermals manche dunkle und greuliche Worte. Ist das geschehen, so hört er dreimal knallen mit dem Ausruf: »Schieß ihn!« und mit Andeutungen, als gelten ihm die Schüsse.

Zittert er dabei oder zuckt aus Furcht nur einen Finger, so geißeln sie ihn bis auf's Blut und jagen ihn sogleich weg. Hat er jedoch auch dies tapfer bestanden, so wird ihm die Binde von den Augen genommen, und was sehen diese Augen dann? - An einem Baume sieht er eine Laterne hangen und unter der Laterne ein großes, weißes Kreuz, frisch in die Rinde gehauen. Dahin muß er unter scheußlichen Verfluchungen und Verwünschungen zielen und schießen, einmal und zweimal. Bei dem dritten Schuß aber, den er thun will, erscheint das Jesuskindlein an der Stelle, wo das Kreuz war, und lächelt ihm freundlich und holdselig zu.

Gewinnt er es über sich und hat er auch diesen dritten Schuß, der nie fehlt, aus seinem Gewehr geschossen, so gehen die drei mit ihm zu dem Baum, und er muß das chöne Kind in seinem Blute liegen sehen. Die drei aber lachen und singen schändliche ~ieder dazu, und er muß mitlachen und mitsingen. Fällt ihm da das Herz zusammen oder ~ersagt ihm die Stimme, so wird er weggejagt. Hat er dagegen alle diese fürchterlichen ~eremonien ganz durchgemacht und bestanden, so ist er ein rechter Freischütz geworden ~nd besitzt die trefflichsten Jägergaben.

Niemand kann ihm sein Gewehr behexen oder besprechen, und kein Gefrorner oder ~ehexter oder durch die siebenfache und siebenundsiebenzigfache Passauer-Kunst Gehärte-~er kann vor seiner Kugel bestehen. Alle vierundzwanzig Stunden hat er drei Freischüsse, d. ~. er kann alle vierundzwanzig Stunden drei Stück Wildbret oder Geflügel - was er eben ~aben will - mit seinen drei Freischüssen fällen, ohne daß sie auf dem Felde oder im Walde ~ichtbar da sind. Denn sie müssen kommen und fallen, so wie er sie in Gedanken auf's Korn ~nimmt, er schieße bei Tag oder bei Nacht, ins Weiße oder in die leere Luft. Ja wenn er in ~den Mond hinein zielte, so würden sie aus dem Monde herunter fallen.

*Nach E.M. Arndt, Märchen u. Jugenderg. II. S. 332-339.*

## 414. Die Diebslichter und Diebskerzen.

### I.

Die Diebslichter sind die Finger von ungeborenen und unschuldigen Kindern, denn die Finger von schon geborenen und getauften kann man dazu nicht gebrauchen. Auch müssen diese ungeborenen Kinder dem Leibe von Diebinnen und Mörderinnen entnommen werden, welche sich selbst erhängt oder ersäuft haben oder von der Obrigkeit gehängt oder geköpft sind. Dabei werden abscheuliche Beschwörungen gesprochen und Beile und Messer verwandt, die schon von Henkershänden gebraucht sind. Auch muß solches durchaus um die Mitternacht vollbracht werden, in vollkommenster Einsamkeit und Schweigsamkeit, so daß auch kein leisester Laut über die Lippen gleiten darf.

Die abgeschnittenen Finger gewähren Lichter, die, wann der Besitzer will, leuchten und, wie kurz sie auch sind, doch nimmer ausbrennen, sondern immer gleich lang bleiben. Durch ihre Hilfe kann der Dieb, wann und wo er will, alles sehen; sie leuchten aber nur für ihn und für keinen andern, und er selbst bleibt unsichtbar, wenn sie ihm auch alles andere hell machen. Außerdem sitzt noch die Greulichkeit in ihnen, daß sie eine geheime Gewalt über den Schlaf haben, und daß in den Zimmern, wo sie angezündet werden, der Schlafende so fest schnarcht, daß man zehn Donnerbüchsen über seinem Haupte losknallen könnte und er doch nicht erwachen würde. Man kann sich denken, wie lustig sich da stehlen und nehmen lassen muß.

*E.M. Arndt, Märchen u. Jugenderg. II. S. 348-349.*

### II.

Ähnlich ist es mit den Diebskerzen. Dieselben werden aus den Gedärmen ungeborener Kinder verfertigt und können nur durch süße Milch ausgelöscht werden. Sonst bewirken sie, ganz wie die Diebslichter, durch ihr Brennen, daß alle Leute, die im Hause schlafen, so lange die Kerze brennt, nicht aufwachen können.

*Aus Mesow, Kreis Regenwalde: Mitgeteilt durch Herrn Prof. E. Kuhn.*

### 415. Die Hexenmütze und der Kreuzdornstock.

In der Stadt Grimmen gab es früher viele Hexen, wie ja die Stadt auch jetzt noch in dem Rufe der Hexerei steht. Einstmals sollten daselbst zwei Hexen zu gleicher Zeit verbrannt werden. Die eine davon starb bald, die andere aber konnte gar nicht zu Tode kommen; denn das Feuer des Scheiterhaufens wandte sich immer von ihr ab, anstatt sie zu ergreifen. Da kam ein Mann mit einem Kreuzdornstock herbei. Mit dem stieß er der Hexe, welche Maria Krüger hieß, eine schwarze Mütze vom Kopfe, die man ihr gelassen hatte. Mit einem Male flog ein schwarzer Rabe von ihr, und nun verbrannte sie augenblicklich.

*Temme, Volkssagen. Nr. 249.*

### 416. Der unschuldige Hexenmeister.

In dem Dorfe Bottenhagen, im Kreise Greifswald, lebte einmal ein frommer, kluger Mann, den man für einen Hexenmeister hielt. Er wurde daher an einen Pfahl gebunden, um lebendig verbrannt zu werden. Da sprossen aber auf einmal drei frische, grüne Zweige aus dem Holzpflock heraus, und nun erkannten alle Leute, daß er unschuldig sei, worauf sie ihn am Leben ließen.

*Temme, Volkssagen. Nr. 247.*

### 417. Die verbrannte Hexe zu Hohendorf.

Zu Hohendorf, in demselben Kreise, lebte einmal eine Küsterfrau, die eine Hexe war. Sie verstand es zwar, sich sehr fromm und gottesfürchtig zu stellen, so daß sie die Bibel auswendig wußte und der Pfarrer von ihr sagte, sie sei eine seiner andächtigsten Zuhörerinnen; aber ihre Teufelsstreiche kamen zuletzt doch an das Tageslicht, und sie wurde zum Feuertode verurteilt. Da nahm der Prediger, der noch immer an ihre Schuld nicht glauben wollte, mit ihr die Abrede, daß sie nach ihrer Hinrichtung ihm erscheinen solle: wenn sie unschuldig sei als eine Taube, sonst aber als Rabe.

Nachdem sie nun hingerichtet war, erschien dem Pfarrer ein schwarzer Rabe, der schrie deutlich:

»Koax! Koax!

Gott einmal verschworen,

Derselbe ewig verloren!«

Da erkannte der Prediger, daß er sich doch geirrt habe, und daß Kirchengehen und Bibellesen allein es nicht thun.

*Temme, Volkssagen. Nr. 248.*

### 418. Der schußfeste General.

In der Zeit des dreißigjährigen Krieges war in Greifswald ein alter österreichischer General, namens Perusius, Kommandant der Stadt. Die Leute nennen ihn noch den alten General Bruse. Dieser verstand die Kunst, sich gegen Kugeln fest zu machen, und es hatte ihm deshalb in allen Schlachten, die er mitgemacht hatte, keiner etwas anhaben können. In einem Gefecht mit den Schwedischen wurden einmal mehr als zwanzig Kugeln hinter einander auf ihn abgeschossen, ohne daß sie ihm Schaden thaten.

Zuletzt kam aber ein schwedischer Soldat, der einen geerbten, silbernen Knopf in der Tasche hatte. Den lud er in sein Gewehr und erschoß damit den General; denn gegen solche ererbte Knöpfe schützt keine schwarze Kunst. Das geschah in dem Rosenthal bei Greifswald, wo der Geist des alten Generals noch umgehen soll.

*Temme, Volkssagen. Nr. 244.*

## 419. Hexen verraten.

In Neppermin auf Usedom lebten zwei Bauern, von denen war der eine schon über drei Jahre lang krank und konnte nicht aufstehen, denn er empfand beim Auftreten die heftigsten Schmerzen. Die beiden Knechte der Bauern hatten aber deren Frauen in Verdacht, daß sie Hexen seien, und setzten sich deshalb in der Walpurgisnacht in den Ofen derjenigen, deren Mann krank war.

Das währte auch nicht lange, da kamen sechs Hexen an, die eine als Schwein, die andere als Katze, die dritte als dreibeiniger Hase und so mehr, und da waren auch die beiden Bauerfrauen darunter. Als sie nun zusammen waren, sagte die eine: »Mich hungert heut so, ich weiß nicht, wie ich mich satt machen soll!« Sagte die andere: »Drüben unsere Nachbarin liegt in den Wochen, da wollen wir ihr das Kind fortholen und es schlachten!«

Sogleich eilte eine hin und kam auch bald mit dem Kinde wieder, aber jetzt fehlte es an einem Messer. Da sagte die Frau des kranken Bauern: »Ich habe meinem Manne schon seit drei Jahren ein Messer in der Keule beigebracht, das hole ich ihm alljährlich einmal in der Walpurgisnacht heraus, das will ich holen. Wüßte er's, so könnte er aufstehen.« Damit ging sie in die anstoßende Stube und kam auch sofort mit einem Messer wieder, das war wohl einen Fuß lang.

Eben wollten sie dem Kinde das Messer auf die Brust setzen, als einer der Knechte im Ofen »Herr Jesus!« rief. Da stoben die Hexen auseinander; der Knecht aber eilte zu seinem Herrn und hieß ihn aufstehen, indem er ihm den ganzen Vorgang erzählte. Der wollte es anfänglich nicht glauben, aber er versuchte doch aufzustehen, und siehe da! er konnte ohne Schmerzen gehen. Jetzt traten sie in die Stube und fanden dort das Kind samt dem Messer, welches die Hexen zurückgelassen. Da ging der Mann hin und gab seine eigene Frau an, und sie gestand auch, wer die anderen Hexen gewesen, und sie wurden allesamt verbrannt.

*Aus Swinemünde: Kuhn und Schwartz, Nordd. Sag. Nr. 32.*

## 420. Milch abmelken.

In Kaseburg war einmal ein Bauer, dessen Kühe wollten keine Milch geben, so gut er ihnen auch zu fressen gab, so daß er endlich einsah, sie müßten behext sein, und einen klugen Mann kommen ließ, damit er ihnen hülfe. Der ging denn auch in den Stall, sah die Kühe an und wußte sogleich, wie es mit ihnen stand: sie waren behext.

Darum wanderte er im Dorfe umher, um die Hexe ausfindig zu machen. Da sah er denn im Stalle des Nachbars dessen Frau; die stand an der Wand des Stalles, die nach dem Gehöft jenes Bauern zu lag, hatte einen Besenstiel in dieselbe geschlagen, daran einen Eimer gehängt und melkte den Besenstiel, und dieser gab auch Milch, wie ein natürliches Euter. Da war die Hexe verraten. Er bedrohte sie gewaltig, und von der Zeit an gaben des Bauern Kühe wieder Milch.

*Aus Swinemünde: Kuhn und Schwartz, Nordd. Sag. Nr. 31.*

## 421. Der Nadelzauber.

In Warthe lebte vor wenig Jahren ein junges Ehepaar, welchem die eigene Großmutter auf jede Weise Schaden zuzufügen suchte. Die alte Frau war nämlich eine Hexe, und jedermann im Dorfe fürchtete und scheute sich vor ihr.

Bald nach der Hochzeit wollte der junge Mann sein Holz, das in Mieten vor der Wohnung stand, in den Stall bringen, weil er den Platz notwendig zu anderen Zwecken gebrauchte. Da fand er nun auf einem Scheit fünf Nähnadeln stecken, die waren fest mit einander verbunden, so daß immer die Spitze der einen Nadel das Öhr der andern durchbohrte. Es war unmöglich, sie auseinander zu trennen, ohne sie zu zerbrechen. Sein Gevatter, welchem er das Wunder zeigte, erkannte sogleich, daß es ein Zauber sei, der den jungen Eheleuten zum Nachteil gereichen solle, und verwies ihn daher an eine Schwarzkünstlerin in Wolgast.

Der Mann machte sich umgehend auf den Weg zu der Frau, ließ sich die Karten legen und erhielt folgende Enthüllung: »In deinem Dorfe wohnt jemand, der dir dein häusliches Glück zu stören sucht. Die fünf Nähnadeln gelten deiner Frau. Sie sind in das Küchenholz gesteckt, damit sie recht bald in den Ofen kommen und glühend werden; denn, sobald dies geschehen ist, wird deine Frau unfruchtbar werden und ihr Leben langsam »verquienen« müssen, bis sie in Jahresfrist tot ist. Willst du wissen, wer dein Feind ist, so brauchst du dich nur mit eurem Müller zu verabreden, daß er dir für kurze Zeit seine Mühle überläßt. Steckst du nämlich die Nadeln auf eine Mühlenscheide (Flügel der Windmühle), so bekommt die betreffende Person einen Stich ins Herz. Sind die Mühlenflügel einmal herumgegangen, so überfällt sie furchtbare Angst, und sie fühlt sich getrieben, zu dir zu kommen. Beim zweiten Rundgang wird ihre innere Unruhe noch heftiger sein; widersteht sie selbst noch beim dritten Male, so muß sie sterben.«

Der Bauer ahnte jetzt, daß nur seine Großmutter gemeint sein könne, und um ihr nicht zu schaden, schlug er, als er heimkam, die Nadeln entzwei. Seine Frau aber ist nie Mutter geworden und war vor Ablauf des Jahres eine Leiche.

*Mündlich aus Warthe auf Usedom.*

## 422. Der Zauber mit dem Tuche.

Einem Hausbesitzer in Liepe war sein Schwein verhext worden, indem ihm ein böser Mann in den Rachen gespien hatte. Im Verlauf dreier Tage war das Tier so herunter gekommen, daß es jedermann für verloren hielt. Da kam zum Glücke eine kluge Frau hinzu und versprach, den Schaden wieder gut zu machen.

Zu dem Zwecke ging sie am Donnerstag nach Sonnenuntergang in den Stall und nahm ein Taschentuch, strich damit dem Schwein dreimal über den Rücken und beschrieb mit der Hand drei Kreuze dabei. Dann sprach sie:

»Dat is uptåcht,

Das is inslåcht,

Du Schwein sollst wieder gesund werden

So wahr das hier ein Taschentuch ist.

Im Namen Gottes des Vaters † des Sohnes † und des heiligen Geistes †.«

Als sie am andern Morgen vor Sonnenaufgang wiederkam, fing das Schwein schon an zu fressen. Sie wiederholte dieselben Zeremonien und sprach:

WOLGAST

»Diesem Schwein soll niemand etwas anhaben können,
Bevor nicht die Fäden dieses Tuches gezählt sind.
Im Namen Gottes des Vaters † des Sohnes † und des heiligen Geistes †.«
Darauf kam sie am Abend desselben Tages nach Sonnenuntergang, um das Schwein zum
dritten Male zu besprechen; aber da war es schon völlig gesund und jede weitere Mühe
unnötig.

*Mündlich aus Liepe auf Usedom.*

## 423. Die Hexe und der Teufel.

Eine Frau, welche allenthalben in dem Rufe stand, eine Hexe zu sein, kam einst zu ihrer
Nachbarin und sagte: »Nåwersch, wenner backst de?« - »Morgen«, erwiderte die Gefragte.
»Ich auch«, sprach die Hexe, »und dann mußt du mir ein Stück von dem Bachwerk
bringen.« Das versprach die Bäuerin.

Als sie nun gebacken hatte, gedachte sie an ihr Versprechen, und obgleich es schon spät
abends war, machte sie sich dennoch auf den Weg. Derselbe führte durch ein kleines Stück
Wald, in dem drei Tauben saßen und riefen:

»Dû, ’t is Mirrenacht,
Låt em jêre d’Rûhe-Rast!«

So warnten sie drei Mal, die Frau ließ sich aber nicht zurückhalten und antwortete, sie habe es versprochen und müsse der Nåwersch heute noch ein Stück von dem neuen Backwerk hintragen.

Endlich gelangte sie an das Gehöft, wo die Hexe wohnte, und da sah sie, wie das Hofthor mit einem Menschenfuß zugestickt war. Auch hierdurch ließ sie sich von ihrem Vorhaben nicht abhalten, sie stickte das Thor auf und dann wieder zu. Als sie an die Hausthür kam, war der Riegel derselben mit einer Menschenhand zugestickt. Sie stickte auf und wieder zu. Im Flur stand ein großer Kübel mit Blut, gerade vor der Stubenthür, und diese war mit einem Menschenfinger zugestickt. Jetzt erschrack die Frau denn doch; weil sie aber nicht umsonst gegangen sein wollte, stickte sie auch die Stubenthür auf und wieder zu.

In der Kammer saß die Hexe auf einem Stuhl und lauste einen großen, schwarzen Bock, welcher auf ihrem Schoß lag. Die Frau kehrte sich nicht daran und überreichte ihr ruhig ein Stück von dem Backwerk und ebenso dem Bock; in demselben Augenblick war derselbe aber auch verschwunden. Nun fragte die Hexe nach allem, was ihr unterwegs zugestoßen sei; sie solle es nur der Wahrheit gemäß erzählen, sonst würde es ihr schlecht gehen. Die arme Frau machte in ihrer Angst ein vollständiges Geständnis, und kaum hatte sie ihre Rede beendigt, so rief die Hexe: »Baff, dår lejst!« und sofort erschien der Bock und versetzte der Unglücklichen einen solchen Stoß, daß sie auf der Stelle den Geist aufgab.

*Mündlich aus Fernowsfelde auf Wollin.*

## 424. Das Kesselscheuern in der Neujahrsnacht.

Wenn ein Mädchen um zwölf Uhr in der Neujahrsnacht den Kessel scheuert, so muß ihr der künftige Liebste erscheinen und ein Angebinde verehren. Einst suchte auf diese Weise ein junges, leichtfertiges Ding seine Neugierde zu befriedigen, und herein trat durch die Thüre ein langer, hagerer Schneider und reichte ihr einen Dolch hin. Erschrocken floh das Mädchen durch die entgegengesetzte Thür hinaus, und der Schneider warf ihr den Dolch mit solcher Wucht nach, daß er sich tief in das Holz der Thür hinein bohrte. Am andern Morgen entfernte das Mädchen das Messer und legte es in ihre Lade. Es verging auch nicht lange Zeit, so kam der Schneider, den sie in der Neujahrsnacht gesehen, hielt um sie an, und beide feierten die Hochzeit. Der junge Ehemann wußte jedoch von dem damaligen Begebnis nichts mehr.

Eines Tages nun kramte er in der Lade seiner Frau herum, fand den Dolch und erkannte ihn als sein Eigentum wieder. Zu gleicher Zeit stieg ihm auch, wie ein dunkler Traum, die Erinnerung an die Mitternachtsstunde des Sylvesterabends vor die Seele. Er rief seine Frau, zwang sie zum Geständnis und stieß ihr darauf den Dolch ins Herz unter den Worten: »Also du bist es gewesen, die mir damals die entsetzliche Luftfahrt in der Neujahrsnacht bereitet hat.«

*Mündlich aus Meesiger, Kreis Demmin.*

## 425. Der Freischütz in der Falkenwalder Heide.

Vor noch nicht allzu langer Zeit machte ein verwegener Wilddieb die Falkenwalder Heide unsicher. Kein Schuß ging ihm fehl, und das war auch im Grunde genommen kein Wunder, denn er hatte sich einen Freischuß verschafft. Und das war so zugegangen:

Als er bei der Einsegnung als Konfirmand das erste Mal zum heiligen Abendmahl gegangen war, ließ er die Oblate nicht auf der Zunge zergehen, sondern nahm sie aus dem

Munde, trug sie aus der Kirche heraus und heftete sie mit einem Nagel an einen Baum. Darauf holte er sein Gewehr und sprach darüber die Worte:

»Rohr, behalte deine Glut,
Unsers Herrn Jesus Christus sein Blut.
So das Rohr nicht will halten,
So muß das Rohr verspalten.
Im Namen Gottes des Vaters † des Sohnes † und des heiligen
Geistes †.«

Nachdem das geschehen war, ergriff er das gesegnete Gewehr und gab damit auf die Oblate einen Schuß ab. Der traf, denn solche Schüsse verfehlen niemals ihr Ziel, und von dem Augenblicke an konnte er mit seiner Flinte treffen, was er wollte, war also ein richtiger Freischütz. Schoß er zum Fenster hinaus und war auch zuvor nirgends ein Tier zu sehen gewesen, er erlegte doch jedesmal ein Stück Wild. Nur war er gezwungen, vor jedem Schusse zu sprechen:

»Satan, halte mir das Tier,
Ich geb' dir Leib und Seele dafür!«

Daraus läßt sich entnehmen, zu wem er, als sein letztes Stündlein schlug, gefahren ist.

*Mündlich aus Vogelsang, Kreis Randow.*

## 426. Das Hexenreiten zu Walpurgis.

Am Wolborgen, das ist in der Mainacht, reiten die Hexen zum Blocksberg auf einem Besenstiel. Sie sprechen zu dem Zwecke, nachdem sie den Stiel zwischen die Beine genommen haben:

»Up un dervan,
Un nårens an.«

und im Hui geht's durch den Schornstein hindurch in die Lüfte, und in wenig Augenblicken befinden sie sich auf dem allgemeinen Versammlungsplatze.

Eine junge Hexe, welche das erste Mal ausfahren wollte, versprach sich und sagte:

»Up un dervan
Un allerwêjens an.«

und die Folge davon war, daß sie sofort gegen den Råmbôm (die Querleiste über dem Feuerherd, an der man Schinken, Würste und Speckseiten aufhängt) flog und nun immerfort zurückgestoßen und wieder herangeschleudert wurde. Dies währte so lange, bis die übrigen Hexen vom Blocksberge zurückkehrten und die Macht des Mainachtzaubers gebrochen war. Es ist ihr dadurch die Lust an solchen Nachtfahrten gründlich genommen worden.

Um sich vor den bösen Einflüssen der Hexen zu schützen, macht man mit dem Schützel (d. i. die Krücke, mit welcher beim Backen die glühenden Kohlen nach vorn geschoben werden) an alle Thüren und Geräte schwarze Kreuze. Die weißen Kreuze mit Kreide, welche man häufig sieht, nützen nicht viel. Als eine Hexe dieselben erblickte, rief sie aus:

»Witt,
Dat is vörn Schitt!
Åwer schwârt,
Dat is hârt!«

*Mündlich aus Beiershöhe, Kreis Greifenhagen.*

### 427. Hexe im Siebreifen bei Beiershöhe.

Ein Knecht ging einst in der Nähe von Beiershöhe, im Kreise Greifenhagen, auf der Landstraße, als ihm ein Siebreifen entgegengelaufen kam, aus dem die herrlichste Musik ertönte. Der Spuk wollte an ihm vorüber eilen, doch der Bursche stieß den Siebrand mit dem Fuße um, und nun rief eine Stimme kläglich: »Ich bin eine Hexe und auf meiner Fahrt; richtest du den Reifen nicht wieder auf, so bin ich verloren und muß mein Leben lassen.« Da ließ sich der Mann erweichen und willfahrte der Bitte, und in demselben Augenblicke war der Siebrand auch schon wieder in Bewegung und rollte die Straße dahin und war bald in der Ferne verschwunden.

*Ebendaher.*

### 428. Der Rückenknochen vom schwarzen Kater.

Bei Marienfließ lebte einst ein Mann, der gefürchteter war, wie der leibhaftige Teufel. Wo er stahl, da gelang es ihm immer, das ganze Haus auszuplündern; denn alles war vom tiefsten Schlafe umfangen, solange er in der Wohnung weilte. Wer ihn geärgert hatte, dem verwünschte er das Vieh oder er brachte ihm eine Krankheit an den Hals, und machte sich die Polizei auf den Weg, um ihn für die Unthaten in das Gefängnis zu stecken, so bannte er die Gendarmen, daß sie fest wurden und kein Glied mehr regen konnten. Nur auf vieles Bitten verstand er sich dazu, sie wieder zu lösen. Wer aber einmal in dieser Lage gewesen war, den vermochten keine Versprechungen, je wieder Hand an den Unhold zu legen.

Endlich kam man dahinter, woher er solche Macht besaß. In einer Neujahrsnacht hatte er einen kohlschwarzen Kater, an dem auch kein einziges weißes Haar war, genommen, an den Füßen zusammengebunden und lebend in einen Kessel warmen Wassers gesetzt. Darauf machte er Feuer unter dem Kessel an und ließ den Kater zu Tode kochen, bis sich Fell und Fleisch von den Knochen lösten. Sodann nahm er einen kleinen Knochen vom Rückgrat, steckte ihn zu sich und war damit in den Besitz des Zaubers gelangt, der ihn die größten und schwersten Künste spielend verrichten ließ. Was dieser Teufelsknecht für ein Ende genommen, weiß man nicht mehr.

*Mündlich aus Marienfließ, Kreiß Saazig.*

### 429. Augen verblenden.

In Kicker lebten früher zwei große Hexenmeister, ein Jäger und ein Bauer, die waren einander spinnefeind. Um seinen Nebenbuhler zu ärgern, verhexte der Bauer eines Tages dem Jäger das Gewehr, so daß derselbe keinen Schuß abschießen konnte. Doch vermöge seiner Zauberkünste wußte dieser bald, worin der Übelstand seinen Grund hatte, und wer der Urheber desselben gewesen war, und beschloß, sich zu rächen.

Als der Bauer am Abend in den Stall ging, um Häcksel für die Pferde zu schneiden, fand er im Stroh eine Menschenhand liegen. Erschrocken ergriff er sie, ging damit in die Stube, um sie näher zu besichtigen, und bemerkte nun zu seinem Ärger, daß es seine eigene Hand war, welche er festhielt. Da erkannte er, daß er es in dem Jäger mit einem Stärkeren zu thun habe, und band künftig nie wieder mit ihm an.

*Mündlich aus Kicker, Kreis Naugard.*

## 430. Die Müllerin und der Mühlknecht.

### I.

Auf einer Mühle konnte und konnte kein Mühlknecht lange aushalten; denn jede Nacht kam eine große, abscheuliche, schwarze Katze in das Schlafzimmer desselben und erschreckte ihn dermaßen, daß er alle Lust verlor, auch nur eine Nacht noch in der unheimlichen Mühle zuzubringen. Endlich meldete sich bei dem Müller ein beherzter Geselle, der Tod und Teufel nicht fürchtete, wie man so zu sagen pflegt, und bat, ihn als Mühlknecht anzustellen.

Der Müller ging zwar darauf ein, erzählte jedoch zuvor dem neuen Knecht unumwunden, was seinen Vorgängern in der ersten Nacht zugestoßen sei. Aber dem Burschen machte das keine Sorge, und der Dienstvertrag wurde abgeschlossen. Als es nun Abend wurde, nahm der Geselle einen großen Knüppel und ging in seine Kammer hinauf, dann zog er um seine Lagerstatt einen Kreis mit Kreide und legte sich schlafen.

Gegen Mitternacht erwachte er wieder, denn die Thür öffnete sich, und herein trat die große Katze, und sechs andere folgten ihr nach. Sobald die erste den Kreidekreis überschritten hatte, sprang der Mühlknecht auf und versetzte ihr einen solchen Schlag mit dem Knüppel, daß sie zusammenbrach und sofort verendete. In demselben Augenblick waren aber auch alle Katzen samt der toten verschwunden, und der Knecht legte sich wieder in sein Bett und schlief weiter.

Als am andern Morgen die Leute zum Frühstück versammelt waren, erschien die Meisterin nicht beim Essen. Man wartete lange vergeblich, endlich sah man in der Schlafstube nach, und siehe, da lag die Müllerin tot im Bette, und von der einen Hand fehlte ein Finger. Den hatte der Knecht mit dem Knüppel abgeschlagen.

*Mündlich aus den Kreisen Naugard und Demmin.*

### II.

Eine Müllersfrau war eine große Hexe. In Gestalt einer Katze spürte sie ihren Gesellen auf Schritt und Tritt nach, und die waren thöricht genug, sie nur mit gelinden Schlägen hinweg zu treiben. Dafür rächte sich dann das boshafte Weib und brachte alle Gesellen der Reihe nach um. Hätten die Burschen die Katze blutig geschlagen, so hätte ihnen die Müllerin nichts anhaben können.

Der Müller konnte am Ende keinen Gesellen mehr finden, der bei ihm dienen wollte. Zuletzt meldete sich noch ein alter Mann. Der sagte, er wolle es einmal versuchen, er sei ja doch schon alt, und an seinem Leben wäre nicht mehr viel gelegen. Der Müller war's zufrieden, und der neue Geselle trat seinen Dienst an.

Eines Abends ging er auf den Hof, Holz zu holen, um damit seinen Ofen zu heizen. Eben wollte er einige Scheiter von dem Holzstoß herunter nehmen, als er einer Katze ansichtig wurde, die ihre Pfoten auf das Holz legte und ihn dadurch hinderte, davon zu nehmen. »Halte die Pfoten weg«, rief er dem Tier zu; aber die Katze folgte nicht. Da hieb er mit seinem scharfen Beile zu und schlug ihr die eine Pfote ab. Im nämlichen Augenblicke war die Katze verschwunden, anstatt der Pfote lag aber ein Finger auf dem Boden, auf dem steckte ein Trauring, und der Name darin war kein anderer als der Name der Müllerin. Jetzt erkannte der alte Müller, daß seine Frau eine Hexe war, und ließ sie tot »adern«.

*Aus Mesow, Kr. Regenwalde: Mitgeteilt durch Herrn Prof. E. Kuhn.*

## 431. Der Blocksberg im Schweriner Bruch.

Am Wulbrechtsabend ziehen die Hexen in den Schweriner Bruch auf den Blocksberg, wo man dann am andern Morgen noch den Ring sehen kann, den sie im Grase getanzt haben. Eine Hexe nahm einmal auf diese Reise ihren Knecht mit und flog dabei als eine schwarze Sau mit ihm durch die Lüfte. Als sie auf dem Blocksberge angelangt waren, bekam jede Hexe beim Mahle eine Krüllerft, das ist eine solche Erbse, die einmal aufgequollen ist. Der Knecht mußte dabei auf einem Katzenschwanz die Musik machen.

Wer es mit ansehen will, wie die Hexen in den Bruch fahren, der muß sich unter eine Erbegge setzen. Ein Knecht that das auch einmal, und da sah er, wie eine Frau an ihren Backofen trat, sich auf eine Gerstel[41] setzte und mit dem Spruche:

»Auf und davon
Und nirgends an.«

in die Luft flog. Er wollte es ihr nachthun, sprach aber den Spruch falsch nach und sagte:

»Auf und davon
Und allerwegen an.«

Da ist er denn unterwegs arg in die Bäume geraten und ganz zerschunden auf dem Blocksberg angekommen, so daß er nie wieder Lust zu solchen Fahrten in sich verspürte.

*Ebendaher.*

## 432. Hexe will ihre Tochter zaubern lehren.

Der Teufel setzt den Hexen sehr zu; so muß jede Hexe vor ihrem Tode eine andere angelernt haben, damit die Zahl immer voll bleibe. Das ist aber nicht so leicht zu machen, denn welcher gottesfürchtige Christenmensch verschriebe sich wohl gern dem Teufel. Da sie jedoch ihrer Pflicht nachkommen müssen, so hat eine alte Hexe einmal sogar ihrer eigenen Tochter nicht geschont. Sie kaufte einen neuen Topf, stellte ihn auf den Tisch und sprach dann die Worte:

»Ich glaub' an den Topf,
Und sch... in Gott.«

Das sollte das Kind nachsprechen; doch es war besser als seine gottlose Mutter und hat es nicht gethan.

*Ebendaher.*

## 433. Predigerstochter lernt hexen.

Eine Predigerstochter war mit einem Gutsbesitzer verheiratet. Sie hatte dort zwar ihr gutes Auskommen, aber trotzdem war sie habgierig und hatte keinen größeren Wunsch, als reich, sehr reich zu werden. Da war's ihr denn recht angenehm, daß ihr eine alte Hexe im Dorf die Kunst lehrte, aus den Ackerfeldern und dem Viehstand einen doppelt großen Ertrag zu erzielen. Zu dem Zwecke kaufte das Weib einen neuen Topf, stellte ihn auf den Tisch und sprach der jungen Frau die lästerlichen Worte vor:

»Ich glaub' an den Topf,
Und sch... in Gott.«

Und das habgierige Wesen sprach den Spruch nach und sagte sich damit los von Gott.

Als sie nun auf dem Totenbette lag, kam auch der Vater zu ihr, um ihr Trost zuzusprechen. Wie er jedoch ihre große Angst und Seelennot gewahrte, verwunderte er sich darüber und drang in sie, bis sie ihm alles gestand. Der Vater ward sehr zornig über seine gottlose Tochter, aber weil sie sein Kind war, versprach er ihr, ohne Aufhören für sie zu beten, und als ein Zeichen, daß sie von Gott begnadigt sei, wolle er es ansehen, wenn sie nach ihrem Tode als weiße Taube an sein Fenster käme. Käme aber ein Rabe, so wisse er, daß Gott sie verworfen habe.

Sobald die Frau gestorben war, flog ein Rabe gegen das Fenster und krächzte mit schauriger Stimme:

»Gott einmal verschworen,

Auf ewig verloren!«

Wie tief übrigens selbst Predigersfrauen sinken können, sieht man daraus, daß das Weib eines Pastors in der Mesower Gegend verstand, durch einen auf die Erde gelegten und mit einem Zauberspruch gesegneten Zwirnsknäuel bei dürrer Zeit den Regen auf ihre Felder zu ziehen.

*Ebendaher.*

## 434. Wie man Hexen und Hexenwerk erkennen kann.

Wer ein fünfblättriges Kleeblatt oder ein Ei, das am Ostermorgen vor Sonnenaufgang oder in der Neujahrsnacht gelegt ist, oder einen Löffel mit Teig, welcher zur selben Zeit mit diesem Löffel eingerührt ist, unwissend bei sich führt, der kann alle Hexen erkennen. In der Kirche tragen dieselben nämlich statt der Hauben Butterfässer, Stüppeln (Handfässer) und andere derartige Dinge auf dem Kopfe.

Wenn man so etwas gesehen hat, muß man jedoch sehr vorsichtig sein; denn die Hexen wissen genau, daß sie erkannt sind. Um ihrer Rache zu entgehen, muß man, bevor von dem Prediger Amen gesprochen ist, eilends aus der Kirche herauslaufen. Erhaschen die erbosten Hexen einen dabei, so wird er von ihnen zerrissen, wenn er ihnen nicht zuschwört, sie niemals verraten zu wollen.

Sonst kann man die Hexen auch an ihren roten Augen und an ihrem boshaften Herzen erkennen. Denn eine richtige Hexe freut sich über eine schlechte That, die sie verübt hat, mehr als über den schönsten Braten.

*Ebendaher.*

## 435. Gaukler entlarvt.

Ein »Spiel« (d. i. ein Taschenspieler, Hexenmeister, Gaukler oder Zauberer) machte auf der Straße seine Kunststücke. Unter anderm kroch er mitten durch einen Klotz (Trumm) hindurch, daß die Bauern Mund und Nase aufsperrten. Da kam ein Mädchen hinzu, das zufällig ein fünfblättriges Kleeblatt bei sich trug. Ihr konnte der Spiel die Augen nicht verblenden, und darum sah sie genau, daß der Hexenmeister nicht durch den Klotz, sondern nur über ihn hinweg kroch. Vergnügt lachte sie den Schwindler aus. Der hat ihr das aber gewaltig übel genommen und hat's ihr angethan, so daß sie nach drei Tagen sterben mußte.

*Ebendaher.*

## 436. Der Jäger und der Schäfer.

In Wangerin lebte einmal ein Jäger und in Piepstock ein Schäfer, die beide Zauberbücher besaßen. Eines Tages erzürnten sie sich, und der Schäfer schoß deshalb von Piepstock aus dem Jäger in Wangerin ins Bein. Das war aber ein noch größerer Zauberer als der Schäfer; und wie dieser einst auf einem Steinbrink saß und in seinem Zauberbuche las, kam plötzlich eine große Menge Raben herbeigeflogen und hackte ihm auf den Kopf. Rückwärtslesen, das sonst immer hilft, konnte die Vögel nicht vertreiben. Da merkte er denn wohl, daß es ihm der Jäger angethan habe.

Nach einer ganzen Weile kam dieser auch zu ihm und sagte, diesmal wolle er ihm das Leben noch schenken; er solle es aber nie wieder wagen, mit ihm in Wettstreit zu treten. Dann ließ er die Raben verschwinden und kehrte wieder nach Wangerin zurück.

Derselbe Jäger schoß oft Katzen vom Schornstein herab, und wenn sie unten ankamen, so waren es Hasen und wurden auch von den Leuten als Hasen gekauft und gegessen. Sobald er jagte, brauchte er dazu gar nicht in den Wald zu gehen. Er schoß einfach zum Fenster hinaus, und ins Herz getroffen stürzte ein Hase nieder.

*Ebendaher.*

## 437. Das sechste und siebente Buch Moses.

Zauber- oder Korakten-Bücher sind besonders das sechste und siebente Buch Moses. Wegen ihres unheilbringenden Inhalts sind sie aus der Bibel verworfen worden, doch findet man sie noch hin und wieder von den Pastoren in den Kirchen aufbewahrt. Wirft man solche Bücher in das Feuer, so verbrennen sie nicht.

Ein Müllergeselle besaß ein derartiges Zauberbuch. Als er nun einst in die Kirche gegangen war, kam sein Meister herzu und las in dem Buche, das der Geselle aus Versehen auf dem Tische hatte liegen lassen. Die Geschichten, welche darin standen, gefielen ihm über die Maßen; aber während er las, traten mit einem Male viele Herren zur Thüre hinein, setzten sich an den Tisch und verlangten Arbeit.

Da wurde dem Meister himmelangst, und er sandte zur Kirche und ließ den Gesellen eilends herbeiholen. Der las alles, was der Müller vorwärts gelesen hatte, wieder rückwärts zurück, und damit verschwanden die Geister. Doch war er sehr böse über den Vorwitz seines Meisters und schalt ihn tüchtig aus und befahl ihm, nie wieder die Bücher anzurühren.

*Ebendaher.*

## 438. Das Buttermachen.

Ein Schneider, der bei einer Frau in Schovanz arbeitete, bemerkte einmal, wie dieselbe beim Buttern etwas unter das Faß legte, worauf die Butter sofort herausquoll. Als das Weib hinausgegangen war, nahm er die Gelegenheit wahr und schaute nach. Da sah er nun, daß ein roter Lappen unter dem Fasse lag. Schnell ergriff er die Schere, schnitt ein Stückchen davon ab und nahm es mit sich nach Hause.

Dort versuchte er auf dieselbe Weise zu buttern, wie die Frau in Schovanz, und es gelang auch sehr gut. Aber am Abend öffnete sich die Thüre, der Teufel trat herein mit einem Buch unter dem Arm und verlangte vom Schneider, er solle darin seinen Namen einschreiben; denn er sei jetzt sein, weil er von seinem H a u p t e etwas abgeschnitten habe. Der Schneider verlangte Bedenkzeit, und der Böse ging auch darauf ein, ließ das Buch bei dem Manne liegen und verschwand wieder.

Kaum war er fort, so eilte der Schneider zum Pastor und erzählte ihm den ganzen Handel. Der Prediger riet ihm, er solle in das Buch hineinschreiben: »Das Blut Jesu Christi, des Sohnes Gottes, macht mich rein von allen Sünden«, und dann möge er nur ruhig abwarten, wie alles verlaufen werde.

Als am andern Morgen der Teufel wiederkam, konnte er das Buch nicht angreifen. Zornig verlangte er, der Schneider solle den Spruch ausreißen. Aber der ließ den Bösen reden, so viel er wollte, und wirklich konnte ihm der Teufel nichts anhaben, sondern mußte unverrichteter Sache heimkehren. Neugierig öffnete der Schneider jetzt das Buch, und siehe da, alle Frauen aus Schovanz waren dort als Hexen eingeschrieben, und weil der Teufel ihre Unterschriften nicht mehr hatte, so waren sie allesamt erlöst.

Doch einen Nachteil haben die Schovanzer dennoch von ihrem Hexenwerk gehabt. Ihre Butter pflegten sie nämlich nach Plathe zu liefern. Als aber diese Geschichte ruchbar wurde, da wurde es den Plathenern klar, warum sich ihre Butter, sobald sie in die Pfanne gekommen, stets in Kuhmist verwandelt hatte, und kein Mensch in Plathe hat seit der Zeit wieder aus Schovanz Butter bezogen.

*Ebendaher.*

## 439. Das Schloß verschließen.

Früher hat es schändliche, alte Hexenweiber gegeben, welche durch Zauberkünste die Ehen kinderlos zu machen wußten. So war einmal eine solche Hexe, die lief während des Brautzuges zwischen den Abteilungen der Frauen und Männer, also zwischen Braut und Bräutigam, hindurch und hielt dabei ein Schloß in der Hand, das sie zudrückte und in einen tiefen Brunnen warf.

Das junge Ehepaar blieb infolge dessen lange Zeit kinderlos. Da wurde einmal nach Jahren der Brunnen gereinigt, und es fand sich darin ein verrostetes, zugedrücktes Schloß. Als man es öffnete, quollen daraus drei Blutstropfen hervor. Jeder Blutstropfen war eins der Kinder, welche durch die Kunst der alten Hexe den Eltern geraubt waren.

*Ebendaher.*

## 440. Hinrichtung einer Kindsmörderin bei Daber.

Vor vielen Jahren wurde auf dem Felde unweit Daber eine Kindsmörderin hingerichtet. Es war ein hübsches Mädchen, und der Henker erbot sich, sie zur Frau zu nehmen; aber sie schlug es aus, da sie nur die verdiente Strafe erleide, wenn sie sterbe.

Als ihr nun das Haupt abgeschlagen war und das Blut weit umherspritzte, drängten sich alle Leute, die etwas zu verkaufen hatten, besonders Bäcker und Brauer, heran, um in einem Lappen einige Tropfen aufzufangen. Das Blut eines armen Sünders ist nämlich gut zu mancherlei. Die Bäcker und Brauer tauchen den Lappen mit solchem Blut in den Teig und das Bier, dann bekommen sie großen Zulauf von Kunden. Pferdebesitzer reiben mit solchen Lappen ihre Rosse, darnach werden sie blank und glänzend; und dergleichen mehr.

Auch erzählt man sich, daß das Schwert des Henkers vor jeder Hinrichtung drei Tage lang an der Wand zittert. Man nennt das, der Teufel »spielt« an dem Schwerte. Ferner wissen die

Leute, daß der Schinder drei Streiche frei habe; trifft er dann noch nicht, so muß er selbst des Todes sterben.

*Ebendaher.*

## 441. Warum der Tag Abdon jetzt Beatrix heißt.

Wenn man an dem Tage Abdon einen Schnitt in einen Baum schneidet, so ist es sicher, daß derselbe verdorrt. Schlechte Leute haben deshalb früher an diesem Tage sehr viel Schaden thun können. Aus dem Grunde hat man dem Tag einen andern Namen gegeben und ihn Beatrix genannt, damit die Kenntnis von seinen unheilvollen Eigenschaften verloren gehen möchte.

*Ebendaher.*

## 442. Der Zauber in der Andreasnacht.

Durch gewisse Zeremonien können sich die Mädchen in der Andreasnacht den Anblick ihres künftigen Herzliebsten verschaffen. Eine Dirne that das auch, und da erblickte sie einen schönen, stattlichen Soldaten, der sie nachmals wirklich zur Frau nahm.

Das Mädchen hatte dem Manne aber in jener Nacht sein Schwert abgenommen und selbiges lange Jahre in ihrer Lade verwahrt. Zufällig sah es dort der Soldat einmal liegen, geriet in großen Zorn und sagte: »Also du bist die Hexe, die mir solche Schmach angethan hat, daß ich mein Schwert verlor und mich in jener Nacht so quälte!« Damit ergriff er den Stahl und stieß ihn der Frau in's Herz.

*Ebendaher.*

## 443. Der Blocksberg bei Cammin.

Zwischen Cammin und Soltin liegt ein kleiner Sandhügel, der Blocksberg genannt, auf dem, wie überhaupt auf allen Blocksbergen, die Hexen der Gegend in der Walpurgisnacht ihre Versammlungen abzuhalten pflegen.

Einst hatte ein Mann aus Soltin den Abend vorher seinen Ziegenbock, der am Blocksberg weidete, in den Stall zu bringen vergessen. Lange nach Mitternacht, als es schon gegen Morgen war, erwachte er plötzlich und erinnerte sich an dieses Versäumnis. Schnell kleidete er sich an und rannte dem Blocksberge zu, wo er drei Hexen und einen Hexenmeister versammelt fand.

Ohne sich, wie man doch thun soll, dreimal zu bekreuzen, wollte er eilends den Bock losketten, aber die Hexen verhinderten ihn daran und sagten ihm, jetzt sei er der ihre und müsse bei ihnen bleiben. Da er jedoch keinen Besen zum Reitpferd habe, wie die andern Hexen, so solle er dazu seinen Ziegenbock gebrauchen. Sodann mußte er sich auf denselben setzen und dreimal den Berg umreiten.

Seit der Zeit hat man diesen Mann niemals wieder in Soltin zu sehen bekommen. Nur in jeder Walpurgisnacht kann man ihn vor Sonnenaufgang erblicken, wie er mit den andern Hexen auf dem Blocksberge erscheint. Bei dem Umritt findet folgende Reihenfolge statt. Als erster reitet der Hexenmeister auf einem schwarz und weißen Bock, dann kommen die drei Hexen auf ihren Besenstielen und als letzter endlich der Soltiner Bauer auf seinem eigenen Ziegenbock.

*Mündlich aus Soltin, Kreis Cammin.*

## 444. Ochse zu Tode gezaubert.

Hat ein Dieb von dem gestohlenen Gute etwas zurückgelassen, so kann man mit Hilfe dieses Restes, unter Anwendung von Zauberkünsten, den Missethäter zu Tode bringen.

Eine Frau, welche diese Kunst auch kannte, hatte Garn zum Bleichen an den See gebracht. In ihrer Abwesenheit kam ein Ochse und verschleppte einen großen Teil davon in das Wasser. Da der Frau schon mehrmals ähnliches zugestoßen war, wurde sie unmutig, nahm etwas von dem übrig gebliebenen Garn und gebrauchte ihre Mittel. Von der Zeit an nahm merkwürdigerweise ein Rind aus dem herrschaftlichen Stalle von Tag zu Tag immer mehr ab und starb nach kurzer Zeit.

Als nun im kommenden Sommer das Wasser im See zurücktrat, sah man das Garn auf dem Grunde liegen, und da erkannte man, daß der verendete Ochse der Thäter gewesen war.

*Mündlich aus Kratzig, Kreis Fürstentum.*

## 445. Mittwoch und Sonnabend sind keine Tage.

In den Unglücksjahren 1806 und 1807 bekam ein Bauer Einquartierung von mehreren Franzosen. Da ihm der Feind vorher schon fast alle seine Vorräte weggeschleppt hatte, so vergrub er das letzte, was er besaß, ein Paar Speckseiten, in dem Garten unter einem Baum.

Der eine Franzose aber konnte mehr als Brotessen, roch sofort den Schatz des armen Mannes, grub ihn aus und sprach dann zu seinem Wirte: »Vater, schaff nur Brot und Brantwein; für Fleisch werde ich selbst sorgen.« Der Bauer that, wie ihm befohlen war. Als sie nun aßen, wollte er nichts von dem Speck genießen. Der Franzose aber rief: »Iß nur Vater, es ist von deinem Fleisch.« Der Bauer läugnete auch jetzt noch; da erklärte ihm der Fremde, wenn er wieder einmal etwas vergraben wolle, möge er dies zu einer Zeit thun, die weder Nacht noch Tag sei, und außerdem müsse er ein wenig Schweinedreck mit dabei legen, dann könne kein Mensch den Schatz herausriechen.

»Nun«, meinte der Bauer, »dann muß man es wohl beim Zwielicht thun.« – »Nein«, erwiderte der Franzose, »das würde nichts helfen. Es muß Mittwoch oder Sonnabend geschehen, denn dann ist weder Tag noch Nacht.«

*Ebendaher.*

## 446. Hexe entdeckt.

Ein Jäger bei Ritzig hatte sich mit seiner alten Schwiegermutter erzürnt. Als er nun auf die Jagd gehen wollte, sagte diese: »Hüte dich nur, daß dir nicht der dreibeinige Hase begegnet.« Der Jägersmann kehrte sich jedoch nicht an das Geschwätz und ging ruhig seiner Wege.

Er war noch nicht weit gegangen, da sah er wirklich einen dreibeinigen Hasen über den Weg laufen. Sogleich legte er an und gab dem Tier eine so gut gezielte Ladung auf den Pelz, daß es sich dreimal überkugelte. »Nun«, sagte er, »du müßtest schon gerade ein Fuchs sein, wenn du mit dem Leben davon kommen solltest.« Doch der Hase erhub sich wieder und lief über einen Berg. Der Jäger setzte ihm nach und erblickte auf der anderen Seite des Hügels einen dreibeinigen Fuchs laufen. Auch diesen traf er so hart, daß der Fuchs sich nur mit großer Mühe durch die Flucht seinem Verfolger entziehen konnte.

Als der Mann in den Wald eintrat, stürzte mit einem Male ein dreibeiniger Wolf auf ihn los. Diesmal fehlte der Schütze sein Ziel; doch schnell zog er seinen Hirschfänger heraus und schlug so gewaltig auf das Untier ein, daß es schleunigst entfloh. Wie der Jäger nun nach Hause kam, lag seine Schwiegermutter ganz zerschossen und zerschlagen im Bett und gab bald darauf ihren Geist auf.

*Mündlich aus Ritzig, Kreis Schiefelbein.*

## 447. Pastor lehrt eine Frau besprechen.[42]

Eine arme Frau sprach im Pfarrhause um eine milde Gabe an. »Warum verdienst du dir denn nicht selbst dein tägliches Brot«, fragte der Pastor. »Zu harter Arbeit bin ich zu schwach, und andere Beschäftigungen erhalte ich nicht«, entgegnete die Gefragte. – »Hast du's denn schon mit dem Besprechen versucht?« – "Nein, Herr Pastor, das verstehe ich nicht.« – »O, was du sagst, das bleibt sich gleich, du mußt es nur leise sprechen und drei Kreuze darüber schlagen. Bete getrost folgenden Spruch her:

Beut, beut,
Krêj hät Fäut,
Krêj hät anne lange Schtât,
Dat 't mâ ball baete wât.
Helpt 't ne,
Sô schåd't ôk ne.«

Das Weib versprach, den Rat zu befolgen, wanderte in eine andere Gegend aus und ließ sich dort als kluge Frau nieder.

Einige Jahre darauf wurde der Pastor sterbenskrank; ein böses Halsgeschwür nahm ihm den Atem und ließ ihn nicht essen, und die Ärzte hatten ihn völlig aufgegeben. Sprach die Frau Pastorin: »Liebes Männchen, wir ollen doch mal zu dem klugen Weib schicken, von der alle Welt sich Wunders erzählt.« Der Pfarrer mochte sich nicht darauf einlassen, aber seine Frau setzte es doch durch, und das Weib wurde geholt.

Wie sie nun an das Bett trat, begann sie zu sprechen:

»Beut, beut,
Krêj hät Fäut.«

Der Pastor blickte auf, erkannte die arme Frau wieder und mußte über den tollen Unsinn so hell auflachen, daß das Geschwür im Halse aufbrach. So war, ehe der Spruch noch ganz zu Ende gesprochen war, die Gefahr beseitigt und des Pastors Leben gerettet. Man sieht aber daraus, worauf es bei dem Besprechen ankommt.

*Ebendaher.*

## 448. Liebeszauber in der Neujahrsnacht.

Wer wissen will, wie sein künftiger Schatz aussieht, der muß die Neujahrsnacht gut ausnutzen. Er mache im Ofen ein Feuer von neunerlei Holz, stelle sich mit dem Rücken gegen die Flamme und schaue sodann zwischen den Beinen in die Glut hinein, so sieht er die betreffende Person, mir der er später vereint durchs Leben gehen soll, in dem Ofen stehen.

Noch viel wirksamer halten manche Leute jedoch folgendes Mittel: Man säe in der genannten Nacht Leinsamen in das Bett und spreche darauf:

»Ich säe diesen Leinsamen
An diesem heiligen Neujahrsabend!
Wer da will mein Liebchen sein,
Der stell' sich heut' Nacht bei mir ein.«

Das führt immer zum Ziele. Ein junges Mädchen in Ritzig that also, und herein trat zu ihr ein Geist in grünem Gewande. Und wirklich, als sie sich später verlobte, sah ihr Bräutigam genau so aus, wie der Mann, welchen sie in jener Nacht gesehen hatte, und trug auch dasselbe grüne Gewand.

Eine schon bejahrte, aber immer noch sehr heiratslustige Witwe in demselben Dorfe bediente sich ebenfalls dieses Zaubers. Da trat jedoch der Geist ihres verstorbenen Eheherrn in die Kammer hinein und blickte sie drohend an, ging auch nicht eher fort, als bis die Turmuhr zwölf geschlagen hatte. Der guten Frau ist darauf jede Lust zu neuen Liebschaften vergangen, und sie ist Witfrau geblieben ihr lebelang.

*Mündlich aus Ritzig, Kreis Schiefelbein.*

## 449. Hexe fährt zum Blocksberg.

Ein Knecht aus Ritzig kam eines Nachts am Blocksberg vorbei, als er auf den Berg zu einen Siebrand mit großer Geschwindigkeit dahinlaufen sah. Dabei sang eine Stimme sehr schön. Der Mann redete den Spuk an und fragte: »Bist du der Teufel, oder wer sonst?« Da stand plötzlich eine Frau vor ihm und sagte, sie sei auf dem Wege nach dem Blocksberg, denn dort sei heute großer Feiertag; er solle nur mitkommen. Der Knecht mußte sich nun hinsetzen, die Hexe nahm ihn mit in ihren Reifen, und in kurzer Zeit waren sie oben auf dem Berg.

Nachdem sie dort bis gegen Morgen gespielt und getanzt hatten, setzten sich beide in den Siebrand, und die Frau brachte den Knecht dahin zurück, von wo sie ihn hergeholt hatte.

*Ebendaher.*

## 450. Die unschuldig verbrannte Hexe.

Zu Klützkow, im Kreise Schiefelbein, lebte vor vielen Jahren eine fromme Bäuerin, die so gerecht war, daß sie jedermann unverhohlen die Wahrheit in das Gesicht sagte. Das verdroß gar manchen, denn die Wahrheit hört gemeiniglich niemand gerne, und die Neider der Frau wußten es endlich dahin zu bringen, daß man ihr den Prozeß machte und sie als Hexe vor Gericht stellte. Auch ein Mann war gar bald gefunden, dem sie eine Krankheit angehext haben sollte. Das fromme Weib traute auf ihr gutes Gewissen und wies alle Beschuldigungen als unwahr zurück. Doch es half ihr zu nichts, sie wurde verurteilt und mußte auf dem Scheiterhaufen ihr Leben enden. Vorher rief sie aber noch aus: »So wahr ich unschuldig bin, so wahr wird über ein Jahr ein Dornstrauch aus meiner Asche entstehen, und zwei Vögelchen werden in ihm nisten.«

Und so geschah es auch. In Jahresfrist erwuchs auf der Brandstelle ein Dornbusch, der noch heutiges Tages steht, und noch jetzt nistet in seinen Zweigen ein schönes Vögelpaar.

*Mündlich aus Klützkow, Kreis Schiefelbein.*

## 451. Untreuer Mann wird herbeigekocht.

Einer Frau aus der Umgegend von Tempelburg war der Mann davon gelaufen. In ihrer Not wandte sie sich an eine von den Kartenlegerinnen (Kåterleijerinnen) und erhielt von dieser folgenden Rat. Sie mußte eine alte Hose ihres Mannes herbeischaffen. Aus derselben schnitt die Hexe ein gutes Stück heraus und zwar aus dem Hosenlatze. Dann wurde auf freiem Felde ein tüchtiges Feuer angemacht, ein Eisertopf mit Wasser angesetzt und der schmutzige Flicken hineingethan.

Es verging eine Stunde nach der anderen, das Wasser wollte nicht kochen, obgleich die Nachbarsleute sämtlich das Feuer schüren halfen und man es an nichts fehlen ließ. Erst nachdem die Flamme über vierundzwanzig Stunden unterhalten war, begann das Wasser zu zischen und zu brodeln, und mit diesem Augenblicke wurde auch das Gewissen des untreuen Mannes erregt. All sein Sträuben half ihm nichts, er mußte umkehren und, so schnell ihn seine Füße tragen konnten, zu seiner Frau zurückeilen.

Lange hat sie aber ihres wiedergewonnenen Hausherrn nicht froh sein können, denn schon vor Ablauf des Jahres war er eine Leiche. Das Kochen hatte es ihm angethan.

*Mündlich aus Tempelburg, Kreis Neustettin*

## 452. Kraft des Diebssegens.

Am Zeplinsee und dem Fließ (Flêt) liegen die Pfaffengärten (Påpegådens), welche der katholischen Kirche in Tempelburg gehören. Einst hatte dort ein Mann viel Salat und Kohl gepflanzt und freute sich schon im voraus auf die reiche Ernte. Wer verdenkt ihm darum seinen Ärger, als eines Morgens, wie er seine Pflanzungen besichtigte, nichts mehr von dem schönen Kraut vorhanden war. Man hatte ihm bei Nachtzeit alles gestohlen, und die Hoffnung auf den großen Gewinn war gründlich vereitelt.

In seinem Zorn riß da der Mann die Kohlstümpfe und, was sonst noch übrig geblieben war, aus dem Erdreich heraus und warf es unter dem Hersagen des Diebssegens in den Zeplinsee hinein. Kaum hatte er die schrecklichen Worte ausgesprochen, so daß er noch sehen konnte, wie die Wellen das Kraut mit sich fortführten, als eine arme Frau herbeilief, zu seinen Füßen niederfiel und ihn um Gottes Willen bat, den Zauberbann zurückzunehmen.

Jetzt tat ihm sein vorschnelles Handeln leid, und er willfahrte dem Weibe, aber die Kohl- und Salatreste konnte er nicht wieder zurückschaffen. So kam es, daß die unglückliche Frau von dem Tage an langsam dahinsiechte und den Schluß des Jahres nicht mehr erlebte.

*Ebendaher.*

## 453. Der Galgenberg bei Tempelburg.

Auf dem Galgenberg bei Tempelburg fanden früher die Hinrichtungen statt. Bei solchen Gelegenheiten war stets großer Andrang um den Richtblock; denn ein jeder suchte etwas von dem Blute des armen Sünders zu erhaschen, um dasselbe als wertvollen Zauber mit sich nach Hause zu nehmen.

Der Besitz dieses Blutes bringt nämlich Glück und Reichtum, wie nichts anders in der Welt, doch währt die Herrlichkeit nur bis in das dritte Glied. Besonders suchten die Gastwirte des Sünderblutes habhaft zu werden. Wenn sie davon etwas in die Branntweinfässer thaten, so konnten die Leute, welche einmal von dem Schnaps getrunken hatten, denselben nicht mehr lassen und mußten für immer in des Wirts Kundschaft bleiben. Noch wirksamer soll es gewesen sein, ein ganzes Glied von einem armen Sünder, so z. B. einen Finger, in das Faß zu legen.

Eines Tages wurden auf dem Galgenberg zwei Männer von Henkers Hand getötet, deren Schuld nicht völlig erwiesen war und die sich auch standhaft bis an ihr Ende als unschuldig bekannt hatten. Als nun ihr Kopf gefallen war, flogen ihre Seelen in Gestalt zweier weißer Tauben in die Lüfte. Da hat denn jedermann gewußt, daß ihre Aussagen wahr gewesen und sie zu Unrecht enthauptet waren.

*Ebendaher.*

## 454. Chrôt Treink ûe klein Treink.

Chrôt Treink ûe klein Treink wônta bêr allein in einem Haus. Våta ûe Mutta harra se ne mêa, dei wêra all schturwe. Weil sei nau ümma sô allein wêra, sêa dei Tanta, dei dåa im nêchsta Doeap wånt, sei schulla dat Awends dåa tau êa kåma ûe bringa dat Schpinnrad mit; denn bei êa kêma dat Åwends noa mêa Mêkes tam Schpinnen tôp.

Sei jinga nau uk hen all Åwed. Nau kam as dat Åwends ein ull Frûch uk dåahen, ûe dem Weif trûchte kein Minsch wat jauds tau. Sei votella sich voa dîsem ûe voa jênem. Dîes Mêkes wêra êa noa ûebekannt, denn sei harr sei noa jåa ne seie. Nau mâuk sei denn uk mit êa Bekanntschaft ûe sêa tau êa, sei schulla uk as tau êa kåma; denn sei wêa imma sô allein, ganz allein. Dei Mêkes dei willichta dat uk mit in, dei andre Mêkes åwa rêdta êa alla af. Sei sêra: »Dat ull Weif is'n ull Hex«; åwa wêm nittau råren is, is uk nittau helpen, ûe sô was dit hîa ôk.

Am andre Åwed drup jing dei üllst Schwesta hen tau dei ull Hex. As sei im Busch wêra, satt eia Vågel im Bôm ûe sêa:

»Chrôt Treink,

Jå ni hen!«

Awa chrôt Treink koeat sich dåa nidran ûe meint, dat wêa äurich, wat dei ull Vågel sägge doer.

Dei Vågel harr dit Mål åwa dorrecht, denn chrôt Treink kam nimmêa truech. Êa jüngst Schwesta chloewt, dat jing êa dåa sêa jaud ûe mâuk sich dên andre Åwed ôk dåahen. Im Busch satt dei Vågel werra im Bôm ûe sêa:

»Klein Treink,

Jå ni hen!«

Åwa klein Treink dacht ia êm Sinn: »Raup dau ma! Jüsta Åwed sêast dau ôk sô!« ûe jing fîra (weiter).

As sei nau bei dêm Haus was, wôa dei ull Hex wånt, ûe dei Däua upmâuka wull, sach sei, dat dei Däua tauschtickt was mittem Minschefinga. Dåa krêch sei chlîk sône Schreck, dat sei dat Schpinnrad falla leit. Åwa sei faut dô a Hârt ûe mâuk dei Däua up ûe trât äuwa dei Süll.

Uppem Flaua sach sei alles mit Blaud beschpringt, ûe inne Eck sach sei ein chrôt Tunn schtån. Sei was ne annes, as all Mêkes sün, ûe koek dei Tunne rin. Nau sach sei, dat sei half vull Blaud was. Eia anna Minsch wêa woll wechlôpe, åwa sei mâuk ôk no dei Stauwedäua up. Daa schtund mirren uppe Däuel eie Hackklotz ûe dårup ein Schöttel mit Minschedâume (Menschendärme), ûe hinne inne Höll satt dei ull Hex.

»Wat wisdu hîa?« schrech sei lôs; »dei schatt sô jåa, as deine Schwesta jåa hät!« ûe flîcht up êa tau.

Åwa klein Treink was flinka as dei Hex ûe leip êa wech. As sei im Doeap was, mâuk sei chlîk Anzeije beim Schulta. Dei nam dei Baure im Doeap mit sich tau Hülp, ûe sei jinge hen ûe nâme dat ull Weif jefanga. Nau müst sei bekenna, wat sei all fåue Schlechtichkeita bejåa harr ûe wue sei all dei Minsche, dei sei ümbröcht harr, im Kella bechråwa harr. As sei alles bekênt harr, wurr sei vobrinnt, ûe all Luer frêchta sich, dat sei vorra Wilt wêa.

*Mündlich aus Sydow, Kreis Schlawe.*

## 455. Hexe verwandelt sich in einen Wagen.

Es war an einem Juliabend, als ein Mann von Katschow nach Bresin ging, um dort einen Freund zu besuchen. Da sah er plötzlich von weitem einen zweirädrigen Wagen daher kommen, ohne daß jemand zu sehen war, der ihn zöge. Daß dem Wanderer bei diesem Anblick unheimlich zu Mute war, läßt sich denken, und schon beabsichtigte er seitwärts in das Korn zu gehen, um das merkwürdige Gefährt ungehindert seines Weges fahren zu lassen. Doch die Furcht wurde bei dem Manne von der Neugierde überwinden. Er blieb stehen, und, als der Wagen an ihm vorübersausen wollte, stieß er mit dem Fuße nach ihm.

In demselben Augenblick flogen auch die Räder davon und setzten ihren Weg alleine fort, aus dem Wagengestell dagegen wurde eine alte Frau aus der Nachbarschaft, die schon allenthalben als Hexe bekannt war. Die fing gewaltig an zu bitten, er möge sie doch nicht verraten. Sie sei schon so wie so bei allen Leuten in Verruf, und er möge doch nur nicht das Gerede noch größer machen. Aber der Mann hat dem alten Weibe diesen Gefallen nicht gethan, sondern weit und breit die Geschichte kund gemacht, damit sich jeder vor dieser Hexe in acht nehmen könne.

*Mündlich aus Katschow, Kr. Lauenburg.*

## 456. Die Freimaurer.

Ein Mal in jedem Jahr losen die Freimaurer unter einander. Derjenige, welchen das Los trifft, muß im Verlaufe des Jahres sterben; doch kann sich der Betreffende, falls er einen Ersatzmann stellt, zweimal vom Tode loskaufen. Trifft ihn das Los zum dritten Male, so ist keine Rettung mehr möglich, und er muß sterben.

Einst kam der Gutsherr von Funkenhagen bei Köslin zu dem Stellmacher in Hohenfelde und forderte ihn auf, eine Schrift zu unterschreiben. Obgleich nun der Mann nicht lesen konnte, kam ihm die Sache doch verdächtig vor, und er verweigerte die Unterschrift. Da suchte der Herr von Ort zu Ort, bis er schließlich einen alten, etwas dummen Knecht fand, welcher arglos seinen Namen unter die Schrift setzte. Denselben Nachmittag jedoch bekam er plötzlich so fürchterliche Leibschmerzen, daß er nach wenig Stunden seinen Geist aufgab. Der Gutsherr aber folgte aus Dankbarkeit der Leiche mit allen seinen Freunden.

*Mündlich aus Kratzig, Kreis Fürstentum.*

## 457. Wie die Freimaurer ihre Geheimnisse bewahren.

Ein Freimaurer wurde von seiner Frau tagtäglich geplagt, ihr die Geheimnisse des Ordens zu verraten. Als er sich ihrer nicht mehr zu erwehren wußte, sagte er ihr, sie möge mit einer Nadel sein Bild durchstechen. Die Frau ließ sich überreden und durchstach das Bild. Da lag den andern Morgen der Mann tot in seinem Bette. So ist er lieber gestorben, ehe er die Geheimnisse der Freimaurer verraten hat.

*Aus Mesow, Kr. Regenwalde: Mitgeteilt durch Herrn Prof. E. Kuhn.*

## 458. Die Rache der Freimaurer.

Ein junger Freimaurer heiratete ein schönes Mädchen, das er innig liebte. Die Frau war aber sehr neugierig und bestürmte ihren Mann mit Bitten, er möge ihr doch offenbaren, was es mit den Freimaurern eigentlich auf sich habe, und warum sie alles so geheim hielten. Sie ließ auch nicht nach, bis er müde ward und alles erzählte. Am nächsten Morgen hing er tot an einem Baum, der am Wege stand. Das war die Rache der Freimaurer.

*Ebendaher.*

## 459. Der Freimaurer Nubel in Mesow.

Die Freimaurer stehen mit dem Teufel im Bunde. Sie haben ein ganz schwarz ausgeschlagenes Gemach, darin steht ein Sarg, und in dem Sarg liegt eine schwarze Katze. Früher mußte der Teufel jedem Freimaurer eine bestimmte Zeit dienen, nach deren Verlauf derselbe seiner Macht verfallen war. Das dauerte dem Bösen jedoch auf die Dauer zu lange; und er läßt die Freimaurer deshalb jetzt jedes Jahr losen. Wen das Los trifft, den nimmt er mit sich, und er gewinnt auf diese Weise alle Jahre eine Seele. Aber auch dagegen wissen manche Freimaurer Rat, sie kaufen sich einen Stellvertreter, der dann statt ihrer von dem Teufel geholt wird.

So lebte einmal bei einem vor vielen Jahren verstorbenen Pächter des Rittergutes Mesow ein junger Mann zu Besuch, Nubel geheißen. Der war so reich, daß er sein Geld mit Scheffeln messen konnte, und gehörte auch zu den Freimaurern. Diesen traf das Los. Da eilte er zu einem Tagelöhner, namens Fuhrmann, auf das Vorwerk hinaus und traf ihn, wie er gerade mit seiner Frau und einem Mädchen seiner Bekanntschaft über Feld ging. Nubel hinter ihnen drein und bat den Mann, stehen zu bleiben. Darauf nahm er ihn bei Seite, besprach etwas mit ihm und schickte ihn dann wieder zu den Seinen zurück.

Denen fiel es auf, daß Fuhrmann ganz blaß aussah, und daß der Daumen und der kleine Finger der rechten Hand mit einem Lappen verbunden waren. Als sie ihn danach fragten, behauptete er, er habe sich eben gestoßen. Doch war er von Stund an traurig und einsilbig und seufzte zuweilen auf: »Meine Schwester in Daber werde ich nie wiedersehen.« Das war aber nicht der Fall, denn einige Tage später wanderte er mit einem jungen Mädchen aus Mesow gemeinschaftlich nach Daber hinein. Unterwegs war er ausgelassen, wie nie zuvor, und der Teufel trieb sein Wesen so sehr mit ihm, daß er über einen breiten Graben wie ein Vogel flog.

Als er bei seiner Schwester eingekehrt war, blieb er die Nacht dort. Am andern Morgen fand man ihn tot auf dem Fußboden liegen. Ein Tuch hatte er um den Hals, das mit einem Stocke fest zugedreht war und ihn erwürgt hatte.

In der nämlichen Nacht, da ihn der Teufel geholt hat, ist Fuhrmann vor dem Brennereigebäude von Mesow, in dem Nubel schlief, gewesen und hat geheult und geschrieen: »Rubel! du Verfluchter, gieb mir mein Blut zurück!« Er kratzte dabei in seiner Todesangst Kalk von der Wand; doch hat der Gärtner das alles noch vor Tagesanbruch wieder ausbessern müssen, damit niemand von den Leuten etwas merken könne.

*Ebendaher.*

## 460. Wie der Teufel mit einem Freimaurer durch die Luft karrte.

Früher, als der Teufel noch auf der Erde wandelte, kam er auch einst nach Demmin, nahm sich von einem Hofe eine Schubkarre und fuhr dann damit den Strom entlang, immer mit dem Dampfer in die Wette, bis zur nächsten Stadt. Hier ließ er die Karre auf dem Wasser stehen, stieg ans Land und lenkte in die Straße hinein, dem Hause eines Freimaurers zu, um denselben zur Hölle zu holen.

Der Freimaurer wußte, daß seine Zeit gekommen war, und saß mit einem guten Freunde zusammen, um den Abschiedstrunk zu trinken. Als nun der Teufel die Thüre öffnete, winkte er dem Freimaurer verstohlen zu, er möge sich bereit machen; denn er wollte kein Aufsehen von der Sache machen. Dem Manne kam jedoch ein Grausen an vor dem Schicksal, das seiner wartete, und er that deshalb, als habe er nichts gesehen.

Da ward der Teufel ärgerlich. Er eilte hinzu, erwischte den Freimaurer bei den Füßen und schlug ihn mit solcher Gewalt gegen die Wand, daß das Gehirn in der Stube umherspritzte. Dann nahm er den Leichnam, trug ihn zum Flusse, warf ihn in die Karre und karrte damit durch die Luft davon, über die Peene weg.

Unter ihm fuhr wieder ein Dampfer, und als die Insassen desselben merkten, daß es der Teufel sei, der da oben fahre, und daß er sich nur einen Freimaurer geholt habe, da erhoben sie ein schallendes Gelächter. Das verdroß den Bösen. Zornig ließ er die Karre in den Fluß hinabfallen, nahm den Leichnam in seine Klauen und flog mit ihm eiligst der Hölle zu.

*Mündlich aus Demmin.*

———◆———

# X. Die Mahrt.

## 461. Allgemeines.

Eine besondere Stelle in dem pommerschen Volksglauben nimmt die Mahrt (Mât, Mârt, Mârrîden) ein. Es ist das ein Nachtgespenst, welches die Menschen im Schlafe quält und drückt und darin ganz dem hochdeutschen Alp entspricht. Die Erklärung des Namens bietet manche Schwierigkeiten. Jakob Grimm[43] bringt es mit Mähre (Pferd, althochdeutsch Marah) zusammen, und für ihn spräche, daß sich Sage Nr. 478 die Mahrt in Schimmelgestalt auf ihre Opfer stürzt. Andere dagegen wollen den Namen aus dem Slawischen herleiten. Das Volk endlich führt die Benennung auf den Marder zurück, und auch diese Erklärung hat eine gewisse Stütze; denn wirklich stellt man sich in vielen Gegenden das Äußere der Mahrt marderartig vor. Selbst über das Geschlecht des Wortes ist man sich unklar; manche sprechen: der Mahrt, manche: die Mahrt, doch überwiegt, in Pommern wenigstens, das letztere.

Obgleich die Mahrt, schon wegen der Verwandtschaft mit dem Alp, entschieden zu den elbischen Geistern gehört, so kommen wir dennoch erst jetzt zu einer Wiedergabe der Mahrtsagen, da dieselben die mannigfachsten Berührungspunkte mit dem Hexenglauben bieten. Doch ist das erst jüngeres Verderbnis, und wir haben in den Erzählungen, welche die Mahrt den Geist einer boshaften Hexe, eines verliebten Mädchens u.s.w. sein lassen, eine späte Beeinflussung seitens des Hexenglaubens auf die Vorstellungen von der Mahrt zu erblicken; und das Umgekehrte ist der Fall, wenn die Hexen unter den Klängen der schönen Musik im Siebreifen dahin fahren, was ursprünglich nur den Mahrten zukommt.

Wenn nun auch der Mahrt durch diese Verquickung mit den Hexen vieles von ihrer Eigenart verloren gegangen ist, so finden sich doch auch in den hierhergehörigen Sagen wiederum noch gar manche Züge vor, welche den Mahrten ganz allein eigentümlich sind und sie dadurch, selbst heute noch, nicht nur von den Hexen, sondern auch von allen anderen elbischen Geistern scharf unterscheiden. Ich erwähne nur eins, den Zug, daß die Mahrt in der Gefangenschaft bleiben muß, und dort zur Ehe gezwungen werden kann, wenn man sie ihrer mitgebrachten Kleidung beraubt. Erhält sie später einmal durch Zufall oder auf ihr Bitten die Gewänder zurück, so verschwindet sie und enteilt wieder in ihre überirdische Heimat, das Engelland. Daraus sehen wir, daß die Mahrt eins ist mit den elbischen Schwanjungfrauen, welche in der germanischen Heldensage von so großer Bedeutung sind, und deren Eigenart unbestreitbar ist.

Die Verbreitung der Mahrtsagen in Pommern erstreckt sich über die ganze Provinz, und soweit ist die Aufklärung noch nicht geschritten, daß die Wahrheit dieser Vorstellungen in den breiten Schichten der Landbevölkerung von irgend einem ernstlich in Zweifel gezogen würde.

### 462. Mahrt wird mit Fausthandschuhen ergriffen.

In Meisge wîr mâl eis ein Knecht, die hâr ümme sô vael Mårrîren. Dat lêt em nachts går nich slåpen, un hei froech 'ne ull Frû, wat dår wol gaud våer wîr. »Jä«, sächt dei, »mîn Såen, dû moest dî Fûsthantschen antrecken un, wenn dat rup springt up dîn Baer, donn moest dû tau grîpen un hulln dat wiss.«

Na, dat dêr hei uk un krêj dårbî twei Råchårn tau hulln. Dei laer hei in sîn Lår un slöpt donn in. An annen Morgen slütt hei dei Lår werre up un donn lêch dår ein Frûgenminsch in. »Sue«, sächt hei, »nû häw ik dî fåt«; un as hei dat saer, donn wîr sei mit eis dörch't Slåetellock gån un is uk nich werre kåmn.

*Mündlich aus Meesiger, Kreis Demmin.*

### 463. Mann heiratet die Mahrt.

#### I.

Einem Mann, welcher sehr von der Mahrt geplagt wurde, rieten seine Freunde, er solle nur, wenn sie wieder bei ihm wäre, das Schlüsselloch mit Wachs verkleben; dann könne er sie fangen. Das that er denn auch eines Abends, und wie er am nächsten Morgen erwachte, war ein hübsches, junges Mädchen bei ihm in der Stube. Als er sie fragte, woher sie denn käme, sagte die Mahrt, sie sei aus Engelland. Die Jungfrau gefiel dem Manne, er versteckte ihre Kleider, zog ihr andere an und heiratete sie, obgleich er schon mit einem andern Mädchen versprochen war.

So lebten sie eine Reihe von Jahren miteinander, und die Mahrt schenkte ihrem Gemahl drei Kinder. Nur das kam allen absonderlich vor, daß sie häufig während des Spinnens sang:

»Jetzt ruft meine Mutter in Engelland,
Marie Katharine,
treib aus deine Schwiene«,

oder, wie andere besser wissen wollen:

»Jetzt bläst mein Vater in Engelland,
Marie Katharine,
treib deine Schwiene.«

Als der Mann eines Tages nach Hause kam, hörte er, wie seine Frau gerade den Kindern offenbarte, daß sie als Mahrt aus Engelland gekommen sei. Schon wollte er ihr darüber Vorwürfe machen, als sie zu dem Schranke ging, indem er ihre Kleider versteckt hatte, sich dieselben umwarf und verschwand. Doch ganz hat sie ihren Mann und die Kinder nicht verlassen mögen. Des Sonnabends stellte sie sich unsichtbar in der Hütte ein und legte für jeden einzelnen frisch gewaschene Wäsche auf den Stuhl hin. Außerdem erschien sie alle Nacht, wenn die andern schliefen, nahm den Säugling aus der Wiege und stillte ihn an ihrer Brust.

*Mündlich aus den Kreisen Cammin, Saazig und Schiefelbein.*

#### II.

Zwei Knechte schliefen zusammen in einer Kammer, und einen von ihnen ritt der Mahrt so oft, daß er endlich seinen Kameraden bat, wenn es das nächste Mal wieder geschähe, möchte er doch das Astloch in der Kammerthüre verstopfen, daß sie den Mahrt fingen. Als er nun das nächste Mal im Schlafe jämmerlich ächzte und stöhnte, that jener, wie er gebeten worden, rief seinen schlafenden Gesellen beim Namen, und da wachte der auf, faßte schnell

USEDOM

zu und hatte einen Strohhalm in der Hand, den er auch so lange trotz alles Krümmens und Windens fest hielt, bis jener das Astloch verstopft hatte. Darauf legte er den Strohhalm auf den Tisch, und sie schliefen beide bis zum Morgen.

Als sie erwachten, erblickten sie ein schönes Mädchen hinter dem Ofen und entzweiten sich fast darüber, wem sie angehören sollte. Denn der, welcher das Astloch verstopft hatte, behauptete, daß sie sein sei, weil sie, sobald er es nicht gethan, wieder entwichen sein würde; der andere aber sagte, sie gehöre ihm, da er sie ja gefangen habe. Endlich gab denn jener nach, und dieser heiratete nun das Mädchen, und sie bekamen Kinder und lebten recht glücklich zusammen.

Aber die Frau drang oft in den Mann, er möge ihr doch das Astloch zeigen, wo sie hineingekommen, es lasse ihr gar keine Ruhe, bis sie das gesehen. Der Mann widerstand eine lange Zeit allen ihren Bitten; doch einmal bat sie ihn so inständig, indem sie ihm sagte, sie höre ihre Mutter in England die Schweine locken, er möge sie dieselbe nur noch ein einziges Mal sehen lassen, daß er weich wurde und nachgab. Da ging er mit ihr hin und zeigte ihr, wo sie hineingekommen, aber augenblicklich flog sie auch wieder hinaus und ist nie wieder gekommen.

*Aus Swinemünde: Kuhn und Schwartz, Nordd. Sagen. Nr. 16.*

## 464. Pferdemahrt in Usedom.

In Usedom lebte einmal ein Wirt, der hatte ein Pferd, das war immer tüchtig und gut im Stande gewesen; aber auf einmal wurde es mager und nahm ab, und so gut es auch gefüttert wurde, wollte es doch nicht wieder aufkommen. Das kam ihm doch ganz wunderbar vor, und er sann hin und her, woher es wohl kommen möchte, konnte es aber nicht herausbringen und ließ endlich einen klugen Mann herbeiholen, daß er ihm riete. Der kam alsbald, besah das Pferd und sagte, er wolle helfen.

Darauf blieb er über Nacht dort, und mitten in derselben ging er zum Stall, verstopfte ein an der Thür befindliches Astloch, holte dann den Wirt, und sie traten nun hinein. Da sah denn dieser, zu seiner großen Verwunderung, eine Frau aus seiner Bekanntschaft auf dem Pferde sitzen und, soviel sie sich auch mühte, konnte sie doch nicht herabsteigen. Das war der Pferdemahrt, der so gefangen war. Da bat sie denn hoch und teuer, sie doch diesmal nur noch freizulassen, und das that man auch, aber sie mußte vorher versprechen, nie wieder zu kommen.

*Aus Mellentin auf Usedom: Kuhn und Schwartz, Nordd. Sag. Nr 21.*

## 465. Mahrt im Siebrand gefangen.

Ein junger Bursche wurde allnächtlich von der Mahrt geritten, und die Schmerzen, welche er dabei ausstehen mußte, wurden schließlich so groß, daß er auf ein Mittel sann, des Plagegeistes ledig zu werden. Zu dem Zwecke hielt er sich eines Nachts mit Gewalt wach und ging, als die Zeit gekommen war, da die Mahrt sich einzustellen pflegte, schnell zur Thüre und verstopfte das Schlüsselloch mit Wachs. Sodann legte er sich auf sein Lager und schlief ein.

Als er am andern Morgen wieder erwachte, stand vor seinem Bette ein großer Siebrand, und in ihm saß ein nacktes Mädchen. Er holte die Mahrt daraus hervor und forderte von ihr Rechenschaft über die vielen Qualen, die sie ihm zugefügt hatte. Das Mädchen weinte bitterlich und beteuerte, es sei ihre Schuld nicht, daß sie als Mahrt die Menschen reiten müsse. »Nun, dann versprich mir wenigstens, daß du mich fortan in Ruhe lassen willst«, versetzte der Bursche. »Auch das ist mir nicht möglich«, klagte die Dirne, »zu wem es mich zieht, den muß ich drücken. Aber laß mich nur schnell frei, denn meine Mutter verlangt schon nach mir.« – »Wo wohnt denn deine Mutter?« fragte der Knecht verwundert. »Über hundert Meilen von hier«, antwortete die Mahrt. – »Nun, dann eile, daß du zu ihr gelangst; die Thüre ist offen.« – »Ja, das nützt mir nichts«, erklärte das Mädchen, durch's Schlüsselloch bin ich gekommen und durch's Schlüsselloch muß ich auch wieder fahren.«

Dem Burschen graute davor, noch länger mit der Mahrt in einem Zimmer zu sein, darum that er das Wachs fort. In demselben Augenblicke saß die Dirne auch schon in ihrem Siebrand und sauste durch das Schlüsselloch. Neugierig lief der Knecht ihr nach, konnte aber nur noch bemerken, wie sie hoch oben aus der Luft ihm zurief: »Hörst du nicht? Jetzt ruft meine Mutter: »Kûkûsaej!« Das mag wohl der Name des Mädchens gewesen sein. Der Bursche hat aber seit der Zeit nie wieder von der Mahrt zu leiden gehabt.

*Mündlich aus Zabelsdorf, Kreis Randow.*

### 466. Pferdemahrt verwandelt sich in eine Stecknadel.

Die Mahrt ist die Seele eines Menschen, welcher von Geburt dazu verurteilt ist, menschliche Wesen oder Pferde oder gar Dornbüsche, Felsen und Gewässer die Nacht über zu drücken. Fast immer sind es Weiber, welche als Mahrt reiten gehen; hin und wieder hört man jedoch auch von männlichen Mahrten erzählen.

So hatte ein Bauer einmal ein schönes Pferd, welches Nacht für Nacht von der Mahrt geritten wurde. Um dem Unwesen ein Ende zu machen, blieb er eines Abends auf, bis das Nachtgespenst sich auf das Tier warf, ergriff sodann schnell eine wollene Decke und rieb damit von Kopf bis zum Schwanz den ganzen Rücken tüchtig ab. Darauf hielt er das Tuch gegen die Laterne, und siehe, es befand sich eine Stecknadel darin, welche er vorher noch nicht bemerkt hatte. Neugierig zog er die Nadel heraus, und sofort verwandelte sie sich in einen Mann aus der Nachbarschaft, den er gar wohl kannte. Der ertappte Gesell mußte eine lange Strafpredigt anhören und schwören, nie wieder dem Pferd etwas anhaben zu wollen; dann ließ der Bauer ihn frei. Und die Ermahnung muß wohl eindringlich gewesen sein, denn seit dieser Nacht hatte das Pferd von den Besuchen der Mahrt nichts mehr zu leiden.

Für gewöhnlich läßt man jedoch die Pferdemahrten ruhig gewähren; denn den Tieren, welche sie sich zum Reiten ausersehen, bringt diese Wahl eher Glück als Nachteil. Freilich ist bei solchen Tieren die Mähne jeden Morgen verwirrt und in kleine Zöpfe geflochten, weil die Mahrt sich an denselben festzuhalten pflegt, auch sehen sie gewöhnlich etwas »ranker« aus, wie andere Rosse, aber dafür kann ihnen auch keine Krankheit und keine Hexerei etwas anhaben. Der ganze übrige Viehstand mag von Seuchen befallen werden, mag sich verfangen und die Kolik bekommen, ein Pferd, welches die Mahrt reitet, ist von derartigen Übeln stets frei.

*Ebendaher.*

### 467. Mahrt in Schwarzow.

Ein Schneider in Schwarzow, welcher häufig von der Mahrt geritten wurde, hatte sich sagen lassen, er solle nur ein Stuhl neben sein Bett stellen und, wenn er die Ankunft der Mahrt verspüre, mit einer Nadel auf das Sitzbrett stechen. Das that der Schneider eines Abends auch, und als er am anderen Morgen erwachte, kniete ein Mann aus dem Dorfe neben dem Stuhl; denn sein rechtes Ohr war mit der Nadel auf dem Sitz festgeheftet.

*Mündlich aus Schwarzow, Kreis Naugard.*

### 468. Mahrt verunglückt mit ihrem Siebrand.

Eine Bauerfrau aus Mesow befand sich einst mit mehreren andern auf der Pferdewiese des Dorfes. Da sah sie plötzlich einen Siebrand daher rollen, aus dem tönte es:

»Tick! Tack!

Allein Gott in der Höh' sei Ehr'.«

Mit einem Male verstummte der Ton, und als sie näher zusahen, war der Siebrand umgefallen. Nicht lange, so schrie eine klägliche Stimme: »Richtet meinen Reifen doch wieder auf! Ich bin aus Borkenhagen, wo ich morgen wieder pflügen muß, und will noch heute in Pflugrade sein, um dort einen Knecht zu drücken.« Weil die Mahrt sonst hätte sterben müssen, so richteten die Leute den Siebrand wieder auf, und die Mahrt schenkte ihnen zum Danke dafür Geld und rollte darauf ihre Straße weiter.

*Aus Mesow, Kr. Regenwalde. Mitgeteilt durch Herrn Prof. E. Kuhn.*

### 469. Mahrt tötet einen Menschen.

Um der lästigen Plagen, welche das Mahrtreiten bereitet, loszuwerden, gibt es verschiedene Mittel. Man legt zum Beispiel einen Besen vor das Bett, oder man ruft der Mahrt zu, sie solle sich morgen zum Frühstück einfinden, wo sie dann erscheinen muß und man ihr das Wiederkommen gründlich verleiden kann. Sehr gefährlich ist das Mittel, sich eine scharfe Flachshechel, die Spitzen nach oben, auf die Brust zu legen. Bemerkt die Mahrt es nicht rechtzeitig genug, dann ist es freilich gut, sie treibt sich die eisernen Zinken in die Brust und muß streben. Häufig sind aber die Mahrten sehr vorsichtig. So hat eine Mahrt einmal dem Knecht die Hechel umgedreht, sich darauf über ihn geworfen, und der Ärmste mußte selbst eines elenden Todes sterben.

*Ebendaher.*

### 470. Mahrt als Birnfeige.

Auf dem Hof eines Bauern, dessen eines Pferd häufig von der Mahrt geritten wurde, kam einst ein neuer Knecht, der ein bißchen dumm war, und nahm dort Dienste. Wie der nun eines Abends im Stalle stand, legte sich die Mahrt nach ihrer Gewohnheit wieder auf das betreffende Tier. Der Knecht wollte den Gaul beruhigen, streichelte ihm den Rücken und bekam dabei eine Birnfeige in die Finger. In seinem Unverstand aß er dieselbe auf und warf den Stengel in die Streu. Als er aber am andern Morgen in den Stall kam, fand er im Stroh ein Paar Frauenbeine liegen; das übrige hatte er im Magen.

*Mündlich aus Kratzig, Kreis Fürstentum, und Mesow, Kreis Regenwalde.*

### 471. Mahrt als Strohhalm.

Ein Knecht suchte sein Pferd, welches gerade heftig von der Mahrt gequält wurde, zu beruhigen und klopfte ihm auf den Rücken. Dabei erwischte er mit der Hand einen langen Strohhalm. Neugierig, was daraus wohl würde, steckte er die Enden des Halms in einander und hängte ihn darauf wie eine Wurst an einem Wandnagel auf. Am andern Morgen erblickte er statt des Strohhalms eine tote Frau von wunderbarer Schönheit, welche die Beine im Munde stecken hatte.

*Ebendaher.*

### 472. Mahrt durch Scheltworte vertrieben.

Werden Menschen oder Pferde des Nachts von schweren Träumen gequält, daß sie im Schlafe nach Luft ringen, kalten Angstschweiß vergießen und jämmerlich stöhnen, so heißt es: »Die reiten die Mahrt.« Es ist das der Geist eines Menschen, welcher auf solche Weise mit andern Wesen in Verbindung tritt.

Will man die Mahrt gerne wieder los werden, so kann das auf folgende Weise bewerkstelligt werden. Wenn man gegen Abend fühlt, daß sie in die Stube gekommen ist, so überhäufe man sie mit den gröbsten Scheltworten und ebenso, wenn sie weggeht. Das nimmt sie dann in den meisten Fällen so übel, daß sie nie wieder kommt.

*Mündlich aus Kratzig, Kreis Fürstentum.*

### 473. Mahrt läuft in einem Siebreifen nach Engelland.

Die Mahrt legt in kurzer Zeit die größten Entfernungen zurück, indem sie sich zu dem Zweck in einen rasch dahin rollenden Siebrand versetzt. Begegnet man einem solchen Reifen und stößt ihn um, so kann die Mahrt nicht weiter und auch nicht in ihren Körper zurück, und sie muß sterben.

Ein Mann traf einst auf der Landstraße einen Siebrand, der in schnellem Laufe an ihm vorbeieilen wollte. Als er ihn nun umstieß, bat eine Stimme, er möge doch den Reifen wieder aufrichten; in einer Viertelstunde müsse sie in Engelland sein und dort einen Schmiedegesellen reiten.

»Rund assa Sêwrand,
In Virtelstunn in Engelland.«

*Ebendaher.*

### 474. Mahrt in Ritzig.

Ein Mann in Ritzig wurde sehr von der Mahrt geplagt und klagte einem Freund seine Not. Dieser blieb die Nacht bei ihm in dem Zimmer, und sobald die Mahrt gekommen war, verstopfte er schnell alle Ritzen und Löcher in der Stube und steckte schließlich ein Stück Wachs vor das Schlüsselloch; dann ging er ruhig seiner Wege.

Als er am andern Morgen wieder kam, stand eine schöne Frau hinter der Thüre und bat ihn, er möge sie doch herauslassen. Der Mann aber erklärte, er habe sie nicht hereingelassen, so könne sie auch alleine wieder herausgehen. Da sagte sie: »Hörst du denn nicht, wie meine Mutter in England die Schweine lockt? Mach doch das Schlüsselloch auf!« - »Gewiß«, erwiderte der Mann, »wenn du meinen Freund nicht mehr reiten willst.« Das könne sie nicht versprechen, entgegnete darauf die Mahrt, daran sei sie unschuldig; der Pastor habe bei ihrer Taufe etwas versehen, und sie müsse erst umgetauft werden. Da mußte sie denn ihren Namen aufschreiben lassen und den Ort in England, wo sie geboren war. Nachdem dies geschehen war, ließ sie der Mann durch das Schlüsselloch zurückkehren.

Er schrieb aber gleich darauf nach England an den Pastor, welcher die Frau umtaufte, und seit der Zeit ist sie nie wieder als Mahrt gekommen.

*Mündlich aus Ritzig, Kreis Schiefelbein*

### 475. Mahrt in Reinfeld.

In dem Dorfe Reinfeld, eine halbe Stunde von Ritzig entfernt, lebte einst ein Knecht. Derselbe wurde jeden Abend gegen zehn Uhr so schläfrig, daß er sich hinlegen mußte. Darauf schrie und jammerte er eine Weile und stand dann wieder auf. Anfangs glaubten die andern Dienstboten, er treibe nur Scherz; da sich aber die Sache jeden Abend wiederholte, merkten sie, daß ihn die Mahrt reite.

Als sich nun der Knecht wieder um zehn Uhr hinlegen wollte, hielten ihn die andern mit Gewalt wach, obwohl er schrie: »Laßt mich doch schlafen, mich schläfert so sehr!« Darauf antwortete eine Stimme: »Ja, mich schläfert auch schon, leg dich nur schlafen!« Das war die Mahrt gewesen. Selbstverständlich hielt man den Knecht nun erst recht wach, und die Mahrt hat ihn seitdem nie wieder geritten.

*Mündlich aus Reinfeld, Kreis Belgard.*

## 476. Die drei Mahrten.

### I.

Ein Gutsbesitzer hatte zwei Söhne und drei Töchter. Die Kinder waren sämtlich fleißig und ordentlich, nur gleich nach dem Aufstehen waren die Töchter immer müde und träge. Dem Vater kam die Sache nicht geheuer vor, und er wachte darum einmal die Nacht über an der Schlafkammer.

Da hörte er denn, wie sich in der Nacht die Mädchen ankleideten und dann durch das Schlüsselloch hindurch flogen. Als er in das Zimmer trat, waren alle Betten leer. Nach einer Stunde kehrten sie wieder zurück; die älteste Tochter klagte über Frost, die zweite jammerte, ihr wäre die Haut auf Brust, Armen und Beinen zerschunden, die jüngste aber war ganz zufrieden.

Am andern Morgen fragte der Gutsbesitzer seine Töchter, was sie mit ihren Reden hätten sagen wollen. Erst läugneten sie, dann gestand aber die erste, sie müsse jede Nacht auf das Wasser, die andere, sie müsse jede Nacht auf einen Dornstrauch, die dritte, sie reite jede Nacht als Mahrt einen jungen Menschen. Da ließ der Mann die drei Mädchen umtaufen, und seit der Zeit sind sie die Nächte immer ordentlich zu Hause geblieben.

*Ebendaher.*

### II.

Zu einem Pastor kam einst ein Bettler und bat um ein Nachtlager. Da wenig Raum im Hause war, so ließ der Pfarrer ihn in der Stube seiner drei Töchter schlafen. In der Nacht hörte nun der Mann, wie die Mädchen aufstanden, drei Besenstielen ihren Hemden anzogen, dieselben in die Betten legten und dann durch das Schlüsselloch davon fuhren.

Als der Bettler dies am anderen Morgen dem Vater erzählte, gestand die älteste Tochter, sie müsse allnächtlich auf das Wasser; die andere sagte, sie ginge immer auf einen Dornstrauch, die jüngste aber klagte am meisten, denn sie mußte die Latten reiten. Da nahm der Pastor schleunigst andere Paten für seine Kinder und taufte sie um. Seit der Zeit sind sie nie wieder als Mahrten durch das Schlüsselloch gefahren.

*Mündlich aus Trzebiatkow, Kreis Bütow, und Mesow, Kreis Regenwalde.*

## 477. Mahrt als Backbirne mit zwei Stengeln.

Ein Mann aus der Gegend von Tempelburg wurde sehr von der Mahrt geplagt. Da rieten ihm seine Bekannten, er solle nur, wenn sie ihn wieder reiten würde, mit der Hand über die Bettdecke fahren. Was er dann in die Finger bekäme, möge er getrost zerreißen, dann würde er Ruhe haben.

Sobald der Mann nun in der Nacht merkte, daß die Mahrt in die Stube gekommen war, that er, wie die Freunde geheißen, und erfaßte eine Backbirne mit zwei Stengeln. Schnell riß er den einen Stiel heraus und warf ihn in die Ecke, wo derselbe schwer niederfiel; dann schlief er ein. Als er am andern Morgen erwachte, lag ein Frauenbein in seiner Stube. Im Nachbardorfe aber starb noch am selben Tag eine Frauensperson, der über Nacht auf unerklärliche Weise das eine Bein ausgerissen war. Das war wohl die Mahrt gewesen.

*Mündlich aus Tempelburg, Kreis Neustettin.*

## 478. Die Mahrt als Schimmel.

Das Mahrtreiten plagt die Menschen besonders zur Fastenzeit, und zwar nicht allein im Bette. Wenn man in diesen Tagen des Nachts auf der Straße geht, so hackt es einem plötzlich von hinten auf in Gestalt eines weißen Schimmels. Man mag schütteln und rütteln, so viel man nur will, man wird's nicht wieder los, und mit jedem Schritte wird die Last schwerer und unerträglicher. Erst dann verläßt der Plagegeist sein Opfer, wenn der Mensch an eine Seitenstraße gelangt oder wenn er der Mahrt zuruft: »Im Namen Gottes, des Vaters und des Sohnes und des Heiligen Geistes, verlaß mich.«

*Ebendaher.*

## 479. Mahrt wird herbeigekocht.

Wenn zwei Menschen sich lieb haben und doch nicht vereint durch das Leben gehen können, plagen sie sich in den Nächten gegenseitig als Mahrt. So lebte einmal in einem Dorfe ein Knecht, den es Nacht für Nacht quälte und drückte, daß er es kaum mehr zu ertragen vermochte. Seine Kameraden wachten zwar auf sein Bitten eine Nacht durch an seinem Lager, aber da sie nichts sehen konnten, glaubten sie, er habe sie zum Narren, und es fehlte wenig, daß sie ihn durchgeprügelt hätten.

Da wandte er sich endlich an eine kluge Frau, die fragte ihn, ob sein Hemde nicht jeden Morgen von Schweiß ganz durchtränkt sei. Als er das bejaht hatte, befahl sie ihm, das Hemde zusammenzuwringen und in einen ganz neuen Topf zu stecken, diesen sodann luftdicht zu verschließen und unter ihm ein Feuer anzumachen. Thäte er das drei Tage hinter einander, der Erfolg würde nicht auf sich warten lassen.

Der Knecht befolgte den Rat der Hexe, und siehe, wie er am dritten Abend bei dem kochenden Topfe saß, öffnete sich die Thüre, und herein trat eine Dirne aus demselben Dorfe. »Laß um Gottes Willen das Kochen«, rief sie atemlos, »schon gestern und vorgestern wußte ich nicht, wo ich mich vor innerer Unruhe in meinem Hause lassen sollte. Heute Abend geht es mir aber ans Leben.« Sprach der Knecht: »Geschieht dir schon ganz recht, warum plagst du mich immer als Mahrt.« Antwortete das Mädchen: »Mir geht es nicht besser, wie dir, ich quäle dich, und du quälst mich.« Da wurde der Bursche mitleidig, ließ das Feuer ausgehen, und die Dirne ging wieder nach Hause.

Geholfen hat das Kochen aber doch, denn von dem Tage an haben der Knecht und das Mädchen nie wieder etwas vom Mahrtreiten verspürt.

*Mündlich aus Sydow, Kr. Schlawe.*

## 480. Die Mahrt verwandelt sich in einen gelben Apfel.

Ein Knecht lag eines Abends im Bette und war gerade im Begriff einzuschlafen, als er neben sich ein Geräusch hörte. Er kehrte sich aber nicht weiter daran, sondern schlief ein. Da legte sich plötzlich ein schwerer Körper auf ihn. Er erwachte, konnte sich jedoch mit keinem Gliede rühren, sondern fühlte nur, daß ihm etwas auf das Gesicht drückte und ihn umarmte.

Jetzt nahm er alle Kraft zusammen und krümmte und wand seinen Körper, um sich der Umarmung zu entziehen. Der Erfolg davon war, daß sich die Mahrt entfernte und er wieder seiner Glieder Herr ward. Zu seinem Erstaunen bemerkte er nun einen gelben Apfel auf seiner Brust liegen. Diesen nahm er, biß hinein, spie aber das Stück sofort aus, denn der Apfel hatte einen ganz eigentümlichen, ekelhaften Geschmack. Darauf schlief er wieder ein.

Als er sich am andern Morgen von seinem Lager erhub, lag neben seinem Bette ein Stück Menschenfleisch. Eine Frau im Dorfe aber wurde zu aller Erstaunen tot im Bette gefunden, und zwar fehlte ihr aus dem Schenkel ein großes Stück Fleisch.

Daran, daß jemand eine Mahrt ist, trägt übrigens nur der Pastor die Schuld. Er ist nämlich bei der Taufhandlung in der Aussprache der heiligen Worte nachlässig gewesen und hat nicht gesprochen: »Im Namen des Vaters und des Sohnes«, sondern »Im Namen des Mahrtes und des Mondes.« Ist der unglückliche Täufling nun erwachsen, so muß, er diesen Leichtsinn seines Seelsorgers schwer büßen und als Nachtgespenst die Mitmenschen plagen oder Dornbüsche reiten. Geholfen kann ihm nur dadurch werden, daß er von einem andern Pastor unter Zuziehung neuer Paten umgetauft wird.

*Mündlich aus Katschow, Kreis Lauenburg.*

## 481. Mahrt auf den andern Tag bestellt.

In Katschow wurde ein Knecht jede Nacht von der Mahrt geritten und hatte dabei die schrecklichsten Qualen auszustehen. In seiner Not fragte er endlich einen verständigen, alten Mann um Rat, welcher ihm als Abhilfe folgendes Mittel anpries. Sobald die Mahrt zu ihm käme und sich auf ihn gelegt habe, solle er sie bei den Haaren packen und auf den andern Morgen zum Frühstück bitten, und zwar solle sie selbst Messer, Gabel und Löffel mitbringen.

Der Knecht that, wie ihm geheißen war, ergriff die Mahrt und forderte ihr das Versprechen ab. Kaum hatte dieselbe dies gegeben, so verschwand sie. Als nun am andern Morgen der Knecht bei seinem Frühstück saß, öffnete sich die Thüre, und eine alte Frau, welche man schon lange im Verdacht hatte, daß sie als Mahrt die Leute drücken ginge, trat herein. Ohne ein Wort zu sprechen, blieb sie vor dem Manne stehen. Um so mehr hat dieser jedoch den Mund aufgethan und seine Scheltworte noch obendrein durch reichliche Schläge mit dem Holzpantoffel verstärkt. Die Folge davon war, daß er seit der Zeit nie wieder in der Nacht von der Mahrt geritten wurde.

*Ebendaher.*

# XI. Der Werwolf.

## 482. Allgemeines.

Bei den verschiedensten Völkern, bei den Griechen und Römern nicht weniger, wie bei den Slawen und Germanen, findet oder fand sich der Glaube, daß gewisse Menschen die Gabe besäßen, je nach ihrem Belieben sich in Wölfe verwandeln zu können. Die Deutschen nennen einen solchen Menschen Werwolf, d. i. Mannwolf (von Wer = Mann), in unserm pommerschen Platt Wâawulf.

Aus naheliegenden Gründen ist dieser Werwolfsglaube in den einzelnen Landesteilen davon abhängig, ob dort noch wirkliche Wölfe vorhanden sind oder nicht. Wo der Wolf schon völlig ausgerottet ist, sind auch Werwolfssagen nur spärlich zu finden und werden mit der Zeit ganz erlöschen; wo aber noch Wölfe vorkommen, da empfängt dieser Glaube tagtäglich neue Nahrung und wird dem Volke schwerlich zu nehmen sein. Darnach ist es denn auch nicht mehr wie natürlich, wenn in den nachfolgenden Werwolfssagen Hinterpommern, dessen Kreise zum Teil noch alljährlich den Besuch versprengter polnischer Wölfe erhalten, weit mehr vertreten ist, als Vorpommern, wo Wölfe dem Landvolk nur von Schaubuden her bekannt sind.

## 483. Die Werwölfe in Greifswald.

Vor zweihundert Jahren war zu einer Zeit in der Stadt Greifswald eine erschrecklich große Menge Werwölfe, welche ihren Sitz besonders in der Rokower Straße hatten. Von da aus überfielen sie alle Leute, die sich des Abends nach acht Uhr außer dem Hause sehen ließen. Zu der damaligen Zeit waren aber auch viele beherzte Studenten in Greifswald. Die thaten sich zusammen und zogen in einer Nacht gegen die Unholde aus. Anfangs konnten sie ihnen nichts anhaben, bis die Studenten zuletzt alle ihre silbernen Knöpfe zusammennahmen, die sie geerbt hatten, und damit die Untiere erlegten.

*Temme, Volkssagen. Nr. 259.*

## 484. Der Werwolf bei Kaseburg.

In Kaseburg auf Usedom waren einmal ein Mann und seine Frau beim Heuen auf einer Wiese beschäftigt. Da sagte die Frau nach einiger Zeit, sie habe gar keine Ruhe mehr und könne nicht mehr bleiben, und ging fort. Vorher aber hatte sie noch ihrem Manne gesagt, das solle er ihr versprechen, daß, wenn etwa ein wildes Tier käme, er ihm seinen Hut hinwerfen und dann fliehen wolle, daß es ihm keinen Schaden thäte. Das versprach der Mann.

Nur eine kleine Weile war sie fort, da kam ein Wolf durch die Swine geschwommen, der ging gerade auf die Heuer los. Da warf ihm der Mann seinen Hut hin, den das Tier sogleich kurz und klein riß. Aber unterdessen hatte sich ein Knecht mit einer Forke herangeschlichen und erstach den Wolf von hinten. Im selben Augenblick verwandelte sich auch das Tier, und alle erstaunten nicht wenig, als sie sahen, daß es des Bauern Frau war, die der Knecht getötet hatte.

*Aus Swinemünde: Kuhn und Schwartz, Norddeutsche Sagen Nr. 22.*

## 485. Hauptmann als Werwolf.

Vor langer Zeit wurden immer die Schildwachen auf der Stadtmauer von Garz des Nachts durch einen Wolf geschreckt, so daß bald keiner mehr da aushalten mochte. Einst zog nun ein besonders mutiger Soldat auf den Posten; der schoß auf den Wolf, und als man nachsah, fand man den Hauptmann tot da liegen. Derselbe hatte die Kunst verstanden, als Mensch sich in einen Wolf zu verwandeln.

*Mündlich aus Garz, Kreis Randow.*

## 486. Der Werwolf bei Zarnow.

In der Gegend von Zarnow trieb sich vor fünfzig Jahren ein grimmiger Wolf umher, der Menschen und Vieh vielen Schaden zufügte. Einmal zerriß er sogar ein Kind. Da machten sich aber alle Bauern aus Zarnow und den umliegenden Dörfern auf und verfolgten ihn und schlossen ihn auch wirklich in einem Busche ein. Als sie ihn hier jedoch erlegen wollten, stand auf einmal statt des Wolfes ein großer, fremder Mann mit einer Keule vor ihnen. Da erkannten sie, daß sie einen Werwolf vor sich hatten.

Man sagt, der könne sich in einen Werwolf verwandeln, der sich mit einem Riemen umgürtet, welcher aus der Rückenhaut eines Gehängten geschnitten ist.

*Temme, Volkssagen Nr. 260 und S. 340 fg.*

## 487. Frau hat Umgang mit einem Werwolf.

Alle Leute, welche ein Verbrechen begangen haben und dafür von dem irdischen Richter nicht zur Rechenschaft gezogen sind, werden nach ihrem Tode zu Werwölfen. Sie nähren sich von Menschenfleisch und scharren, da sie ja lebender Menschen nicht alle Zeit habhaft werden können, auf den Friedhöfen Leichen aus und fressen dieselben.

Einst verheiratete sich ein Mann mit einem hübschen, jungen Mädchen, von der er nicht ahnte, daß sie eine ganz abscheuliche Hexe war. Wie nun am Tage nach der Hochzeit die Mittagsstunde herangerückt war und die köstlichen Speisen, welche der Ehemann seiner schönen Frau zu Ehren hatte auftragen lassen, auf dem Tische standen, da that sie, als schmecke es ihr nicht, und ließ alles unberührt stehen.

Das nahm den Gemahl Wunder, aber er schwieg stille und wartete ruhig ab, bis es Abend war. Dann legten sich beide zur Ruhe, und der Mann stellte sich, als ob er fest schliefe. Es dauerte auch nicht lange, so erhub sich seine Frau, kleidete sich an und ging zur Thüre hinaus. Unvermerkt folgte der Gatte ihr nach und gewahrte zu seinem Entsetzen, daß sein Weib über die Kirchhofsmauer stieg und sich auf ein Grab setzte. Kaum hatte sie sich niedergelassen, so kam ein Werwolf dahergesprungen und begrüßte die Hexe, scharrte das betreffende Grab auf und holte die in ihm liegende Leiche heraus. Sodann zerriß er den Leichnam und verschlang ihn, legte aber auch ein gutes Stück für seine Freundin zurück, welches dieselbe mit großem Wohlbehagen verzehrte.

Jetzt hatte der Mann genug gesehen. Er kehrte um und legte sich wieder schlafen. Nach einer kleinen Weile kam auch die Frau zurück, warf sich an seiner Seite auf das Lager hin und schlief so ruhig ein, als sei nichts Außergewöhnliches vorgefallen.

Beim nächsten Mittagsmahle stellte sich das Weib wieder, als seien alle aufgetragenen Gerichte nicht nach ihrem Geschmacke. »Gewiß«, sprach da der Mann, »wenn man die Nacht Leichenfleisch gefressen hat, dann hat man am andern Tage keine Lust, menschenwürdige Speisen zu sich zu nehmen.« - »Also belauscht hast du mich?« rief darauf das Weib, und ehe der Ehemann wußte, wie ihm geschah, war er von der erbosten Hexe in einen Hund verwandelt und mußte es bleiben sein lebelang.

*Mündlich aus Kicker, Kreis Naugard.*

## 488. Werwolf bei Pflugrade.

In dem Dorfe Pflugrade bei Massow fand einst ein Bauer beim Ackern einen ledernen Riemen. Er nahm ihn auf, steckte ihn zu sich und legte ihn bei seiner Heimkehr auf den Boden. Lange Zeit darauf wollte es der Zufall, daß es ihm an einem Leibriemen gebrach und er sich darauf des auf dem Boden verwahrten Gurtes erinnerte. Er stieg hinauf, legte ihn um, kam aber nicht wieder herunter; sondern statt seiner stürzte ein Wolf aus der Bodenthüre heraus, die Treppe hinunter, durch das Haus und das ganze Dorf und entschwand auf dem Felde den Blicken der erstaunten Bauern.

Erst einige Tage später klärte sich das Rätsel auf. Der vermißte Bauer kam nämlich plötzlich vom Felde zurück mit dem Riemen in der Hand, der, wie jetzt alle erkannten, die Kraft in sich trug, den, welcher sich mit ihm gürtete, für einige Tage in einen Wolf zu verwandeln. Um jedoch ein Unheil zu verhüten, nahm die Frau des Bauern den Riemen an sich, zerschnitt ihn und vergrub ihn an einer abgelegenen Stelle.

*Mündlich aus Freiheide, Kreis Naugard.*

## 489. Die Werwölfe im Regenwalder Kreise.

Früher hat's im Regenwalder Kreise viel Werwölfe gegeben. Man konnte sie leicht erkennen, denn von dem gewöhnlichen Wolf unterschieden sie sich durch die weiße Kehle, auch wagte es kein Hund sie anzufallen. Ihre Verwandlung bewirkten sie durch einen ledernen Zaubergürtel mit sieben Löchern. Jedes Loch galt ein Jahr; wer sich den Wolfsgürtel in das siebente Loch geschnallt hatte, mußte also sieben Jahre Werwolf bleiben. Wurde er aber während seiner Verwandlungszeit bei seinem vollen Namen angerufen, so war der Zauber auf der Stelle gehoben. Der Gürtel hatte auch die wunderbare Eigenschaft, daß er unverbrennbar war. Selbst wenn man ihn in einen glühenden Ofen warf, blieb er unversehrt. Ferner konnten die Werwölfe durch kein gewöhnliches Geschoß erlegt werden.

Man weiß noch von gar manchen Leuten zu erzählen, die Werwölfe waren. In Mellen z. B. lebte ein Mann mit Namen Johann Friedrich Mohns. Abends in der Spinnstube kroch derselbe hinter den Ofen und verwandelte sich dort in einen Werwolf. Schaute er dann mit seinem abscheulichen Wolfskopfe hervor, so riefen die andern geschwind seinen Namen, und sofort ward er wieder zum Menschen.

Ein anderer Werwolf lebte in Zeitlitz. Das war eine Bauerfrau, die in ihrer verwandelten Gestalt dem Hirten in die Herde brach und die Schafe wegfraß. Nichts konnte ihr etwas anhaben, jede Kugel blieb bei ihr wirkungslos. Endlich ließ sich der Schäfer eine Goldkugel gießen, und mit ihr hat er dem Weibe den Garaus gemacht.

*Aus Mesow, Kr. Regenwalde: Mitgeteilt durch Herrn Prof. E. Kuhn.*

## 490. Der Werwolf in Sarnow.

In Sarnow weidete ein Mann des Morgens seine Pferde und legte sich hinter einen Heuhaufen. Da sah er, wie ein Mädchen aus dem Dorfe, Marie Tefs genannt, herbei kam, sich einen Riemen um den Leib schnallte, einen Stock in das Hinterteil steckte und darauf zum Wolfe ward. Wie der Werwolf nun aber das eine Fohlen anfallen wollte, da rief der erschrockene Bauer voller Angst: »Marie Tefs, du wirst mir doch nicht mein Fohlen auffressen?« Sogleich war der Zauber gehoben, und das Mädchen hatte seine frühere Gestalt wieder erlangt.

*Mündlich aus Sarnow, Kreis Cammin.*

## 491. Der Werwolf in Kratzig.

Der Werwolf ist ein Mensch, der sich mit Hilfe der schwarzen Kunst in einen Wolf verwandeln kann. Dazu bedarf er eines Riemens, welcher aus einem Wolfsfell geschnitten und mit gewissen Löchern und einer Schnalle versehen ist. Wer einen solchen Riemen umschnallt, der wird ein Werwolf.

Eins hüteten der Knecht und der Kuhjunge eines Kratziger Bauern die Pferde auf der Weide. Als sie müde waren, legten sie sich hin und schliefen. Der Junge that aber nur so, als ob er eingeschlafen wäre, und da sah er denn, wie der Knecht plötzlich aufstand, in das Gebüsch eilte und dort einen Wolfsgürtel umschnallte. Nach einer kleinen Weile kam auch wirklich aus dem Busch ein großer Wolf heraus und gerade auf den Jungen zu. Dieser ließ sich aber trotz seiner Angst nichts merken, sondern schnarchte ganz laut.

Als der Wolf sich beruhigt hatte, daß er unbelauscht geblieben sei, sprang er unter die Herde, ergriff das beste Füllen und fraß es halb auf. Dann lief er in den Busch zurück und kam nach kurzer Zeit als Mensch wieder.

Wie nun am andern Tage das ganze Gesinde des Bauern beim Häckselschneiden beschäftigt war, spie der Knecht oft aus und klagte: »Mir ist so wiwwelwawwel im Leibe.« – »Dir muß auch schön wiwwelwawwelsein«, entgegnete der Kuhjunge, »du hast ja ein halbes Füllen im Leibe.« Da antwortete ihm der Knecht zornig: »Das hättest du nur gestern Nacht sagen sollen!« denn vor den andern Leuten fürchtete er sich den Jungen als Werwolf zu zerreißen, weil sie ihn sonst gewiß tot geschlagen hätten.

*Mündlich aus Kratzig, Kreis Fürstentum.*

## 492. Die drei Drîshâre.

Ein Schäfer besaß eine stattliche Herde; so viel Lohn er jedoch seinen Knechten aussetzen mochte, lange hielten sie bei ihm nicht aus. Der Mann gab zwar das höchste Gehalt in der ganzen Gegend, dafür verlangte er aber auch, daß der Knecht aus seiner eigenen Tasche den Schaden vergüte, welchen die Wölfe etwa unter den Schafen anrichten würden. Da stellte sich denn regelmäßig am Schluß des Jahres heraus, daß trotz des hohen Lohnes der Knecht noch zusetzen mußte.

Einst hatte der Schäfer wieder einen neuen Knecht angenommen unter denselben Bedingungen, wie die vorigen. Der glaubte auch ganz sicher zu gehen, denn er vertraute auf seine beiden riesigen Wolfshunde. Als aber der Wolf in die Herde einbrach, waren die Tiere durch nichts zu bewegen, den Räuber anzupacken.

Ganz traurig saß nun der Hirt auf dem Felde, als ein Reisender vorbei kam und ihn fragte, warum er denn so betrübt aussehe. Der Knecht teilte dem Wandersmann seinen Kummer mit, und dieser riet ihm (denn er ahnte gleich, daß es ein Werwolf sei), er solle nur den Hunden die drei Drîshâre unter der Kehle ausziehen, dann würden sie schon zubeißen.

Das that der Knecht, und als bald darauf der Wolf wieder in die Herde einbrach, fielen die Hunde sofort über ihn her. Da verwandelte sich der Wolf plötzlich in den Schäfer und schrie flehentlich um Hilfe; doch die Hunde waren nicht mehr zurückzuhalten und zerrissen ihn.

Der Knecht zeigte den Vorfall dem Amtmann an; der aber sagte: »Einem Mann, welcher sich in einen Wolf verwandelt und dann Schafe frißt, geschieht ganz recht, wenn er von den Hunden zerrissen wird.«

*Mündlich aus Ritzig, Kreis Schiefelbein.*

## 493. Der Pferdefresser in Klebow.

In dem Dorfe Klebow, im Neustettiner Kreis, war einst ein Mann, welcher nur wenig von seiner Hände Arbeit lebte. Im Frühjahr, wenn die Pferde mit den Fohlen zur Weide getrieben wurden, ging er auf die einzelnen Höfe und sprach dort den Wolfssegen. Dafür wurde er dann mit Geld und anderen Dingen reichlich belohnt. Und merkwürdig war, daß den Leuten, welche ihn den Segen sprechen ließen und dafür bezahlten, wirklich der Wolf nie Schaden zufügte; allen andern dagegen zerriß er gerade die besten Fohlen.

Einst ging dieser Mann zu seinem Nachbar und erklärte ihm, er wolle für seine Pferde den Wolfssegen sprechen. Doch der meinte, Geld gebe er für solche Sachen nicht aus; wenn der Wolf sein Füllen holen wolle, dann möge er nur kommen. »Gut«, sagte der Mann, »dann wird dein schönes Fohlen wohl bald zerrissen sein.« Wie nun der Bauer auf dem Felde beim Pflügen ist, kommt auch wirklich der Wolf an und läuft auf das Füllen los. Doch der Mann, nicht faul, nimmt einen Prügel und schlägt dermaßen auf das Untier ein, daß es kaum mit dem Leben davon kam.

Als der Bauer zum Mittagessen nach Hause ging, erzählte ihm seine Frau, der Nachbar läge schwerkrank im Bette und wäre ganz braun und blau am Leibe. »Der soll wohl schwarz sein«, erwiderte der Mann; »der Kerl wollte mein schönes Füllen fressen. Künftig werden ihm wohl seinen Gelüste auf Pferdefleisch vergehen.«

*Ebendaher.*

## 494. Werwolf erlöst.

Jeder Mensch kann sich mit Hilfe eines zauberkräftigen Riemens in einen Wolf verwandeln. Es ist das ein gewöhnlicher Ledergurt mit Schnalle, welcher unter allerhand Zauberkünsten aus dem Felle eines Wolfes geschnitten ist. Der Wolfsriemen hat neun Löcher. Schnallt ein Mensch ihn ins erste Loch, so ist er eine Stunde Wolf, ins zweite zwei Tage u. s. w., ins neunte neun ganze Jahre.

Nun hatte einst ein Mann, Karl Friedrich Spiegel, aus einem Dorfe bei Gollnow gebürtig, von einer Hexe einen Wolfsriemen geerbt. Er ging mit ihm auf den Schulzenhof, wo noch andere Bauern versammelt waren, und legte dort den Riemen um und spannte ihn ins vierte Loch. Vorher hatte er aber ausgemacht, falls er wirklich ein Wolf werden sollte, so möchten ihn die andern schnell beim Namen rufen; denn dann wird jeder Werwolf sofort wieder Mensch.

Kaum hatte der Mann aber den Gurt umgelegt, so sprang er auch schon als Wolf durch das Fenster und lief in den Wald. Da man ihn nicht mehr einholen konnte, so ließen die

Bauern überall bekannt machen, man möge doch jeden Wolf Karl Friedrich Spiegel anrufen, vielleicht, daß man ihn so erlösen könne. Doch der Bauer blieb verschollen, und drei Jahre waren seitdem fast vergangen, ohne daß man wieder irgend etwas von ihm erfahren hätte.

Da fuhr eines Tages ein Mann zur Mühle und sah, wie sich gerade ein Wolf auf sein Pferd stürzen wollte. Er verlor aber nicht die Fassung und rief: »Kâl Frîch Spêjel, büst du dat?« und da stand er auch vor ihm und sagte, alle Leute hätten stets so große Furcht vor ihm gehabt, daß keiner daran gedacht hätte, ihn anzurufen. Hätte er ihn jetzt nicht angeredet, dann hätte er noch so lange als Wolf herum laufen müssen, bis das dritte Jahr zu Ende gewesen wäre. Seine Hände waren aber von dem vielen Umherlaufen noch lange ganz durchgerieben.

*Ebendaher und aus Sydow, Kreis Schlawe.*

## 495. Der Willeduewelsdôd.

Vor vielen Jahren, so erzählen die alten Leute, kam auf dem herrschaftlichen Gute zu Reinfeld jede Nacht auf unerklärliche Weise ein Schaf fort, so viel Wächter man auch anstellen mochte. Dabei zeigte sich zu derselben Zeit immer gegen Mitternacht ein entsetzlicher Spuk: vier Ungeheuer trugen auf einer Bahre einen Toten zur Kirche hinein. Da hieß es dann im Dorfe: »Dâ is allwerrer eie dea Willeduewelsdôd schturwe.«

Um dem Unwesen ein Ende zu machen, begaben sich endlich einige beherzte junge Burschen auf den Turm; und als gegen Mitternacht der Teufelsspuk wiederum in die Kirche zog, läuteten sie aus allen Kräften. Kirchenglocken kann nun der Teufel nicht hören, und so mußte er entweichen. Da verwandelten sich mit einem Male die Untiere in vier Männer aus dem Nachbardorf und der Tote auf der Bahre in ein gestohlenes Schaf. Die Leute hatten nämlich die Schafdiebstähle mit Hilfe des Teufels vollführt und dann in seiner Gesellschaft im Gotteshause den Raub verzehrt.

*Mündlich aus Reinfeld, Kreis Belgard.*

# XII. Der Mensch.

## 496. Allgemeines.

Sagen, welche sich auf die Person des Menschen beziehen, sollen in diesem Kapitel wiedergegeben werden, es ist darum erforderlich, in kurzen Zügen darzulegen, in welchem Verhältnis das Volk Leib und Seele zu einander glaubt. Einmal wird die Seele für ein durchaus selbständiges Wesen gehalten, das nur in losem Zusammenhang mit dem Körper steht. Sie enteilt deshalb nicht nur sofort mit dem Eintritt des Todes in die Lüfte, woselbst sie bis zum jüngsten Tage umher schwebt, sie kann sich sogar schon bei Lebzeiten des Menschen aus dem Leibe entfernen, was dann Träume, Ahnungen und sogenannte Doppelgänger zur Folge hat.

Andere wissen Leib und Seele nicht in dem Maße zu trennen. Wie beide im Leben an einander gebunden waren, so müssen sie auch im Tode zusammen bleiben, das heißt, die Seele klebt an dem Stück Erde fest, wo der Leichnam eingesenkt ist, und bleibt dort, solange die Gebeine noch nicht zu Asche geworden sind.

Dieser Vorstellung entspricht es, wenn pommersche Sagen die Seele in Gestalt eines flüchtigen, rasch dahin schießenden Tieres, eines Vogels, einer Maus oder Schlange,[44] kennen oder aber als einen frei in der Luft schwebenden, feurigen Hauch (Irrlicht); jener, wenn die Seele nur in Gemeinschaft des verwesenden Körpers aus dem Grabe zurückkommen kann, um als Nachzehrer, Ungeheuer oder Neuntöter die Menschen zu quälen, wenn die verstorbene Mutter an der kalten Totenbrust den zurückgelassenen Säugling stillt, der von der Gattin fortgerissene Mann bei der neuen Trauung seiner Frau körperlich am Altare gegenwärtig ist, der ums Leben gekommene Bräutigam die ihm durch Treuschwur verbundene Braut zu sich in die kalte Grabkammer herabholt. Beide Vorstellungen vereinigen sich in dem Glauben, daß die Seele als Blume oder überhaupt als Pflanze aus dem Grabe hervorwächst; denn hier bleibt die Seele zwar ein selbständiges Wesen, aber sie wurzelt mit den Wurzeln der Pflanze in dem verwesenden Körper und ist an den Fleck Erde, wo der Tote ruht, für immer gebunden.

Im übrigens ist man, wie anderswo, so auch in Pommern der Überzeugung, daß die Geister aller Verstorbenen um die Mitternachtsstunde in sichtbarer Gestalt erscheinen dürfen. Sie verkehren aber nur mit Ihresgleichen, halten Gottesdienste und Tänze ab, je nachdem es ihnen gefällt, und achten sorglich darauf, daß sie im Besitz der Dinge bleiben, welche ihnen mit in das Grab gegeben wurden, und daß kein Lebendiger sie in ihren Zusammenkünften stört. Der Mensch, welcher einen Geist beraubt oder einer Geisterversammlung beiwohnt, muß seinen Vorwitz schwer büßen.

Nur die Seelen der Leute, die bei ihren Lebzeiten nicht gut thun wollten, Mörder, Diebe, Geizhälse und Gotteslästerer, dann aber auch diejenigen, welche durch irgend einen unglücklichen Zufall früher um das Leben gekommen sind, als ihnen ursprünglich vom Schicksal verhängt war, wohnen einsam für sich, gesondert von den übrigen Geistern. Sie spuken herum und ängstigen die lebenden Menschen durch ihre Erscheinungen, lassen sich als schreckenerregende Quäl- und Poltergeister an den Orten nieder, wo sie ehemals ihre

Schandthaten verübten oder um das Leben kamen, und können nicht anders zur Ruhe gebracht werden, als durch Zauberei oder das Absingen frommer Gesangbuchslieder.

Vorausgeschickt ist den einzelnen Sagen über das Seelenleben des Menschen eine Wiedergabe des pommerschen Kinderglaubens von der Herkunft der Kinder, da derselbe auf uralten, heidnischen Vorstellungen über den Ursprung der Seele fußt. Den der Storch (Schwan) ist in Wahrheit unsern Vorfahren der Kinderbringer gewesen, indem er nach ihrer Meinung die Übertragung der Seele in den neu entstehenden Menschenleib vermittelte. - Die beiden letzten Nummern dieses Abschnittes sind Sagen von Teufelsbesessenen. Sie sind hier aufgenommen, um zu zeigen, daß in diesem Stücke die christliche Anschauungsweise die heidnische verdrängt hat. Der alte Volksglaube erklärte Gemütskrankheiten mit einer Beeinflussung von Seele und Leib durch eine äußere, immer außerhalb des Körpers bleibende Macht,[45] die Vorstellung, daß ein teuflischer, böser Geist neben der Seele im Leibe seinen Wohnsitz aufschlagen kann, ist in jeder Beziehung undeutsch.

## 497. Schwan- und Adebor-Steine.

Die ungeheuren Granitblöcke, welche an der Küste von Jasmund verstreut liegen, werden von den Bewohnern des Dorfes Saßnitz Schwansteine genannt. In ihnen verschlossen liegen die kleinen Kinder, Schwanskinder geheißen. Fragt ein Kind: »Mudder! Wô kümmt dat lütte Schwånskind her?« So heißt es: »Aus dem Schwanstein, der wird mit einem Schlüssel aufgeschlossen und und ein Schwanskind herausgeholt.«

Häufiger, wie die Schwansteine, sind Adeborsteine. Ein solcher Adeborstein liegt bei Wieck auf Wittow in der Ostsee hart am Strande. Auf diesem Felsblock trocknet der Adebär die kleinen Kinder, wenn er sie aus der Ostsee geholt hat, bevor er sie den Müttern in's Haus bringt. Letztere weisen den Felsblock gerne den Kleinen und erzählen ihnen dabei, wie auch sie einst darauf von dem Storch zum Trocknen niedergelegt seien.

Ein anderer Adeborstein ist der große Stein bei Gristow in der Nähe Cammins. Aus ihm besorgt der Storch den Kindervorrat von Cammin. Damit zusammenhängen mag auch, daß im Kreise Regenwalde rundliche, glatte, schwarze Steine den Namen Knackober- (Storch) Steine führen. Die Kinder werfen sie in die Höhe und sprechen dabei ein Sprüchlein, das den Knackåber um ein Brüderchen oder Schwesterchen bittet.

*Mündlich und nach Mitteilungen des Herrn Prof. E. Kuhn.*

## 498. Die weiße Maus.

Eines Nachts lag ein Pferdehirt auf der Erde und schlief; da sah sein Gefährte, wie ihm eine weiße Maus aus dem Munde kroch und hinüber lief in einen alten Pferdeschädel. Erst wollte der Knecht das Tier tot schlagen, aber er besann sich eines Besseren, weil man weiße Mäuse überhaupt nicht gern tötet. Überdies kam ihm die ganze Sache nicht geheuer vor.

Als nun nach einer Weile die weiße Maus wieder aus dem Roßschädel heraus wollte, versperrte er ihr den Ausgang, so daß sie nur an einer Stelle ihren Rückweg antreten konnte, wo kurz zuvor ein Pferd sein Wasser gelassen hatte. Lange sträubte sie sich dadurch zu gehen, bis sie endlich, ganz dicht an den Rand des Schädels sich drückend, an der Pfütze vorbeikam, wieder zu dem Schläfer lief und durch dessen Mund in sein Inneres schlüpfte.

Da wachte derselbe ganz in Schweiß gebadet auf und erzählte, wie er eben im Traum in einem Roßschädel gewesen wäre, und als er wieder heraus wollte, beinahe in einem unermeßlichen Wasser ertrunken sei. Nur mit großer Mühe sei es ihm möglich gewesen, darüber zu kommen.

*Mündlich aus Kratzig, Kreis Fürstentum.*

## 499. Der Doppelgänger.

Es giebt Menschen, die mit dem Teufel im Bunde stehen. Wenn sie so alleine gehen oder wenn man sie belauscht, sieht man jemand neben ihnen, der mit ihnen gleichen Schritt hält und auch dasselbe Aussehen hat; das ist der Teufel selbst. So erzählt man in der Nörenberger Gegend, im Kreise Saazig; in dem Kreise Regenwalde dagegen ist es der Sehngeist, welcher das Bild des Doppelgängers hervorruft.

So lebte früher eine wirtschaftliche Pächterfrau in dem Dorfe Schwerin. Die wurde an jedem Morgen zu sehr früher Stunde von ihren Dienstboten in den Kellerräumen des Hauses angetroffen, wie sie mit den Schlüsseln klapperte, die Schränke und Thüren öffnete und andere häusliche Dinge verrichtete. Die Frau selbst aber lag im Bette und schlief und wußte nichts davon. Alle Dienstboten hüteten sich den Doppelgänger anzureden, weil ja nur der Geist der Frau in ihm herumwandelte. Ihr selbst würde es den Tod gebracht haben, hätte man ihr Doppelbild angesprochen.

Auch in Rügen glaubt man, das Doppelbild werde durch sehnsuchtsvolle Gedanken an einen Entfernten hervorgerufen. Man nennt dort die ganze Erscheinung w a f e l n. Ein Fischermädchen erzählte, ihr Bruder, den sie zärtlich liebte, sei einst zum Fischen auf See gewesen. In der Nacht brach ein großes Unwetter los, und die Dirne wurde von solcher Bangigkeit um das Leben ihres Bruders ergriffen, daß sie in ihrer Herzensangst an den Strand lief und Gott anflehte, ihr den Bruder am Leben zu erhalten. Wie sie so dastand, erblickte sie plötzlich ihren Bruder und rief aus: »O, Gott! Nun wafelt er, nun ist Karl tot!« Das war aber nicht der Fall; denn nach einigen Tagen kehrte er wohlbehalten zurück. Doch schalt er seine Schwester heftig um ihrer sehnenden Gedanken willen, er habe in der Sturmnacht vor Unruhe nicht gewußt, wo er bleiben solle, und daran sei sie allein schuld gewesen.

*Nach Mitteilungen des Herrn Prof. E. K u h n und*
*des Herrn Gymnasiallehrers O. K n o o p.*

## 500. Sonntagskinder und Geisterseher.

Leute, die am Sonntag zwischen elf und zwölf Uhr geboren und gleichfalls an einem Sonntag zwischen elf und zwölf Uhr getauft sind, besitzen die Gabe, Geister zu sehen.

In Teschendorf am Wotschwinesee lebte ein solcher Mann, Friedrich Both geheißen. Jedesmal, wenn jemand im Dorfe im Sterben lag, wurde der, falls er nicht durch das Fenster nach dem Kirchhof hinaussehen konnte, durch eine unerklärliche Gewalt aus der Stube auf den Friedhof getrieben. Dort erblickte er den Sterbenden, wenn er verdammt werden sollte, in schwarzen, sonst in weißen Gewändern. So hat er auch einst eine Frau, die bei der Entbindung gestorben war, mit ihrem neugeborenen Kinde in weißen Kleidern über den Kirchhof gehen sehen.

Als einmal eine Halskrankheit im Dorfe herrschte, fragte ihn ein Bauer, dem fünf Kinder gestorben waren, ob es nun zu Ende sei mit dem Sterben. Darauf antwortete Friedrich Both: »Einer stirbt noch«, und so geschah es auch.

Am stärksten zeigt sich die Gabe des Geistersehens in der Christ- und in der Neujahrsnacht. Man kann dann alle Leute sehen, welche in dem kommenden Jahre sterben werden. So erblickte bei einem Umzug der Heil-Christen einer von ihnen, wie seine Gefährten mitten durch einen Leichenzug hindurch gingen. »Habt ihr denn soeben nichts wahrgenommen?« fragte er seine Gesellen. »Nein«, antworteten diese, »gesehen haben wir nichts; wohl aber haben wir ein Drängen und Stoßen gefühlt, wie inmitten einer großen Menschenmenge.«

*Aus Mesow, Kr. Regenwalde: Mitgeteilt durch Herrn Prof. E. Kuhn.*

## 501. Das Wanken der Seele.

Liegt ein Mensch in den letzten Zügen, daß Leib und Geist sich bald scheiden müssen, und hat er dann noch einen Wunsch, entweder seinen Freunden Lebewohl zu sagen oder sonst irgend etwas zu verrichten, so geht seine Seele w a n k e n. Verwandte, die von dem Sterbenden Stunden, ja hunderte von Meilen weit entfernt sind, hören in der Todesstunde ihres Angehörigen den Stubentisch krachen oder an die Fenster pochen, Freunde und Bekannte sehen den betreffenden Menschen, obgleich er totkrank in seinem Bette liegt, plötzlich neben sich im Lehnstuhl oder gar wohl oben auf dem Ofen sitzen u. s. w. Der Geschichten, welche von diesem W a n k e n der Seele erzählt werden, sind unzählige. Wir wollen es hier mit den beiden nachfolgenden bewenden lassen.

Ein Bauer in Kunow bei Wollin liegt in den letzten Zügen. Plötzlich richtet er sich auf und sagt zu dem Freunde, welcher seiner am Krankenbette wartet: »Gevatter, eben war ich drüben beim Nachbar und hab' in der Kiste auf dem Schrank die sechszehn alten Nägel gezählt.« Dann sinkt er in die Kissen zurück und verscheidet. Kopfschüttelnd geht sein Freund am andern Morgen zum Nachbar und erzählt ihm die Sache. »Wir wollen doch gleich mal dahinter kommen, ob er richtig gezählt hat«, antwortet der Nachbar, öffnet die bezeichnete Kiste und richtig, es liegen sechzehn verrostete Drahtstifte darin, nicht mehr und nicht weniger.

Ein alter Mann im Dorfe Kratzig, im Kreise Fürstentum, verlangte in der Todesstunde das Jahr, den Tag und die Stunde seiner Geburt zu wissen. Man antwortete ihm, sein Taufschein wäre nicht zu finden und es sei nicht möglich vor Tagesanbruch in sein Heimathsdorf zu gelangen, um aus dem Kirchenbuch die gewünschten Angaben zu entnehmen. »Jetzt weiß ich's schon selbst«, entgegnete der Sterbende und fügte hinzu: »Er sei eben in dem Pfarrhause jenes Dorfes gewesen und habe selbst das Kirchenbuch nachgeschlagen.« Dann starb er. Man zog am andern Tage bei dem Pastor, aus dessen Dorf er stammte, Erkundigungen ein, und da berichtete dieser: »In der vergangenen Nacht, als ich in meiner Studierstube saß und an der Predigt arbeitete, öffnete sich plötzlich die Thüre, ein unsichtbares Wesen trat hastig herein und nahm das Kirchenbuch vom Ständer herab; sodann schlug es die Blätter eilig herum, warf das Buch wieder zu, stellte es an den vorigen Platz und - verschwunden war der Spuk.« Da sah man denn ein, daß des alten Mannes Seele wirklich w a n k e n gegangen war.

*Mündlich.*

## 502. Die weißen Tauben.[46]

Ein frommer Mann hatte zwei liebliche Töchter, an denen sein ganzes Herz hing. Doch sollte sein Glück nicht lange währen, denn eines Tages wurden die Mädchen krank, und alle Tränke, welche die Nachbarinnen und Gevattern für die beiden Kranken brauten, wollten nichts helfen.

Da sprach der bekümmerte Vater: »Ach! Wenn ihr denn nun doch einmal sterben müßt, so bitte ich euch wenigstens, daß ihr mich nach eurem Tode noch manchmal besucht.« Wenige Stunden später, als er dies gesagt hatte, wurden die Jungfrauen als Leichen auf die Totenbahre gelegt.

Am andern Tage, als der Mann gerade sein Frühstück einnahm, kamen zwei weiße Tauben ans Fenster geflogen. Der Vater ahnte, daß es seine Töchter wären, öffnete und sogleich flogen die Tiere auch zutraulich auf den Tisch und pickten dort die herumliegenden Brotkrümchen auf. Nachdem sie eine Weile in der Stube gewesen waren, entfernten sie sich wieder, um am anderen Morgen ihren Besuch in der gleichen Weise zu wiederholen.

So ging das lange Zeit hindurch. Aber das Zufliegen der schönen Vögel war einem Paar böser Buben aus der Nachbarschaft nicht verborgen geblieben. Sie stellten sich unter dem Fenster auf, und, als die Tauben zu dem Manne hineinflogen, griffen sie nach ihnen. Aber die Tiere entschlüpften ihnen unter den Händen und entflohen und wurden seit der Zeit nie wieder gesehen.

*Mündlich aus Dramburg.*

## 503. Irrlichter.

Irrlichter finden sich allüberall, wo es bruchig und morastig ist. Es sind das die Seelen von Kindern, welche vor der Taufe gestorben sind und die nun bis zum jüngsten Tage ruhe- und rastlos auf den Sümpfen zubringen müssen. Zur Nachtzeit erscheinen sie den Wanderern als ein flackerndes Licht und führen sie auf Irrwege, ja häufig sogar in das blanke Wasser hinein. Hat das Irrlicht seinen Zweck erreicht und den Menschen verlockt, so klatscht es vor Freuden in die Hände und ist verschwunden. Der Irregeleitete aber mag anstellen, was er will, er findet sich diese Nacht durch nicht wieder auf den rechten Weg; er muß warten, bis die Sonne aufgeht, erst dann ist der Zauber gelöst.

*Mündlich.*

## 504. Irrlicht wird durch Fluchen vertrieben.

Der Pastor von Sydow fuhr einst in später Nacht von Gutzmin zurück. Den Wald hatten sie schon hinter sich und hätten nun Sydow unten im Grunde vor sich liegen sehen müssen. Das war aber diesmal nicht der Fall, denn plötzlich tauchte ein Irrlicht vor ihnen auf und führte sie dermaßen in die Irre, daß sie schließlich in einen tiefen Morast gerieten, aus dem kein Ausweg mehr möglich schien.

Da ward es dem Knechte denn doch zu arg, und während er bisher auf den Stand des Herrn Pastors Rücksicht genommen hatte, hub er jetzt greulich an zu fluchen. »Was fällt dir ein?« schrie der Pastor entsetzt. Aber siehe, das Licht wurde durch die gotteslästerlichen Reden zusehends kleiner. Da wurde denn auch für diesmal der Prediger anderer Meinung und sprach: »Na, Friedrich, wenn's so hilft, dann fluche noch einmal.« Und richtig, kaum hatte Friedrich seine Litanei zu Ende gebracht, so war das Irrlicht verschwunden, und sie wurden gewahr, daß sie hart am Rande des Maschinkesees sich befanden, der gerade auf der Grenze von Gutzmin und Sydow liegt. Es dauerte eine gute Weile, bis der Wagen wieder auf das feste Land gebracht war, und erst gegen Morgen langten sie in dem Dorfe an.

*Mündlich aus Sydow, Kreis Schlawe.*

## 505. Irrlicht bei Reckow.

Im Kreise Lauenburg glaubt man, das Irrlicht sei der Teufel, und es muß auch wohl so sein. Eines Abends ging nämlich ein Bauer von Reckow nach Bresin. Als er nun an den Bach gelangte, der ringsum von Morästen umgeben ist, sah er, wie vor ihm ein kleines Licht immer hin- und herhüpfte.

»Aha«, dachte er bei sich, »das ist das Irrlicht, da thust du wohl besser, du kehrst schleunigst um.« Endlich besann er sich jedoch eines Besseren und ging mutig weiter. Mit einem Male erhub sich ein ganz entsetzlicher Sturm, welcher den Bauern hoch in die Luft wirbelte und dann in den Sumpf schleuderte. Er wollte wieder herausklettern, aber je mehr er sich anstrengte, um so tiefer geriet er hinein.

Schließlich, als es beinahe schon mit ihm garaus war, hörte ein vorübergehender Wanderer sein Angstgeschrei, ergriff ihn bei den Haaren und zog ihn aus dem Moraste heraus. Das Irrlicht aber war verschwunden.

*Mündlich aus Reckow, Kr. Lauenburg.*

## 506. De frame Bur.

In Rubitz bi Kenz lewde een Bur, dat was een still, gottsfrüchtig Minsch, un he hedd eene leewe un frame Husfrau, un se lewden mennig schön Jåhr mit eenanner un hedden Glück un Kinder. Då sturf de Frau, un de Mann was sehr trurig, denn se was een Wif west as een Engel un so fründlich un godhartig, dat se keener Fleg wat to Leeden dhon kunn. Un de Mann were woll för all sin Lewen een Wittmann blewen, hedd he de lütten Kinderken nich hett, de en in ehrer Vörlatenheit jammerden. Un he ging denn to un nam sick de tweede Frau, äwerst sin Hart was jümmer noch sehr bedröwt.

Ook disse Frau was een recht fram un fründlich Minsch un hölt de lütten Kindekens reinlich un nett un ertog se im Christendom un in aller Gottseligkeit; un de Bur hedd se recht leew un lede ook noch twee Kinder mit ehr to. Äwerst sine erste Frau kunn he nich vörgäten, un dat was ook woll nich nödig. Se seggen, se besöchte en oft un kam binah jede Nacht an sin Bedd un sprack em fründlich to, un ging denn rund üm de Bedden, worin ehre Kinder slepen, un runde en wat in de Ohren un segnede se.

Dat is äwerst gewis, datt de Bur mennige Nacht keene Rauh hedd un upstahn müsst un in 't Feld gahn. Un nüms wüsst, wo he hen ging. He ging äwerst nah Kenz un up den Kenzer Karkhoff un lag up dem Grawe, worin sin Schatz vörgraben lag, un he meende, denn were em am nüdlichsten to Mod in sinem ganzen Lewen. Un he hedd dat nich heemlich vör siner jetzigen Frau, datt dat sines Hartens Froidenstunden weren un datt he dat Nachtwandeln nich laten künn. Un då lag un satt he in dem schönen, grönen Sommer un in dem kolden, bittern Winter, wo de Wülw un Vöss vör Frost hülen un de Tunkönig üm de Finster flüggt un piept.

Då hebben de Kenzer Lüde en eenen Morgen funden, datt he lang utstreckt lag, as hedde he dat Grass küssen wullt un mit sinen Armen ümfaten. So hett he eenen schönen, seligen

Dood nahmen, un Gott un sine olde Leewste hebben en to sick ropen in dat himmlische Paradies, wo he nu de Kron dreggt. Un he hett so früntlich då legen, as de in Froiden ut disser Welt henäwergahn.

So hebben en in 't Graf leggt bi sinen Schatz un em då mit köhler Erd de warme Leewe todeckt. Un dat hett sick begewen, as dat Gras un de Böm bloihden, då wussen de schönsten Liljen un Rosen ut ehrem Grawe allen tom Teken, datt twee true Harten då begrawen sünt. Un de Blomen sünt jedes Fröhjåhr wedder utbraken un hebben mennig schön Jahr bloiht, bet se eenen groten Steen up de Gruft leden. Don was 't vörbi.

*E. M. Arndt, Märchen und Jugenderg. II. S. 72-73.*

## 507. Der Dornbusch[47] bei Jakobshagen.

In Jakobshagen lebte einst eine Frau Bork, welche ihrem Manne hart zusetzte und ihm das Leben blutsauer machte. Endlich riß ihm die Geduld, er nahm einen großen Sack, steckte seine Frau, während sie schlief, hinein und trug sie dann in den Jakobshagener Wald, wo er sie lebendig vergrub. Bald darauf wuchs ein Dornstrauch aus dem Körper der Ermordeten hervor, und dieser Busch grünt und blüht bis auf den heutigen Tag. Oft hat man auch die Frau in dem Strauche an ihrem Spinnrad spinnend gesehen.

*Jakobshagen, Kreis Saazig. Mitgeteilt durch Herrn O. Knoop.*

## 508. Die Distelstaude.

In dem Dorfe Schwerin, im Regenwalder Kreise, lebte vor noch nicht allzulanger Zeit ein Mann, der mit seinem Weibe eine sehr unglückliche Ehe führte. Die Frau war leichtsinnig, liebte den Tanzboden über die Maßen und machte ihrem Manne noch obendrein Vorwürfe, daß er nicht so reich sei, wie sie und ihre Verwandten. Das nahm sich der Ärmste sehr zu Herzen und schließlich ward er so verzagt, daß er nicht länger leben mochte, einen Strick kaufte und sich erhing.

Darüber grämte sich die alte Mutter des Verstorbenen schier zu Tode, denn sie sorgte, daß er als Selbstmörder nicht der Seligkeit teilhaftig geworden sei. In ihrer Herzensangst eilte sie zu dem Pastor in Mellen und klagte dem ihre Not. Das war ein frommer Mann; liebevoll beruhigte er die Frau und sagte ihr für gewiß zu, daß ihr Sohn dort oben selig sei.

Aber die Mutter war noch nicht ganz beruhigt. Darum bat sie den lieben Gott, er möge ihr doch auf dem Grabe ihres Sohnes ein sichtbares Zeichen geben, daß das, was der Pastor ihr zugesichert habe, auch wirklich wahr sei. Siehe, da wuchs aus dem Grabhügel des Sohnes eine Distelstaude heraus. Die blühte so herrlich mit vielen roten Blumen, und als die Frau sie sah, fühlte sie sich ganz getröstet und wußte von jetzt an ganz genau, daß ihr Sohn in ewiger Seligkeit lebe.

*Aus Mesow, Kr. Regenwalde: Mitgeteilt durch Herrn Prof. E. Kuhn.*

## 509. Der spukende Baum in Dramburg.

An der Promenade, welche sich rund um Dramburg herumzieht, steht in der Nähe des dortigen Rettungshauses ein Baum, an dem sich vor vielen Jahren ein böser Mensch, der weder nach Gott noch Menschen fragte, erhenkt hat. Wenn nun vom Turme der alten, ehrwürdigen Marienkirche die Uhr die zwölfte Stunde verkündet, so fängt der Baum an, in

287

allen seinen Ästen und Zweigen fürchterlich zu ächzen und zu stöhnen, daß den zufällig vorüber Eilenden vor Entsetzen die Haare zu Berge stehen.

Bei hellem Mondschein wollen etliche Leute auch schon gesehen haben, wie an dem Baum um Mitternacht der Körper eines Menschen sichtbar wurde. Die Zunge hing demselben lang aus dem Halse heraus, und die Augen im Kopfe verdrehte er greulich. Genauer hat jedoch noch niemand hinzuschauen gewagt, sie sind vielmehr vor Schrecken schleunigst davongelaufen. Sobald die Glocke eins schlägt, ist der Spuk wieder verschwunden und der Baum, wie ein anderer Baum.

*Mündlich aus Dramburg.*

## 510. Das Flötenrohr.

### I.

Dat is nû all lang hêr, dåa is eis eie Koenich west, dei hät eie sêr hübsch Maeke hat, üm dei sich vêl bewurwe, dat sei s' häwwe wutt taune Frû häwwe. Nû is dår in de Jîgend sone schlimm Schwîn west, dat hät sô vêl Lued dôd måkt, dat dei Koenich eie Gebôt ûtgåa loet: Wêr dat Schwîn fängt ô dôd mökt, dei schü sîn Dochter tau 'ne Frûje häwwen.

Nû sin dår e eim Dörp twei Bräure west, ô de ein dåva, de hät dat Glück, dat Schwîn dôd tau måke. Wîl hê nû schütt dem Koenich sîn Dochter häwwe, hät dat dem andre Braure sêr ärgert, ô hê rêd sîm Braure, sei wille eis eine Schpazîrgang måke. Hei jêt mit em eie Wech, wô sei nå eim Wåter kåme. Äuwer dit Wåter is 'n steinern Broej west. As sei nû wille bêd' räuwer gåa, kümmt dês Braure hêr ô schtött dise andre dår rin in dat Wåter, dat hei versoept. Dunn gröft hei em dåa ê. As hei t' Hûs kåm, saer hei, sîe Braure wêr verrêst.

Nå ne lange Tîd hod dår eis e Schaepe mit Schaupe, dicht bî dea Broej, ô kümmt ô schnid sich va dem Rôr ein Floet. As hei dårup floete wi, dunn singt dei Floet:

»Ich armes Rohr am Brückenstein,
Mein Bruder stieß mich hier hinein
Wohl um das Schwein, wohl um das Schwein
Und um des Königs Töchterlein.«

As dei Schaepe upbe Åwend t' Hûs kömmt, zeigt hei dit glîk bîm Schulte an, ô dei Schult mökt wîre Anzeig bîne Polizei inne Schtadt, ô nû komme dei alle rûte. Glîk wåd up dea Schtell någråwt, wô dat Rôr ståa hät, ô wat finnes? eie Leichnåm, dei allem Aschîn nå dei was, dei dat Schwîn ümbröcht hät. Då wåd dei anne Braure befraucht, wô hei sich dé mit sîm Braure schêd hät. Dem schlêt glîk dat Jewissen, ô hei bekennt, dat hei sîne Braure a de Broej ümbröcht hät.

Då nåmen em dei Lued, ô hei wåd herricht. Sîa Braure auwa wåd upbe koenichliche Kirchhof ingråwt, ô dei Koenichsdochter plant Blaume up sîe Graf.

*Mündlich aus Kicker, Kreis Naugard.*

### II.

Ein Vater hatte zwei Söhne. Der eine davon war klug und verständig, der andere aber galt allgemein für einen Dummkopf. Als der Vater nun alt geworden war und fühlte, daß er bald sterben müsse, gab er seinen beiden Söhnen auf, sie sollten ihm eine gewisse Blume im Walde suchen. Wer sie fände, solle der Erbe seines Hauses werden.

Die Brüder machten sich auf den Weg und suchten. So sehr aber auch der Verständige mit seinen Augen umherspähte, er konnte die Blume nicht entdecken. Der Dumme dagegen stieß, ohne daß er viel gesucht hätte, auf dieselbe, brach sie ab und eilte damit zu seinem Bruder. Auf dem Heimweg wurde dieser neidisch auf das unverdiente Glücks des Dummkopfs, ermordete ihn und warf den Leichnam in ein fließendes Wasser, wo er unter einer Brücke hängen blieb. Darauf ging er in seines Vaters Haus zurück, zeigte die Blume vor und erhielt das Erbe.

Nach Jahresfrist kamen Hirten aus der Umgegend zu der Stelle, wo der Ermordete im Wasser versunken war. Sie sahen zwar von dem Leichnam nichts mehr, denn derselbe lag tief unten im Schlamme; aber aus ihm heraus war ein Rohrhalm gewachsen. Den schnitt einer der Hirten ab, um eine Flöte zu machen. Als dieselbe nun fertig war und er sie an den Mund setzte, sang sie:

»Ach Mutter mein, ach Mutter mein,
Die Flöte ist vom Totenbein.
Mein Bruder hat mich tot geschlagen;
Er nahm das Blümchen, das ich fand,
Aus meiner Hand
Und sagt', es sei ja sein.«

Das hörten Verwandte des Erschlagenen. Sie gruben an der Stelle, wo das Rohr gestanden hatte, nach, fanden den Leichnam und brachten darauf den Mörder vor Gericht. Dort gestand dieser denn auch die Frevelthat ein und ward zur Strafe hingerichtet.

*Mündlich aus Katschow, Kreis Lauenburg.*

## 511. Der Neuntöter.

Es giebt Leute, denen es, wenn sie gestorben sind, im Grabe keine Ruhe läßt; sie treten aus dem Sarge heraus und ziehen andere Menschen sich nach. Das thun sie neun Jahre lang, und in jedem Jahr holen sie sich ein Opfer. Aus dem Grunde werden sie gemeinhin Neuntöter (Naejendoeder, Naejadoera) genannt. Man kennt deren nicht allein bei den Menschen, sondern auch bei dem Vieh, und weil sie so unendlich viel Schaden anrichten, gilt »Neuntöter« für das ärgste Schimpfwort, das jemand nur in den Mund nehmen kann.

In Mesow, im Kreise Regenwalde, starb einmal ein Neuntöter. Da hat man denn an all den neun Opfern, die er sich nachgeholt hatte, am Strumpf einen Blutfleck, einen Stecknadelknopf groß, gesehen, sonst hat man an ihnen nirgends die Spur einer Verletzung wahrnehmen können.

*Mündlich aus den Kreisen Fürstentum und Regenwalde.*

## 512. Das Unhîr oder Unhuer.

Wird ein Kind mit einer Kappe geboren, so sagt man, das ist ein Unhîr (Bütow) oder Unhuer (Fürstentum). Wenn solch ein Unhîr stirbt, holt es zuerst alle aus der Verwandtschaft nach; darauf geht es an die Kirchenglocke, schlägt daran, und soweit der Schall zu hören ist, soweit sterben ringsherum alle Leute. Die Mutter des Unhîrs kann dem Unheil dadurch vorbeugen, daß sie die Kappe zu Pulver verbrennt und dem Kinde mit der Milch eingiebt.

Selbst im Tode noch ist das Unhîr für jeden Kundigen leicht kenntlich; seine Leiche sieht nämlich ganz frisch und rot aus, als ob der Mensch noch Leben in sich hätte. Wer nun seinen Vorteil versteht, der legt einer solchen Leiche ein Fischnetz, Geld, eine Wagenrunge und derlei Dinge mehr in den Sarg hinein, daß sie es mit sich unter die Erde nimmt. Damit muß dann der Tote arbeiten und kann nicht zum Nachzehren kommen. Alte Leute rufen dem Unhîr auch wohl höhnend nach: »Wenn du das Netz aufgeknotet hast, dann magst du uns holen!« Sie wissen aber recht gut, daß ein Fischnetz in einer Nacht aufknoten einfach unmöglich ist.

*Mündlich aus den Kreisen Bütow und Fürstentum.*

### 513. Das Unhîr in Trzebiatkow.

Etwa vor einem Menschenalter, die alten Leute können sich der Sache noch genau erinnern, wurde in Trzebiatkow ein Mann begraben, und es dauerte gar nicht lange, so starb einer nach dem andern aus der Verwandtschaft des Verstorbenen. Da merkten die Leute, mit wem sie es zu thun hatten; einige beherzte Männer gingen auf den Kirchhof, gruben das Grab wieder auf, und da saß denn das Unhîr im Sarge und nagte an Brust und Händen.

Die Leute suchten nun die Leiche umzudrehen, damit das Unhîr in die Erde fresse und nicht wieder Menschen nachhole; doch dagegen wehrte sich der Tote mit aller Macht. Da nahm ein starker Mann, Witt geheißen, einen scharfen Torfspaten und stieß ihm mit einem Stoß den Kopf ab. Von der Zeit an hatten die Bewohner von Trzebiatkow wieder Ruhe vor dem Unhîr.

*Mündlich aus Trzebiatkow, Kreis Bütow.*

### 514. Der Nachzehrer in Katschow.

In dem Dorfe Katschow, im Lauenburger Kreise, starb ein Mann, der sein ganzes Leben hindurch gierig gewesen war. Als die Leiche in den Sarg gelegt werden sollte, bemerkte man, daß der Tote sein Lager besudelt hatte. Doch um nicht Mißfallen unter den Verwandten des Verstorbenen zu erregen, war man leichtfertig genug auszugeben, die Nässe rühre davon her, daß der Mann im Todeskampfe viel Schweiß vergossen habe. Darauf wurde der Sarg auf den Kirchhof getragen und dort in der geweihten Erde eingesenkt.

Es vergingen einige Wochen, da wurde der älteste Sohn des Verstorbenen krank und starb; acht Tage darauf folgte ihm der zweite; nach weiteren acht Tagen trug man den dritten hinaus, und als gerade der erste Monat nach dem Todesfall des ältesten Bruders verflossen war, mußte auch der jüngste und letzte Sohn aus dieser Zeitlichkeit scheiden.

Wie natürlich, erregten diese schnell auf einander folgenden Todesfälle im ganzen Dorfe die größte Bestürzung. Die Verwandten der schwer getroffenen Familie begaben sich in das Dorf Lanz, wo ein alter, erfahrener Mann wohnte, der in solchen Angelegenheiten sichere Auskunft zu geben vermochte. Dieser eröffnete ihnen, es müßten zwei Männer in der Nacht zwischen elf und zwölf Uhr auf den Kirchhof gehen und dann das Grab des Vaters aufgraben. Wenn sie den Deckel des Sarges gehoben hätten, würden sie den Toten in sitzender Stellung antreffen. Er würde ihnen die Hand reichen wollen und Miene machen, mit ihnen ein Gespräch anzuknüpfen. Sie sollten sich jedoch darauf nicht einlassen, sondern sofort einen scharfen Spaten nehmen, der Leiche damit den Kopf abstechen und denselben sodann ihr zwischen die Füße legen. Dann wäre alle Gefahr für immer beseitigt.

Thäten sie das aber nicht, so würde der Tote sein schauriges Werk weiter verrichten und alle Nächte von elf bis zwölf Uhr an dem Lebensmark seiner Verwandten zehren, bis er sie sämtlich unter die Erde gebracht hätte. Alsdann würde der Tote auf den Kirchturm von Katschow steigen und dort mit den Glocken läuten. Soweit der Schall davon gehe, so weit würden auch alle Menschen aussterben.

Die Verwandten gerieten durch diese Enthüllungen noch mehr in Furcht und boten viel Geld aus, damit sich zwei Männer zu dem entsetzlichen Gange fänden. Endlich erklärten sich auch zwei Brüder dazu bereit, gingen auf den Kirchhof und gruben zwischen elf und zwölf Uhr die Leiche aus. Sie fanden alles so, wie der weise Mann vorher gesagt hatte, und als der Tote die Hände nach ihnen ausstreckte, ergriff der eine von ihnen den Spaten und stach dem Nachzehrer mit einem Rucke den Kopf ab. Sodann legten sie ihm das Haupt zwischen die Füße und schütteten die Grube wieder zu. Und wirklich hat der Tote von da ab keinen mehr nach sich ziehen können.

*Mündlich aus Katschow, Kreis Lauenburg.*

## 515. Der Treuschwur auf Tod und Leben.[48]

### I.

Ein Paar Liebende hatten sich zugeschworen, daß sie nie von einander lassen, daß sie sich angehören wollten auch noch im Tode. Darauf mußte der Bräutigam unter die Soldaten und kam zu Schaden, daß er starb. Eines Abends, als das Mädchen im Stall die Kühe melkte, hielt der Soldat auf einem schönen Schimmel vor der Stallthüre und sagte, er sei gekommen, die Braut zu holen, ob sie nicht mit ihm wolle?

Das Mädchen willigte freudig ein und setzte sich zu ihm auf das Pferd. So ritten sie zusammen viele Meilen weit bei hellem Mondschein. Und wenn der Bräutigam fragte:

>»Der Mond, der scheint so hell,
>Der Tod, der reit't so schnell,
>Feinsliebchen graut dir nicht?«

antwortete die Braut:

>»Wie sollte mir denn grauen,
>Da ich bei meinem Feinsliebchen bin?«

So ritten sie weiter und weiter, bis sie an einen Kirchhof kamen. Da stieg der Soldat vom Pferde und gab seinem Feinsliebchen die Zügel zu halten, während er eins der Gräber zu öffnen begann. Jetzt ward dem Mädchen klar, daß ihr Liebster ein Toter sei. Sie ließ die Zügel des Pferdes los und floh voller Schrecken in ein Haus, nahe dem Kirchhof, und hakte die Thüre von innen zu. In dem Hause stand aber auch eine Leiche.

Nicht lange währte es, so kam der tote Soldat vor die Thür und rief: »Meinesgleichen, mach mir auf!« – Da antwortete der Tote drinnen: »Ich kann nicht, der Besen steht auf dem Kopf.«[49] – Rief der Soldat wieder: »Donnerstagsstückgarn,[50] mach' mir auf!« – Aber das Donnerstagsstückgarn antwortete: »Ich kann nicht, ich bin nicht voll gehaspelt.« – Rief der Soldat abermals: »Kesselhaken, mach' mir auf!« – Aber der Kesselhaken antwortete: »Ich kann nicht, ich hänge im dritten Schaff.« – Da rief der Soldat: »Zwirnknäuel ohne was,[51] mach' mir auf!« Und das Zwirnknäuel rollte nieder und wickelte sich um das Mädchen und drängte sie immer weiter der Thüre zu.

Doch das Mädchen bat die Leute im Hause, sie möchten doch das Knäuel wieder aufrollen, und die wickelten so eifrig und schnell, daß das Knäuel dagegen nichts ausrichten konnte. Da schrie der Soldat draußen dem Mädchen zu: »Schaff mir den Ring heraus!« Und als das Mädchen den Ring auf einen Stock geschoben und so hinausgereicht hatte, war der Tote verschwunden. Der Stock aber ist zur Hälfte verkohlt gewesen.

*Aus Mesow, Kr. Regenwalde: Aufgezeichnet im Jahre 1862 von Herrn Professor E. Kuhn.*

## II.

Es war einmal ein verliebtes Paar, das hatte sich Treue geschworen auf Tod und Leben, nichts solle sie scheiden. Da kam ein Krieg in das Land, der Jüngling wurde als Soldat eingezogen und mußte gegen den Feind ziehen. Bevor er ging, erneuerte er jedoch seiner Wilhelmine den Treuschwur und verhieß ihr, sie zu besuchen, selbst wenn er sich dazu dem ärgsten Schlachtgetümmel entreißen müßte.

Seit dem Tage, daß Wilhelm im Felde war, hatte das Mädchen bei Tage und bei Nacht keine Ruhe mehr. Wenn sie sann und dachte, dachte sie nur an Wilhelm, und wenn sie träumte, so träumte sie nur von ihm. Oft war ihre Unruhe so groß, daß sie mitten in der Nacht aufstand und ins Freie lief, zu sehen, ob ihr Bräutigam nicht zurückgekommen wäre. Zu wiederholten Malen hatte es auch in der Geisterstunde an die Thüre geklopft, aber wenn sie hineilte und aufthat, war nichts zu erblicken.

Schon viele Wochen hatte sie so zugebracht und fast war ihr der Glaube zur Gewißheit geworden, daß Wilhelm in der großen Feldschlacht gefallen sei, als eines Nachts zwischen elf und zwölf Uhr plötzlich von einem Reitersmann auf schmuckem Schimmel stark an das Fenster gepocht wurde. Sofort erkannte das Mädchen ihren Wilhelm und eilte zu ihm hinaus; aber da ward die Arme mit Entsetzen gewahr, daß nicht das stolze Waffenkleid, sondern ein schlichtes, weißes Totengewand ihren Bräutigam umhüllte, und daß sein feuriges Roß nicht Fleisch und Bein hatte, wie andere Pferde.

Doch die Herzensfreude über das Wiedersehen war mächtiger als die Furcht und das Entsetzen, und in lautem Jubel rief das Mädchen aus: »O, mein lieber Wilhelm! Bist du es! Bist du es!« - Die Gestalt gab zur Antwort: »Ja, ich bin es, meine Wilhelmine.« Und weiter sprach der Reitersmann: »Komm' nur mit und setze dich auf mein Roß, denn ich muß heute noch weit, weit zurückreiten bis dahin, wo man mir mein Grab gegraben hat.« - Jetzt dachte Wilhelmine an ihren Eid, und wie ihr die alten Leute immer gesagt hatten: »Gieb keinen Schwur auf Tod und Leben, das wird und muß ein schlechtes Ende nehmen.« Dann erinnerte sie sich jedoch der herrlichen Zeit, die sie an der Seite Wilhelms verlebt hatte, und voller Sehnsucht stürzte sie sich in seine Arme und ließ sich von ihm auf den Schimmel heben, der sogleich pfeilschnell mit seiner doppelten Last davon eilte.

Aber was war das für eine Fahrt! Das ging nicht auf ebener Erde, nein, hoch durch die Lüfte sauste das Roß wie ein Vogel dahin. Nach kurzer Weile sprach Wilhelm: »Was soll ich nun mit dir thun, Feinsliebchen? Du bist übel daran. Den Schwur müssen wir halten, und du mußt also sterben, wie auch ich gestorben bin.« Kaum hatte er ausgesprochen, so befanden sie sich auch schon in einem öden Kirchhof, der Schimmel war verschwunden, und sie standen allein auf einem Grabhügel. Ehe die Ärmste wußte, wie ihr geschah, hatte der Bräutigam sie an seine Brust gedrückt, daß ihr Hören und Sehen verging. Gern wäre sie jetzt noch entflohen, aber es war zu spät; der Geist fiel über sie her, tötete sie und zerfleischte den ganzen Körper und zerbrach ihr alle Knochen im Leibe, so daß kein Stück unversehrt blieb.

Das ist so das Ende, wenn junge Leute gottlos genug sind, sich Liebe zuzuschwören auf Tod und Leben. Niemals aber sollte ein Mädchen so leichtsinnig sein und einen solchen Schwur mit einem Soldaten eingehen; denn da ist die Gefahr bei den vielen Schlachten und Gefechten ja doppelt groß. Thut sie es dennoch, so erwartet sie ein Lebensende, schrecklicher, wie es überhaupt mit Worten gesagt werden kann.

*Mündlich aus Katschow, Kreis Lauenburg.*

## 516. Verstorbene Mutter stillt ihr Kind.

Zur Franzosenzeit lebte in Mellen ein Mädchen, das ihrem Liebhaber, einem französischen Soldaten, bis Stettin nachfolgte. Bald darauf kehrte sie nach Mellen zurück, kam mit einem Knaben nieder und starb bei der Geburt.

Als die Mutter der Verstorbenen nun einmal abends bei der Wiege des Kindes saß, merkte sie, wie die Wiege ungemein schwer wurde, auch hörte sie ein Geräusch, wie wenn das Kind sauge. Da wußte sie, daß die verstorbene Mutter wieder zurückgekehrt sei, um ihr Kind zu stillen.

*Aus Mesow, Kreis Regenwalde: Mitgeteilt durch Herrn Prof. E. Kuhn.*

## 517. Geist der rechten Mutter züchtigt die Stiefmutter.

Im Dorfe Meesiger lebte einst ein Mann, der um seiner vielen unerzogenen Kinder willen eine zweite Ehe eingegangen war. Die neue Mutter war jedoch gegen ihre Stiefkinder hart und schlug sie häufig um der kleinsten Vergehen willen. Eines Abends, wie sie wieder die armen Kleinen züchtigen wollte, erschien plötzlich die rechte Mutter und gab der zweiten Frau einen Backenstreich, daß ihr Hören und Sehen verging. Dann verschwand sie. Seit der Zeit hat sich die Stiefmutter der ihr anvertrauten Kinder besser angenommen und ist deshalb auch der Geist der rechten Mutter nie wieder erschienen.

*Mündlich aus Meesiger, Kreis Demmin.*

## 518. Die Seelen abgeschiedener Ehegatten.

Wenn sich jemand zum zweiten Male verheiratet, so erscheint bei der Hochzeit der verstorbene Ehegatte. So hatte in Roggow ein Mann eine zweite Frau genommen. Da sah einer der Hochzeitsgäste, wie sich die verstorbene Frau durch den Schwarm der Leute hindurchdrängte, und rief deshalb auch ganz laut, man möge Platz machen. Darauf ist der Geist, von niemandem als dem einen gesehen, in das Haus gegangen, hat die Hochzeitskammer geöffnet und die jungen Eheleute einige Augenblicke still angesehen. Sodann hat er sich wieder umgewandt und ist schweigend fortgegangen.

Ein anderer sah, als eine Wittwe sich zum zweiten Male vermählte, wie ihr verstorbener Eheherr bei der Trauung zugegen war und mit dem Hochzeitspaare zugleich zum Altar trat. Als dann die Ringe gewechselt wurden, hat der Tote gleichfalls die Finger ausgestreckt.

*Aus Mesow, Kreis Regenwalde: Mitgeteilt durch Herrn Prof. E. Kuhn.*

### 519. De Grising un de Schatz.

In Richtenbarg wahnde een Timmermann, dat was een deeger, flitiger Minsch un hedd ook eene sehr gode un gottsfrüchtige Frau. Dat weren een Paar flitige un ordentliche Lüd, äwerst Gott wet, dat wull doch nich recht mit en furt, un se hedden in Richtenbarg nich Stiern noch Glück. De Timmermann ging also hen un vörköfde sin Hus un wull't up eener annern Sted vörsöken un köfde sick wedder in Grimm (Grimmen) an.

As nu de Tid kam, datt de goden Lüde bald wegtehn schullen, wurd de Fru eenmal nachts dör een ganz lises Ruscheln ut den Slap weckt un keek up un sach in der Eck achtern Kachelawen eenen olden Mann im grisen Rock, mit eener witten Slapmütz up 'm Kopp un eenen Slätel in der Hand, up 'm Stol sitten. Et sach ut, as wenn he ehr fründlich towenkte, un to gliker Tid wisde he mit der Hand jümmer up den Awen.

De Fru vörschrack sick sehr äwer den olden Grieskopp un drückte sick in der Angst an ehren Mann, stödd em an un reep: »Mann! Mann! Wack doch up un seh, wat då in der Eck achter 'm Kakelawen sitt!« De Timmermann richtede sick up un keek un keek un kunn nicks sehn. Un he wurd bös un schult de Fru hart un bedrauwde se, wenn se em nich tofreden let im Slap. Se äwerst antwurt'te em: »Seh! Seh! Wo he nu wedder up den Awen henwist! He het uns wiss wat to apenbåren! Ach, du Herr Je! Wo schüddelt he nu mit dem Kopp, un wat süht he mit eenem Mal bös ut!« Un de Fru schreide lut up, un de Timmermann schult noch heftiger, un dåmit vörswund de olde Grising.

De nächste Nacht ging 't grad wedder so, un de Fru weckte ehren Mann wedder up. As he se äwerst bedraude, wenn se en nich in Freden slapen lete, würd he ehr de Gespenster mit ungebrennter Asch utdriwen, sweeg se un stack ehren Kopp unner 't Bedd. Un de grise Mann kam jede Nacht up dersülwigen Wise, un dat Wif, dat en sehn kunn, wakte jümmer up; man se dörst sick nicks marken laten. So geschach dat woll een paar Weken, un dårup tögen se nah der Stadt Grimm af.

Dit was üm de Ostertid, as se Richtenbarg vörleten, un as 't gegen Martini ging, kreeg de Timmermann eenen Bref van dem Mann, dem he sin Hus vörköft hedd, un he schref em: »Min leewe Fründ! As wi anfungen intoböten, kreg de olde Kakelawen in der Wahnstuw so veele Risse un rokte so entsetzlich, datt keen Minsch dåbi beduren kunn. Ick müsst also to dem Pötter schicken, datt he kem' un den Awen ümsettede. As wi nu dåbi weren un dat Ding wegnehmen un up den Grund kemen, wat segen wi? Een höltern Kästchen mit Bleck beslagen un mit eenem vörrusterten Slott, un as de Deckel upsprung, funden wi de hellsten und blanksten Dukaten un sammelden mehr as 1500 up. Nu kamt un halt juw Geld. Mi kümmt dat nich to; denn ji hewt mi dat Hus vörköft, äwerst nich den Schatz.«

De Timmermann erstaunde, as he den Bref lesen hedd, un sweeg eene lange Tid. Dårup ging he hen un las siner Fru den Bref vör. Un se besunn sick nich lang un reep: »Sühst du 't nu, Mann? O min nüdlich, grises Väderken! O du min klokes Slapmützkerlken! Då hebben wi di, då büst du sülwst. Du Büffelsknop du! Hebb ick di 't nich seggt, as min Grising achter'm Awen satt un so bedenklich mit dem Kopp wackelde un mit den Henden wenkte? Gewiss dat is eener van unsern Vöröldern, de uns den Schatz då weggleggt hett, wenn eener van den Sinigen mal in Not geröde, datt he uns helpen künn. Un nu, as wi dat Hus vörköpen un in eenen annern Ort tehn müssten, hett et en jammert, datt frömde Lüde besitten schullen, wat den Sinigen tokam, un dårum hett he mi jümmer upweckt.«

RICHTENBERG

So sede dat Wif un sprung as dull un vull up allen Vieren herüm un let dem Mann keene Rauh, he musste sick eenen Wagen anspannen laten, un se setteden sick drup un flink nah Richtenbarg to. As se ankemen, bestund de Mann, de ehr Hus köft hedd, dårup, se schullen den ganzen Schatz nehmen. Äwerst de redliche Timmermann sede: »Wat recht is, schall schehn, un wi willen delen.« Noch strüwde sick de brave Mann, doch toletzt drung de Timmermann en dårto. Don reisten de beiden Ehlüd går vörgnöglich to Hus un köften sick Acker un Wischen un hedden van dem Dage an, datt de olde Grotvader sine Kist updhan hedd, in allen ehren Dingen Glück un Segen.

*E.M. Arndt, Märchen und Jugenderg. II. Teil, S. 77-81. (Gekürzt.)*

## 520. Das Totenhemde.

Einem armen Jungen waren beide Eltern gestorben, und da keiner von den Verwandten sich seiner annehmen wollte, so mußte er durch das Land streichen und betteln gehen. Dabei kam er auch in das Städtchen Loitz. Weil es schon gegen Abend war, bemühte er sich eifrig, irgendwo Unterkunft zu erhalten, aber umsonst, überall wies man ihm die Thüre. Endlich gewahrte er eine Scheune, die hart an den Kirchhof stieß, offen stehen, schlüpfte hinein und machte sich in dem warmen Heu ein Lager fertig.

Zwischen elf und zwölf Uhr erwachte er und sah auf dem Friedhof einen Toten aus der Erde heraussteigen, der seine Gewänder auf den Grabhügel legte und sich sodann entfernte. Dem armen Kinde trat bei diesem Anblick seine dürftige, kümmerliche Lage so lebhaft vor die Seele, daß es beschloß, dem Geiste etwas von den Kleidungsstücken zu stehlen. Mit schnellen Schritten war es bei dem Grabe, und wenige Augenblicke später hatte es die begehrten Kleider in der Scheune.

Doch es sollte anders kommen, als der Knabe gedacht hatte. Es dauerte gar nicht lange, so kehrte der Tote zurück, um wieder in sein Grab zu steigen, und vermißte nun die gestohlenen Gewänder. Findig, wie Geister sind, hatte er bald die Spur des Diebes entdeckt, und so sehr der Knabe sich auch zu verstecken bemüht war, der Verstorbene trat in die Scheune hinein und schritt geradeswegs auf den zum Tode erschrocknen Knaben zu. Sicherlich hätte er ihm auch sogleich den Garaus gemacht, wenn nicht in demselben Augenblick die Turmuhr die zwölfte Stunde verkündet hätte. Da konnte der Geist für diese Nacht dem Jungen nichts mehr anhaben, denn mit dem Schlage zwölf verlieren die Geister die Macht über menschliche Wesen und müssen in ihre Gräber zurückkehren.

Als nun der Morgen graute, lief der Knabe in Todesangst zu dem Superintendenten und erzählte ihm reumütig die ganze Sache. Der geistliche Herr war zwar sehr böse über die Frevelthat des Kindes, aber er wollte ihm doch sein Leben erhalten und befahl ihm deshalb, sich am Abend mit den geraubten Kleidungsstücken bei ihm einzufinden. Nachdem der Knabe gekommen war, mußte er sich zwischen den Superintendenten und einen mithinzugezogenen Pastor setzen, während vor den dreien eine Bibel aufgeschlagen war, an der Stelle, wo der Spruch steht: »Ich will Feindschaft setzen zwischen dir und dem Weibe.« Auf der geöffneten Bibel lagen die gestohlenen Gewänder.

Um elf Uhr erschien der Tote und verlangte, das Kind solle ihm sein Eigentum auf den Grabhügel legen. Da ergriff der Superintendent das Wort und verlangte seinerseits, der Geist möge die Kleider von dem heiligen Buche herabnehmen. Als nun der Tote darauf erwiderte, das wäre ihm schlechterdings unmöglich, antwortete der Superintendent: »Ebenso unmöglich ist es für den Knaben, mit dir zu gehen und die Gewänder wieder an die Stelle zu legen, von der er sie weggenommen hat.« Da mußte der Geist sich unverrichteter Dinge entfernen.

Doch der Superintendent beabsichtigte nicht, den Toten um sein Eigentum zu bringen. Den folgenden Abend machte er sich deshalb mit dem Pastor und dem Knaben, welcher von den beiden geistlichen Herren wieder in die Mitte genommen wurde, auf den Weg nach dem Kirchhof. Das Kind trug das Totenhemde und legte es in der Stunde zwischen elf und zwölf auf das betreffende Grab. Dadurch war dem Geiste Genüge geschehen und das Leben des Knaben gerettet.

*Mündlich aus Meesiger, Kreis Demmin.*

## 521. Leiche ergreift einen Dieb.

Einer armen Frau starb der Mann. Da lief sie zum Nachbar und fragte ihn um Rat, wie sie es anfangen solle, das Geld für die Begräbniskosten aufzubringen. »Verkaufe deine Kuh, dann hast du Geld genug«, gab der ihr zur Antwort; »aber lege den Erlös unter das Kopfkissen der Leiche, damit dir das Geld nicht gestohlen wird. Einem Toten wird es ja niemand rauben.« Der Rat gefiel der Frau, und sie that so, wie ihr der Nachbar geheißen hatte.

Am andern Morgen sollte die Leiche gewaschen werden. Wie erstaunten da alle, als sie den Nachbar neben dem Totenbett stehen sahen. Er wäre gerne davongelaufen, aber es ging nicht an, die Leiche hatte seine Rechte ergriffen und hielt sie fest umklammert, so daß er sich nicht von ihrer Seite bewegen konnte. Um den Dieb aus seiner üblen Lage zu befreien, mußte ihm die Hand mit dem Beile abgeschlagen werden. Aber auch jetzt ließ sie der Tote nicht fahren, sondern er hat sie mit sich unter die Erde genommen.

*Mündlich aus Stolzenburg, Kreis Randow.*

## 522. Mädchen raubt einem Geist seine Schlafmütze.

In Plantikow war auf einem Bauerhofe großer Lärm. Die Leute tanzten und sprangen, und als sie heiß geworden waren, verlangten sie Branntwein. Wer sollte ihn aber herbeiholen? denn der Weg zum Kruge führte über den Kirchhof, und die Mitternacht war nahe. Endlich erbot sich ein vorwitziges Mädchen dazu, den Branntwein zu besorgen.

Es ging auch alles nach Wunsch. Ohne jedes Hindernis langte sie in der Schenke an und erhielt das Verlangte. Wie sie aber über den Kirchhof zurückkehrte, stand da eine weiße Gestalt. Mutwillig, wie die Dirne war, riß sie dem Gespenst seine Schlafmütze ab und lief damit eiligst in den Hof hinein.

Kaum war sie jedoch daselbst angelangt, so rief eine Stimme: »Gieb mir meine Mütze wieder.« In ihrer Herzensangst that sie das auch. Das Gespenst setzte sich seine Schlafmütze wieder auf den Kopf, gab dem Mädchen einen Backenstreich und verschwand mit den Worten: »Ein ander Mal wirst du die Mütze sitzen lassen.« Drei Tage darauf starb die Dirne.

*Aus Mesow, Kr. Regenwalde: Mitgeteilt durch Herrn Prof. E. Kuhn.*

## 523. Bestrafter Vorwitz.

Ein Pastor hatte ein Buch in der Kirche liegen lassen. Spät abends beim Studieren vermißte er dasselbe, aber niemand wagte, es ihm zu holen. Da er das Buch nötig gebrauchte, so versprach er demjenigen, der es ihm bringen würde, eine Kuh zur Belohnung. Das reizte ein keckes Mädchen, und sie machte sich auf den Weg.

Weil sie aber den Gang ohne dringendes Bedürfnis, sondern nur aus Vorwitz unternommen hatte, so konnte sie mitten auf dem Kirchhof plötzlich nicht weiter. Allein sie wußte sich zu helfen und betete ein Vaterunser, ward wieder frei und kam glücklich in die Kirche hinein. Dort ergriff sie das Buch, mußte aber von neuem ein Vaterunser beten, weil sie abermals durch unsichtbare Gewalt am Weitergehen verhindert wurde.

Glücklich gelangte sie jetzt über den Kirchhof; doch hinter ihr drein rief eine Stimme: »Laß dir nun von dem Pastor die s c h w a r z e K u h geben.« Was geschah? – Nach drei Tagen war das Mädchen eine Leiche.

*Ebendaher.*

## 524. Leiche zerreißt einen Hund.

Einem Gastwirt war seine Frau gestorben. Die Leiche lag noch aufgebahrt in der Stube, als ein alter, bekannter Handelsmann zu ihm kam und ein Nachtquartier begehrte. »Alle Zimmer sind besetzt«, entgegnete ihm der Wirt, »und in dem, wo die Leiche steht, wirst du wohl nicht übernachten wollen.« – »Ach was«, erwiderte der Handelsmann, »hab' ich doch mein ganzes Leben lang mit deiner Frau gut gestanden; richte mir nur die Stube her.« Und dabei blieb es.

Als es nun Nacht war und der Handelsmann im Bette lag, sah er, wie die Leiche sich bewegte und erst den einen Fuß aus dem Totenbette setzte und dann auch den andern. Die Haare stiegen ihm bei dem Anblick zu Berge, er floh aus dem Zimmer und warf die Thüre so schnell hinter sich zu, daß sein großer Hund drinnen blieb. Am andern Morgen, wie sie nachsahen, lag die Leiche mit ganz zerkratztem Gesicht auf ihrem Lager, der Hund aber, in Stücke zerrissen, auf dem Fußboden.

*Ebendaher.*

### 525. Der Gottesdienst der Geister.[52]

In der Neujahrsnacht kommen die Geister des ganzen Kirchspiels in der Hauptkirche zusammen, alles ist hell erleuchtet, die verstorbenen Prediger besteigen, so viel ihrer sind, die Kanzel, und es wird ein großer Gottesdienst abgehalten.

Eine Frau aus Schiefelbein sah einmal vom Bette aus eine solche Versammlung; sie glaubte jedoch, es sei der Frühgottesdienst und sie habe nur die Zeit verschlafen. Darum kleidete sie sich schnell an, nahm das Gesangbuch und eilte dann in die Kirche hinein. Dort saß Kopf an Kopf eine ungeheure Menge ihr völlig fremder Menschen, nur die Frau, welche neben ihr saß, schien ihr bekannt. Sie schaute näher hinzu, und siehe, da war's ihre Nachbarin, die vor einigen Wochen gestorben war.

Vor Angst wagte sich jetzt die Frau nicht zu rücken und zu rühren. Als es aber zum Segen kam, gab ihr die Nachbarin einen Stoß in die Seite und raunte ihr zu: »Mach', daß du vor dem Amen aus der Kirche kommst, sonst bist du verloren.« Da fuhr sie auf und lief der Thüre zu, und kaum war sie draußen, so riefen die vielen Prediger auf der Kanzel auch schon Amen, und die Pforte schlug mit gewaltigem Krachen zu. Dabei wurde der Zipfel ihres Gewandes eingeklemmt; sie aber ließ ihn fahren und kam glücklich ohne weiteren Unfall zu Hause an.

Als sie am anderen Morgen nachsah, was aus dem Kleiderzipfel geworden sei, fand sie auf jedem Grabe ein Stückchen davon liegen.

*Mündlich aus Ritzig, Kreis Schiefelbein.*

### II.

Im Anfang dieses Jahrhunderts wachte einmal eine Frau in Tempelburg, welche stark an der Mondsucht litt, bei hellem Mondschein auf. Sie glaubte, die Glocken läuten zu hören, bildete sich ein, es sei Frühkirche, stand darum auf und ging dem Gotteshause zu. Als sie den Friedhof betreten hatte und sich dem vor der Kirche befindlichen Glockenstuhle näherte, sah sie denselben ganz voller weißer Gestalten sitzen. Natürlich erschrak die arme Frau nicht wenig darüber und kehrte sofort wieder um; denn wäre sie gerade auf die Geister zu gegangen, so wäre es ihr schlecht bekommen.

Doch auch so fühlten sich die Gestalten in ihrer Ruhe gestört. Sie erhoben sich und eilten hinter der fliehenden Frau her, daß sie kaum noch vor ihren Verfolgern die Kirchhofspforte erreichen konnte. In ihrer Wohnung bemerkte sie, daß sie in ihrer Angst ihr Kopftuch verloren habe. Um dies zu suchen, ging sie am andern Morgen auf den Kirchhof zurück und fand es auch wirklich hart vor der Pforte wieder. Aber in welchem Zustande? Die erzürnten Geister hatten dasselbe in ihrer Wut in tausend Stücke zerrissen.

*Mündlich aus Tempelburg, Kreis Neustettin.*

## 526. Geist fordert seinen Sarg zurück.

Ein Tischler in Tempelburg hatte sich mit einem Mädchen versprochen und wollte nun gar gerne bald Hochzeit halten. Es fehlte ihnen jedoch dazu am allernötigsten, denn nicht einmal eine Bettstelle konnten sie sich aus ihren geringen Mitteln beschaffen. Eines Abends ging der bekümmerte Bräutigam, den Kopf voll schwerer Sorgen, über den Papenhof. Da sah er einen offenen Sarg stehen, aus dem sich die Leiche für kurze Zeit entfernt hatte.

»Halt«, dachte er bei sich, »das wäre ja ein Bett für dich und deine Braut. Ich will's nur getrost dem Toten wegnehmen, der braucht es doch nicht so nötig wie wir beide.« Und - hast du nicht gesehen - der Sarg war auf seiner Schulter, und fort lief er damit in seine Wohnung.

Kurze Zeit darauf kehrte der Geist wieder zurück und fand sein Ruhekämmerlein nicht mehr. Er witterte aber sogleich die Spur des Diebes heraus, eilte ihm nach und traf ihn, wie er gerade beschäftigt war, den Sarg in der Stube aufzustellen und zum Hochzeitsbette umzuändern. Sein Schrecken war nicht gering, als er den rechtmäßigen Besitzer in drohender Stellung vor sich sah, und er konnte noch von Glück sagen, daß er ihm weiter keine Strafe auferlegte, als den Sarg auf der Stelle wieder zum Papenhof zurückzutragen. Das that der Tischler auch unweigerlich; aber recht froh konnte er von dem Tage an seines Lebens nicht mehr werden. Er fing an langsam dahin zu siechen und war noch in demselben Jahre eine Leiche.

*Ebendaher.*

## 527. De Brügg bi Slemmin.

In Zornow was eene smucke Dern, eenes Schepers Dochter, de hedd sick dreimal vörjumfert un jedesmal ehr Kind ümbröcht, un de drei Kinder in dem Graben bi der Brügg im Slemminer Holt in de Erd steken. Äwerst achter dem drüdden Kinde is de Satansundhad utkamen, un se hebben de Dern nahmen un se in eenen Sack dhan un bi der Brügg in dem Graben vörsöpt, un hebben de Lik van der armen Sünnersche bi ehren Kindekens ingraben.

Äwerst wat künn tüschen dissen Vördrag wesen? Un 't is dârnah eene dulle un wilde Wirthschaft worden, datt den Lüden de Haar to Barg stahn sünt, so hebben sick de flegenden un klagenden Geisterken van den Kindekens föhlen un vörnehmen laten. Un wer in dem Holte wat to dhon hett, dem will ick nich raden, datt he sick lang nah Sünnenunnergang edder vör Sünnenupgang dâ betrappeln lett.

Dat piept un flüstert un wispelt un tutet un hült dâ denn de ganze Nacht dörch, as wenn Katten Hochtid hollen edder lütte Kinder quarren, un Ulengequiek un Kraihengeschrei klingt jümmer dâtüschen. Denn in eener hollen Eek äwer der Brügg sitt Dag un Nacht eene olde Ul, un dat is de arme Schepersdochter, de in disser Welt keene Rauh findt. Un des Nachts mütt se jümmer hen un her flegen van Boom to Boom un van Twig to Twig un schreien un quiken, datt eenem de Hâår up dem Kopp susen, un drei junge Ulen uhuen un flegen jümmer achter ehr her, un dat sünt de drei Kinder, de se vermordt hett.

Äwerst tüschen Twelw un Een dâ geit et erst recht lustig, un Gott gnade dem, de denn äwer de Brügg mütt. Denn hett sick dat ganze Ulenrik tosam vörgadert, un se maken eene Musik in der Luft, wornah dat ganze düewelsche Heer in der ersten Mainacht danzen künn; un een hungriger Wulf mit glönigem Rachen steit an der Eek un hölt eene Bassviol tüschen den Beenen un speelt lustig up, un Vöss un Katers un Mârten, Ilken un Wesel un anner deefsches Nachtgesindel danzt dâto.

299

De Smitt in Slemmin hett 't sehn. De is mal darunner geraden, un he was äwen nich up Gotts Strat, denn he hedd de Äx up 'm Nacken un wull sick eene junge Eek hauen. Den hebben se terreten un terzust, un so is he to Huse kamen ganz terkrasst un verbaast, un sine Oldsche hett em drei Weken eene Kindersupp kaken müsst, so hedden de Satansgesellen den armen Kerl afängstigt.

*E.M. Arndt, Märchen und Jugenderg. II. Teil. S. 29-32. (Gekürzt.)*

## 528. De Steen, de de Klock slan hürt.

Tüschen der Martenshäger un Langenhanshäger Schede an dem Wege, wenn man von Barth kümmt, liggt een Steen, de mütt alle Nacht üm Klock Twelw sich ümdreihen. Vör langer, langer Tid hedden de Martenshäger un Langenhanshäger mal Strid üm Scheden un Gränzen, un in Martenshagen was een Vörwalter, een gottvörgetener un gottloser Kerl, de sine Kisten un Kasten nich swind genog för den Düwel full kriegen kunn. Un he dacht man an disse Welt un swur un swur falsch, datt dår un dår de Gränz were. Un de Langenhanshäger müssten ehre Steene rücken, un de Martenshäger gewunnen woll viertig Morgen Land un Busch.

Up de Stell, de de Vörwalter wist hedd, wölterden se eenen groten Steen, wo nu de Pahl an dem Graben steit. De Vörwalter müsst sick an den Steen stellen, wo sin Finger de Stell wist hedd, un sweren, dat were de rechte Sched tüschen den beiden Dörpern, un wenn 't nich wåhr were, schull de Düwel en mit Hut un Haar hebben. Un he lede sine Hand up den Steen un krüzte sick un sede: de Steen mügt Föt kriegen un up en springen un danzen, wenn he löge.

Un wat geschah dårnah? Man schall mit dem olden Fiend keenen Spass driwen, he is een gefährlich Herr un lett sick nich ümsünst herutfodern. Se gröben un gröben, un de Vörwalter nam ook eenen Spaden un hulp dat Loch graben, wo se den Stehen herinsenken wullen. Un as he bi'm besten Graben was, då wurd de Steen den Lüden, de en up der Kant hüllen, mit eenem Mal to mächtig un swippte weg un sprung dem Vörwalter grad up't Liw un quetschte em beide Beenen af un rullde em up den Buk, un muschdood was he un peep nich mehr. De Lüde äwerst, de dat mit ansegen, kam een Gruwel an, datt se bi hellem, lichten Dage binah dåvon lopen weren.

De Mordsteen liggt up dersülwigen Stell bet an den hütigen Dag, un üm de Middnacht, wenn 't Twelw sleit, is 't då nich richtig. De Steen, as he de Klocken in Langenhanshagen un Lüdershagen slan hürt, springt up un makt eenen Dreih, as wull he tor Hochtidsmusik des jüngsten Dags updanzen. Un as he sick rögt, krüppt een Mann unner em herut mit eenem grisen Rock an un eene witte Slapmütz up 'm Kopp. De mütt eene ganze Stund up dem Steen sitten, Winter- un Sommertid, bi Mond- un Stiernschin, bi Hagel un Storm, ahne Rast un Rauh, bet et Een vam Thorm klingt.

In der Tid wankt nüms gern vör dem Steen vörbi. Då sitt de arme Sünner denn un wringt de Händ un winselt un günst, un mütt den gruwelichen Klang singen:

»O Steen! O Steen!
Wo drückst du mine Been!
Wo hart is de Stell!
Doch harder de Höll.«

O, Gott, wo hüpig bi dissem Steen Unglück schüht! Dat is eenmal wiss, wer bi deeper nachtslapender Tid, wenn't vam Thorm bald de meisten Släge dhon will, up de Landstrat mit eenem Wagen vörbi will, snurrig mütt et togahn, wenn de Räder nich herümslan edder eene Lüns utspringt, un were de Weg glatt as eene Deel. Un wer to Perde kümmt, då geit et an een Prusten un Brenschen un Strüwen, un wo fast he sick ook im Sadel hölt, he mütt herunner, då is keene Gnad vör.

An dissem Wege was et ook, datt de Wewer Lang ut Wobbelkow sin Deel kreg, datt he dran glöwen müsst. De arme Kerl was mit den Schatzgrawers utfåhren, un man süht noch een paar gewaltige Steen, de se up der Heid ut der Erd upwöltert hebben. Wewer Lang was de Lanterndreger un schull bi dem Wagen hollen blew. Då is dem armen Schelm de Tid lang un he is möd worden, derwiel de annern bi'm Grawen weren, un is herümsleken un hett sick up den slimmen Vörwaltersteen sett't. So was he dem Bösen in sin Vörbet kamen, un de hedd em eene Mulschell streken, woran em ogenblicklich de Kopp dicker wurd as en Immenrump, un den annern Namiddag was he een doder Mann.

*E.M. Arndt, Märchen und Jugenderg. II. Teil. S. 25-28. (Gekürzt.)*

## 529. Dei Maudel.

Bî Duewelsdörp is ein dêper Paul, dei heit dei grôte Maudel, un dicht dårbî lijt ne Broech. Dår is dat Klock twölwen inne Nacht nich richtich, un schön manchen sün dår boese Geschichten passîet. Sô kümmt ôk eis ein Bûr spaet inne Nacht åewer dei Broech tau fuern, un as hei dicht bî is, kümmt mit eis eine grôt, witt Katt unner dei Broech rût un up em lôs. Un sîn Pîerd stån våer Schreck still un füngen an tau baewern.

Dei Bûr wüsst tauîrst går nich, wat lôs wîr un sleit dei Pîerd weck in. Hei kann sei åewer nich von dei Stell krîjen. Tauletzt springn sei åewer mit ein'n mächtigen Satz åewer die Broech råewer, un die Bûr flücht uk mit. Nû hät hei dat Unglück up'n Nacken. Die witte Katt hackt em up un lät em nich îr werrer lôs, bät hei tô Hûs ankümmt. Dårbi suet hei aewer nix, un sweiten deid em as sôn Bår, un sprêken künn hei kein Wûert.

Wenn ein Reuter bî dei grôte Maudel våerbî kümmt, denn is dat nich ne witte Katt, sundern ein Rê, dat sich midden up dei Broech stellt un die Luer uphackt, wenn sei dei Pîerd mit Gewalt andrîben. Uk is in dês Maudel ein Wåterjumfer, dei all männich einen rin treckt hät.

*Mündlich aus Deyelsdorf, Kreis Grimmen.*

## 530. Der spukende Feldmesser.

Twischen Zarnekow un Glêwitz då sall eis dei Grenz bestimmt wôrden sin, un dei dat ûtmêten hät, dei hät dei Grenz verkîrt angêben. As hei nû stôrben is, sall hei jede Nacht Klock twölwen dår kåmen mit Kêden un raupen:

»Hîrhêr! Hîrhêr!

Hîr geit Grenz un Scheid hêr!«

*Mündlich aus Grammendorf, Kreis Grimmen.*

## 531. Gespenstische Reiter.

Überall in Pommern erzählt man sich von gespenstischen Reitern, die des Nachts die Landstraße unsicher machen oder sich in Feld und Wald umher treiben. So ging einmal eine Lehrerfrau von Wollin nach Kodram zurück. Unterwegs begegneten ihr zwei verstorbene Herren. Sie erschrak sehr darüber, doch die beiden riefen ihr freundlich zu: »Mein Kind, fürchte dich nicht, wir sind bekannte Leute!« und dann jagten sie in den Busch hinein, wo sie lautes Hundegebell empfing. Bald darauf erschien der eine von den beiden in der Nähe seiner früheren Wohnung einem Dienstmädchen und sprach zu ihr, als er ihre Angst bemerkte: »Liebes Kind, fürchte dich nicht, sag's aber auch keinem nach.« Die Dirne konnte jedoch den Mund nicht halten, erzählte es weiter und war in wenig Tagen eine Leiche.

Sehr häufig wird angegeben, des Reiters Pferd sei ein Schimmel gewesen. Ein solcher Schimmelreiter sprengt jede Nacht Schlag zwölf Uhr in der Grammendorfer Gutsforst, im Kreise Grimmen, kopflos um die älteste Buche im Walde herum. Die Leute sagen, es sei der Geist eines Mannes, der sich vor langen Jahren dort an dem Baume aufgehängt habe.

Ein anderer Schimmelreiter zeigt sich allabendlich in der Umgegend von Nörenberg, im Kreise Saatzig, und zwar reitet derselbe niemals mitten auf der Hauptstraße, sondern immer auf den Seitenwegen. Will man nicht von ihm übergeritten werden, so muß man in das Geleise treten oder, noch besser, von vorneherein zwischen den Wagengeleisen gehen.

Endlich mag auch noch des Schimmelreiters beim Mordkuhlenberg auf Wollin gedacht werden. Als nämlich einige Arbeiter aus Fernowsfelde auf ihrem Wege nach Jordanshütte am hellen Mittag an dem Tümpel vorbeigingen, der oben auf diesem Berge liegt, sauste an ihnen ein kopfloser Mann auf einem schneeweißen Schimmel vorüber. Das Pferd lief dabei in der freien Luft, so hoch, daß seine Füße drei ganze Schuh vom Erdboden entfernt waren.

*Mündlich.*

## 532. Gespenstische Hunde.

Nicht minder häufig wie die gespenstischen Reiter sind gespenstische Hunde, nur daß sie noch greulicher sind als jene. Zwei Beispiele werden genügen.

Gehst du in Ückermünde nachts zwischen elf und zwölf Uhr am Kirchhof vorbei, so läuft regelmäßig ein schwarzer Hund vor dir her. Anfangs ist er nur ganz klein, aber mit jedem Schritte wächst er, bis er endlich ein riesiges Ungetüm wird. Dann giebt er dir einen Stoß, du fällst bewußtlos zu Boden, und verschwunden ist das ganze Teufelswerk. Es lassen sich viele Leute in Ückermünde aufzählen, denen der Gespensterhund so mitgespielt hat. –

Ein Büdner ging am Johannistage nach Sonnenuntergang von Warthe nach Liepe. Da sah er zu seiner Rechten auf einem Kartoffelstück einen großen Hund ankommen. »Bewahr' mich Gott«, sprach er bei sich selbst und blieb stehen, um abzuwarten, was aus der Sache werden würde. Sowie er aber stehen blieb, blieb das Untier auch stehen, und als er darauf näher heranging, ging es auch näher heran und wurde dabei mit jedem Schritte größer. Zuletzt war der Hund so groß, wie der größte Ochse. Da standen dem Manne vor Angst die Haare zu Berge, und er rief aus: »Herr Gott, steh mir bei!« Kaum hatte er die Worte beendet, so wurde das Spukgespenst kleiner und kleiner, bis es verschwand.

*Mündlich.*

### 533. Das Strohabwerfen.

In Warthe auf Usedom starb ein Mann, von dem die Leute sagten: »Dei is nich gaud ankummen.« Als man mit dem Leichenzug zur Grenze des Dorfes kam, wurde deshalb ein Bund Stroh vom Wagen herabgeworfen, damit der Tote im Dorfe nicht spuken könne. - Ein Mann, der an dies Mittel nicht glaubte, ging zur Geisterstunde an dem Strohbund vorüber und hub es auf. So wie er aber das Stroh aufgenommen hatte, war ihm, als säße jemand auf seinem Nacken, und dies Gefühl verließ ihn auch nicht, bis er in seiner Wohnung anlangte. Als er sich nun zu Bette legte, da hörte er, wie jemand vor seinem Hause immer schwere, eiserne Ketten auf den Erdboden herabfallen ließ. Kann das ein anderer gewesen sein, als der leibhaftige Teufel?

*Mündlich aus Warthe auf Usedom.*

### 534. Der heilige Barthelmä in der Kaselower Heide.

In der Kaselower Heide ist eine Brücke, da ist's nicht richtig. Einst versuchte ein Bauer bei Nachtzeit darüber hinweg zu fahren, aber die Pferde blieben stehen und rückten und rührten sich nicht von der Stelle, der Mann mochte ihnen zurufen und sie mit der Peitsche schlagen, so viel er auch wollte. Endlich sprang er vom Bocke und sah nach, was da wäre, und nun erblickte er ein kleines Männchen, das hielt die Gäule an den Zäumen fest. Augenblicklich warf er sich auf die Kniee und flehte das Kerlchen an: »O lieber, heiliger Barthelmä laß meine Pferde wieder los.« Da hat der Barthelmä die Tiere losgelassen, und der Bauer konnte ungehindert seinen Weg fortsetzen.

*Mitgeteilt von Herrn Gymnasialdirektor H. Lemcke in Stettin.*

### 535. Kick auch.

Der ehemalige Bürgermeister Kickebusch von Daber spukte früher im hohlen Grunde bei Braunsberg. Jetzt liegt er jedoch in den Viehbergen bei Daber, wo man ihn hingetragen hat. Dort pflegt er allerhand Unheil anzurichten.

Einmal stellte er sich vor die Thüre einer Wächterhütte in den Schafhürden auf. Als der Schäfer, der in der Hütte übernachtet hatte, nun des Morgens bei der Dämmerung hinaus wollte, fand er den Weg versperrt; denn er fürchtete sich bei der Erscheinung vorbei zu gehen. Endlich faßte er sich ein Herz und rief: »Wer muß, der muß!« Da hat die Gestalt geantwortet: »Kick auch« und hat ihn vorbei gelassen.

Wenn man einen Spuk anspricht mit dem Spruch: »Alle guten Geister loben Gott den Herrn« und dieser antwortet: »Ich auch«, so ist es ein guter; erwidert er aber: »Kick auch«, so ist es ein böser Geist.

*Aus Mesow, Kreis Regenwalde: Mitgeteilt durch Herrn Prof. E. Kuhn.*

### 536. Spukender Edelmann wird weggetragen.

Ein Edelmann spukte nach dem Tode auf seinem Kornboden herum. Als es zu arg wurde, bestellte man einen Menschen, der das Wegtragen verstand. Der hat den Geist auf dem Boden von einem Faß zum andern verfolgen müssen, zuletzt sprang der Spuk sogar auf das Dach; aber das half ihm alles nichts, der Mann verstand seine Sache zu gut, und der Geist mußte sich wohl oder übel in einem Sacke fangen und aus dem Hause tragen lassen.

Unterwegs machte er sich jedoch so schwer, daß sein Träger die Last nicht weiter zu schleppen vermochte. Da nahm derselbe seinen Stock und schlug unaufhörlich auf den Sack ein, und es dauerte auch gar nicht lange, so wurde der Sack wieder ganz leicht, und der Geist bat demütig: »Wenn er ihn denn doch einmal durchaus wegtragen wolle, so möge er ihn überall hin, nur nicht in einen Dornbusch bannen.«

*Ebendaher.*

### 537. Spukender Bauer in Dorow wird gebannt.

In Dorow lebte einmal ein Bauer, der war sehr geizig und gottlos und ein Meineidiger dazu. Dafür mußte er nach seinem Tode umgehen. Viele haben ihn gesehen, wie er als ein Schwein oder Kalb umherlief und sich auf dem Boden wälzte oder in menschlicher Gestalt auf einer Violine spielte.

Zuletzt trieb er es so arg, daß kein Mensch mehr auf dem Hofe aushalten konnte und man nach einem Manne schicken mußte, der das Bannen verstand. Derselbe begab sich in Begleitung noch eines anderen auf einen Kreuzweg und reichte dort seinem Gefährten einen Sack hin mit dem Befehl, ihn aufzuhalten. Es dauerte gar nicht lange, so kam ein dreibeiniger Hase daher gelaufen. »Jetzt halte den Sack zu«, rief der Banner, und der Mann that es auch, obwohl er gar nicht bemerkt hatte, daß etwas hinein gerannt sei. Das kümmerte aber den Geisterbanner wenig, sondern er nahm den Sack auf den Buckel und trug ihn in einen Dornbusch, der am Wege stand, und bannte den Geist hinein.

Der Bauerhof war jetzt freilich des übeln Gastes ledig, aber die Gegend um den Dornbusch wurde um so unsicherer. Als der Spuk nun gar eines Abends einem Knechte, der dort vorbei fuhr, die Pferde dermaßen erschreckte, daß sie scheu wurden und leicht ein großes Unglück hätten anrichten können, mußte der Banner noch einmal kommen und den Geist mehr in das Feld hinein tragen.

Übrigens ist es gar nicht so leicht, einen Spuk zu bannen. Wer sich dessen unterfängt, muß seine Zaubersprüche vorwärts und rückwärts sprechen können. Einer hat nur ein einziges Wort verfehlt, und obgleich er es sofort nachholte, so hat er doch auf der Stelle einen brennenden Schmerz im Kopfe gefühlt und war nach drei Tagen ein toter Mann.

*Ebendaher.*

### 538. Der vom Hengst erschlagene Knecht.

In Horst wurde einst ein Knecht, namens Wolf, von einem sehr wilden Hengst erschlagen. Da hörte man sieben Wochen lang in jeder Nacht um dieselbe Stunde, in welcher der Knecht gestorben war, den Hengst in größter Angst und Unruhe schlagen und lärmen, als ob ihn etwas kneife und quäle.

In einer Nacht, als der Knecht, der im Stalle schlief, von dem Lärmen erwachte und ärgerlich rief: »Duewel, wat häst all werre!« antwortete eine Stimme: »Bruder, ich bin's«, und als er aufsah, stand, ganz weiß gekleidet und weißen Angesichts, der erschlagene Knecht vor seinem Bette und gebot ihm, aufzustehen und ihm zu folgen, er habe ihm noch etwas anzuvertrauen.

Da gingen sie beide hinaus auf den Kirchhof und setzten sich auf ein Stück Bauholz, und der Tote hat dem andern gesagt, was er noch zu sagen begehrte, und hat ihm auch angegeben, wie er ihn wieder los werden könne. Niemals hat jedoch der Knecht jemandem verraten, was ihm der Tote anvertraute; der Hengst aber hat seit der Zeit Ruhe gehabt.

*Ebendaher.*

## 539. Der Spuk auf der Scharchower Brücke.

Zwischen Büssentin und dem eine Achtelmeile davon entfernten Scharchow liegt eine Brücke, auf welcher sich jeden Abend ein Mann ohne Kopf zeigt.

Einst ging ein Bauer von Scharchow nach Büssentin zurück und sah den Spuk mitten auf der Brücke stehen. Wohl ängstigte sich der Mann, aber er bezwang seine Furcht und betrat die Brücke unter dem frommen Spruch: »Hilf Gott durch Jesum Christ.« Da stürzte sich das Gespenst mit großem Geräusch über das Geländer weg kopfüber in den Sumpf hinein und verschwand.

*Mündlich aus Büssentin, Kreis Cammin.*

## 540. Der Spuk in Nemitz.

In einem Holzstall in Nemitz war es schon seit langer Zeit nicht geheuer; denn jeden Abend hörte man in ihm entsetzliches Poltern, als würden große Lasten Holz heruntergeworfen. Um dem Unwesen ein Ende zu bereiten, befahl der Herr seinem Knecht, einen Bleiknopf entzwei zu schlagen, das eine Stück in eine Flinte zu laden und dieselbe am Abend in dem Stalle abzuschießen.

Der Knecht begab sich auch gegen Einbruch der Nacht mit dem Gewehr in den Stall und rief: »Ein guter Geist kommt nicht, ein böser Geist hat hier nichts zu schaffen. Packt euch, oder ich gebe Feuer.« Da verstummte der Lärm und ist seit der Zeit nie wieder vernommen.

Als nun der Herr den Knecht fragte, warum er denn nicht geschossen habe, antwortete dieser: »Der Schuß hätte auch rückwärts gehen können und mich treffen.«

*Mündlich aus Nemitz, Kreis Cammin.*

## 541. Der gespenstische Fuchs am Borchwaldsee.

Am Borchwaldsee geht häufig der ehemalige Herr des Gutes um auf seinem Fuchs; doch öfter noch sieht man letzteren allein, dann aber in Gestalt eines wirklichen Fuchses.

Ein alter Schneider ging einst gegen Mitternacht am See vorbei und sprach so für sich hin: »Hier hat der alte gnädige Herr schon oft gespukt.« Kaum hatte er dies gesagt, als auch der Gespensterfuchs bei ihm war und immer um ihn herum lief, so daß er weder rückwärts noch vorwärts konnte. In seinem Ärger rief der Schneider: »Ä, Ding, gåa mî voa de Fäute wech!« und damit hatte er sich in die Gewalt des Gespenstes begeben. Der Fuchs machte sich plötzlich so lang, wie ein Wiesbaum, und warf sich dem alten Mann auf den Nacken, daß ihm das Blut aus Nase und Ohren drang. So hat man ihn am andern Morgen gefunden, und wenige Tage darauf war er tot.

*Mündlich aus Kratzig, Kreis Fürstentum.*

## 542. Der spukende Schweinehändler in Ritzig.

Durch das Dorf Ritzig zog einst ein reicher Schweinehändler mit seiner Herde; um den Leib trug er eine schwere Geldkatze geschnallt. Der Gutsherr, ein habsüchtiger Mann, lockte den Händler in ein Haus und erschlug ihn daselbst. Nachdem er den Toten seines Geldes beraubt hatte, schleppte er die Leiche in eine leerstehende Hütte und verscharrte sie im Sande unter der Diele.

Schon waren dreißig Jahre darüber vergangen, als der Besitzer des Hauses, in dem die Mordthat geschehen war, am hellen Tage einen Mann ohne Kopf, eine Geldkatze in der Hand und von zwei Hunden begleitet, aus dem Fußboden heraustreten sah. Da das Gespenst sich stellte, als wolle es ihn mit dem Lederbeutel erschlagen, floh der Hausbesitzer entsetzt von dannen. Darauf verließ der Spuk das Haus, ging in die Hütte, wo die Leiche verscharrt sein soll, und verschwand hier wieder unter der Diele.

*Mündlich aus Ritzig, Kreis Schiefelbein.*

## 543. Der Spuk auf dem Blocksberg bei Ritzig.

Zwischen Ritzig und Reinfeld liegt der Blocksberg, auf dem immer die Hexenversammlungen stattfinden. Aber auch sonst ist es dort nicht richtig. Wenn die Leute morgens oder abends an diesem Berge vorbei kommen, so erblicken sie dort einen Mann ohne Kopf mit einer langen Stange in der Hand. Ein kleines Endchen weiter ist eine Brücke, die über den Scheidebach führt, welcher die Feldmarken der beiden Dörfer trennt. Dort kann kein Pferd eher von der Stelle gebracht werden, als bis man vor ihm drei Kreuze im Sande beschrieben hat.

Manchmal zeigt sich auch des Abends auf dem Blocksberg ein großes Feuer, und ein Mann steht dabei und wühlt mit einer Schaufel in den Kohlen herum. Was das alles bedeuten soll, wer kann's wissen. Die einen sind der Meinung es sei auf dem Berge ein Schatz vergraben, andere wieder sagen, ein reicher Mann sei dort erstochen worden, und der könne nun keine Ruhe finden. Wer von beiden recht hat, das wird wohl niemals offenbar werden.

*Ebendaher.*

## 544. Spukendes Mädchen bei Trzebiatkow.

Einst wollte der Lehrer von Trzebiatkow nach dem Dorfe Zemmen gehen. Wie er in der Nähe des Steinbrunnens ist, steht da ein kleines Kind, welches ihm sofort auf den Rücken hockt. Der Mann will sich seiner Last entledigen, aber alles Sträuben hilft nichts, er muß den Spuk, welcher mit jedem Schritte größer wird, bis zum Grenzberg, der auf der Wegscheide beider Dörfer liegt, schleppen. Erst dort verläßt ihn das Gespenst wieder, hat aber jetzt die Größe eines erwachsenen Mädchens.

Beim Abschied erzählt ihm dasselbe: nun sei sie erlöst. Vor achtzehn Jahren sei ihre Mutter an dem Steinbrunnen mit ihr niedergekommen und habe sie aus Furcht vor der Schande ermordet. Jetzt sei ihre Mutter an einen Gutsbesitzer in der Nachbarschaft verheiratet. Auch manches andere noch hat der Spuk dem Lehrer offenbart, doch hat derselbe alle diese Geheimnisse mit sich in das Grab genommen.

*Mündlich aus Trzebiatkow, Kreis Bütow.*

## 545. Gespenst wegsingen.

### I.

In Hinterpommern herrscht allgemein der Glaube, daß ein Mensch, welcher, mit einem schweren Verbrechen auf der Seele und ohne es zu bekennen, gestorben ist, nach dem Tode umgehen muß. Er kann nur dadurch erlöst werden, daß eine dazu vom Geschick bestimmte

Person an seinem Grabe einen Gesang betet; darauf muß das Gespenst seinem Erlöser das Vergehen bekennen. Man nennt das Ganze: den Spuk wegsingen.

Solche Geschichten werden in Menge erzählt; auch sonst glaubwürdige Leute berichten, daß ihnen selbst derartige Dinge zugestoßen seien. So lebt noch heute ein Mann in der Gegend von Kratzig, den man eines schweren Verbrechens schuldig hält, obgleich er vom Gericht freigesprochen ist. Nun zeigt man schon jetzt einen Knaben, welcher diesen Mann, wenn er nach dem Tode keine Ruhe finden kann, wegsingen muß. Auch das Kind selbst sagt aus, es sei dazu geboren.

## II.

Ein Knecht aus Zicker hatte in Rakow Karten gespielt. Wie er sich nun des Abends aufmachte, um in sein Dorf zurückzugehen, begegnete ihm auf der Grenzscheide eine weiße Gestalt. Die befahl ihm, ein bestimmtes Lied aus dem Gesangbuch auswendig zu lernen und nach acht Tagen wieder an denselben Ort zu kommen. Mit dem Liede solle er sie und ihre drei Kinder wegsingen.

Als der Knecht nach Hause kam, erzählte er dort sein Abenteuer und machte sich nach acht Tagen in Begleitung mehrerer Freunde auf den Weg. Wie sie so gingen, brauste plötzlich ein Säuselwind daher und entrückte den Knecht. Weit weg kann es nicht gewesen sein, denn man konnte ihn deutlich singen hören, obwohl man ihn nicht sah. Nach einer halben Stunde wurde er auf dieselbe Weise wieder zurückgebracht. Die Gestalt hat ihm gestanden, sie habe früher als Dienstmagd eine Liebschaft mit einem Knechte in Zicker gehabt. Das erste Mal sei sie von Zwillingen entbunden worden, dann von einem einzelnen Kinde. Alle drei habe sie bald nach der Geburt auf dem Grenzhügel verscharrt. Für ihn würde die Sache lange nicht so gefährlich gewesen sein, wenn er ohne Begleitung gekommen wäre.

## III.

Vor einigen Jahren hatte der Bauer Schmidt vom Zetziner Ausbau seine Tochter nach dem eine halbe Meile von Ritzig entfernten Wusterwitz geschickt, um dort Zeug zu holen. Weil sie spät abends noch nicht wieder da war, schickte ihr der Vater eine jüngere Schwester entgegen. Wie die ältere nun an den Kreuzweg kam, wo die Straße den Weg von Kronenberg nach Großgrünow schneidet, begegnete ihr eine Gestalt.

In dem Glauben, es sei ihre Schwester, rief das Mädchen: »Na, wenn du nicht eher kommen konntest, dann hättest du nur zu Hause bleiben sollen.« - »Es ist gut, daß du mich anredest«, erwiderte die Gestalt, »darauf habe ich schon dreißig Jahre gewartet. Gehe jetzt nach Hause und lerne das Lied: »So hab ich nun vollendet den schweren Lebenslauf«, dann komm nach vierzehn Tagen um dieselbe Zeit wieder und bete den Gesang her.«

Sie that das auch, nahm aber ihre Schwester mit. Wie die Mädchen nun auf den Kreuzweg kamen, ward die ältere plötzlich auf den Wusterwitzer Kirchhof an ein offenes Grab entrückt. Dort mußte sie den Gesang hersingen. Als sie damit fertig war, sagte das Gespenst: »Ich bin eine Kindsmörderin und habe meine beiden Kinder vor der Taufe umgebracht, darum mußte ich so lange umgehen. Jetzt bin ich aber erlöst.« Und nachdem das Gespenst diese Worte gesprochen hatte, verschwand es; das Mädchen aber gelangte ungefährdet wieder in ihr Elternhaus zurück.

*Mündlich.*

## 546. Nachtkreuzer und Nachtlichter.

In der Gegend vom Kap der guten Hoffnung treibt sich ein Nachtkreuzer in der See herum. Er kreuzt an alle Schiffe heran, und man sieht aus allen seinen Kanonenluken Feuer brennen. Er kommt so nahe, daß man das Flattern der Segel vernehmen kann; aber im Wasser rauschen hört man ihn nicht. Man muß sich vor ihm in acht nehmen, daß man nichts von ihm annimmt, auch nicht einmal einen Brief zur Bestellung. Dieser Nachtkreuzer soll sich nämlich einmal vor langer Zeit in großer Not dem Teufel übergeben haben, wenn er eine glückliche Reise machen werde. Nachher ist ihm das leid geworden, und er hat dem Bösen den Kontrakt aufgekündigt. Nun kann er niemals nach Hause kommen. -

Manchmal hat man auch Nachtlichter auf der See, und zwar sind dieselben besonders häufig auf der Spanischen-See (dem großen Ozean) zu treffen. Wenn man denen begegnet, so hat man bestimmt großen Schaden. Denn wenn auch manche gelehrte Leute sagen, die Flamme entstehe durch das Zusammenschlagen des salzigen Wassers, so ist das doch nichts; man weiß vielmehr, daß da, wo solche Lichter sind, ein Mann, welcher der Teufel selbst sein mag, sich in einer Teertonne auf der See umhertreibt.

*Temme, Volkssagen S. 350 aus den Akten der Pomm. Gesellschaft für Geschichte.*

## 547. Die besessene Bäuerin in Rügen.

Eine Bauerfrau in Rügen, die schon erwachsene Kinder hatte, kam von neuem in gesegnete Umstände. Da ergriff sie Scham und Zorn, und wütend rief sie aus: »Hol der Teufel die Frucht meines Leibes zur Hölle!« Es war gerade die schönste Sommerzeit und dabei ein herrlicher Sonntag-Vormittag, als sie diese gotteslästerlichen Worte hervorstieß, und die ganze übrige Familie befand sich in der Kirche; kein Mensch also konnte der Bäuerin helfen, als plötzlich eine abscheulich große, schwarze Brummfliege vor dem Fenster auf und ab summte, mit einem Male in die Höhe flog, durch den Schornstein herab sich in die Stube ließ und dann der erschrockenen Frau in den Mund fuhr.

Von der Zeit an war das Weib vom Teufel besessen und von den schrecklichsten Gewissensbissen geplagt; denn das Kind, das sie zur Welt brachte, war eine elende Mißgeburt, die nach wenig Augenblicken den Geist aufgab. - Aber an der Gnade Gottes braucht selbst der ärgste Sünder nicht zu verzweifeln, das ist an dieser Frau wieder offenbar geworden. Fromme Leute beteten mit ihr und sprachen ihr Trost zu und rieten ihr, zum Abendmahle zu gehen. Das that sie endlich nach langem Zureden, und wirklich, des Teufels Macht wurde dadurch von Tag zu Tag schwächer, bis er sein Opfer schließlich ganz verlassen mußte.

*Mündlich aus Garz auf Rügen.*

## 548. Der Besessene in Polzin.

In Polzin hatte der Bruder vom Schulzen einen bösen Geist. Als alle Mittel, ihn zu vertreiben, nichts helfen wollten, ging der Besessene zum Pastor. Der betete mit ihm, und siehe, da sprang ihm etwas aus dem Munde, das sah aus wie ein Frosch. Darauf gebot ihm der Pfarrer, jeden Morgen und jeden Abend zu beten, dann würde es für immer von ihm fern bleiben.

Einmal wurde der Mann nun aber sehr früh zur Mühle geschickt, so daß er nicht mehr beten konnte. Da kam ein großer, schwarzer Kerl auf ihn zu und sprach: »Nû bün ik wedder dâr!« und fuhr ihm in den Mund hinein. Nichts vermochte ihn jetzt wieder zu vertreiben.

*Mündlich aus Polzin, Kreis Belgard.*

# XIII. Tiere und Pflanzen.

## 549. Wie der Bär zu seinem sonderbaren Aussehen gekommen ist.

Wenn man einen Tanzbären sieht, so möchte man laut auflachen über die kleine Ohren, den sonderbar gezeichneten Rücken und die Pfoten und das Gesicht mit ihrem kurzen Haar. Noch drolliger erscheint das alles, wenn man weiß, auf welche Weise der zu diesem Aussehen gekommen ist.

Früher hatte er nämlich prächtige Lappohren, und der ganze Pelz war gleichmäßig besetzt mit schönen, langen Zottelhaaren. Nun liebte er auch damals schon, wie heute noch, den Honig über alles, und besonders häufig besuchte er des Müllers Bienenkörbe, denn da brauchte er nicht so hoch in die Bäume zu klettern, wie bei den wilden Bienen. Das war aber sein Verderb. Der Müller hatte einen schlauen Mahlburschen, der klöbte einen Baumstamm auf, steckte einen Keil in die Spalte und legte darauf den Balken quer über die Stöcke.

Als nun der Bär kam, mußte er, wollte er anders zum Honig gelangen, Kopf und Pfote durch die Spalte stecken; und dabei war er so hastig, daß der Keil herausflog und die beiden Hälften zusammen schlugen. Darauf hatten der Müller und sein Knecht nur gewartet, sie liefen herbei und schlugen mit Knütteln auf ihn ein, so daß er, um nicht das Leben zu verlieren, mit Anspannung aller seiner Kräfte sich herausarbeitete, was freilich nur mit Einbuße des prächtigen Felles an Schnauze und Füßen und mit Verlust der schönen Lappohren zu bewerkstelligen war.

Was er damals verloren hat, ist ihm nie wieder ersetzt worden, und alle seine Kinder leiden noch darunter bis auf diesen Tag.

Einen andern Grund hat es mit der Rückenzeichnung des Bären. Er hatte sich einmal grobe Gewaltthätigkeiten gegen die anderen Tiere zu Schulden kommen lassen, worauf die ihn bei dem König verklagten. Zur Strafe sollte er ein Stück seines Felles lassen, und wählte dazu den Rücken, denn dort glaubte er es am ersten missen zu können. Das Fell ist nun zwar wieder gewachsen, aber die Farbe ward anders, wie auf dem übrigen Körper; und auch dieses Merkmal hat sich bei des Bären Nachkommenschaft vererbt und wird sich immer weiter vererben, so lange es noch Bären giebt.

*Mündlich aus Sydow, Kreis Schlawe.*

## 550. Der treue Bär.

Eine Frau kehrte vom Markte heim. Sie hatte es sehr eilig, denn ihre Kinder harrten ihrer schon seit dem frühen Morgen, und deshalb hielt sie sich im Walde nicht auf der breiten Landstraße, sondern schlug den schmalen Richtsteig ein. Gerade wollte sie da ein dichtes Gebüsch passieren, als plötzlich aus dem Buschwerk ein mächtiger Bär auf den Hinterfüßen heraustrat und schnurstracks auf sie losging.

In Todesangst stand die arme Frau still uns schaute starr dem Untier in den Rachen. Das schien aber mit dem Fressen keine Eile zu haben, es brummte nur hielt und dabei bittend die eine Vordertatze dem Weib vor die Augen. Anfangs machte dies Beginnen des Bären die

Frau noch furchtsamer, endlich faßte sie sich jedoch ein Herz und sprach bei sich: »So oder so tot; ich will doch einmal untersuchen, was mit der Pfote ist.«

Sie ergriff dieselbe mit beiden Händen, untersuchte sie und siehe da, in die Tatze hatte sich ein großer Holzsplitter tief hineingebohrt, der aber schon ganz vereitert war und dem armen Tier unsägliche Schmerzen bereiten mußte. Da sie ein gutes Herz hatte, zog sie schnell eine Nadel hervor, grub den Splitter heraus und entfernte den Eiter. Dann ließ sie die Tatze wieder fahren.

Der Bär setzte sie vorsichtig zur Erde und versuchte damit aufzutreten. Als das glückte, brummte er vergnügt auf, packte mit seinen Zähnen die Frau bei der Schürze und zerrte sie sodann hinter sich her, in das Dickicht des Waldes hinein. Bei einer hohen Eiche machte er endlich Halt, und nun glaubte die Frau, ihre letzte Stunde habe geschlagen. Doch der Bär ließ ihre Schürze fahren und kletterte an dem Stamm der Eiche empor.

»Jetzt ist es Zeit zu entfliehen«, dachte das Weib, und fort war sie. Aber der Bär hatte ihre Flucht kaum bemerkt, so war er auch mit einem Satze vom Baum herunter, und nun ging's hinter ihr drein, bis er sie eingeholt hatte. Sofort packte er sie wieder bei der Schürze und führte sie zum Baume zurück.

Diesmal hielt die Frau stand, weil ein Entrinnen ja doch nicht möglich war. Der Bär kletterte darauf bis zur halben Höhe der Eiche und griff dort in die Höhlung des Stammes, in der wilde Bienen Honig gebaut hatten. Davon nahm er ein paar große Klumpen und warf sie dem unten stehenden Weibe gerade in die Schürze hinein, und jetzt sah dieselbe ein, daß das Tier sich nur habe bedanken wollen. Nachdem die Schürze ganz mit Honig angefüllt war, stieg der Bär wieder herab und führte seine Wohlthäterin bis zu der Stelle des Richtsteigs zurück, wo sie ihm den Splitter aus der Pfote gezogen hatte. Dort kehrte er um und ging in den Wald zurück. Die Frau aber kam unbeschädigt mit dem vielen Honig zu ihren Kindern heim und erzählte ihnen von dem wunderbaren Abenteuer.

*Ebendaher.*

## 551. Wie ein Ehemann zu einem Bären ward.

Es war einmal ein junger Ehemann, dem wollte in dem heiligen Ehestand, in den er getreten war, nichts gefallen. Von morgens früh bis abends spät hatte er immer etwas zu brummen und machte dadurch seiner jungen Frau das Leben recht schwer. Da er sich durchaus nicht bessern wollte, schritt die Schwiegermutter ein und verwünschte den Mann ihrer Tochter zur Strafe für sein Brummen auf zehn Jahre in einen Bären.

Jetzt mußte der mißvergnügte Mann mit dem Bärenführer von Ort zu Ort und von Haus zu Haus ziehen und den Leuten vortanzen; dazu konnte er brummen nach Herzenslust. Einst kam er auf einen Hof, wo gerade Polterabend war, und sogleich wurde er hereingeholt, um Braut und Bräutigam mit seinen Künsten zu erfreuen. Wie er gerade mit dem Tanz beginnen wollte, war aber auch das zehnte Jahr seiner Leidenszeit abgelaufen, und er stand plötzlich zu aller Erstaunen vor dem jungen Paare als Mensch da.

Und es mußten wohl die zehn Jahre die er als Bär herumgelaufen war, ihre Wirkung auf ihn nicht verfehlt haben. Denn mit eindringlichen Worten ermahnte er den vor ihm stehenden Bräutigam, doch ja in der Ehe nicht viel zu brummen. Sonst könne es ihm leicht ergehen, daß er auch von seiner Schwiegermutter in einen Bären verwünscht werde.

Noch heutiges Tages ist die Erinnerung an diese wunderbare Begebenheit in Rügen nicht erloschen. Bei jedem Polterabend erscheint dort ein Mann, dem ein Bärenfell, meistens freilich in Ermangelung eines solchen nur ein alter Pelz, umgehangen, und um den Leib mit einem Bindfaden festgebunden ist. Sobald dieser Bär ein wenig getanzt hat, schneidet einer der Umstehenden den Strick durch, das Fell fällt herunter, und der betreffende Mensch erzählt nun dieselbe Geschichte, welche wir eben gehört haben, als sein eigenes Erlebnis. Auch versäumt er es nicht, die nötige Sittenpredigt über das Brummen dem Bräutigam vorzutragen.

*Mündlich aus Garz auf Rügen.*

## 552. Der Wolf.[53]

In den Zwölften erscheinen die Wölfe immer zu zwölfen auf einmal. Sehen sie einen Menschen, so gehen sie mit weit aufgesperrtem Maule auf ihn los und zwingen ihn auf diese Weise, in ihren Rachen hinein zu sehen. Darin sieht es ganz hell aus, und wer hineingeblickt hat, wird so heiser, daß er kein Wort zu sprechen vermag. Das wissen die Wölfe, und sie sperren ihren Rachen auch nur deshalb auf, um den Menschen am Hilferufen zu hindern.

Überhaupt sind die Wölfe sonderbare Tiere. Wer von ihrem Fleische gegessen hat, erlangt dadurch die Gabe, alle Anschwellungen und Auswüchse der Haut durch Bebeißen zu heilen. Man sagt auch, wenn kleinen Kindern ihre Speise durch eine Wolfsgurgel eingeflößt wird, so würden sie stark, wie die Wölfe. Solche Menschen kann man sofort daran erkennen, daß sie heißhungrig sind und außerdem zwar starke, aber steife Glieder besitzen.

*Aus den Kreisen Fürstentum und Regenwalde.*

## 553. Wie der Wolf zu dem steifen Genick und dem Lumpfuß gekommen ist.

Als unser Herrgott den Wolf geschaffen hat, benahm sich derselbe so wild und verübte so viele Schandthaten, daß der Sache Einhalt gethan werden mußte. Der liebe Gott rief ihn darum zu sich, hielt ihm seine Sünden vor und verkündete ihm, ein Gebrechen würde er von nun an sein lebelang an seinem Leibe tragen müssen; doch könne er unter drei Dingen den Fehler wählen, welcher ihm noch am leichtesten zu ertragen schiene. Entweder müsse er von nun an ein steifes Genick führen und einen lahmen Fuß oder einen eine halbe Meile langen Schwanz oder endlich eine Klingel, die jegliches Tier in der Entfernung einer ganzen Meile hören könne.

Der Wolf war darüber sehr traurig, doch da ihm nichts anderes übrig blieb, als in den sauren Apfel zu beißen, so sprach er zum lieben Gott: »Der lange Schwanz und die weitschallende Klingel würden bewirken, daß ich überhaupt kein Tier mehr erjagen könnte, darum gieb mir lieber das steife Genick und den Lumpfuß. Das hindert zwar auch sehr, läßt mich jedoch wenigstens nicht Hungers sterben«. Und wie der Wolf gewählt hat, so ist's auch geschehen. Jeder Wolf hat ein steifes Genick und muß auf einem Beine lumpen (hinken) bis auf diesen Tag.

*Aus den Kreisen Fürstentum, Regenwalde und Randow.*

## 554. Wie der Wolf um seinen Schwanz kam.

Wie so oftmals, kam dem Wolf im Walde etwas in die Quere, und zwar traf ihn die Enttäuschung, als er gerade unter einem Baume stand, auf dem ein Holzhacker mit seinem Beile saß. »So wollte ich doch«, rief das erboste Tier, »daß mir der Schwanz vom Hintern fiele.« Sogleich warf der Holzhauer sein scharfes Beil herab und schnitt ihm damit in einem Ruck den Schwanz ab. Das war aber dem Wolfe gar nicht lieb, und empört drehte er seinen Kopf nach hinten und rief ganz beleidigt: »Na, darf man denn auch kein einziges Wort mehr im Spaße sagen?«

*Aus Mesow, Kreis Regenwalde: Mitgeteilt durch Herrn Prof. E. Kuhn.*

## 555. Des Wolfes Leidensgeschichte.

Eine Stute war mit ihrem Fohlen auf der Weide. Da kam ein hungriger Wolf an und suchte sich des Fohlens zu bemächtigen. Die Stute sah ein, daß hier nur List retten könne, lief dem Wolfe entgegen und rief ihm zu: »Willst du nicht mein Junges nehmen? Ich mag es nicht mehr haben. Doch eine Liebe ist der andern wert; du mußt mir dafür den Splitter, den ich mir in den rechten Hinterfuß getreten habe, herausziehen.« Hoch erfreut über die freundliche Aufnahme, willigte der Wolf sogleich ein und machte sich an dem Hinterbein zu schaffen. Kaum war er jedoch mit dem Maule an den Huf gekommen, als die Stute ihm einen solchen Schlag gegen den Schädel versetzte, daß er bewußtlos zusammenbrach.

Als er sich wieder erholt hatte, waren Pferd und Fohlen schon längst verschwunden, und der Wolf mußte, noch hungriger wie zuvor, weiter gehen. Da sah er zwei Ziegenböcke, welche sich um ihre Weideplätze zankten. Der Wolf ließ sich zum Schiedsrichter ernennen und bedang sich aus, den Teil, welcher Unrecht bekommen würde, fressen zu dürfen. Er stellte sich zu dem Zwecke zwischen beiden auf. Da blinzelten sich die Böcke, welche den ganzen Streit nur aus List angefangen hatten, mit den Augen zu und rannten plötzlich mit so großer Wucht auf den Wolf los, daß ihm die Rippen im Leibe brachen und er für tot zu Boden sank.

Nach langer Zeit kam er erst wieder zu sich, und von den Ziegenböcken war nichts mehr zu sehen. Mit zerschlagenem Kopf und zerbrochenen Rippen setzte er darum seine Wanderung fort und traf eine Sau mit neun Ferkeln, welche im zurief: »Friß doch eines oder zwei von den Ferkeln, ich kann sie gar nicht mehr ernähren, denn es sind ihrer zu viele.« – »Sehr gern«, erwiderte der Wolf und wollte gleich zubeißen. »Ach nein«, entgegnete die Sau, »zuvor wollen wir sie doch taufen, damit sie selig sterben.«

Der Wolf war's zufrieden, und sie gingen zur Wassermühle, an die Stelle, wo das Wasser auf das Mühlrad herabfällt. Dort legte die Sau ein Brett an die hölzerne Rinne und stellte sich auf die aufliegende Seite desselben, weil sie der schwerere Teil war.

Der Wolf mußte sich auf das überragende Ende setzen, um von dort aus die einzelnen Ferkel taufen zu können. Gerade als das erste Ferkel herübergereicht werden sollte, trat die Sau jedoch zurück, der Wolf fiel auf das Rad, wurde von den Schaufeln zerschlagen und dann in das Wasser geschleudert, aus dem er kaum sein Leben zu retten vermochte. Von der Sau mit ihren Ferkeln war wiederum nichts mehr zu sehen.

Mißmutig und am Leben verzagend ging der Wolf nun in den Wald, wo ein alter Besenbinder mit seinem Beile Holz schlug und Reiser suchte. Wie der den Wolf erblickte, kletterte er vor Angst auf einen Baum. Der Wolf hatte ihn in seinem Kummer gar nicht bemerkt, sondern legte sich unter denselben Baum und verwünschte sein Schicksal. »Ach«, seufzte er, »ich bin so unglücklich, würfe doch der liebe Gott ein Beil herab und erschlüge mich.« Der Besenbinder, nicht faul, warf ihm mit tüchtigem Schwunge sein Beil auf den Schädel. Da schrie der Wolf noch auf: »O, lieber Gott, so ernst hatte ich es nicht gemeint!« und verschieden war er.

*Mündlich aus Sydow, Kreis Schlawe.*

## 556. Wie der Wolf den Fuchs betrog und doch zuletzt den kürzeren ziehen mußte.

Wolf und Fuchs sind auf der Wanderschaft. Kommt ein Heringsmann angefahren und die Fische riechen den beiden so lieblich in die Nasen, daß sie davon haben möchten. Bruder Fuchs läuft darum in weitem Umweg dem Wagen voraus und legt sich wie tot auf der Straße nieder.

Als der Fuhrmann ihn erblickt, spricht er: »Aha, ein toter Fuchs! Nun dem ist's schon recht geschehen, daß er in seinen Sünden abgefahren ist. Doch sein schöner Pelz soll hier nicht verkommen.« Mit diesen Worten springt er vom Bocke herab, ergreift Bruder Reinhart beim Schwanz und wirft ihn hinten auf den Wagen, so daß er gerade auf die Heringe fällt. Dann setzt er sich wieder auf seinem Sitze zurecht und schläft, wie das einem braven Fuhrmann zuzustoßen pflegt, fest ein.

Darauf hat der Fuchs nur gewartet; schnell wirft er einen Fisch nach dem andern auf die Straße herab und hört damit erst auf, als der Heringsmann tief aufatmet und zu erwachen beginnt. In diesem Augenblick springt er mit einem Satze dem gestohlen Gut nach und ist in Sicherheit. Unten trifft er den Wolf und sagt zu ihm: »Gevatter, wo hast du mir denn nun meinen Teil zurückgelegt?« – »Hier, Bruder Fuchs,« sagt der Wolf ganz treuherzig, »genau die Hälfte soll dein sein«, und damit führt er ihn zu einem großen Haufen Gräten, das Fleisch hatte er selbst gefressen.

Der Fuchs verbeißt seinen Ärger und sie gehen weiter. Aber Hering macht Durst, und es dauert nicht lange, so jammert der Wolf: »Bruder, schaff mir Wasser.« – »Das sollst du haben, Gevatter«, antwortet Reinhart, »und zwar das schönste auf der ganzen Welt, komm nur mit.«

Der Wolf gehorcht, und sie gelangen zu einem Ziehbrunnen. Sogleich springt der Fuchs in den oben befindlichen Eimer und fährt mit ihm in die Tiefe hinab, trinkt dort und preist mit den schönsten Worten das herrliche Wasser. »Ja, aber ich habe doch nichts davon«, knurrt oben der Wolf. – »O«, erwidert der schlaue Reinhart, »spring nur in den Eimer, der jetzt oben ist.« Der Wolf thut es und wundert sich nicht wenig, wie er jetzt hinabfährt und der Fuchs heraufsteigt und sie sich beide gerade in der Mitte begegnen.

Doch zu langem Nachdenken läßt ihm sein Durst nicht Zeit, sondern in mächtigen Zügen schlürft er unten das treffliche Wasser ein. Unterdessen läuft der Fuchs zu den Bauern auf's Feld und ruft: »Kommt alle herbei, der Wolf ist im Brunnen und kann nicht wieder heraus.« Da laufen sie, so schnell ihre Beine sie nur tragen können, ziehen den unglücklichen Wolf in die Höhe und gerben ihm das Fell mit ihren Spatenstielen und faustdicken Knütteln dermaßen, daß er mit genauer Not dem Tode entrinnt und sich durch die Flucht rettet.

Kaum ist er ein paar hundert Schritte fortgehinkt, so sieht er den schlauen Fuchs winselnd auf der Erde liegen und hört, wie er im kläglichen Tone ruft: »O, Gevatter, Gevatter, mit mir ist's aus; du bist groß und stark und wirst die Prügel wohl noch verwinden, aber mir gehen die vielen Schläge, welche ich von den groben Bauern erhalten habe, bis ans Leben. Komm und trag mich.«

Der Wolf glaubt dem Bruder Reinhart, und da er ein mitleidiges Herz hat, heißt er ihn auf seinen wunden Buckel steigen und schleicht mit seiner Last dem Walde zu. Da kann der Fuchs seine Spottlust nicht verbeißen und spricht halblaut:

»Ô Wunner! Ô Wunner!

Dê Kranke drächt dê Sunner!«

»Was sagst du da?« fragt der Wolf zornig. – »Ach Gevatter!« winselt der Fuchs, »ich muß toll sein. Die Leute haben mir meinen Bregen eingeschlagen, und jetzt rase ich.« – »Na, das ist was anderes, mein armer Bruder«, begütigt der betrogene Wolf und trägt ihn, obgleich er noch oftmals unterwegs ruft:

»Ô Wunner! Ô Wunner!

Dê Kranke drächt dê Sunner!«

getreulich zu seiner Höhle im Walde hin.

*Mündlich aus Marienfließ, Kreis Saazig.*

## 557. Voss un Wulf up de Kinnelbir.

Dat lêwten einmâl ein Voss un ein Wulf in eine Hoel tô hôp. Einmâl haeren sei nix tau fraeten, un die Wulf saer tau den Voss: »Varrermann, wô krîgen wî wat tau fraeten?« – »Ô, dat 's nich slimm«, saer dei Voss. »In 'n Dörp is Kinnelbîr, un dâr is naug tau häbben.«

»Jâ«, sächt dei Wulf, »dâr dörren wî nich kâmen.«

»Dat is gewis«, saer dei Voss, »as vornêmen Gäst dörren wî nich rinspazîren, wî moeten dörch dei Hinnerdoer gaun.«

»Na, denn man tau«, sächt dei Wulf. »Satt aeten moeten wî uns eis werrer. Dat mâch kâmen, wat dâr will.«

Âbens in'n duesdern mâkten sei sich hen. Dei Hinnerdoer was tau, âewer dei Voss, eins, zwei, drei, Lock gekratzt, un nû beir nâ dei Spîskâmer rin. Dei Voss besêj sich alles, dei Wulf haer hîr âewer kein Tîd tau, hei sluckt ümmer rin, wat em vâert Mûl kêm. Dei Voss âewer wîr kläuker und sêj alle Ôgenblick tau, ob hei noch dörch't Lock künn.

As dei Voss nû mârkt, dat dei Wulf nich mîr dörch künn, stoer hei ein Rummel Pött anne Îr un knêpt dôn ût. Dei Wulf wull dat uk daun, âewer dat ging nich mîr, hei haer tau stramm inaust.

Dei Luer inne Stûw haerd'n âewer den Spectakel huert un stoewden âewa Hals un Kopp nâ dei Spîskâmer hen un troefen dâr nû den Gâst. »Herr Jê«, schrîjden sei, »hî's jun Wulf! Na täuwt man, den willn wî âewer dat Ûtgelei gaeben. Hei sâl tum tweiten Mâl nich werrer kâmen«, un nu ging dat Pruejeln mit den Besenstêl lôs, âewer den Wulf hêr. As âewer einer raupen dêr: »Hâlt'n Jaeger, dei sâl em dôd scheiten«, dôn drüng dei Wulf an un bingt sich mit aller Macht dörch un rêt ût.

Dei Voss âewer wull em noch einen tweiten Schâbernack spaelen un nêm sich ein ull Schoert üm un sett sich 'n ull Nachtmütz up, dei up'n Tûn hingen dêr, un stellt sich nû as sôn ull Grôszmudder hinnen Tûn hen un lacht den Wulf wat ût, as dei dâr sô jämmerlich voerbî kêm.

Nû åewer lêp dei Voss, dat hei îrer in dei Hoel kêm, as dei Wulf an un sächt taun Voss: »Varrermann, wô hät mî dat åewer gaun, mî hät't tau slicht up dei Kinnelbîr gefolln. Dår gå ik taun tweiten Mål nich werrer hen. Mî häbbns åewer richtich voertôbackt, dat vergêt ik in mîn'n Laeben nich werrer; un am mîrsten hät mî noch ârgert, dat ein ull grîses Wîf hinnern Tûn mî noch wat ûtlåchen dêr. Ik süll åewerst blôsz ûp mîn'n gesunnen Bên wêst sin, ik haer sei åewerst so wâm wechnåmen.«

»Jå«, sächt dei Voss, »dat deit mî lêd; åewer wat is dårbî tau måken. Dår kåmen jå ôk noch werrer baerer Tîden. Voerloepich wâr ik dî voerflêgen.« Dei Voss ging nû ût un wull Fraetent ran hålen un sêj in dei Fîrn ein Hîringkîrl fuern.

»Na«, dinkt hei, »dat is jå all sô wat voer dî.« Hei smêt sich in'n Wech hen un dêr, as ob hei dôd wîr. As dei Hîringkîrl nû ran kâmen dêr, sprüng hei run un smêt den Voss up'n Wågen un wull em tau Hûs aftrecken. Dei Mann slêp dôn in, un dat benutzt dei Voss un rackt eine Patschôn Hîring von'n Wagen un ging dårmit sîne Waej un brôcht sei den Wulf.

»Î, Varrermann, wô häst dû all dei schoenen Fisch kraejen?« – »Jå, dår bin ik licht tau kâmen«, saer dei Voss. »In'n Dörp is'n grôten Dîk, un dår häf ik mînen Swanz in dei Wåk holln, un dôn häbben sei anbaeten.«

»Na, täuw man«, sächt dei Wulf, »dat 's jô nich slimm, dat wâr ik ôk mâl daun, wenn ik werrer baeter bün.« Un dei Wulf måkt sich ôk richtich hen, sett sich mirgen upt Îs un hoel sînen Swanz inne Wåk (Eisloch).

»Nû hüllst du sô lang still, baet dû ne gaude Lådung häst«, sächt dei Voss, un dei Wulf sêt ôk reigen still. Endlich treckt hei eîs an, åewer hei wîr îrst en baeten anfrårn. »Nê«, sächt hei, »dit's nonnich wîrt, mit dei pår Dinger gå'k nonnich tau Hûs.« Un sô sêt hei nogne Stunn, un dôn künn hei den Swanz nich mîr lôs kraegen. »Na jå«, sächt hei, »dår wâr ik åewer 'n schoenen Bengel anhäbbn, die krîj ik jô går nich mit einmâl wech. Wûr måk ik dat blôsz?«

Mittlerwîl würr dat Dach, un dei Luer gingen an Arbeid. »Na nû, dår sitt jôn Wulf up'n Îs! Kâmt, wî willn em eis uns Döschfloegels tau präuben gaeben.« Un dårbî ging dat immer kruez - un dwaswîs åewer den Wulf hêr. Un hei treckt mit aller Macht un wull dei Fisch ôk gîrn mit häbbn; åewer dat nutzt nich, hei müst sôgår sîn'n Swanz dår låten un kêm sô bîn Voss an un saer: »Wûr geit mî dat einmâl, ik nêm ümmer tau vael. Haer sôn grôten Haekt an, dat mî dei Swanz afrêt, un häf werrer richtig Pruegel kraegen, wû ik werrer'n Tîd lang naug an häf.

Dat is einmâl sô, as mîn ull Hexenmudder tau mî säggen dêr: »Jung, dû krichst noch eis sô vael Pruegel, dat dû dîn Blîbent nich weist.«

Dårup antwûrt ik: »Denn mücht ik leiwer ein Wulf sin, dårmit ik wênichstens üm mî bîten künn«, un bün't ôk glîk wårdn.«

»Na, denn is't aenlich sô, as mit mî,« saer dei Voss, »ik bün Nachtwächtersåen, un mîn Vadder saer eis tau mî: »Jung, du moest noch sîr klauk un listich wârdn«. Dårup antwûrt ik: »Denn mücht ik woll ein Voss sin, denn kann sô licht keiner mî wat anhäbbn«, un wür't dôn uk glîk.«

Wî sünd nû einmâl twei Leidensbräuder un willn man tau hôp laeben blîbn.«

Snipp, snapp, snût.

Nû is dei Geschicht ût.

*Mündlich aus Deyelsdorf, Kreis Grimmen.*

## 558. Wie Fuchs und Wolf zur Hochzeit aufspielen gingen.

Im Dorfe war eine große Bauernhochzeit. Sagte der Fuchs zum Wolf: »Gevatter, komm, wir wollen dort aufspielen.« Der Wolf war's zufrieden, und sie gingen selbander hin. Sie waren aber Spielleute, wie Hochzeiter sie nicht gerne sehen; sie wollten erst die Bezahlung haben und dann musizieren.

Darum machten sie sich an die Speisekammer, kratzten ein Loch durch die Mauer, und drinnen waren sie bei den Schinken und fetten Würsten. Da fraßen sie nun, bis sie so fett waren, daß nichts Festes mehr in den Magen hinein ging; dann traten sie an die Biertonne und tranken dazu nach Herzenslust, bis sie nicht mehr konnten. Den Kopf über und über mit Schaum bedeckt, das Gehirn von dem starken Biere benebelt, standen sie da und beratschlagten, was sie jetzt thun sollten.

»Weißt du, Gevatter«, sagte der Wolf, »es ist unsere Pflicht, daß wir mit dem Musizieren beginnen, damit die Leute tanzen können.« - »Du hast recht« erwiderte der Fuchs, und nun begannen sie so entsetzlich zu heulen, daß das ganze Haus davon erschallte. Die Hochzeitsgäste wurden aufmerksam, ergriffen Äxte und Knüppel und öffneten die Kammer.

Da sahen sie denn die Bescherung. Dem Fuchs freilich konnten sie nichts anhaben, der schlüpfte schleunig durch das weite Loch, das der Wolf sich gekratzt hatte, in's Freie hinaus; aber seinem Gevatter erging's dafür um so schlimmer. Er mußte sich durch das kleine Fuchsloch drängen und blieb mit seinem vollen Bauche mitten darin elend stecken.

Hageldicht sausten da die Schläge auf seinen dicken Pelz. Man packte ihn beim Schwanz, zog ihn ganz heraus und schlug dermaßen auf ihn ein, daß er zusammenbrach und für tot liegen blieb. Das Fell wollten ihm die Leute nicht sogleich abziehen, um nicht noch mehr in ihrer Hochzeitsfreude gestört zu werden; sie ließen ihn darum die Nacht durch in der Speisekammer.

Das war des Wolfes Glück; denn er war noch nicht völlig tot, sondern kam allmählich wieder zu sich, kroch dann durch das rechte Loch hinaus und schlich unter unsäglichen Schmerzen seiner Höhle zu. Im Wald traf er den Fuchs und rief ihm zornig zu: »Du Schelm bist an allem Unglück schuld; warte nur, ich werde dich fressen!« - »Ach«, versetzte der Fuchs, »du glaubst mir gar nicht, wie leid es mir thut, daß ich die Löcher verwechselte. Ich schwör's dir zu, es war nur ein Versehen.« - »Na, denn will ich dir noch einmal verzeihen, aber du mußt mich dafür in meine Höhle tragen.« - »Ach«, antwortete der Fuchs, »wenn ich's nur könnte, wie gerne thät ich's. Aber mir ist selbst so schwach und krank zu Mute; ich bin hierher gekommen, um mich hinzulegen und zu sterben. Wenn Leute vorbeikommen, mögen sie mir den Rest geben, ich kann nicht mehr weiter.« - »So schlimm steht es mit mir, Gott lob, noch nicht«, sprach der arglose Wolf, und weil er ein gutes Herz hatte, forderte er seinen Gevatter auf, sich auf seinen Rücken zu setzen und von ihm tragen zu lassen.

Der Fuchs sprang sofort auf den Buckel des Wolfes und freute sich höchlich über die gelungene List. Aber seine Spottsucht ließ ihm keine Ruhe. Wie wenn er mit sich selbst spräche, sagte er halblaut: »Dei Kranke drächt dem Gesunde.« - »Wat?« schrie der Wolf »wenn dû sô wellst, schmît ek dî glîk hen?« - »Ach«, stöhnte der Fuchs, »Bruder Wolf, ich hab's im Fieber gesprochen, trag mich nur weiter, ich sag's auch nicht wieder.«

Der Wolf glaubte ihm und ging weiter. Es dauerte nicht lange, so sprach der Fuchs wieder: »Kîk, dei Kranke drächt dem Gesunde.« - »Nun hol dich aber der Teufel«, wetterte der Wolf los, warf seinen Reiter ab und zwang ihn, nebenher zu laufen. Dem schlauen Fuchs ward jetzt schwül zu Mute, denn er fürchtete von dem grimmen Wolfe den Tod. Und richtig, als sie bei der Höhle angelangt waren, sagte derselbe: »Gevatter, du hast mich mein Lebtag genug geärgert, ich will dich fressen.«

In seiner Angst wußte der Fuchs keinen anderen Ausweg und sprang in die Höhle hinein; der Wolf fuhr aber sogleich hinterdrein und packte ihn beim Beine. »Brauder,« schrie da der schlaue Fuchs, »Brauder, dû hältst ane Wörtel, lât doch dei Wörtel lôs ô fât dei Faut ân.« Der Wolf ließ sich täuschen und schnappte woanders hin; der Fuchs aber entlief und war aus der Gewalt seines erbosten Gevatters befreit.

*Mündlich aus Reckow, Kreis Lauenburg.*

## 559. Wie der Fuchs den Wolf an den Bauern verriet.

Der Fuchs kroch zum Schutz gegen die Kälte in einen Backofen, wurde aber von dem Besitzer gefangen und mit dem Tode bedroht. Demütig bat er um sein Leben und versprach dem Manne, er wolle ihm statt seines kleinen Pelzes einen weit schöneren und größeren verschaffen; nur müsse er dann seinen Hengst gebunden auf die Straße legen.

Der Bauer ließ sich beschwatzen und that, wie der Fuchs gefordert. Dieser lief nun zum Wolfe hin und sprach: »Vater, (denn der Fuchs nennt den Wolf immer Vater), ich weiß eine gute Mahlzeit für dich.« Sofort eilte das gierige Tier mit seinem Gefährten auf die Stelle, wo der Hengst lag, und wollte sich auch sogleich an den Fraß machen.

Das verwehrte ihm jedoch der Fuchs, indem er auf die Gefahr aufmerksam machte, welche ihnen auf der Landstraße drohe. Er schlug darum dem Wolfe vor, er wolle seinen Schwanz an den des Pferdes binden, und dann solle er den Raub in den Wald schleppen.

Der dumme Wolf ging auf den Vorschlag ein, und der Fuchs machte sich an die Arbeit. Schaute der ungeduldige Wolf sich um, so verknüpfte der Fuchs die beiden Schwänze; sah er aber fort, löste der Schelm dem Hengst die Fußfesseln. So kam's, daß der schlaue Patron mit beiden Arbeiten zugleich fertig war, und als er rief: »Jetzt zieh, Vater zieh!« sprang das Pferd auf, und weil es stärker war, schleifte es den Wolf trotz seines Sträubens hinter sich her, gerade auf den Bauernhof zu.

Der Fuchs aber lachte schadenfroh und rief: »Varrer, schlaug dei Klauje in dei Brink«[54] - »Ach,« jammerte der Wolf, »ich bekomme ja kein Bein an die Erde.«

*Mündlich aus Kratzig, Kreis Fürstentum.*

## 560. Der Fuchs und der Bauer.

Der Fuchs wurde vom Jäger verfolgt und floh in das Haus eines Bauern. Flehentlich bat er den Mann, ihn doch nicht zu verraten. Endlich ließ sich derselbe auch erweichen und wies ihm ein Versteck unter der Bettstelle an.

Als nun der Jäger in die Hütte trat und nach dem Fuchs fragte, ärgerte sich der Bauer über seine Gutmütigkeit, mit der er dem alten Feinde das Leben gerettet. Arglistig antwortete der falsche Mann darum zwar, wie er versprochen hatte: »Er ist nicht bei mir gewesen«, mit den Augen wies er jedoch dabei stets unter die Bettstelle.

Aber der Jäger verstand seine Augensprache nicht und ging seiner Wege. Als die Gefahr vorüber war, kroch der Fuchs aus seinem Schlupfwinkel hervor und sprach zu dem Bauern: »Dei Rêrensârte waere recht gaud, âwa dat voaflaucht ull Ôgewinket.«

*Ebendaher.*

### 561. Der Fuchs und der Ganter.

Der Fuchs hatte einen Gänserich gestohlen. Als er ihn nun auffressen wollte, bat ihn der Ganter: »Gewähre mir doch, ehe ich sterbe, noch eine letzte Freude und tanze mit mir!« Der Fuchs ließ sich bereden, und nun begannen beide im Kreise herumzuspringen. Der Gänserich schrie dabei immer: »Kîjack! Kîjack!«, der Fuchs jedoch schwieg still, denn er mußte mit den Zähnen den Flügel des Vogels festhalten.

»Warum singst du denn nicht mit?« fragte der Ganter, und der Fuchs vergaß sich, ließ seine Beute fahren und rief: »Hopsassa! Hopsassa!« Kaum fühlte sich aber der Gänserich von den Zähnen seines Feindes frei, so war er auch schon auf einen sichern Baum geflogen. Da sagte der Fuchs: »Dat is sô gaud as afsächt, vâm Êten wâd nich mêa danzt.«

*Ebendaher.*

### 562. Der Fuchs und die Gans.

Eine Gans, welche auf dem Felde graste, sah Bruder Reinhart heranschleichen. Da an ein Entfliehen nicht mehr zu denken war, rief sie dem Fuchs zu: »Komm doch her und hilf mir suchen. Ich habe einen Groschen verloren, und finde ich den nicht wieder, so will mir mein Bauer den Kopf abschlagen. Dann wäre es mir aber noch viel lieber, wenn du mich fräßest.«

Der Fuchs machte sich mit an das Suchen, obgleich er nur den Gänsebraten im Auge hatte und an den Groschen gar nicht dachte. Nach einer kleinen Weile erklärte er dann auch, daß das Geldstück nicht zu finden sei und deshalb die Gans fressen wolle. Die war damit einverstanden, bedang sich aber aus, daß sie zuvor noch einmal mit dem Fuchse tanzen könne. Reinhart ergriff sie sofort mit seiner Schnauze am rechten Flügel und schlenkerte sie lustig im Kreise herum. Die Gans schien sehr vergnügt und schrie zum Tanze fröhlich ihr »Kîjack! Kîjack!« worauf der Fuchs mit einem ebenso vergnügten »Hopsassa! Hopsassa!« antwortete. Kaum hatte er jedoch diesen Freudenruf hervorgestoßen und zu dem Zwecke den Flügel der Gans aus dem Maule gelassen, als diese, durch den Tanz in Schwung gebracht, plötzlich sich in die Lüfte erhub und dem Gehöfte zuflog. Dem verblüfften Fuchs rief sie im Fluge zu, er möge sich nur auf dem Hofe zeigen und: »Bedenk dî, Bedenk dî!« rufen; denn sie habe nur vor, dem Bauern den ganzen Hergang der Geschichte zu erzählen und von ihm Abschied zu nehmen.

Der Fuchs folgte ihr arglos nach, kroch in den Garten und rief immer fort. »Bedenk dî! Bedenk dî!«, um die Gans dadurch aufmerksam zu machen. Diese schwamm während dessen lustig auf dem Teiche herum, und nachdem sie den Fuchs häufig genug »Bedenk dî! Bedenk dî!« hatte rufen lassen, antwortete sie endlich vom Wasser her: »Dû, ik häw mî all bedâcht.« Jetzt merkte der Fuchs, daß er betrogen war, und ingrimmig sprach er zu sich: »Das ist das letzte Mal, daß ich mich am Ende eines Dinges bedacht habe, künftig werde ich mit dem Bedenken anfangen.«

*Mündlich aus Sydow, Kreis Schlawe.*

### 563. Der Fuchs und der Hahn.

Der Fuchs hatte den Haushahn gefangen und wollte ihn fressen. Da sprach der Hahn: »Du ähnelst aber deinem Vater wenig. Das war doch ein frommer Mann und sprach vor jeder Mahlzeit sein Tischgebet.« Der Fuchs wollte dem Vater selbst in der Frömmigkeit nicht nachstehen, faltete schnell die Pfoten zusammen und sprach sein Gebet. Indem flog der

Hahn, der nun frei war, in die Höhe und war der Gefahr entronnen. Mißmutig rief darauf der Fuchs: »Das ist das letzte Mal, daß ich vor der Mahlzeit gebetet habe; von jetzt an werde ich das lieber nach dem Essen besorgen.«

*Ebendaher.*

## 564. Der Hase.

Der Hase war einmal des Lebens überdrüssig geworden. »Wozu bin ich, armes Tier, überhaupt auf der Welt?« sprach er bei sich, »der Mensch jagt mich und Tiere und Vögel töten mich. Ueberall habe ich Feinde und nirgends einen Freund. Ich bin das allerunglücklichste und furchtsamste Geschöpf auf Gottes Erdboden. Darum will ich hingehen und mich ertränken.«

In schnellem Laufe eilte er einem Teiche zu, um sein Vorhaben auszuführen, erschreckte jedoch durch seine Tritte einen im Ufergrase sitzenden Frosch dermaßen, daß er sich in Todesangst kopfüber in das Wasser stürzte. Als der Hase dies sah, rief er voller Freuden: »So giebt es denn wirklich noch ein Tier, das furchtsamer ist, wie ich bin, und selbst vor mir Angst hat?« und stolz kehrte er wieder um und dachte hinfort nie wieder daran, sich das Leben zu nehmen.

*Mündlich aus Kratzig, Kreis Fürstentum.*

## 565. Der Maulwurf.

Es war einmal eine Prinzessin, für die hatte ihre Mutter einen Bräutigam auserwählt, welcher jedoch der stolzen Jungfrau nicht zusagte. Da ergriff die Mutter großer Zorn, und sie verfluchte und verwünschte ihr eigenes Kind.

Der Körper des Mädchens schrumpfte darauf zusammen, und ihr schwarzes, seidenes Kleid legte sich als ein schöner, tiefschwarzer Sammetpelz um ihn herum, kurz, aus der schönen Prinzessin ward der Maulwurf, und sie mußte Maulwurf bleiben für immerdar.

Weil aber Seide keine Hitze annimmt, so hat auch das Maulwurfsfell wunderbare Kräfte erhalten. Wer schweißige Hände hat und läßt einen lebendigen Maulwurf zwischen seinen Fingern sterben, dem schwitzt die Hand fortan nie wieder, weshalb die Näherinnen eifrig darauf bedacht sind, eins dieser Tierchen lebend zu erhaschen.

*Mündlich aus Garz auf Rügen.*

## 566. Die Ratten.

Klügere Tiere, wie die Ratten, giebt es sicherlich nicht. Ein Mann hatte einmal in einem Kessel eine große Menge Ratten gefangen und schlug sie tot bis auf eine. Die nahm sein Nachbar für sich in Anspruch und setzte sie, so zu sagen, als Lockvogel für seine Ratten in ein großes irdenes Gefäß, welches er in dem Stalle eingrub. Aber die listigen Tiere dachten gar nicht daran, in die Falle zu gehen; sie schleppten vielmehr kleine Steine und Mist herbei und warfen das ihrem Kameraden in den Topf hinein, bis derselbe so weit gefüllt war, daß die Gefangene Ratte aus ihrem Gefängnis entschlüpfen konnte.

Sonderbar ist es, was für Einflüsse Musik auf die Ratten ausübt. Ein Bauer band einer gefangenen Ratte eine Klingel um den Hals und jagte sie dann über seine Felder. Da eilten alle Ratten, die dort wohnten, aus ihren Löchern und wanderten aus und haben sich nie wieder auf das Gebiet dieses Mannes gewagt.

Die merkwürdigste Rattengeschichte hat sich aber auf Ummanz zugetragen. Dort waren vor alters so viele Ratten, daß die Einwohner zuletzt sich ihrer gar nicht mehr erwehren konnten. Da erschien ein fremder Rattenfänger auf der Insel. Der hat für ein gutes Stück Geld alle Ratten zusammengelockt und bei dem Hofe Wuß durch das Wasser nach der kleinen Insel südlich Ummanz vertrieben, die seitdem Rattenort heißt. Seit jener Zeit trifft man bis auf den diesen Tag auf Ummanz keine Ratten mehr an.

Auf Rügen erzählen sich die Leute auch von einem Rattenkönig, der eine schöne, goldene Krone auf dem Kopfe trägt. Es soll aber keine richtige Ratte, sondern der Teufel selbst sein.

*Mündlich aus den Kreisen Fürstentum und Schlawe und nach den Akten der Pomm.*
*Gesellschaft f. Geschichte. Vergl. Temme, Volkssagen Nr. 128 und S. 341.*

## 567. Wie's gekommen ist, daß die Hunde die Knochen erhalten.

Zur Zeit, als die Tiere noch sprechen konnten, hatte einmal ein Schlächter eine Kuh geschlachtet. Das Fleisch lag, schön zugehauen, da und wartete nur noch auf den Käufer. Da fiel dem Metzger mit einem Male ein, daß er seine Steuern zu bezahlen habe. Gesellen und Lehrburschen hatte er nicht, darum sprach er bei sich: »Wat sall ek dåune? Ek mot tom Schulte hen un Klasseschteir betåle. Ek weit mî keine andre Råt, as dat mîn Hund mot hîr blîwe ô dat Fleisch bewachte.«

»Schimmel«, sagte er deshalb zum Hunde, dû most hîr blîwe un Poste schtåne bî dem Fleisch. Dat sägg ek dî åbber ån, dat dû keinem Wîf ôder Kêrl an dat Fleisch heran lätst; denn jewes wâre hîr vêl Kêrls ô Wîwer kåme ô Fleisch welle koepe. Tôr Belônung jêw ek dî he dichdijet Schteck; dei Knåke wêr ek rût nême, denn wat sallsdu met dem Knåke, dû kannst em ja doch nich ête. Nemm åbber ok sülwst nüscht von dem Fleisch.«

Der Hund war's zufrieden und stellte sich als Wächter auf, indes der Schlächter zum Schulzen ging, seine Steuern zu bezahlen. Der Schulze war aber ein alter, erfahrener Mann, von dem man etwas lernen konnte, und wußte so viel zu erzählen, daß der Schlächter sich lange versäumte. Dem Hund ward darüber die Zeit lang, auch bekam er Hunger. »Ach«, rief er, »ek well mî he Schteck von dei Kau nême, mîn Meister wart dat jåu nich bemarke.«

Gethan, wie gesagt. Er riß sich ein mächtiges Stück von der Fleischbank herab und verzehrte es gierig. Kaum war er damit fertig, als der Meister herein trat und fragte: »Na, wô jêt dat dî hîr?« – »O, ek dank«, erwiderte der Hund, »mî jêt dat ganz gaud.« Dabei erhub er sich aber nicht; sondern blieb auf der Erde liegen und rührte sich nicht; denn er hatte zuviel gefressen.

Den Schlächter wunderte das, er sah näher zu und ward nun inne, daß ihm ein großer Teil vom Fleische fehle. Zornig schrie er da: »Dû dêmliche Hund, wat häst dû måukt? Du häst mî jåu he dichdijet Schteck Fleisch wechnåme; ek häbb dî doch säggt, dû sallst mî nüscht wechnême, ô dû häst dat doch dåune. Dû best jåu he ganz nîderdrächdijet Tîr! Tôr Stråuf sallst dû von nû ån von alle Lîd nich dat Fleisch bekåme, sondern dei Knåuke, ô dise sallst dû ok nich mål bekåme, wenn dei Lîd ête, sondere wenn sei alle såd send.«

Und wirklich ist es so gekommen. Die Hunde erhalten richtig seit dem Tage von ihren Herrschaften kein Fleisch mehr, sondern müssen sich mit den Knochen, welche von der Mahlzeit übrig bleiben, begnügen.

*Mündlich aus Reckow, Kreis Lauenburg.*

## 568. Weshalb die Hunde sich immer beriechen.

Den Hunden mißfiel es, daß sie von den Menschen stets und ständig nur Abfälle und trockenes Brot zur Nahrung erhielten. Um Abhilfe zu schaffen, berief man eine große Hundeversammlung, auf der eine Beschwerdeschrift aufgesetzt wurde, die an den Bürgermeister von Paris gerichtet war.

Da allen die Sache sehr am Herzen lag und schleunige Abhilfe des Übelstandes sehnlich verlangt wurde, so wählte man den schnellsten Läufer zum Überbringer des Briefes. Weil er jedoch den Zettel nicht den ganzen Weg über im Maule tragen konnte, so mußte er den Schwanz einziehen, und man klemmte ihm das Blatt zwischen Schwanz und Schenkel ein. Sodann lief er seines Weges dahin und kam dabei an ein kleines Wasser, über das weder Weg noch Steg führte.

Was war da zu machen? Hinüber mußte er; er sprang also hinein und schwamm auf die andere Seite. Aber während des Schwimmens streckte sich der eingezogene Schwanz in die Höhe, der Zettel wurde von dem Wasser mit fortgerissen, und als der Hund den Schaden merkte, war längst keine Spur mehr von dem Schreiben zu sehen. Da war es natürlich mit der Pariser Reise zu Ende; aber auch zu den Seinen zurückzukehren wagte der unachtsame Bote nicht, weil er Schande und Strafe fürchtete. Er blieb also in der Gegend, in der ihm sein Unglück zugestoßen war, zurück und fristete dort sein Leben, ohne den andern Hunden irgend welche Nachricht zukommen zu lassen.

Diese warten darum noch heutiges Tages auf die Rückkehr ihres Eilboten von Paris, und wenn sie irgend einen fremden Hund erblicken, so eilen sie auf ihn zu, gucken ihm unter den Schwanz und besehen ihm dort seinen Paß.

*Mündlich aus Kratzig, Kreis Fürstentum.*

## 569. Katze spricht.

Ein Knecht ging am Abend aus Penkun, um einen befreundeten Bauern im Nachbardorfe zu besuchen. Unterwegs sah er an der Straße einen alten Kater sitzen, der ihm zurief: »Dû, gruesz man jûgen Kåter un sägg em: Kasper is dôd.«

Der Knecht langte in dem Hause seines Bekannten an, und als er dessen großen Kater auf der Ofenbank liegen sah, erinnerte er sich an sein Abenteuer und sprach zu ihm: »Na, ull Kåter, man hät mî sächt, ik sall dî grueszen un sall dî säggen: Kasper is dôd.« Kaum hatte er diese Worte gesprochen, als auch der Kater jäh von seinem Platze auffuhr, schmerzlich bewegt schrie: »O, ô, dat saer hê!« zum Fenster hinausfuhr und auf Nimmerwiedersehen verschwand.

*Mündlich aus Penkun, Kreis Randow.*

## 570. Katzen darf man bei Nachtzeit nicht anreden.

Mit den Katzen ist es gar zu schlimm. Häufig sind es verwandelte Hexen oder gar der Teufel selbst. Man kann sich darum vor ihnen nicht genug in acht nehmen.

Eines Nachts gingen zwei Knechte durch Penkun. Saß da eine schwarze Katze an der Mauer. »Blûm, hûs, e Katt!« rief der eine seinem Freunde Bluhm zu. Im selben Augenblicke war das Tier verschwunden und der, welcher die Worte gesprochen, erhielt von unsichtbarer Hand eine so gewaltige Ohrfeige, daß er auf der Stelle das Gehör verlor und taub geblieben ist sein lebelang.

Das Sicherste, wenn einem zur Nachtzeit der Böse oder eine Hexe in Gestalt eines schwarzen Hundes oder einer schwarzen Katze begegnet, ist immer, sogleich über das Wagengeleise zu treten; denn über ein Wagengeleise kann kein Spuk gehen, möge er auch noch so stark sein.

*Mündlich aus Penkun, Kreis Randow, und Tempelburg, Kreis Neustettin.*

## 571. Das Pferd.

Die Leute erzählen, jedes Pferd könne sich nur einmal im Jahre satt fressen, und zwar soll das folgende Bewandtnis haben:

Vor vielen Jahren weidete einst das Pferd an dem Ufer eines Flusses und stieg, als es sich satt gefressen, in den Strom hinein, um dort zu baden. Da kam der liebe Gott des Wegs daher und wollte über den Fluß gehen. Weil jedoch gerade hoher Wasserstand war und unserm Herrgott das Waten nicht anstand, so rief er dem Pferd zu, es möge zu ihm kommen und ihn hinüber tragen. Mochte das pflichtvergessene Tier nun denken, sein Herr und Schöpfer könne auch ohne Beihilfe über das Wasser kommen, oder mochte es sonst etwas im Sinne haben, kurz, es that, als habe es nichts gehört, schwamm auf die andere Seite des Flusses, stieg dort ans Land und ging dann unbekümmert seinen Weg weiter.

Da sprach der liebe Gott: »Du undankbares Tier! Weil du solches gethan hast und mich nicht hast hinüber tragen wollen, so sollst du von nun an zur Strafe nur einmal im Jahre dich satt essen können.« Und wie unser Herrgott gesprochen, so ist es auch geschehen. Das Pferd mag, wenn es Ruhe hat, fressen so viel, wie es will, satt wird es niemals.

*Mündlich aus Reckow, Kr. Lauenburg.*

## 572. Das Rind.

Anders erzählen die eben berichtete Geschichte die alten Leute im Kreise Randow. Darnach war es nicht der liebe Gott, sondern der Herr Christus, welcher das Pferd aufforderte, ihn über den Fluß zu tragen. Er that dies, nicht weil er sonst den Strom nicht hätte überschreiten können, nein, er wollte nur sehen, ob auch die unvernünftige Kreatur sich ihrem Herrn und Heiland erkenntlich zeigen würde.

Als daß Roß ihm den Liebesdienst verweigerte, verfluchte er es und strafte es damit, daß es sich sein lebelang nicht satt fressen könne. Dann schritt er auf das Rind zu, welches, nicht weit von der Stelle entfernt, auf der Wiese graste, und richtete an dasselbe die gleiche Forderung, wie an das Pferd. Das sanftmütige Rind gehorchte sofort, nahm den Herrn Christus auf seinen breiten Rücken und durchschwamm dann den Fluß.

»Dein Gehorsam soll nicht unbelohnt bleiben«, sagte der Heiland freundlich und stieg von dem Tiere; »von heute ab soll dir einmaliges Futter mehr helfen, wie dem Pferde sein anhaltendes Fressen.« Und so geschah es auch. Das Pferd frißt den ganzen Tag, solange es nur an der Krippe gelassen wird, und wird doch nicht satt. Nur dann ruht es, wenn ihm die Kinnbacken von dem Kauen wehe thun; das Rind dagegen ist völlig gesättigt, sobald es eine Stunde gefressen hat.

*Mündlich aus Zabelsdorf, Kreis Randow. Vgl. auch Arndt, Märchen und Jugenderg. II. S. 3-4.*

PENKUN

### 573. Rinder verkünden den Tod ihres Herrn.

In der Neujahrsnacht zwischen elf und zwölf Uhr reden die Tiere in menschlicher Sprache. Ein Ochsenknecht wollte gerne wissen, ob sich das wirklich so verhalte, und legte sich deshalb in die Raufe. Als nun die Stunde kam, erzählten sich die Rinder die Erlebnisse des alten Jahres, und der eine Ochse sprach: »Was wird wohl unser in dem neuen Jahre warten?« - »Ja«, sagte der andere, »unsere erste Arbeit wird sein, daß wir unsern Herrn auf den Kirchhof fahren.«

Darüber erschrak der Knecht so sehr, daß er krank wurde, sich hinlegte und starb; die Ochsen aber zogen, wie sie vorher verkündet hatten, seine Leiche auf den Kirchhof.

*Mündlich aus Trzebiatkow, Kreis Bütow.*

### 574. Der Krieg der Vögel mit den vierfüßigen Tieren.

#### I.

Reinhart, der Fuchs, hatte dem Hahn bitter Unrecht gethan. Die schönsten Hennen hatte er ihm erwürgt, und leer standen die Hühnerbalken da, auf denen sonst die fleißigen Vögel kaum gedrängt den nötigen Platz zur Nachtruhe finden konnten. Um sich Recht zu schaffen ob dieser schreienden Frevelthat, trat der Hahn vor den König der Tiere und verlangte die Bestrafung des arglistigen Reinhart. Aber, wie es so auf der Welt zu gehen pflegt, der Fuchs konnte schmeicheln und gute Worte machen, konnte sich vor dem Löwen winden und drehen, der biedere Hahn that weiter nichts, als daß er treu und ehrlich den ganzen Hergang der Sache erzählte, und das Ende vom Liede war, daß der Frevler freigesprochen und der gekränkte Kläger mit seiner Klage abgewiesen ward.

Da ergriff den Hahn gerechter Zorn, er berief eine Versammlung der Vögel und trug ihnen den Handel vor. Der Rechtsspruch des Löwen erregte hier das größte Mißfallen, und nach langem Hinundherreden ward der Beschluß gefaßt, allem vierfüßigen Getier den Krieg anzusagen. Die Herausforderung wurde von den Tieren angenommen und Tag und Ort festgesetzt, da der Entscheidungskampf vor sich gehen sollte.

Es war ein schöner Morgen. Die Vögel schwebten über dem freien Felde, die Vierfüßler hatten sich am Saume des Waldes im dichten Buschwerk gelagert. Ihr Feldherr war der Fuchs, während die gefiederte Welt von dem Hahn geführt wurde, welcher zwischen beiden Heeren hoch oben auf dem Wipfel eines Baumes Platz genommen hatte und von dort aus mit gewaltiger Stimme seine Getreuen leitete. In Reinharts Feldlager ging es ruhiger zu, denn er hatte die einzelnen Haufen unter die Großen des Tierreichs verteilt und ließ ihnen die Befehle zukommen durch seinen Schnellläufer Martin, den Hasen. Auch hatte er überall bekannt gemacht, man solle nur gutes Mutes sein, es könne am Sieg nicht fehlen. Sie sollten nur aufmerksam auf seinen buschigen Schweif achten. Solange dieser sich stolz in die Luft erhebe, sei das Kriegsglück auf ihrer Seite; müsse er den Schwanz aber fallen lassen, dann freilich sei alles verloren.

Anfangs schien die Prophezeiung Reinharts sich bewahrheiten zu sollen. Ungeduldig darüber, daß die Feinde keine Miene machten, mit dem Kampfe zu beginnen, beschloß der Hahn, selbst zum Angriff zu gehen, und gab Befehl, daß alle großen Vögel: die Adler, Störche, Raben, Elstern, Eulen, Reiher und, wie sie sonst noch heißen mögen, auf die Vierfüßler eindrängen. Aber was half den Vögeln all ihr Kriegsmut? Wenn sie sich auch die Flügel wund schlugen, in das Waldesdickicht konnten sie doch nicht gelangen; sie mußten sich also nach harter Arbeit unter dem Hohngelächter der Feinde zurückziehen und froh sein, daß sie nicht mehr Schaden gelitten hatten.

Siegesgewiß schwenkte der Fuchs seinen roten Schweif in der Luft herum, der Hahn aber ließ sich dadurch nicht beunruhigen. »Konntet ihr Größten«, rief er den geschlagenen Vögeln zu, »den Sieg nicht erringen, so wird es den Kleinsten sicherlich nicht fehlen!« und damit sandte er die Hornbrut, als da sind: Hornissen, Bremsen, Wespen und so weiter, gegen den Feind. Hu! Wie schnurrte und summte das in der Luft, als sie gegen den Wald anrückten! Ganz vorne stand Reinhart, und darum traf ihn auch die Rache der erzürnten Hornbrut am ersten. Im Nu hatte sich ein großer Schwarm der bösen Hornissen auf ihn herabgesenkt und, während ihm die einen um Augen und Ohren schwirrten, kroch ihm der übrige Teil unter den erhobenen Schweif, daß er laut heulend den Wedel zwischen die Beine kniff und davon jagte.

»Was ist dir denn, Gevatter Fuchs«, rief das wilde Schwein ihm zu, »du fliehst ja, ehe die Schlacht beginnt?« - »Ach, alles ist aus, Gevatter Bär«, jammerte Reinhart, »eben hat der Kampf erst begonnen und schon hab' ich sieben Schüsse im Hinterteil.«

Als das wilde Schwein und die anderen Tiere das vernahmen, da löste sich ihr ganzes Heer in wilder Flucht auf, und ein jeder suchte, daß er möglichst bald seine Höhle erreichte und der Rache der Vögel entging. So wurde durch die kleinen Hornissen das gewaltige Heer der vierfüßigen Tiere geschlagen, und der Hahn war an seinem Todfeind Reinhart und an dem ungerechten Richter, dem Löwen, gerächt.

*Mündlich aus Wegezin, Kreis Anklam.*

## II.

Es war in der schönsten Frühlingszeit. Die Vögel hatten ihre Nester fertig gestellt, die Eier ausgebrütet und waren jetzt eifrig beschäftigt, die hungrige Brut mit Nahrung zu versorgen. Das prächtige Wetter hatte auch dem Bären keine Ruhe in seiner dumpfen Höhle gelassen und schwerfällig tappte er an den Buchenhecken entlang, ob er nicht irgendwo etwas für seinen Magen fände. Bei dieser Wanderung stieß er auf das Nest des Nesselkönigs, der jedoch mit seiner Gemahlin, der Nesselkönigin, zur Zeit gerade Fliegenfangen ausgeflogen war.

Als er die nackten Jungen in dem Neste erblickte, lachte der grobe Gesell laut auf. »Na, ihr Kahlducken« (so nannte er sie, weil sie noch ganz kahl waren und keine einzige Feder an ihrem Leibe trugen), sagte er; »was macht ihr denn da?« Dann wandte er geringschätzig sein Gesicht von ihnen ab und trottete gemächlich weiter. Dieser Schimpf fuhr des Nesselkönigs Kindern gewaltig in die Krone. Sie hielten sich für Königs Kinder, nannten sich Prinzen und sollten sich nun von dem garstigen Bären ungestraft Kahlducken schelten lassen? Nein, das ging nicht an. Als die beiden Alten zurückkehrten, erklärten sie darum rund weg, sie würden keine Nahrung mehr annehmen, wenn nicht zuvor der Bär wegen seines Übermuts bestraft sei.

Die Eltern suchten die Kleinen zu beruhigen, aber all ihr Reden half nichts, sie mußten wohl oder übel das ganze Vogelheer zusammenrufen und dem Bären den Krieg erklären. Aber der Bär war auch nicht allein; ihm standen alle vierfüßigen Tiere bei, und so schien es zu einer großen Feldschlacht kommen zu sollen. Bannerträger und oberster Feldherr war bei den Vierfüßlern der Fuchs, denn der trug dazumal den Schwanz höher als alle übrigen Tiere und war deshalb leicht kenntlich, auch im dichtesten Kampfgewühl. »So lange ich meinen Busch hoch halte«, hatte er den andern gesagt, »so lange geht es uns gut; laß ich ihn aber sinken, dann ist alles verloren.«

Wie die Entscheidungsschlacht geschlagen werden sollte und die beiden Heere einander schon gegenüber standen, schickte der Nesselkönig Spione aus, um die Stellung des Feindes zu erkunden. Der erste Kundschafter war die Mücke. Sie flog auf den Fuchs zu, summte ihm um Augen und Ohren herum und schrie dabei, wie sie zu thun pflegt: »Frinnd! Frinnd!« Weiter konnte sie aber auch nichts ausrichten und mußte, ohne besonderen Nutzen gewirkt zu haben, wieder zurückkehren. Da sandte der Nesselkönig die Biene. Die flog auf den Fuchs zu, kroch ihm unter den Schweif und stach ihn ins Fleisch. Aber Reinharts Fell war zu dick, der Stachel der Biene brach ab, und der ganze Erfolg war, daß der Fuchs ein wenig mit dem Schwanze zuckte.

Die Vierfüßler glaubten, es wäre eine üble Vorbedeutung, aber ihr Bannerträger rief ihnen zu: »Fürchtet euch nicht, ich stolperte nur ein wenig.« Als auch die Biene unverrichteter Dinge heimkehrte, schickte der Nesselkönig die Wespe. Fort brummte sie dieselbe Straße, welche die Biene genommen hatte, aber ihr Stich saß besser, der scharfe Wespenstachel bohrte sich tief in Reinharts Fleisch hinein. Hui, wie kniff da der Fuchs seinen Schwanz zwischen die Beine. Und da er sich vor weiteren Stichen fürchtete, nahm er Reißaus, so schnell seine Füße ihn zu tragen vermochten. Als der Führer floh, hielten auch die andern Vierfüßler nicht länger stand, sondern alle eilten in wilder Flucht ihren Höhlen zu und verschwuren sich hoch und teuer, nie wieder mit dem Vögelvolk einen Krieg anzufangen.

Der Zaunkönig aber entließ freudig sein Heer und verkündete stolz seinen Kindern, daß der Frevel des Bären an der ganzen vierfüßigen Tierwelt gerächt sei. Da hatten auch die Kleinen keinen Grund mehr zu hungern und ließen sich willig, wie zuvor, mit Fliegen und anderen leckeren Speisen ätzen. Daß es jedoch mit dieser Geschichte seine Richtigkeit haben muß, erkennst du leicht daraus, daß du niemals den Fuchs mit erhobener Rute wirst über das Feld schleichen sehen. Noch immer fürchtet er, der Nesselkönig möchte wiederum eine Wespe gegen ihn senden, und noch immer nicht hat er es vergessen, wie weh ein Wespenstich thut, zumal wenn er gerade unter dem Schweif in den Körper hineindringt.

*Mündlich aus Zabelsdorf, Kreis Randow.*

## 575. Weshalb die Gänse vor den Schafen über die Stoppeln getrieben werden.

Früher hatten die Gänse alle Grund, mit ihrem Schicksal unzufrieden zu sein. Überall wurden sie zurückgesetzt, selbst die Schafe hatten es besser als sie; denn wenn die Ernte beendet war, gönnten ihnen die mißgünstigen Menschen nicht, auf den Stoppelfeldern die lohnende Nachlese zu halten, nein, da mußten zuerst die dummen Hammelherden hinüber getrieben werden, und nur, was diese nicht fressen mochten, fiel den armen Gänsen als ihr Anteil zu.

Nun lebte einmal ein sehr angesehener Mann. Der ward plötzlich sterbenskrank, und kein Arzt konnte mehr helfen. Seine Frau weinte und jammerte den ganzen Tag, so daß schließlich der alte Gänserich auf dem Hofe von ihren Klagen gerührt wurde. »Frau«, sprach er, »wenn dein Mann eine Gans wäre, so wollte ich ihn retten; aber da er ein Mensch ist, wie alle unsere Unterdrücker, so mag er nur immerhin seinem Leiden erliegen.« - »Wie wolltest du das wohl anstellen, die Krankheit zu heilen?« fragte das Weib verwundert. - »O, das gar nicht so schwer, wie es aussieht«, entgegnete der Gänserich, »draußen in dem Waldsee wächst ein Kraut, welches nur wir Gänse kennen. Wer davon ißt, der wird gesund zu der selbigen Stunde.«

Als die Frau das hörte, bat sie den Gänserich inständig, er möge doch das Wunderkraut herbeibringen, es solle ihm auch reichlich belohnt werden. »Nun gut«, sprach der Vogel, »wenn du mir versprichst, daß die Menschen fortan uns nicht mehr so zurücksetzen und, wie es billig ist, uns vor den Schafen die Stoppelfelder abweiden lassen, so will ich deiner Bitte willfahren.« Die Frau versprach in ihrer Herzensangst alles, und der Gänserich flog in den Wald und kehrte nach kurzer Frist mit dem wunderbaren Heilkraut zurück. Man gab davon dem Kranken ein wenig zu essen, und richtig, die Krankheit wich sogleich von ihm, und er ward gesunder, wie je zuvor.

Aber in seinem Glück vergaß er seines Wohlthäters nicht. Er erzählte den Leuten, welch großer Dienst ihm von den Gänsen erwiesen sei, und da setzten die Menschen für alle Zeiten fest, daß, sobald die letzte Garbe vom Felde heimgeholt sei, die Gänse über die Stoppeln getrieben würden und erst dann, wenn diese nichts mehr finden, die Schafe. Und so ist's geblieben bis auf den heutigen Tag.

*Mündlich aus Deyelsdorf, Kreis Grimmen.*

## 576. Der Adebor, ein Rittergutsbesitzer.

Der Adebor ist ein verwandelter Rittergutsbesitzer, wie aus folgender Geschichte genugsam erhellt:

Ein Bauer hatte dem Adebor auf seinem Dache ein rotes Band um den Hals gebunden, um sich davon zu überzeugen, daß die Störche jedes Jahr wieder ihre alten Nester aufsuchen. Als nun das nächste Frühjahr kam und der Adebor wirklich das rote Band noch um den Hals gebunden trug, sagte der Bauer zu seiner Frau: »Frû, wî wölle doch mål dem Ådbôr futtre, dann wåre wî mål seine, wat hei uns tom Lôn jêwe wart.«

Und so that er auch. Der Adebor bekam jeden Tag sein Futter und hatte nicht mehr nötig, auf die Wiesen zu fliegen und dort Frösche zu suchen. Als es nun Herbst wurde und die Zeit herannahte, wo die Störche wieder fort fliegen, sah der Adebor immer sehr traurig aus, und jedesmal, wenn der Bauer über den Hof ging, war es ihm, als riefe eine Stimme vom Dache: »Ich will dir einst den Lohn für deine Wohlthaten geben.« Der Mann kehrte sich jedoch nicht viel daran, sondern sagte nur zu seiner Frau: »Frû, mî schînt, as wenn dei Ådbôr tau mî sêd: Ich will dir lohnen.«

Die Störche zogen ab, der Winter kam ins Land, und für den Bauern begann eine rechte Unglückszeit. Ein Stück Vieh nach dem andern fiel ihm und zu guter Letzt zündete ihm gar noch ein Bösewicht das Haus über dem Kopfe an. So war er zum Bettler geworden und beschloß, mit seiner Frau auszuwandern, um in einem andern Lande sein Glück zu versuchen.

Sie zogen immer nach Süden zu und kamen schließlich auch an das große Wasser, das im Mittag liegt. Hier ließen sie sich übersetzen und betraten nun Gegenden, in denen wenig Leute wohnten, und die dort wohnten, waren noch dazu ganz schwarz. Endlich kamen sie auf ihrer Wanderung auch an ein großes Gut, und da sie Hunger hatten, so sprachen sie an und baten die Herrschaft um Speise und Trank.

Das wurde ihnen bereitwillig gewährt; doch als sie sich satt gegessen hatten, war der Bauer in großer Verlegenheit, womit er die Bewirtung vergelten sollte, denn von Geld und Geldeswert besaß er nichts mehr. Er sprach darum zu dem Gutsbesitzer: »Sei häbbe mî tô Eten jêwt, ô ek ben met mîn Frû sêr såd. Ek häbb nû obber nüscht bî mî, dat ek en kunn dat Ete bîtåle.«

Als der Rittergutsbesitzer die Stimme des Mannes hörte, kam sie ihm bekannt vor, und er rief seine Frau seitwärts und sprach zu ihr: »Mir kommt es so vor, als sei dies der Bauer, auf dessen Hause ich jeden Sommer als Adebor leben muß.« Darauf fragte er seinen Gast, wo er denn her wäre und wie er hieße. Der erzählte ihm denn nun seine ganze Leidensgeschichte, wie man ihm sein Haus angezündet habe, wie er dadurch ganz verarmt sei und auf den Gedanken gekommen wäre, seine Heimat zu verlassen und in der Fremde sein Heil zu versuchen.

Jetzt konnte für den Rittergutsbesitzer kein Zweifel mehr obwalten, er gab sich zu erkennen und eröffnete dem Manne, daß er der Adebor sei, den er im vergangenen Jahre so gut gepflegt habe. »Ach«, antwortete jedoch der Bauer, »mîn leiw Mann, wô kann hei e Ådbôr sinne. Dat jêt jå doch går nich«, und erst dann ließ er sich überzeugen, als der Gutsbesitzer das rote Band hervorholte, das ihm der Bauer damals um den Hals gebunden hatte.

Nun war die Freude groß. Der dankbare Adebor hatte das Versprechen, welches er seiner Zeit dem Bauern gegeben hatte, nicht vergessen. Er gab ihm Haus, Land und alles, was zu einer Wirtschaft gehört, so daß der Bauer mit seiner Frau besser und sorgenfreier leben konnte, denn je zuvor.

*Mündlich aus Reckow, Kr. Lauenburg.*

## 577. Das Storchland, und wie ein Bäcker dort zu einem Adebor geworden ist.

Wohin der Adebor im Herbst zieht, das weiß mit Bestimmtheit kein Mensch anzugeben. Ganz alte Leute erzählen: »Weit, weit gegen Mittag liegt ein breites Wasser. Gelangt ein Wanderer dorthin, so treibt es ihn inwendig, in die Hände zu klatschen. Kaum hat er dies aber gethan, so schwebt er auch schon als Adebor hoch in der Luft, fliegt über das Meer hinüber und läßt sich erst auf dem gegenüberliegenden Gestade wieder als Mensch nieder. Alle Leute nun, die dort wohnen, verwandeln sich im Frühjahr in Störche und bringen dann den Sommer über in dieser Gestalt in unseren Gegenden zu.«

Einst kam ein reiselustiger Bäckergesell auf seiner Wanderschaft auf diese Weise hinüber. Verwundert fragte er in dem nächsten Dorfe an, wo er denn eigentlich wäre. Aber niemand verstand seine Sprache. Endlich stieß er auf einen Bäckerladen und, da der Meister erriet, daß er ein Handwerksgenosse sei, so gab er ihm Arbeit. Das Leben in dem merkwürdigen Lande gefiel ihm recht wohl, denn mit der Zeit hatte er die Sprache der Bewohner gelernt; aber schließlich befiehl ihn doch Heimweh, und er verlangte von dem Meister seinen Abschied.

»Jetzt geht das nicht an«, erwiderte dieser, »ich habe gerade eine große Reise vor, die mich auf ein halbes Jahr von meinem Hause fernhält. Aber übers Jahr melde dich wieder, dann wollen wir die Sache bereden.« Der Bäckergesell war es zufrieden, sein Herr reiste ab und kam nach sechs Monaten zurück. Nachdem wieder so viel Zeit vergangen war, erinnerte der Geselle seinen Meister an das gegebene Versprechen. »Gern willfahre ich dir«, versetzte der Bäcker, »denn diesmal können wir schon zusammen reisen.« Als sie am Meeresufer waren, mußten sie dem innern Drang nachgeben und in die Hände klatschen. Sogleich wurden sie zu Störchen, flogen über das Meer und reisten in des Gesellen Heimat. Aber auch hier verlor sich ihrer beider Storchgestalt nicht. Wie jeder andere Adebor mußte der Bäckergesell den ganzen Sommer durch Frösche fressen und mit dem Schnabel klappern. Erst, als er mit seinem Herrn im Herbste wieder in das Storchland zurückgekehrt war, erlangte er seine vorige Gestalt. Und wie es ihm in diesem Jahre ergangen war, so erging es ihm auch fürderhin. Nur als Adebor durfte er das Storchland verlassen; wollte er wieder Mensch werden, so mußte er über das große Wasser zurückfliegen.

*Mündlich aus Zabelsdorf, Kreis Randow.*

## 578. Schiffer segelt das Storchland auf.

Ein Schiffer segelte auf dem großen Weltmeer. Er mochte wohl schon einige Wochen unterwegs sein, als plötzlich seine Matrosen ihm verkündeten, hoch oben auf der Mastspitze stehe ein Adebor. »Halt«, dachte der Schiffer, »der ist auf der Reise ins Storchland. Jetzt wollen wir schon hinter das Geheimnis der Störche kommen.«

Als der Adebor sich von seinem Platze erhub und weiter flog, steuerte er deshalb sein Fahrzeug genau in der Richtung, welche der Vogel genommen hatte. Es dauerte nur wenige Tage, so hatte man Land in Sicht; aber wie landen? Denn rings um den Strand zog sich eine gewaltige Mauer, so hoch, daß die Spitzen der Mastbäume gerade bis zu ihrer Zinne reichten.

Der Schiffer ließ sich dadurch jedoch nicht von seinem Vorhaben abbringen. »Ein Mann auf den Mast«, befahl er. Der betreffende Matrose gehorchte und kletterte hinauf. Kaum hatte er aber die Spitze erklommen, so schrie er laut auf, machte einen gewaltigen Satz und sprang über die Mauer weg in das unbekannte Land hinein. Die Neugierde des Schiffsherrn wuchs nur um so mehr. »Hat's der erste nicht gekonnt, so mag's der zweite vollbringen«, rief er, und ein anderer Matrose mußte hinaufsteigen. Aber auch dem erging es nicht besser, wie dem vorigen. Mit einem lauten Schrei sprang er vom Mast über die Mauer hinüber.

Jetzt machte sich ein dritter an das Abenteuer, bat jedoch zwei seiner Gefährten, sie möchten ihm nachsteigen und ihn an den Beinen festhalten, wenn er oben angelangt wäre. Und das war klug gehandelt; denn kaum war er hoch genug geklettert, um über die Mauer blicken zu können, so schrie er ebenfalls laut auf und wollte springen. Aber die beiden Gefährten hielten ihn fest, rissen ihn trotz seines Sträubens vom Maste herab und brachten ihn auf das Verdeck zurück. Dort brach er ohnmächtig zusammen und war erst nach drei Tagen und drei Nächten seiner Sinne wieder mächtig. Aber auch dann konnte er noch nicht sprechen. Man gab ihm Schreibzeug, und da schrieb er denn auf: jenseits der Mauer läge das Paradies. Zwischen den Bäumen hätten die Engel so lieblich gesungen und gespielt, daß er vor Sehnsucht von Sinnen gekommen sei und keinen andern Gedanken gehabt habe, als bei ihnen zu sein.

Als der Schiffer vernahm, daß er vor dem Paradiese gelandet sei, kehrte er schleunigst um und fuhr nach Hause. Seitdem weiß man, wo der Adebor den Winter zubringt.

*Ebendaher.*

## 579. Das seidene und das goldene Band.

Kurz bevor die Störche wegziehen wollten, sagte der Bauer zu seiner Frau: »Mutter, wir wollen doch einmal sehen, ob es wahr ist, daß immer dieselben Störche zu uns zurückkehren«, und damit setzte er eine Leiter an die Wand und kletterte auf das Dach, erhaschte dort oben den alten Adebor im Neste an seinen Flügeln und band ihm ein schönes, rot-seidenes Band um den Hals. »Vielleicht erfährt man auf diese Weise auch etwas über die Heimat der Störche«, dachte er bei sich und stieg dann wieder die Leiter herab.

Als im nächsten Frühjahr die Störche wieder zurückkehrten, schaute der Mann erwartungsvoll nach dem Adebornest auf seinem Hause. Und richtig, der Storch trug noch immer ein Band um den Hals, aber jetzt war es kein seidenes mehr, sondern eins von schimmerndem Golde. Weil der Adebor so zutraulich klapperte und mit dem Kopfe nickte, stieg der Bauer wiederum auf das Dach und untersuchte den Reifen näher. Da stand mit großen Buchstaben darauf geschrieben: »Gelobtes Land.« Der Storch hatte damit sagen wollen, daß das Land, wo er den Winter verbringe, weit schöner sei als unser deutsches Vaterland. Es mag wohl gar das Paradies selber sein.

*Mündlich aus Stolzenburg, Kreis Randow.*

## 580. Der Blaufuß.[55]

Der Blaufuß war seiner Zeit ein stolzer, verwegener Ritter, ein rechter Menschenplager, so verhaßt bei seinen Leuten, daß die Bauern noch immer B l a u f u ß sprechen, wenn sie Junker sagen wollen oder verblümt einen Edelmann meinen. Dieser Blaufuß hatte zwar die schönsten Schlösser und Güter, aber dennoch war er gegen die Armen ohne alles Erbarmen, und kein Bettler wagte es, die Schwelle seines Hauses zu übertreten. Ja, ich glaube, der Teufel aus der Hölle hätte sich nicht erdreistet, in seinen Wäldern einen Spazierstock zu schneiden. Die größte Freude bereitete es aber dem Unhold, wenn er seine Bauern und Tagelöhner beim größten Schneetreiben oder im heftigsten Hagelwetter in Feld und Wald auf die Arbeit treiben konnte. Dann schrie er dabei freudig sein

»Wôl! Wôl!«

und das trieb er, so lange er lebte.

Endlich traf ihn die Vergeltung; der Tod klopfte an seine Thüre, und in seiner Gesellschaft erschien der Teufel mit einer Schar höllischer Geister, die ergriffen die Seele des Unmenschen und nahmen sie mit sich zur Hölle hinab. Aber das Andenken an ihn sollte auf Erden nicht verloren gehen, und deshalb verwandelte unser Herrgott den Sohn des wilden Junkers, der gleichfalls ein rechtes Teufelskind war, in einen Vogel, der eben der Blaufuß ist. Während der Vater in der Hölle schmachtet, muß der Sohn mit häßlichem Geschrei in der Luft umherflattern und hungern und frieren, wenn das übrige Volk der Falken und Weihen fröhlich und guter Dinge ist.

Denn wenn es kalt wird und der kahle, magere Winter kommt, so ziehen die meisten Vögel, weit über See und Land, dahin, wo es warm ist, und kommen erst im Frühjahr wieder, wenn Schnee und Reif weg sind. Der Blaufuß dagegen muß hier aushalten und über die weiten, schneebedeckten Flächen fliegen und lauern und lauern, ob er wohl irgend wo ein mageres Mäuschen oder einen kleinen Vogel erhaschen kann. Lauern muß der Schelm, denn erfliegen kann er nichts Fettes und Gutes; Gott hat ihm zur Strafe zu schwere Flügel gegeben.

Wenn nun die Leute den schlimmen Junker fliegen sehen, so rufen sie ihm höhnend zu:

»Blagfoot! Blagfoot!

Wo bekümmt di de Kattenspise?

Wo smecken di de Müse?«

Das muß er ungestraft über sich ergehen lassen, und er muß in dieser Bedrängnis leben, und seine Kinder und Kindeskinder mit ihm, bis in alle Ewigkeit.

*Nach E.M. Arndt, Märchen und Jugenderg. II. S. 20-22.*

## 581. Die Eule.

Einst war eine reiche Dame gestorben, die von Menschen und Tieren gleicher Weise betrauert wurde. Die Vögel berieten unter sich, wen von den Ihren sie der Verstorbenen zu Ehren als Leichenwächter schicken sollten. Man warf das Los und dasselbe entschied für die Eule.

Diese wartete auch anfangs ihres Amtes mit gewissenhafter Sorgfalt; endlich wurde ihr jedoch die Zeit zu lange, und sie sprach bei sich: »Ek well ein Ôg tau mâuke, un met dem andere war ek wachte.« Wie sie gesprochen, that sie auch; nur schade, daß das andere Auge bald ebenfalls zuschlug und die Eule auf diese Weise in tiefen Schlaf verfiel. Der Morgen dämmerte, die andern Vögel kamen herbei geflogen und sahen die große Schande, daß der von ihnen gestellte Leichenwächter sein Ehrenamt so unehrenhaft verwaltet hatte. Zornig flogen sie auf den pflichtvergessenen Vogel zu, jagten ihn in die Flucht und schwuren ihm ewige Rache. So ist es gekommen, daß die Eule nur des Nachts sich hervorwagt und auf Raub ausgeht und den Tag über in dunkeln Gebäuden oder großen, finstern Wäldern sich aufhält.

*Mündlich aus Reckow, Kreis Lauenburg.*

## 582. Eule und Maus.

Die Eule stellt sich vor dem Mauseloch auf und spricht zutraulich zur Maus: »Kumm arûte, kumm arûte, ik dau dî nist!« Die Maus merkt aber den Braten und antwortet: »Ik trû dî nich, iktrû dî nich, du büst e Schalk!«

*Mündlich aus Kicker, Kreis Naugard.*

## 583. Die Krähe.

Von den Krähen erzählen die Bauern, es seien verwandelte Hexen; und daß dies Gerede auch wirklich seine guten Gründe hat, dafür zeugt folgende Geschichte:

Ein Bauer aus Reckow, im Kreise Lauenburg, fuhr auf der Landstraße und kam mit seinem Gefährt bei einem Baume vorbei, auf welchem eine Krähe saß. Als sie den Bauern erblickte, hub sie fürchterlich an zu schreien; der kehrte sich aber nicht daran, sondern rief ihr bloß zu: »Dû oll Hex, sei schtell! Dû kannst mî nischt dâune.«

Die Krähe war aber keineswegs still, sondern begann nur um so stärker zu schreien, und als der Bauer sich nach ihr umsah, wurde er zu seinem Ärger gewahr, daß der schlimme Vogel seine Augen ganz scharf auf ihn und seinen Wagen gerichtet hatte. Er hielt darum im Fahren inne und rief, so laut er nur konnte: »Dû dêmliche oll Hex, sei doch schtell! Denn dat dû dej Mensche nischt jennst, dat weit ek ell lang!«

Selbst diese zweite Aufforderung hatte nicht den erwünschten Erfolg, und so kam es, daß der erboste Mann sich selbst vergaß und einige kräftige Flüche gegen die schreiende Krähe ausstieß. Kaum waren jedoch die Flüche seinem Munde entfahren, als auch alle vier Räder vom Wagen fielen und den Berg hinab rollten. Was wollte der arme Bauer machen, er mußte den Wagen stehen lassen und mit den Pferden, welche noch obendrein wild geworden waren, nach Hause reiten.

Dort erzählte er sofort den Leuten sein unheimliches Abenteuer; die aber verwunderten sich nicht, sondern sprachen: »Dat habbe uns all unsere Olle vertellt, dat dei Krêje Hexe send. Sei wâre dâ dat uk blîwe.«

*Mündlich aus Reckow, Kreis Lauenburg.*

## 584. Was sich die Krähen erzählen.

Kommt eine Schar Krähen zusammen, so hebt die erste an: »Ik wêt Aus! Ik wêt Aus!«, fragt die zweite: »Wô is't? Wô is't?«, versetzt die folgende: »Hinnem Bâ-ârch! Hinnem Bâ-ârch!«, erkundigt sich die vierte: »Is uk wat á? Is uk wat á?«, sagt die letzte betrübt: »Lûter Knâuke! Lûter Knâuke!«

*Mündlich aus Marienfließ, Kreis Saazig.*

## 585. Der Rabenstein.

Wenn ein Rabenpaar hundert Winter mit einander gelebt und geheckt hat, dann legt es den ersten Rabenstein und dann alle zehn Winter einen neuen. Diese Rabensteine wachsen aus den Diebsaugen heraus, welche die Raben am Galgen ausgehackt haben, und das müssen die Raben an vielen hundert Dieben gethan haben, ehe sie einen solchen Wunderstein legen können. Er ist von der Größe einer welschen Nuß oder eines Rabeneies, ganz rund und glatt und feurigrot, wie ein Karfunkelstein, und wird in der letzten Nacht des Hornungs gelegt. Es hat aber dieser grausige Wunderstein zwei Eigenschaften: die erste, daß er in der

Nacht leuchtet, wie die Sonne, und alles umher hell, seinen Träger aber unsichtbar macht, so daß sich herrlich mit ihm stehlen läßt; die z w e i t e, daß er zu Galgen und Rad hinlockt.

Wer eines Rabensteins habhaft werden will, der muß in die hohen Forsten gehen, wo die großen, himmelhohen Bäume stehen; denn auf den schlanksten und schiersten Fichten, Eichen und Buchen, welche der gewandteste Matros nicht leicht erklettern kann, baut der kluge Vogel Rabe sein Nest. Er mag jedoch alle Nester ruhig liegen lassen, unter deren Bäumen Schnee liegt; denn in solchen ist kein Rabenstein. Der Rabenstein ist nämlich so warm von oben, daß es unter seinem Neste nimmer friert noch taut, und daß der Schnee in der Minute vergeht, in welcher er fällt.

Aber wer dies auch weiß, kann doch wohl hundert Jahre in allen Wäldern und unter allen Bäumen herumlaufen und sich die Augen aus dem Kopfe gucken, und findet doch das Nest mit dem Rabenstein nicht; denn das Glück läßt sich nicht immer so leicht greifen, als die einfältigen Leute sich einbilden. Und selbst wenn einer einmal einen solchen Baum gefunden hat, so will es noch ein rechtes Löwenherz dazu, den Stein aus dem Neste herunter zu holen.

Nur in der letzten Nacht des Hornungs kann das Wagnis unternommen werden. Der Betreffende muß ganz einsam und allein kommen, und keine einzige Menschenseele darf wissen, wohin und wofür er ausgegangen ist, auch keinen Laut darf er von sich geben. Genau, wenn die Glocke zwölf schlägt, muß er seine Kleider von sich thun und splitterfasernackt den Stamm hinaufklettern. Entfährt ihm dabei auch nur der leiseste Laut, so ist er sogleich des Todes.

Wenn nun vom Teufel der arme, gierige Kletterer bis oben zur Spitze hinaufgelockt ist, wo das heillose Nest sitzt, so darf er nicht hineinschauen und sich den leuchtenden Stein aussuchen, sondern er muß sich noch dreimal um den Stamm herum schwingen, die Augen zuthun und blind hineingreifen, und was sein Finger zuerst berührt, das muß er behalten. So hat es sich oft begeben, daß manche mit einem falschen Ei herunter gekommen sind und für alle Angst und Arbeit und Schmerzen nur Spott gehabt haben. Manche haben auch im letzten Augenblicke noch das Stillschweigen gebrochen; auf diese sind sodann mit einem Male Raben in großer Zahl eingestürzt, so daß sie wieder herunter mußten, sie mochten wollen oder nicht. Im glücklichsten Falle sind sie mit zerhackten Augen und zerbissenen Wangen auf dem Erdboden angelangt, wenn sie nicht gar herabstürzten und den Hals brachen.

*Nach E.M. A r n d t, Märchen u. Jugenderg. II. S. 348-369.*

## 586. Der Rabe und der Kiebitz.

Der Rabe überredete einmal den Kiebitz, er möge doch den Herbst nicht weg ziehen, sondern hier bleiben und überwintern. Der Kiebitz ging darauf auch ein, und anfangs gefiel es ihm in den schönen Herbsttagen recht gut, als aber der Winter mit Frost und Eis in das Land zog, froren ihm schrecklich die Beine, und voller Schmerzen lief er immer hin und her und rief dazu:

»Herr Jês, mîne Bêne!
Herr Jês, mîne Bêne!«

Da lachte der boshafte Rabe und krächzte ihn mit seiner rauhen Stimme höhnisch an:
»Sô jêt's mî alle Jår!
Sô jêt's mî alle Jår!«

*Mündlich aus Kratzig, Kreis Fürstentum.*

## 587. Die Elster.

Die Elster oder Hester ist ein Unglücksvogel, darum wird sie auch so häufig von den Bauern in Gemeinschaft mit Eulen oder Habichten an die Scheunenthüren genagelt, damit dadurch die alten Wetterhexen von dem Gehöft ferngehalten werden.

Einst lebte in Löbnitz bei Barth ein Käthner, Johann Paulmann geheißen. Dessen Nachbar war sterbenskrank geworden, nur die Salbe des Schinders in Damgarten konnte ihm noch helfen. Da setzte sich Paulmann zu Pferde und ritt hin; aber obgleich er am frühen Morgen aufgebrochen war, es wurde Nachmittag, es wurde Abend, er kam nicht wieder. Endlich, als es schon tiefe Nacht war, langte er in Löbnitz an und hatte die Salbe auch bei sich; doch wie sah er aus! Das Gesicht leichenblaß und verstört, und kein Wort konnte er herausbringen. Man fragte ihn, was ihm fehle, und endlich kamen ihm die Worte wieder, und er erzählte folgende Geschichte:

»Als ich von Damgarten zurück kam und bei dem Krug vorbei ritt, sah ich dicht vor dem Martenshagener Walde eine Unzahl bunter Vögel, die schwärmten um mich herum und schrieen in der Luft, und mir war dabei so graulich zu Mute, daß mir grün und gelb vor Augen wurde und ich nicht mehr weiß, wie ich durch den Wald geritten bin. Auf der Löbnitzer Feldmark waren die Vögel verschwunden, nur zwei bunte Elstern saßen noch auf einer Weide, die sahen ganz absonderlich aus, und es schien mir, als sprächen sie mit einander, wie wenn zwei Menschen zusammen sprechen. Und mein Pferd stand still, und die eine von den Hestern schlug mit den Flügeln und sperrte den Schnabel auf und rief mir mit lauter Stimme zu: »Paulmann, du mußt sterben und liegst nach acht Tagen unter der Erde, dein Nachbar aber geht dann gesund und munter wieder hinter dem Pfluge her.« Da ward mir schwindlich vor den Augen, und es kam mir vor, als wäre ich auf einer großen, wilden Heide. Und ich irrte wohl fünf Stunden ratlos umher, und wie ich endlich zu euch gekommen bin, das weiß ich nicht; so viel aber weiß ich, daß ich jetzt ein toter Mann bin.«

Die Leute wollten ihm das ausreden, aber er sank auf die Bank hin und wurde blaß, wie der Tod, und sie brachten ihn zu Bett, und den dritten Tag war er eine Leiche, und am siebenten Tage da lag er auf dem Kenzer Kirchhof. Der kranke Nachbar aber wurde durch die Damgartener Salbe wieder kerngesund, und als sie Paulmann begruben, ging er hinter seinen Ochsen auf dem Felde.

*Nach E.M. Arndt, Märchen und Jugenderg. II. S. 44-49.*

## 588. Der Kuckuck.[56]

Einem Bauern ging es in seiner Wirtschaft so schlecht, daß er keinen Bissen Brot mehr im Kasten hatte. Da nahm er seine beiden Kinder, führte sie in den Wald und sprach: »So, hier sucht euch nur Beeren, und wenn ich rufe: »Guck! Guck!« so bin ich wieder in eurer Nähe und bringe euch nach Hause zurück.« Damit ließ er die Kinder allein auf der wilden Heide und ging an seine Arbeit.

Als der nächste Sommer kam, hatte sich sein Wohlstand wieder gehoben, und nun sehnte er sich nach seinen Kindern zurück. Er ging in den Wald und rief, so laut er nur konnte, den ganzen Tag: »Guck! Guck!« aber niemand antwortete ihm. Mit einem Male stand eine Frau vor ihm und sprach: »Deine Kinder sind schon lange im Walde verhungert. Aber zur Strafe für die Grausamkeit, mit der du sie verstoßen hast, sollst du von jetzt an bis in alle Ewigkeit »Guck! Guck!« schreien müssen.« Sogleich ward der Bauer zum Vogel und konnte nichts anders aus seiner Kehle hervorbringen als nur: »Guck! Guck!« weshalb er auch von den Menschen den Namen Kuckuck erhielt.

*Mündlich aus Marienfließ, Kreis Saazig.*

## 589. Wie der Kuckuck seinen Namen bekam.

Als unser Hergott die Tiere erschaffen hatte, erhielt ein jegliches seinen Namen, nur der Kuckuck ging leer aus. Das verdroß ihn, und er flog vor Gottes Thron und sprach: »Hab' ich denn keinen Namen bekommen?« – »Nein«, sprach der liebe Gott. Da sagte der erboste Vogel:

»So will ich nun der Kuckuck sein,
Und ewig meinen Namen schrein.«

Seit der Zeit hört man von ihm keinen andern Laut als allein das Wort Kuckuck.

*Ebendaher.*

## 590. Der Wiedehopf.

Der Wiedehopf ist einst ein Damenschneider gewesen, und wer sieht es ihm jetzt wohl an, daß er vormals in feiner und zierlicher Gesellschaft gelebt hat? Er hat in einer großen, reichen Stadt gewohnt und sich wie ein hübscher und feiner Gesell gehalten und einen bunten, seidenen Rock getragen und ist von einem vornehmen Hause in das andere und von einem Palast in den andern gegangen und hat die kostbarsten Zeuge und Stoffe, woraus er Kleider machen sollte, zu Hause getragen. Und weil er hübsch und manierlich gewesen ist, haben alle hübschen Frauen ihn zu ihrem Schneider genommen, und immer hat er Arbeit bei ihnen gehabt, und auch der Königin, als sie gekrönt werden sollte, hat er den Rock zugemessen.

So ist Meister Wiedehopf bald ein sehr reicher Mann geworden und hat doch nicht genug kriegen können, sondern ist immer herumgelaufen und hat zu Hause geschleppt und oft so viel zu tragen gehabt, daß er wie ein Karrengaul unter seiner Last stöhnen und, wenn er die Treppen hinaufstieg, »Huup! Hupupp!« schreien mußte. Diese Arbeitseligkeit und Habseligkeit hätte Gott ihm wohl vergeben, aber es ist eine arge Habsucht daraus geworden, und die hat der Herr nicht länger mit Geduld ansehen können. Der Schneider hat zuletzt gestohlen und von allen Zeugen, die er in die Mache bekam, seinen Teil abgekniffen und abstibitzt.

Da ist es ihm denn geschehen, daß er eines Abends, als er mit einem schweren Bündel und noch schwererem Huupp! Hupupp! die Treppe hinaufächzte, plötzlich in einen bunten Vogel verwandelt worden ist, welcher nach ihm Wiedehopf heißt und nun um die Häuser und Ställe der Menschen umfliegen und dort mit unersättlicher Gier das Allergarstigste auflesen und in sein Nest tragen muß. Er trägt bis auf diesen Tag einen bunten Rock, aber einen solchen, der an einen schlimmen Ort erinnert, wohin die Diebe und Schelme gehören. Der eine Teil des Rockes ist rabenschwarz, der andere feuerrot, und sind beide Teile

Farben der Hölle; denn das Schwarze des Rockes soll die höllische Finsternis und das Feuerrote das höllische Feuer bedeuten.

Das hat der Wiedehopf noch so beibehalten aus seiner alten Schneiderzeit, daß er immer Huupp! Hupupp! schreien muß, als trüge er noch Diebeslast, die ihm zu schwer wird. Die Leute nennen ihn deswegen häufig den Kuckucksküster, weil sein Laut aus der Ferne wirklich oft so klingt, als wolle einer dem Kuckuck seinen Gesang nachsingen, wie der Küster dem Pastor. Aber der Kuckuck ist ein lustiger Schelm und kann sein Lied in Freuden singen, der Wiedehopf aber ist ein trauriger Schelm, und darum muß er seufzen und klagen und sein Huupp! Hupupp! geht ihm gar schwer aus der Kehle.

*E.M. Arndt, Märchen und Jugenderg. 2. Aufl. I. S. 357-359.*

## 591. Weshalb die Rauchschwalben einen roten Fleck unter der Kehle haben.

Die Rauchschwalben sind seit jeher sehr neugierig gewesen. Sie flogen immer an den Fenstern auf und ab, um zu sehen, was in den Häusern vorginge, und so ihre Neugierde zu befriedigen. Das ärgerte einen Finken. Er bestellte sich deshalb ein Faß rote Tinte und schrieb darauf mit großer Schrift: »Hier ist ein Geheimnis drin.«

Sofort kamen die Rauchschwalben herbeigeflogen und guckten zum Spundloch hinein. Der Fink aber saß in der Nähe, eilte schnell hinzu und stieß sie mit dem Kopfe hinein. Seit der Zeit tragen die Rauchschwalben den roten Fleck unter der Kehle.

*Mündlich aus Kicker, Kreis Naugard.*

## 592. Der Stieglitz.

Als der liebe Gott die Vögel geschaffen hatte, strich er sie mit Farbe an, damit sie von einander zu unterscheiden wären. Beim Stieglitz, welcher zuletzt herankam, ist ihm jedoch die Farbe ausgegangen, und er hat aus allen Töpfen den letzten Rest zusammensuchen müssen, um ihm das Gefieder zu bemalen. Deshalb ist der Stieglitz so bunt geworden.

*Mündlich aus Meesiger, Kreis Demmin.*

## 593. Die Nachtigall.

Die Nachtigall ist eine verwünschte Schäferin, weshalb sie auch noch heute F r a u  N a c h t i - g a l l genannt wird. Sie hat sich ihr Unheil selbst zuzuschreiben; denn alle Morgen weckte sie die Knechte zu früh. Endlich riß einem von ihnen die Geduld, in seinem Ärger verwünschte er die Schäferin, und sie ward zur Nachtigall.

*Aus Mesow, Kr. Regenwalde: Mitgeteilt durch Herrn Prof. E. Kuhn.*

## 594. Der Zaun- oder Nesselkönig.

Einst lebte ein Bauer, Hans Diebenkorn genannt, der hatte einen Sohn, namens Jochen. Das war ein schlimmer, ungeschlachter Junge voll Wildheit und Schalksstriche, den keiner bändigen konnte. Dabei hatte er jedoch eine sehr schöne Leibesgestalt und war ein Bursche, der sein Maul so gut gebrauchen und so angenehm thun konnte, daß kein Mensch unter dieser Kappe den Schelm vermutete.

Desto besser konnte er seine Späße und Schalksstriche mit andern ausführen; denn er konnte so leidig sein, daß auch die gescheitesten und klügsten Leute von ihm angeführt wurden. Der Vater, der seinen Vogel kannte, hielt ihn nun freilich sehr zur Arbeit an; aber so wie er nur einen freien Augenblick hatte, war auch der Schelm da und sogleich auf allen Gassen Geschrei über ihn. Indessen sagt ein altes Sprichwort: »Der Krug geht so lange zum Wasser, bis er bricht«, und das geschah auch bei Jochen.

Eines Tages kam er aus dem Walde und sprang mit Trallala und Juchheida über das Feld dahin. Es war ein kalter Wintertag und schneite und fror sehr. Als er so tralleiend und juchheiend einen Hohlweg hinablief, stand ein kleiner, schneeweißer Mann da, der sehr alt und jämmerlich aussah und stöhnte und ächzte bei einem großen Korbe, den er sich auf den Rücken heben wollte und nicht konnte. Als er nun Jochen kommen sah, ward er froh und bat den Burschen freundlich: »Lieber Sohn, bedenke, daß du auch einmal alt und schwach werden kannst, und hilf mir diesen Korb hier auf den Rücken.« – »Von Herzen gern«, sprach Jochen, sprang hinzu, hub den Korb auf und hängte dem alten Mann die Hänkel desselben um die Schultern, darauf riß er ihn mit dem Korbe um und ließ ihn im Schnee liegen und lachte und rief im Weglaufen: »Piep, Vogel, piep!«

Der alte Mann wühlte sich wieder aus dem Schnee auf und sammelte, was herausgefallen, wieder in den Korb und schrie mit zorniger Stimme hinter dem lachenden Jochen her: »Ja, piep, Vogel, piep! Gott wird dich piepen lehren, du gottloser Bube!«

Und Gott hat den Vogel pfeifen gelehrt. Denn als Jochen den andern Morgen mit der Axt auf dem Nacken in den Wald gehen wollte, daß er Holz fälle, mußte er wieder durch diesen Hohlweg gehen. Doch wie er näher kam, ward ihm ganz wunderlich zu Mute, so wunderlich, als ihm in seinem Leben nicht um's Herz gewesen war. Und obgleich es heller, lichter Tag war und die Wintersonne eben feuerrot aufging, war ihm doch graulich, als wäre es Mitternacht gewesen. Das war sein böses Gewissen, und es deuchte ihm immer, als komme der alte Mann jeden Augenblick aus dem Hohlwege auf ihn zu und schreie ihn an: »Piep, Vogel, piep!« und er wäre gern einen andern Weg in den Wald gegangen.

Indessen wagte er es doch und ging in den schauerlichen Hohlweg hinein. Aber kaum hatte Jochen seinen Fuß auf die Stelle gesetzt, wo er gestern Abend den alten Mann mit dem Korbe in den Schnee gestürzt hatte, so hat es ihn gefaßt und geschüttelt, und in einem Augenblicke ist er weg gewesen und ist auch nie wieder gekommen, und kein Mensch hat gehört, wohin er gestoben oder geflogen ist. Die Leute haben aber geglaubt, daß der böse Feind ihn geholt habe wegen der vielen verruchten und gottlosen Streiche, die der übermütige Junge immer verübte.

Das ist es jedoch nicht gewesen, sondern des alten Mannes mit dem Korbe: »Piep, Vogel, piep!«, den er in dem Hohlweg so schändlich umgestoßen und dann noch schadenfroh ausgelacht hatte. Jochen hat pfeifen lernen müssen, er ist in einen Piepvogel verwandelt und der allerkleinste Vogel geworden, der auf Erden lebt. Das ist nun seine Strafe, daß er im strengsten Winter durch die Sträuche und Hecken fliegen und um die Häuser und Fenster der Menschen flattern, meist aber bei armen Leuten herumfliegen und hungern und frieren und piepen muß.

Er hat ein graues Röckchen an, gleich dem grauen Kittel, den er trug, als er verwandelt worden, und muß bis diesen Tag aus schelmischen und spitzbübisch freundlichen, kleinen Augen lachen, auch wenn ihm weinerlich zu Mut ist. Er heißt der Zaunkönig, die Leute nennen ihn aber oft aus Spott den g r o ß e n J o c h e n oder den k u r z e n J a n; auch wird er N e s s e l k ö n i g genannt, weil der arme Schelm durch Nesseln und Disteln und kleine, stachliche Sträuche schlüpfen und fliegen muß und meistens in Nesselbüschen sein Nestchen baut. Da hat er nun Zeit seine Sünden zu bedenken, wann der Wind pfeift und der Schnee stöbert und er in kahlen Hecken und Zäunen sitzen und piepen muß. Da hören die Kinder ihn oft mit seiner feinen Stimme singen und denken an die alte Geschichte von Jochen Diebenkorn.

Er singt aber also sein »Piep, Vogel piep!«:

>»Piep! Piep!
De Äppel sünt riep,
De Beren sünt gel,
Dat Speck in de Tweel,
De Stuw is warm,
Hans slöpt Greten im Arm.
Piep! Piep!
Wo koold is de Riep!
Wo dünn is min Kleed!
Wo undicht min Bedd!
Wo lang is de Nacht!
Wer hedd dat woll dacht?«

*Nach A r n d t, Märchen und Jugenderg. 2. Aufl. I. S. 319–356.*

## 595. Wie der Zaunkönig ein König der Vögel geworden ist.

Als die Menschen sich einen König gewählt hatten, wollten ihnen die Vögel nicht nachstehen und beschlossen, sich ebenfalls einen Herrscher zu küren. Es ward eine große Ratsversammlung berufen, und man kam nach langem Hinundher-Reden überein, derjenige solle von allen unweigerlich als Vogelkönig anerkannt werden, der am höchsten fliegen könne.

An einem vorher festgesetzten Tage erschienen alle Vögel auf einer herrlichen Wiese, die mitten im Walde lag. Ein Zeichen wurde gegeben, und lustig erhub sich die ganze Gesellschaft in die Lüfte; aber nicht lange währte es, so erlahmten einem nach dem andern die Kräfte. So gerne sie König geworden wären, sie mußten umkehren und die ersehnte Würde Besseren überlassen. Keiner jedoch that es dem Adebor gleich. Weit, weit unter ihm befand sich der, welcher der zweite nach ihm war.

So zog er, nachdem es offenbar geworden, daß er unbestritten der Sieger sei, stolze Kreise in der Luft und ließ sich dann ebenfalls nieder, da auch seine Kraft zu erlahmen begann. In diesem Augenblicke schlüpfte unter seinen Flügeln ein winziges Vögelchen heraus, so klein, daß es noch gar keinen Namen erhalten hatte, obgleich es an Klugheit alle andern Vögel übertraf, stieg in die Lüfte und schrie, so sehr es nur konnte:

>»Ek ben Koenich!

Ek ben Koenich!«

Der Adebor wurde zornig, denn er durchschaute den Betrug und erkannte, daß ihm, ohne daß er's bemerkt hatte, das Tierchen auf der Wiese unter die Flügel gekrochen war. Aber was konnte all sein Zürnen helfen; was geschehen war, war geschehen. Den kleinen Schelm im Fliegen zu überholen, dazu reichten auch beim besten Willen des Adebor Kräfte nicht mehr aus. Er ließ sich darum zur Erde herab und rief mit dem übrigen gefiederten Heer den kleinsten Vogel als König aus. Kaum war dies geschehen, so machte er jedoch die Versammlung auf den Betrug aufmerksam und gab den Rat, den winzigen Herrscher umzubringen und dann zur neuen Königswahl zu schreiten.

Sobald der Vogelkönig auf dem Erdboden angelangt war, fiel deshalb alles über ihn her und suchte ihm das Leben zu nehmen. Der kleine König war aber flinker als alle seine Unterthanen zusammen genommen. Hast du nicht gesehen? war er in ein Mauseloch geschlüpft und dort vor jeder Nachstellung sicher.

Die Vögel wurmte es, daß der Schalk so seiner gerechten Strafe entgehen sollte, und sie stellten die Eule als Wächter bei dem Loche auf, damit sie das Vögelchen, wenn es entwischen wolle, sogleich packe und fresse. Die Eule gehorchte und versprach, genau Obacht zu geben. Aber wie es so zu gehen pflegt, das lange Stehen und Aufpassen macht müde. Ehe sie's sich versah, war sie eingeschlafen, und als sie wieder erwachte, war von dem kleinen Gefangenen nichts mehr zu sehen.

Wie ärgerte sich die Eule da über sich selbst! Aber es sollte noch schlimmer kommen; denn kaum hatten die andern Vögel von ihrer Nachlässigkeit erfahren, so flogen sie heran, zerzausten ihr die Federn, verhöhnten und verspotteten sie dermaßen, daß sie in den dunklen Wald fliegen und sich im schwarzen Dickicht verstecken mußte, um nur wieder Ruhe zu bekommen. Nachdem die Eule bestraft war, faßten die Vögel den Beschluß, ein jeder solle den König umbringen, wo er ihn auch fände.

Um nun dem Tode zu entgehen, ist der Vogelkönig gezwungen, sich in Hecken und Zäunen und niedrigem, dichtem Strauchwerk aufzuhalten, wo kein anderer Vogel leben kann. Und das hat ihm den Spottnamen Zaunkönig oder Nesselkönig eingetragen, den er auch noch führt bis auf diesen Tag. Ebenso wagt auch die Eule bis heute noch nicht, sich bei Tage unter den Vögeln sehen zu lassen, und geht deshalb immer nur des Nachts auf ihre Nahrung aus.

*Mündlich aus Reckow, Kreis Lauenburg, und Kratzig, Kreis Fürstentum.*

## 596. Das Rotkehlchen und die Kohlmeise.

Rotkehlchen und Kohlmeischen waren einst ein Paar hübsche Dirnen, Töchter einer alten, frommen Witwe, die sich von Spinnen, Nähen und Waschen und von anderer Arbeit knapp aber ehrlich ernährte. Sie hatte nur diese beiden Kinder, von welchen das älteste Gretchen und das jüngste Kathrinchen hieß. Sie hielt, wie sauer es ihr auch ward, die Kinder immer nett und reinlich in der Kleidung und schickte sie fleißig zu Kirche und Schule, und als sie größer wurden, unterwies sie sie in allerlei künstlicher Arbeit mit der Schere und mit der Nadel und hielt sie still in ihrem Kämmerlein in aller Ehrbarkeit und Tugend. Und Gretchen und Kathrinchen gediehen, daß es eine Freude war, und wurden eben so hübsch und fein, als sie fleißig und ehrbar waren, so daß alle Menschen ihre Lust an ihnen hatten und die Nachbarn sie ihren Töchtern als rechte Muster zeigten und lobten.

Als aber die Mutter starb, blieb es nicht lange mehr so still in dem Häuschen, wie es sonst gewesen war. Böse Buben, welche auf schönes, junges Blut lauern, merkten, daß die Hüterin weg war, welche die Täubchen sonst bewacht hatte, und es fanden sich lose, junge Gesellen ein, welche die Mädchen zu Tänzen und Gelagen und zu Spaziergängen auf die Dörfer verlockten. Das kostete viel Geld, mehr Geld, als Gretchen und Kathrinchen auf ehrliche Weise erlangen konnten. Da sie nun aber viele, schöne Arbeit und kostbare Zeuge unter den

Händen hatten, woraus sie Schmuck und Kleider stickten und nähten, so fingen sie allmählich an zu mausen; ach! sie stahlen zuletzt.

Einmal hatten sie einen bunten, seidenen Rock gestohlen, der in einem Nachbarhause am Fenster hing, und an einen herumziehenden Juden verkauft. Ein armer Schneidergesell, bei welchem man viele bunte Lappen und Streifen Zeug gefunden, die er auch wohl gemaust haben mochte, war darüber angeklagt, gerichtet und gehängt worden. Er hing und baumelte an dem lichten Galgen.

Eines Abends spät kamen die beiden Dirnen mit andern Gesellen und Gefährtinnen von einem Dorftanze zurück, und der Weg ging an dem Galgen vorbei. Da rief einer aus der Schar, ein leichtfertiger Bursche: »Fritz Schneiderlein! Fritz Schneiderlein! Wie teuer wird dir dein bunter Rock!« Kaum aber hatte er das Wort gesprochen, so schlug die Sünde wie ein Blitz in die beiden Dirnen, die schuld waren an des armen Schneiders Tod. Sie stürzten beide wie tot zur Erde hin, und die andern, die es sahen, liefen voll Schreck weg, als hätten ihnen alle Galgenvögel schon in dem Nacken gesessen. Sie haben die Geschichte in der Stadt erzählt, und die Leute sind hingegangen, aber die beiden Dirnen haben sie nimmer gefunden.

Und wie hätten sie sie finden sollen? Sie waren in Vögel verwandelt und müssen nun in der weiten Welt herumfliegen. Gretchen ist ein Rotkehlchen geworden und Kathrinchen ein Kohlmeischen; denn Gretchen trug immer ein rotseidenes Tuch um den Hals und Kathrinchen ein gelbes. So müssen sie nun als kleine Vögel in den Wäldern herumfliegen und Hunger und Durst leiden, Hitze und Kälte aushalten und vor Sperbern und Falken, vor Schlangen und Ottern, vor Jägern und wilden Buben zittern.

Daß diese kleinen Vögel einst Menschen gewesen, ist ganz natürlich, und man kann es auch daraus sehen, daß sie immer um die Häuser der Menschen fliegen, auch oft durch die offenen Fenster in die Zimmer kommen und sich da fangen lassen, auch daß sie im Walde, so wie sich nur Menschen da sehen lassen, sogleich um sie herumflattern und zwitschern. Sie haben auch die alte Unart im Vogelkleide noch nicht abgelegt und können das Mausen nicht lassen, sondern sind noch immer Erzdiebe, und wo nur etwas Buntes und Neues und Schimmerndes ausgehängt wird, da fliegen und schnappen sie darnach, und werden daher keine Vögel leichter in Fallen und Schlingen gefangen, als diese beiden, und müssen Gretchens und Kathrinchens gefiederte Urenkel es noch entgelten, daß sie einst zuviel auf Kirmessen und Tänze gegangen sind und den bunten Rock gestohlen haben, um dessen willen der Schneider hangen mußte.

*Nach E. M. Arndt, Märchen und Jugenderg. 2. Aufl. I. S. 360-365.*

## 597. Vogelsprache.

Die Schwalbe singt:

> As ik wech jüng, as ik wech jüng,
> Då was alles dick un vull, då was alles dick un vull;
> Nû ik wedder kåm, nû is alles leddich,
> Nû is alles upfrêten un verschlungen un verklungen.

*Rügen.*

Lütt Maeten dat grôt Maeten 'n Bodding gêwen will;
Wenn lîber Renz dat nich will, denn schlaug em voer de Blerrrrr.

*Wolgast.*

As ik wech tôch, harr ik Kisten un Kasten vull;
As ik werrer kaim, harr ik nist as ên kål Flêrermûs.
Alles ûtgefrête, alles vull geschête!
Kumm, leck mî't Flirrrrr.

*Kreis Naugard.*

As ik wech tôch, härr ik all Kisten un Kasten vull;
As ik werre kam, härr es alles ûtfrête, alles vull måkt.
Nû lick mi't Flirrrrr.

*Kreis Fürstentum.*

As ek wech jing, leit ek Kiste ô Kaste voll;
As ek wedder kâm, wêr alles ûtfrête, ûtschête.
Frett, dat dû barschte warscht.

*Kreis Lauenburg.*

Der Buchfink singt:
Mein Mann ist Gerichtsvollzieher!
Mein Mann ist Gerichtsvollzieher!

*Kreis Saazig.*

Die Wachtel singt:
Flick de Büx tau!
Flick de Büx tau!

*Kreis Grimmen.*

Die Lerche singt:
Meine Mutter hatte sieben Töchter,
Die hatten alle sieben Löcher;
Weit sind sie nicht, aber tief, tief, tief!

*Kreis Fürstentum und Lauenburg.*

Der Wiedehopf spricht:
Ich bin der schöne Wiedehopf,
Trag' eine Krone auf meinem Kopf,
Und doch sagen die Leute ich stink?

*Kreis Fürstentum.*

Der Kiebitz schreit:
Kîwit,
Wô bîlw ik?
Die Kinder antworten darauf:
Blîw dû recht, wô dû wist,
Ik fäue nåure Schtadt.

*Fürstentum.*

## 598. Der Flunder.

Die Vögel hatten sich einen König gewählt. Da wurden die Fische neidisch und wollten es ihnen gleich thun. Sie kamen darum überein, daß sich alle Fische in dem großen Wasser versammeln und darauf an einem Wettschwimmen beteiligen sollten. Wer am längsten das Schwimmen aushielte, der solle König werden.

Wie es ausgemacht war, so geschah es auch. Die Fische kamen im Meer zusammen und schwammen um die Wette; doch die meisten wurden nach kurzer Zeit schon müde und blieben infolge dessen zurück. Aber auch die Wenigen, welche ihre Kräfte nicht so bald verlassen hatten, mußten schließlich einem weichen, der an Ausdauer allen andern voranstand, nämlich dem Hering, welcher auf diese Weise König der Fische wurde.

Unter den Zurückgebliebenen befand sich auch der Flunder. Der war, als die andern den Wettkampf beginnen wollten, noch schnell einmal nach Hause geschwommen, um sich von dort seine Schürze zu holen. »Denn«, sagte er, »wenn ich meine Schürze habe, werde ich um so schneller schwimmen können.« Als er jedoch mit seiner Schürze am Versammlungsplatz ankam, waren mit Ausnahme des Herings die übrigen Fische schon längst wieder zurückgekehrt. Nichts desto weniger gab der Flunder seine Sache durchaus nicht verloren. Er band seine Schürze um, schrie vor Freude: »Jetzt habe ich meine Schürze und werde König« und begann darauf das Wasser mit seinen Flossen zu teilen. Doch, o weh, über dem vielen Reden und der Schürze hatte er ganz das Schwimmen verlernt und fiel auf eine Seite. Aber auch das kümmerte ihn wenig, so gut oder schlecht es ging, er schwamm weiter und rief dabei mit seinem durch das schiefe Schwimmen verzerrten Maule:

»Ek war Koenich! Ek war Koenich!«

Seit dieser Zeit muß der Flunder immer auf einer Seite schwimmen und hat stets ein schiefes Maul.

*Mündlich aus Reckow, Kreis Lauenburg.*

## 599. Die Maräne.[57]

Maränen giebt es in Pommern nur in der Madüe, sonst finden sich diese Fische nirgends in den Seen des Landes. Sie sind überhaupt keine deutschen Fische, sondern stammen aus dem fernen Afrika und sind auf folgende Weise in den Madüesee gekommen.

Ein Bauer im Weizacker machte mit dem Teufel einen Kontrakt und verschrieb ihm seine Seele, wenn er ihm vor dem Hahnkraht ein Gericht Maränen aus Afrika herbeizubringen vermöchte. Der Böse war ohne weiteres darauf eingegangen, und wenn sich der Bauer auch anfangs nicht viel um den Handel kümmerte, weil er die Ausführung der Sache für unmöglich hielt, so ergriff ihn doch beim Morgengrauen fürchterliche Angst, der Teufel möchte am Ende das scheinbar Unmögliche zu Wege bringen. Er ging deshalb aus seinem Hause heraus, klatschte in die Hände und krähte wie ein Hahn. Kaum hatten dies sein eigener Haushahn und die Hähne der Nachbarschaft gehört, so erwachten sie und gaben Antwort.

Und es war für den Bauern die höchste Zeit gewesen, denn schon befand sich der Satan über der Madüe. Als er nun dort hoch in der Luft das Krähen hörte und einsah, daß alle seine Mühe vergeblich gewesen, ließ er ärgerlich die Fische fallen und flog davon. Die Maränen jedoch vermehrten sich in dem See und sind die Stammeltern der Maränen, welche noch jetzt in der Madüe gefangen werden.

*Mündlich aus Stargard.*

## 600. Die Kreuzotter und die Blindschleiche.

Als unser lieber Herrgott die Welt geschaffen und alles darauf so schön und herrlich gemacht hatte, ärgerte diese Pracht die Ädder (Kreuzotter) und den Wimmer (Blindschleiche), und sie beschlossen beide, sich dagegen zu setzen. Die Ädder vermaß sich, durch Stein und Stahl zu beißen; doch der liebe Gott hat's ihr vereitelt, und sie kann nicht einmal durch Leinwand stechen. Der Wimmer dagegen hatte gesagt, er wolle dem Bauern die Speichen im Rade zerbrechen. Dafür ward er seines Augenlichtes beraubt; immerhin ist er aber noch so stark, daß er einem Manne, wenn er sich um seinen Arm windet, den Knochen zerbricht.

Merkwürdig ist's, daß die Ädder, sobald sie Junge bekommen will, schreit wie ein kleines Kind. Darnach zerplatzt sie, die jungen Äddern kriechen heraus und verzehren die sterbende Mutter.

*Aus Mesow, Kr. Regenwalde: Mitgeteilt durch Herrn Prof. E. Kuhn.*

## 601. Der Schlangenkönig.

Der Herrscher der Schlangen ist der Schlangenkönig. Er trägt eine schöne, wunderherrliche Krone auf dem Kopf, welche funkelt wie lauteres Gold.

Einmal hat ein Mann gewettet und sich vermessen, daß er alles Gewürm um einen Kreis herum bannen könne, ohne daß sie es wagen sollten, die Grenze zu überschreiten. Er zog auch wirklich einen Kreis, trat hinein und sprach den Bann. Sofort strömten herbei alle Äddern, Schnaken und Wimmern und alles sonstige Gewürm und lagerten gehorsam und still rings umher. Der Mann hatte aber aus Versehen ein Wort in dem Zauberspruche vergessen, wenn auch nur ein einziges, und das war sein Verderben. Denn siehe, plötzlich nahte der Schlangenkönig mit der funkelnden Krone, bahnte sich einen Weg durch das Gezücht und schritt über den Kreis gerade auf den Mann los. Die Äddern und die Schnaken und die Wimmern und alle andern, als sie es gewahrten, folgten ihrem König nach und töteten und verzehrten den Banner.

*Ebendaher.*

## 602. Dem Schlangenkönig wird die Krone geraubt.

Ein Reiter sah einmal den Schlangenkönig. Schnell stieg er ab und schlug ihm die Krone vom Haupte, sprang sodann damit eilig auf das Pferd und jagte davon, was sein Tier nur laufen mochte. Die Schlangen und das sonstige Gewürm, welche um ihren König versammelt waren, folgten jedoch dem Reiter nach und blieben ihm immer hart auf den Fersen. Endlich kam er in ein Dorf, wo eine Waschfrau auf der Straße stand bei einem Faß kochender Lauge. Da hinein warf der Reiter in seiner Todesangst die Krone, und alles Gewürm stürzte sich Hals über Kopf dem Kleinod nach und verbrannte elendiglich. Der Mann aber war gerettet, und des Schlangenkönigs Krone war sein.

*Ebendaher.*

## 603. Schlangen.[58]

### I.

Dei Ärre hät sächt: »Ik bît dörch Îs ô Schtâl.« Dunn sächt leiw Gott tau êr: »Dû bittst nonnich dörch ne wulle Fâre.«

Dei Schnâuk sächt: »Ik bît ô Nôr; wenn'k âwer bît, dé jêt tom Dôr.«

Dei Winnelworm sächt: »Wenn ik sô kîke kö, as ik hoere ka, dé verschônt ik nich 't Kind inne Weij.«

*Mündlich aus Kicker, Kreis Naugard.*

### II.

Dei Schnåk sächt: »Ik bît dörch't Ledder, doch wat ik bît, watt noch wedder.«

Dei Arrer sächt: »Ik bît, ik bît ô Nôr, un wat ik bît, dat kümmt tau Dôr.«

Dei Hartworm sächt: »Wenn ik so kîken künn, as huern, verschônt ik dat Kind inne Weij nich.«

*Mündlich aus Meesiger, Kreis Demmin.*

### III.

De Schlang sächt: »Ik schtêk, ik schtêk ô Nôd, un wat ik schtêk, dat jêt tô Dôd.«

De Ådder sächt: » Ik bît, ik bît ô Gern, un wat ik bît, dat's wedder tau wern.«

De Blenning sächt: »Wenn ik so sêen künn, as ik hoeren kann, denn wull ik kên Kind in't Wîj verschônen, wenn uk îsern Doer voer waer.«

*Mündlich aus Zabelsdorf, Kreis Randow.*

## 604. Die Haditze (Eidechse).

So feind die Schlangen den Menschen sind, so freundlich ist ihnen die kleine Haditze gesinnt. Liegt ein Mensch auf der Erde und schläft, und kommt dann eine Ädder oder ein Schnaken in seine Nähe, so läuft die Haditze ihm über Brust und Gesicht. Damit weckt sie ihn und zeigt ihm an, in welcher Gefahr er sich befindet. Reizt man aber die Haditze, so wird sie sehr böse und beißt neun Wunden auf einmal. Davon heilt jedes Jahr eine; hat sich aber die neunte Wunde geschlossen, so muß der Mensch sterben.

*Aus Mesow, Kr. Regenwalde: Mitgeteilt durch Herrn Prof. E. Kuhn.*

## 605. Froschgespräch.

Wenn die Frösche im Teiche sitzen und quaken, so hat das alles seinen richtigen Sinn und Verstand; denn immer einer ruft dem andern zu: »Nâwer! Nâwer! Ik back, ik back!« Darauf erwidert der Angeredete: »Ik, ik, ik uk! Ik, ik, ik uk!« Und so geht's durch bis tief in die Nacht hinein.

*Mündlich aus Marienfließ, Kreis Saazig.*

## 606. Die Biene.

Wohl keine Blume birgt in ihrem Kelche mehr Honig als der rote Klee, und doch besucht ihn die Biene niemals. Das macht, sie kann mit ihrem Rüssel der Blüte nicht auf den Grund kommen, und der schöne Honig bleibt ihr deshalb für immer versagt. Früher war das nicht der Fall, und erst durch die eigene Schuld der Biene ist alles so gekommen.

Gerade in der schönsten Honigzeit war nämlich ein garstiges Unwetter über das Land ausgebrochen, so daß keine Biene den Stock verlassen konnte. Acht Tage lang hielten Sturm und Regen an, und als am neunten endlich die liebe Sonne wieder hervorbrach, da war es Sonntag und die Arbeit verboten. »Ach was«, sagte jedoch die Biene, »was heißt mir Sonntag! Ich habe acht Tage feiern müssen, nun will ich nicht auch noch den Sonntag dazu faulenzen.« Der liebe Gott ermahnte sie, von ihrem schlechten Vorhaben abzustehen, aber sein Reden half nichts; die Biene flog aus und sammelte den ganzen Sonntag über nach Kräften ein.

Da sprach der liebe Gott: »Zur Strafe für die Verachtung des Sonntags soll dir die Blume, welche den meisten Honig trägt, auf ewig verschlossen bleiben.« Von dem Tage an ward der Kelch des roten Klees so lang und dünn, daß keine Biene aus ihm den Honig heraussaugen kann.

*Mündlich aus Bentzin, Kreis Demmin.*

## 607. Das Hatzpferd (Libelle).

Es war einmal eine Prinzessin, die führte ein gar wildes Leben. Den ganzen Tag über tummelte sie sich auf ihrem feurigen Rosse herum und durchstreifte auf ihm Feld und Flur. Eines Tages ritt sie durch einen finstern Wald. Da trat ein kleines Männchen auf sie zu und flehte sie um eine milde Gabe an. Aber die hartherzige Jungfrau wollte sich nicht in ihrem Vergnügen stören lassen und befahl dem Männchen, aus dem Wege zu treten.

Als dasselbe nicht gehorchte, trieb sie ihr Roß mit den Sporen an und ritt es über. Kaum war der Frevel geschehen, so rief das Männchen mit überlauter Stimme: »Weil du so grausam gewesen, sollst du samt deinem Pferde in alle Ewigkeit auf der Heide herumreiten.« Und sogleich verwandelten sich die Prinzessin und ihr Roß in ein geflügeltes Tierchen, welches zum Andenken an die Begebenheit bis auf den heutigen Tag das Hatzpferd genannt wird. Erst, wenn das jüngste Gericht anbricht, wird von ihm der Fluch schwinden und es wieder zur Reiterin werden.

*Mündlich aus Marienfließ, Kreis Saazig.*

## 608. Die Spinne.

### I.

Die Spinne darf man nicht töten. Sie ist ein heiliges Tier, denn sie hat einmal unsern Herrn Christus aus einer großen Gefahr gerettet. Wo und wann das geschehen ist, weiß man aber nicht mehr.

Auch ist die Spinne ein trefflicher Wahrsager. Man hat den Reim von ihr:

Spinne am Morgen
Bringt Kummer und Sorgen;
Spinne am Abend
Erquickend und labend;

Spinne am Mittag
Freude den ganzen Tag.

Sehen die Leute im Kreise Naugard eine Spinne, so rufen sie ihr zu:

»Schpenn, glückst dû mî,
Denn schtêstu schtill;
Glückst dû mî né,
Denn jêst dû.«

Dann geben sie genau Obacht auf die Bewegungen des Tierchens und richten, je nachdem sie stehen bleibt oder fortläuft, ihr Tagewerk ein.

*Aus den Kreisen Neustettin, Naugard und Rügen.*

## II.

Ein Bauer hatte in der Stadt eine große Erbschaft erhoben und wanderte nun, mit Geld schwer beladen, seinem Hofe zu. Schlechte Leute jedoch hatten von der Sache erfahren und lauerten dem Manne im Walde auf, um ihn zu ermorden und dann zu berauben. Zu dem Zwecke lagerten sie sich im dichten Buschwerk und verabredeten dort, wie sie die Sache wohl am besten anzufangen hätten. Dem einen von ihnen war das nicht recht, dem andern wieder wollte jenes nicht gefallen, und schließlich unterhandelten sie so laut, daß der Bauer, als er in die Nähe des Hinterhaltes kam, ihre Reden hörte und zu seinem Schrecken erfuhr, daß man dort über nichts Geringeres zanke als darüber, wie er am sichersten aus der Welt zu schaffen sei.

In seiner Herzensangst versteckte er sich deshalb in den Stamm einer hohlen Eiche. Und als er drinnen war, kroch eine Kreuzspinne hervor und spann einen Faden nach dem andern über die Öffnung bis das ganze Loch mit einem dichten Gewebe bedeckt war.

Inzwischen hatten sich die Räuber geeinigt und sperrten die Straße. Aber, wer nicht kam, war der reiche Bauer. Es verging eine Stunde und dann noch eine, ja es wurde Abend, und immer war noch nichts von dem Mann zu erblicken. »Der Schelm hat uns belauscht«, sprachen sie endlich zu einander, »und irgendwo einen Versteck gefunden. Kommt, laßt uns ihn suchen!« Und nun streiften sie den ganzen Wald ab, konnten aber seiner nicht habhaft werden.

Endlich stießen sie auch auf die hohle Eiche. »Hier sitzt er gewiß drin!« rief der erste und wollte schon hineinschauen; aber die andern lachten ihn aus und sprachen: »Du Dummkopf! Siehst du denn nicht, daß vor der Öffnung ein unversehrtes Spinnengewebe hängt? Säße er drinnen, so müßte doch das Netz zerrissen sein.« Das leuchtete dem Räuber ein, er stand von seinem Vorhaben ab und zog mit seinen Genossen unverrichteter Dinge wieder nach Hause. Der Bauer war aber mit Gottes Hilfe durch die Klugheit und List der kleinen Kreuzspinne gerettet worden.

Das sollen wir nun bis auf den heutigen Tag der Spinne nicht vergessen, daß sie einen braven Bauersmann vor dem Tode behütet hat, und ein gottloser Bösewicht ist es, wer mutwillig Spinnengewebe zerreißt oder gar die Tierchen tötet. Er wird seiner Strafe dafür später einmal nicht entgehen.

*Mündlich aus Sydow, Kreis Schlawe.*

## 609. Die Weide und die Tanne.

### I.

Die Weide und die Tanne sind in ihrem Wuchs ganz verschieden gestaltet, und zwar aus folgender Ursache. Als unser Herr Christus auf der Erde von den Juden gepeinigt wurde, hat man ihn mit Weidenruten geschlagen. Die Tanne dagegen gab ihr Holz zu dem Kreuze her, an dem der Erlöser für die Sünden der Welt geopfert wurde. Zur Strafe kann die Weide nur krüppliches Gebüsch oder niedrige Bäume bilden, während die Tanne zum Lohn für den Dienst, welchen sie dem Heiland erwiesen hat, als stolzer Baum emporragt.

*Mündlich aus Meesiger, Kreis Demmin.*

### II.

Als Judas Ischarioth den Herrn verraten hatte, hing er sich an eine Weide und stürzte hinab, sein Leib barst aus einander und die Eingeweide fielen auf die Erde. Seit der Zeit wächst die Weide selten über Mannshöhe, auch müssen sich ihre Zweige zur Erde herabbeugen. Und wie Judas verschüttet auch sie ihre Eingeweide, weshalb alle Weidenbäume im Alter hohl werden.

Die Tanne dagegen gab bei dem Tode Christi ihr Holz zum Kreuze her, und darum ist sie vor den übrigen Bäumen ausgezeichnet. Wenn alle andern Gewächse im Winter das Laub verlieren, bleibt die Tanne grün. Ferner verwendet man sie zur Belohnung zum Weihnachtsbaum, der nach der Zahl der zwölf Apostel mit zwölf Lichtern besteckt wird.

*Mündlich aus Abtshagen, Kreis Grimmen.*

## 610. Der Baldrian.

Vâer ollen Tîden is mâl eis 'n Maeten nân Neutplücken gân unner dei Kerktîd. Dâ is êr 'n Mann bejeigent, dei hät tô êr sächt:

»Haest du nich den Bullerjân,
Sô wull ik mit dî nân Neutplücken gân,
Dat dî dei Ogen in 'n Nacken stân.«

Dat Maeten was âewerst Bullerjân nâ den Schau rinfallen, un dârüm künn dei Duewel êr nix anhäwwen.

*Mündlich aus Grammendorf, Kreis Grimmen.*

## 611. Vergißmeinnicht.

Als Gott, der Herr, den Adam geschaffen hatte, gab dieser allen Pflanzen Namen, und eine jede behielt denselben getreu im Gedächtnis. Nur eine kleine, blaue Blume kam bald darauf zu dem Menschen zurück und bat um einen neuen Namen, da sie den ihrigen vergessen habe. Da ward Adam sehr zornig und sprach: »Du dummes Geschöpf, weil du so vergeßlich bist, sollst du deinen Standort zur Strafe nur an Quellen oder stehenden Gewässern haben und in alle Ewigkeit den Namen Vergiß mein nicht führen.« Und so ist es denn auch geblieben bis auf diesen Tag.

*Mündlich aus den Kreisen Lauenburg, Demmin, Grimmen.*

JASMUND AUF RÜGEN

## 612. Der Bernstein.

Die Halbinseln Wittow und Jasmund werden jetzt nur durch eine schmale Landzunge, die Schabe genannt, verbunden. Früher war das anders. Da lag dort, wo jetzt die Tromper Wiek flutet, ein großer Wald und eine bevölkerte Stadt. Und das würde wohl auch heute noch so sein, wenn nicht einst ein gewaltiger Ostwind sechs ganze Wochen hindurch gegen das Gestade geweht hätte. So kam es, daß alles Land, bis auf die Schabe hin, von der Ostsee fortgerissen und in den Wellen begraben wurde.

Von der Stadt weiß man wenig mehr, aber die Erinnerung an den untergegangenen Wald hat sich noch frisch im Gedächtnis erhalten. Denn das Harz der versunkenen Bäume ist in dem salzigen Meerwasser zu Stein erstarrt und wird heute noch als Bernstein am Strande gefunden.

Merkwürdig ist ein Brauch der Hiddenseer. Wenn einer von den Bewohnern dieser Insel zufällig ein Stück Bernstein findet, so nimmt er es sofort in den Mund, spricht: »Nû häw ik 't in 't Mûl, nû finn ik uk mêr« und läuft dann eilig den Strand ab.

Er ist dann fest überzeugt, daß er an dem Tag noch mehr Bernstein finden wird.

*Mündlich aus Hiddensee.*

# XIV. Legenden und legendarische Erzählungen.

### 613. Der Herr Christus besucht den Reichen und den Armen

Bei dem reichen Kaufmann Baumann war große Hochzeit. Unser Herr Christ sah das vom Himmel her und dachte bei sich: »Du willst doch einmal sehen, wie diese reichen Leute dich, ihren Heiland und Erlöser, aufnehmen werden.« Er nahm deshalb die Gestalt eines armen Mannes an, stieg zur Erde herab und trat durch die Thüre in das Hochzeitshaus hinein.

Da kam er aber schön an. Die Wirtsleute, die Gäste, das Gesinde, alles stürzte sich über ihn her und schalt ihn einen Tagedieb, schlug mit Knütteln auf ihn ein und warf ihn zum Hause hinaus. Auch die Hunde hetzte man auf ihn los; doch diese erkannten ihren Schöpfer selbst unter der armseligen Hülle und rührten ihn mit ihren Zähnen nicht an.

Zornig wollte der Heiland schon das ganze Haus in Feuer aufgehen lassen, aber er besann sich und sagte: »Laß sie nur so weiter leben, sie werden in der andern Welt ihrer Strafe nicht entgehen.« Sodann ging er zum Dorfe hinaus und kehrte in einer niedrigen Hütte ein, wo eine arme, alte Frau mit ihren Kindern lebte. Diese nahm den Herrn sofort freundlich auf, hieß ihn sich setzen, gab ihm das beste Teil von dem kärglichen Abendbrot und behielt ihn außerdem noch zu Nacht in ihrer Stube. Als der Herr Christ am andern Morgen von ihr Abschied nahm, gab er sich der gutherzigen Frau zu erkennen und sprach: »Ein Geschenk will ich dir jetzt nicht geben. Es ist besser für dich, wenn du weiter so arm bleibst, wie bisher; der große Lohn wird dir dann nach dem Tode im ewigen Leben sicherlich nicht fehlen.« Und nachdem er das gesagt hatte, verschwand er.

*Mündlich aus Zabelsdorf, Kreis Randow.*

### 614. Weshalb die Mütter ihre Kinder ein ganzes Jahr auf dem Arm tragen müssen.

Einst wanderte der Herr Christus auf der Erde umher und kam durch ein Dorf. Dort sah er eine Frau, welche ihr neugeborenes Kind auf dem Arme trug. »Warum läßt du dein Kind nicht gehen?« redete sie unser Heiland an. »Weil es noch nicht laufen kann«, gab das Weib trotzig zurück. Der Herr wiederholte seine Frage, erhielt jedoch dieselbe grobe Antwort. Da ward er zornig und sprach: »So sollen denn von jetzt an alle Frauen ihre Kinder ein Jahr lang auf dem Arme tragen bis in alle Ewigkeit.«

Hätte das thörichte Weib auf des Herrn Geheiß das Kind laufen lassen, so würden alle kleinen Kinder, sobald sie geboren sind, sofort auf der Erde gehen können.

*Ebendaher.*

### 615. Der Berg Ararat.

Als Noahs Arche sich auf den Berg Ararat niedergelassen hatte und alle ihre Insassen thalabwärts ins Land gezogen waren, hat der liebe Gott befohlen, kein Mensch solle es wagen, den Berg je wieder zu besteigen. Drei Handwerksburschen, welche auf ihrer Wanderung auch in diese Gegend gelangten, hat die Neugier jedoch keine Ruhe gelassen. Obwohl sie Gottes Gebot kannten, stiegen sie auf den Ararat hinauf. Die beiden ersten gelangten gleichzeitig auf den Gipfel, brachen aber oben sofort tot zusammen; der dritte bekam unterwegs Gewissensbisse und kehrte auf halbem Wege wieder um. Nichtsdestoweniger entging auch er seiner Strafe nicht. Als er den Fuß des Berges erreicht hatte, ward er taubstumm und blieb es sein lebenlang.

Nachdem er in seine Heimat zurückgekehrt war, mußte er seinen Angehörigen und Freunden aufschreiben, was er denn eigentlich auf dem Ararat gesehen hätte. Da stand auf dem Zettel, er habe dort gar nichts Absonderliches bemerkt. Warum der liebe Gott den Besuch des Berges verboten hat, ist darum unerfindlich. Genug, wir müssen uns damit begnügen, daß er es nicht will.

*Ebendaher.*

## 616. Der fromme Lassenius.[59]

Der fromme Lassenius war ein blutarmer Student und wußte nicht, woher er Speise und Trank nehmen sollte. So langte er eines Nachts totmüde in einer Stadt an und ließ sich, von den körperlichen Entbehrungen erschöpft, auf der Kette vor der Hauptkirche nieder. Schon machte er sich zum Sterben bereit, als die Dienstmagd des Schloßpfarrers auf ihn zu trat und ihn aufforderte, sie zu ihrem Herrn zu begleiten.

Dem Schloßprediger war nämlich im Traume ein Gesicht erschienen, das hatte ihm befohlen, es solle hinabschicken und den Studenten bei sich aufnehmen und speisen, der dort unten, dem Tode nahe, an der Kirchenthüre säße. Als nun Lassenius bei dem Pfarrer war, wurde er sofort an eine reich besetzte Tafel geführt und gespeist. Sodann erzählte der Schloßprediger, was ihm Gott im Traume geheißen habe, und forderte ihn auf, bei ihm zu bleiben und seine Studien zu vollenden.

Hierauf ging Lassenius mit Freuden ein. Ein Examen brauchte er überhaupt nur noch zu machen, und das war bald bestanden. Sodann durfte er predigen, so viel er wollte, und seinem Wohlthäter im Amte helfen. Und wie predigte er? Keinem Zuhörer blieb das Auge trocken, und die Kirche, wo er den Gottesdienst hielt, war stets mit Menschen überfüllt. So kam's, daß Lassenius, als der alte Pfarrer starb, allgemein zum Nachfolger desselben im Amte begehrt wurde.

Der König war damit auch einverstanden, nur wünschte er, vorher den Lassenius auf seine Gelehrsamkeit zu prüfen. Er ließ ihm deshalb sagen, er, der König, wolle bei seiner nächsten Predigt zugegen sein und ihm den Text dazu schicken. Lassenius wartete und wartete auf das königliche Schreiben, es kam nicht; erst als er am Sonntag auf der Kanzel stand, wurde ihm ein Brief überreicht, und als er ihn öffnete, war nichts zu sehen, als leeres, weißes Papier.

Da nämlich die meisten Prediger ihre Weisheit nur aus den gedruckten Büchern schöpfen, so wollte der König sehen, was Lassenius anfangen würde, wenn er, unvorbereitet und ohne einen bestimmten Text wählen zu dürfen, sprechen solle. Lassenius ließ sich aber nicht aus der Fassung bringen, sondern schnell entschlossen sprach er: »Hier ist nichts, und da ist nichts, aus nichts hat Gott die Welt erschaffen.« Damit hatte er einen Text, und nun predigte er so schön, daß der König ihn nach dem Gottesdienste zu seinem Schloßpfarrer ernannte.

In diesem Amte stiftete der fromme Mann unendlich viel Gutes, und besonders den Armen teilte er von dem Seinen so reichlich mit, daß ihm selbst wenig von irdischen Gütern verblieb. Einst kam ein alter Bettler und bat um eine milde Gabe, sofort ergriff Lassenius die goldene Ehrenmünze, welche ihm kurz zuvor der König geschenkt hatte, und reichte sie dem Armen dar.

So recht und gut das nun auch war, so hatte es den König dennoch beleidigt; denn dieser hielt die Nichtachtung des Geschenks für eine Geringschätzung seiner Persönlichkeit. Spöttisch sprach er darum eines Tages beim Mahle zu den Hofherren: »Ich will doch einmal zu dem Lassenius schicken und nachforschen lassen, was der mit seiner Mildthätigkeit und seinem Gottvertrauen jetzt anfängt.« Sofort eilte ein Diener in die Pfarrwohnung und kam nach kurzer Frist mit der Kunde zurück: Lassenius sitze mit seiner Frau vor gedecktem Tisch, es sei jedoch nichts von Speise oder Trank auf demselben. Auf seine Frage, was sie denn äßen, habe der Pastor gesagt, sie hätten heute nichts, sie vertrauten jedoch auf Gott, daß er ihnen Speise und Trank senden würde.

Da ward der König beschämt und ließ die köstlichsten Speisen auf silbernen Schüsseln in das Haus des Lassenius tragen. Dort wurde alles mit Dank angenommen, die kostbaren Schüsseln aber wurden von dem frommen Mann an die bedürftigen Armen der Stadt verteilt. Das wollte dem König wieder gar nicht gefallen, sein Zorn erreichte aber einen noch viel höheren Grad, als er am kommenden Sonntag in die Kirche ging, um die Predigt des Lassenius zu hören. Derselbe stand schon auf der Kanzel und rief dem König, an dessen Seite sich nicht die Königin, sondern ein Kebsweib befand, mit harten, strafenden Worten zu: »Seht, da kommt der König mit der babylonischen Metze!«

Das war dem König zu viel, und sofort befahl er, den Prediger auf das Schloß zu führen, damit er dort hingerichtet würde. Lassenius folgte den Schergen und trat in den Saal hinein, wo der Henker schon seiner harrte. Furchtlos schritt er jedoch auf den König zu, reichte ihm seine aufgeschlagene Bibel dar und sprach zu ihm: »Wenn der Herr König diesen Spruch aus der heiligen Schrift entfernen kann, dann will ich mir gerne das Haupt abschlagen lassen.«

Da ließ der König Tinte und Bleifeder holen und strich damit den Spruch durch; es half aber nichts, die Schrift kam immer wieder zum Vorschein. Er versuchte es, ihn auszuschneiden; umsonst, auch das gelang nicht. Selbst das Ausbrennen mit einem glühenden Stahl hatte keinen Erfolg. Jetzt wurde der König kleinlaut und verließ stillschweigend den Saal. Ihm folgte einer nach dem andern. Zuletzt ging auch der Henker, und Lassenius stand ganz allein in dem weiten Saale. Nun hielt er es auch nicht mehr für nötig auszuharren, er schritt der Thüre zu und eilte dann fröhlich in sein Haus, wo seine Frau ihren Augen nicht trauen wollte, den tot geglaubten Gemahl wieder zu sehen.

»Wie hast du das denn angestellt?« rief sie voll Freude. - »O«, sagte er, »ich habe weiter gar nichts gethan. Ich gab dem König meine Bibel und forderte ihn auf, einen Spruch daraus zu entfernen. Das konnte er nicht, und darum ging er fort. Ihm folgten nach einander die Minister, die Hofleute und schließlich auch der Henker. Was sollte ich da noch alleine anfangen, darum bin ich zu dir zurückgekehrt.«

Von dieser Zeit an that der König dem Lassenius nichts mehr zu leide. Einmal ließ er ihm sogar einen schweren Verbrecher zuführen, der nicht gestehen wollte und trotz aller Ermahnungen unbußfertig blieb. Als der fromme Mann den gottlosen Menschen sah, redete er ihm freundlich ins Gewissen. Doch der antwortete, er möge nur seine Worte sparen, er glaube doch nicht. Da sprach Lassenius: »Glaubst du nicht meinen Worten, so wirst du einem Wunder den Glauben nicht versagen, einem Wunder, das du mit den Augen sehen und mit den Händen greifen kannst.«

Damit warf er seinen Fingerring in den Ofen und ließ ihn ganz weißglühend werden. Sodann nahm er ihn mit bloßen Fingern heraus und legte ihn dem Verbrecher in die Hand. Da fühlte sich der Ring trotz seiner Glühhitze eiskalt an. »Nun wirf ihn zur Erde!« rief Lassenius. Der Mensch gehorchte, und siehe, das Metall war noch so feurig, daß es ein tiefes Loch in die Diele brannte.

Als der Verbrecher dies Wunder sah, überfiel ihn Furcht und Grauen. Er gestand seine Unthaten ein, beugte sich vor Gott und konnte als reumütiger Sünder hingerichtet werden.

Wunderbar, wie das Leben des Lassenius, war auch sein Tod. Denn als er gestorben und seine Leiche aufgebahrt war, schwebte eine Schar von Engeln über dem Trauerhause und sang herrliche, himmlische Weisen, und dieser wunderbare Gesang hielt solange an, als die Leiche noch über der Erde stand. Erst als die sterblichen Reste des frommen Geistlichen in die geweihte Kirchhofserde gesenkt waren, verschwanden die Engel wieder.

*Ebendaher.*

## 617. Die Martinsgans.

Vor langen Jahren lebte einst in einem Dorfe ein kleiner Knabe, namens Martin. Der war recht faul, wollte durchaus nicht lernen und versäumte, so oft er konnte, die Schule. Eines Tages that er das wieder und lief, statt zum Lehrer, in den Busch, legte sich dort in das dichte Strauchwerk und schlief ein.

Die Leute im Dorfe dachten, es sei ihm ein Unglück zugestoßen, und machten sich deshalb auf den Weg, ihn zu suchen, fanden ihn aber nicht. Da trieb der Gänsehirt mit seinen Gänsen vorbei. Die liefen in das Gebüsch, blieben vor dem schlafenden Kinde stehen und erhoben ein gewaltiges Geschnatter. Man ward aufmerksam, eilte hin, und der kleine Faulpelz war gefunden.

Seit der Zeit pflegt man die Gänse Martinsgänse zu nennen.

*Mündlich aus der Umgegend von Köslin.*

## 618. Die Kirche zu Gingst.

In dem Dorfe Gingst auf Rügen stand ehemals eine uralte, schöne Kirche, die von starkem Gemäuer aufgeführt war, große Schwibbogen und eine sehr hohe Turmspitze hatte. Diese Kirche sollte ursprünglich an einer ganz anderen Stelle aufgerichtet werden, nämlich auf dem Berge hinter dem Dorfe Volsvitz, gerade der Insel Ummanz gegenüber, um auch dieses Ländchen dem Kirchspiel mit einzuverleiben.

Zu dem Ende ließ der Abt zu Pudagla, als der Stifter der Kirche, das Bildnis des heiligen Jakobus, dem zu Ehren sie sollte errichtet werden, auf jenem Berge aufstellen. Allein am andern Morgen fand man das Bild dort nicht mehr, sondern es hatte sich von selbst nach Gingst auf den Weg gemacht, und dort stand es an derselben Stelle, wo jetzt die Kirche sich befindet. Es wurde zwar nach dem Berge zurückgebracht; als es sich aber noch zu dreien Malen von selbst wieder nach Gingst begeben hatte, da erkannte man den Willen des Himmels, daß hier die Kirche stehen solle. Um solchen Wunderwerkes willen wurde die Kirche in Gingst erbaut.

*Wackenroder, Altes und neues Rügen. S. 236. Vgl. Temme, Volkssagen Nr. 63.*

## 619. Die Kirche in Geritz.

Etwa eine Meile von Köslin entfernt liegen die Dörfer Geritz und Thunow. Das kleine Geritz besitzt eine Kirche, wogegen das reiche, große Thunow keine hat. Das soll auf folgende Weise gekommen sein:

Die Bauern von Thunow wollten eine Kirche bauen und hatten schon das Bauholz zusammengefahren; da fand man dasselbe den Morgen darauf an einer anderen Stelle, ein gut Stück Weges von Thunow entfernt, liegen. Man brachte es auf den Bauplatz zurück, doch am folgenden Tage war dasselbe Wunder zu schauen. Da erkannten denn die Leute, daß es Gottes Wille wäre, hier die Kirche zu errichten.

Im Laufe der Zeit siedelten sich um dieselbe einige Bauern an, und so entstand das Dorf Geritz.

*Mündlich aus Kratzig, Kreis Fürstentum.*

## 620. Die Kirche in Lubben.

Zwei bis drei Meilen von Rummelsburg liegt das Dorf Lubben. Dicht bei dem Ort befindet sich der hohe Fichtberg. Derselbe ist ganz mit Fichten bewachsen, nur oben auf dem Gipfel steht eine einsame Linde, welche den Schiffern als Merkzeichen dient.

Am Fuße dieses Berges nun steht die Kirche von Lubben. Der Gutsherr wollte sie gern auf dem Gipfel erbauen; doch jedesmal fand man das Bauholz, was den Tag über hinaufgeschafft war, am anderen Morgen am Fuße des Hügels liegen, da, wo jetzt die Kirche steht. Über dies Wunder wurde der Herr so aufgebracht, daß er im Galopp mit seinem Pferd den steilen Abhang hinab jagte, so daß Roß und Reiter das Genick brachen.

Die Lubbener bauten darauf die Kirche auf dem Platz, der von Gott in so wunderbarer Weise angezeigt war; denn sie erkannten in dem jähen Tod ihres Herrn ein Strafgericht des Himmels für seinen Ungehorsam. Und zum Andenken an diese Geschichte werden noch jetzt seine Sporen in der Kirche vorgezeigt.

*Mündlich aus Lubben, Kreis Rummelsburg.*

## 621. Spott beim Gewitter.

Bei Grugel in Neuvorpommern war ein Vater mit seinem Sohne auf dem Felde und pflügte. Da zog ein schweres Gewitter herauf, und ein heller Blitz zuckte hernieder, dem krachender Donner folgte. Der gotteslästernde Sohn rief: »Petrus schueft Kaegel.« Der fromme Vater warnte ihn, und kaum hatte er ausgesprochen, als ein zweiter noch heftigerer Schlag erfolgte. Jetzt rief der Sohn: »Nû kümmt hê mit söss!« Bei einem dritten furchtbaren Schlage rief der Sohn: »Nû kümmt hê mit twölf!«, aber gleich darauf fuhr ein Blitz hernieder und erschlug den Gotteslästerer.

*Kuhn, Westfäl. Sagen I. Nr. 398.*

## 622. Die drei Schüsse nach dem lieben Gott.

Als es im Sommer des Jahres 1838 über acht Wochen lang jeden Tag regnete, so daß alle Saaten zu verderben drohten, war in der Gegend von Stettin ein Amtmann, der auch viel Korn auf dem Felde stehen hatte, das er nicht einfahren konnte. Darüber wurde der Mann so erbost, daß er, anstatt zu beten, lästerlich dem lieben Gott drohte: wenn er nicht in drei Tagen ander Wetter mache, so wolle er ihm schon etwas zeigen.

Und als die drei Tage um waren, aber kein ander Wetter sich eingestellt hatte, da nahm er sein geladenes Gewehr und schoß damit in seiner Verblendung dreimal gen Himmel nach dem lieben Gott. Kaum hatte er aber den dritten Schuß gethan, so versank er bis mitten an den Leib in die Erde hinein, und es war kein Mensch im stande, ihn wieder herauszuziehen. Man schickte zuletzt zu dem Prediger, aber auch der konnte nicht helfen; der Amtmann sank tiefer und tiefer und starb eines jämmerlichen Todes.

*Temme, Volkssagen Nr. 264; Kuhn und Schwartz, Nordd. Sag. Nr. 8*

## 623. Die Hand in Mellentin.[60]

Då is mål eis tau Mallendîn en Maeken west, dei häft bî aere Lêwenstîen aere mauer slån, un as se nû storwen is, då is aer de Hant ûtet Graf rûtwassen un wô ofte auk de Mallendînsche Bûren dei wêer inbuddeln dêen, sei is ümmer wêer bûten west. Då häbben se s'denn updlezt afsnêden, un wîl dunn gråd de Mallendînsche Kerk bûcht wûr, häbben s' achtern Altår einen Stein bûcht un häbben s' då dål leggt, un dåa liggt se noch.

*Aus Heringsdorf: Kuhn und Schwartz, Nordd. Sagen Nr. 28.*

## 624. Das Dorf Ungnade.

In der Nähe von Hanshagen fielen einst des Nachts mehrere Pferdejungen einen alten Mann an, plünderten ihn ganz aus, schlugen ihn tot und verscharrten seinen Leichnam an derselben Stelle. Die letzten Worte, welche der Ermordete gesprochen hatte, waren: »Giebt es denn hier keine Gnade mehr?«, und darnach hat das Dorf, welches später in dieser Gegend entstanden ist, den Namen Ungnade bekommen.

Die Mörder des alten Mannes aber hatten seit jener Nacht keine Ruhe mehr; denn der Geist des Erschlagenen plagte sie unaufhörlich und ruhte auch nicht eher, als bis sie über seinem Grabe ein kleines Häuschen errichtet hatten und Almosen hineinthaten. Da wich die Plage von ihnen, und das Häuschen erhielt obendrein die Wundergabe, jeden Kranken wieder gesund zu machen, wenn er irgend ein Almosen durch die Thürritze in das Innere hineinschob.

Nun wurde einmal das Lieblingspferd des Gutsherrn krank, und man versuchte an ihm, ob sich die Wunderkraft des Hauses auch wohl auf das Vieh erstrecken würde. Und richtig, das Pferd wurde wieder gesund, aber seit der Zeit wich auch die Heilkraft von dem Hause; und man mag jetzt so viel Almosen durch die Thürritze schieben, wie man nur immer will, man wird zwar sein Geld los, aber die Krankheit behält man.

*Mündlich aus Neuenkirchen, Kreis Greifswald.*

## 625. Die beiden Störe und die geizigen Mönche zu Grobe.

Auf Usedom lag vor Zeiten ein Kloster, Grobe geheißen. Als nun einst große Teurung im Lande war und es auch den Mönchen in Grobe an Lebensmitteln zu gebrechen begann, da kamen auf einmal wunderbarer Weise zwei große Störe aus dem Haff bis an das Kloster geschwommen und stellten sich den Mönchen dar und warteten so lange, bis einer von ihnen gefangen war. Darauf schwamm der andere eilends zurück, als wenn er den Gefangenen hergebracht hätte. Der eingefangene Stör war aber so groß, daß die Mönche eine gute Zeit davon leben konnten. Auf das nächste Jahr kam der entkommene Fisch selbander wieder bis an das Kloster und wartete, wie das erste Mal, bis der, den er gebracht, von den Mönchen gefangen war.

Das geschah also viele Jahre, und die Mönche bekamen alljährlich einen großen, fetten Stör, bis sie zuletzt zu geizig wurden und beide einfingen. Da hat plötzlich das Wunder aufgehört, und es ist kein Stör mehr nach Grobe gekommen.

*Kantzow, Pomerania. I. S. 137; Micrälius, Alt. Pommerland. I. S. 189-190;*
*Cramer, Gr. Pomm. Kirchen-Chron. II. S. 11.*

## 626. Wie der alte Fritz und Ziethen bei dem Bauern einkehrten.

Dem alten Fritz lag nichts mehr am Herzen, als sein ganzes Volk von Grund aus kennen zu lernen, damit er es dann um so besser regieren könne. Aus dem Grunde zog er sich häufig schlechtes Zeug an und sprach darauf in dieser Verkleidung bei dem gemeinen Manne vor; denn wenn er in königlicher Pracht und Herrlichkeit gekommen wäre, so hätten sich die Leute aus Furcht und Verlegenheit doch nicht so gezeigt, wie sie eigentlich waren.

So klopfte der König mit seinem treuen Ziethen, als Bettelleute verkleidet, eines Abends bei einem Bauern an die Thüre und begehrte Speise und Trank und Nachtlager dazu. Der Bauer willfahrte der Bitte, und es wurde den beiden eine große Schüssel mit Grütze vorgesetzt. Die waren aber andere Speise gewohnt und konnten keinen Bissen herunterbringen. »Ihr bettelt und wollt dann wählerisch sein?« sprach der Bauer erregt, und hast du nicht gesehen, hatte der alte Fritz einen Backenstreich bekommen, daß ihm Hören und Sehen verging. Als er wieder zu sich kam, mußte er wohl oder übel von der schmalen Kost zulangen, wollte er nicht den Zorn des Bauern noch größer machen.

Nach der Mahlzeit wies man den beiden in der Scheune ein Lager an und machte ihnen bekannt, morgen würde gedroschen und sie müßten mithelfen. Ehe am andern Tage die Sonne aufging, erschien denn auch der Bauer an ihrem Lager und hieß sie aufstehen. Doch das Frühaufstehen war ihnen fast noch ungewohnter, wie gestern das kärgliche Abendbrot. Kaum war ihr Wirt aus der Scheune herausgegangen, so thaten sie darum auch schon die Augen wieder zu und schliefen weiter.

Als die vermeintlichen Bettler nicht bei der Arbeit erschienen, wurde der Bauer sehr zornig, ergriff seinen Knotenstock, schlich sich in die Scheune und prügelte den alten Fritz, der vorne lag, tüchtig durch und befahl den beiden von neuem aufzustehen. Aber auch jetzt konnten sie ihre Faulheit noch nicht überwinden. Nur befehl der König dem Ziethen, daß er den Platz mit ihm tausche, da er nicht noch einmal von dem Bauern durchgeprügelt werden wollte.

Dieser wartete mit dem Dreschen eine kurze Zeit, und als wiederum keiner kam, ging er zum dritten Male in die Scheune und rief: »Ihr faulen Schelme, seid ihr denn ganz unverbesserlich? aber diesmal sollst du dahinten die Prügel bekommen, damit du nicht leer ausgehst.« Und damit zog er den alten Fritz am Beine aus seinem Versteck hervor und prügelte ihn wieder durch. Jetzt riß dem König die Geduld, rasch sprang er auf, lief mit Ziethen zum Gehöfte hinaus und machte, daß er wieder nach Berlin in das königliche Schloß kam.

Einige Tage später wurde der Bauer zum König befohlen, und als er nun mit schlotternden Knieen vor ihm stand, fragte der alte Fritz ihn gar leutselig, ob nicht neulich zwei Bettelleute auf seinen Hof gekommen wären. »Ja wohl«, sagte der Bauer, »sie haben bei mir

Friedrich II.

gegessen und geschlafen; doch als sie zum Entgelt am andern Morgen dreschen sollten, da sind sie aus dem Hause gelaufen.« – »Ist dies vielleicht einer von den beiden?« sagte der König, und durch eine Seitenthüre trat Ziethen herein, in der Kleidung, die er damals getragen hatte. - »Ja, das ist der eine«, antwortete der Bauer; »hätte ich nur noch den andern dazu, es sollte den Schelmem schlecht gehen.«

Darauf ging Ziethen heraus, kleidete sich um und kam in seiner Generaluniform wieder. Jetzt erkannte ihn aber der Bauer nicht; ebenso wenig, wie er es gemerkt hatte, daß der alte Fritz derjenige von den beiden Bettlern gewesen war, den er so sehr durchgeprügelt hatte. Nun blieb Ziethen mit dem Bauern allein, der König verließ den Saal und erschien nach wenig Augenblicken ebenfalls in dem Bettlerkleide. Der Bauer erkannte ihn auch sogleich und rief: »Da hab' ich dich ja, du Tagedieb; wo ist aber nun der andere? damit ich euch beide unserm Herrn und König vorführen kann.« Schon wollte der Bauer ihn anpacken, aber der alte Fritz entwich ihm, um gleich darauf in seiner königlichen Kleidung wiederzukommen.

Nachdem sie sich nun genugsam über die Einfalt des Bauern gefreut hatten, ging man zu Tische, und der Bauer mußte sich auch mit hinsetzen. Während die andern aber die köstlichsten Speisen bekamen, erhielt er nichts anderes, als eine Schüssel mit Grütze. Da mochte es ihm gar nicht schmecken, und er konnte kaum einen Bissen herunterwürgen. »Du

Schelm«, rief jetzt der König ebenfalls, »ist dir die Speise nicht gut genug?«, und damit gab er ihm einen Backenstreich. Jetzt gingen dem Bauern die Augen auf, und er merkte, wer damals seine Gäste gewesen waren. Totenbleich bat er den König um Verzeihung. Der alte Fritz aber lachte und hieß ihn gutes Mutes sein, ließ ihm andere Speisen vorsetzen und entließ ihn zu guter letzt reich beschenkt in seine Heimat.

*Mündlich aus Zabelsdorf, Kreis Randow.*

## 627. Die Zauberkünste des alten Fritz.

Der alte Fritz, ja das war einmal ein König, der konnte aus Häckerling und Elfenbüschen Soldaten zaubern; und außerdem verstand er die Kunst, sich fest zu machen, so daß ihn keine Kugel zu treffen vermochte. Das kam aber daher, weil er das sechste und siebente Buch Moses besaß. Daß dies seine Richtigkeit hat, kann man auch aus dem Bilde des alten Fritz sehen, welches in Stettin auf dem Paradeplatz in Stein gehauen ist. Die Schriften nämlich, die dort mit ausgemeißelt sind, stellen nichts anderes dar, als jene beiden Bücher.

Einmal hatte der alte Fritz eine große Schlacht verloren und mußte, nur von zehn Reitern begleitet, die Flucht ergreifen. Das sahen die Feinde und folgten ihm nach, mit einem ganzen Regiment Soldaten. Als sie nun an einen Berg kamen, auf dem sich der König mit seinen Getreuen, zum Tode erschöpft, ausruhte, da erblickten sie mit einem Male den ganzen Hügel dicht mit Soldaten besetzt, obgleich vorher nichts davon zu sehen gewesen war. Sie kehrten bestürzt um; doch als sie nach einer kleinen Weile zurückschauten, waren es keine Soldaten, die auf dem Berge gewesen waren, sondern nichts als Elfenbüsche. So hatte der alte Fritz ihnen mit seiner Kunst die Augen verblendet.

*Ebendaher.*

## 628. Der alte Fritz und der Bauer.

Einst ritt der alte Fritz über Feld und erblickte einen hochgewachsenen, starken Mann, der mit seinen Rossen das Feld bepflügte. »Was bist du für ein kräftiger Kerl!« rief ihm der König zu; da schaute der Bauer auf, ergriff den schweren Eisenpflug und wies damit quer über das Feld hin: »Dort, Königliche Majestät«, sagte er, »steht mein Bruder, der ist noch zehnmal stärker wie ich.«

Der alte Fritz hätte nun gerne mehr gewußt von dem Manne und fragte ihn nach seinem Geburtsjahr. Antwortete der Bauer: »Die Zahl kenne ich nicht, nur das weiß ich, daß in ihr Hinterstes und Vorderstes, Oberes und Unteres, alles ganz gleich ist.«

Die Nuß war dem alten Fritz zu schwer, er kehrte ins Schloß zurück und erzählte seinem treuen Hofnarren Kion den Handel. Nun dachten sie zu zweien nach, und da fanden sie endlich, der Bauer könne nur die Zahl 1691 gemeint haben; denn nur bei ihr sei das Hinterste gleich dem Vordersten und das Obere gleich dem Unteren. Der Bauer wurde herbeigerufen und richtig, es stimmte, er war im Jahre 1691 geboren. Der König aber lachte über das treffliche Rätsel und entließ den starken Mann, reich beschenkt, in seine Heimat.

*Mündlich aus Marienfließ, Kreis Saazig.*

## 629. Der alte Fritz und seine gefallenen Soldaten.

Einst hatte der alte Fritz eine große Schlacht geschlagen, und als es Abend geworden war, gab er Befehl, die Toten zu beerdigen. Kaum war man damit fertig, so hörte man ein lautes Gewimmer über das Schlachtfeld ziehen. Da ist der alte Fritz über die Walstatt gegangen und hat gerufen:

>»Ruhet wohl, ihr, meine Söhne,
>Eure Seele steht bei Gott;
>Bin ich schuld an eurem Tode,
>Straf' mich der gerechte Gott.«

Darauf ist das Gewimmer verstummt.

*Aus Mesow, Kr. Regenwalde: Mitgeteilt durch Herrn Prof. E. Kuhn.*

## 630. Der alte Fritz und sein Soldat.

Unter den Soldaten des alten Fritz ist einer gewesen, der trotz seiner spärlichen Löhnung immer eine sehr prächtige Kleidung trug. Allen Kameraden war es ein Rätsel, woher er das Geld dazu nähme, und endlich brachten sie es vor den König. Der zog sich schlechte Kleider an und ging zu dem Soldaten und fragte ihn, wie es denn komme, daß er stets so schön gekleidet sei. Arglos vertraute ihm der Soldat sein Geheimnis an und sagte: »Ich besitze einen Zauberstab, vor dem öffnen sich alle Thüren. Damit gehe ich zur Nachtzeit in die Häuser der Kaufleute und teile dort alles Gut in drei Teile. Kostenpreis und erlaubten Gewinst lasse ich ihnen, aber den Überfluß behalte ich für mich.«

Fragte der alte Fritz: »Dann kannst du wohl auch in die Schatzkammer des Königs kommen?« - »Natürlich«, antwortete der Soldat. - »Nun«, meinte der alte Fritz, »dann können wir ja einmal beide zusammen dorthin gehen.« Der Soldat wollte sich anfangs nicht auf die Sache einlassen; als ihm aber der König heilig versprach, er wolle nichts mit sich nehmen, willigte er endlich ein und sie schritten selbander dem Schlosse zu. Wirklich, der Soldat hatte nicht gelogen, kaum hatte die Zauberrute ein Schloß berührt, so sprang die Thüre sogleich auf, und sie befanden sich nach wenig Augenblicken in der Schatzkammer.

Hier gingen sie beide eine Zeit lang auf und ab und besahen alles, dann drängte der Soldat zum Aufbruch. Dabei konnte es aber der alte Fritz nicht über sich gewinnen, den Soldaten bis auf den Grund zu prüfen. Rasch griff er zu und raffte eine Hand voll Geld aus der Kiste. In demselben Augenblicke war aber auch der Soldat schon bei ihm, rief ihm zu: »Hältst du so dein Wort? Einem Könige darf man nichts nehmen, der hat viele zu versorgen«, und prügelte dann wacker auf den König ein, so daß er froh war, als sie wieder aus der Schatzkammer heraus waren.

Am andern Morgen erhielt der Soldat Befehl, zum König zu kommen. Dort erfuhr er zu seinem Entsetzen, wer in der vergangenen Nacht sein Begleiter gewesen sei und wen er durchgeprügelt habe. Aber der alte Fritz trug ihm die Streiche nicht nach, sondern machte ihn sogleich frei von den Soldaten und schenkte ihm obendrein ein hübsches Grundstück. Nur den Zauberstab hat der Soldat abgeben müssen, der schien dem alten Fritz denn doch zu gefährlich.

*Ebendaher.*

## 631. Der alte Fritz im Biwak.

Einmal ist der alte Fritz, wie er das oft gethan, in Bauerntracht durch die im Biwak liegenden Soldaten gegangen; denn überall hat er sich von allem selbst, durch den eigenen Augenschein, überzeugen wollen. Dabei kam er auch zu einigen Soldaten, die um ein Feuer lagen und sich wärmten, und fragte, ob er sich nicht mitwärmen dürfe. »Gewiß«, erwiderten die Leute, »doch mußt du mit Holz herantragen helfen.« Diese Arbeit stand dem alten Fritz nicht an, und weil ihn fror, trat er ohne weiteres an das Feuer heran. Das ging den tapferen Soldaten über den Spaß, sie schalten und schimpften auf ihn, ja einer fing an, ihn mit Schlägen davon zu treiben. In dieser Not schlug der alte Fritz seinen Mantel auf und gab sich so den Leuten zu erkennen. Da gerieten sie alle in großen Schrecken, aber der alte Fritz hat ihnen die schlechte Behandlung niemals nachgetragen.

*Ebendaher.*

## 632. Der alte Fritz und sein Jäger.

Der alte Fritz hatte einen Jäger, der ihm die besten Bäume aus dem Walde stahl. Zur Strafe wurde er seines Amtes entsetzt und nackend an einen Baum gebunden, um dort den Fliegen zum Fraße zu dienen. Nachdem der Mann einen Tag lang so gestanden, ritt der alte Fritz vorbei und sah den ganzen Körper von dem Geschmeiß bedeckt. Mitleid ergriff seine Seele, und er scheuchte eine Fliege von dem Leibe fort. Da sprach aber der Jäger: »Laßt das Tier nur sitzen; das hat sich schon vollgesogen und schmerzt mich nicht mehr. Kommt aber eine neue Fliege, so habe ich auch neue Stiche auszustehen.«

Als der alte Fritz das gehört hatte, hieß er den Jäger losbinden und setzte ihn auch wieder in sein früheres Amt ein; »denn«, sagte er, »was soll ich machen? Nehme ich einen neuen Jäger, so bestiehlt er mich vielleicht noch vielmal mehr als der alte.«

*Ebendaher und aus Ritzig, Kreis Schiefelbein.*

# XV. Bauernstreiche und Schwänke, Rätselmärchen.

## 633. Wûr Kûlmann dat Sprêken lîrt.

Då was einmâl ein Paster in Luebeck, dei lês inner Zeitung, dat dat ne Stadt gêf, wûr dei Hunn dat Sprêken liren. Nû haer dei Paster ein klaugen Hund, dei heit Kûlmann. Hei laet sôfôrt sînen Deiner Jehann kâmen und saer tô em: »Dû, Jehann, ik lês hîr êben inner Zeitung, dat dat ne Stadt gift, wûr dei Hunn dat Sprêken lîren. Wat meinst dû woll, sull uns Kûlmann dat ôk woll lîren?«

»Î jâ, Herr Paster! Wôrüm nich? Ik gloew't ümmer.«

»Na, Jehann, wust dû em denn woll henbringen?«

»Jâ woll, Herr Paster.«

»Dei Stadt, Jehann, heit Wînachten un licht dicht bî Mêlgrütt.«

»Na jâ, Herr Paster, denn weit ik Bescheit.«

Jehann kricht alsô ne Tasch vull Gild un reist mit Kûlmann lôs un kümmt ôk richtich in Wînachten an un laet sich bî den Direkter, wûr dei Hunn dat Sprêken lîren sulln, anmellen, grueszt von sînen Herrn un stellt Kûlmann'n våer un beschrift alle gauden Êgenschaften von em. Un hei watt ôk annâmen.

Jehann reist dårup tô Hûs un bringt sîn'n Herrn Bescheit, lücht åewer düchdich wat tau un sächt, dat hei Kûlmann'n nâ drei Wochen afhâlen kann.

Dei Paster freujt sich sêr dåråewer un kann går nich dei Tîd afwarten, bêt Kûlmann werrer kümmt. As dei Tîd nû aflôpen is, moet Jehann hen; hei kricht Kûlmann'n åewer noch nich mit un kümmt sô werrer.

Sîn Herr kümmt em all entgêjen un rappt all von fiern: »Wûr, Jehann, dû häst den Hund nonnich?«

»Jâ, Herr Paster, sô flink geit dat nich. Ik sull vêlmâl grueszen von Herrn Direkter, un vîrteigen Dâch müst Kûlmann noch dår blîben. Hei meint jô, dat Kûlmann dat lîren würr.«

Den Paster würr dei Tîd lang, un nâ vîrteigen Dâch müst Jehann werrer hen. Hei kaem åewerst werrer sô troech. Då sächt dei Paster: »Jehann, dû häst'n jô nonnich?«

»Jâ huern s' blôsz, Herr Paster! Ik kâm jâ hen un frâch an nâ Kûlmann. Dunn sächt dei Direkter tau mî: »Kûlmann is all bînâ tau gelîrt, denn hei gift all Unnericht bî dei anner Hunn; sei künn'n sich mâl ansên.«

Ik ging alsô mit un kêk dörch dei Glasdoer un sêj nû dei Geschicht dår. Kûlmann gêf Fijôlînstunn. Dei Direkter saer: »Ik will em mâl rin raupen.« Kûlmann kaem jâ rin un glîk up mî lôs un saer: »Gôn Dach uk, Jehann, wûr geit't denn? Wat mâkt uns Herr Paster? Is hei noch ümmer sô unanstännich?«

Hueren s' mâl Herr Paster, wîder laet ik em går nich kâmen. Ik gêw em eis hinner dei Ûren, dat hei hentummeln daer un em all dei Gelîrsâmkeit ût'n Kopp floech.«

»Dat häst du gôd mâkt, Jehann, denn hei haer uns süs noch all beir verrâden.«

*Mündlich aus Deyelsdorf, Kreis Grimmen.*

## 634. Wûrans dei Taetrôer êrn Sôd ûtmaeten häbbn.

Eis wulln dei Taetrôer weiten, wûr deip êr Sôd wîr, un sei wüsten nich, wûr sei dat angån sülln. Sei ging'n taun Burmeister un froegen den üm Rât. Dei saer: »Dat kann sô slimm nich sin; wî willn glîk bîgån.«

Sei laeden nû ein breides Sleit dwass råewer, un dei Burmeister lêt sich dåran hingn. »Sô«, sächt hei, »nû fåt't man an, ein ümmer den annern an dei Bein, bät wî tauletzt upn Bådn kâmn.« Dat dêrn sei ôk. Den Burmeister würr dat åewer bald tau swêr, un hei rêp: »Kîerls, hullt wiss, ik moet mî îrst eis in'n Hinn spîgn.« Dårup lêt hei lôs, un dei ganze Rummelî von Kîrls, samt den Burmeister, schoeten unna dål. Dat is dat Taetrôer Sôd-Ûtmaeten.

*Ebendaher.*

## 635. Von den Räubenstaelern.

Twei Kîrls in Taetrô haerdn eis Räuben ståln un gingn dårmit nân Kirchhof rup. Hîr saer dei ein tau'n annern: »Ik wâr mî hîr hen setten un uns dei Räubn ût einanner telln, dû gå unner dei Tîd hen un stael uns ein'n Hâmel tau, denn aeten wî morgen Hâmelfleisch un Räuben.« Na, dat dêr dei anner ôk, un dês füng nû an tau telln: »Dit sünd mîn, un dat sünd dîn. Dit sünd mîn, un dat sünd dîn«, un sô ümmer fûrt.

Dit huert dei Köster, dei eis upstån wîr. Sôglîk lêp hei taun Paster un rêp: »Herr Paster! Kâmn s' mâl rasch eis mit! Dei Dôrn sitten up'n Kirchhof un telln sich dei Knåken ût einanner.« Dei Paster wîr grûglich un saer: »Ach, ik kann nich, ik häbb'n kranken Bein.« – »Na«, sächt dei Köster, »kâmn s' man mit; wenn't nich anners is, nêm ik sei hackebutt«, un dat lêt sich dei Paster gefalln.

As sei nû beir up'n Kirchhof wîrn, meint dei Roewer, dat wîr sîn Kollêj mit'n Hâmel, un hei rêp: »Smît'n man dål, wî willn em glîk dei Kêl afsnîden.« As dit åewer jüst dei Paster huert, dôn sprüng hei runner un lêp, dat em von krankn Bein nix antausein wîr, un dei Köster gêw ôk kein slichtes Hackengild.

*Ebendaher.*

## 636. Dat Vågelnest.

An den Taetrôer Kirchtorm sêt eis von bûten tau unnat Szifferblad ein Vågelnest, un vîr Jungens stêgen up den Torm un wullen dat Nest ûtnêmen. Sei kêmen bî, stêken ein langes Bred ût dei Lûk, un dei Drîst von êr würr sich dårup stellen.

As hei nû in dat Nest langt, lêgen åewer man drei Eier in, un vîr Jungens wîren sei. Hei rêp alsô: »Drei Eier bring ik man; ein von uns kann kein krîgen.« – »Na, denn krichst dû kein«, saerdn dei annern, »wî häbbn jô dat Bred fast hulln.« – »Dat wîr ôk noch sô wat«, rêp dei îrst, »ik war doch hîr nich rût stîgen un juch denn dei Eier gaebn.« – »Wenn dû dår nich mit inverstån büst, denn låten wî dat Bred lôs«, antwûrten sei. – »Jâ, dat kåenen jî mîn'n waegent daun«, meint hei. Bautz lêten sei dat Bred lôs, un runner reist hei.

As hei unna ankêm, kêk hei tau Hoecht un rêp ganz spilljåeksch (übermütig): »Sein jî woll? Nû krîjen jî 'n Schêt!«, un lêp mit sîn Eier tau Hûs.

*Ebendaher.*

## 637. Wûrans dei Taetrôer dei Schau mâken.

Dår kêm mâl eis einer nâ Taetrô un ging in 't Gasthûs. »Kellner«, saer hei, »häbbn dei Luer in Taetrô dat ôk all sô wît bröcht, dat sei in ein Stunn 'n Pår gaude Schau fârich bringn? Åewer sei moeten ôk glatt sitten.« - »Gewis«, antwûrd dei Kellner, »dei kåen'n sei krîejn«, un dårmit treckt hei em dei Staebeln ût un stêj dårmit tau Båen. Nich lang, dôn kêm hei ôk richtich mit 'n Pår schoen ümsoemte Schau troech. »Szue«, sächt dei Herr, »dat hät jâ fix gån, dat haer 'k in mîn Laeben nich gloewt, dat dei Taetrôer sô wat in sô korte Tîd fârich bringen künn'n.«

As hei dei Schau nû antrecken dêr, müst hei sei noch mîr bewunnern, denn dei Dinger pasten tau nett; åewer hei haer tau tîdich lacht. An annern Morgen, as hei afreisen wull, jâ, wûr wîr'n dôn sîn Staewel? Hei künn sei nårens finn'n. Am letzten Inn rêp hei den Kellner un saer: »Wûr häst d' mîn Staewel låten?« Der Kellner antwûrd ganz îrlich: »Dei Staewel häbb'n sich entpuppt, dår sünd Schächt un Schau ût wårdn.« Dei Herr wüst süllst nich, wat hei dårtau säggn süll, hei dacht sô bî sich: »Taun tweiten Mâl låt ik mî in Taetrô kein Schau werrer mâken.«

Ebendaher.

## 638. Wûrans dei Schult in Taetrô praedicht hät.

As eis dei Preisters sô knapp wîr'n, dôn kêm'n dei Taetrôschen måeglich in dei Klemm; denn êr ull Paster wîr dôd blaebn, un sei künn'n nårens ein annern hêr krîjen. Tauletzt foel êr in, sei wulln den Schult'n taun Preister mâken, un dei dêr dat uk.

As hei nû sîn êrst Praedicht hulln hâr, kêm em tau Ûrn, dat dei Bûrn nich recht dårmit taufraeden wîrn. Hei froech sin'n Nåwer: »Is mîn Praedicht denn nich gelîrt nauch?« - »Nê«, sächt dei, »sô as ik huert häf, faelen dår latînsche Wuer mank.« - »Jä«, sächt dei Schult, » denn moet ik mî man eis nån Köster mâken, ob dei kein weit, denn ik häf kein up Låger.«

Dei Köster wüst twåst uk kein, saer åewer tau em: »Kumm man mit nån Hult, dår wårn wî woll weck finn'n.« Sei wîr'n noch nich wît gån, dôn saer dei Schult: »Wat is denn dår von'n hôgen Bôom?« - »Jetzue«,⁶¹ sächt dei Köster, »dår häbbn wî jô all ein: H ô g b ô m u s.« Dat dûrt nich lang, dôn platzt dei Schult werrer rût: »Dår is jô'n Kraigennest up dei Eik.« - »K r a i g e n n e s t u s«, saer dei Köster. Ein Enn wîrer, dår lêch ein afraeten Schauschlârm. »Kîk«, sächt dei Schult, »ein afrêten Schauschlârm.« - »S c h a u r î t r a n t u s«, foel em dei Köster int Wûrt. Am letzten Inn kêm'n sei an ein lütt Hûs. Våer dei Dåer spaelten dei Gåern un stêken dårbî den Hund in'n Sack. »Wat mâken dei dår?« rêp dei Schult. »Allwerrer ein«, sächt dei Köster, »K r û p i n d e i s a c k t u s, un nû häst nauch Wuer« un dôn ging'n sei nå Hûs.

Den Schult'n danzten sîn Wuer den ganzen Dach in'n Kopp rüm, un hei künn går nich ûthulln, bät dei Sünndach kêm. As hei nû endlich dår wîr un dei Luer nå dei Kirch gingn, stünn dei Köster all an dei Kirchendåer un saer tau jêrerein'n: »Huet rît man Nês un Mûl up, huet wat't juch woll gefalln.« Dei Schult dêr jô nû uk, wat hei künn; un as hei ball tau Inn'n wîr mit dei Praedicht, dôn smêt hei sich in dei Bost un schrêch mit lûre Schtimm: »Hôgbômus, Kraigennestus, Schaurîtrantus, Krûpindeisacktus. Amen.«

As hei nû von dei Kanzel runner wîr, kloppten em dei Bûrn up dei Schullern un saerdn: »Sue, Varrermann, son'n Praedicht låten wî uns gefalln.«

Mündlich aus Meesiger, Kreis Demmin.

## 639. Der Angang.

Då was mål ês ên Bûr, de foert nån Busch. As hê dicht hen is, då löpt ên Hås öwern Wech. Hê sae to sînen Knecht, dat beduet Unglück, un hê foer tôrue.

Annern Dach foert he werrer hen, då löpt ên Wulf öwern Wech, un hê sae, dat is Glück. Un as hê innen Busch rin kaem, då kaem de Wulf an un frêt de Pêr up.

*Mündlich aus Ückermünde.*

## 640. Der Massower Galgen.

Als einst die Stargarder einen Verbrecher hängen wollten, fand es sich, daß der Galgen ganz verfallen war. Man mußte sich entschließen, einen neuen zu bauen, der aber viel Geld kosten sollte. Da fiel einem klugen Ratsherrn ein, daß kürzlich in Massow ein neuer, schöner Galgen errichtet sei, also der arme Sünder vielleicht dort gehängt werden könnte. Man wandte sich zu dem Zwecke an den Rat von Massow; die Bitte wurde jedoch von diesem abschlägig beschieden: denn die Massower hätten den Galgen für sich und ihre Kinder erbaut, und nicht für Fremde.

*Das liebe Pommernland. S. 19 fg.*

## 641. Die Kirche in Zanow.

Als die Zanower ihre Kirche gebaut hatten, stand sie ihnen nicht passend genug auf dem Markt. Sie beschlossen daher, das Gebäude etwas weiter zu schieben. Damit es aber nicht zu weit würde, zog der Bürgermeister seinen Rock aus, warf ihn auf den Marktplatz und sprach: »Bis zu meinem Rock wird die Kirche geschoben.« Darauf stellten sich alle an dem Gotteshaus auf und stießen mit den Köpfen gegen die Wand.

Inzwischen war ein Handwerksbursch des Wegs daher gekommen und hatte den guten Rock mit sich genommen. Als die Zanower nun eine geraume Zeit geschoben hatten und nachsahen, war der Rock verschwunden. Da glaubten sie denn, sie hätten die Kirche auf den Rock geschoben. Weil es aber eine saure Arbeit gewesen, wollten sie das Gebäude nicht wieder zurückschieben, und der Bürgermeister gab für das Wohl Zanows seinen Rock hin.

Seit der Zeit sagt man zu einem Mann mit einer kahlen Platte: »Dû bist uk wol eie voa dêre, dû häst uk wol mit schûbe hulpe anne Zânasche Kirch.«

*Mündlich aus Kratzig, Kreis Fürstentum.*

## 642. Die Zanower säen Salz.

Die Zanower mußten jährlich viel Geld für Salz ausgeben. Um diese Summe dem Stadtseckel zu erhalten, besäten sie einen großen Sandberg mit Salz und wiesen den Gemeindehirten an, ja recht acht zu geben, daß das Vieh die Saat nicht verwüste.

Das ging eine Weile ganz gut, und wenn auch gerade kein Salz aufging, so doch um so mehr Nesseln; und diese hielten die Zanower für Salzkraut. Eines Tages nun war der Bulle trotz aller Vorsicht dennoch in die köstliche Saat geraten, und alles war in Sorge, wie dem Unglück abzuhelfen sei. Der Schäfer durfte das Tier nicht zurückbringen, denn er hatte zu große Füße. Jagte man aber den Bullen mit Steinen vom Feld, so wäre der Schaden immer größer geworden.

Deshalb sandte der hohe Rat von Zanow acht Männer auf das Feld. Die ergriffen den Stier, schnürten seine Beine zusammen und wälzten ihn dann heraus. So wurde durch

Zanowsche Weisheit die Saat vor den großen Füßen des Hirten und den Hufen des Gemeindebullen gerettet.

*Ebendaher.*

## 643. Die Sparsamkeit der Zanower.

Auf dem Stadtturm von Zanow wuchs schönes Gras, und den guten Zanowern that es leid,
daß der Segen Gottes so verkommen sollte. Sie beschlossen deshalb, das Gras abweiden zu
lassen, und erkoren dazu den Gemeindebullen. Man legte dem Tier eine Schlinge um den
Hals und zog es in die Höhe; doch schon auf halbem Wege war der arme Stier verreckt.

*Ebendaher.*

## 644. Wie die Zanower zählen.

Acht Zanower gingen einst über Feld. Unterwegs wollten sie nachsehen, ob sie auch alle
beisammen wären. Schult Has begann zu zählen: »Ik bin ik, ein, twei, drei« u. s. w., und
siehe, es waren nur sieben; nicht besser erging es den andern mit ihrer Rechenkunst. Schon
waren sie ganz trostlos, als sie einen frischen Haufen Kuhmist erblickten. In diesen stachen
sie mit ihren Stöcken, zählten die Löcher nach und fanden zu ihrer Beruhigung, daß sie
wirklich noch acht waren.

*Ebendaher.*

## 645. Die Zanower bringen Bauholz in die Stadt.

Einst brachten die Zanower einen großen Balken in die Stadt; da sie ihn aber in der Quere
trugen, so konnten sie ihn auf keine Weise durch das Thor bringen. Oben auf dem Thor saß
nun eine Krähe und schrie. Da sagte einer der Zanower: »Horcht doch, was der Vogel
spricht!« Die Krähe rief aber: »La-angs! La-angs!« Da drehten die Zanower den Balken längs
und siehe, jetzt ging alles ganz leicht und schön.

Seit der Zeit halten die Zanower die Krähe für den weisesten Vogel.

*Ebendaher.*

## 646. Der Maushund in Zanow.

Die Zanower hatten noch niemals eine Katze gesehen; so kam's denn, daß sie vor Verwunderung Mund und Nase aufsperrten, als ein durchreisender Handwerksbursche ein solches
Tier auf dem Arme trug und ihnen erklärte, das sei ein Maushund. »Koste es, was es
wolle«, rief Schult Has, »das Wundertier müssen wir haben«; und als der Fremde als
Kaufpreis tausend Thaler verlangte, wurden ihm dieselben auf der Stelle aus dem Stadtseckel
hingezahlt.

Der Handwerksbursche hatte gerade dem Städtchen den Rücken gekehrt, als die guten
Leute zu ihrem Schrecken gewahr wurden, daß sie vergessen hatten zu fragen, womit der
Maushund gefüttert werde. Schult Has mußte sich darum sofort auf den Weg machen und
dem Fremden nacheilen. Als er ihn in der Ferne auf der Landstraße erblickte, rief er ihm zu:
»Guter Freund, was frißt denn der Maushund?« - »Was man ihm beut«, gab der Handwerks-
bursche zur Antwort. Schult Has verstand aber: »Vieh und Leut«, lief spornstreichs nach
Zanow zurück und erzählte dort die schreckliche Kunde.

Da bewaffneten sich alle Zanower und zogen gegen den Maushund zu Felde. Die Katze sprang von Haus zu Haus und entwischte schließlich in die Kirche, aber es nützte ihr alles nichts, oben auf dem Turme wurde sie ergriffen und von Schult Has mit einer Mistgabel erstochen. So war Zanow für diesmal noch dem Verderben entgangen.

*Mündlich aus Neuklenz, Kreis Fürstentum.*

## 647. Weshalb die Zanowsche Feldmark so klein ist.

Die Zanower hatten einst einen harten Streit mit den Köslinern über die Grenze ihrer Feldmarken. Endlich kam man überein, die Sache solle in der Weise beigelegt werden, daß an einem bestimmten Tage bei Sonnenaufgang die Bürgermeister beider Städte von ihren Marktplätzen abreiten sollten; wo sie sich dann träfen, da solle die Grenze sein.

Die Zanower wollten es nun recht schlau anfangen und beschlossen, ihren Bürgermeister auf einem Ochsen reiten zu lassen. Da nämlich der Stier viel stärker ist wie das Pferd, so glaubten die guten Leute, er würde auch viel schneller laufen können. Und über den trefflichen Plan waren sie so erfreut, daß sie sich hinsetzten und ein großes Gelage anstellten und aßen und tranken, bis tief in die Nacht hinein. Wer darauf aber am andern Tage den Sonnenaufgang verschlief, war der Zanowsche Bürgermeister; und als man ihn endlich munter gerüttelt und auf den Ochsen gesetzt hatte, da war's bereits lichter Morgen. Dicht hinter den Stadtthoren, bei dem Zanower Jordan, traf er darum auch schon auf den Kösliner, welcher nicht wenig über seinen Kollegen aus Zanow lachte, der noch dazu verkehrt auf dem Ochsen saß und statt des Zügels den Schwanz in den Händen hielt.

Auf diese Weise ist es gekommen, daß die Zanowsche Feldmark so klein ist.

*Ebendaher.*

## 648. Der König kommt durch Zanow.

Einst hatte der König bekannt machen lassen, er wolle durch Zanow ziehen. Da waren die Bürger in großen Sorgen, wie sie sich bei solcher Gelegenheit zu verhalten hätten. Schult Has tröstete sie jedoch; er wolle an der Spitze gehen, sie sollten nur alle gerade so thun, wie er, dann würde es schon gut ablaufen.

Wie sie nun unterwegs waren, mußte sich Schult Has etwas vom Wege entfernen, um der Natur ihr Recht einzuräumen. Kaum aber hatte er sich niedergehockt, da hieß es: »Der König kommt.« Da nahm Schult Has eilig mit beiden Händen die Hosen in die Höhe und eilte an die Spitze des Zuges. Als die Bürger den Schulzen so laufen sahen, machten sie es ebenso und empfingen in dieser Stellung ihren König.

*Mündlich aus Darsekow, Kreis Rummelsburg.*

## 649. Das Rathaus in Darsekow.

Als die Darsekower ihr Rathaus gebaut hatten, war es ganz dunkel darin, denn die guten Leute hatten die Fenster vergessen. Da nahmen sie große Mulden und trugen das Licht hinein. Doch es wollte wenig helfen. Zum guten Glück stieß eine alte Frau in ihrem Eifer mit einem Manne zusammen, und beide fielen so hart gegen die eine Wand des Rathauses, daß diese einstürzte. Da hatten denn die Darsekower mit einem Male Licht.

Nun wollten sie auch gerne einen recht schönen Namen für das neue Gebäude haben, denn Rathaus klang ihnen viel zu gewöhnlich. Sie schickten deshalb Schult Has in die

Nachbarstadt: er solle dort den Bürgermeister um einen Namen bitten. Wie nun Schult Has zu dem Bürgermeister kam, sagte er nur: »Wie sollen wir das Haus nennen?« Der Mann ahnte gar nicht, was Schult Has eigentlich meinte, und fragte ihn, ob ein Thor in dem Haus wäre. »Ja, gewiß«, sagte dieser. »Nun, dann nennt es doch Dôrtimmer«, erwiderte der Bürgermeister.

Vergnügt eilte Schult Has nach Darsekow zurück. Unterwegs mußte er jedoch über einen Graben springen, fiel auf dem andern Ufer zu Boden und hatte vor Schreck den schönen, neuen Namen vergessen. Da sprang er immer hin und her und rief dabei: »Hîr haed ik dî, hîr verlôs ik dî, hîr mut ik dî uk finge.«

Während er so sprang, kam ein Fremder des Weges daher und sprach: »Ach, du Thor.« – »Dortimmer! Dortimmer!« rief da Schult Has und rannte in das Dorf hinein.

*Mündlich aus Trzebiatkow, Kreis Bütow.*

## 650. Die lustige Geschichte vom Bauern Kiewit in Darsekow.

Vor langen Jahren lebte in Darsekow ein Bauer, der hieß Kiewit. Einst ging derselbe mit seinem Ochsen auf das Feld, um zu pflügen. Da kam der Vogel Kiewit an und rief lustig sein »Kiewit, Kiewit« in die Lüfte. Der Bauer aber meinte, der Vogel wolle ihn damit hänseln, und verwies ihm seine Unart ernstlich. Als das nichts half, schrie er: »Ich werde dich schimpfen lehren!« nahm seinen Plauchschtêke (Pflugstock) und warf nach dem Vogel. Doch der Wurf ging fehl und traf den Ochsen so unglücklich vor den Kopf, daß er tot zu Boden stürzte.

Traurig zog nun der Bauer dem Tier das Fell ab und ging damit nach Stolp, um es dort zu verkaufen. In der Stadt kehrte er in einem Gasthaus ein, setzte sich unten an den Tisch und warf die Haut unter den Schemel. Nicht lange hatte er so gesessen, als der Küster in die Stube trat, und während der Bauer Hafersuppe bekam, deckte die Frau dem Lehrer Brot, Wein und Fleisch auf; denn sie hatte ein heimliches Liebesverhältnis mit ihm.

Als nun der Wirt nach Hause kam, packte sie das Brot schnell in die Kammer, Fleisch und Wein in die Ofenröhre, der Küster aber mußte in das Kleiderspind. Der Wirt merkte darum auch von der ganzen Sache nichts, setzte sich ruhig hin und ließ sich sein Abendbrot auftragen. Da nahm Kiewit seinen Krückstock und schlug auf die Haut. Verwundert fragte der Wirt, was er denn da mit dem Felle mache. »Ja«, entgegnete der Bauer, »das ist kein gewöhnliches Fell, das ist ein Wahrsager, und der erzählt mir eben, in der Kammer liege Brot und in der Ofenröhre Fleisch und Wein.«

Die Frau mußte nachsehen, und richtig, es fand sich so, wie der Wahrsager gesagt hatte. Darauf setzten sich beide hin und aßen und tranken. Als sie damit fertig waren, schlug der Bauer wiederum mit seinem Krückstock auf die Haut. »Was sagt er dir denn nun?« forschte neugierig der Wirt. – »Nein, diesmal kann ich es nicht sagen«, erwiderte Kiewit, »es würde dich zu sehr ärgern.« Als aber der Mann nicht nachließ mit Bitten, sprach der Bauer: »Nun gut, mein Wahrsager hat mir eben offenbart, daß deine Frau heimlichen Umgang mit dem Küster hat, und jetzt sitzt er gerade in deinem Kleiderspind.« Da sah der Wirt selbst nach, und als er es richtig befand, rief er: »Bauer, verkaufe mir die Haut, ich will dir dafür zahlen, was du haben willst.«

»Nun«, meinte Kiewit, »solche Häute findet man nicht oft, und eigentlich ist sie mir nicht feil; aber weil du es bist, will ich sie dir für dreihundert Thaler lassen. Doch der Wahrsager ist jetzt sehr angespannt, du darfst ihn nicht vor morgen abend befragen.« Der Wirt bezahlte mit Freuden das Geld und lachte innerlich über die Dummheit des Bauern. Als er aber am andern Abend den Wahrsager fragte, konnte er keine Antwort bekommen, so viel er auch mit seinem Stocke auf die Haut stoßen mochte.

Kiewit war indessen schleunigst nach Darsekow geeilt, denn er fürchtete, der Wirt möchte den Betrug merken. Im Dorf kamen ihm die Bauern entgegen und verhöhnten ihn, daß er seinen Ochsen getötet habe. »O«, sagte Kiewit, »das gereut mich gar nicht. Die Ochsenhäute sind heuer rar in Stolp; ich habe dreihundert Thaler für die meinige bekommen.« Dabei wies er ihnen das Geld.

Als die Bauern das hörten, schlugen sie schnell alle ihre Rinder tot, zogen ihnen die Häute ab, fuhren damit nach Stolp und boten dort das Fell für dreihundert Thaler aus. Die Stolper aber verstanden keinen Spaß, dachten die Darsekower wollten sich über sie lustig machen und sperrten die ganze Gesellschaft auf einige Tage ins Gefängnis.

Nun wollten sich die Bauern rächen und beschlossen, den Kiewit in der Nacht tot zu schlagen. Doch dieser ahnte schon ihre böse Absicht und sprach deshalb zu seiner Frau, als er sich mit ihr zu Bette legte: »Ach, lege du dich heute vorne hin, ich möchte auch mal gerne an der Wand schlafen.« Wie nun in der Nacht die Bauern kamen, schlugen sie die Frau tot, denn sie glaubten der Mann läge vorne.

Am andern Morgen stand Kiewit auf, nahm seine tote Frau und setzte sie auf den Wagen, mitten unter die Zwiebeln und Äpfel, so daß es aussah, als wolle sie die Sachen verkaufen. Dann fuhr er mit ihr nach Stolp. Dort kam ein Mann an den Wagen und wollte gerne Zwiebeln haben. Er fragte, was die Metze koste; aber die Frau antwortete nicht. Da ward er endlich ärgerlich und gab ihr einen Backenstreich, so daß die Leiche das Gleichgewicht verlor und auf die Erde stürzte.

Jetzt kam Kiewit herbeigelaufen und rief: »Mörder! Mörder! Der K. hat meine Frau tot geschlagen!« – »Ach, sei doch nur still«, antwortete der Mann, »ich will dir auch gerne dreihundert Thaler bezahlen.« – »Na, das ist etwas anderes«, meinte Kiewit, strich das Geld ein und fuhr mit der toten Frau nach Darsekow zurück.

Als die Bauern ihn so fahren sahen, verwunderten sie sich sehr. Er aber erzählte ihnen, sie hätten nicht ihn, sondern seine Frau totgeschlagen. Mit der sei er eben nach Stolp gefahren und habe dreihundert Thaler für ihre Leiche bekommen.

Eilig liefen die Bauern da nach Hause, erschlugen ihre Frauen und boten sie in Stolp, das Stück für dreihundert Thaler, aus. Doch dort nahm man die Sache übel auf, ergriff sie als Mörder und sperrte sie auf lange Zeit ein.

Endlich ließ man sie wieder frei, und kaum waren sie nach Darsekow zurückgekommen, als sie auch Kiewit ergriffen, um ihm auf eine recht grausame Weise das Leben zu nehmen. Sie schlugen eine Tonne mit Nägeln aus, trugen sie auf einen Hügel am See, steckten den Kiewit hinein und wollten gerade das Faß in das Wasser rollen, als die Freßglocke ertönte.

In Darsekow ist nämlich eine Glocke, welche die Freßglocke heißt. Sobald diese ertönt, läßt jeder Bauer seine Arbeit liegen, es sei, was es sei, und rennt nach Hause zum Essen.

Kaum hatten die Bauern die Freßglocke gehört, als sie auch ins Dorf liefen, um die Mahlzeit einzunehmen. Während dessen zog der Schäfer mit seiner Herde an dem Hügel vorbei. Da seufzte Kiewit in seiner Tonne so recht tief auf und sprach: »Ik schall Schulte Trîne frîjen un will nich.«

Der Schäfer nun hätte das Mädchen gar zu gerne gehabt, darum antwortete er: »Ach, ik will Schulte Trîne jêrn frîjen.« – »Nun«, sagte Kiewit, »dafür kann Rat werden. Hilf mir aus der Tonne und setze dich hinein, dann wirst du sie bekommen.« Der Schäfer ging den Handel ein, kroch anstatt des Bauern in das Faß, und Kiewit zog mit der Herde davon.

Als nach einer ganzen Weile die Bauern wieder zurückkamen, schrie der Schäfer aus Leibeskräften aus seiner Tonne heraus: »Ik will Schulte Trîne jêrn frîjen.« Da wurden sie zornig, sagten: »Nû kimmt em noch dat Frîjen an inne Tunn!« und rollten sie in das Wasser hinab.

Wie die Bauern nun ganz befriedigt nach Hause gingen, begegnete ihnen am Rande des Sees plötzlich Kiewit mit seiner großen Herde. »Ja«, rief er ihnen zu, »das schöne Vieh habe ich alles aus dem See; seht, da ist noch viel drin, besonders der große Leithammel wäre so recht was für den Schulzen!«, und dabei zeigte er auf das Spiegelbild seiner Herde im Wasser.

Die Bauern hätten solch Vieh gar zu gerne gehabt, und Schult Has sprang zuerst in den See, um sich den Leithammel zu greifen. Wie er nun im Wasser nach Luft schnappte und blubberte, riefen die andern: »Jetzt packt er ihn an den Hörnern!«, stürzten sich allesamt in den See und ertranken.

So war denn das ganze Dorf ausgestorben und der Bauer Kiewit ward Herr von Darsekow.

*Ebendaher.*

## 651. Eulenspiegel in Pommern.

Es hatte sich Eulenspiegel in allen Landen mit seiner Bosheit bekannt gemacht, und wo er einmal gewesen war, da war er nicht zum zweiten Mal willkommen. Derohalben war er nun zwar anfangs guter Dinge, auf die Dauer aber ging er doch in sich und gedachte, was er anfinge, daß er wieder zu Gelde käme durch Nichtsthun; denn er sah, daß mancher mit Müßiggehen bessere Tage hatte, denn ein anderer mit saurer Arbeit. Da gedachte er, daß er noch nicht im Pommernlande gewesen sei, und er nahm sich vor, dahin zu gehen.

Er kleidete sich also aus für einen Mönch, nahm von einem Bauernkirchhofe irgend einen alten Totenkopf, den er in Silber einfassen ließ, und reiste damit in das Land Pommern, wo die Priester zu damaliger Zeit sich mehr auf's Saufen, denn auf's Predigen legten. Wenn er denn nun in ein Dorf kam, wo Kirchweih, Hochzeit oder sonst eine Versammlung war, so bat Eulenspiegel den Pfarrherrn, daß er predigen und den Bauern das Heiligtum verkünden dürfe, welches er mit sich führe, versprach demselben auch, daß er ihm wolle abgeben von den Opfern, so er bekommen werde. Damit waren die Pfaffen gern zufrieden, daß sie Geld bekämen.

Wie nun das meiste Volk in der Kirche war, stieg Eulenspiegel auf den Predigtstuhl und sprach viel von der alten Ehe und von der neuen, von der Arche und dem güldenen Eimer, wo das Himmelbrot innen lag, daß ihn die Leute zuerst für einen grundgelehrten und heiligen Mann hielten. Alsdann aber zeigte er ihnen seinen versilberten Totenkopf und redete ihnen zu, daß dies das Haupt eines großen Heiligen sei, so Brannio geheißen, und für den er zu einer neuen Kirche sammeln wolle. Alsdann forderte er sie auf, daß auch sie zu dieser Kirche opfern sollten. Dabei fuhr der Schalk dann fort: »Das thuet aber nur mit reinem Gut. Absonderlich will der Heilige kein Opfer von einer Ehebrecherin. Die unter euch eine solche und nicht rein ist, die stehe still und gehe nicht zum Opferaltare. Denn so mir eine was opfern würde, die des Ehebruchs schuldig ist, so nehme ich es nicht, von der verschmäh' ich es. Darnach wisset euch zu richten.«

Hierauf gab er nun den Leuten das Haupt, das er mit sich führte, zu küssen, erteilte ihnen seinen Segen und trat an den Altar zu dem Opferbecken. Alsdann fing der Pfarrherr an zu singen und die Schellen zu läuten. Da drangen denn die bösen mit den frommen Weibern zum Altar, um zu opfern. Und die ein böses Geschrei hatten oder die nichts taugten, die waren die ersten mit ihrem Opfer; denn eine jede meinte, die still stünde und nicht an das Opferbecken träte, die sei nicht fromm. Etliche waren sogar, die zwei oder dreimal opferten, daß es das Volk sollte sehen, und sie aus ihrem bösen Geschrei kämen. Und welche kein Geld hatten, die opferten ihre Ringe oder was sie sonst von Wert besaßen.

Eulenspiegel aber lachte, denn er bekam so viele Opfer, dergleichen bisher noch nicht war gehört worden. Und er zog als ein reicher Mann aus Pommern.

*Altes Historienbuch von Till Eulenspiegel; vgl. Temme, Volkssagen Nr. 79.*

## 652. Eulenspiegel lehrt den Esel lesen.

Ein reicher Rittergutsbesitzer hatte einen prächtigen Esel, dem er gar gerne eine gute Schulbildung hätte zu teil werden lassen. Da meldete sich Eulenspiegel und sagte: »Gegen eine angemessene Belohnung will ich dem schönen Tier das Lesen beibringen.« Der Herr war hocherfreut, beschenkte den Schalk reichlich und versprach ihm noch größere Belohnung, wenn er sein Werk vollendet habe.

Eulenspiegel gab nun dem Esel einige Tage nichts zu fressen, und als der Gutsbesitzer am dritten Tage neugierig in den Stall kam und sich nach den Fortschritten des Schülers erkundigte, sprach er zu ihm: »Aller Anfang ist schwer; aber mit der Vokallehre sind wir schon im guten Zuge.« In demselben Augenblicke begann das hungrige Tier, das von seinem Herrn Futter erwartete, kläglich zu schreien: »I - Au, I - Au, I - Au!«

»Ja, nun höre ich es selbst«, rief erfreut der Herr und gab dem Lehrmeister zur Aufmunterung eine gute Hand voll Geld. An demselben Tage schlich sich Eulenspiegel jedoch schleunigst von dannen, und der Rittergutsbesitzer hatte das Nachsehen.

*Mündlich aus Marienfließ, Kreis Saazig.*

## 653. Frau giebt Räubern ein Rätsel auf.

Eine Frau wollte ihre Verwandten besuchen und mußte durch einen großen Wald. Plötzlich stürzten Räuber auf sie zu und schleppten sie, trotz ihres Jammerns, mit sich in ihre Höhle. Hier sollte sie getötet werden, aber sie bat und flehte so lange, bis die Räuber mild gestimmt wurden und sagten: »Wir wollen dich verschonen, wenn du uns ein Rätsel aufgibst, welches wir nicht erraten können.« Die Frau besann sich ein wenig und sprach sodann:

>»Auf Ilaks gehe ich,
>Auf Ilaks stehe ich,
>Auf Ilaks habe ich meinen Mann empfangen,
>Auf JIlaks bin ich hergegangen.«

Das Rätsel war den Räubern zu schwer, sie vermochten es nicht zu lösen und mußten die Frau freilassen. Vorher ließen sie sich jedoch die Lösung sagen, und da hatte denn die Geschichte folgende Bewandtnis. Der Vater der Frau besaß einen Schäferhund, der hieß

Jlaks. Als derselbe gestorben war, zog er ihm das Fell ab, gerbte es und ließ seiner Tochter daraus die Brautschuhe verfertigen. Auf diesen Schuhen besuchte sie aber auch jetzt ihre Verwandten, und so hatte alles seine Richtigkeit.

Da staunten die Räuber über die Klugheit der Frau und beschenkten sie reichlich, führten sie aus der Höhle heraus und wiesen ihr den richtigen Weg zu ihren Verwandten.

*Mündlich aus Meesiger, Kreis Demmin.*

## 654. Wie der Schäfer dem Galgen entrann.

Ein Schäfer führte ein wildes Leben und hatte schon gar manche Sünde auf dem Gewissen, welche das Gesetz schwer zu ahnden befiehlt. Da er aber nur an geringer und armer Leute Eigentum sich vergriff, so hatte der strenge Gerichtshof Mitleid mit seinen Schwächen, und er kam stets mit einem Verweis oder mit einer kleinen Freiheitsstrafe davon.

Einmal war er jedoch frech genug, seines adligen Herrn Hund zu erschlagen. Als das die Richter erfuhren, da sahen sie ein, daß ihre frühere Milde schlecht angewandt war. Des Edelmanns Lieblingshund? – Nein, da mußte ein Exempel statuiert werden. Kurz und gut, der Stab wurde über dem Frevler gebrochen, und der Henker sollte ihn hängen.

Wie der Schäfer nun unter dem Galgen stand und der Scharfrichter ihm die Schlinge über den Nacken werfen wollte, erhub er noch einmal seine Stimme und bat um Gnade. Zwei Rätsel möge man ihn aufgeben lassen, und wenn ein Mensch auch nur eins von den beiden zu lösen vermöge, so wolle er gerne sterben. Die Richter wurden neugierig, gaben die Erlaubnis und sagten, wenn niemand die Rätsel errate, so solle ihm das Leben und die Freiheit geschenkt sein.

Der arme Sünder besann sich ein wenig, schaute auf seine Stiefel und Handschuhe und hub an:

»Jn Jlof geh' ich,
Jn Ilof steh' ich,
Um Ilof leb' ich selber nicht,
Das Rätsel raten meine lieben Herren heut' noch nicht.«

Die Richter zerbrachen sich den Kopf darüber, aber weder sie noch all das Volk, das ringsum stand, konnten die Lösung finden. »Was ist's, sag's selbst«, riefen sie. – »Ilof ist der Name des Hundes, den ich getötet«, entgegnete der Schelm. »Von seinem Fell trage ich Stiefel und Handschuhe, sein Tod ist die Ursache meines Unglücks, und so einfach auch alles zusammenhängt, so haben meine lieben Herren das Rätsel doch nicht erraten können.«

Alles lachte über den schlauen Burschen, und man verlangte das zweite Rätsel. Der Schäfer schaute zur Rechten und erblickte einen hohen Baum, in dem ein Singvogel sein Nest baute, dann wandte er sich zur Linken und sah am Fuße des Berges einen Mann, der einen Sack aufhub, und auf dem Gipfel einen Kranich (Krån), welcher, wie es diese Vögel häufig zu thun pflegen, mit stolzen, gemessenen Schritten auf und ab ging und mit dem Schnabel im Sande herum wühlte. Darauf dachte er ein wenig nach und sprach das zweite Rätsel:

»Hôchbômus
Kleinnestus. –
Sackfuntus!
Krånsandlast.«

Natürlich konnten auch diesmal die Richter nicht erraten, daß Hôchbômus Kleinnestus den hohen Baum mit dem Vogelnest, daß Sackfuntus den Wanderer mit dem Sack und Krånsandlast den Kranich auf dem Berge bedeuten solle. Der Henker mußte also die Schlinge wieder losknüpfen und den Schäfer frei lassen. Der hat sich aber sein lebelang gehütet, noch einmal mit Edelleuten Händel anzufangen, denn »mit großen Herren ist nicht gut Kirschen essen.«

*Mündlich aus Zabelsdorf, Kreis Randow.*

## 655. Verurteiltes Mädchen rettet sich durch ein Rätsel.

Ein Mädchen war zum Tode verurteilt. Doch begnadigte der König dasselbe unter der Bedingung, daß es ein Rätsel aufgeben könnte, das niemand zu raten vermöchte. Da gab die Dirne folgendes Rätsel auf:

»Grünen Weg ich ging,
Roten Wein ich trank,
Ungeborenes Fleisch ich aß.«

Niemand konnte es raten, und so entging die Verurteilte ihrer Strafe. Die Lösung aber war diese: Sie ging auf einem grünen Rain in den Wald und traf da eine wilde Sau. Die tötete sie, trank ihr Blut und aß von den ungeborenen Ferkeln.

*Mündlich aus Sydow, Kreis Schlawe und nach Fr. Drosihn*
*in der Ztschrft. f. Deutsche Philologie. V. Band. Halle 1873. S. 147 fg.*

—◆—

# XIV. Vermischtes.

### 656. Claus Störtebecker und Gödeke Michel.

Vor vielen Jahren hatten die Bewohner Rügens von den Einfällen und Brandschatzungen einer gefährlichen Räuberbande zu leiden, deren Anführer Claus Störtebecker und Gödeke Michel hießen. An der Ostküste der Halbinsel Jasmund, da, wo die Kreidefelsen ihre höchste Höhe erreichen, lag ihr Schlupfwinkel, in den sie flüchteten, wenn Gefahr drohte, und wo sie ihre unermeßlichen Schätze verbargen. Es soll eine große, geräumige Höhle gewesen sein in der Nähe der Quelle, welche hoch oben im Felsen entspringt. Trotzdem konnten Störtebecker und Gödeke Michel mit ihren Schiffen von der See aus in die Höhle hineinfahren. Wie sie das aber fertig gestellt haben, das hat bis jetzt noch kein Mensch in Erfahrung gebracht.

Lange Zeit entging die Bande durch die Schlauheit und Kühnheit ihrer Anführer der verdienten Strafe; endlich gelang es den Bewohnern Rügens aber doch einmal, ihrer habhaft zu werden: Claus Störtebecker sowohl wie Michel Gödeke wurden gefesselt eingebracht und zum Tode verurteilt. Sie suchten zwar, dem Verderben zu entgehen, und versprachen, sich mit einer goldenen Kette zu lösen, welche rings um die Stadt Hamburg herum reiche; aber die Leute in Rügen ließen sich durch solche Versprechungen nicht blenden, sie waren froh, ihre Plagegeister in ihre Gewalt bekommen zu haben, und das Urteil wurde an ihnen vom Henker vollzogen. Noch heute zeigt man die Stelle, wo die beiden Räuber getötet und ihre Leichname eingescharrt sind; es ist das eine kleine Lichtung, inmitten der Stubnitz gelegen.

Die Schiffe der Seeräuber wurden auf Abbruch verkauft, und dabei erstand sich ein armer Tagelöhner die Mastbäume, um sie als Brennholz in seinem kleinen Haushalt zu verwenden. Wie er sich nun daran machte, die Masten in Stücke zu sägen, siehe, da fielen statt der Sägespäne kleine, blanke Körnchen zur Erde. Er schaute näher zu, und da ergab es sich, daß sämtliche Mastbäume inwendig hohl und die Höhlungen mit lauterem Golde gefüllt waren. Das war das Gold gewesen, aus welchem Störtebecker die Kette hatte anfertigen wollen, die er als Lösegeld in Aussicht gestellt hatte. Der arme Tagelöhner aber wurde durch die gefundenen Schätze ein steinreicher Mann, daß er genug hatte sein lebelang.

*Aus Jasmund: Mitgeteilt durch Herrn Dr. A. Haas in Stettin.*

### 657. Die Räuber im Mordkuhlenberg auf Wollin.[62]

Zwischen Warnow und Jordanshütte liegt der Mordkuhlenberg, in dem früher Räuber gehaust haben. Das war aber zu der Zeit, da Wollin noch Jollin hieß.

Die Räuber im Mordkuhlenberg verbreiteten großen Schrecken in der ganzen Gegend; so viel Menschen erschlugen sie, daß jeden Abend zwei von ihnen zum Warnower See mit einem Karren fahren mußten, um die blutigen Hosen der andern zu waschen. Niemand konnte mehr sicher in der Gegend reisen; denn die Schelme hatten eine Schnur über den Weg gezogen, die leicht mit Sand zugedeckt war. Dieselbe reichte bis in die Höhle hinein und war an ihrem Ende mit einer Haferschelle in Verbindung gebracht. Trat nun ein argloser Wanderer auf den Strick, so klingelte es in der Höhle, das Gesindel stürzte heraus und ermordete ihn.

Auf diese Weise hatten sich die Räuber einmal eines Mädchens bemächtigt, welches nach Jordanshütte gehen wollte. Da die Dirne aber jung und schön war, schonte man ihr Leben, nachdem sie zuvor einen fürchterlichen Eid geschworen, nie einem Menschen den Zufluchtsort ihrer Peiniger verraten zu wollen.

In der Höhle mußte sie allerhand Dienste verrichten; ihre Hauptarbeit aber war, die Hosen am Warnower See vom Blute zu reinigen und Würste von dem Fleisch der getöteten Menschen nach Jollin auf den Markt zu bringen. Dort traf sie einst ihren früheren Bräutigam; aber so sehr sie es auch wünschte, wagte sie dennoch nicht, ihm die Sache zu verraten, wegen des geschworenen Eides. Als der Bursche sie jedoch immer wieder und wieder mit Bitten bestürmte, befahl sie ihm endlich, sich unter die Brücke zu legen, wenn sie die Stadt verlassen würde. Dies that der Mann denn auch, und als das Mädchen es bemerkte, fiel sie vor einem Steine auf der Brücke nieder und klagte dem ihr ganzes Leid.

Der Bräutigam hatte unter ihr jedes Wort vernommen und zeigte die Sache schleunigst an. Nun nahm man viele Soldaten und zog zum Mordkuhlenberg hinaus. Dort machten die Kriegsleute ein Feuer an und bereiteten glühend heiße Kliebensuppe.

Wie das Mädchen das Herannahen ihrer Retter gewahrte, fing sie an zu jammern und klagte über Leibweh. »Nun, so leg' dich doch ins Bett«, rieten die Räuber. Sie aber verlangte nach frischer Luft und wollte entfliehen. Da merkten die Männer die Sache und schossen nach ihr. In demselben Augenblick waren aber auch schon die Soldaten da und gossen den Räubern die heiße Suppe in das Gesicht, daß ihnen die Augen zugeklebt wurden. Sodann schossen sie so lange hinein, bis keiner von ihnen mehr am Leben war.

Das Mädchen verheiratete sich darauf mit einem Manne, der auf ähnliche Weise, wie sie selbst, in die Hände der Räuber geraten war, sich aber, von der Jungfrau gewarnt, noch rechtzeitig aus der Höhle geflüchtet hatte. Alles Gold jedoch und die andern Schätze, welche die Räuber im Mordkuhlenberg aufgespeichert hatten, liegen noch bis zum heutigen Tage in dem Hügel verborgen.

*Mündlich aus Fernowsfelde auf Wollin.*

## 658. Ritter Flemming.

Vor vielen hundert Jahren lebte auf der Insel Wollin ein tapferer Ritter, namens Flemming. Der war einst mit dem Herzog von Pommern auf einen Kreuzzug zum heiligen Grabe gezogen und hatte seine Mutter Barbara, die ihn sehr liebte, allein mit einigen Knechten auf der Burg zurückgelassen. Wie nun die Witwe Barbara täglich nur für die glückliche Rückkehr ihres Sohnes betete und um das Hauswesen nicht viel sich bekümmern konnte, da trieben die Knechte allerlei Unwesen, und insonderheit legten sie sich auf die Wegelagerung und plünderten und erschlugen einen jeden, der durch die Gegend zog.

Eines Abends, als sie auch wieder auf der Lauer lagen, sahen sie einen einsamen Pilgersmann des Weges kommen. Der ging langsam und müde und seufzte oft schwer auf. Daraus schlossen die Knechte, er müsse große Schätze bei sich führen, die er aus fernen Landen mitgebracht und an denen er schwer zu tragen habe. Sie fielen daher unversehens über ihn her und erschlugen ihn; doch fanden sie nichts bei ihm, als einen goldenen Ring, den er am Finger trug. Den nahmen sie.

Weil der Ring nun ein sonderbares Wappen führte, so zeigten sie ihn am andern Tage der Edelfrau, und wie sie den Ring besah, da erkannte sie, daß er ihrem Sohn gehöre, und fragte hastig, wo der sei, der den Ring getragen habe. Da mußten die Knechte gestehen, daß sie ihn im Felde erschlagen hätten, und der Leichnam liege noch da. Jetzt war es schrecklich anzusehen, wie die alte, greise Edelfrau die Hände rang und jammerte. Sie lief zu der Stelle, wo ihr Sohn lag, und als sie ihn erkannt hatte, faßte sie wilde Verzweiflung, und sie stürzte sich in einen tiefen Sumpf, der in der Nähe war.

Die Stelle, wo der Ritter Flemming erschlagen ist, befindet sich in der Trebenower Feldmark, unweit Wollin. Sie hieß früher der Freudenberg, weil die alten heidnischen Wolliner dort ihren Götzen geopfert und dabei viele Feste gehabt hatten. Seit dem Tode des Ritters heißt sie aber bis auf diesen Tag der Trauerberg. Der Sumpf, in dem die Edelfrau ihren Tod fand, ist jetzt eine Wiese und wird nach ihr die Barbarawiese genannt.

*Temme, Volkssagen Nr. 145 aus den Alten der Pomm. Gesellschaft für Geschichte und nach Freiberg, Pomm. Sagen S. 88-94.*

## 659. Das Raubschloß bei Kantreck.

Zwei Meilen von Gollnow liegt das Dorf Kantreck, und, etwa eine Viertelmeile davon entfernt, sieht man auf ziemlicher Anhöhe dicht bei einem klaren See die Ruinen einer alten Burg. Das ist früher ein Raubschloß gewesen, der Familie von Köller gehörig. Kein Kaufmann oder anderer Reisender konnte ungeplündert durch die Gegend ziehen. Dabei hatten sich die Raubritter ihr Gewerbe so sehr erleichtert, daß sie nicht einmal nötig hatten, einen Späher auf die Zinnen ihrer Burg zu stellen; die armen Reisenden mußten ihnen vielmehr von selbst entgegen kommen.

Aus dem Burgsee ergoß sich nämlich ein kleines Fließ, welches später in den Gubenbach fiel. Dieses Fließ lief quer durch die Landstraße, so daß jeder Wanderer es passieren mußte. Nun hatten die Herren von Köller darüber eine Brücke schlagen lassen, dem Anschein nach zur Bequemlichkeit der Reisenden, in Wahrheit aber zur Erleichterung ihres bösen Gewerbes. Denn an der Brücke hatten sie einen Draht befestigt, der unter der Erde hin bis zur Burg hinaufging und dort an eine Glocke reichte. So wie nun jemand auf die Brücke trat, geriet durch die Erschütterung der Draht in Bewegung, und die Glocke in der Burg läutete. Alsdann brach alles auf und überfiel den arglosen Wanderer.

Dieses Unwesen dauerte bis zu der Zeit, da Gustav Adolf nach Deutschland kam; denn als der König durch Pommern zog und von der Räuberburg hörte, beschloß er sofort, sie zu belagern. Anfangs spottete sein der Raubritter, der damals auf dem Schloß hauste. Nachdem Gustav Adolf aber eine zeitlang davor gelegen hatte und die auf der Burg sehen mochten, daß keine Rettung mehr für sie sei, erschien auf einmal eines Abends in dem Zelte des Königs eine hohe, schöne Frau. Die weinte sehr und sprach zu ihm, sie sei die Frau des Herrn von Köller, und bat ihn inständig, doch ihrer und ihres Mannes zu schonen. Der König versprach ihr das auch für sie, von ihrem Manne wollte er aber nichts wissen. Da bat die Frau ihn endlich um freien Abzug dessen, was sie von der Burg werde tragen können, und das sagte ihr Gustav Adolf zu.

Am andern Morgen ließ sich die Zugbrücke der Burg nieder, und über dieselbe schritt die Frau von Köller und trug ihren Mann auf dem Rücken, den sie also rettete. Der König ließ darauf das Schloß zerstören und tötete alles, was darinnen war. Frau von Köller aber trug ihren Mann aus Furcht, den König möchte die Sache gereuen, über eine Viertelstunde weit, ehe sie ihn zur Erde hernieder ließ. An der Stelle, wo das geschah, bauten beide dann später das Dorf Kantreck.

*Nach Temme, Volkssagen Nr. 158.*

## 660. Die Räuber im Gollenberge.

Der Gollenberg hatte in früheren Jahren eine Menge tiefer und dunkler Waldklüfte, in denen sich lange Zeit hindurch große, furchtbare Räuberbanden aufhielten. Noch jetzt befindet sich mitten im Berge eine Vertiefung, die Räuberkuhle genannt, in der das Gesindel sein Hauptlager aufgeschlagen haben soll. Die Bande hatte sich so furchtbar gemacht, daß niemand wagte, sie anzugreifen, und daß sie deshalb ungescheut plündern und morden durften, was ihnen unter die Hände kam. Da wurden sie endlich auf folgende wunderbare Weise gefangen:

In der Herberge zu Köslin langte eines Abends bei großem Unwetter ein fremder Reisender an, der unter dem Gollenberge hatte herreiten müssen und dabei gar unheimliches Getümmel oben auf dem Berge vernommen hatte. Es war ihm deshalb eilig gewesen, die Stadt zu erreichen, und er zitterte noch und war bleich vor Schrecken, als er in das Gastzimmer trat. Darüber neckten ihn einige anwesende Gesellen, die sich hinter dem warmen Ofen und dem Glase Wein wunders wie tapfer und mutig dünkten.

Der Reisende, den das verdroß, bot ihnen eine große Summe Geldes an, wenn einer von ihnen oder auch sie alle es wagten, jetzt gleich auf den Gollenberg zu gehen und zum Zeichen, daß sie da gewesen, sein Tuch, das er ihnen hinlegte, um die eiserne Fahne binden würden, die zum Merkzeichen für die Schiffer auf der Spitze des Berges errichtet war. Da entfiel aber den Prahlern das Herz, und es hatte keiner den Mut, das Abenteuer zu bestehen.

Das hörte die Magd des Wirtshauses mit an, die eine muntere, beherzte Dirne war, und weil sie sehr arm war, so kam ihr die Lust an, daß sie das Geld verdienen möchte. Sie sagte das dem Fremden, der hatte nichts dagegen, und obgleich alle andern ihr abredeten und ihr vorstellten, wie sie in die Hände der Räuber fallen und dann niemals wiederkehren werde, so blieb sie doch fest bei ihrem Vorsatze. Sie nahm das Tuch des Reisenden und ging nun getrost ganz allein, in dunkler Nacht und bei schrecklichem Unwetter, aus der Stadt hinaus dem Berge zu.

Anfangs ging alles gut. Sie kümmerte sich nicht um das Heulen des Sturmes, der durch die Eichen fuhr, und nicht um das Krächzen der Raben und Eulen, die überall um sie her flogen. Als sie aber die Spitze des Berges erreicht hatte und so ganz allein dastand in dem furchtbaren Sturmwinde, in der Nähe der blutigen Räuberbande und fern von aller menschlichen Hilfe, und als auf einmal dicht bei ihr die alte eiserne Fahne anfing zu knarren, daß es ihr durch Mark und Bein fuhr; da klopfte ihr das Herz, daß sie es hören konnte trotz dem Heulen des Windes, und sie geriet in eine solche Angst, daß sie nur kaum noch zu der Fahne gelangen und das Tuch herumwinden konnte.

In dem Augenblick aber, als sie das that, hörte sie nahe bei sich ein lautes Horn, das furchtbare Horn der Räuber, das die Einwohner von Köslin nur zu oft in manchen Nächten, wenn das Gesindel in die Nähe der Stadt gezogen kam, gehört hatten. Da vergingen der armen Dirne fast die Sinne, und sie sah keine Rettung, wie sie in der dunklen Nacht und mit ihren vom Schrecken gelähmten Gliedern werde entfliehen können. Auf einmal erblickte sie neben sich ein Roß, das an einen Baum gebunden war. Es

Coeslin

war hoch und weiß von Gestalt und hatte einen silbernen Zaum. Auf das eilte sie zu und löste es von dem Baume und schwang sich hinauf. Und nun jagte sie vom Berge hinunter, was das Pferd nur laufen konnte.

Allein die Räuber hatten sie schon gewahrt, das Horn hatte sie alle beisammen gerufen, und plötzlich hörte sie, wie ein großer Haufe auf schnellen Rossen, die alle silberne Schellen trugen, hinter ihr her jagte und immer näher an sie herankam. Da trieb sie ihren Schimmel stärker an und jagte blind zu, den Berg herunter. Und als die Not am größten war und die Nächsten hinter ihr schon dicht bei ihr waren, da hatte sie gerade das Stadtthor erreicht und war gerettet.

Aber die Räuber hatten sie in so großer Verblendung und Wut verfolgt, daß sie nicht einmal gewahrten, wie sie sich in der Stadt befanden. Das war ihr Verderben; denn die mutigen Kösliner schlossen nun geschwind das Thor hinter ihnen zu und fingen sie alle. Am andern Tage darauf zogen die Bürger auf den Gollenberg und zerstörten das Raubschloß gänzlich. Sie fanden dort viele Gebeine von Erschlagenen, aber auch viele Reichtümer. Unter der Beute war auch das große Horn der Räuber, drei Fuß lang und von starkem Metall gegossen. Dasselbe wurde zum Horn des Nachtwächters für die Stadt bestimmt, und als solches thut es noch bis auf den heutigen Tag in Köslin seine Dienste.

*Temme, Volkssagen, Nr. 157; vgl. Pomm. Provinzial-Blätter. I. S. 211-216; II. S. 4, 6.*

## 661. Baggus Speckin.

Vor vielen Jahren lebte in Pommern ein wüster Raubritter, namens Baggus Speckin. Wie der des Gutes genug zusammengeraubt hatte, ließ er sich in der Gegend von Grimmen nieder und baute allda eine Burg, in welche er sich mit seinen vielen Reichtümern zurückzog. Auch legte er rund um seinen Burgsitz ein Dorf an, welches noch jetzt besteht und, weil es ein Pfarrdorf ist, gewöhnlich Kirch-Baggendorf genannt wird.

In seinen alten Tagen wurde der Raubritter aber trübsinnig und fühlte sich bettelarm in der Mitte seiner großen Schätze. Er fing nun an zu fasten und sich zu geißeln, aber er konnte dadurch keine Ruhe gewinnen; denn er fühlte, daß er durch Fasten und Kasteien allein den Himmel für seine vielen Unthaten nicht versöhnen könne. Da kam er zuletzt auf den Gedanken, daß er von seinem geraubten Gute drei Kirchen im Lande wolle erbauen lassen, in der Hoffnung, auf diese Weise den ewigen Zorn Gottes von sich abzuwälzen.

Um nun zu wissen, wo er die Kirchen errichten solle, ließ er eine Eule dreimal fliegen, und wo der Vogel sich jedesmal niederließ und einen Ruheplatz suchte, da glaubte er auch zur Ruhe seiner Seele eine Kirche hinsetzen zu müssen. Die Eule ließ sich aber nieder zu Baggendorf, Glewitz und Vorland, und dort ließ denn auch Baggus Speckin die drei Kirchen bauen, und sie stehen noch bis auf diesen Tag.

*Nach Temme, Volkssagen Nr. 69.*

## 662. Die Strandbewohner in Hinterpommern.

In vielen hinterpommerschen Dörfern an der Ostsee haben die Bewohner eine alte Sage, die aus den ältesten Zeiten von Vater auf Sohn übergegangen ist, daß ihre Stammeltern auf drei Schiffen in die Gegend gekommen seien und sich dort niedergelassen hätten. Besonders heimisch ist diese Sage in den Fischerdörfern um Rügenwalde und Colberg und in Nest, im Kirchspiel Möllen.

*Temme, Volkssagen Nr. 130 aus den Akten der Pomm. Gesellsch. f. Gesch.*

## 663. Der Teufelssee bei Marienfließ.

Unweit Marienfließ liegt ein kleiner, kreisrunder See von unergründlicher Tiefe. Ein paar Schuh breit steht Schilf am Rande, dann aber gehen die Ufer so steil herab, daß jeder, der sich dort baden will, rettungslos verloren ist. Mitten auf dem Wasser blühen im Sommer weiße Mummeln.

Seinen Namen hat der See davon erhalten, daß in ihm in den alten Zeiten die Königsmörderinnen der Umgegend ertränkt zu werden pflegten. Ein jetzt noch lebender Greis hat von seinem Großvater gehört, der selbst bei einer solchen Hinrichtung zugegen gewesen war, daß es da folgendermaßen zugegangen sei: Ein Mädchen hatte außer der Ehe ein Kind geboren und das arme Wurm sodann getötet. Die Sache war jedoch an das Tageslicht gekommen, und nun zog das ganze Dorf Marienfließ mit der Dirne an das Ufer des Teufelssees. Hier wurde das Mädchen ganz nackt ausgezogen und in Gesellschaft mit einem Hahn und einer Katze in einen Sack gesteckt. Derselbe wurde sodann oben zugebunden und an die Spitze einer langen Stange geknüpft. Darauf hoben einige Männer die Stange mit dem Sack in die Höhe und senkten sie in das Wasser hinein, ließen sie dort eine Weile unter dem Wasserspiegel, zogen sie dann von neuem heraus und wiederholten das so lange, bis Mädchen, Katze und Hahn erstickt waren. Darnach kehrte alles wieder nach Marienfließ zurück.

*Mündlich aus Marienfließ, Kreis Saazig.*

## 664. Das Bozelgeld in Schlawe.

Die Stadt Schlawe muß jährlich an die Stadt Rügenwalde eine Abgabe zahlen, die den Namen B o z e l g e l d führt. Die Abgabe und der Name sind auf folgende Weise entstanden: In dem Dorfe Altschlawe, hart an der Wipper, lag vor vielen hundert Jahren eine Burg, in welcher ein Graf als boshafter Raubritter sein Unwesen trieb. Insbesondere raubte er auch jährlich aus der Stadt Schlawe eine gewisse Anzahl Jungfrauen, die er in seiner Burg einsperrte. Dabei war er so grausam, daß er, wenn in einem Jahre die Zahl nicht vollzählig war, allen andern den Kopf abschlagen ließ.

Die Bürger von Schlawe hatten solche Ungebühr lange Zeit ertragen, weil sie gegen den gefährlichen Ritter nicht aufkommen konnten. Zuletzt wurde es ihnen aber doch zu arg, und sie versammelten sich nun, um zu beraten, wie sie der Not und des Elends ledig werden könnten. Sie vermochten indes kein Mittel ausfindig zu machen und mußten ohne Rat wieder auseinander gehen.

Nun besaß aber der Bürgermeister von Schlawe eine Tochter, die eine ebenso schöne als kluge und brave Jungfrau war. Als die erfuhr, worum es sich handele, hatte sie schnell einen Plan erdacht, wie man des wilden Grafen ohne große Gefahr habhaft werden könne. In der Nähe von Altschlawe, nach der Burg hin, lag nämlich ein Nußwäldchen. Dahin wollte die Jungfrau ganz allein gehen, als wenn sie Nüsse suche. Der Ritter würde sie dann sehen und geschwind herbeieilen, um sie zu entführen. Nun sollten die Männer von Schlawe sich in dem Gebüsch versteckt halten und über ihn herfallen und ihn fangen.

Der Bürgermeister hatte seine Tochter sehr lieb und mochte daher in ihren Plan nicht willigen, weil er ihm zu gefährlich für sie zu sein schien. Endlich mußte er aber doch nachgeben, und es kam darauf auch alles so, wie die kluge Jungfrau es sich gedacht hatte. Der Ritter war nur mit geringer Mannschaft aus der Burg gekommen, um sie zu fangen, und so gelang es den Bürgern leicht, seiner habhaft zu werden. Sie legten ihn sodann in Ketten und führten ihn im Triumphe in die Stadt, wo sie ihn in einen tiefen Kerker warfen, Gericht über ihn hielten und ihn zum Tode verurteilten.

Dieses Urteil konnten sie aber nicht so eigenmächtig vollstrecken, sondern sie mußten es zuvor von dem Herzog in Stettin unterschreiben lassen. Sie schickten es daher nach Stettin. Allein nun traf es sich, daß der Herzog mit dem Raubgrafen gut Freund war; er schrieb deshalb unter das Urteil die Worte:

»Kop af nich lät laewen.«

Und das schrieb er, ohne irgend ein Zeichen zwischen die Worte zu setzen, so daß es einen ganz zweideutigen Sinn hatte und man daraus entnehmen konnte, was man wollte. Die Bürger deuteten es denn auch zu ihren Gunsten und ließen dem Ritter den Kopf abschlagen. In ihrer großen Freude gingen sie sogar so weit, daß sie einen großen Freudentag hielten und mit dem abgeschlagenen Kopfe auf dem Markte herumkugelten, was im Plattdeutschen b o z e l n heißt.

Als das nun der Herzog in Stettin erfuhr, wurde er sehr zornig und legte seine Worte anders aus und belegte die Stadt mit einer Geldstrafe, welche sie nach Rügenwalde geben mußte und wozu jeder Bürger zu gleichem Teile beitragen sollte. Von dem Bozeln mit dem Kopfe des Ritters erhielt diese Abgabe den Namen B o z e l g e l d.

*Temme, Volkssagen. Nr. 141.*

## 665. Der Name Demmin.

Bei der Stadt Demmin liegt die Ruine einer alten Burg, welche noch jetzt das Haus Demmin heißt. Dieser Name ist auf folgende Weise entstanden: Die Burg war vor alten Zeiten von drei oder, wie andere erzählen, von zwei Prinzessinnen erbaut worden. Die versicherten sich gegenseitig ihr Miteigentum mit den Worten: »Dat Hûs is dîn un mîn!« Darum nannte man es zuerst dat Hûs Dînmîn, woraus dann später Demmin ward. Im Laufe der Zeit wurde nahe dabei eine Stadt gegründet, auf die nun ebenfalls der Name Demmin überging.

*Temme, Volkssagen Nr. 131 aus den Akten der Pomm. Gesellsch. f. Geschichte und nach Stolle, Geschichte von Demmin. S. 4.*

## 666. Der Name Usedom.

### I.

Vor Zeiten lebte auf der Insel Wollin ein Fürst, der auch die benachbarte Insel, welche damals noch keinen Namen führte, gern unter seine Botmäßigkeit bringen wollte. Er fing deshalb Krieg mit ihren Bewohnern an, die sich aber tapfer wehrten. Zuletzt wurde er des Streites müde und bot ihnen den Frieden unter sehr billigen Bedingungen an, und wie sie den nicht annehmen wollten, rief er aus: »O, so dumm!«, um anzuzeigen, wie dumm er die Leute erachte. Von der Zeit hießen die Bewohner der Insel zuerst die Osodummer, und nachher die Usedomer.

### II.

Eine andere Sage berichtet hierüber folgendes: Zu alten Zeiten, als die Insel noch keinen Namen hatte, aber schon viel Volks darauf wohnte, dachten die Leute daran, daß sie ihrem Lande doch einen Namen geben müßten. Sie kamen deshalb alle an einem Orte zusammen und machten unter sich aus, daß nach dem ersten Worte, welches einer von ihnen spräche, die Insel benannt werden sollte; denn sie waren überzeugt, auf diese Weise einen recht hübschen Namen zu erhalten.

Wie sie aber so beisammen waren, da wollte keinem ein gutes Wort einfallen, und sie standen alle still und stumm. Darüber ärgerte sich ein alter Mann dermaßen, daß er sich vergaß und plötzlich ausrief: »O, so dumm.« Damit wollte er nämlich ausdrücken, wie dumm sie doch wären, daß keiner einen Namen finden könne. So mußten sie sich nun selbst die Osodummer nennen, woraus dann später Usedom geworden ist.

*Temme, Volkssagen Nr. 132 aus den Akten der Gesellsch. f. Pomm. Geschichte.*

## 667. Der Name Swinemünde.

In alten Zeiten waren Usedom und Wollin nur eine einzige Insel, denn der jetzige Swinestrom hat sich erst nach und nach gebildet. Anfänglich stellte sich nur eine ganz kleine Furt ein, und um die zu überschreiten, brauchte man nur einen Schweinekopf hinein zu legen. Daher ist der Name Swine entstanden, der auch beibehalten wurde, als die Furt sich vergrößerte und endlich ein breiter Strom daraus ward. Von dem Fluß ging der Name auf die Stadt über, die später an der Mündung der Swine gebaut wurde, und die deshalb noch bis auf den heutigen Tag Swinemünde genannt wird.

*Temme, Volkssagen Nr. 133 aus den Akten der Pomm. Gesellsch. für Gesch.*

## 668. Die Mühlen bei Stettin.

An der klingenden Beek bei Stettin liegen sieben Mühlen, die vor alten Zeiten der Rat zu Stettin hat bauen lassen. Als sie fertig waren, fuhren die Ratsherren hinaus, sie zu besehen und ihnen Namen zu geben. Bei der ersten sagten sie: »Eine muß doch Malz mahlen!« (denn sie dachten zuerst an das gute Bier) und nannten sie deshalb Malzmühle. Die zweite hatte wenig Wasser; da sprachen sie: »Die ist für die Küken, sie soll Kükenmühle heißen.« Bei der dritten hörten sie einen Kuckuck schreien; die nannten sie die Kuckucksmühle. Auf der vierten empfing die Wirtin sie unfreundlich; darum erhielt sie den Namen Sursacksmühle. Umgekehrt war's auf der fünften, wo sie freundlich und aufmunternd, d. i. motgeberisch, aufgenommen wurden, und die darum die Motgebermühle genannt wurde. Bei der sechsten wollten die Räder gar nicht stille stehen; da sprachen sie: »Das ist die Klappermühle.« Die letzte endlich, welche am höchsten lag, nannten sie die Obermühle. Alle diese Namen führen die sieben Mühlen noch.

*Temme, Volkssagen. Nr. 147.*

## 669. Die treue Tochter.

Vor langen Zeiten haben einmal Gerichtsherren einen Mann zum Hungertode verurteilt und ließen ihn zu dem Zweck in einen dunkeln Kerker werfen. Da ist nun jeden Tag die Tochter des Mannes zu dem Turm gegangen, hat durch eine Öffnung der Mauer einen langen Schlauch gesteckt und dann dünne Suppe hinein gegossen. Auf diese Weise fristete sie ihrem Vater das Leben.

Als nun nach vielen Jahren nachgesehen wurde, lebte zu aller Schrecken der längst tot geglaubte Mann noch. Die erstaunten Gerichtsherren sahen die Sache als ein Wunder Gottes an und ließen den Unglücklichen frei. Auf die treue Tochter aber singt man noch heute folgendes Liedchen:

»Durch Mauern gesogen,
Hat Herren betrogen,
Ist Tochter gewesen
Und ist durch ihren Vater Mutter geworden.«

*Mündlich aus Kicker, Kreis Naugard.*

## 670. Der Burgwall im Wirchow-See.

Zwischen den Dörfern Wurchow und Sassenburg, im Neustettiner Kreise, liegt der Wirchow-See. Mitten in ihm befindet sich eine kleine Insel mit hohem Ringwall. Sie wird der Burgwall geheißen, und auf ihr soll vor Zeiten ein prächtiges Schloß gestanden haben.

Auf der gegenüberliegenden Seite des Sees, nach Sassenburg zu, war ehedem auch eine Burg, welche mit dem Seeschloß durch eine schmale Furt in Verbindung stand und von der ebenfalls noch Spuren zu sehen sind. Von diesen beiden Schlössern erzählt man sich folgende Sage:

Vor vielen Jahren lebte auf dem Burgwall ein Ritterpaar, welches mit dem Sassenburger Herren arg verfeindet war. Darum wollten sie es denn auch nimmermehr zugeben, daß ihr einziges Töchterchen den Sohn ihres Todfeindes zum Manne nehme. Da jedoch die beiden jungen Leute sich Treue auf ewig geschworen hatten, so achteten sie den Haß ihrer Eltern für nichts und wußten es so klug anzustellen, daß sie tagtäglich zusammen kamen. Sobald die Nacht heraufzog, stellte nämlich die Jungfrau ein helles Licht in das Fenster ihres Schlafkämmerleins, und kaum hatte der Junker von drüben den Schein erblickt, so sattelte er sein Roß und ritt, genau dem Lichtstrahl folgend, durch die Furt hindurch und erhielt darauf in den Armen seines Liebchens die Belohnung für den gefahrvollen Weg.

Das ging eine lange Zeit hindurch, als der Jungfrau Mutter von ungefähr hinter das Geheimnis kam. Arglistig wartete sie am Abend hinter der Thüre ab, bis ihre Tochter das Licht angezündet hatte, dann trat sie plötzlich zur Kammer hinein und löschte die Kerze aus. Der Junker von der Sassenburg war mit seinem Rosse schon in der Furt und schaute unablässig nach dem Lichte. Als es erlosch, geriet er vom Wege ab und versank samt seinem Pferde in dem tiefen See. So ließ die Schloßfrau von dem Burgwall ihrer Rachsucht das Leben des braven Jünglings zum Opfer fallen.

*Mündlich aus Wurchow, Kreis Neustettin.*

# Nachtrag.

## I. Die alten Götter.

**Zur Verbeitung des Woden-Kultus:** Im Kreise Greifenhagen kennt man Frû Gôden. – »Dei Wâur« oder »Dei Wâurke treckt.«

*Bentzin, Kreis Demmin.*

**Zur Verbreitung des Fria-Kultus:** In Petznick, Kreis Pyritz, und Umgegend besudeln die Knechte zur Zeit der Zwölften die Wocken, welche noch nicht abgesponnen sind, mit Unrat und sagen dann: »Dei Fujjen häbben in schêten.« – Vielleicht gehört auch hierher die Redensart: »Dei hät dea Fîk« = er ist schwermütig, er hat etwas im Kopfe.

*Ritzig, Kreis Schievelbein.*

**Nachtjäger:** In Rügen und Hiddensee ist der wilde Jäger allgemein unter dem Namen Nachtjäger bekannt.

## 671. Der Hunnebrink.

Ein Teil des Konower Pfarrackers, östlich von dem Dorfe nach Klein-Weckow zu, heit der Hunnebrink (= Hünenbrink). Dort hat fürher ein großer Stein gelegen, der jetzt zu dem Fundamente eines Konower Hauses gehört. Auf diesem Steine sah man die Abdrücke von Hundepfoten und einem Peitschenhiebe. Das hat der wilde Jäger gethan, als er mit seinen Hunden über den Hunnebrink zog.

*Konow, Kreis Cammin.*

## 672.

Die wilde Jagd wird von den gestorbenen Freischützen gebildet; der Teufel führt sie. Sie jagen Pferde, Hirsche und Rehe, vor allen Dingen aber heimliche Huren. Ruft man der wilden Jagd zu: »Half af!«, so wirft der Teufel etwas herab, meist eine Pferdekeule. Man muß aber dabei unter Dach und Fach stehen. Ein Schäfer rief auch einmal: »Half af!« Da warf's ihm einen Pferdeschinken herab, und eine Stimme rief dabei: »Nun iß auch!« – »Nein«, sagte der Schäfer, und der wilde Jäger konnte ihm auch wirklich nichts anhaben, denn er stand unter Dach und Fach; aber merken ließ er seinen Zorn, denn er rief: »Du solltest nur nicht unter Dach und Fach sitzen!«

*Quatzow, Kreis Schlawe; Petznick, Kreis Pyritz.*

## III. Die Zwerge.

Zu Nr. 69 ist die Sage aus Rothenkirchen bei R. B a i e r, Zeitschrift für deutsche Mythol. II. S. 143 ff. zu vergleichen. Dieselbe erscheint übrigens auch sonst auf Rügen lokalisiert.

Nr. 136 wird in Mönchgut ganz ähnlich von den witten Wîwern erzählt.

Nr. 109 ebenso in Gust, Kreis Bublitz erzählt, nur daß die Frau eine dicke Grütze vorgesetzt bekommt, schön mit Zucker und Zimmet bestreut. Als sie aber näher zusieht, sind's eitel Läuse.

Die Unnerêrtschen heißen gemeinhin Påepken.

Bentzin, Kreis Demmin.

Die Unnerêrsken haben schärfere Sinne, wie die Menschen. Sie können durch Mauern und Wände sehen.

Ferdinandshof, Kreis Ückermünde.

Die Zwerge heißen »Männken«. Sie sind ausgerückt, seitdem die Betglocke schlägt. Sie haben das Bumm im Kopfe nicht vertragen können, sonst wären sie heute noch da.

Petznick, Kreis Pyritz.

Die Kappen, welche die Unterirdischen tragen und die sie dem menschlichen Auge unsichtbar machen, heißen fast allgemein N e b e l k a p p e n.

### 673. Die witten Wîwer oder Nunnen.

Die witten Wîwer oder Nunnen vertreten auf der Halbinsel Mönchgut die Stelle der Unterirdischen, oder, besser, die Unterirdischen wurden früher auf Mönchgut allgemein witte Wîwer oder Nunnen genannt. Häufig sah man sie am Strande, wie sie dort Wäsche wuschen. Einst traf sie ein Fischer und hörte, wie sie unter einander sprachen:

> »Wî witt Wittowschen Wîwer,
> Wî wulle wull wâsche,
> Wenn wî wüsste
> Wûr witt warm Wåter wîr.«

Mönchgut auf Rügen.

### 674. Die witten Wîwer auf dem Swantegard.

Auf dem Großen-Zicker ist ein Höwt, welches Swantegart heißt:
Dår häbben voer Tîden de witten Wîwer wånt. Se häbben ganz witt ûtsêhen, häbben korte Röck anhätt un sünd ganz lütt west. Voer Swantegård in'n Wåter liggt 'n Rêje Stêne, as nå de Schnûr; dat sünd êre Waschstên west, un in'n Oewer häbben se êre Wånungen hatt. Dat hätt en ümmer sîr schmuck un sauber låten, un in êre Wånungen is ôk allens sauber west. Dår is in'n Swantegårt noch 'n Loch, dat hêten se dat Nunnenloch, dårin häbben de witten Wîwer wånt.

R. B a i e r, Zeitschrift f. deutsche Mythol. II. S. 145. Auch mündlich.

### 675. Der Auszug der witten Wîwer.

As de witten Wîwer hîr ûtwîst sünd, dôn sünd se oewern Mönkgråben (der Scheidegraben zwischen der Halbinsel Mönchgut und der Putbusser Herrschaft) treckt. Dår hätt ne Êk stån, un de witten Wîwer häbben sächt, nû würd de Êk verdroegen. Wenn se oewer wedder ûtschloege, denn würden se ôk wedder kåmen. As se nu weg west sünd, is de Êk verdroejt un is nich wedder utschlågen, un se häbben se vêle Jåren stån låten; se is oewer droeg blêwen, un dat is noch nich lang hêr, dat se se afhaugt häbben.

R. B a i e r, Zeitschrift f. deutsche Mythol. II. S. 145 ff. - Daneben wird auch von einer<br>Überfahrt der witten Wîwer nach dem pommerschen Festlande erzählt,<br>ähnlich wie in Nr. 679.

## 676. Die schwarzen, grauen, grünen und weißen Zwerge.

Vor Zeiten ist das ganze Rügenland voll Unterirdischer gewesen. Die haben in Hügeln, Hünengräbern und Uferabhängen gewohnt. Es gab ihrer vier verschiedene Arten: graue (grîse), schwarze, grüne und weiße. Die grauen waren den Menschen am gefährlichsten, demnächst die schwarzen. Beide haben Mädchen nachgestellt, Säuglinge vertauscht und den Menschen manchen Schabernack gethan. Die weißen aber waren fromm und gutthätig. Jede Partei hatte ihren eigenen König und ihre abgesonderten Wohnstätten. Der Hauptsitz der schwarzen war im Wallberge bei Garz; bei Bergelare und in den neun Bergen beim Dorfe Rothenkirchen wohnten die grauen, bei Patzig die weißen, und die grünen in der Granitz.

*R. Baier, Zeitschrift f. deutsche Mythol. II. S. 142.*

## 677. Die Unterirdischen im Dubberworth.

Auch im Dubberworth bei Sagard auf Jasmund haben vormals Unterirdische gewohnt. Zu der Zeit kommt einst einer zu einem Bauer in den Saiser, erhandelt von ihm eine Fuhre Getreide und heißt ihn das zu einer bestimmten Stunde an den Dubberworth bringen. Der Bauer aber weiß nicht, daß es ein Unterirdischer ist, mit dem er zu thun hat, und verwundert sich also, was das Getreide da solle; denn der Dubberworth ist ein großes Hünengrab ohne alle menschliche Wohnung. Antwortet der Fremde, er solle nur thun, wie ihm geheißen sei. So ist der Bauer denn auch hingefahren; und als er beim Dubberworth anlangt, findet er diesen weit offen stehen und den Unterirdischen seiner harren. Der empfängt ihn und führt ihn samt seinem Fuhrwerk eine gute Strecke in den Berg hinein. Dort wird das Getreide abgeladen, und der Unterirdische packt dann dem Bauern soviel Gold hinten auf den Wagen, als dessen Pferde nur immer ziehen können. Bevor er aber mit seinem Gefährt aus dem Berge heraus sei, solle er sich nicht umschauen, lautet die Weisung beim Abfahren. Den Bauer dünkt der Weg bis ins Freie erschrecklich lang, und kaum ist er mit den Pferden wieder unter Gottes blauem Himmel, da läßt es ihn nicht länger, daß er sich nach dem Golde umsieht. Und siehe da! Augenblicklich schließt sich der Berg vor seinen sehenden Augen. Der Bauer mit den Pferden und dem Vorderwagen entkommt glücklich, den Hinterwagen mit dem Golde aber hat der Dubberworth verschlungen.

*Ebenda. S. 142 ff.*

## 678. Die Unterirdischen auf dem Zudar.

Auf dem Zudar ist ein Hügel, in welchem früher Unterirdische gehaust haben. Dort reitet einst, abends spät, einer vorbei, der trifft die Unterirdischen, wie sie draußen am Hügel schmausen und zechen. Da bittet er sich im Übermute auch einen guten Trunk aus; und sogleich bringt ihm einer vom kleinen Volke einen gefüllten goldenen Becher. Der Reiter aber schüttet das Getränk über seinen Kopf weg, giebt dem Pferde die Sporen und jagt mit dem Becher als Beute davon. Da ruft es hinter ihm: »Vîrbên lôp, Ênbên krijt dî!« Und die Unterirdischen, die nur ein Bein gehabt haben, sind flugs hinter ihm drein. Ja einer ist schon nahe daran, das Pferd am Schweife zu fassen, als er die Zudarsche Kirche erreicht und gerettet ist. Dort in der Kirche ist noch heute das Becken zu sehen.

*Ebenda. S. 144.*

## 679. Der Auszug der Unterirdischen aus Rügen.

Später haben die Unterirdischen das Land verlassen. Sie sind durch ganz Rügen gezogen und haben sich vom Goldberge aus, der hinter Poseritz liegt, vom Glewitzer Fährmann übersetzen lassen. Dieser ist dadurch zu großem Reichtum gelangt, und seine Nachkommen sind noch bis auf den heutigen Tag vermögende Leute.

Zu ihm also kommt eines Abends ein kleiner Mann und bestellt ihn zum Überfähren. Da hat er denn die ganze Nacht fähren müssen und doch nicht gesehen, was er überbrachte, sondern nur die Last in der Fähre gefühlt, daß das Boot tief hineinsank. Als das letzte Boot voll hinüberfährt, fragt ihn der kleine Mann, ob er einen Scheffel Geld haben oder kopfweise für seine Arbeit bezahlt sein wolle. Der Fährmann wählt den Scheffel Geld. Dann fragt ihn der Kleine wieder, ob er auch wohl wissen möge, was er gefahren, und als er das bejaht, setzt der Mann ihm seine Mütze auf. Da sieht der Fährmann das ganze pommersche Ufer wimmelnd von Unterirdischen und erfährt von seinem Begleiter, daß sie alle Rügen verlassen, da für sie kein Segen mehr im Lande sei, seit die Menschen angefangen haben, Brot und Getreide zu kreuzen und den Besen aufrecht hinzustellen, mit dem Stiel nach unten.[63] Von da an nämlich haben die Unterirdischen nicht mehr darankommen können. Einige erzählen, daß es allein die grünen Zwerge gewesen sind, welche sich mit ihrem Könige bei Goldberg haben übersetzen lassen.

*Ebenda. S. 144 ff.*

## 680. Die Unnerirdschken bei Callies.

Vor Zeiten wohnten in den beiden zur Rechten und Linken der Stadt Callies liegenden Bergen zwei Unnerirdschken-Familien. Dieselben standen in freundschaftlichem Verkehr mit einander und benutzten abwechselnd einen ihnen gemeinsam gehörigen Backtrog. Eines Tages aber wollten beide Familien zu gleicher Zeit backen, und keiner mochte warten. Deswegen erzürnten sie sich, und voller Zorn nahm das Oberhaupt der einen Familie einen gewaltigen Stein und schleuderte ihn über die Stadt weg auf die Wohnung der andern. Diese rächten sich, indem sie einen noch größeren Stein zurückwarfen. - Ein Teil dieser Steine ist abgesprengt. Immerhin ist genug übrig geblieben, um noch heute von der Riesenkraft und dem gewaltigen Zorne der Unnerirdschken Zeugnis abzulegen.

*Durch Herrn Dr. K. Brunk in Stettin.*

## 681. Die Unnerêrdschen setzen den roten Hahn aufs Dach.

Zu einem Bauer in Neuklenz kam eines Tages ein Unnerêrdscher und fragte an, ob seine Leute nicht in dem Hause eine Hochzeit feiern dürften. Es solle sein Schade nicht sein; nur dürfe sie niemand bei dem Feste belauschen. Der Bauer willigte ein, war aber selbst so neugierig, daß er in den Kasten der Wanduhr kroch, um von da aus die Unnerêrdschen zu belauschen. Niemand bemerkte ihn, und das Fest war beinahe zu Ende, da überkam ihn ein Husten. Im Nu verschwanden die kleinen Leute, der Unnerêrdsche aber, welcher ihn um die Erlaubnis gebeten hatte, riß voll Zorn den Uhrkasten auf und sprach zu dem Bauer: »Hättest du dein Wort gehalten, ich hätte dir Gold über Gold gegeben; so werde

CALLIES

ich dir den roten Hahn auf das Dach setzen!« Und so kam's auch. Ehe es sich der Bauer versah, brannte sein Haus lichterloh; kein Löschen half, und nach wenig Stunden war er bettelarm geworden.

*Neuklenz, Kreis Fürstentum.*

## IV. Hausgeister und Hausschlangen.

Zur Verbreitung der Namen: Pûk (Pôk), Pûks; Rôdbüksch, Rôdjäckte; Alf. – Die Form Pûk findet sich auf ganz Rügen, hie und da (so bei Garz) auch Pôk ausgesprochen; die Form Pûks in Vorpommern bis in die Pasewalker Gegend hinein, auf Usedom und Wollin, sowie in dem Kreise Cammin. – Nach seiner Kleidung wird der Kobold genannt: Kr. Ückermünde »rôdjäckiger Jung«; Kr. Randow-Greifenhagen »Rôdbüksch«; Kr. Pyritz und Saazig »Männke mit den rôden Käpsel«; Kr. Naugard »rôdbücksiger Jung« oder »Rôdjäckte«; Kr. Fürstentum »Rôdjackte«. – Vom Kreise Regenwalde an östlich kennt man den Kobold sonst allgemein als Alf, daneben wird er hie und da außerdem noch, wie in dem mittleren Pommern, »Männke mit den rôden Käpsel« oder »Männke mit den rôden Jäcke« genannt (so z. B. in Dörfern des Kreises Schlawe). Auch auf Rügen hörte ich den Pûk »Jung mit de rôde Mütz« nennen.

Zu Nr. 141. Dieselbe Sage wird von R. Baier, Zeitschrift f. deutsche Mythol. II. S. 147, aus Rügen berichtet.

Zu Nr. 154. Der Glaube, daß der Kobold in den sogenannten Spareiern sitzt, findet sich allgemein in den Regierungsbezirken Stettin und Cöslin. Man muß darum ein solches Ei über das Dach des Hauses werfen. Im Pyritzer Kreise gilt die Vorschrift, daß dies rücklings zu geschehen hat.

Zu Nr. 167. Der Glaube an die Hausschlangen ist allgemein verbreitet in Pommern.

## 682. Der Pûk in Rügen.

Vor Zeiten haben die Bauern viel unter dem Pûk zu leiden gehabt. Er stahl ihnen das Korn und trug's seinem Herrn zu. Wer einen Pûk besaß und ihn um seiner Seelen Seligkeit willen wieder los werden wollte, brauchte ihm nur einen neuen Anzug in die Krippe zu legen. Dann blieb er weg.

*Insel Rügen.*

## 683. Der Klabautermann.

Wenn ein Kind einen Bruchschaden bekommt, wird ein junger Eichbaum gespalten, das Kind bei Sonnenaufgang dreimal durch den gespaltenen Baum gezogen und dieser wieder zusammengebunden. So, wie der Baum zusammenwächst, so verwächst der Bruch. Stirbt ein auf diese Weise geheilter Mensch, so geht sein Geist in den Baum über. Wird dieser nach Jahren zum Schiffsbau tauglich und dazu benutzt, so entsteht aus dem im Holze weilenden Geiste der Klabautermann.

*R. Baier, Zeitschrift f. deutsche Mythol. II. S. 141.*

## 684.

Wenn das Schiff auf dem Stapel steht und das letzte Stück Holz darin angebracht ist, dann geht auch der Klabautermann darauf. Sehen läßt er sich nicht leicht; doch hab' ich ihn gesehen - so berichtete der greise Erzähler -, als ich noch zur See fuhr. Er ist ein kleiner Mann (he is as'n lütt Mann) mit großem Kopf und hellen Augen und hat ganz feine Hände. Wenn das Schiff in Not kommen soll, macht er großen Lärm.

*R. Baier, ebenda. S. 141 ff.*

## 685. Zwei Klabautermänner streiten sich.

Zwei Schiffe liegen im Hafen. Da kommen die Klabautermänner zusammen und erzählen sich von ihren Fahrten. »Ja«, sagt der eine, »ich habe Arbeit auf der letzten Reise gehabt! Eine Seitenplanke riß los, da mußte ich fortwährend festhalten, daß das Wasser nicht ins Fahrzeug lief.« - »Ach«, entgegnet der andere, »da habe ich es doch schwerer gehabt. Als wir abgesegelt waren, kam ein Sturm auf, und der große Mastbaum brach unten ab. Den hab' ich auf der ganzen Fahrt halten müssen.« Der erstere wollte nicht zugeben, daß das schwerer sei, und darüber kamen sie zu Zank und endlich zu Schlägerei.

*R. Baier, ebenda. S. 142.*

## 686. Die Klabåtermännken und der Schneider.

In Greifswald lebte ein Schneider, dem hatten die Klabåtermännken dazu verholfen, daß er aus einem armen Handwerksburschen ein reicher Mann geworden war. Er brauchte das Zeug, welches ihm seine Kunden brachten, des Abends nur auf den Tisch zu legen, des Morgens hing der Anzug fix und fertig am Nagel und paßte, wie angegossen. Eines Nachts belauschte er die Klabåtermännken, und da sah er nun, wie sie hinter der Hölle hervorkrochen und sich an die Arbeit machten. Einer legte Maß an, der andere schnitt zu; diese nähten die Stücke zusammen, und jene bügelten das Zeug auf; kurz, sie waren geschäftig und fleißig, wie die Immen im Immenrumpf. Nur das dauerte den Schneider, daß sie so wenig auf dem Leibe hatten. Am andern Abend legte er ihnen darum zu ihrer sonstigen Arbeit ein großes Stück Tuch auf den Tisch, daß sie davon sich selbst neue Kleider anfertigen möchten. Als er jedoch den Morgen darauf in die Werkstatt trat, fand er alles so liegen, wie er es am Tage zuvor verlassen hatte. Und seitdem sind die Klabåtermännken nie wiedergekommen. Es hat sie gekränkt, daß ihnen der Schneider ihren Lohn auszahlen wollte.

*Greifswald durch Dr. A. Haas, Stettin.*

## 687. Der Däumling.

Auf dem Thürsee bei Stolzenburg fischte einmal ein Fischer. Da bemerkte er neben dem Boote ein kleines Kerlchen, so groß, wie ein Daumen; das sprang immerfort von einem Mummelblatt zum andern und sang dazu: »Hier sollst du sitzen, da sollst du sitzen!« Der Fischer schlug mit dem Ruder nach dem Däumling, konnte ihn aber nicht treffen. Da nahm er seinen Kescher und fing ihn, steckte ihn in den Sack und ruderte nach dem Ufer zurück. »Warte nur, Teufel«, sprach er, »du hast mich schon oft geärgert, jetzt werde ich dich über die Grenze bringen, damit du nie wieder in den See kannst.« Mit diesen Worten nahm er den Sack mit dem Däumling auf den Rücken und ging. »Und daß du dich ja nicht schwer machst!« rief er noch im Gehen ihm zu. Je mehr der Fischer sich der Grenze näherte, um so schwerer machte sich trotz alledem der Däumling. Da wurde der Fischer zornig und schlug so lange auf den Däumling ein, bis dieser wieder ganz leicht wurde. Jetzt bat der Däumling, so sehr er konnte, der Fischer möge ihn doch nicht über den Kreuzweg tragen, er wolle ihm auch so viel geben, daß er sein ganzes Leben daran übergenug habe. »Gut«, sagte der Fischer, »wenn das ist, werde ich dich herauslassen«, und band den Sack auf. Kaum war der Däumling jedoch frei geworden, so fuhr er in die Lüfte und beschüttete den Mann dermaßen mit Schmutz und Unrat, daß er den Gestank sein Leben lang nicht wieder los werden konnte. Das hatte er davon, daß er sich nicht ausbedang, was der Teufel ihm geben wollte; so mußte er nehmen, was dieser ihm gab. – Und als er am andern Tag wieder an den See kam, hatte ihm der Däumling obendrein seinen Kahn oben in den Zopf eines hohen Baumes gesetzt, so daß er ihn gar nicht allein wieder herabkriegen konnte.

*Stolzenburg, Kreis Randow.*

## 688. Der Drachenbaum.

In Gust heiratete ein Bauer eine Bauerntochter aus der Nachbarschaft. Als Mitgabe bekam das Mädchen von ihren Eltern einen Strauch. Welcher Art derselbe angehörte, war dem Erzähler entfallen. Diesen Strauch nun pflanzte die junge Frau in eine Ecke hinter dem Hause. Und als er festgewurzelt war, da trug er dem jungen Bauer das Geld zu, daß er in kurzer Zeit ein steinreicher Mann wurde. Zum Lohne dafür erhielt der Strauch jedes Jahr an einem bestimmten Tage ein Brot an den Stamm gelegt. - Es ärgerte die Leute im Dorf, daß der Bauer sich durch den Baum das Geld zutragen ließ, und eines Nachts machten sich zwei Knechte an die Arbeit und gruben ihn aus und pflanzten ihn an einen andern Ort. Was half's! Den Morgen darauf stand er an seiner alten Stelle und schleppte dem Bauern Geld herbei, wie zuvor.

*Gust, Kreis Bublitz.*

## 689. Der Michel wird angeführt.

Der Michel bekam von seinem Herrn täglich eine Schüssel mit Klößen auf den Hahnenbalken. Dafür trug er ihm so viel Korn zu, daß die beiden Drescher arbeiten mochten, soviel sie wollten, und doch nicht weniger Garben wurden. Endlich steigt der eine hinauf, ißt dem Michel die Klöße weg und hoseriert in die Schüssel. Mit einem Male hören sie die Stimme des zurückkehrenden Michel:

>»Hundert Meilen gezogen,
>Hundert Scheffel getragen,
>Und noch Menschendreck zum Abendbrot!«

Sprach's und warf das Gefäß in die Tenne, daß es in tausend Stücke zerbrach.

*Trzebiatkow, Kreis Bütow.*

## V. Die Wassergeister.

### 690. Matrose tötet das Kind einer Seejungfer.

Einst kam eine Bark von Konstantinopel. Als sie nun längs der Küste von Sizilien fuhr, ging sie vor Anker und setzte ein Boot aus, um Wasser aufzunehmen. Es dauerte auch gar nicht lange, so fanden sie in einem Winkel frisches Wasser, daß sie damit die sechs Fässer füllen konnten. An dem Wasser saß aber eine Seejungfer, die hatte Hände und Füße, wie Entenfüße, und ihr kleines Kind hielt sie im Arm. Als sie die Schiffsleute kommen sah, floh sie davon und ließ das Kind im Stiche. »Was soll das kleine Ungetüm?« sprach der Matrosen einer. »Laß das Kind liegen!« warnte der Steuermann; aber der Matrose kehrte sich nicht an die Warnung, ergriff das Kind und zerschmetterte ihm den Kopf mit einem Steine. Darauf nahmen sie das Wasser ein und kehrten wieder auf das Schiff zurück. - Nachdem sie drei Tage gesegelt waren, fiel unversehens der Matrose, welcher das Kind der Seejungfer erschlagen hatte, über Bord. Das übrige Schiffsvolk schaute ihm nach, daß sie wüßten, wo er wieder auftauchte; aber er kam nicht zum Vorschein. Endlich, nachdem wohl eine gute Stunde darüber vergangen war, tauchte die Seejungfer im Kielwasser auf und hielt den Matrosen in den Armen, stieß ihn von sich, und, siehe, sein Leichnam trieb oben auf dem Wasser. Da war es klar, die Seejungfer hatte ihn ertränkt, weil er ihr Kind so grausam zu Tode gebracht hatte.

*Grambin, Kreis Ückermünde.*

### 691. Die Seejungfern und die Schiffer.

Auf die Seejungfern geben die Schiffer fleißig acht. Wenn dem Fahrzeug eine Seejungfer entgegenkommt und dabei ruhig schwimmt, so bedeutet das gute Fahrt. Schlägt die Seejungfer aber dabei die Hände über dem Kopf zusammen, so bedeutet das ein großes Unglück.

*Stepnitz, Kreis Cammin.*

## VII. Die verwünschten Dinge.

### 692. Die Soldaten im Burgwall.

Früher wohnten im Dorfe Schwierenz auf Jasmund Bauern. Nun ist das Dorf verschwunden, und es stehen nur einige Katen dort. Eines Morgens, vor Aufgang der Sonne, wollte ein Bauer von dort Hafer nach Bergen zum Verkaufe fahren; und als er in den Weg kam, der von Stubbenkammer nach Nipmerow führt, stand da ein Mann, der fragte, ob er ihm seinen Hafer nicht verkaufen wolle. Der Bauer geht auf den Handel ein und muß dem Fremden nun folgen. Der führt ihn, so dünkt es den Bauer, den Weg nach dem Borgwall (Herthaburg); da es aber immer noch finster bleibt, ist nichts zu erkennen. So gelangen sie über Zugbrücken und durch Thore in ein großes Gebäude; nach der Rechnung des Bauern muß es im Burgwall sein. Da werden die Pferde abgeschirrt, der Hafer wird abgeladen, und der Bauer wird von seinem Begleiter in einen Saal geführt. Dort sieht er viele, wie Soldaten bewaffnete Männer an langen Tischen sitzen, die haben alle das Haupt auf den Arm gestützt und schlafen. Als er hineintritt, erwachen sie und fragen, was es Neues in der Welt gebe. Er antwortet: »Nichts Neues!« Und da schlafen sie wieder weiter. Dann führt ihn der Mann in ein zweites Gemach. Da stehen an Krippen viele Pferde. Und bei jedem Pferde steht ein gerüsteter Mann. Sie gleichen Husaren. Den einen Arm haben sie auf den Rücken der Pferde gelehnt und schlafen ebenfalls. Als der Bauer hereintritt, wachen die Männer auf und thun dieselbe Frage, was es draußen Neues gebe. Auf die Antwort: »Nichts Neues!« schlafen auch sie weiter. Nachdem der Mann ihn darauf aus dem Gebäude geleitet, ihm das bedungene Geld für den Hafer gegeben, auch ihn und seine Pferde mit reichlicher Nahrung gesättigt hat, fährt der Bauer ab, und da er hinauskommt, ist es noch immer finster. Als er aber die Stelle wieder erreicht, wo er am Morgen den Fremden angetroffen hat, geht die Sonne soeben unter.

*R. Baier, Zeitschrift f. deutsche Mythol. II. S. 146.*

## VIII. Der Teufel.

### 693. Seefahrer, Schuster und Schneider.

Es waren einmal ein Schuster, ein Schneider und ein Seefahrer, die kamen in große Not. Da machten sie mit dem Teufel einen Bund, daß er alle ihre Wünsche erfüllen solle, und verschrieben ihm dafür ihre Seelen. So wünschten sie sich Geld die Hülle und Fülle, gutes Essen und Trinken und, was ihnen sonst nur in den Sinn kam. Als aber ihre Zeit bald um war, dachten sie sich jeder noch einen Wunsch aus, den der Böse nicht erfüllen konnte; denn in dem Fall waren sie ihres Wortes quitt, und der Teufel war um die Seelen betrogen. Verlangte der Schneider also, der Teufel solle ihm den Abschnitt von all dem Zeuge, welches er in früherer Zeit verarbeitet hatte, groß und klein, jedes Fleckchen, was in die Hölle gefallen war, in ein Stück zusammennähen, und dürfte dabei doch keine Naht zu sehen sein. Damit war der Teufel bald fertig und drehte dem Schneider den Hals um. Ebenso erging es dem Schuster; der hatte verlangt, all der Abfall vom Leder, welches er unter den Händen gehabt hatte, solle wieder zu einer Haut werden. Der Seefahrer aber hat dem Teufel die Aufgabe gestellt, ein Ankertau aus Haffsand zu machen. Der Teufel hat sich auch darangemacht, ist aber damit nicht zustande gekommen, und der Seefahrer hat seine Seele und sein Leben behalten.

*R. Baier, Zeitschrift f. deutsche Mythol. II. S. 147 ff.*

## 694. Der Müller und der Teufel.

In einem Dorfe wohnte einmal ein armer Mann mit vielen kleinen Kindern. Da er nicht soviel verdienen konnte, wie er mit seiner Familie gebrauchte, so ging er zum Müller und bat ihn, daß er ihm einen Scheffel Roggen borge. Als dieser verzehrt war, ging er wieder zum Müller, bezahlte die alte Schuld und borgte einen neuen Scheffel Korn. Und so ging es fort eine gute Zeit. Der Verdienst wurde aber immer schlechter, so daß der arme Mann endlich gar nicht mehr zahlen konnte und darauf los borgen mußte. Als der sechste Scheffel aufgezehrt war, schämte er sich, dem Müller wiederum mit einer Bitte zu kommen, obwohl dieser ihn niemals abschlägig beschieden hatte. Aber Hunger thut weh, und weil ihm von anderer Seite her keine Hülfe werden wollte, entschloß er sich schließlich doch auf die Mühle zu gehen.

Der Müller war sehr freundlich, als der Mann ihm die Bitte vorgetragen hatte, und sprach: »Ich will dir sechs Scheffel borgen, wenn du mir versprichst, die ersten drei Nächte nach meinem Tode an meinem Grabe Wache zu stehen. Und thust du's, so sollst du alles geborgte Korn zum Geschenk erhalten und zwölf weitere Scheffel obendrein.« Der Tagelöhner sah den Müller an, wie er ein junger, starker Mann war, und dachte: »Der macht's sicherlich länger, wie du!« und er sprach laut: »Darauf geh' ich ein.« Da gab ihm der Müller sechs Scheffel Roggen, und er kehrte vergnügt und guter Dinge zu seiner Frau zurück.

Es dauerte gar nicht lange, so starb der Müller, und den Tagelöhner überfiel Todesangst, als er seines Versprechens gedachte. In seiner Not lief er zum Pastor und erzählte ihm alles, wie es gekommen war. Der sprach: »Was du versprochen hast, mußt du halten. Wenn du jedoch thust, was ich dir sage, darfst du ohne Furcht sein, und es wird dir nichts Böses widerfahren. Nimm diesen Stock und geh zu dem Grabe des Müllers und beschreib damit einen Kreis um dich, stell dich hinein und verhalt dich ganz ruhig, was auch immer geschehen mag.« Der arme Mann that, wie ihm der Pastor geboten hatte, schlug mit dem Stock einen Kreis um sich bei dem frisch aufgeworfenen Grabe und stellte sich hinein.

Als die Glocke elf schlug, kam der Teufel mit großem Gepolter durch die Luft gefahren, gerade auf das Grab des Müllers los, schaufelte den Sarg aus der Erde, öffnete ihn und nahm die Leiche heraus. Dann zog er ihr das Fell über die Ohren und hing es sich selbst um und ging damit ins Dorf. In der Mühle aber spukte es in dieser Nacht so gewaltig, daß alle Leute aus dem Hause liefen. Kurz vor zwölf Uhr war der Teufel wieder auf dem Kirchhof, zog der Leiche das Fell an und warf das Grab zu, daß es aussah, als sei es niemals offen gewesen.

Kaum daß der Morgen graute, so ging der Mann zum Pastor und erzählte ihm alles, was sich in der vergangenen Nacht zugetragen hatte. Der Pastor sprach: »In der nächsten Nacht wird dir dasselbe geschehen, wie das erste Mal, und hast du's überstanden, so komm zu mir, daß ich dir neuen Rat erteile.« Richtig, es geschah alles so, wie es in der ersten Nacht geschehen war, und der Tagelöhner hielt wiederum aus und rückte und rührte sich nicht, als der Teufel mit der Leiche sein Wesen trieb. Den Morgen darauf gab ihm jedoch der Pastor einen Stock, mit einem eisernen Haken am Ende, und sprach zu ihm: »Wenn der Teufel heute nacht vom Dorfe zurückkommt und den Sarg wieder öffnet, wird er das Fell für einen Augenblick beiseite legen. Dann faßt du's mit dem Haken und ziehst es in den Kreis hinein und giebst es nicht wieder heraus, mag dir der Teufel anbieten, was er will.« Der Tagelöhner versprach dem Pastor, daß er ihm in allen Stücken folgen wolle, und stellte sich am Abend des dritten Tages wieder mit dem Haken in den Kreis hinein.

Um 11 Uhr kam der Teufel und that, wie er die beiden ersten Nächte gethan; doch diese Nacht spukte es noch ärger in der Mühle, denn zuvor. Als er nun wieder aus dem Dorfe zurückkam, das Fell auszog und neben den Sarg legte, um diesen zu öffnen, da schlug der Tagelöhner den Haken in die Haut ein und zog sie zu sich in den Kreis. Wie das der Teufel bemerkte, bat er den Mann, so sehr er nur konnte, die Haut wieder zurückzugeben, er solle auch soviel Geld dafür bekommen, als er nur irgend haben wolle. Der Tagelöhner dachte jedoch an das Versprechen, das er dem Pastor gegeben, und rückte und rührte sich nicht. Der Teufel wurde hitziger und hitziger; mit einem Male schlug es zwölf, und seine Macht war gebrochen, und mit großem Getose mußte er durch die Luft in die Hölle zurückfahren. Dabei gab's einen Gestank, daß weit und breit alles damit erfüllt war; aber dem Tagelöhner schadete es nichts, weil er in dem Kreise stand.

Am andern Morgen kam der Mann mit der Haut zum Pastor. Der zog sie dem Müller wieder an; und seit der Zeit hatte er Ruhe und wird sie haben bis an den jüngsten Tag. Der Tagelöhner aber durfte das geborgte Korn behalten und bekam 12 Scheffel obendrein, wie er es vorher mit dem Müller abgemacht hatte.

*Völschendorf, Kreis Randow.*

## IX. Hexen und Zauberer.

Zu S. 329, Blocksberge, ist nachzutragen: ein Blocksberg in Moritzfelde bei Stargardt, Kreis Saazig; ein Blocksberg bei Schlawe, Kreis Schlawe. - Im übrigen vergleiche man zu dem ganzen Abschnitt meine Arbeit: Hexenwesen und Zauberei in Pommern. Stettin 1886. Komm.-Verlag von Köbner in Breslau.

## X. Die Mahrt.
### 695. Schutz vor der Mahrt.

Wenn die Mahrt einen Menschen geritten hat und er wieder aufgewacht ist, so muß er der davoneilenden geschwind das Versprechen abnehmen, am andern Morgen zu kommen und kalte Schale und ein Butterbrot zu fordern. Dann muß sie kommen, und man läßt sie nicht eher wieder ihre Straße ziehen, bis sie heilig und teuer versprochen hat, nie wieder zu kommen. Quatzow, Kreis Schlawe. - Wer von der Mahrt geritten wird, nehme eine ganz neue Flasche und einen ganz neuen Korken. Sobald die Mahrt verschwunden ist, stehe man auf, lasse Wasser in die Flasche und stelle dieselbe dann über ein Feuer. Es wird nicht lange währen, und die Mahrt meldet sich und bittet, den Korken von der Flasche zu entfernen. Man willfahre ihr, und sie kommt nie wieder. Quatzow, Kr. Schlawe. - Die Mahrt kommt zumeist durch den Schornstein, um den Schläfer zu reiten. Man hänge den Kesselhaken drei

Schåk höher oder niedriger, und sie kann nicht kommen. Quatzow, Kreis Schlawe. – Wenn die Mahrt auf dem Schläfer liegt, muß geschwind jemand das Traukleid oder, wenn der Gerittene ein Mann ist, den Kirchenstaat nehmen und über den Schläfer werfen. Dann ist die Mahrt gefangen und kann nicht wieder fort. Quatzow, Kreis Schlawe. – Um vor der Mahrt sicher zu sein, verstopfe man das Klinkenloch. (Allgemein.) – Wer von der Mahrt geritten wird, stelle die Pantoffeln verkehrt vor das Bett, so daß die Spitzen nach außen stehen. (Allgemein.) – Wer von der Mahrt geritten wird, muß umgetauft werden von einem andern Pastor, unter Zuziehung neuer Paten. (Allgemein.) – Um sich vor der Mahrt zu schützen, muß man am Abend vor dem Schlafengehen drei Kreuze über dem Bette machen. (Stargardt, Kreis Saazig.)

## 696. Der Mahr in Rügen.

Der Mahr[64] (Môr) reitet den Menschen. Er kommt von den Füßen langsam herauf, wie eine Katze, und legt sich auf die Brust des Schlafenden, daß dieser stöhnt und ächzt und vor Schweiß so naß wird, als wenn er aus dem Wasser geholt wäre. Aber zu sprechen vermag er nicht, er erwacht nicht von dem Rütteln, und man kann ihn nur erlösen, indem man ihn bei seinem Taufnamen ruft.

De Môr ritt de Pîrd, dat se staenen as'n Minsch. De Maenen verfilzen sik, dat se går nich von 'nanner to bringen sünd.

Die Gabe des Môrrîdens können einem die Paten verleihen. Manchmal hat man gehört, wie die Paten sich bei der Taufe besprochen haben, was sie dem Täufling mitgeben wollen: »Wat willn wî nu mâken, 'n Môrenrîder oder 'n Lattenstîger (Nachtwandler)?« Einige sagen auch, die Môr seien nur die starken Gedanken, welche ein Mann auf ein Mädchen oder ein Mädchen auf einen Mann hat.

Der Môr kommt durch ein Loch, wo der Zimmermann den Zapfen vergessen hat. Wird der Zapfen vorgeschlagen, während er den Schlafenden reitet, so ist der Môr gefangen.

*R. Baier, Zeitschrift f. deutsche Mythol. II. S. 139.*

## 697. Der Môr heiratet ein Mädchen.

Ein Mädchen von vornehmem Stande wurde von dem Môr geritten, und kein Mittel hat dagegen anschlagen wollen, so viele man auch versuchen mochte. Da riet einer, alle Öffnungen zum Schlafgemach zu verstopfen, in die Wand aber ward ein Loch gebohrt; und als der Môr nun wieder sein böses Wesen trieb, wurde das Loch verstopft. Da lag am andern Morgen ein schöner, junger Offizier bei dem Mädchen. Der heiratete dasselbe, und sie hatten mehrere Kinder miteinander. Einst, nach Jahren, bat der Mann beim Zubettegehen seine Frau, ihm zu sagen, wie er in jener Nacht zu ihr gekommen sei. Die Frau gestand ihm auch alles und zeigte ihm das Loch in der Wand. Als sie am andern Morgen erwachte, war ihr Mann verschwunden; doch alle Jahr in derselben Nacht ist er wieder in das Schlafgemach gekommen, hat seine schlummernden Kinder von Bett zu Bett angesehen und ist dann wieder fort gewesen.

*Ebenda. S. 139 ff.*

## 698. Mahr reitet einen Eichbaum.

Einen Kutscher zu Putbus ritt alle Nacht der Môr, so daß er ganz elend und hinfällig wurde. Da gab ihm einer an, seine Hände mit grüner Seife zu bestreichen, dann werde er den Môr halten können. Das that er; und als der Môr wieder kam, griff er zu; da ist es ein junges Mädchen gewesen. Die bat ihn inständig, sie frei zu lassen. Er weigerte sich dessen aber und sagte, er wolle keiner lebenden Kreatur die Qualen gönnen, die sie ihm angethan; wenn er sie freilasse, werde sie sich nur anderen zuwenden. Er wolle sie auf ein fühlloses Wesen aufweisen; das könne sie reiten in alle Ewigkeit. Da flehte das Mädchen, er möge sie aufweisen, wohin er wolle, nur nicht auf Stein und nicht auf Wasser. So ließ er sich erbitten und wies sie auf einen Eichbaum, der stand bei dem Dorfe Neuendorf, an der Stelle, wo nun Lauterbach steht. Der Baum ist seit der Zeit verkümmert, und seine Äste haben beständig gezittert, wenn's auch so stilles Wetter war, daß sonst kein Blatt sich regte. Und allmählich ist der Baum vertrocknet und endlich ausgegangen.

*Ebenda S. 140.*

## 699. Die Mulde mit den Schwingblättern.

Im Bauerndorfe Bussin lebte vor Jahren einer, der war zur See gefahren und hatte sich in Engelland eine Braut angeschafft. Als er aber zurückkehrte, vergaß er sie und dachte nicht an sein Versprechen. Seit der Zeit wurde er alle Nacht von der Môr geritten, und er wußte nicht, wie er sich davon frei machen sollte. Da fanden einst Pferdehirten früh morgens vor der Sonne am Strande eine Mulde, darin lagen zwei Schwingblätter. Die nahmen sie zu sich; und es währte nicht lange, so kam ein Frauenzimmer an den Strand, das ging suchend auf und ab und klagte: »Wenn meine Mutter nun ihre Tochter wecken will, wo ist ihre Tochter dann?« Damit sah sie auch die Mulde samt den Schwingblättern in den Händen der Hirten und bat diese flehentlich, ihr das Gefundene zurückzugeben. Das geschah; und sogleich war auch das Mädchen auf dem Wasser verschwunden. Seit der Zeit hat der Môr den Seefahrer nicht mehr geritten.

*Ebenda. S. 140 ff.*

## 700. Môr fordert ihr Siebrand zurück.

Ein Schäfer hütet auf dem Felde. Da entsteht ein Wirbelwind, aus welchem ein Siebrand auf jenen zufährt. Als der Hirte den Rand gefaßt hat, steht im Nu ein Mädchen vor ihm, das ruft klagend:

»Mîn Sêwenrand, mîn Sêwenrand!

Wô röpt mîne Môder in Engelland!«

Da reicht der Schäfer ihr den Siebrand, und sogleich ist sie verschwunden.

*Ebenda. S. 141.*

## XI. Der Werwolf.

Im Kreise Pyritz (so um Petznick) findet sich die Form Hêrwulf statt Wêrwulf. Sonst werden dort von dem Hêrwulf dieselben Sagen erzählt, wie im übrigen Pommern vom Wêrwulf.

## XII. Der Mensch.
### 701. Vom Träumen.

Der Säemann darf den Traum, welcher ihm nach dem Aussäen der Saat träumt, niemand erzählen; sonst trifft alles, was ihm geträumt hat, ein.

Ein Bauer legte sich nach dem Aussäen der Gerste auf einen der leeren Säcke und schlief ein. Da träumte ihm, er werde von der neuen Frucht nichts mehr genießen. Er verschwieg diesen Traum das ganze Jahr. Als die Gerste reif war, ging er hin und mähte sie. Darauf wurde die neue Gerste gedroschen und gemahlen, und die Frau backte Klöße daraus. Wie sich der Bauer nun mit den Seinen zu Tische setzte, erzählte er seinen Traum und sprach darauf: »Da seht ihr's, ein Traum ist doch nur ein Trug!« Indem er dies sagte, verschluckte er sich, der Bissen blieb ihm im Halse stecken, und er starb eines elendigen Todes.

Ein anderer Bauer legte sich, nachdem er das Korn ausgesät hatte, ebenfalls auf einen leeren Sack und schlief ein. Da träumte ihm, daß er sein Korn nicht mehr zu mähen bekommen werde. Er verschwieg diesen Traum und erlebte die Ernte. Wie er nun so bei sich denkt: »Ein Traum ist ein Trug!« hört er eine Stimme rufen: »Hättest du deinen Traum nicht verschwiegen, hättest du dies Korn nicht gemäht. O, wie glücklich ist der Mann, der einen Traum verschweigen kann!«

*Dumsevitz auf Rügen.*

## 702. Der grünende Besen auf dem Knickenberg bei Kallies.

Einst war in der Nähe von Kallies ein Handwerksbursche ermordet worden. Als der That verdächtig hatte man einen Schornsteinfegergesellen verhaftet; und so sehr er auch seine Unschuld beteuerte, wurde er dennoch zum Tode verurteilt. Als er nun auf dem Knickenberge, der Richtstätte von alters her, gehängt werden sollte, nahm er seinen Besen, steckte ihn in die Erde und rief: »Gott wird für mich zeugen! Dieser Besen wird im nächsten Frühjahre zum Zeichen meiner Unschuld grünen und blühen!«

Und so geschah es auch. Im nächsten Frühjahr trieben die dürren Reiser des Besens Knospen und Blätter, und mit der Zeit wurde ein Baum daraus, der steht auf dem Knickenberge bis auf den heutigen Tag. Es ist ein mäßig hoher Stamm, an der Spitze mit einer Menge dünner, blätterreicher Zweige; seine Größe hat er seit Menschengedenken nicht geändert.

*Durch Herrn Dr. K. B r u n k in Stettin.*

## XIII. Tiere und Pflanzen.
### 703. Demant.

Es war einmal ein kleiner Hund, der hieß Demant. Eines Tages ging er mit dem Bauer in den Wald. Da kam der Fuchs an und sprach: »Jetzt hab' ich dich!« Demant nahm Reißaus, der Fuchs hinter ihm her; Demant in den Backofen hinein, der Fuchs davor. Sprach Demant zum Fuchs: »Das nützt dir ja nicht! Hinten ist auch noch ein Loch!« Husch war der Fuchs um den Backofen herum, derweile Demant über den Wûrt in den Hof entwischte. »Ich werde es dir besorgen, wenn du wieder ausgehst!« rief ihm der Fuchs nach. »Ich werde hübsch zu Hause bleiben!« gab Demant zur Antwort.

Über eine Weile wurde dem Bauer das Holz alle, und er fuhr wieder in den Busch. Demant hatte die Geschichte mit dem Fuchs längst vergessen und begleitete seinen Herrn. Sprang der Fuchs hinter einem Baum hervor, packte ihn und rief: »Jetzt hab' ich dich!« –

»Laß nur«, schrie Demant, »komm heut abend in unser Haus, so werde ich dir einen Jährling bringen.« Das war der Fuchs zufrieden, und er ließ Demant laufen. Am Abend schlich er sich an das Hofthor und rief: »Bedenk! Bedenk!« – »Ich habe mich schon bedacht«, sprach Demant, denn er hatte alle Hunde des Dorfes im Hofe versammelt und kam mit ihnen zum Thor heraus. Die fielen über den Fuchs her. »Undank ist der Welt Lohn«, rief er noch gerade, und dann war er tot.

*Kicker, Kreis Naugard. – Die erste Hälfte auch in Gust,*
*Kreis Bublitz, vom Wolf und Hund erzählt.*

## 704. Der Wolf und das Kind.

Eine Frau hütete die Kühe und hatte ihr kleines Kind, den Löffel in der Hand und den Teller auf dem Schoß, neben sich sitzen. Da kam eine Wölfin und nahm es ihr weg und lief damit in den Tanger. Ein Bote aus der Stadt mußte aber gerade um die Zeit durch die Schonung; der hörte, wie eine Stimme sprach: »Geh oder ich geb' dir! Geh oder ich geb' dir!« Dachte der Bote: »Was mag das sein?« und ging der Stimme nach. Da war's ein Kind, welches den jungen Wölfen wehrte, daß sie ihm nicht aus dem Teller fraßen, und das ihnen mit dem Löffel auf die Schnauzen schlug. Der Bote nahm das Kind geschwind auf und brachte es ins Dorf zum Schulzen. Dort hatte die Mutter schon alle Männer zusammengerufen, und sie zogen mit Spießen und Äxten und Sensen in den Tanger und schlugen die jungen Wölfe tot und die Alte, welche inzwischen zurückgekehrt war, dazu.

*Ferdinandshof, Kreis Ückermünde.*

## 705. Des Storches Heimat.

In Zalow bei Zachan wohnte ein Bauer, der hätte gar gerne gewußt, wie das Land beschaffen sei, wo der Storch den Winter zubringt. Als die alten Störche Junge im Nest hatten, legte er die Leiter ans Dach, stieg hinauf und band einem der jungen Störche ein Band um den Hals, mit einem Zettel daran. Darauf stand geschrieben: »Bei uns zu Lande giebt's am Morgen Grütt und Klieben und am Abend Pantüffel und Hering.« Über's Jahr kamen die Störche zurück, und der Junge war bei ihnen; er warf einen Zettel herunter, darauf stand geschrieben: »Bei uns giebt's am Morgen Pantüffel und Hering und am Abend Grütt und Klieben.«

*Petznick, Kreis Pyritz.*

## 706. Krähengespräch. (Vgl. Nr. 584.)

### I.

Drei Krähen schauen nach Raub aus. Da sieht die eine ein fettes Pferd auf der Weide schlafen und schreit: »Ik weit Âuss! Ik weit Âuss!« Fragt die zweite: »Wô wettst dû dat? Wô wettst dû dat?« Giebt sie zur Antwort: »Hinnerm Bâârch! Hinnerm Bâârch!«

Sie fliegen alle drei hin und die erste ruft den andern zu:»Hack em d'Ôgen ût! Hack em d'Ôgen ût!« Spricht die zweite: »Unnre Schtâârt! Unnre Schtâârt!«

Wie sie jedoch zu picken anfangen, erwacht das Pferd und springt auf. Da fliegen die Krähen auf, und die dritte schreit aus hoher Luft: »Dat dacht ik mî woll! Dat dacht ik mî woll!«

*Kicker, Kreis Naugard.*

## II.

Ein Schäfer, Namens Ahrendt, schlachtet heimlich ein Schaf hinter dem Berge, um das Fell zu verkaufen und sich an dem Fleische gütlich zu thun. Da kommen drei Krähen und schreien:

Die erste: »Ååndt! Ååndt! Ååndt!«
Die zweite: »Schlacht Schåpp! Schlacht Schåpp! Schlacht Schåpp!«
Die dritte: »Hinnem Bâârch! Hinnem Bâârch! Hinnem Bâârch!«
Das hört der Herr und faßt den Dieb ab.

*Gust, Kreis Bublitz.*

## 707. Wo bleiben die Schwalben im Winter?

Wenn der Herbst hereinbricht, sammeln sich die Schwalben zu großen Scharen am Rande eines Gewässers. Schwimmt dann irgend ein Strohhalm oder ein verwehter Zweig auf dem Wasser, so setzen sie sich darauf und gehen langsam mit ihm unter. Auf dem Grunde des Wassers liegen sie im Winterschlaf, bis die warme Frühlingssonne sie zu neuem Leben aus dem Wasser hervorruft.

*Allgemein.*

## XVI. Vermischtes.
## 708. Gädeke Michel.

Gädeke Michel hatte ein Schiff, das stammte von Afrikas Küste und war verwünscht und verböst. Niemand konnte es einholen, und es war sicher vor allen Nachstellungen. Einmal bekamen sie den Gädeke Michel aber doch. Ein Fischer von Helgoland fuhr bei Nachtzeit mit seinem Kahne an Gädeke Michels Schiff und lötete das Steuerruder mit Blei fest; dann sagte er den Engländern, sie sollten den Schelm verfolgen. Wie nun die englischen Schiffe hinter Gädeke Michel her waren, gehorchte sein Schiff dem Steuerruder nicht mehr und wurde genommen. Gädeke Michel bat um sein Leben und versprach, den ganzen Strand von Helgoland mit harten Thalern zu belegen, wenn man ihn laufen ließe; aber die Engländer thaten ihm den Gefallen nicht, sondern nahmen ihn mit sich nach England und ließen ihn dort hinrichten. - Das ist der Grund, daß Helgoland bis auf den heutigen Tag den Engländern gehört.

*Grambin, Kreis Ückermünde.*

# Anmerkungen

1 Im ganzen stellt sich das Verhältnis etwa folgendermaßen: Von den 670 Nummern sind selbst gesammelt circa 420 Sagen, durch Herrn Professor E. Kuhn mitgeteilt gegen 70; der Rest von etwa 180 Sagen, die also schon früher einmal abgedruckt worden sind, kommt zur Hälfte auf Temme, das übrige auf die betreffenden Werke von A. Kuhn und W. Schwartz, A. Kuhn, E. M. Arndt, die baltischen Studien etc. - Die genauen Titel der in Betracht kommenden Sagenwerke sind: Temme, Die Volkssagen von Pommern und Rügen. Berlin 1840; A. Kuhn und W. Schwartz, Norddeutsche Sagen, Märchen und Gebräuche aus Mecklenburg, Pommern, der Mark, Sachsen, Thüringen, Braunschweig, Hannover, Oldenburg und Westfalen. Aus dem Munde des Volkes gesammelt und herausgegeben. Leipzig 1848; A. Kuhn, Sagen, Gebräuche und Märchen aus Westfalen und einigen andern, besonders den angrenzenden Gegenden Norddeutschlands. 2 Bde. Leipzig 1859; E. M. Arndt, Märchen und Jugenderinnerungen. 1. Teil, 2. Ausgabe. Berlin 1842; 2. Teil. Berlin 1843.

2 In sehr vielen Orten Pommerns wird aus der letzten Korngarbe eine menschliche Gestalt geflochten, der Alte genannt. Daß dieser Alte, welcher, mit Blumen bekränzt und mit Bändern geschmückt, in feierlichem Zuge vor das Herrenhaus getragen wird und dort einen Ehrenplatz erhält, nichts anderes ist als eine Opfergabe für Wôden und daß der Alte ein Beiname dieses Gottes ist, habe ich nachgewiesen in meinen »Deutsche Opfergebräuche bei Ackerbau und Viehzucht. Breslau. Wilhelm Köbner. 1884. S. 171 bis 174.« - In den Kreisen Grimmen und Demmin wird nach dem Ernteschmaus (Årenklatsch) den einzelnen Erntearbeitern eine Gabe an Fleisch, Wurst, Brot, Korn etc. ins Haus geschickt. Man sagt dazu: »Das kriegt ihr auf Gauden Deil, auf Gauren Deil oder up't Gaur.« Dieser Brauch stimmt zu der von Kuhn und Schwartz für einen großen Teil Norddeutschlands nachgewiesenen Sitte des Vergodendeel (= Frau (Frô) Goden Teil), und bedeutet somit jene merkwürdige Redensart auf hochdeutsch soviel als: »Ihr bekommt das auf Wuotans (Gaudens, Gaurens, Gôdens = Wôdens) Teil, auf Wuotan«. Vgl. zu dem Vergodendeel meine Opfergebräuche S. 166 fg. und die dort angeführten Belegstellen.

3 Auf Usedom und Wollin sagt man: »De Waud kümt«, wenn nicht abgesponnen ist. Vgl. Kuhn und Schwartz, Nordd. Sagen und Gebr. S. 413, Nr. 173.

4 Im Volksbrauch und in den Meinungen der Landsleute finden sich z.B. noch manche Erinnerungen an den Donnergott Thuner, während die Sage ihn in der Gestalt Wôdens hat aufgehen lassen (Nr. 29, Nr. 35 darin besonders bemerkenswert) oder ihn zum Teufel gemacht hat (s. das Kapitel »Der Teufel«).

5 Vgl. zu der zweiten Redensart: O. Knoop, Volkssagen aus dem östlichen Hinterpommern. S. VII; über die sonstige Verbreitung: Jahn, Die deutschen Opfergebräuche bei Ackerbau und Viehzucht. S. 13.

6 Gewöhnlich wird die Milchstraße in Pommern Wildbån genannt.

7 In Rügenwalde, Kreis Schlawe, erzählt man dieselbe Sage von dem wilden Jäger und der weißen Frau.

8 Ülleke = Zwerg.

9 Vgl. Kuhn in Haupt's Ztschr. V. S. 379 und oben Sage Nr. 6.

10 Temme, Volkssagen von Pommern und Rügen. S. 348 fg.

11 Zwerg ist entstanden aus dem althochdeutschen Twerh. Dies tw geht mit homogener Lautverschiebung, welche dialektisch stark entwickelt ist, in kw über, also Twerh = Querh. Vgl. Weinhold, Mittelhochdeutsche Grammatik. Paderborn 1877. § 142, § 211.

12 Zu der Form Jülken vgl. O. Knoop, Volkssagen etc. aus dem östlichen Hinterpommern. Posen 1885. S. 125. Nr. 257.

13 Söll = Geselle.

14 Spricht man in Ritzig wegwerfend von den Unterirdischen, so nennt man sie Mummatze.

15 Mündlich aus Katschow, Kreis Lauenburg.

16 Bei der Form Pûks ist das s aus dem Pluralis in den Singularis gedrungen.

17 O. Knoop, Volkssagen u. s. w. aus dem östlichen Hinterpommern. Posen 1885. S. 78.

18 Dråmet = 12 Scheffel.

19 Nr. 1 und Nr. 41.

20 Hierher gehört Nr. 177 die Sage von dem Erbdegen. Der Knecht, welcher ein ganzes Jahr um einen Degen dient und dann in den Teich geht, ist ein verkappter Wassergeist. Vgl. Grimm, Deutsche Mythologie. 2. Auflage. S. 463 Anmerkung.

21 Nr. 193 die Sage vom Hammermühlenteich. Der in den See hinabgestiegene Schmied ist niemand anders als der Wassergeist selbst. Vgl. Grimm, Dt. Mythologie. 2. Auflage. S. 463 Anmerkung.

22 Vgl. oben Sage Nr. 95.

23 Grimm, Deutsche Mythologie. 2. Aufl. S. 495.

24 Hünenbetten: Bett gilt hier von Grab, der Ruhestätte Toter. – Hünenbrink: Brink soviel wie »grüner Hügel«. – In Rügen werden die Hünengräber auch Kåpelstöcke genannt.

25 Grimm, Deutsche Mythologie. 2. Aufl. S. 653. – Erwähnt mag hier werden, daß sich in der vor kurzem erschienenen Schrift des Herrn O. Knoop: Volkssagen usw. aus dem östlichen Hinterpommern. Posen 1885. Nr. 72, Nr. 126–128 wertvolle Lindwurmsagen finden.

26 Grimm, Deutsche Sagen Nr. 132 kennt die Herthasee nur unter dem Namen der schwarze oder der Burgsee, von dem die Sage umgehe: Vor alten Zeiten sei dort der Teufel angebetet, in seinem Dienst eine Jungfrau unterhalten und, wenn er ihrer überdrüssig geworden, im schwarzen See ersäuft worden.

27 Vgl. oben Nr. 79.

28 Vgl. oben Nr. 273.

29 Dieselbe Sage wird in Tempelburg von den Glocken der Stadt Angermünde erzählt. Vergleiche auch oben Sage 230.

30 Grimm, Deutsche Mythologie. 2. Auflage. S. 936.

31 Ausgeschmückt und mit einigen Abweichungen nach jüngeren Quellen bei Temme, Volkssagen. Nr. 118.

32 Die Sage ist fast in allen Kreisen Pommerns verbreitet und überall auf andere Schlösser lokalisiert. Eine solche Variante bietet auch Temme, Volkssagen Nr. 255.

33 »Er muß nach Philippsgrün« ist soviel wie »er muß auf den Kirchhof, bald sterben«.

34 Mit Rûklås wird in vielen Gegenden Vorpommerns der Weihnachtsumzug bezeichnet.

35 Eine ganz ähnliche Sage von dem Teufelsdamm im Gahlenbecker See (auf der Grenze zwischen Pommern und Meklenburg) bei Temme, Volkssagen Nr. 232; doch ausgeschmückt.

36 In Sage Nr. 253 »Steinturm« genannt.

37 Dieselbe Sage wird von dem Lüptower See im Kreise Fürstentum erzählt, nur daß dort das Teufelswerk schon soweit gediehen war, daß man vom Damme aus auf das Festland hinüberspringen konnte.

38 In den Kopfgräten des Hechtes erkennen die Leute das Kreuz und sämtliche Marterinstru-mente, mit denen der Herr gepeinigt wurde, wieder.

39 Vgl. oben Sage Nr. 343.

40 Vgl. dazu Sage Nr. 289.

41 Gerstel ein Backgerät, auf dem die Brote in den Backofen geschoben werden.

42 Varianten dieser Sage befinden sich in allen Kreisen Pommerns.

43 Grimm, Deutsche Mythologie. 2. Auflage. S. 1194

44 Vgl. Nr. 125.

45 Merkwürdig im Kreise Schiefelbein die Redensart: »Dei hät dea Fîk«, wenn man von einem schwermütigen, im Kopfe nicht ganz richtigen Menschen spricht. Ich stelle dies Fîk mit Frî, Fuik, Fû zusammen und beziehe es auf die Göttin Frîa. Vgl. oben Sage 39.

46 Zu der Vorstellung, daß die Seele als Vogel davon fliegt vgl. oben Nr. 415, 417, 433, 453.

47 Die Seele als Dornstrauch auch oben Nr. 450.

48 Vgl. zu dieser Sage die Vorrede.

49 Den Besen auf den Kopf, d. h. auf den Stiel, stellen, schützt vor Teufel und Hexen.

50 Donnerstags soll man weder haspeln noch spinnen, denn der Teufel verstellt sich in das Stückgarn, das am Donnerstag gehaspelt und gesponnen wird.

51 Ein Knäuel, das ohne Unterlage, ohne Garnwickel, gewickelt ist.

52 Varianten zu dieser Sage in ganz Pommern bekannt.

53 Im Regenwalder Kreise wird der Wolf auch Lössbar genannt.

54 Brink = Rasen, grüner Platz.

55 Blaufuß eine Falkenart.

56 Vgl. auch oben Sage Nr. 62.

57 Vgl. Temme, Volkssagen Nr. 75.

58 Ärre, Arrer, Adder = Kreuzotter; Schnåuk, Schnåk, Schlang = Ringelnatter; Wimmer, Winnelworm, Hartworm, Blenning = Blindschleiche.

59 D. Joh. Lassenius, geb. den 26. April 1636 zu Waldow, Kreis Rummelsburg; gest. am 29. August 1692 als Hofprediger, Doktor und Professor der Theologie, Konsistorialassessor und Pastor zu St. Petri in Kopenhagen. Dichter einer Reihe bekannterer Kirchenlieder.

60 Ähnliche Sagen in ganz Pommern; vgl. auch Temme, Volkssagen Nr. 92.

61 Jetzue = sieh mal.

62 Vgl. Kuhn, Westfäl. Sagen Nr. 417.

63 Es ist gebräuchlich, die Getreidehaufen mit dem Besen zu bekreuzen und diesen dann mit dem Stiele hineinzustellen. – Sonst hörte ich in Rügen auch, ebenso wie auf dem pommerschen Festlande, als Grund für den Auszug der Zwerge das Glockengeläut angeben.

64 Baier spricht nur von »dem Mahr«; ich habe das Wort in Pommern und auch in Rügen nur ganz selten als Masculinum gehört, fast durchweg als Femininum.

# Nachwort

## Das kurze und bewegte Leben Ulrich Jahns

Dem Herausgeber der vorliegenden Sagensammlung, Dr. Ulrich Jahn, waren nicht einmal 39 Lebensjahre vergönnt. Dennoch schrieb er sich mit fünf wichtigen Büchern, mit Aufsätzen, Vorträgen und der Organisation zweier bedeutender historisch-volkskundlicher Vereine unauslöschlich in die Annalen der deutschen Volkskunde ein. In den acht Jahren zwischen 1884 und 1891, die durch eine Fülle von Aktivitäten des Stettiner und später Berliner Gymnasiallehrers geprägt waren, vertiefte er die Erforschung der pommerschen Volkskultur in besonderer Weise.

Ulrich Jahn kam am 15. April 1861 als eines von zehn Kindern des Gustav und der Dorothea Jahn, geborene von Dieskau, in Züllchow (damals Kreis Randow, heute der Stadtteil Zelechowa von Stettin/Szczecin) zur Welt. Der aus dem Dessau-Anhaltinischen stammende Vater (1818-1888) wirkte in jener Zeit überaus erfolgreich als Vorsteher des Züllchower Rettungshauses und der Brüderanstalt der Inneren Mission. Er war nicht nur ein guter Christ und Pädagoge, sondern auch ein anerkannter Vorgesetzter, ein kluger Planer und geschickter Rechner: Unter seiner Ägide entwickelte sich die Anstalt an den Oderhängen nordwestlich Stettins, in der verwahrloste Kinder vor allem durch Gemeinschaft und strenge Arbeit im christlich-bürgerlichen Sinne erzogen und ausgebildet wurden, in erstaunlicher Weise. Sie wurde zum pommerschen Zentrum einer (so genannten) christlichen Weihnachtsindustrie, in dem die Zöglinge Baumschmuck, Engel, Spielzeug und andere begehrte Weihnachtsartikel herstellten, und zu einer der wichtigsten Handelsgärtnereien der ganzen Provinz. Gustav Jahn sorgte für die Errichtung eines Krankenhauses des Johanniter-Ordens, eines Asyls für entlassene Sträflinge, der Anstalt für geistig Behinderte in Kückenmühle und schließlich auch für den Bau der Züllchower Kirche.

Der vielseitige Mann, der den gern gelesenen »Züllchower Boten« und regelmäßig Garten- und Weihnachtskataloge herausgab, hatte schon in seiner anhaltinischen Zeit eine gewisse Bekanntheit als Schriftsteller erlangt. Auf dem »Felsen des Wortes Gottes« ruhend und deutschnational geprägt, nahm er zu vielen Zeitfragen Stellung und behandelte menschliche, gesellschaftliche und geistliche Themen auf christlich-konservative Weise, oft nicht ohne Esprit und eine gewisse Hintergründigkeit. Manche schönen Natur-, Jahreszeit- und Liebesgedichte finden sich in seinen »Gesammelten Schriften« ( 3 Bände / 1847 und 1849) und vor allem in dem Buch »Neuer Frühling. Brautlieder« (1868).

Wir wissen nicht, wie sich Wesen und Leben dieses geistig aktiven und rührigen Mannes, einer ausgesprochenen Autorität, auf seinen Sohn Ulrich ausgewirkt haben. Immerhin widmete der junge Wissenschaftler 1884 seine Dissertation dem »*lieben Vater in Dankbarkeit und Verehrung.*« Der Knabe wuchs in einer sich ständig verändernden, aber wohlgeordneten großen Gemeinschaft unterschiedlicher sozialer Gruppen auf. Da waren zunächst die in der Ausbildung befindlichen und zugleich praktizierenden rund 20 Hausbrüder der Inneren Mission, dann Lehrkräfte, medizinisches Personal und Bedienstete. Sie betreuten die oft mehr als 100 jugendlichen Zöglinge sowie Kranke und ehemalige Sträflinge aus dem Regierungsbezirk Stettin und dem übrigen Pommern. Zum Programm der Resozialisierung von gestrauchelten Jugendlichen zählten neben vielfältigen praktischen Tätigkeiten in Gärtnerei,

Hof und Werkstätten und der christlichen Wesensbildung auch Formen des Gedankenaustauschs und Erzählens. Und wenn diese sanfte pädagogische Einflußnahme nicht gelenkt wurde, so ergaben sich Erzählsituationen eben bei eintöniger Arbeit, in der karg bemessenen Freizeit oder an den langen Winterabenden. Hier hat Ulrich Jahn als Kind und Jugendlicher schon manche Sagen aus verschiedenen pommerschen Gegenden gehört; später nutzte er dann zielgerichtet diese Quelle in der väterlichen Anstalt.

Den Kindern der Familie Jahn wurde eine standesgemäße Bildung zuteil. Ulrich wandte sich nach dem Abitur am Stettiner Marienstifts-Gymnasium seit 1879 in Leipzig und dann in Berlin dem Studium der Theologie und Philosophie zu; bald belegte er auch Lehrveranstaltungen in Deutscher Philologie. Als er 1882 nach seinem Wechsel an die Breslauer Universität Vorlesungen des Germanisten Karl Weinhold über die deutsche Mythologie hörte, begeisterte er sich fortan für Studien und Forschungen zu mündlichen und schriftlichen Überlieferungen heidnisch-germanischer Kultbräuche. Er wurde zu einem Weinhold-Schüler, und ein mehrjähriges fruchtbares Zusammenwirken der beiden begann.

Genau an seinem 23. Geburtstag verteidigte Jahn an der Philosophischen Fakultät der Breslauer Universität erfolgreich seine Dissertation »Die abwehrenden und die Sühneopfer der Deutschen«. Diese akademische Schrift stellte zugleich das in sich abgeschlossene erste Kapitel einer umfangreichen Arbeit dar, die »*Herrn Professor Dr. Karl Weinhold aus inniger Verehrung und Dankbarkeit*« gewidmet war und die im gleichen Jahr erschien: »Die Deutschen Opferbräuche bei Ackerbau und Viehzucht. Ein Beitrag zur Deutschen Mythologie und Alterthumskunde«. Gestützt auf eine Fülle schriftlicher - auch literarischer - Quellen beschrieb Jahn, ausgehend von prähistorischer Zeit, wichtige Entstehungsbedingungen, Regeln, Abläufe und Auswirkungen von Bräuchen und Opfern in der Landwirtschaft des deutschen Sprachraums. Die als 3. Buch der Germanischen Abhandlungen herausgegebene fundierte und systematische Schrift machte den jungen Wissenschaftler, der im übrigen manche Methoden und Erkenntnisse erfahrener Kollegen recht unbefangen kritisierte, mit einem Schlag nicht nur unter den deutschen Experten bekannt.

Nach dem Staatsexamen in den Fächern Religion und Deutsch unterrichtete der frischgebackene Dr. Jahn von 1885 bis 1887 an einem Gymnasium seiner Heimatstadt. Wenn man heute seine damaligen wissenschaftlichen Leistungen überschaut, muß man sich fragen, wie er neben der Lehrtätigkeit ein solches Pensum überhaupt bewältigen konnte. Wieder in die unmittelbare Heimat zurückgekehrt, konzentrierte sich Jahn auf das Sammeln von mündlichem Erzählgut der Landbevölkerung. Sowohl in der Züllchower Anstalt als auch bei zielgerichteten Fahrten und Wanderungen durch die Provinz erfaßte er Sagen und Märchen, Schwänke und Geschichten der einfachen Leute. In Stettiner Fachkreisen hatte es sich schon herumgesprochen, daß der junge Gymnasiallehrer »*eifrig mit der Sammlung pommerscher Sagen beschäftigt war*« (Martin Wehrmann). Schon im November 1885 war das Manuskript abgeschlossen, und im nächsten Jahr lag der umfangreiche Band »Volkssagen aus Pommern und Rügen« gedruckt vor. Eine erstaunliche Leistung: Textfülle, Quellengenauigkeit und Kommentierung qualifizierten dieses Buch schon bei Erscheinen als gewichtige pommersche Sageedition.

Bereits ein halbes Jahr später legte Jahn seine fast zweihundertseitige Abhandlung »Hexenwahn und Zauberwesen in Pommern« vor, die zugleich einen Teil der Festschrift des 17. Kongresses der Deutschen Anthropologischen Gesellschaft vom 10. bis 12. August 1886 in

Stettin bildete. Längst hatte er als Ordentliches Mitglied in der »Gesellschaft für Pommersche Geschichte und Alterthumskunde« Fuß gefaßt. Am 1. April 1886 wählte man ihn in deren Vorstand und in den Redaktionsausschuß der »Baltischen Studien«, eine bis heute unentbehrliche Schriftenreihe zu pommerscher Geschichte, Kunst und Volkskunde. Der Historiker Dr. Wehrmann erinnerte 1936 aus Anlaß des fünfzigsten Jahrgangs der »Monatsblätter der Gesellschaft für Pommersche Geschichte und Alterthumskunde« daran, daß das gerade in den Vorstand gewählte *»jüngere Mitglied, Dr. Ulrich Jahn«* damals einen wichtigen Vorschlag zur besseren Verbindung von Vorstand und Mitgliedern unterbreitet hätte: Neben den wissenschaftlichen Zwecken gewidmeten, längerfristig herausgegebenen »Baltischen Studien« sollten künftig informative »Monatsblätter« erscheinen.

Auf dem genannten Kongreß im August 1886 wurde der aus dem pommerschen Schivelbein stammende bedeutende Mediziner (und Volkskundler) Prof. Dr. Rudolf Virchow (1821–1902) auf den ideenreichen Gymnasiallehrer aufmerksam. Offenbar durch seine Vermittlung wechselte Jahn noch vor dem Sommer 1887 an ein Berliner Gymnasium; im gleichen Jahr heiratete er auch und gründete in Berlin seinen Hausstand.

Seit 1887/88 wandte sich Ulrich Jahn verstärkt dem Sammeln von sogenannter »stofflicher Volkskultur«, genauer gesagt von Bauernaltertümern, zu. So besuchte er im Sommer 1888 zielgerichtet die Halbinsel Mönchgut auf Rügen, den Pyritzer Weizacker und die alte Friesenkolonie Jamund bei Köslin. Gemeinsam mit dem hauptstädtischen Bankier und Kunstsammler Alexander Meyer Cohn konzipierte er ein Museum für deutsche Volkstrachten und Erzeugnisse des Hausgewerbes, gemeinsam beschafften sie dann auch viele der Exponate für das von Virchow besonders geförderte Ausstellungshaus in der Berliner Klosterstraße.

Zu Jahns Freude folgte sein Lehrer Prof. Dr. Karl Weinhold 1889 einem Ruf an die Universität der Spreemetropole. Jahn initiierte nun die Gründung eines »Vereins für Volkskunde«, an dessen Spitze Weinhold als Vorsitzender und Virchow als Stellvertreter traten. Jahn wurde Schriftführer, Redakteur und Autor der von Weinhold herausgegebenen »Zeitschrift des Vereins für Volkskunde«. In der Anfangszeit prägte der mit 30 Jahren immer noch junge Gymnasiallehrer in entscheidendem Maße das Gesicht der Gesellschaft: In jedem Jahr hielt er vor den Mitgliedern wenigstens vier Vorträge; die Vereinszeitschrift druckte seine Aufsätze, Rezensionen und natürlich die von ihm verfaßten Monatsprotokolle des Vereins (1891). Seine Präsenz und Aktivität waren unübersehbar.

Hinzu kamen zwei weitere Bücher: »Schwänke und Schnurren aus Bauern Mund« (1890) und vor allem die »*Frau Geheimrat Rose Virchow ehrerbietigst*« gewidmete, bedeutende Sammlung: »Volksmärchen aus Pommern und Rügen« (1891). Diese letzte *gedruckte größere literarische Leistung* Jahns (Karl Weinhold) war von Virchow energisch gefördert worden. Sie vor allem begründete Jahns bis heute wirkenden Nachruhm unter den deutschen Märchenfreunden. Mit diesem Buch erntete er noch einmal die Früchte seiner begeistert betriebenen, intensiven Sammeltätigkeit, besonders zwischen 1885 und 1887. Er bot hier 62 zum Teil sehr umfangreiche Märchen (darunter vier plattdeutsche Texte) dar. Zauber- und Schwankmärchen dominieren, aber es gibt auch Novellenmärchen und Geschichten um den gerechten Preußenkönig (den Alten Fritz). Ein ausführlicher Anhang mit Quellenangaben (leider ohne namentliche Nennung der Erzähler) und Textvarianten ergänzen die Sammlung. Jahn verdeutlichte sein wissenschaftliches Anliegen in einer bis heute informativen Einleitung, in der er über die Erzählsituation in Pommern, über Erzähler, Märchenstrukturen und mögliche Textklassifikationen informierte sowie typische Wesenszüge des Märchens bestimmte. Diese trotz einiger subjektiver Wertungen für die Erzählforschung wichtige Studie bereitet aufgrund ihrer anschaulichen und teilweise anekdotischen Darstellung auch dem Laien Lesegenuß.

Ebenso hatte Jahn es verstanden, die Märchen im sogenannten Volkston nachzuerzählen – so wie es die an den Kinder- und Hausmärchen der Brüder Grimm geschulten Leser, Hörer und auch Erzähler seit der zweiten Hälfte des 19. Jahrhunderts gewohnt waren. Seine inhaltlich und sprachlich einfühlsam wiedergegebenen Märchen, die nicht auf regionale Sprachelemente und Humor verzichten, zählen zu den besonders poetischen im deutschen Sprachraum. Sie zeigen eine »schöne Harmonie von Form und Inhalt«, und ihr »naiver, kindlicher Charakter« entspricht dem Wesen volkstümlichen Erzählens nach Grimmschem Vorbild. So nimmt es nicht wunder, daß Ulrich Jahn auch als der »Grimm Pommerns« bezeichnet worden ist (Hans Lucke).

Schon im Dezember 1891, nach nur einem Jahr Tätigkeit im Verein für Volkskunde, verzichtete Jahn auf die Wiederwahl zum Schriftführer. Er begründete seine Entscheidung damit, daß er an den von ihm geplanten ethnographischen Reisen nicht gehindert sein wollte. Dem wichtigen Geschäftsausschuß aber gehörte er weiterhin an. In der Tat unternahm er seit Beginn der neunziger Jahre intensive Fahrten, um Sachgüter der materiellen Volkskultur zu erwerben. Über eine längere Zeit weilte er an den Wochenenden in Hamburg-Altona und wirkte bei der Einrichtung eines Museums mit. Im Sommer 1891 hielt er sich auf der German Exhibition in London auf; dort gestaltete er eine Ausstellung deutscher Volkstrachten und häuslichen Inventars. Inzwischen beschäftigte er sich mit dem Plan für die Errichtung eines Museums in der deutschen ethnographischen Ausstellung auf der World's Columbian Exhibition in Chicago, der Weltausstellung von 1893. Schon 1892 hatten ihn in diesem Zusammenhang große Such- und Sammelreisen durch Deutschland geführt; Weinhold nannte es einen »Beutezug von Friesland bis Südtirol und in die Schweiz«.

Jahn war nun beflügelt von neuen Ideen, Projekten und natürlich auch Ratgebern. Möglicherweise fühlte sich der von Kritikern seiner Publikationen wie Otto Knoop und dem bekannten Volkskundler Edmund Veckenstedt attackierte Gymnasiallehrer längst eingeengt von der biederen Wissenschaft und den kleinlichen Mühen des Schulalltags. Der mehrfach gewährte Urlaub vom Lehramt reichte alsbald nicht mehr aus, und er verzichtete schließlich auf seine gesicherte Gymnasiallehrerstelle. Sein bekannter Ehrgeiz und ein bisher unbekannter Geschäftssinn führten ihn nun in andere Richtungen. Er pendelte mehrfach zwischen Europa und Amerika hin und her. Das Deutsche Dorf auf der Weltausstellung von Chicago, das eine zu diesem Zweck durch große Banken gebildete Deutsch-Ethnographische Ausstellungs-Gesellschaft errichtete, wurde zu seinem zeitweiligen Hauptziel. In dem vergleichsweise riesigen Projekt – mit einer Million Besuchern erreichte das Deutsche Dorf den Spitzenplatz auf der Weltausstellung – erfüllte Jahn verständlicherweise eine begrenzte Aufgabe. Offensichtlich verantwortete er die Festtrachten von bäuerlichen Paaren aus allen deutschen Provinzen, die im Rittersaal eines nachgebauten spätmittelalterlichen Rheinschlosses großen deutschen Fürsten und Kaisern zu huldigen hatten. Vielleicht wirkte er auch als Ratgeber bei der Errichtung charakteristischer Typen deutscher Dorfhäuser aus verschiedenen Teilen des Reiches mit. In jedem Fall erhielt Dr. Ulrich Jahn aus Charlottenburg nach Abschluß der internationalen Mammutveranstaltung einen von vielen Preisen.

Anfang 1893 hielt Jahn seinen letzten Vortrag im Berliner »Verein für Volkskunde«; es sollte auch die letzte Begegnung mit Karl Weinhold sein. Im Nachruf von 1900 bemerkte der von seinem früheren Schützling offensichtlich arg enttäuschte konservative Wissenschaftler recht offen: Es sei mit Jahn »*seit London und noch mehr seit Chicago ganz anders geworden. Er war zu industriellen Geschäften und Unternehmungen entschieden begabt, er lernte das amerikanische Treiben kennen, er wollte, wie so viele Amerikaner, rasch ein großes Vermögen erwerben, denn er brauchte Geld. Wie sein Verkehr, seine Freunde nun ganz anders wurden, so veränderte sich der ganze Mensch immer mehr. Mit Bedauern sahen wir es, er war für uns und für edlere Ziele verloren.*«

Sicher ist die Bewertung von Zielen und Lebensmaximen immer relativ. Insofern können und wollen wir rund 100 Jahre später nicht über Ulrich Jahns Handlungen und Lebensentscheidungen richten. Fakt ist, daß er sich aus der volkskundlichen Szene Deutschlands verabschiedete und daß sich sein Lebensweg etwas im dunkeln verliert. Tätigkeitsbedingt ließ sich der nunmehrige Kunsthändler in Geldgeschäfte ein; dabei mußte er mit Gewinn und Verlust leben. Er wurde sogar in einen zweijährigen Prozeß verwickelt und verlegte seinen Wohnsitz nach London, wo er ebenfalls ein kleines Museum einrichtete. Zeitweilig entwickelte er wohl auch ein Interesse an der afrikanischen Volkskultur.

Bei allem aber bewahrte er sich seine Liebe zur Heimat und besuchte bei fast jedem seiner Deutschlandaufenthalte Züllchow und die dort lebenden Familienmitglieder.

Nach kurzer Krankheit und Herzlähmung ereilte ihn am 20. März 1900 in Berlin ein viel zu früher Tod. Er wurde in Züllchow beigesetzt; sein Grab ist heute nicht mehr auffindbar.

## Die Sagensammlung Ulrich Jahns und ihre Vorläufer

Die »Volkssagen aus Pommern und Rügen«, die Ulrich Jahn 1886 (und in zweiter, erweiterter Auflage 1889) mit zumeist selbst aufgezeichneten Texten herausgab, sind die nach Inhalt und Umfang gewichtigste pommersche Sagensammlung des 19. Jahrhunderts. Jahn war allerdings keineswegs der erste, der diesem wichtigen Teilgebiet der sprachlichen Volksüberlieferung Pommerns seine Aufmerksamkeit zuwandte und mit den Ergebnissen seiner Sammelarbeit an die Öffentlichkeit trat.

Denn die »Mährchen und Jugenderinnerungen«, die der streitbare Bonner Professor Ernst Moritz Arndt (1769-1860) in den Jahren 1818 (2. Aufl. 1842) und 1843 in zwei Bänden veröffentlichte, waren zum größten Teil »aus der Kindheit erinnerte« Sagen. Als Sohn eines rügenschen Gutspächters im Umgang mit Bauern und Knechten aufgewachsen, war ihm vieles von deren Erzählgut durchaus vertraut. Doch Arndt schrieb die Geschichten meist nicht so auf, wie sie ihm im Gedächtnis geblieben waren, sondern verknüpfte sie mit anderen Stoffen, schmückte das Ganze nach eigenem Ermessen aus und sparte nicht mit gelehrten Exkursen. So hoben sich seine phantasievollen Erzählungen in Inhalt und Form deutlich von den Sagen und Märchen der Grimmschen Sammlungen ab, die in bezug auf diese Gattungen normsetzend wirkten. Nur wenige unter den fünfzig, teils hoch-, teils plattdeutschen Stücken Arndts sind knapp und sprachlich schlicht im Stil der Volkserzählung wiedergegeben. Deshalb haben spätere Sagenherausgeber, die die Sammlung Arndts benutzten, seine Texte auch ihres individuellen Beiwerks entkleidet und auf ihren sagenhaften Kern reduziert.

Der erste, der die Sagen Arndts in dieser Weise verwertete, war der schon als Sagen-
publizist hervorgetretene Jurist Jodocus Deodatus Hubertus Temme (1798-1881), der 1838/
39 als Richter in Greifswald arbeitete. Hier wandte er sich der Sagenüberlieferung Pommerns
zu, wobei er vor allem die ältere Literatur des Landes als Quelle heranzog. Und was Temme
bei gründlicher Durchsicht von Chroniken und Geschichtswerken, topographischen Hand-
büchern und Reisebeschreibungen an sagenhaften Stoffen herausfilterte, übertraf alle Erwar-
tungen. So schrieb er in der Einleitung zu seinen »Volkssagen von Pommern und Rügen«
(1840), daß es »vielleicht keine Germanische oder Slavische Provinz geben mag, die einen
solchen Reichthum der herrlichsten, kräftigsten und frischesten geschichtlichen Sagen hat,
wie gerade Pommern«. Zugleich betonte er den Wert der mythischen und »blos localen
Sagen«, die er in der Literatur gefunden oder mündlich erfahren hatte. Aus heutiger Sicht
hat Temme zwar den Begriff »Sage« inhaltlich allzuweit gefaßt. Aber ihm kommt das Verdienst zu, erstmals Pommern als Sagenlandschaft vorgestellt und eine lesbare Sammlung
auch älterer Texte herausgegeben zu haben.

Nicht zufällig haben die erfolgreichen pommerschen Sammler des späten 19. Jahrhunderts die Ausgabe Temmes als Vorbild empfunden. Der aus Pommern stammende, am
Gymnasium zu Rogasen tätige Lehrer Otto Knoop (1853-1931) zum Beispiel, der 1885
einen Band »Volkssagen, Erzählungen, Aberglauben, Gebräuche und Märchen aus dem
östlichen Hinterpommern« vorlegte, bemerkt einleitend dazu: »Auf dem Lande aufgewachsen und mit den Sitten des Volkes von Jugend auf bekannt, hatte der Sammler frühzeitig
Gelegenheit, auch seine Sagen kennen zu lernen, und so konnte er, durch die Temmesche
Sammlung dazu angeregt, in kurzer Zeit eine große Anzahl von Sagen aufzeichnen.« Dennoch wäre seine Anthologie wohl kaum zustande gekommen, wenn ihm nicht eine Reihe
von Helfern aus der Lehrerschaft und dem gehobenen Bürgertum zur Seite gestanden
hätte. Der Band vereinigt - im Unterschied zu dem Temmes - vor allem archaisch-mythi-
sches Sagengut und macht mit einer bislang kaum beachteten Sagenregion Hinterpommerns
bekannt.

Für den vorpommerschen Raum leistete dies vor allem Dr. Alfred Haas (1860-1950), der
sich nach dem Studium der Klassischen Philologie als Gymnasiallehrer in Bergen und später
in Stettin der Sammlung sprachlicher Volksüberlieferungen widmete. Dabei trug er neben
Märchen und Schwänken insbesondere Sagen zusammen, die er - nach Jahn - vor allem in
den Bänden »Rügische Sagen und Märchen« (1891) und »Sagen und Erzählungen von den
Inseln Usedom und Wollin« (1904) herausgab. Beide enthalten sowohl historische wie my-
thische Sagen, die Haas teils aus Temme und anderer Literatur entnommen, zumeist jedoch
selbst aufgeschrieben oder zugesandt bekommen hatte und die sicher ein im ganzen zutref-
fendes Bild des Sagenguts der Region vermitteln.

Von vornherein weiter gesteckt waren die Ziele Ulrich Jahns, dessen gedruckte Sagensammlung Aufzeichnungen aus allen Teilen des Landes enthält. Seine ersten Sagenerzähler
fand er wohl im »Rettungshaus« der Inneren Mission, vor allem unter den hier lebenden
Alten und Kranken aus ganz Pommern, die sich dem nachfragenden Sohn des Hausherrn
nicht lange verschlossen und auch für längere Erzählrunden zur Verfügung standen. Das bot
Jahn die Möglichkeit, an einem einzigen Ort die Sagen und anderen Erzählungen von
Leuten aus verschiedenen Gegenden Pommerns kennenzulernen und in Ruhe aufzuschreiben. Dieses Material ergänzte er dann durch regelrechte Sammelreisen durch das Land. So

konnte er in kurzer Zeit eine Fülle verschiedenartigsten Erzählguts notieren. Von den 670 Texten seiner Sagensammlung trug Jahn nach eigenen Angaben circa 420 selbst zusammen, indem er »*mit einzelnen Männern und Frauen ... der sogenannten ungebildeten Masse ...Berührungspunkte*« suchte und »*Bekanntschaften*« schloß. Er trat »*dann mit ihnen in einen mehrere Wochen, teilweise sogar Monate andauernden, intimen Verkehr*«. Dadurch gelang es ihm, »*das ganze Fühlen und Denken der Leute von Grund aus kennen zu lernen*«. Und er betonte nicht ohne Stolz: »*Mehr vielleicht, wie mancher andere, darf ich deshalb von dem, was ich gesammelt habe, behaupten, daß es durchaus volkstümlich sei.*« In der Vorrede und jeweils unter den Texten seiner Ausgabe informiert Jahn recht genau über seine Quellen, auch wenn er die Gewährsleute nicht nennt. Als 1885 der Sagenband des acht Jahre älteren und damit in der praktischen Sammeltätigkeit weitaus erfahreneren Otto Knoop erschien, lag auch Jahns Manuskript für die »Volkssagen aus Pommern und Rügen« vor.

Da die Sagenpublikation möglichst abgerundet sein sollte, übernahm Jahn alle Texte aus früheren gedruckten Sammlungen, soweit sie ihm wirklich Sagen zu sein schienen, in seine Ausgabe und fügte seiner eigenen ansehnlichen Kollektion auch das bisher unveröffentlichte Sagengut aus Pommern hinzu, das ihm der weniger bekannte Sammler Professor Ernst Kuhn für den Druck zur Verfügung stellte. Dadurch gaben Jahns »Volkssagen aus Pommern und Rügen« nicht nur einen Überblick über die bis dahin bekannte pommersche Sagenüberlieferung, sondern sie vermittelten zugleich einen Eindruck von dem lebendigen Sagengut und der Sagenerzählkunst seiner Zeit.

Die Texte sind - wie bei den Vorgängern Jahns - unterschiedlich ausgeformt, was sicher weithin auf die Erzähler zurückgeht. Hinzu kommt, daß auch Jahn das meist in der Mundart Gehörte selten so notierte oder beließ, sondern - mit wenigen Ausnahmen - ins Hochdeutsche übertrug und zum Teil (wie später in seiner Märchenausgabe) stilistisch weiter ausformte. Das bedeutete zwar einen Schwund an Originalität, bewahrte jedoch die Erzählinhalte so weit, daß es sich noch um wirklich unverfälscht volkstümliches Sagengut handelt.

Jahn ordnete die Sagen in innovativer Weise nach inhaltlich-thematischen Gesichtspunkten, so daß sich deutlich die einzelnen Sagenkreise um die Wilde Jagd, um Zwerge und Riesen, Mahrt und Werwolf, Haus- und Wassergeister, Hexen, den Teufel usw. abzeichnen, faßte jedoch auch manche Sagengruppen unter weitergreifenden Überschriften zusammen, so daß sich zum Beispiel die zahlreichen Untergangs-, Schatz- und Glockensagen unter »Die verwünschten Dinge« oder die Toten- und Spuksagen vorrangig unter »Der Mensch« eingeordnet finden. Den ersten zwölf Abschnitten stellte er zudem allgemeine Einleitungen voran, die Laien und durchaus auch Fachleute über mythologische, historische, soziokulturelle und sprachliche Hintergründe einzelner Sagengruppen informierten. Sie sind noch heute interessant, obwohl manche der durch die damalige Mythologische Schule geprägten Erläuterungen nicht mehr haltbar sind (vgl. die Anmerkungen zu den einzelnen Sagenabschnitten im nachfolgenden Kommentar).

Allerdings enthält der Band nicht nur Sagen, sondern vor allem in den letzten Abschnitten auch Tiermärchen, legendenhaftes Erzählgut, Schildbürgergeschichten und andere Schwänke, die Jahn zum Teil als sagenhaft empfunden haben mag, aber vielleich auch deshalb in die Sammlung aufnahm, weil sie von der Zahl her keine eigene Publikation lohnten und er sie gedruckt sehen wollte. Man kann also eigentlich nicht nur von einer Sagensammlung sprechen, obwohl die Sagen das Gros der Texte ausmachen. Deren Reichhaltigkeit gab der Sammlung ihr Gewicht. Besonderen Wert erhielt sie dadurch, daß Jahn einen Teil der Sagensujets in mehreren Fassungen abdruckte, wenn sie ihm vorlagen, so daß sich beliebte und weniger bekannte Sageninhalte, unterschiedliche Akzente in der Wiedergabe der gleichen Sage und glänzende wie weniger begabte Sagenerzähler voneinander abhoben. Man hat bei den als »mündlich« gekennzeichneten Stücken wirklich das Empfinden, Volkserzählgut vor sich zu haben, obwohl die schlicht und anschaulich, in der Mehrzahl mit ästhetischem Gespür erzählten Sagen von Jahn redigiert und zum Teil aus dem Dialekt der Erzähler übertragen worden sind. Der umfangreiche Band stellt im Grunde immer noch die bedeutendste Sagensammlung Pommerns dar, wobei neben der Fülle und Vielfalt des gebotenen Erzählguts auch dessen weitgehende Authentizität und künstlerische Ausformung ins Gewicht fällt.

Offenbar ging das Buch gut, und da sich noch weiteres Material angefunden hatte, erschien bereits 1889 in Berlin eine zweite erweiterte Auflage, die nun 708 Texte umfaßte.

Dr. Martin Wehrmann, der bedeutende Stettiner Historiker und ältere Kollege Jahns im Vorstand der »Gesellschaft für Pommersche Geschichte und Alterthumskunde«, reagierte in den »Baltischen Studien« (1886, Heft 2) mit einer sehr anerkennenden sechsseitigen Besprechung des »stattlichen Bandes« des »jüngeren Gelehrten« Dr. Ulrich Jahn, »der sich schon durch eine Abhandlung über die deutschen Opferbräuche bei Ackerbau und Viehzucht ... vortheilhaft bekannt gemacht hat«. Der freundlich gesonnene Rezensent schilderte die Intentionen und Arbeitsmethoden des Herausgebers sowie die Struktur des Buches und referierte ausführlich den Inhalt der einzelnen Abschnitte. Dagegen vefaßte Otto Knoop eine sehr kritische, in der Veckenstedtschen »Zeitschrift für Volkskunde« (1890) erschienene Rezension, die neben berechtigten Einwänden auch eine Reihe nicht nachvollziehbarer Anwürfe enthielt und mit dazu beitrug, daß Jahn sich von der Erzählforschung abwandte.

Andererseits kommt Knoop neben Alfred Haas das Verdienst zu, nach dem frühen Tod Ulrich Jahns die Sagensammlung und -forschung in Pommern erfolgreich und zum Teil unter neuen methodischen Gesichtspunkten fortgeführt zu haben. Neben den zahlreichen Publikationen der beiden (vgl. das Literaturverzeichnis) erfreute sich jedoch die Sagensammlung Jahns, vor allem in Kreisen der Wissenschaft, steigender Wertschätzung, wenn der Band auch nicht wieder aufgelegt wurde und kaum Nachdrucke daraus erschienen. Erst die Berliner Erzählforscherin Waltraud Woeller wandte sich nicht nur der Auswertung des Jahnschen Märchenbuches zu, sondern betonte zugleich den Quellenwert seiner Sagensammlung, die nicht zufällig auch die wichtigste Quelle für Siegfried Neumanns Überblicksedition »Sagen aus Pommern« (1991) bildete.

Der vorliegende buchstabengetreue Nachdruck der »Volkssagen aus Pommern und Rügen« macht dieses wichtige Werk erstmals wieder in Gänze zugänglich und will es zugleich durch seine Kommentierung nicht nur für die Hand des Erzählforschers aufbereiten, sondern auch für einen möglichst großen Leserkreis erschließen.

# Kommentare zu den Erzählungen

Ulrich Jahn hat den ersten zwölf Abschnitten seiner Sagengruppierung jeweils nach der Überschrift kurze Einleitungen vorausgeschickt, die zum Teil von großer Sachkenntnis des erfahrenen Sammlers zeugen, zugleich aber Deutungen im Sinne der »Mythologischen Schule« des 19. Jahrhunderts enthalten, die heute nicht mehr vertretbar sind. Zudem sind viele der Sagen recht eigenwillig gruppiert, was die Übersicht über die verschiedenen Sagengruppen erschwert; und neben Sagen finden sich auch Tiermärchen, legendenhaftes Erzählgut, Schildbürgergeschichten und andere Schwänke, zwischen denen Jahn offenbar nicht genau unterschied. An diesen Punkten setzen die nachfolgenden kurzen Kommentare zu den Textgruppen an. Ihr Sinn besteht darin, dem Leser zusätzliche Informationen über die wichtigsten Erzählstoffe zu geben und durch Hinweise auf weiterführende Literatur ein tieferes Eindringen speziell in die Sagenproblematik zu ermöglichen. Daher werden in den Anmerkungen zu den Textgruppen jeweils (in Auswahl) die einschlägigen Spezialuntersuchungen benannt. Häufiger zitierte Literatur, die hier nur mit Verfassernamen, Kurztitel und Jahreszahl erscheint, ist im Literaturverzeichnis vollständig bibliographiert. Die relevanten Texte des Nachtrags sind bei den jeweiligen Abschnitten mit berücksichtigt.

## I. Die alten Götter

### Nr. 1–52

Dieser Abschnitt ist irreführend überschrieben. Er enthält keine Göttersagen, sondern vorrangig Sagen über den Wilden Jäger bzw. die Wilde Jagd, das heißt über eine Schar von Toten, die zu nächtlicher Zeit durch die Lüfte braust (Nr. 2-38), und über das schicksalhafte Eintreten des Todes (Nr. 44 f., 47-51). Einige Texte erscheinen eher zufällig eingeordnet; Nr. 43 und 46 z.B. ergeben zusammengenommen eine Variante des Märchens vom Gevatter Tod (AaTh 332).

### Nr. 1–40

Die Vorstellungen von einem umherjagenden Totenheer haben sehr unterschiedliche Darstellungen gefunden, die bis in die Antike zurückverfolgt werden können. Der Bezug auf Wotan (Nr. 1) und Freya (Nr. 39), zwei herausragende Göttergestalten der germanischen Mythologie, beruht auf der Herleitung der Sageninhalte aus vorchristlichen Glaubensinhalten.

Diese Hypothese wird im 19. Jahrhundert vor allem durch ähnlich klingende Namensformen (Wode, Waur usw.) gestützt. Zumeist bleibt die Herkunft des Wilden Jägers unerwähnt. In einigen Sagen der Sammlung ist er ein Adliger, der – wie die Grafen Hackelberg oder Ebernburg – wegen seiner Freveltaten oder unmäßigen Jagdleidenschaft nach dem Tode ewig jagen muß (Nr. 2, 6, 11, 15, 25). Mitunter findet er sein Lebensende dadurch, daß er sich an den Hauern eines schon erlegten Ebers verletzt (Nr. 6, 27). Vor dem Ungestüm des Wilden Jägers, das ihn auch als rasenden Teufel (Nr. 3, 33) oder als Drachen (Nr. 28) erscheinen läßt, kann sich angeblich nur retten, wer bei einer Begegnung mit ihm in der Mitte des Weges bleibt (Nr. 5, 9, 13, 15, 20, 23 f., 31). Nimmt man freilich Anteil an seinem Tun, kann man belohnt werden, gelegentlich mit Geld oder Gold (Nr. 12, 21, 29, 35, 37), in der Regel aber mit der Keule eines getöteten Tiers oder Menschen (Nr. 5, 9 f., 13 f., 19, 21, 24, 28, 30), was zu einer schweren Belastung für die so »Belohnten« führt. Wer sich dem Wilden Jäger oder ähnlichem Spuk entgegenstellt, wird auf irgendeine Weise bestraft ( Nr. 14, 35, 40). Ziel der Jagd sind vielfach junge, sowohl schuldige wie schuldlose Frauen – eine gängige Vorstellung, die zur Ausbildung einer regelrechten »Frauenjagdsage« geführt hat, die unter den von Jahn gebotenen, zumeist in mehreren Varianten angeführten Sagentypen am häufigsten vertreten ist (Nr. 7, 16, 18 f., 22, 24, 36, 38). Das deutet – ebenso wie die unterschiedliche Kombination der Sagenzüge in den anderen genannten Belegen – auf eine relativ große Verbreitung dieses Sageguts hin. Andere, lediglich einmal belegte Sagentypen waren dagegen offenbar nur lokal bekannt. – Weitere pomm. Belege bei Neumann, Sagen 1991, Nr. 259 f., 262-265. – *Literatur:* August Brunk: Der Wilde Jäger im Glauben des pommerschen Volkes. In: ZVfVk 13, 1903, S. 179-192; Henschke, Sagengestalten 1936, S. 28-37; Hans Plischke: Die Sage vom wilden Heere im deutschen Volk. Diss. Leipzig 1914; Alfred Endter: Die Sage vom wilden Jäger und von der wilden Jagd. Diss. Frankfurt 1933; Karl Meisen: Die Sagen vom Wütenden Heer und Wilden Jäger. Münster 1935; Helga Meier: Die Hackelbergsage. Diss. Göttingen 1954; Jan de Vries: Wodan und die Wilde Jagd. In: Die Nachbarn 3, 1962, S. 31-59; Edmund Mudrak: Die Herkunft der Sagen vom wütenden Heere und vom wilden Jäger. In: Laographia 22, (Athen) 1965, S. 304-323; Lutz Röhrich: Die Frauenjagdsage. In: Ebenda, S. 408-423.

## Nr. 41–51

Die hier mitgeteilten Sagen schildern vorrangig, wie der als Person auftretende Tod einen Frevelnden holt (Nr. 44 f.) oder wie ein vorausgeahnter Todesfall eintritt, indem eine ausbrechende Krankheit die Betreffenden hinwegrafft (Nr. 47-51). Die Texte gehören deshalb im Grunde zu den *Totensagen* bzw. zur Gruppe der Sagen zum Thema Orakel und Schicksal, die sich bei Jahn in der Gruppe XII. *Der Mensch* finden. - Weitere pomm. Belege bei Neumann, Sagen 1991, Nr. 117-123. -
*Literatur:* siehe unter XII.

## Nr. 52

Die Vorstellung einer letzten Schlacht, die über das Schicksal eines Volkes oder Landes entscheidet, kommt in der deutschen Sage relativ selten vor. -
*Literatur:* Friedrich Zur Bonsen: Die Schlacht am Birkenbaum. Eine sagengeschichtliche und volkskundliche Darstellung. Essen 1940.

## II. Wind, Luftschiffer und Gestirne

### Nr. 53–64

In dieser Textgruppe handelt es sich im Grunde nur bei den Erzählungen über die imaginären Luftschiffe um Sagen (Nr. 56 f.), während die übrigen Texte mehr oder minder ernst gemeinte Glaubensfiktionen enthalten. Die Erklärungen der Himmelserscheinungen zeigen mitunter einen legendenhaften Einschlag (Nr. 58 II, 63), enthalten jedoch auch komische Elemente (Nr. 59). -
*Literatur:* Richard Beitl: Der Mann im Mond. In: Ders.: Deutsches Volkstum der Gegenwart. Berlin 1933, S. 48-69.

## III. Die Zwerge

### Nr. 65–124

Die kleinen »Unterirdischen« spielten - wie schon Jahn ausführte (Nr. 65) - eine große Rolle in der pommerschen Sagenüberlieferung. Einige Sujets sind denn auch öfter vertreten, so die Sagen von den »Heinzelmännchen«, die durch eine Ungeschicklichkeit vertrieben werden (Nr. 66, 99, 101, 686), vom Kindesraub und -tausch der Zwerge, die den Menschen einen Wechselbalg bescheren (Nr. 87, 89, 101 f., 108, 110, 120, 123), oder von den Mädchen, die ins Zwergenreich geraten und dort unter einem Mühlstein sitzen müssen, der am seidenen Faden hängt (Nr. 80 + 90 = Mot. F 451.10.2.1.). Auch bei einer Reihe von Sagenstoffen, die seltener erscheinen, handelt es sich

um verbreitete Wandersagen. Genannt seien die Sagen von dem Knecht, der das Trinkgefäß der Zwerge stiehlt (Nr. 68, 678), von der Todesnachricht, die den Zwerg davonstürzen läßt, ohne seinen Krug mitzunehmen (Nr. 97 = AaTh 113 A), von den Gaben des kleinen Volkes (Nr. 104 = AaTh 503), von der nicht rückzahlbaren Schuld, da der Gläubiger verstorben ist (Nr. 76 = AaTh 822*), von der Hebamme, die im Zwergenreich Geburtshilfe leistet (Nr. 88), oder von dem Fährmann, der die Zwerge übersetzt (Nr. 105, 679). Auf der Halbinsel Mönchgut treten »witte Wiewer« auf, die hier die Stelle der Zwerge einnehmen (Nr. 673-675). Mehrfach erscheinen Zwerge auch in geläufigen Sagenmotiven, in denen sie gewöhnlich nicht vorkommen (Nr. 79 = AaTh 756: Der grünende Zweig, Nr. 82 = AaTh 500: Der Name des Unholds, Nr. 86: Erkundung des unterirdischen Gangs, Nr. 100: Drei Schicksalsringe); und ein Teil der Texte entstammt wieder der regionalen Überlieferung. - Weitere pomm. Belege bei Neumann, Sagen 1991, Nr. 173, 176-183, 185, 189 f. -
*Literatur:* Henschke, Sagengestalten 1936, S. 42-51; Wendelin Marwede: Die Zwergsagen in Deutschland nördlich des Mains. Diss. Köln 1933; Richard Wossidlo: Von de lütten Unnerirdschen. Rostock 1925; Müller-Bergström: Zwerge und Riesen. In: HdA Bd. 9 Nachträge (1941), Sp. 1008-1121; Lutz Röhrich: Zwergensagen und -märchen. In: Märchenspiegel 9, 1998, S. 3-9; Gisela Piaschewski: Der Wechselbalg. Ein Beitrag zum Aberglauben der nordeuropäischen Völker. Diss. Breslau 1935; dies.: Wechselbalg. In: HdA Bd. 9 Nachträge (1941), Sp. 835-864; Heinrich Appel: Die Wechselbalgsage. Berlin 1937; Ruth Günzel: Die witten Wiever. Diss. Marburg 1955; Inger Lövkrona: Det bortrövade dryckeskärlet. En sägenstudie (The legend of the drinking cup stolen from the fairies. A legend study). Lund 1982; Ina-Maria Greverus: Die Geschenke des kleinen Volkes (AaTh 503). In: Fabula 1, 1958, S. 263-279; Archer Taylor: Northern Parallels to the Death of Pan. Washington 1922; Inger M. Boberg: Sägnet om den Store Pans Død. Diss. Kopenhagen 1934; Thomas Schwickert: Die Christophoruslegende und die Überfahrtssagen. In: ZfVk 41, 1932, S. 14-26; Matthias Zender: Gang, unter-irdischer. In: EM 5 (1987), Sp. 671-676.

## IV. Hausgeister und Hausschlangen

### Nr. 125–171

Dieser Abschnitt vereinigt Texte um Sagengestalten, die nach heutiger Auffassung verschiedenen Sagengruppen zugeordnet werden.

## Nr. 126 f., 131, 683–686

Die Sagen über den Klabautermann, die Jahn nicht ganz zu Unrecht zu denen über Hausgeister stellt, erscheinen gewöhnlich im Kontext der Sagen aus dem maritimen Bereich, also solchen über den Fliegenden Holländer, seltsame Meeresungeheuer usw. – *Literatur:* Henschke, Sagengestalten 1936, S. 75; Waltraud Woeller: Die Sage vom Fliegenden Holländer. In: Deutsches Jahrbuch für Volkskunde 14, 1968, S. 292–314; Helge Gerndt: Fliegender Holländer und Klabautermann. Göttingen 1971; ders.: Klabautermann. In: EM 7 (1993) Sp. 1398–1400.

## Nr. 128–130, 132–166

Die hilfreichen Hausgeister sind, wie Jahn einleuchtend ausführt (Nr. 125), in Aussehen und Charakter sehr unterschiedlich, was zum einen auf ihre verschiedene Herkunft deutet und zum anderen auf regionale Unterschiede weist. Ihre Rückführung auf heidnische Wurzeln ist einleuchtend, aber schwer beweisbar. Die Hilfe der Hausgeister ist in der Regel problematisch, ob sie nun eine Mahlzeit auf den Tisch schaffen (Nr. 139, 145, 155, 161), Geld ins Haus bringen (Nr. 128, 135 f., 146) oder sich sonst »nützlich« machen, denn man muß vielfach die Seele dafür verpfänden. So haben Kobold, Hausdrachen oder Rotbejackter oft nicht nur etwas Teuflisches an sich, sondern nehmen geradezu die Stelle des Teufels ein, so daß auch gängige Motive der Teufelssage und des Teufelsschwanks auf solche Hausgeister übertragen worden sind (Nr. 140–142, Nr. 141 = AaTh 1130: Stiefel ohne Sohle mit Geld füllen, Nr. 142 = AaTh 1176: Knoten in Furz schlagen). Nicht zufällig findet man hier auch das Flaschenteufelchen, das man nicht wieder los wird (Nr. 143); und gelegentlich endet die Beziehung zu dem Hausgeist oder auch nur die Begegnung mit ihm tödlich (Nr. 132, 151). – Weitere pomm. Belege: Neumann, Sagen 1991, Nr. 165–167, 169–172. – *Literatur:* Henschke, Sagengestalten 1936, S. 61–75; Lily Weiser: Germanische Hausgeister und Kobolde. In: NdZfVk 4, 1926, S. 1–19; Samuel Singer: Hausgeist. In: HdA Bd. 3 (1930/31), Sp. 1568–1570; Richard Knopf: Der feurige Hausdrache. Diss. Berlin 1936; Walter Hävernick: Wunderwurzeln, Alraunen und Hausgeister im deutschen Volksglauben. In: Beiträge zur deutschen Volks- und Altertumskunde 10, 1966, S. 17–34; Erika Lindig: Hausgeister. Die Vorstellungen übernatürlicher Schützer und Helfer in der deutschen Volksüberlieferung. Freiburg i.Br. 1986; dies.: Hausgeister. In: EM Bd. 6 (1990), Sp. 610–617.

## Nr. 167–171

Die mitgeteilten Schlangensagen weichen insofern von denen über Hausgeister ab, als die Schlangen sich hier zwar mit im Hause aufhalten, aber ihr Gastrecht nicht durch Dienste vergelten. Die Schlange kann zum Segen für die Menschen oder Tiere sein, bei oder in denen sie lebt (Nr. 167 f. + 170 = AaTh 285 A); erschlägt man die Schlange, stirbt auch der Mensch. Sie kann aber auch das Leben der Betroffenen schwer beeinträchtigen, so daß nur ihr Totschlag von der Plage befreit (Nr. 171). – Weitere pomm. Belege: Neumann, Sagen 1991, Nr. 191, 193–197. – *Literatur:* J. H. Becker: Der Schlangenmythos. In: Kosmos 5, 1879, S. 196 ff.; Eduard Hoffmann-Krayer: Schlange. In: HdA Bd. 7 (1935/36), Sp. 1114–1196; Heinrich Marzell: Hasel und Schlange. In: Beiträge zur sprachlichen Volksüberlieferung (Spamer-Festschrift). Berlin 1953, S. 200–207; Carl Olbrich: Deutsche Schlangensagen. In: Mitteilungen der Schlesischen Gesellschaft für Volkskunde 3, 1899, Heft 5, S. 39–47; ders.: Das Milchtrinken der Schlangen. In: Ebenda 6, 1904, Heft 11, S. 67–72.

## V. Die Wassergeister

### Nr. 172–196

Als zentrale Gestalt der pommerschen »Wassersagen« erscheint die Nixe oder Seejungfrau. Sie ist halb Mensch, halb Fisch, läßt sich nur gelegentlich sehen und wirkt zumeist harmlos, ja anziehend (Nr. 173, 178 f., 180 f., 194), fordert jedoch alljährlich, meist um Johanni, einen Ertrinkenden als Opfer, dem sich der dazu vorherbestimmte Mensch schwer entziehen kann (Nr. 183, 185 f., 188 f., 191 f.; vgl. auch Nr. 690). Nur in Ausnahmefällen vermögen sich die ins Wasser Gelockten im letzten Moment zu retten (Nr. 183–185). Diese Vorstellung war weit verbreitet und wurde durch das Ertrinken von Fischern, Anglern oder Badenden ständig neu genährt. Daß hier die Erinnerung an Menschenopfer, die zu heidnischen Zeiten einem Wassergeist gebracht worden seien, mit hineinspielte (Nr. 176), wie es Jahn andeutet (Nr. 172), bleibt Vermutung. Merkwürdig ist jedoch die Erscheinung von Schweinen (Nr. 182, 195) und Wasserpferden (Nr. 175, 179, 187), die in den Gewässern hausen sollen und hinter denen sich zum Teil ein teuflisches Ungeheuer (Nr. 182) oder gar der Teufel selbst (Nr. 196) verbirgt. Inwieweit es sich hier noch um Wassergeister handelt, die in diese Sagengruppe gehören, ist fraglich. – Weitere pomm. Belege: Neumann, Sagen 1991, Nr. 191, 193–197. – *Literatur:* Henschke, Sagengestalten 1936, S. 37–42; E. Loewecke: Über Wassersagenmotive und Wasserdämonen. Diss. Heidelberg 1925; Friedrich Panzer: Wassergeister. In: HdA Bd. 9 (1941), Sp. 127–191; Paul Bäuerle: Die Volksballaden vom Wassermanns Braut und von Wassermanns Frau. Diss. Tübingen 1934; Robert Wildhaber: »Die Stunde ist da, aber der Mann nicht«. Ein europäisches Sagenmotiv. In: Rheinisches

Jahrbuch für Volkskunde 9, 1958, S. 65-88; Klaus J. Heinisch: Der Wassermensch. Entwicklungsgeschichte eines Sagenmotivs. Stuttgart 1981.

## VI. Die Riesen und Lindwürmer

### Nr. 197-221

Auch in diesem Abschnitt hat Jahn zwei Sagengestalten nebeneinander gestellt, die letztlich wenig miteinander zu tun haben - offenbar eine Verlegenheitslösung.

### Nr. 197-218

Die Riesen, nach gängiger Vorstellung übergroße, aber geistig wenig entwickelte menschenähnliche Wesen, dienen in den Sagen vor allem der Deutung auffälliger Naturerscheinungen. So werden z.B. Hügel gern darauf zurückgeführt, daß hier ein Riese eine Menge Erde aus seiner Schürze verloren habe (Nr. 198 f., 215); und ungewöhnlich große Steine werden zu Grabmälern oder Wurfgeschossen von Riesen erklärt (Nr. 200-202, 206 f., 210-213, 216). Mit ihnen hätten sie auch auf Kirchen gezielt, diese aber in der Regel nicht getroffen (Nr. 203, 205, 209). Ebenso bekannt ist die Sage vom Riesenspielzeug (Nr. 214 = AaTh 701), in der hier die drohende Vertreibung der Riesen anklingt, die das Thema der abschließenden Sagen bildet (Nr. 217 f.). - Weitere pomm. Belege: Neumann, Sagen 1991, Nr. 220-225. -
*Literatur:* Henschke, Sagengestalten 1936, S. 51-53; E.H. Ahrendt: Der Riese in der mittelhochdeutschen Epik. Diss. Rostock 1923; John R. Broderius: The Giant in Germanic Tradition. Diss. Chicago 1932; Müller-Bergström: Zwerge und Riesen. In: HdA 9 Nachträge (1941), Sp. 1121-1138; Valerie Höttges: Die Sage vom Riesenspielzeug. Jena 1931; dies.: Typenverzeichnis der deutschen Riesen- und riesischen Teufelssagen. Helsinki 1937.

### Nr. 219-221

Im Gegensatz zu den Riesen, die trotz ihrer Körperkraft in der Regel keine Gefahr darstellen, sind die Lindwürmer (Drachen) furchtbare Ungeheuer, die größtes Unglück über die Menschen bringen (Nr. 220 f.), so daß es der Heldentat tapferer Männer bedarf, das Land von diesen Untieren zu befreien. -
*Literatur:* Paul Zinck: Drachen- und Lindwurmsagen. In: Mitteldeutsche Blätter für Volkskunde 6, 1931, S. 177-193, 221-229; Heinrich Dübi: Von Drachen und Stollenwürmern. In: Schweizerisches Archiv für Volkskunde 37, 1939, S. 151-164; Lutz Mackensen: Drache. In: HdA Bd. 2 (1929/30), Sp. 364-404; Paul Newman: The Hill of the Dragon. An Enquiry into the Nature of Dragon Legends. Bath 1979; Lutz Röhrich: Problems of Dragon Lore. In: Folklore on Two Continents.

Essays in Honor of Linda Degh, ed. by Nikolai Burlakoff and Carl Lindahl. Bloomington/Indiana 1980, S. 205-209; Lutz Röhrich: Drache, Drachenkopf, Drachentöter. In: EM Bd. 3 (1981), Sp. 787-820.

## VII. Die verwünschten Dinge

### Nr. 222-328

In diese größte Abteilung seiner Sagenausgabe hat Jahn offenbar alle Überlieferungen aufgenommen, die ihm als »Niederschläge heidnischer Mythen« (Nr. 222) zu dem Stichwort »Verwünschung« zu passen schienen; und es ist schwierig, die hier zusammengestellten, inhaltlich sehr disparaten Sagen zu übersichtlichen Gruppen zu ordnen. Doch seien wenigstens die dominanten Zyklen herausgehoben und einige der zu anderen Gruppen gehörigen Sagen angemerkt:
Zunächst ist als Ergänzung zu Abschnitt IV auf die hier mitgeteilten Sagen vom Schlangenkuß (Nr. 246, 291) hinzuweisen, obwohl statt der Schlange (in die eine Frau verwünscht ist) auch andere erlösungsbedürftige Tiere (Kröte, Hund) erscheinen, denen der erlösende Kuß verweigert wird (Nr. 266, 276, 297). - *Literatur:* Emma Frank: Der Schlangenkuß. Die Geschichte eines Erlösungsmotivs in deutscher Volksdichtung. Leipzig 1928.

Auch in einer Reihe anderer Sagen geht es sowohl um Verwünschung wie um Erlösung. Sie sind ihrem Charakter nach *Frevelsagen*, d.h. die Verwünschung ist der Strafe für ein Vergehen, das nicht ungesühnt bleiben darf. Der Schwere des Vergehens entsprechend fällt auch die Strafe ziemlich hart aus. - Hierher gehören insbesondere die *Untergangssagen*, in denen die Schilderung menschlichen oder sozialen Fehlverhaltens jeweils mit dem Untergang von Schloß, Dorf oder Stadt endet, in denen das Vergehen stattgefunden hat. Dieser Zusammenhang von Frevel und Untergang muß die Phantasie von Erzählern und Hörern stark beschäftigt haben, wie die zahlreichen Sagen mit dieser Thematik zeigen, unter denen die Vineta-Sage am bekanntesten geworden ist (Nr. 226, 229, 237, 242-245, 256, 264 f., 268-271, 273-275, 277, 287, 290, 293). Auffällig ist auch, wie oft in den Sagen offenkundige Frevel (Nr. 234, 251, 303, 309), aber auch geringe Vergehen eines Menschen (Nr. 249, 283) dadurch gesühnt werden, daß er zu Stein erstarrt. In besonderer Weise sozialkritisch akzentuiert erscheinen Frevelsagen, in denen ein Raubritter oder Schloßherr sich an Leib und Leben seiner Untertanen vergeht und dafür nach dem Tode unter der Erde die geraubten Schätze bewachen oder Nacht für Nacht spuken muß (Nr. 239 f., 282; vgl. auch Nr. 657 ff.). In einigen Sagen geht es um Jungfrauen, die in einen

Berg oder in eine unterirdische Höhle verwünscht sind, wo sie zum Teil Schätze hüten müssen, aber unter bestimmten Voraussetzungen wieder erlöst werden können (Nr. 227, 232 f., 259, 290). - Weitere pomm. Belege: Neumann, Sagen 1991, Nr. 8-45, 105-116. - *Literatur:* Hilde Boesebeck: Verwünschung und Erlösung des Menschen in der deutschen Volkssage der Gegenwart. In: NdZfVk 5, 1927, S. 15-29, 90-112; 6, 1928, S. 89-101, 134-164, 216-237; F. Schmarsel: Die Sage von der untergegangenen Stadt. Berlin 1913; A. Hofmeister: Die Vineta-Frage. In: Monatsblätter 46, 1932, S. XXXX; Wossidlo/Schneidewind, Herr und Knecht 1960; Lutz Röhrich: Frevel, Frevler. In: EM Bd. 5 (1987), Sp. 319-333; Erich Gülzow: Rügensche Erlösungssagen. In: NdZfVk 21, 1943, S. 23-31; Lutz Röhrich: Erlösung. In: EM Bd. 4, 1984, Sp. 195-222.

Von Schätzen ist so oft die Rede, daß sich ein ganzer Zyklus von *Schatzsagen* ausmachen läßt, die deshalb in der jüngeren Forschung auch als eigene Sagengruppe gewertet werden. Die Schätze sind gewöhnlich irgendwo verborgen, aber können von Menschen gehoben werden, die das dafür geforderte Erlösungswerk vollbringen. Das schlägt jedoch meist ebenso fehl (Nr. 227, 232 f., 259, 290) wie andere Versuche, sich in den Besitz des Goldes zu bringen, die sogar tödlich enden können (Nr. 244, 247, 292, 301). Nur wem besondere Glücksumstände zustatten kommen, kann an dem verborgenen Reichtum teilhaben, wenn er darauf stößt (Nr. 267, 296, 300). Da das Gros der ländlichen Erzähler Jahns in sehr bescheidenen Verhältnissen lebte, ist es nur zu verständlich, wenn der Gedanke an einen möglichen Schatzfund etwas Erregendes hatte, das sich im Erzählen niederschlug. - Weitere pomm. Belege: Neumann, Sagen 1991, Nr. 203-215. - *Literatur:* Leo Winter: Die deutsche Schatzsage. Diss. Köln 1925; St. Hirschberg: Schatzglaube und Totenglaube. Breslau 1934; dies.: Schatz. In: HdA Bd. 7 (1935/36), Sp. 1002-1015; Gottfried Henßen: Was mir von Gott ist zugedacht, das wird mir wohl ins Haus gebracht. Zum Formwandel einer Schatzsage. In: ZfVk 53, 1956/57, S. 157-163.
Von den Orten, die mit allen irdischen Gütern versunken sind, künden in den Sagen zum Teil noch die Glocken, deren Geläut an bestimmten Tagen aus der Tiefe zu hören ist (Nr. 229, 244, 264 f., 270, 285) und die sogar an die Oberfläche gelangen, wo die Menschen sie entdecken. So berichtet die meisterzählte *Glockensage* davon, wie die gefundenen Glocken in den nächsten Ort gebracht werden sollen, daß aber noch so viele Pferde sie nicht ziehen können, während

zwei Ochsen sie mühelos fortbringen (Nr. 228, 236, 243, 252, 255, 262 II, 288, 295). Und eine verwünschte Jungfrau, die bewirkt, daß die Glocken sich leicht bewegen lassen, erhält dafür von einem beherzten Burschen den sie erlösenden Kuß (Nr. 280). Auch gestohlene Glocken lassen sich schwer transportieren, sie wollen in »ihre« Kirche zurück (Nr. 304, 322); und Sachsen, die sie den Wenden stehlen und erfolgreich fortschaffen, gehen mit ihnen im See unter (Nr. 308). Ein anderes Thema ist der Glockenguß, den eine arme Frau befördert, indem sie eine Schlange in das heiße Metall wirft (Nr. 272). Im Falle, daß der Guß dem Gesellen oder gar Lehrling besser gelingt als dem Meister, wird dieser aus gekränktem Ehrgefühl zum Mörder an seinem Schutzbefohlenen - ein Frevel, den er mit seinem Leben sühnt (Nr. 230, 302). - Weitere pomm. Belege: Neumann, Sagen 1991, Nr. 216-219. - *Literatur:* J. Pesch: Die Glocke in Geschichte, Sage, Volksglauben, Volksbrauch und Dichtung. Dülmen 1923; Erwin Erdmann: Die Glockensagen. Diss. Köln 1929; ders.: Die Glockensagen. In: Rheinisch-westfälische Zeitschrift für Volkskunde 28, 1931, S. 6-28; Adelgard Perkmann: Glocke. In: HdA Bd. 3 (1930/31), Sp. 868-876; Paul Sartori: Das Buch von den deutschen Glocken. Berlin/Leipzig 1932; Helmut Fischer: Glocke. In: EM Bd. 5 (1987), Sp. 1289-1295.

Eine Besonderheit der pommerschen Überlieferung sind die rügischen Herthasagen, die offensichtlich auf eine Fehlinterpretation von Tacitus' »Germania«, d.h. auf pseudogelehrter Überlieferung beruhen und durch häufigen Abdruck zu verbreiteter Kenntnis gelangt sind (Nr. 225 I-II). Dagegen handelt es sich bei den Erzählungen vom Mägdesprung (Nr. 231), vom Erlöser in der Wiege (Nr. 298, 314) und vom Ursprung Hiddensees (Nr. 223 = AaTh 750 A: Mot. D 2172.2.) um international bekannte Sagen- bzw. Legenden-motive. Die letzten Texte dieses Abschnitts setzen zwar eine Verwünschung voraus, sind jedoch im Grunde *Spuksagen* (Nr. 323-328). - *Literatur:* Haas, Stubbenkammer 1928; Friedrich Ranke: Der Erlöser in der Wiege. Ein Beitrag zur deutschen Volkssagenforschung. München 1911; Mengis: Spuk. In: HdA Bd. 8 (1936/37), Sp. 344-348.

## VIII. Der Teufel

### Nr. 329-411

Über die Entstehung der Teufelssagen informiert Jahn in seiner Einführung zu diesem Abschnitt (Nr. 329) so umfassend, daß dem kaum etwas hinzugefügt werden braucht. Lediglich seine teilweise Herleitung des Teufels aus alten Göttergestalten ist problematisch,

da er der Kirche eher dazu diente, diese zu »verteufeln«. Nach dem tatsächlichen Befund tritt der Teufel im Laufe der Überlieferung vielfach an die Stelle des Riesen, der wenig Göttliches an sich hat. - Die Sammlung enthält eine Reihe gängiger Teufelssagen, die das schillernde Erscheinungsbild dieser Gestalt illustrieren. Dabei kehren zum Teil Motive wieder, die schon bei den Riesensagen erschienen, etwa daß der Teufel mit einem riesigen Stein nach der Kirche wirft (Nr. 339, 388) oder daß ihm die Schürze mit Sand reißt (Nr. 389). In der Regel hat er es jedoch auf die Seele der Menschen abgesehen und holt erbarmungslos seine Opfer, die gefehlt haben, sei es eine Kindsmörderin (Nr. 393), ein Kartenspieler (Nr. 359, 366) oder eine Tänzerin (Nr. 411), sofern er nicht durch fromme Lieder vertrieben wird (Nr. 338, 391). Als Mittel, die Menschen in seine Gewalt zu bekommen, erscheint der Teufelspakt, nach dem die Menschen dem Teufel für dessen Dienste ihre Seele verpfänden (Nr. 375, 395, 398 f., 694), zum Teil jedoch durch fromme Sprüche, die sie statt ihres Namens in des Teufels Buch schreiben (Nr. 395), oder durch Gebete wieder freikommen (Nr. 398 = AaTh 811). Die meisterzählte Sage dieser Art ist die vom Teufelsdamm, den der Böse laut Pakt noch vor dem ersten Hahnenschrei fertig haben muß, was der Teufelsbündner verhindert, indem er den Hahn früher weckt oder selbst kräht (Nr. 332, 370, 379, vgl. auch Nr. 357, 365 = alle AaTh 810 A*). In anderen Sagen wird der Teufel, wenn er die ihm verfallene Seele holen will, in ein Astloch gepflockt (Nr. 336), oder ihm werden noch Aufgaben gestellt, die er nicht erfüllen kann (Nr. 342), u.a. ein Tau aus Sand zu machen (Nr. 693 = AaTh 1174) oder einen Furz zu greifen und einen Knoten dreinzuschlagen (Nr. 402 = AaTh 1176). Hier wird der Böse überlistet und zum »dummen Teufel«. Andererseits erscheint er aber auch als sozialer Korrektor, der den Armen gegen die Reichen beisteht, wie in den Erzählungen von Richter und Teufel (Nr. 400 = AaTh 821) und von den Teufelspferden (Nr. 390 = AaTh 761). - Weitere pomm. Belege: Neumann, Sagen 1991, Nr. 226-238. -
*Literatur*: Henschke, Sagengestalten 1936; S. 58-60; M. Osborn: Die Teufelsliteratur des 16. Jahrhunderts. Berlin 1983; Maximilian Rudwin: The Devil in Legend and Literature. Chicago 1931; Abraham Warkentin: The Devil in the German Traditional Story. Chicago 1936; Lutz Röhrich: Teufelsmärchen und Teufelssagen. In: Max Lüthi/Lutz Röhrich/Georg Fohrer: Sagen und ihre Deutung. Göttingen 1965, S. 28-58; Valerie Höttges: Typenverzeichnis der deutschen Riesen- und riesischen Teufelssagen. Helsinki 1937; Gerda Grober-Glück: Das Aussehen des Teufels nach Sage und Umfrage des Atlas der deutschen Volkskunde in synchronen und historischen Vergleichen. In: Rheini-

sches Jahrbuch für Volkskunde 26, 1985/86, S. 109-139; A. Stieren: Ursprung und Entwicklung der Tänzersage. Diss. Münster 1911; Archer Taylor: The Devil and the Advocate. In: Publications of the Modern Language Association 36, 1921, S. 35-59; Lutz Röhrich: Advokat und Teufel (AaTh 1186). In: EM 1 (1977), Sp. 118-123; August Wünsche: Der Sagenkreis vom geprellten Teufel. Leipzig/Wien 1905.

Zum Teil kehrt hier auch das Thema der Schatzfindung und -hebung wieder, wobei der Teufel gelegentlich als Schatzhüter seine Hand mit im Spiel hat und das Unternehmen teils befördert (Nr. 383, 385) und teils blockiert (Nr. 337, 341, 347, 352, 367, 380, 396, 400), es mitunter aber auch nicht verhindern kann (Nr. 397, 403-405). Vielfach verwandeln sich wertlose Dinge, ja selbst Kot, in Gold, was dem, der sie mitnimmt, zum Glück gereicht (Nr. 368, 373, 378, 384); und manchmal wird der Mensch auch glücklicher Besitzer eines Hecketalers, der immer wieder zu ihm zurückkehrt (Nr. 340 + 372 = AaTh 745 A var.). Hier handelt es sich - wie bei einem Teil von Abschnitt VII - um Schatzsagen, die mit und ohne Einbezug des Teufels erzählt werden konnten und auch wurden. Am bekanntesten ist die Sage von der Magd, die nachts draußen glühende Kohlen wahrnimmt und etwas davon hereinholt, um damit Feuer anzuzünden, und am Morgen Gold auf dem Herd vorfindet (Nr. 335, 369, 382). Freilich wird auch geschildert, wie der glückliche Finder den Schatz an einen Geldbanner verliert oder an den Herrn abgibt (Nr. 346, 350). - *Literatur* siehe unter VII.

## IX. Hexen und Zauberer

### Nr. 412-460

Das Thema »Hexenwesen und Zauberei in Pommern« war eines der speziellen Forschungsgebiete Ulrich Jahns, und die diesbezüglichen Sagen bildeten eine seiner wichtigsten Quellen zum immer noch weit verbreiteten Hexenglauben, den er beklagt und verurteilt. Angesichts dessen fällt seine Einführung in diese Sagengruppe (Nr. 412) recht knapp aus. Er vertritt den Standpunkt, »daß die meisten Züge des Hexenglaubens undeutsch« seien und nur wenig der »heimischen Mythologie« entlehnt wurde; widerlegt sich dann aber mit seinen Hinweisen auf »den Zusammenhang der Hexen mit den elbischen Geistern« und auf den »echt deutschen Ursprung« des Glaubens, daß »die Hexen auf dem Blocksberg ihre Versammlungen« abhielten, weitgehend selbst. Bei der Darbietung der Texte werden Hexen und andere angeblich Zauberkundige nicht durch eine gesonderte Gruppierung als unterschiedliche Gestalten ausgewiesen. Die Hexen erscheinen in den Sagen zwar

als Geschöpfe des Teufels, die sich ihm verschrieben haben (Nr. 438), aber diese Verbindung wird kaum je angesprochen. Man muß sich jedoch von Gott lossagen, um hexen zu können (Nr. 432 f.). Dann kann man fremden Kühen von ferne die Milch abmelken (Nr. 420), Vieh und Menschen »verhexen« (Nr. 419, 421 f.), den künftigen Ehemann voraussahnen (Nr. 424 = AaTh 737) und ihn, falls er untreu wird, wieder zurückholen (Nr. 451), sich in eine Tiergestalt verwandeln (Nr. 430 I-II, 446), in der Walpurgisnacht auf einem Besenstiel zum Blocksberg reiten (Nr. 426, 449), usw. Hexen können sich sogar immun gegen die Kraft des Feuers machen (Nr. 415), sind aber sehr verletzbar, wenn jemand ihr Hexengefährt beschädigt (Nr. 427, 455). Das bekannteste dieser international verbreiteten Sagenmotive ist wohl das des Katzenspuks in der Mühle: Ein beherzter Geselle schlägt nachts einer der Katzen die Pfote ab, und am andern Morgen liegt die Meisterin mit einem blutenden Armstumpf zu Bett (Nr. 430 I-II; vgl. auch Nr. 446). Als Strafe für alles entdeckte Hexenwesen kennt die Sage nur den Feuertod (Nr. 415, 419, 430 II, 454), der an die unseligen Auswüchse des Hexenwahns erinnert. So wird denn auch hier von unschuldig Verbrannten berichtet, deren Unschuld sich nach ihrem Tod durch ein Wunder offenbart (Nr. 416, 450, 453; siehe auch Nr. 702). Interessant sind auch die Texte, in denen dem »Verhexen« mit einem Gegenzauber begegnet wird (Nr. 422, 452), zeigen sie doch, daß man sich bei aller Hexenfurcht doch nicht ganz wehrlos ausgeliefert fühlte. - Weitere pomm. Belege: Neumann, Sagen 1991, Nr. 124-137. -
*Literatur*: Henschke, Sagengestalten 1936, S. 17-22; Hanns Bächtold: Hexen- und Zauberglaube der Gegenwart. In: ZVfVk 23, 1913, S. 283-288; Lily Weiser-Aall: Hexe. In: HdA Bd. 3 (1930/31), Sp. 1827-1920; Alfred Wittmann: Die Gestalt der Hexe in der deutschen Sage. Diss. Heidelberg 1933; Johann Kruse: Hexen unter uns? Magie und Zauberglauben in unserer Zeit. Hamburg 1951; Gertrud Emrich: Formen und Grundlagen gegenwärtigen Hexenglaubens. Diss. Mainz 1953; Will-Erich Peuckert/Karl Heinrich Bertau: Der Blocksberg. In: Zeitschrift für deutsche Philologie 75, 1956, S. 347 ff.; Hildegard Gerlach: Hexe. In: EM Bd. 6 (1990), Sp. 960-992.

Freischützen und Freimaurer wurden offenbar stärker als Teufelsbündner gesehen. So finden sich die schrecklichen Zeremonien, durch die man sich angeblich dem Teufel übergab und zum Freischützen wurde, bis in Details ausgemalt (Nr. 413, 425), und es wird auch betont, daß ein Freischütz, der mit jedem Schuß trifft, anderen Zauberkundigen weit überlegen sei (Nr. 436). Hier spielen Zauberbücher mit hinein, die nur der Kundige zu lesen versteht (Nr. 436 f.). -

Mehr gefürchtet wurden jedoch zweifellos die Freimaurer, über deren Treiben auch in den Sagen der Schleier des Geheimnisses liegt, die sich hier ihre Privilegien jedoch immer mit dem Verlust von Leben und Seelenheil erkaufen, sofern sie nicht einen »Stellvertreter« stellen können (Nr. 456-460). - Weitere pomm. Belege: Neumann, Sagen 1991, Nr. 138-150. -
*Literatur*: Karl Wehrhan: Die Freimaurerei im Volksglauben. Berlin 1919; Karl Olbrich: Die Freimaurer im deutschen Volksglauben. Breslau 1930; Will-Erich Peuckert: Freimaurer. In: HdA Bd. 3 (1930/31), Sp. 23-44; Ulrich Frank: Freimaurer. In: EM Bd. 5 (1987), Sp. 240-246.

## X. Die Mahrt

### Nr. 461-478

Die Mahrt, ein Alpdrücken verursachender Nachtgeist, ist in den Sagen meist ein junges Mädchen, das einen Burschen heimsucht. Wenn er sie fängt, wird sie seine Frau und schenkt ihm sogar Kinder, als sie aber ihre Fluchtmöglichkeit erkennt, verläßt sie die Familie sofort (Nr. 463 I-II, 697). Dieser bekannten Sage stehen andere gegenüber, in denen der gedrückte Bursche des Nachts eine Frucht oder einen Strohhalm zu fassen bekommt und am Morgen ein verletztes oder totes Mädchen vorfindet (Nr. 470 f., 477, 480) bzw. die gefangene Mahrt freiläßt, als sie verspricht, nicht wiederzukommen (Nr. 464-466, 474). Auch als Mahrt erkannte Mädchen, die deshalb »umgetauft« werden, stellen ihre nächtlichen Ausflüge ein (Nr. 474, 476 I-II), zumal Mahrten sehr verletzlich sind, wenn ihrem Gefährt, meist einem Siebreifen (Siebrand), etwas zustößt (Nr. 468, 473, 700) - ein Motiv, das gelegentlich auch auf Hexen übertragen wurde (Nr. 427, 455). Der verbreitete Mahrtglauben bezog allerdings auch Männer und Tiere in den Kreis derer ein, die andere durch Alpdrücken quälen (Nr. 467, 478). Diese von Jahn dokumentierten Mahrtsagen entsprechen im wesentlichen denen der übrigen niederdeutschen Überlieferung. - Weitere pomm. Belege: Neumann, Sagen 1991, Nr. 152-157. -
*Literatur*: Alfred Haas: Das Mahrtreiten im pommerschen Volksglauben gegen Ende des 17. Jahrhunderts. In: Beiträge zur Volkskunde Pommerns. Hrsg. von Karl Kaiser. Greifswald 1939, S. 64-68; Henschke, Sagengestalten 1936, S. 23-28; Friedrich Ranke: Alp. In: HdA Bd. 1 (1927), Sp. 281-305; ders.: Mahr, Mahrt. In: HdA Bd. 5 (1932/33), Sp. 1508-1512; Will-Erich Peuckert: Alb. In: HdS Lieferung 1/2 (1961/62), Sp. 186-250; ders.: Die Walriderske im Siebrand. In: Ders.: Verborgenes Niedersachsen. Göttingen 1960, S. 92-102; Lutz Röhrich: Die gestörte Mahrtenehe. In: EM Bd. 9 (1999), Sp. 44-53.

## XI. Der Werwolf

### Nr. 482–495

Der alte und weitverbreitete Glauben, daß Menschen sich in Wölfe verwandeln könnten, lebte auch in der pommerschen Sage fort. Diese Verwandlung wird hier durch einen Riemen bewirkt, den man sich umbindet (Nr. 487, 489, 491, 494). Sie kann leicht rückgängig gemacht werden, wenn dem Werwolf Gefahr droht (Nr. 486), sein Appetit auf gerissene Tiere gestillt ist (Nr. 491) oder der Name des Menschen gerufen wird, der sich dahinter verbirgt (Nr. 490, 494). Solche Werwölfe wüten besonders unter den Tierbeständen, fressen aber auch menschliche Leichen und reagieren, wieder Mensch geworden, sehr aggressiv, wenn sie erfahren, daß sie bei ihrem Tun beobachtet worden sind (Nr. 487, 491). Oft wird erst deutlich, daß es sich bei den Wölfen um Werwölfe handelt, wenn sie empfindlich verletzt oder getötet werden und plötzlich ein verwundeter oder toter Mensch daliegt (Nr. 484, 492 f.). Die verschiedenartige Kombination dieser Sagenzüge, die in ganz Norddeutschland belegt sind, deutet auf eine noch relativ lebendige Werwolf-Überlieferung hin. – Weitere pomm. Belege: Neumann, Sagen 1991, Nr. 158-163. –
*Literatur:* Henschke, Sagengestalten 1936, S. 22 f.; Wilhelm Hertz: Der Werwolf. Beitrag zur Sagengeschichte. Stuttgart 1862; Caroline T. Stewart: Die Entstehung des Werwolf-glaubens. In: ZVfVk 19, 1909, S. 30-51; K. Müller: Die Werwolfsage. Diss. Marburg 1957.

## XII. Der Mensch

### Nr. 496–548

In diesem Abschnitt hat Jahn Erzählungen zusammengestellt, die sich tatsächlich in irgendeiner Form auf den Menschen beziehen (was fast alle Sagen tun), aber nach heutigem Verständnis verschiedenen Sagengruppen angehören.
Überwiegend handelt es sich um *Totensagen*, die vielfältig illustrieren, daß sich Menschen in keiner Weise mit Toten einlassen dürfen: Wer nachts leichtfertig über den Friedhof geht (Nr. 523), einen Toten berauben will (Nr. 521) oder beraubt (Nr. 520, 522, 526), kommt leicht vom Leben zum Tode, den Sonntagskinder mitunter auch bei anderen oder sich selbst voraussehen können (Nr. 500, 701). Oft wird davon berichtet, daß Menschen nach ihrem Tode wiederkehren, um ihre Hinterbliebenen zu trösten (Nr. 502), ein Kleinkind zu säugen (Nr. 516) oder aber als Nachzehrer andere nachzuholen (Nr. 511-514) - eine Gefahr, die erst gebannt ist, wenn dem Toten im Grab der Kopf abgestoßen wird (Nr. 513 f.). Auch die durch Gottfried August Bürgers Lenorenballade bekannt

gewordene Sage von dem Liebespaar, das noch im Tode vereint sein wollte, so daß der im Kriege gefallene Bräutigam seine erschreckte Braut nachholt, gehört hierher (Nr. 515 I-II = AaTh 365). Und wenn eine Witwe wieder heiratet, kann es geschehen, daß der verstorbene Ehemann auch dazu erscheint (Nr. 518). Umgekehrt ist es höchst gefährlich, aus Versehen oder absichtlich einem Geistergottesdienst beizuwohnen, aus dem nur rasche Flucht das Leben rettet (Nr. 525 I-II). All das sind Sagentypen, die auch außerhalb Pommerns weit verbreitet sind. - Weitere pomm. Belege: Neumann, Sagen 1991, Nr. 239-255. –
*Literatur:* O. Schwebel: Der Tod in der deutschen Sage und Dichtung. Berlin 1876; Paul Geiger: Der Tote. In: HdA Bd. 8 (1936/37), Sp. 1019-1034; Adolf Gühring: Der Tod in der Volkssage der deutschsprachigen Gebiete. Diss. Tübingen 1957; Lutz Röhrich: Der Tod in Sage und Märchen. In: Leben und Tod in den Religionen. Hrsg. von Günther Stephenson. 2. Aufl. Darmstadt 1985, S. 165-183; Ingeborg Müller/Lutz Röhrich: Deutscher Sagenkatalog. 10: Der Tod und die Toten. In: Deutsches Jahrbuch für Volkskunde 13, 1967, S. 346-397; Johanna Sailer: Die Armen Seelen in der Volkssage. Diss. München 1956; Elfriede Moser-Rath: Arme Seele: In: HdS Lieferung 3 (1963), Sp. 628-641; Heinz Meier to Bernd: Das zweite Gesicht im Volksglauben und in Volkssagen. Diss. Göttingen 1952; Stefan Hock: Die Vampyrsagen und ihre Verwendung in der deutschen Literatur. Berlin 1900. Nachdruck Hildesheim 1976; Arthur L. Jellinek: Zur Vampyrsage. In: ZVfVk 14, 1904, S. 322-327; Will-Erich Peuckert: Die Toten reiten schnell. In: Zeitschrift für deutsche Philologie 70, 1948/49, S. 204 ff.; Ingo Schneider: Lenore. In: EM Bd. 8 (1996), Sp. 909-918; Otto Schell: Einige Bemerkungen zu den Sagen von Geisterkirchen und Geistermessen. In: Westdeutsche Zeitschrift für Volkskunde 8, 1911, S. 113-119; Bernward Deneke: Legende und Volkssage. Untersuchungen zur Er-zählung vom Geistergottesdienst. Diss. Frankfurt 1958.

Nach gängiger Vorstellung machten sich Menschen nach ihrem Tode vielfach weiter bemerkbar, ohne daß sie genau erkennbar waren. Als ein Zeichen dafür erschienen die tückischen Irrlichter in der Nacht, hinter denen man die Seelen ungetauft verstorbener Kinder vermutete (Nr. 503 f.). Wenn man den nach dem Tode Spukenden zu kennen glaubte, konnte man ihn angeblich »wegsingen« (Nr. 545 I-III) oder von einem Banner an eine abseitige Stelle fortbannen lassen (Nr. 536 f.). Gespenstische Schimmelreiter oder Hunde (Nr. 531 f.) und andere spukende Gestalten, wie Männer ohne Kopf, von denen die Sagen berichten (Nr. 533-535, 538-544), stehen jedoch nur noch in losem Zusammenhang mit dem Totenglauben, sondern sind eher den *Spuksagen* zuzuweisen. Unter ihnen bilden die weitverbreiteten »Aufhockersagen«, die zum Teil Verwandtschaft mit Mahrtsagen zeigen, eine eigene Spezies (Nr. 529), die wie die Spuksagen insgesamt eine große Variabilität aufweist. - Weitere pomm. Belege: Neumann, Sagen 1991, Nr. 266-293. - *Literatur*: Henschke, Sagengestalten 1936, S. 56 f.; Lutz Röhrich: Elementargeister. In: EM Bd 3 (1981), Sp. 1316-1326; ders.: Geist, Geister. In: EM Bd. 5 (1987), Sp. 909-922; F. Pradel: Kopflose Menschen und Tiere in Märchen und Sage. In: Mitteilungen der Schlesischen Gesellschaft für Volkskunde 6, 1904, Heft 12, S. 37-41; Claude Lecouteux: Kopflose. In: EM Bd. 8 (1996), Sp. 270-273; Friedrich Ranke: Der Huckup. In: Ders.: Volkssagenforschung. Breslau 1935, S. 39-69; Ruth Schmidt-Wiegand: Der Aufhocker in der pommerschen Volksüberlieferung. In: Baltische Studien N.F. 45, 1958, S. 129-134; 46, 1959, S. 108-118; Gerda Grober-Glück: Aufhocker und Aufhocken. Nach den Sammlungen des Atlas der deutschen Volkskunde. Ein Beitrag zur deutschen Sagenkunde. In: Rheinisches Jahrbuch für Volkskunde 15/16, 1964/65, S. 117-143.

Unter den weiteren Texten dieses Abschnitts seien insbesondere die Sagen vom »singenden Knochen«, hier einer Flöte aus Rohr, die einen Mord offenbart (Nr. 510 I-II = AaTh 780), und vom falschen Grenzschwur, dem der Tod des Meineidigen auf dem Fuße folgt (Nr. 528), hervorgehoben, die zur Gruppe der *Frevelsagen* zu rechnen sind. Am Anfang finden sich einige Belege für das Motiv der »Seele außerhalb« (Nr. 499-501), und den Beschluß bilden zwei Sagen, in denen von der Heilung angeblich vom Teufel Besessener berichtet wird (Nr. 547 f.). - *Literatur*: Lutz Mackensen: Der singende Knochen. Ein Beitrag zur vergleichenden Märchenforschung. Helsinki 1923.

### XIII. Tiere und Pflanzen

### Nr. 549-612

Dieser Abschnitt enthält neben einigen Sagen vor allem Tiermärchen sowie Tier- und Pflanzenätiologien, die Jahn hier offenbar veröffentlichte, ehe er sein Märchenbuch ins Auge gefaßt hatte.
*Sagen*haften Charakter haben die Erzählungen von einem Rattenfänger von Ummanz (Nr. 566), von einem bösen Gutsbesitzer, der zur Hölle geholt wird (Nr. 580), von der Begegnung mit den Totenvögeln (Nr. 587), vom dem Mann, der aus Not seine Kinder in den Wald schickt, wo sie verhungern (Nr. 588), vom Teufelspakt, der vor dem ersten Hahnenschrei erfüllt sein muß (Nr. 599 = AaTh 810 A*), und vom Schlangenkönig, der den Schlangenbanner tötet (Nr. 601). -

*Literatur*: Heinrich Spanuth: Der Rattenfänger von Hameln. Vom Werden und Sinn einer alten Sage. Hameln 1951; Hans Dobbertin: Abschließendes zur Rattenfängersage. In: Jahrbuch für ostdeutsche Volkskunde 29, 1986, S. 245-273; Lutz Röhrich: Die Sage vom Schlangenbann. In: Volksüberlieferung. Festschrift für Kurt Ranke. Hrsg. von Fritz Harkort, Karel C. Peeters und Robert Wildhaber. Göttingen 1968, S. 327-344.
Bei den *Tiermärchen* handelt es sich zum Teil um allbekannte und weitverbreitete Erzählstoffe, von denen hier insbesondere die folgenden benannt seien:
Nr. 555 = AaTh 122 A + AaTh 47 B (Wolf verliert seine Beute),
Nr. 556 = AaTh 1 + AaTh 4 (Fuchs stiehlt Fische und spielt krank), dazu als Literatur: Pirkko-Lisa Rausmaa: Fischdiebstahl. In: EM Bd. 4 (1984), Sp. 1227-1230; dies.: Kranker trägt den Gesunden. In: EM Bd. 8 (1996), Sp. 334-338,
Nr. 557 = AaTh 41 + AaTh 1 + AaTh 2 sowie Nr. 558 = AaTh 41 + AaTh 4 (Fuchs und Wolf im Keller und beim Eisfischen),
Nr. 559 = AaTh 47 A (Wolf und Pferd), dazu als Literatur: Christine Shojaei Kawan: Fuchs (Bär) am Pferdeschwanz. In: EM Bd. 5 (1987), Sp. 511-522,
Nr. 560 = AaTh 161 (Bauer verrät den Fuchs), dazu als Literatur: Ernst Heinrich Rehermann: Augenwinken. In: EM Bd. 1 (1977), Sp. 1010-1014,
Nr. 561-563 = AaTh 6, 227 (Gans, die mit Fuchs betet oder tanzt, entkommt ihm),
Nr. 564 = AaTh 70 (Furchtsamer Hase), dazu als Literatur: Rolf Wilhelm Brednich: Hasen und Frösche. In: EM Bd. 6 (1990), Sp. 555-558,
Nr. 568 = AaTh 200 B (Verlust der Urkunde), dazu als Literatur: Hans-Jörg Uther: Warum die Hunde einander beriechen. In: EM Bd. 6 (1990), Sp. 1360-1362,
Nr. 569 = AaTh 113 (Nachricht: Pan ist tot),
Nr. 574 = AaTh 222 (Vögel und Vierfüßler bekriegen sich), dazu als Literatur: Rolf Wilhelm Brednich: Krieg der Tiere. In: EM Bd. 8 (1996), Sp. 430-436,
Nr. 595 = AaTh 221 (Vögel wählen einen König), dazu Literatur: Manfred Eikelmann: Königswahl der Tiere. In: EM Bd. 8 (1996), Sp. 181-186,
Nr. 598 = AaTh 250 A (Fische wählen einen König), dazu als Literatur: Hannjost Lixfeld: Flunder. In: EM Bd. 4 (1984), Sp. 1373 f.,
Nr. 602 = AaTh 672 B var. (Raub der Krone des Schlangenkönigs),
Einige Storchengeschichten (Nr. 576-579), für die es auch aus Mecklenburg (archivalische) Belege gibt, stehen an der Grenze zum Tiermärchen. - Weitere pomm. Belege für Tiermärchen bei Neumann, Volksmärchen 1983, Nr. 34-49. -

*Allgemeine Literatur:* Kurt Kampf: Das Tier in der deutschen Volkssage der Gegenwart. Diss. Frankfurt 1932; Fritz Harkort: Tiervolkserzählungen. In: Fabula 9, 1967, S. 87-99; Siegfried Neumann: Mecklenburgische Volksmärchen. Berlin 1971.
Die *Tier-* und *Pflanzenätiologien* (Nr. 553, 567, 571 f., 606) sind zumeist regionales Erzählgut, zu dem sich im Mecklenburgischen gelegentlich Parallelen finden. - *Literatur:* Richard Wossidlo: Mecklenburgische Volksüberlieferungen. Bd. 2: Die Tiere im Munde des Volkes. Wismar 1899.

## XIV. Legenden und legendarische Erzählungen

### Nr. 613-632
Der Begriff des Legendarischen ist von Jahn so weit gefaßt, daß der Abschnitt neben Erzählungen aus dem Bereich der christlichen Mythologie (Nr. 613-615) und Heiligenlegenden (Nr. 616, 618-620) auch Frevelsagen mit Beispielen von Gotteslästerung (Nr. 621 f.) enthält. Hierher wäre auch der Legendenschwank von der Verrichtung des ersten Tagewerks aus Abschnitt VII (Nr. 223 = AaTh 750 A: Mot. D 2172.2.) zu stellen. Überraschend erscheint zunächst die Plazierung der Geschichten über Friedrich den Großen (den Alten Fritz) an dieser Stelle. Er hatte in der Volksüberlieferung jedoch bereits den Charakter einer legendären Gestalt angenommen und galt als Prototyp des gerechten Volkskönigs (Nr. 626-632). So nutzt er seine übernatürlichen Kräfte nur in Notsituationen (Nr. 627), sieht - als einfacher Mann verkleidet - im Land nach dem Rechten und steckt dabei auch schon einmal Prügel ein (Nr. 626 = AaTh 791), gibt das unerkannt entwendete Geld an den Eigentümer zurück (Nr. 630 = AaTh 951 A) und zeigt bei Verfehlungen seiner Untertanen Nachsicht (Nr. 632 = Mot. J 215.1 var.). Dabei zeigt die Darstellung des anekdotischen Geschehens meist deutlich schwankhafte Züge, was Jahn nicht hinderte, eine Anzahl solcher König-Fritz-Geschichten auch in sein Märchenbuch aufzunehmen. - Weitere compm. Belege zu »König Fritz«: Jahn, Volksmärchen 1890, Nr. 23-31; Neumann, Sagen 1991, Nr. 91-98. -
*Literatur:* Hellmut Rosenfeld: Legende. 4. Aufl. Stuttgart 1982; Hans Peter Ecker: Legende. In: EM Bd. 8 (1996), Sp. 855-868; Siegfried Armin Neumann: Plattdeutsche Legenden und Legendenschwänke. Volkserzählungen aus Mecklenburg. Berlin 1973; Wolfgang Stammler: Friedrich der Große. In: HdA Bd. 3 (1930/31), Sp. 99-103; Leander Petzoldt: Alter Fritz. In: EM Bd. 1 (1977), Sp. 395-404.

## XV. Bauernstreiche und Schwänke, Rätselmärchen

### Nr. 633-655
In diesen Abschnitt sind neben Schildbürgerstreichen (Nr. 634-638, 640-649), die im 19. Jahrhundert vielfach noch als Lokalsagen aufgefaßt wurden, auch Eulenspiegelhistorien (Nr. 651 f.), andere Schwänke (Nr. 633, 639, 650) und Rätselmärchen aufgenommen, die Halslöserätsel enthalten (Nr. 653-655 = AaTh 927). Es handelt sich offenbar um komisches Erzählgut aus der frühen Sammelzeit Jahns, das er später ergänzte und in einem eigenen Schwankband herausgab.
Als Schildbürgerorte erscheinen in Hinterpommern vor allem das Städtchen Zanow und in Vorpommern das benachbarte mecklenburgische Teterow. Zu nennen sind insbesondere die Schildbürgergeschichten vom Ausmessen des Soots (Nr. 634 = AaTh 1250), vom unsinnigen Holztransport (Nr. 645 = AaTh 1248) und vom Verschieben der Kirche (Nr. 641 = AaTh 1325 B), vom Weiden der Kuh auf dem Dach (Nr. 643 = AaTh 1210) und vom Maushund (Nr. 646 = AaTh 1281), vom Salzsäen und anschließenden Transport vom Feld (Nr. 642 = AaTh 1200 + AaTh 1201), von der lateinischen Bauernpredigt (Nr. 638 = AaTh 1825) und von dem mißglückten Versuch, sich zu zählen (Nr. 644 = AaTh 1287). Von den übrigen komischen Geschichten seien insbesondere die Schwänke vom Hund, der reden lernte (Nr. 633 = AaTh 1750 A), vom Küster, der den lahmen Pastor trug (Nr. 635 = AaTh 1791), und vom Bauern Einochs (Nr. 650 = AaTh 1535) angeführt. - Weitere pomm. Belege: Jahn, Schwänke 1890; Neumann, Schwänke 1999. -
*Literatur:* Hermann Bausinger: Schildbürgergeschichten. Betrachtungen zum Schwank. In: Der Deutschunterricht 13, 1961, Heft 1, S. 18-44; Wossidlo/Neumann, Volksschwänke 1965; Neumann, Schwänke 1999, dort auch Nachweise der Spezialuntersuchungen zu den einzelnen Schildbürgergeschichten und Schwänken; Richard Wossidlo: Mecklenburgische Volksüberlieferungen. Bd. 1: Rätsel. Wismar 1997.

## XVI. Vermischtes

### Nr. 656–670

Der Abschnitt hat offenbar den Charakter einer
Nachlese. Er enthält zunächst eine Auswahl der bei
Temme, (Volkssagen, 1840) anteilig stark vertretenen
*historischen Sagen*, die Jahn anscheinend als weniger
volkstümlich empfand als die in der Überlieferung
dominierenden mythischen Sagen. Hier finden sich
Belege aus dem Sagenzyklus um den Seeräuber Klaus
Störtebeker (Nr. 656, 706), ergänzt um andere
Raubritter- und *Räubersagen* (Nr. 657-661, 664; vgl.
auch Nr. 239 f.), und die Schilderung der Hinrichtung
einer Kindsmörderin (Nr. 663). Mehrere Sagen bringen
Erklärungen für den Namen von Orten (Nr. 665-
668), und den Abschluß bildet die Sage von der
unglücklichen Liebe zweier junger Menschen, die vor
allem durch das Lied von den zwei Königskindern
bekannt geworden ist (Nr. 670). - Weitere pomm.
Belege: Neumann, Sagen 1991, Nr. 8-26. -
*Literatur*: Haas, Störtebecker 1932.

# Literaturverzeichnis

Spezialuntersuchungen zu einzelnen Sagenthemen und -stoffen sind in den Anmerkungen an der jeweils betreffenden Stelle angeführt.

AaTh = Aarne, Antti/Thompson, Stith: The Types of the Folktale. A Classification and Bibliography. 3. Aufl. Helsinki 1961 (= FFC 184).

ARNDT, Ernst Moritz: Mährchen und Jugenderinnerungen. Teil 1 (1818), 2. Aufl. Berlin 1842; Teil 2, Berlin 1843.

—: Sagen und Geschichten von der Insel Rügen. Kommentierte Neuausgabe von Karl-Ewald Tietz und Wolfgang Urban. Bd. 1, Bergen 1998.

ASMUS, Ferdinand/KNOOP, Otto: Sagen und Erzählungen aus dem Kreise Kolberg-Körlin. Kolberg 1898.

—: Kolberger Volkshumor. Neue Sagen, Erzählungen und Märchen, Schwänke, Scherze und Ortsneckereien aus dem Kreise Kolberg-Körlin. Köslin 1927.

BALTISCHE STUDIEN. Hrsg.: Gesellschaft für Pommersche Geschichte und Alterthumskunde. Jg. 1 ff., Stettin 1850 ff.

BARTSCH, Karl: Sagen, Märchen und Gebräuche aus Meklenburg. Bd. 1-2, Wien 1879, 1880.

BENTZIEN, Ulrich: Alfred Haas (1860-1950) und Ulrich Jahn (1861-1900) zum Gedenken. In: Deutsches Jahrbuch für Volkskunde 6, 1960, S. 419-421.

BENZEL, Ulrich: Pommersche Märchen und Sagen. Bd. 1: Kr. Neustettin. Kallmünz 1980.

BllfpVk = Blätter für pommersche Volkskunde. Monatsschrift für Sage und Märchen, Sitte und Brauch, Schwank und Streich, Lied, Rätsel und Sprachliches in Pommern. Jg. 1-10, Stettin (ab 5: Labes) 1892-1902.

BOLLNOW, Otto: Volkssagen aus dem Kreise Anklam. Anklam 1925.

BOSSE, Heinrich: Heimatkunde des Kreises Greifenberg. Bd. 1: Sagen der Heimat (1925). 2. erweiterte Aufl. Treptow an der Rega 1932.

—: Aus dem Sagenschatz der Ueckermünder Heide. In: Pommerland 19, 1934, S. 310-315.

BRUNK, August: Der Wilde Jäger im Glauben des pommerschen Volkes. In: Zeitschrift des Vereins für Volkskunde 13, 1903, S. 179-192.

BURKHARDT, Albert: Sagen und Märchen der Insel Rügen. Berlin 1957.

CAMMANN, Alfred: Pommern erzählt. Volkskunde und Zeitgeschichte. Göttingen 1995.

DIEWERGE, Heinz: Zur pommerschen Erzählforschung. In: Beiträge zur Volkskunde Pommerns. Hrsg. von Karl Kaiser. Greifswald 1939, S. 115-122.

EEK an'n Sund. Heimatbeilage zum Stralsunder Tageblatt. Jg. 1 ff., Stralsund 1922 ff.

EICHBLATT, Hermann: Sagen, Volksglaube und Bräuche aus Demmin und Umgebung. Demmin 1925.

EM Bd. 1-8 = Enzyklopädie des Märchens. Handwörterbuch zur historischen und vergleichenden Erzählforschung. Begründet und hrsg. von Kurt Ranke u.a., ab Bd. 5 hrsg. von Rolf Wilhelm Brednich u.a. Bd. 1-8, Berlin/New York 1977-1996.

FACK, L.: Rügens Sagen. 2. Aufl. Saßnitz 1913.

FALKENBERG, Hans: Fahren und Wandern zu den pommerschen Sagen von Stettin bis Usedom-Wollin. Schwabach 1993.

FINDEISEN, Hans: Sagen, Märchen und Schwänke von der Insel Hiddensee. Stettin 1925.

—: Ergebnisse volkskundlicher Untersuchungen und dabei angewandte Methoden auf der Ostseeinsel Hiddensee. In: Pomm. Heimat 18, 1929, S. 25 f.

FINGER, Willi: Sagen aus dem Kreise Demmin. In: Pommerland 19, 1932, S. 68-71.

FORSTER, William: Die schönsten Sagen und Märchen der Inseln Usedom und Wollin. Nach alten Chroniken. Swinemünde 1895.

FREYBERG, Edmund Helmut: Pommersche Sagen, in Balladen und Romanzen. Pasewalk/Prenzlau 1836.

GRÄSSE, Johann Georg Theodor: Sagenbuch des Preußischen Staats. Bd. 1-2, Glogau 1868, 1871.

GÜLZOW, Erich: Arndts Märchen. In: Handwörterbuch des deutschen Märchens. Hrsg. von Lutz Mackensen. Bd. 1, Berlin/Leipzig 1930/33, S. 115-120.

—: Rügensche Erlösungssagen. In: Niederdeutsche Zeitschrift für Volkskunde 21, 1943, S. 23-31.

HAAS, Alfred: Rügensche Sagen und Märchen. Greifswald 1891; 3. Aufl. Stettin 1903; 6. Aufl. (unter dem Titel: Rügensche Sagen) Stettin 1924.

—: Schnurren, Schwänke und Erzählungen von der Insel Rügen. Greifswald 1899.

—: Sagen und Erzählungen von den Inseln Usedom und Wollin. Stettin 1904; 2. Aufl. (unter dem Titel: Usedom-Wolliner Sagen) Stettin 1924.

—: Pommersche Sagen. Berlin-Friedenau 1912, 3. vermehrte Aufl. Leipzig 1921.

—: Die Weibertreue in der pommerschen Volkssage. In: Pommerland 2, 1913/14, S. 122-125.

—: Sagen und Erzählungen aus Bergen auf Rügen und seiner Umgebung. Bergen 1917.

—: Glockensagen im pommerschen Volksmunde. Stettin 1919.

—: Rügensche Volkskunde. Stettin 1920, darin S. 29-39: Sage und Märchen.

—: Die Nordküste der Insel Usedom in der Volkssage. In: Pommerland 7, 1922, S. 219-224.

—: Pommersche Wassersagen. Greifswald 1923.

—: Buchheidesagen. Stettin 1924.

—: Burgwälle und Hünengräber der Insel Rügen in der Volkssage. Stettin 1925.

—: Greifswalder Sagen. Greifswald 1925.

—: Sagen des Kreises Grimmen. Greifswald 1925.

—: Volkssagen aus der Umgegend von Pasewalk. In: Pommerland 11, 1926, S. 43-46.

—: Stubbenkammer, Herthasee und Herthaburg in Geschichte und Sage. 2. Aufl. Stettin 1928.

—: Wallenstein in der pommerschen Volkssage. In: Pommerland 13, 1928, S. 300-304.

—: Literarische Quellen der pommerschen Volkssage. In: Pommersche Heimatpflege 1, (Stettin) 1931, Heft 3.

—: Klaus Störtebeker in der pommerschen Volksüberlieferung. Stettin 1932.

—: Das pommersche Herzogshaus in der Volkssage: In: Baltische Studien N.F. 40, 1938, S. 18-51.

—: Das Mahrtreiten im pommerschen Volksglauben gegen Ende des 17. Jahrhunderts. In: Beiträge zur Volkskunde Pommerns. Hrsg. von Karl Kaiser. Greifswald 1939, S. 64 -68.

HARTMANN, Regina: Pommersche Heimat in der Literatur vergangener Tage. Aachen 1995.

HdA = Handwörterbuch des deutschen Aberglaubens. Hrsg. von Eduard Hoffmann-Krayer und Hanns Bächtold-Stäubli. Bd. 1-10, Berlin/Leipzig 1927-42. Nachdruck Berlin 1986.

HdS = Handwörterbuch der Sage. Hrsg. von Will-Erich Peuckert. Lieferung 1-3, Göttingen 1961-1963.

HEIMAT = Unsere Heimat. Beilage zur Kösliner Zeitung. Jg. 1 ff., Köslin 1922 ff.

HEIMATLEIW = Heimatleiw un Muddersprak. Wochenbeilage zur Greifswalder Zeitung. Jg. 1 ff., Greifswald 1922 ff.

HENSCHKE, Karl Heinrich: Pommersche Sagengestalten. Diss. Greifswald 1936.

HERRMANN-WINTER, Renate: Volkskunde an der Universität Greifswald. In: Jahrbuch für ostdeutsche Volkskunde 36, 1993, S. 3-26.

HOFMEISTER, A.: Die Vineta-Frage. In: Monatsblätter 46, 1932.

HOLSTEN, Robert: Flurnamenkunde und Sagenforschung in Pommern. In: Baltische Studien N.F. 40, 1938, S. 52-74.

JAHN, Fritz: Kurze Geschichte der Züllchower Anstalten zu Züllchow bei Stettin. Denkschrift zum 60-jährigen Jubiläum 3. August 1891. Stettin 1892.

JAHN, Gustav: Gesammelte Schriften. Band 1-2, Stettin 1847; Band 3, Stettin 1849.

—: Das Hohelied in Liedern. 3. Aufl. Halle 1853.

—: Neuer Frühling. Brautlieder. 2. Aufl. Magdeburg 1868.

JAHN, Gustav/SCHMIDT, Detlef: Der Züllchower Gartenfreund. Züllchow bei Stettin 1887.

JAHN, Ulrich: Die abwehrenden und die Sühnopfer der Deutschen. Diss. Breslau 1884.

—: Die deutschen Opfergebräuche bei Ackerbau und Viehzucht. Ein Beitrag zur deutschen Mythologie und Alterthumskunde. Breslau 1884.

—: Hexenwesen und Zauberei in Pommern. In: Baltische Studien 36, 1886, S. 169-364. - Paralleldruck in: Festschrift der Gesellschaft für Pommersche Geschichte und Alterthumskunde zur Begrüßung des 17. Kongresses der deutschen anthropologischen Gesellschaft in Stettin. Stettin 1886, S. 1-196. - Als selbständige Titelausgabe Breslau 1886.

—: Das Volksmärchen in Pommern. In: Jahrbuch des Vereins für niederdeutsche Sprachforschung 12, 1886, S. 151-161. - Nachdruck in: Monatsblätter 1, 1887, S. 113-121, 129-137.

—: Volkssagen aus Pommern und Rügen (1886). 2. Aufl. Berlin 1889.

—: Schwänke und Schnurren aus Bauern Mund. Berlin 1890.

—: Volksmärchen aus Pommern und Rügen. Teil I (mehr nicht erschienen). Norden/Leipzig 1891. Kommentierte Neuausgabe hrsg. von Siegfried Neumann und Karl-Ewald Tietz. Bremen/Rostock 1998.

JAHN, Ulrich/MEYER-COHN, Alexander: Jamund bei Cöslin: Mit Berücksichtigung der Sammlungen des Museums für deutsche Volkstrachten und Erzeugnisse des Hausgewerbes in Berlin. In: Zeitschrift des Vereins für Volkskunde 1, 1891, S. 77-100, 335-343.

KAISER, Karl (Hrsg.): Beiträge zur Volkskunde Pommerns. Zehn Jahre Volkskundliches Archiv für Pommern. Greifswald 1939.

KELLER, Walter: Volkssagen aus Stadt und Kreis Bütow in Pommern. Bütow 1920.

KNACK, Fritz: Beiträge zur Landes- und Volkskunde aus dem Kreise Saatzig in Pommern. Jacobshagen 1912.

—: Pommersche Sage und Volkskunde aus dem Kreise Saatzig. Jacobshagen 1916.

—: Pommersche Spukgeschichten, Sagen und Märchen aus dem Kreise Saatzig. Jacobshagen 1922.

KNIEß (Pastor): Das Geheimnis von Vineta. In: Pommerland 1, 1912/13, S. 225-228, 250-254.

KNOOP, Otto: Volkssagen, Erzählungen, Aberglauben, Gebräuche und Märchen aus dem östlichen Hinterpommern. Posen 1885.

—: Sagen und Erzählungen aus der Provinz Posen. Posen 1893.

—: Stargarder Sagen. Überlieferungen und Geschichten. Stargard i. P. 1924.

—: Sagen, Erzählungen und Schwänke aus dem Kreise Regenwalde. Labes 1924.

—: Volkssagen, Erzählungen und Schwänke aus dem Kreise Lauenburg. Köslin 1925.

—: Volkssagen und Erzählungen aus der Stadt und dem Landkreis Stolp. Stolp 1925.

—: Sagen und Erzählungen aus dem Kreise Naugard. Unter Mitwirkung von H. Gosch. Stargard i. P. 1925.

—: Volkssagen, Erzählungen und Schwänke aus dem Kreise Dramburg. Unter Mitwirkung von A. Heller. Köslin 1926.

—: Nachträge zu den Stargarder Sagen, Überlieferungen und Geschichten. In: Pommerland 12, 1927, S. 491-493.

KOGLIN, E.: Was eine ostpommersche Kleinstadt erzählt. Sagen und Erzählungen aus dem Süden des Kreises Schlawe. Stettin 1939.

KÖSTLIN, Konrad: Jahn, Ulrich. In: Neue Deutsche Biographie. Bd. 10, Berlin 1974, S. 306 f.

KRÜGER, Fritz: Heimatkunde des Kreises Bütow. Heft 1: Sagen der Heimat. Bütow 1928.

KUHN, Adalbert: Märkische Sagen und Märchen. Berlin 1943.

KUHN, Adalbert/SCHWARTZ, Wilhelm: Norddeutsche Sagen, Märchen und Gebräuche aus Meklenburg, Pommern, der Mark, Sachsen, Thüringen, Braunschweig, Hannover, Oldenburg und Westfalen. Leipzig 1848.

LEHMANN, Heinz: Rügen. Sagen und Geschichten. Schwerin 1967.

LUCKE, Hans: Der Einfluß der Brüder Grimm auf die Märchensammler des 19. Jahrhunderts. Diss. Greifswald 1933.

LUCHT, Alfred: Volkssagen, Erzählungen, Schwänke und Neckereien von Regamünde, Deep, Kamp-Wustrow und Robe. Treptow an der Rega 1934.

MAHNCKE, M.: Sagen und Erzählungen aus Pommerns Vergangenheit. Swinemünde 1908.

MAIER, Elke/TIETZ, Karl-Ewald/ULBRICHT, Adelheid: Aus Pommerns Sagenwelt. Heft 1: Sagen aus Greifswald und Umgebung; Heft 2: Sagen von der Insel Usedom, aus Wolgast und Umgebung; Heft 3: Sagen aus Anklam und Umgebung; Heft 4: Sagen von der Insel Rügen. Peenemünde 1993, 1994, 1995, 1997.

MONATSBLÄTTER = Monatsblätter der Gesellschaft für pommersche Geschichte und Altertumskunde. Jg. 1 ff., Stettin 1887 ff.

MOTIV = Thompson, Stith: Motif-Index of Folk-Literature. A Classification of Narrative Elements in Folktales, Ballads, Myths, Fables, Mediaeval Romances, Exempla, Fabliaux, Jest-Books, and Local Legends. Bd. 1-6, 2. Aufl. Kopenhagen 1955-1958.

NEUMANN, Siegfried Armin: Volksmärchen aus dem historischen Vorpommern. Rostock 1983.

NEUMANN, Siegfried: Sagen aus Pommern. München 1991.

—: Historische Erzählüberlieferungen in Vorpommern. In: Stier und Greif. Blätter zur Kultur- und Landesgeschichte in Mecklenburg-Vorpommern. 2, 1992, S. 11-14.

—: Historische Erzählüberlieferungen in Mecklenburg. In: Stier und Greif 3, 1993, S. 22-27.

—: Sagen aus Mecklenburg. München 1993.

—: Alltagsreflexion und Weltsicht in Sagen, Märchen und Schwänken norddeutscher Erzähler der Gegenwart. In: Das Bild der Welt in der Volkserzählung. Berichte und Referate des fünften bis siebten Symposions zur Volkserzählung, Brunnenburg/Südtirol 1988-1990. Hrsg. von Leander Petzoldt, Siegfried de Rachewiltz, Ingo Schneider und Petra Streng. Frankfurt a.M./Berlin/Bern/New York/Paris/Wien 1993, S. 221-237.

—: Jahn, Ulrich. In: EM Bd. 7 (1993), Sp. 434-436.

—: Knoop, Otto. In: EM Bd. 8 (1996), Sp. 31-34.

—: Sagenüberlieferung und Geschichtsbewußtsein. Befunde anhand nordostdeutscher Sammlungen. In: Folk Narrative and World View. Vorträge der X. Internationalen Kongresses für Volkserzählungsforschung (ISFNR). Innsbruck 1992. Hrsg. von Leander Petzoldt. Frankfurt a.M./Berlin/Bern/New York/Paris/Wien 1996, S. 557-569.

—: Der Ochse als Bürgermeister. Schwänke aus Pommern. Rostock 1999.

NdZfVk = Niederdeutsche Zeitschrift für Volkskunde. Jg. 1 ff., Bremen 1923 ff.

NIEDERHÖFFER, Albert: Mecklenburgs Volkssagen. Bd. 1-4, Leipzig 1857-1862. Neuausgabe mit einem Nachwort hrsg. von Ralf Wendt. Neu hrsg. von Reno Stutz. Bremen/Rostock 1998.

OSTPOMMERSCHE Heimat. Stolp 1931-1936.

PAUL, Hermann: Usedom-Wolliner Sagenkranz. Swinemünde 1912.

POMMERLAND = Unser Pommerland. Illustrierte Monatsschrift für Heimatpflege und Kultur, für Kunst und Geschichte sowie für die wirtschaftliche Entwicklung Pommerns. Jg. 1 ff., Stargard 1912/13 ff.; ab Jg. 6 ff.: Unser Pommerland. Monats-schrift für das Kulturleben der Heimat. Stettin 1921 ff.

DAS LIEBE POMMERLAND. Monatsschrift zur Hut und Pflege pommerscher Heiligthümer und pommerschen Volksthums. Jg. 1 ff., Ducherow und Anclam 1864 ff.

POMM. HEIMAT = Pommersche Heimat. Monatsbeilage zum Pommerschen Genossenschaftsblatt. Jg. 1 ff., Stettin 1911 ff.

POMM. HEIMATSBLL. = Pommersche Heimats-Blätter für Geschichte, Sage und Märchen, Sitte und Brauch. Lied und Kunst. Jg. 1 ff., Stargard 1907/08 ff.

POMMERSCHE JAHRBÜCHER. Jg. 1 ff., Greifswald 1900 ff.

POMMERSCHE PROVINZIAL-BLÄTTER für Stadt und Land. Hrsg. von J.C.L. Haken. Jg. 1-5, Treptow an der Rega 1820-1824.

ROGGE, Heinrich: Der Sagenkranz von Neustettin. Neustettin 1927.

RÖLLEKE, Heinz: Arndt, Ernst Moritz. In: EM Bd. 1 (1977), Sp. 810-815.

ROSENOW, Karl: Sagen des Kreises Schlawe. Rügenwalde 1921.

—: Zanower Schwänke. Rügenwalde 1924.

—: Sagenforschung. In: Pommerland 9, 1924, S. 311-317.

SCHMIDT, Friedrich Wilhelm: Vertell! Wir hören Volkskunst in Erzählungen aus dem Kreise Pyritz in Pommern. Hamburg 1967.

SCHMIDT, Ingrid: Götter, Mythen und Bräuche von der Insel Rügen. Rostock 1997.

SCHMIDT, Herbert: Sagen und andere Bilder von Rügen. Bergen auf Rügen 1931.

SCHMIDT-WIEGAND, Ruth: Der Aufhocker in der pommerschen Volksüberlieferung. In: Baltische Studien N.F. 45, 1958, S. 129-134; 46, 1959, S. 108-118.

SCHULZ, F. E.: Sagen, Überlieferungen und Schwänke aus dem Kreise Köslin. Köslin 1925.

SCHULZ, Kurd: Pommersche Sagen. Bd. 1, Hamburg 1957.

SCHWARTZ, Wilhelm: Sagen und alte Geschichten der Mark Brandenburg. Berlin 1871.

SIELAFF, Erich: Pommersche Sagen. Leipzig o.J.

STANITZKE, Carl: Heimatsagen aus Danzig und Pommerellen. Danzig 1924.

STEINMANN, Ulrich: Gründer und Förderer des Berliner Volkskunde-Museums. Rudolf Virchow, Ulrich Jahn, Alexander Meyer-Cohn, Hermann Sökeland, James Simon. In: Forschungen und Berichte. Staatliche Museen zu Berlin 9, 1967, S. 71-112.

STÜBS, Hugo: Ull Lüj vertellen. Plattdeutsche Geschichten aus dem pommerschen Weizacker. Greifswald 1938.

—: Wie ich meine »Plattdeutschen Volkserzählungen aus dem pommerschen Weizacker« sammelte. In: Beiträge zur Volkskunde Pommerns. Hrsg. von Karl Kaiser. Greifswald 1939, S. 122-139.

TEMME, Jodocus Deodatus Hubertus: Die Volkssagen von Pommern und Rügen. Berlin 1840; Nachdruck: Hildesheim/Zürich/New York 1994.

THIEME, Karl: Die versunkene Stadt Vineta und andere Sagen. Swinemünde 1925.

TIETZ, Karl-Ewald: Begegnungen mit Märchen Ernst Moritz Arndts. In: Hefte der Ernst-Moritz-Arndt-Gesellschaft 3, 1994, Heft 2, S. 84-92.

—: »... Zeugniß von dem Sagenreichtum Pommerns« (Temme, 1840). Erzähler, Sammler und Gestalten einer Sagenlandschaft. Mit einem Exkurs zu Mecklenburg. In: Märchenspiegel. Zeitschrift für internationale Märchenforschung und Märchenkunde 7, 1996, S. 83-88. - Wiederabdruck in: Pommern - Kultur und Geschichte 25, 1997, Heft 2, S.12-22.

UECKER, F.: Sagen und Sagenhaftes, Märchen, Schwänke, Streiche aus Pommern (1925). 3. Aufl. Stettin 1931.

AM URQUELL. Jg. 1 ff., Hamburg 1890 ff.

VeckZfVk = (Veckenstedts) Zeitschrift für Volkskunde. Jg. 1 ff. Leipzig 1889 ff.

VIRCHOW, Rudolf: Nachruf auf Jahn. In: Zeitschrift für Ethnologie 32, 1900, S. 345.

WEINHOLD, Karl: Ulrich Jahn †. In: Zeitschrift des Vereins für Volkskunde 10, 1900, S. 216-219.

WILLNITZ, Karl: Sagen und Märchen der Ostsee. Berlin 1932.

WOELLER, Waltraud: Volkssagen zwischen Hiddensee und Wartburg. Berlin 1979.

WORM, Fritz: Mönchgauder Spaukgeschichten. Greifswald 1898.

WOSSIDLO, Richard: Mecklenburgische Sagen. Teil 1-2, Rostock 1939.

WOSSIDLO, Richard/SCHNEIDEWIND, Gisela: Herr und Knecht. Antifeudale Sagen aus Mecklenburg. Berlin 1960.

WOSSIDLO, Richard/NEUMANN, Siegfried: Volksschwänke aus Mecklenburg (1963). 3. ergänzte Aufl. Berlin 1965.

ZA = Zentralarchiv der deutschen Volkserzählung im Institut für europäische Ethnologie und Kulturforschung der Universität Marburg.

ZfVk, ZVfVk = Zeitschrift (des Vereins) für Volkskunde. Jg. 1 ff., Berlin u.a. 1891 ff.

# Personenregister

Aufgenommen wurden nur jene in den Sagen enthaltenen Namen, die sich konkret auf historisch nachweisbare Personen oder Geschlechter beziehen. Die Zahlen verweisen auf die von Jahn numerierten Sagentexte.

# Ortsregister

Das Register enthält die Namen von jenen Orten, Kreisen, Landschaften, Gewässern und Erhebungen, die in den Sagentexten genannt werden. Nicht berücksichtigt wurden Orte von lokaler Bedeutung, z.B. Teiche, kleine Hügel und Plätze sowie Phantasieorte. Zur geographischen Orientierung sind in Klammern die jeweiligen Kreisstädte bzw. Kreise aufgeführt (Stand gemäß Ortsbuch für das Deutsche Reich 1927). Die Zahlen verweisen auf die von Jahn numerierten Sagentexte. Jahn hat bei den Sagen die Quellen oder die Orte und Kreise, aus denen sie stammen, angegeben. Diese Ortsangaben werden hier nicht einbezogen. Unberücksichtigt bleiben ebenso die von ihm in seinen erläuternden Vorbemerkungen zu den ersten zwölf Abschnitten benannten Orte.

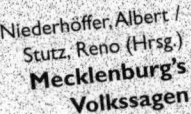